DE PARTE DE LA PRINCESA MUERTA

KENIZÉ MOURAD

DE PARTE DE LA PRINCESA MUERTA

Traducido del francés por
Mauricio Wacquez

MUCHNIK EDITORES S A

1.ª edición: Marzo 1988
25.ª edición: Septiembre 1993
1.ª edición en cartoné: Septiembre 1998

Diseño: J&B
Cubierta: Bengt Oldenburg
Imagen: Léon Bakst

ISBN: 84-7669-363-X
Depósito legal: B-41.056-1998
Impreso en Romanyà/Valls. Verdaguer 1
08786 Capellades
Impreso en España - Printed in Spain

DE PARTE DE LA PRINCESA MUERTA

A los niños de Badalpur

En la aventura que representó la redacción de este libro me ayudaron muchos amigos en Turquía, en el Líbano, en la India y en Francia. Su recuerdo, sus consejos, me permitieron no sólo reconstruir treinta años de historia —a menudo diferente de la historia oficial— sino también hacer revivir pequeños hechos y gestos de la vida cotidiana.

Citarlos por sus nombres podría incomodarlos, pero quisiera que conocieran mi enorme gratitud.

Por razones evidentes, el nombre de algunas personas vivas o desaparecidas ha sido alterado.

La historia comienza en enero de 1918, en Estambul, capital del Imperio otomano que, durante siglos, hizo temblar a la cristiandad.

Los Estados occidentales, respaldados por su poderío, se disputan los despojos de aquel viejo imperio llamado desde hacía tiempo «el enfermo de Europa».

En cuarenta y dos años se sucedieron tres hermanos en el trono: el sultán Murad, destronado y hecho cautivo por su hermano Abd al-Hamid quien, a su vez, fue derrocado por la revolución «Joven Turquía» y reemplazado por Reshat (Muhammad V).

Al comenzar esta historia, el sultán Reshat sólo es un monarca constitucional. El verdadero poder se encuentra en manos de un Triunvirato, que ha arrastrado al país a la guerra al lado de Alemania.

LOS ÚLTIMOS SOBERANOS DEL IMPERIO OTOMANO

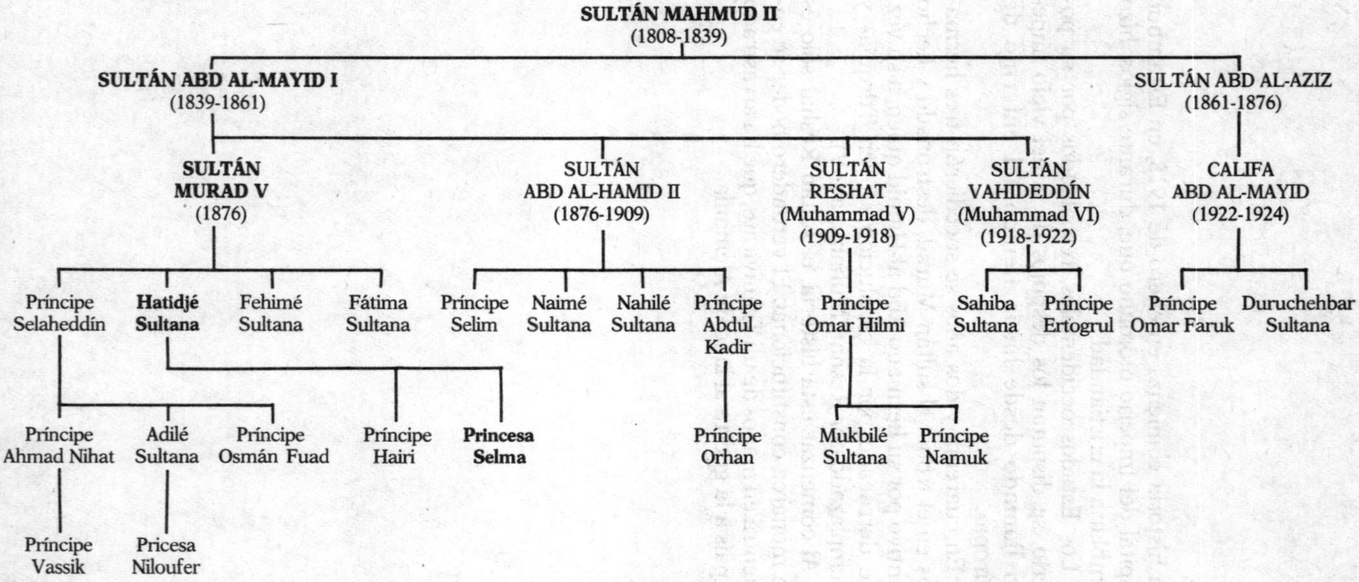

— Sólo aparecen los personajes que tienen relación con el relato.
— Las fechas entre paréntesis indican el comienzo y el fin de los reinados.

PRIMERA PARTE

TURQUÍA

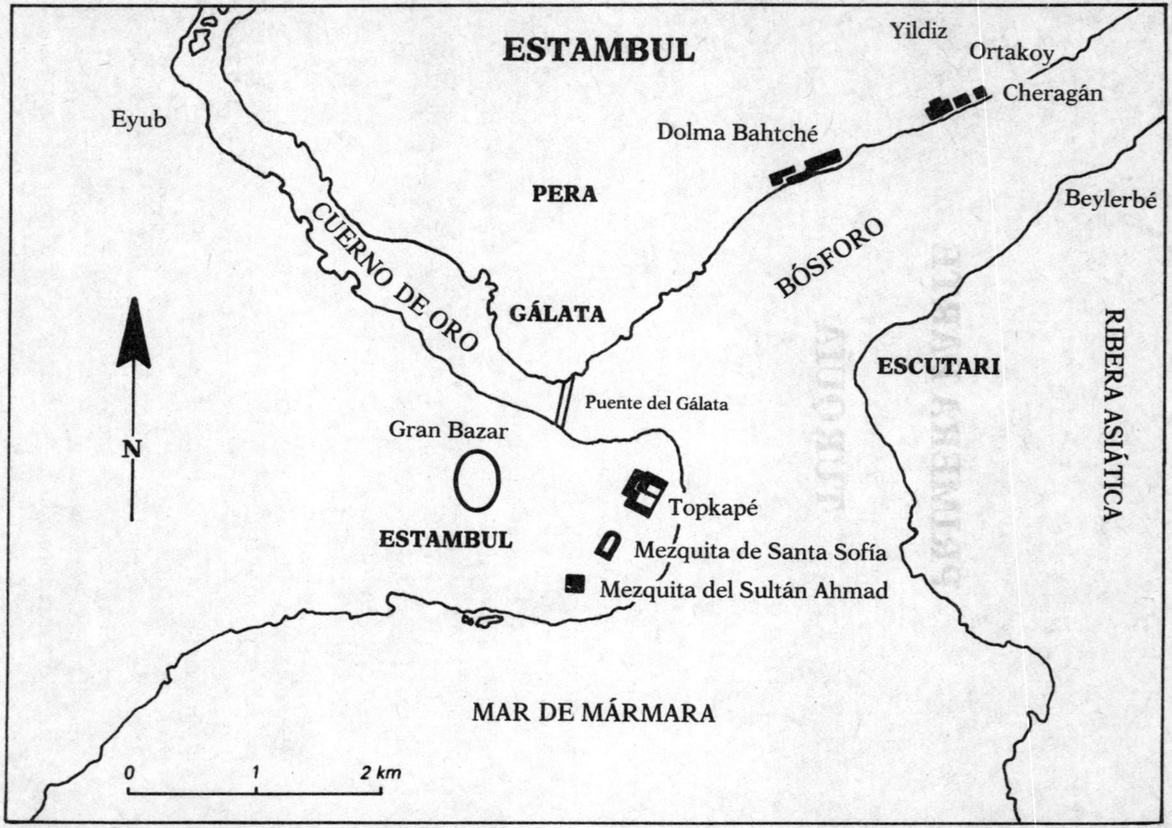
ESTAMBUL
Yildiz
Ortakoy
Cheragán
Eyub
Dolma Bahtché
PERA
Beylerbé
CUERNO DE ORO
BÓSFORO
GÁLATA
ESCUTARI
RIBERA ASIÁTICA
Puente del Gálata
N
Gran Bazar
Topkapé
ESTAMBUL
Mezquita de Santa Sofía
Mezquita del Sultán Ahmad
MAR DE MÁRMARA
0
1
2 km

I

—¡El tío Hamid ha muerto! ¡El tío Hamid ha muerto!

En el vestíbulo de mármol blanco del palacio de Ortakoy, iluminado por candelabros de cristal, una niña corre: quiere ser la primera en anunciar la buena nueva a su mamá.

En su prisa ha estado a punto de derribar a dos damas de edad, cuyos tocados —diademas de piedras preciosas adornadas con penachos de plumas— atestiguan fortuna y rango.

—¡Qué insolente!— exclama indignada una de ellas, mientras su compañera añade furiosa:

—¿Cómo podría ser de otra manera? La sultana* la mima demasiado: es su única hija. Por cierto, es preciosa, pero temo que más tarde tenga problemas con su marido... Debería aprender a comportarse: a los siete años ya no se es una niña, sobre todo cuando se es princesa.

Lejos de inquietarse por las quejas de un hipotético marido, la niña sigue corriendo. Finalmente llega sin aliento a la puerta maciza de los apartamentos de las mujeres, el *haremlik*,** custodiado por dos eunucos sudaneses tocados con fez escarlata. Hoy hay pocas visitas y se han sentado para conversar con más comodidad. Al ver a la «pequeña sultana», se levantan precipitadamente, entreabriendo la puertecilla de bronce y saludándola con tanto más respeto cuanto temen que ella informe del atrevimiento. Pero la niña tiene otras cosas en la cabeza: sin siquiera mirarlos, franquea el umbral y se detiene un momento delante del espejo veneciano para comprobar el orden de sus bucles pelirrojos y de su vestido de seda azul; luego, sintiéndose satis-

* Sultana: princesa de sangre real, hija del sultán. Las esposas son llamadas «cadinas».

** *Haremlik*: harén habitado por una sola esposa y sus servidoras.

fecha, empuja la puerta de brocato y entra en el saloncito en el que su madre acostumbra a pasar las tardes, después del baño.

En contraste con la humedad de los corredores, en la habitación reina una agradable temperatura, mantenida por un brasero de plata que dos esclavas se ocupan de mantener ardiendo. Tendida en un diván, la sultana mira cómo la gran *Kavedji** vierte ceremoniosamente el líquido en una taza colocada sobre una copela incrustada de esmeraldas.

Presa de una oleada de orgullo, la niña se ha inmovilizado y contempla a su madre con su largo caftán. Fuera, en el exterior, la sultana usa la moda europea introducida en Estambul a partir de fines del siglo XIX, pero en sus habitaciones quiere vivir «a la turca»; aquí, nada de corsés, de mangas jamón o faldas ajustadas; ella usa con gusto los trajes tradicionales en los que puede respirar sin trabas y tenderse confortablemente en los mullidos sofás que amueblan los grandes salones del palacio.

—Acercaos, Selma sultana.

En la corte otomana no se permite la familiaridad y los padres se dirigen por sus títulos a sus hijos para que éstos se empapen, desde pequeños, en su dignidad y sus deberes. Mientras las criadas se inclinan en un gracioso *temenahs*, la profunda reverencia en la que la mano derecha, subiendo desde el suelo hacia el corazón y luego hacia los labios y la frente, reafirma la fidelidad de los sentimientos, de la palabra y del pensamiento, Selma besa rápidamente los perfumados dedos de la princesa y se los lleva a la frente en señal de respeto; luego, demasiado excitada para contenerse más tiempo, exclama:

—Annedjim,** ¡el tío Hamid ha muerto!

Un fulgor ha atravesado los ojos gris verdosos, en el que la niña cree leer el triunfo, pero de inmediato una voz glacial la llama al orden.

—Supongo que querréis decir Su Majestad el sultán Abd al-Hamid. ¡Qué Alá lo acoja en el paraíso! Era un gran soberano. ¿Y quién os ha dado tan triste noticia?

¿Triste...? La niña mira estupefacta a su madre... ¿Triste la muerte del cruel tío abuelo que había destronado a su propio hermano, el abuelo de Selma, haciéndolo pasar por loco?

A menudo su nodriza le cuenta la historia de Murad V, un príncipe amable y generoso cuyo advenimiento fue saludado por el pueblo con raptos de alegría pues de él se esperaban grandes reformas. ¡Ay!, Murad V sólo reinó tres meses... Sus frágiles nervios se vieron deteriorados por las intrigas de palacio y los asesinatos que habían acompañado su llegada al poder; había

* *Kavedji*: encargada del servicio de café.
** *Annedjim*: querida y respetada madre.

caído en una profunda depresión. El gran especialista de la época, el médico austríaco Liedersdorf, había afirmado que con reposo Su Majestad se repondría en pocas semanas. pero los que lo rodeaban no tuvieron en cuenta su diagnóstico. Destituyeron a Murad y lo encerraron con toda su familia en el palacio de Cheragán.

El sultán Murad vivió durante veintiocho años en cautividad, constantemente espiado por servidores a sueldo de su hermano, que temía un complot que pudiera reponerlo en el trono. Tenía treinta y seis años cuando entró en la prisión. Sólo después de muerto salió de ella.

Cada vez que Selma pensaba en su pobre abuelo, sentía que poseía el alma de Charlotte Corday, la heroína cuya historia le había contado su institutriz francesa, mademoiselle Rose. Y ahora el verdugo había muerto, tranquilamente en su cama...

Es imposible que Annedjim sienta pena, ella que vivió veinticinco años prisionera en Cheragán y sólo recuperó la libertad cuando aceptó el horrible marido impuesto por el sultán Hamid.

¿Por qué miente?

Este pensamiento blasfematorio saca bruscamente a Selma de sus elucubraciones. ¿Cómo ha podido imaginar por un momento que esa madre perfecta se rebajara a mentir? La mentira estaba bien para las esclavas que temen ser castigadas, ¡pero una sultana! Desconcertada, finalmente responde:

—Pasaba por el jardín y oí a los *aghas*...*

En ese mismo momento, un eunuco algo gordo, de guantes blancos y vestido con la clásica túnica negra y cuello militar, la *estambulina*, hace su entrada por la puerta. Tras inclinarse hasta el suelo en tres temenahs seguidos, se endereza y, con las manos modestamente cruzadas sobre el vientre, anuncia con voz de falsete:

—Respetadísima sultana...

—Ya lo sé— lo interrumpe la princesa. —Selma sultana fue más diligente que tú. Avisa inmediatamente a mis hermanas, la princesa Fehimé y la princesa Fátima, así como a mis sobrinos, los príncipes Nihat y Fuad. Diles que los espero esta misma noche.

Desde la muerte de su hermano, el príncipe Selaheddín, Hatidjé es, a los cuarenta y ocho años, la mayor de los hijos de Murad V. Su inteligencia y su personalidad le han granjeado

* Eunucos que, llegados a cierta edad, han adquirido respetabilidad. Hasta el final del Imperio (1924), en toda casa principesca e incluso burguesa, los eunucos aseguraban el servicio entre los apartamentos de las mujeres y el mundo exterior.

autoridad dentro de la familia, de la que se ha convertido en jefa incuestionada.

Una personalidad inflexible que nació el terrible día —hace cuarenta y dos años— en que comprendió que las pesadas puertas del palacio de Cheragán se habían cerrado tras ella para siempre, una personalidad forjada lenta y obstinadamente. Ella, a quien apodaban *Yildirim*, el «relámpago», pues lo que más le gustaba era correr por el parque de su palacio de Kurbalider o pasearse en caique por el Bósforo con el rostro azotado por el viento, ella, que sólo soñaba con el espacio y el heroísmo, había sido hecha prisionera a los seis años.

Por más que gritó, lloró, se desolló las manos contra las puertas de bronce, éstas habían permanecido cerradas. Entonces cayó gravemente enferma y se temió por su vida. El médico llamado de urgencia había tenido que esperar tres días la autorización de Abd al-Hamid para entrar en Cheragán.

El médico le había aplicado sanguijuelas y hecho beber una poción de hierbas amargas. ¿Fueron estos sabios remedios o quizás la plegaria continua de los noventa y nueve atributos de Alá, recitados día y noche con su rosario de ámbar por dos viejas *kalfas*,* lo que la habían salvado? Una semana después, la pequeña cautiva había vuelto en sí. Al abrir los ojos vio inclinado sobre ella el dulce y hermoso rostro de su padre. ¿Pero por qué esa tristeza en la mirada? Entonces recordó... ¡No era una pesadilla! Ovillándose en la cama, había vuelto a sollozar.

Entonces el rostro del sultán Murad se había vuelto severo.

—Hatidjé sultana, ¿creéis que desde hace seis siglos nuestra familia hubiera podido gobernar un imperio de estas dimensiones si nos hubiéramos puesto a gemir ante la menor dificultad? Sois orgullosa. ¡Que eso os sirva de defensa!

Luego, con una sonrisa, como para atenuar el rigor de la reprimenda, había agregado:

—Si mi niña no ríe, ¿quién va a alegrar este palacio? Saldremos de aquí, Yildirim mía, no temas. Entonces, te llevaré a hacer un largo viaje.

—¡Oh! *baba***— había exclamado extasiada, pues nunca una princesa imperial había salido de Turquía ni siquiera de los alrededores de Estambul, —¿iremos a París?

El sultán se había echado a reír.

—¿Ya te consideras una mujercita? Pues bien, te lo prometo, flor mía, en cuanto salgamos de aquí, te llevaré a París...

¿Lo creía él mismo? Necesitaba la esperanza para seguir viviendo. ¿Viviendo?

* *Kalfas*: damas de honor agregadas al servicio de palacio.
** *Baba*: papá.

La mirada de la sultana se ensombrece, recuerda... Durante aquellos veinticinco años de cautividad, el sultán Murad vivió su muerte cada día.

La noche comienza a caer cuando dos faetones entran estruendosamente en el patio interior del palacio, el que da al apartamento de las mujeres. De uno de ellos, con labrados de oro, baja una graciosa silueta vestida con un *charchaf* de seda malva, la enorme capa que disimula las formas. Del otro sale una persona regordeta, cubierta por un charchaf negro, de los más clásicos. Ambos charchafs se abrazan un momento antes de precipitarse al interior del palacio, precedidos y seguidos por solemnes eunucos.

El palacio, con la mayoría de las residencias de príncipes y princesas, es una antigua mansión de madera labrada, precaución necesaria en una ciudad dominada por los terremotos. Blanco y en medio de un parque rebosante de fuentes, de rosas y cipreses, el palacio domina el Bósforo, a esta hora iluminado por el crepúsculo. Sus balcones, sus escaleras, sus galerías y terrazas, adornadas de festones y arabescos, dan a la casa el aspecto de un encaje.

Al pie de la escalera de doble tramo que conduce a los salones del primer piso, la gran secretaria de la sultana espera a las visitantes. Con un vestido de raso abotonado hasta el cuello, está tocada con la tradicional cofia de muselina —pues incluso en su casa, una mujer honrada no puede estar con la cabeza descubierta—, y sostiene el gran bastón con empuñadura de oro, signo distintivo de su cargo.

Una vez que se ha inclinado delante de las dos sultanas, éstas la levantan besándola; en las grandes casas, las antiguas kalfas están consideradas como miembros de todo derecho de la familia... o casi. Por nada del mundo faltarían al protocolo, ya que son ellas sus más feroces defensoras, aunque, con todo, consideran los miramientos que les prodigan las princesas como un justo tributo a su abnegación.

Mientras las sultanas, ayudadas por dos jóvenes esclavas, se quitan sus incómodos ropajes, la vieja kalfa tiembla de júbilo:

—Alá sea loado, mis leonas están cada día más deslumbrantes.

Con ojos de aprobación, mira minuciosamente a su dulce Fátima, vestida de tafetán color marfil, que realza sus espléndidos ojos negros; y a su chispeante Fehimé, cuya fina cintura emerge de un vestido con cola sembrado de mariposas, procedente de la casa Adler Muller, el mejor modisto de Viena, ya que las maravillas de París no llegan, ay, desde que en agosto de 1914 se tuvo la mala idea de declarar la guerra a Francia.

Las dos hermanas se toman del brazo y suben riendo las escaleras. De repente, un pequeño huracán azul se precipita sobre ellas, está a punto de derribarlas y, deteniéndose en seco, cubre sus manos de besos.

—*Djidim,** ¡me haréis morir!— exclama enternecida Fehimé estrechando a Selma entre sus brazos.

Sin embargo, la kalfa refunfuña escandalizada.

Un muchachito gordo y pálido sigue al huracán. Algo pomposo, se inclina ante sus tías. Es Hairi, el hermano de Selma. Dos años mayor que ella, no por eso deja de ser su esclavo devoto; aunque reprueba sus audacias, no se atreve a replicarle.

En lo alto de la escalera, se ha adelantado Hatidjé sultana. Más alta que sus hermanas, camina deslizándose, sensual y majestuosa. Ella se impone a los más recalcitrantes, y, cuando en la familia se dice «la Sultana» —pese a que las tres son sultanas—, evidentemente es a ella a quien se refieren.

Delante de su hermana mayor, Fátima se ha quedado inmovilizada sin intentar disimular su admiración. Molesta, Fehimé que, según los criterios en boga, es la más bonita, se apresura a romper el encanto.

—¿Qué sucede, mi querida hermana, para qué nos mandáis buscar con tanta prisa? Tuve que renunciar a una fiesta en casa del embajador de Austria-Hungría, que parecía iba a ser muy divertida.

—Sucede que nuestro tío, el sultán Abd al-Hamid, acaba de morir— dice la sultana con un tono tanto más solemne cuanto todavía no ha decidido qué conducta seguir.

Fehimé enarca las cejas.

—¿Y por qué la muerte de ese... tirano tiene que hacerme renunciar a mi baile?

—¡Bravo, tía! ¡Así se habla!

La voz estentórea les ha hecho sobresaltarse. Detrás de ellas acaba de entrar un hombre corpulento de alrededor de treinta y cinco años, el príncipe Nihat, hijo mayor del difunto príncipe Salaheddín. Viene acompañado por su joven hermano, el príncipe Fuad, muy apuesto con su uniforme de general, que nunca abandona. El «general príncipe» —como le gusta que lo llamen, pues otorga mayor importancia a su título de general ganado en el campo de batalla que al de príncipe—, ha vuelto hace unos meses del frente oriental donde lo hirieron gravemente. Pasa una alegre convalecencia en Estambul, aprovechándose sin rubor de su reputación de héroe para cortejar a las damas.

Tras inclinarse ante las sultanas, los dos hombres las siguen hasta el salón verde en donde jóvenes kalfas han terminado de

* *Djidim:* querida (empleado con los niños).

encender las ciento treinta y siete lámparas de aceite de una araña de cristal.

De puntillas, Hairi y Selma se cuelan tras ellos.

Sonriente, Hatidjé espera que cada cual se instale. Sabe que la partida será difícil de ganar. Eso es lo que le gusta.

—Esta noche he querido reunir al consejo de familia para que decidamos juntos si debemos o no asistir a las ceremonias que tendrán lugar mañana en honor del sultán Abd al-Hamid.

»Según la tradición, los príncipes deben seguir el cortejo fúnebre que cruzará la ciudad. En cuanto a las princesas, deben hacer una visita de pésame a las esposas y a las hijas del difunto. Os pido— su voz se hizo grave, —os pido que no toméis en cuenta vuestros sentimientos personales sino la imagen que daremos al pueblo.

Fehimé es la primera en romper el silencio:

—¡Todo esto parece un drama corneliano!*— exclama, —pero lo que es yo, en todo caso, no iré. Nuestro querido tío nos arruinó veinticinco años de vida, pero no me arruinará ni un día más.

—Por el contrario ¿no es ésta la oportunidad de perdonar?— aventuró tímidamente Fátima. —El pobre lo expió de sobra, destronado a su vez y mantenido prisionero desde hace diez años. ¿No podríamos finalmente olvidar?

—¡Olvidar!

En su sillón, el príncipe Nihat se ha puesto encarnado y por un momento Selma teme que se ahogue. Con ojos desorbitados mira a su joven tía.

—¿Y la fidelidad qué? ¿La fidelidad al sultán Murad, mi abuelo, calumniado y enterrado vivo? ¿La fidelidad a mi padre, víctima de la neurastenia? Ir a ese entierro sería justificar a nuestro perseguidor. Abstengámonos de ir y testimoniemos así el daño irreparable causado a nuestra familia. Eso es lo que nuestros muertos esperan de nosotros.

—Hermano, os lo ruego, dejemos de hacer hablar a los muertos...

Todas las miradas se vuelven hacia el príncipe Fuad, que saborea su cigarro.

—Como soy el más joven, os pido que me excuséis si parezco daros un consejo. Pero los años pasados en el frente con mis soldados, gentes sencillas de Anatolia, de Izmir,** del Mar Negro, me enseñaron una cosa: pese a nuestros defectos, el pueblo nos venera. No comprendería que estuviéramos desunidos. Que Abd al-Hamid haya reemplazado a Murad y que éste haya sido reem-

* Desde el siglo XVIII, la corte otomana ha estado modelada por la cultura francesa.

** Esmirna.

plazado por su hermano Reshat, son para ellos incidentes sin importancia. Lo esencial es que nuestra familia ha formado siempre como un solo bloque alrededor del soberano. En medio de la tormenta de esta guerra, en especial, el pueblo necesita un punto de referencia sólido. Desde hace seis siglos esta referencia es la familia otomana. Es preciso que siga siéndolo o podríamos lamentarlo amargamente...

En aquel momento, aparece un eunuco anunciando la llegada de un mensajero del sultán.

Se trata de un sudanés de espaldas impresionantes y, pese a ser un esclavo, todos se levantan. No por respeto hacia su persona —que a sus ojos no existe— sino para expresar la deferencia a la palabra de la que es portador.

—Su Majestad Imperial, el sultán Reshat, Comendador de los Creyentes, Sombra de Dios sobre la tierra, Maestro de los dos mares, el Negro y el Blanco, y Emperador de los dos continentes, envía a Sus Altezas Imperiales el siguiente mensaje: con ocasión del fallecimiento de nuestro muy amado hermano, Su Majestad Imperial el sultán Abd al-Hamid II, invitamos a los príncipes y princesas de la casa de Su Majestad Imperial, el sultán Murad V, a unirse a su luto, en los lugares y de la manera previstos por la tradición. ¡Que la paz sea con vosotros y que Alá todopoderoso y benevolente os proteja!

Ellos se inclinan. Que nadie se equivoque: no se trata de una invitación, es una orden.

Apenas parte el mensajero, el príncipe Nihat masculla encogiéndose de hombros:

—Pase lo que pase, no iré.

—Nihat— interviene Hatidjé sultana con tono de reproche, —creo que Fuad tiene razón; la situación es grave. Debemos mantener la unidad de la familia por encima de todo.

—¡La unidad de la familia! ¡Ah!, hablemos de ella, querida tía. Una familia que desde hace seis siglos no ha dejado de matarse entre sí por el poder. ¿Cuántos hermanos hizo asesinar nuestro antepasado Murad III, el «vencedor de los persas»? Diecinueve, si no me equivoco. Su padre fue más modesto: sólo mató a cinco.

—Se trataba de una razón de Estado— cortó la sultana. —En todas las familias reinantes han sucedido esos dramas. Simplemente en Europa había menos hermanos... Yo, por si queréis saberlo, ya no le tengo rencor al sultán Abd al-Hamid. En circunstancias difíciles, en las que Francia, Inglaterra y Rusia querían repartirse nuestros territorios, era absolutamente necesario un hombre como él para gobernar. Durante treinta y tres años supo salvaguardar el Imperio de las potencias que querían despedazarlo. Mi padre, demasiado honrado, demasiado sensible, tal vez no habría sabido hacerlo. Y, después de todo, ¿el país no está antes que nuestro bienestar personal?

Fehimé sultana y el príncipe Fuad han intercambiado un guiño divertido. La hermana mayor ha sido siempre una mujer fiel a su deber... ¿Pero quién se preocupa hoy de esos grandes principios? Fehimé quiere ante todo divertirse y lo hace con un frenesí exacerbado por el sentimiento de haber perdido en cautividad sus mejores años. Es tan alegre, tan liviana que la llaman «la sultana Mariposa», esas mariposas de las que ha hecho su símbolo y con las que adorna todos sus vestidos. Es una artista. Pianista consumada, incluso llega a componer. Pero no hay nada que odie más que los asuntos serios y las responsabilidades.

Su sobrino, el príncipe Fuad, se le parece: tiene la misma sed de vivir, pero, además, posee un agudo sentido de la realidad. Muy consciente de sus intereses, sabe ceder un poco para obtener mucho. Sale de situaciones difíciles con su encanto. En aquel momento no resiste las ganas de fustigar a Hatidjé sultana.

—Si entiendo bien, *efendimiz*,* no sólo debemos asistir a las ceremonias sino también poner buena cara. ¿Tal vez deberíamos incluso derramar alguna lágrima?

—Contentaos con asistir. Pero recordad esto, Fuad, y vos también, Nihat: si un día accedéis al trono, tomad ejemplo del sultán Abd al-Hamid y no de vuestro abuelo Murad. No se puede tener un hijo y al mismo tiempo conservar la virginidad.

La sultana estalla de risa frente a las caras estupefactas —nunca se acostumbrarán a su lenguaje subido de tono—, y se levanta poniendo fin a la reunión.

* *Efendimiz*: Su Señoría. Tratamiento empleado con los miembros de la familia imperial.

II

A la mañana siguiente, apenas despierta, Hatidjé sultana siente ganas de ir al bazar a comprar una cinta. Habitualmente son los mercaderes griegos o armenios los que vienen al palacio a proponer sus baratijas; no es adecuado que una princesa frecuente esos sitios populares, pese a estar protegida de la mirada de los curiosos dentro de su calesa.

Pero hoy no quiere esperar.

Ha mandado a buscar a Zeynel, su eunuco preferido. Es un albanés alto y de tez blanquísima. Debe de tener cerca de cuarenta años y la sultana observa divertida que su aumento de volumen le da la dignidad de un bajá.

Aún recuerda al adolescente amedrentado que llegó hace veinticinco años al palacio de Cheragán donde ella vivía prisionera con su padre y sus hermanas. Le había sido enviado por el jefe de los eunucos del sultán de Abd al-Hamid, que así había encontrado la manera de deshacerse de él. Pues si el joven estaba particularmente dotado —en la escuela de palacio en la que se educaban los niños destinados al servicio de la corte imperial se distinguía por su inteligencia y perspicacia—, después se había mostrado totalmente rebelde respecto de la estricta disciplina del harén.

Sin embargo, en Cheragán, Zeynel se había apaciguado rápidamente. Entre aquellos cautivos ¿se sentía más libre? Hatidjé recuerda que la seguía por doquier, atento al menor de sus gestos, mientras ignoraba a sus hermanas, las princesas Fehimé y Fátima. Era a ella a quien había escogido servir.

Conmovida por su abnegación, ella se había ido apoyando insensiblemente en él: le gustaba su finura y sobre todo su discreción, que lo diferenciaba de los demás eunucos, tan parlanchines como viejas.

Ahora, en el palacio de Ortakoy, ella lo ha convertido en sus ojos y en sus oídos. Constantemente lo envía a la ciudad a recoger los rumores y las conversaciones de los cafés. Él trae las críticas y los deseos del pueblo llano de Estambul, cansado de aquella guerra que se eterniza y de las dificultades de la vida cotidiana.

Así, pese a estar encerrada en el recinto del haremlik, Hatidjé sultana está más al tanto del estado de ánimo del pueblo que la mayoría de los miembros de la familia imperial; a menudo éstos vienen a consultarla reconociendo su agudeza y lo atinado de sus consejos.

Hace poco, para recompensar la lealtad sin fisuras de Zeynel, lo ha promovido al prestigioso cargo de «jefe de eunucos», lo que ha suscitado muchos comentarios amargos entre los eunucos de más edad.

Pensativa, observa al esclavo que, con los ojos bajos, espera pacientemente sus órdenes. ¿Qué sabe de él salvo sus cualidades de servidor excepcional? ¿Cuál podría ser su vida fuera del palacio? ¿Se siente feliz? No tiene la menor idea, y después de todo considera que eso no le concierne.

—Agha— dice tras un largo silencio, —quiero que me busques un coche de alquiler. Lo más rápido posible.

El eunuco se inclina, disimulando su asombro. Las dos calesas y los tres faetones que constituyen el parque del palacio están en perfecto estado. Por supuesto, todos los coches llevan las armas imperiales... ¿Será posible que su ama desee salir de incógnito justamente cuando su esposo, Hairi Bey, se halla de viaje? Zeynel está acostumbrado a las fantasías de las mujeres; las ha frecuentado lo suficiente en el harén imperial donde sirvió hasta que tuvo catorce años. ¡Pero su sultana es diferente! Y odiándose por haber dudado de ella, aunque no fuera más que un instante, se apresura a ir en busca del coche.

Ayudada por una kalfa, Hatidjé se viste con un charchaf oscuro pero, en el momento en que se apresta a salir, se topa con Selma que la espera delante de la puerta.

—Annedjim— suplica la niña, —os lo ruego, llevadme con vos.

—¡Cómo, princesa! ¿Y vuestro piano? Creía que estabais haciendo vuestras escalas.

—¡Las haré a la vuelta, os lo prometo!

Hay tal desamparo en los ojos de la niña que su madre no tiene corazón para negarse. Ella sufrió tanto durante su vida de reclusa que desea dar a su hija toda la libertad posible, dentro de las conveniencias. Y a veces más allá, dicen las malas lenguas.

El faetón de ventanillas enrejadas con una fina celosía de madera sale del patio al trote corto, con Zeynel sentado en el pescante junto al cochero. Es un hermoso día de invierno, estimulante y soleado; nubes de palomas giran alrededor de las mezquitas y los palacios bañados por el Bósforo.

—Estambul, mi esplendorosa Estambul— murmura la sultana con los ojos semicerrados como una enamorada que, tras una larga separación de su amada, no se cansa de contemplarla.

A su lado, Selma, boquiabierta, se promete que cuando sea mayor saldrá al menos una vez a la semana, aunque provoque murmuraciones.

Por el puente de Galata atraviesan el Cuerno de Oro, estrecho brazo de mar entre ambas riberas de la capital. El bazar se encuentra en la ciudad vieja, no lejos del majestuoso palacio de Topkapi, abandonado por la familia imperial hace sesenta años cuando el sultán Abd al-Mayid hizo construir, para gloria de su nombre, el aireado palacio de Dolma Bahtché. Las sultanas y los príncipes encerrados detrás de los húmedos muros del serrallo, no seguirán muriendo de tisis.

En las calles reina una agitación poco habitual. Al cabo de unos metros, el coche debe detenerse. El largo rostro de Zeynel aparece por la portezuela.

—Alteza, no podemos seguir avanzando: por aquí debe pasar el cortejo fúnebre.

La sultana esboza una sonrisa tranquila.

—¿De veras? Lo había olvidado. Pues bien, esperaremos a que pase...

Selma dirige una mirada a su madre; es justamente lo que pensaba: la cinta era sólo un pretexto. Annedjim no concede nunca tanta importancia a su atuendo. Lo que quería era ver el entierro y, como la costumbre prohíbe a las mujeres asistir, había buscado aquella estratagema.

Para gran asombro de la sultana, se ha formado una apretada multitud. «Bah», se dice, «las gentes tienen tan pocas distracciones en estos tiempos de guerra que cualquier cosa las saca de sus casas».

De repente se hace el silencio; la procesión ha aparecido en lo alto de la avenida.

Precedido por una banda militar vestida con estambulinas negras, el féretro avanza lentamente, llevado a hombros por diez soldados. Los príncipes lo siguen a pie; los mayores primero, con el pecho constelado de condecoraciones de diamantes. Detrás vienen los *damad*, maridos de las princesas; luego los bajás con el uniforme de gala, y los visires, con levitas bordadas de oro. Finalmente, igual que los ministros en aquellas ceremonias oficiales, el *Kislar Agha*, guardián de las puertas de la bienaventuranza, jefe de los eunucos negros de palacio.

Por ambos lados del cortejo, a lo largo de los tres kilómetros que separan la mezquita de Santa Sofía del mausoleo donde debe ser enterrado el sultán, soldados con uniforme de gala están en posición firmes. Sin duda alguna, el gobierno de la Joven Turquía, que diez años antes destituyó a Abd al-Hamid y bajo la égida del sultán Reshat preside los destinos del Imperio, ha querido que el entierro sea grandioso. Con los muertos se puede permitir el lujo de ser magnánimo.

Magnánimo... El hombre a quien hoy se rinden honores no fue muy magnánimo. Las lágrimas empañan los ojos de la sultana. De repente vuelve a verse, catorce años atrás, en aquella noche glacial en la que su padre, el sultán Murad, por la celosa orden del sultán Abd al-Hamid, fue enterrado a la carrera. Sólo algunos fieles servidores lo habían acompañado. El pueblo que lo había amado no fue autorizado a manifestar su pena.

Hatidjé tiembla. La pompa que rodea el entierro del verdugo reaviva su odio. Si Hamid hubiera sido humillado, tal vez lo habría perdonado: su larga detención lo había rehabilitado en parte ante sus ojos. Pero esta ceremonia fastuosa vuelve a glorificarlo, con una gloria robada a su hermano. Incluso en la muerte, Hamid aplasta a Murad. Tras diez años de oscura cautividad, este entierro lo rehabilita.

Un gusto amargo llena la boca de la sultana. Celosa... ¿estaría celosa de un muerto? Ahora entiende el deseo que la empujó a desafiar las costumbres para asistir a aquellos funerales. Había querido creer en la mera curiosidad: pero se trata de la venganza. Vino a constatar, a olfatear, a saborear la muerte del hombre que durante veintiocho años, día tras día, mató a su padre.

Nunca se había imaginado que su corazón abrigara todavía tanto odio...

La procesión ha llegado a la altura del coche. Con la vista, Hatidjé busca a sus sobrinos: Nihat no ha venido, pero el joven Fuad, enfundado en su hermoso uniforme, representa dignamente a la familia. Ha seguido su consejo. Aunque ella, que siempre sabe lo que conviene hacer, ya no está segura de haber tenido razón.

De repente, resuenan gritos en la multitud. Desde la penumbra de su coche, la sultana reprime una sonrisa. Ésa es la razón de que sean tan numerosos: el pueblo se preocupa poco de las conveniencias que prohíben ensañarse con un muerto. ¡Ha venido a saludar al tirano como se merece!

Con tiento, aguza el oído y en medio del sordo rumor de las voces, le parece distinguir quejas y sollozos. Es imposible, debe equivocarse. Sin embargo... Inmóvil en su asiento, Hatidjé se ha puesto lívida: lo que había tomado por gritos de odio son gritos de desesperación. La indignación la ahoga. ¡Cómo es posible! Ese pueblo, que declaraba públicamente su desprecio por el tirano, ¡hoy lo llora! ¿Ha olvidado entonces los sombríos años en los que la policía y los servicios secretos reinaban todopoderosos? ¿También ha olvidado los aplausos que prodigaron al golpe de Estado de la Joven Turquía que sustituyó al sultán Hamid por su hermano Reshat? Hatidjé sacude la cabeza con desprecio: «Los hombres tienen en realidad poca memoria...».

Desde una ventana, una mujer gime:

—Padre, ¿por qué nos has abandonado? En tu tiempo teníamos pan, ¡ahora morimos de hambre!

Otras voces la acompañan:

—¿Adónde vas? No nos dejes solos.

«¿Solos?» La sultana tiembla. ¿Qué quieren decir esas gentes? ¿No tienen un soberano, el buen sultán Reshat? ¿Habrían perdido la confianza en él? ¿Han adivinado lo que todos saben en la corte: que el sultán no es más que un títere en manos de los tres verdaderos amos del país, Envar, Talat y Djemal?

Éstos ni siquiera habían consultado al soberano cuando, cuatro años antes, en 1914, embarcaron a Turquía en la guerra al lado de Alemania. Desde entonces, se acumulan los errores, y las derrotas se suceden, derrotas que intentan esconder. Pero todos los días centenares de heridos afluyen desde el frente y las colas se alargan delante de las panaderías, mientras los mendigos comienzan a invadir las calles.

La sultana suspira. Con el sultán Abd al-Hamid desaparece el último símbolo de una Turquía fuerte y respetada. Es seguramente eso lo que llora el pueblo. La nostalgia lo ha sobrecogido. La princesa ya no se siente con ánimo de mantener la ficción de una visita al bazar.

—Volvamos— dice a Zeynel.

El eunuco la mira con tristeza. Comprende la confusión de su sultana. Sabe cuánto necesitaría una palabra de consuelo. Pero su posición sólo le permite callarse. Se inclina y con voz parca transmite la orden al cochero. Lentamente, el coche vuelve a tomar el camino de palacio.

El sol baja sobre el Bósforo. A través de las altas ventanas acristaladas, Hatidjé contempla el río y, en la ribera opuesta, en el continente asiático, el palacio de Beylerbé. No puede dejar de sonreír ante esta ironía del destino: es allí, justo frente a su mansión, donde su antiguo carcelero, prisionero también él, vivió los últimos años de su vida.

Las malas lenguas pretenden que había elegido vivir cerca del sultán destronado para poder contemplarlo a su gusto. Es falso: ella vivía desde antes en ese palacio de Ortakoy. Se había vengado, claro está, pero de otra manera...

Le avisan que el caique está dispuesto: es hora de ir a dar el pésame a las parientas del difunto. Es la primera vez después de largos años que, dejando de lado las ceremonias oficiales en las que fingían no reconocerse, ambas familias van a encontrarse.

Seguida por sus dos hermanas y su hija, Hatidjé sultana atraviesa el parque para dirigirse hacia el embarcadero de piedras musgosas. Las cuatro van vestidas de blanco, color de luto; el negro, considerado de mal agüero, está prohibido en la corte otomana.

Ayudadas por los eunucos, suben a la fina embarcación, saludadas por los diez remeros vestidos —como en tiempos de Sulaymán el Magnífico— con amplias camisas de batista y pantalones escarlata. Diez remeros es el número autorizado a los príncipes y princesas. Los visires sólo pueden tener ocho. El sultán, en cambio, utiliza habitualmente un caique de catorce remeros.

Mientras la embarcación corta las aguas, las sultanas se han levantado el velo para gozar de la brisa; nadie está allí para mirarlas; so pena de despido, los remeros deben mantener la cabeza baja. En otros tiempos, habrían sido castigados con la muerte.

Instalada en la popa, Selma contempla el movimiento de los peces que parecen seguir la barca: le gusta esa costumbre de hacer flotar detrás de la embarcación largas tiras de muselina azul bordadas con carpas o truchas de plata para imitar la realidad.

Algo aturdidas por el aire del mar, las princesas llegan al palacio de Beylerbé. Los eunucos las escoltan al gran vestíbulo con techos decorados con motivos geométricos verdes y rojos, los muros cubiertos de espejos de Damasco incrustados de nácar. Beylerbé fue construido el siglo pasado por el sultán Abd al-Aziz que, para prescindir de las modas llegadas de Europa, lo quiso de un fasto completamente oriental. Incluso se cuenta que cuando Eugenia de Montijo, de la que estaba muy enamorado, se hospedó allí antes de asistir a la inauguración del canal de Suez, el sultán había ordenado que el mosquitero de la cama de la emperatriz fuera bordado con miles de perlas finas.

Precedidas por la gran maestra de ceremonias, las princesas entran en una habitación tapizada de terciopelo escarlata. Es el salón de la *Sultana Valida*, título dado a las madres de los sultanes. Como la madre de Abd al-Hamid ha muerto, es la última esposa del soberano, Musfika *cadina*, la que impera en su lugar, derecha y frágil en el sillón macizo de madera dorada. Hasta el último momento permaneció al lado del real cautivo. Ese día de luto es su día de gloria: finalmente recibe el justo tributo a su abnegación.

Alrededor de ella, sentadas sobre cojines y taburetes de brocado, mujeres de todas las edades se lamentan evocando las bondades y los meritorios actos del difunto. Algunas lloran ruidosamente, interrumpiéndose en todo caso para observar la llegada de nuevas visitantes.

Cuando hacen su aparición las tres sultanas, un murmullo de asombro recorre la asistencia. La cadina sonríe; demasiado inteligente para no adivinar el motivo político de aquella visita, no deja de apreciar la grandeza del gesto. Solícitamente, se levanta para recibirlas, pues incluso aquel día, encumbrada a la cima de los honores, se cuida mucho de olvidar el respeto debido a las princesas de sangre. Después de todo, ella sólo es, como todas las esposas del sultán, una mujer del harén distinguida por el amo todopoderoso.

Selma besa la mano de las damas de alcurnia que rodean a la cadina haciendo pequeñas reverencias. Está a punto de saludar a una persona muy fea sentada a la derecha de ésta cuando, ante el brillo de odio de los ojos que la miran, se detiene en seco. ¿Qué ha hecho mal?

Desconcertada, mira a su madre que la empuja enérgicamente hacia adelante.

—Selma, saludad a vuestra tía, Naimé sultana, hija de Su difunta Majestad el sultán Abd al-Hamid.

Pero para gran escándalo de las damas, la niña retrocede sacudiendo sus bucles pelirrojos. Apartándola bruscamente, Hatidjé sultana se inclina ante la princesa.

—Perdonad a la niña, la pena de haber perdido a su tío le ha hecho subir la fiebre...

Con un gesto de desdén, Naimé sultana vuelve la cabeza como si no pudiera soportar la vista de quien le habla. Entonces Hatidjé se endereza en toda su estatura y, lanzando una mirada burlona a la asamblea, se sienta a la izquierda de la cadina que la ha llamado a su lado. Triunfa. La grosería de su prima constituye un homenaje. Ahí, nadie se equivoca: así que, después de catorce años, la herida sigue abierta...

Mientras escucha apenas a la viuda, que por enésima vez relata las circunstancias de la muerte de Su Majestad, Hatidjé recuerda...

Kenaleddín Bajá, el galante marido de Naimé, era ciertamente hermoso... Las dos primas se habían casado el mismo año... ¡hacía ya diecisiete! Pero mientras que para Naimé, su hija preferida, nacida el día de su coronación, el sultán Abd al-Hamid había escogido un brillante oficial, a Hatidjé le había impuesto un oscuro funcionario, tan feo como limitado.

El matrimonio era el único medio de salir del palacio-prisión en el que Hatidjé se encontraba confinada desde su infancia. A los treinta y un años estaba desesperada de la vida y dispuesta a todo para ser libre. Pero no había previsto una elección tan degradante. Durante semanas, obstinadamente, había cerrado las puertas de su habitación a su esposo, que fue a quejarse al soberano. Finalmente, cansada de luchar, Hatidjé había cedido.

Tiembla al recordar la primera noche... Aún conserva el asco pegado a la piel...

El palacio que el sultán le había regalado —como a toda princesa recién casada— era contiguo al de su prima Naimé. Hatidjé tomó la costumbre de visitar a la joven; le daba consejos de hermana mayor y le hacía llegar, con Zeynel, pequeños regalos. Rápidamente se hicieron amigas. Naimé estaba perdidamente enamorada de su gallardo marido. ¿Qué mejor venganza podía imaginar Hatidjé que robárselo? ¿Qué medio más seguro de herir a su verdugo, el verdugo de un padre a quien ella adoraba, que empujar a la hija del soberano a la desesperación?

Fría, pacientemente, con la conciencia de cumplir un deber de justicia, Hatidjé se fijó el objetivo de seducir a Kemaleddín. Esto fue tanto más fácil cuanto que la imprudente Naimé había insistido, contrariamente a las costumbres, en que su esposo y su mejor amiga se encontrasen. Hatidjé era bella y el bajá se enamoró. Le declaró su amor en cartas apasionadas, que ella conservó celosamente.

Durante aquel tiempo, Naimé, mortificada por la indiferencia de Kemaleddín, se negaba a alimentarse y comenzaba a languidecer. El sultán no entendía de qué estaba enferma su hija y se desesperaba. Hatidjé, que acogía las confidencias de la desdichada, terminó por considerar que el juego había durado demasiado: Kemaleddín presionaba y Vassif, su marido, dándose el lujo de los celos, la abrumaba de reproches. Hizo un paquete con las cartas de Kemaleddín, llamó a Zeydel y le ordenó llevárselas al sultán como si se las hubiera encontrado por casualidad. Así obtuvo su venganza. Y su libertad: un escándalo como ése no podía dejar de acarrear el divorcio.

Aún hoy, catorce años después, Hatidjé se asombra de su ingenuidad. ¿Cómo pudo creer que se podía manejar a Abd al-Hamid?

De nuevo ve el día en que el sultán la convocó a palacio. En sus manos tenía las cartas del bajá. En sus ojillos negros podía leer la furia pero, sobre todo, una ironía que la impresionó mucho más. Toda la corte esperaba el veredicto. Kemaleddín Bajá había sido exiliado a Bursa, la antigua capital, a unos cien kilómetros de Estambul. ¿Qué le iba a suceder a la joven? ¿Sería también desterrada? Era conocer mal al sultán Abd al-Hamid. No le hizo ningún reproche, se contentó con sonreír y... la envió de vuelta junto a su marido.

Hatidjé sólo se libraría de su marido con la revolución de 1908 que, al destronar a Abd al-Hamid, llevaría al trono al benévolo sultán Reshat. Como no podía negarle nada a su sobrina, permitió que se divorciara.

Para coronar una historia tan romántica, sólo faltaba la boda de Kemaleddín y la princesa. Una vez liberado, el bajá, más enamorado que nunca, había corrido a Estambul. Allí fue recibido fríamente por la sultana, que le declaró que nunca lo había amado.

Un año después, durante un paseo a las «Aguas dulces de Asia»,* Hatidjé conoció a un apuesto diplomático. Se enamoró y decidió casarse con él.

Era Hairi Rauf Bey, el padre de Selma y del pequeño Hairi.

La noche envuelve el palacio de Beylerbé. Una fría humedad sube del Bósforo y las sombras invaden el salón de la Sultana Valida. Instintivamente las mujeres se han puesto a susurrar.

De puntillas, las esclavas se abren paso para encender las velas de los candelabros de cristal verde que, colocados en los cuatro rincones de la habitación, hacen pensar en grandes árboles frondosos.

Lentamente, la sultana emerge de su sueño. Es hora de volver. Con una mirada indica a sus hermanas que la visita ya ha durado bastante. La cadina se levanta solícita, insiste en acompañarlas hasta la puerta del salón.

Naimé sultana ni siquiera las mira salir.

Selma no comprenderá nunca por qué, en el viaje de vuelta, mientras espera ser reconvenida por no haber saludado a su tía, su madre la estrecha repentinamente en sus brazos y la besa.

* Pequeño río de los alrededores de Estambul.

III

Un sonido melodioso, suave e insistente, termina por sacar a Selma de su sueño. Abre los ojos y sonríe a la adolescente que, sentada a los pies de la cama, tañe con una pluma su udh.* Es una costumbre oriental el evitar todo despertar brusco, pues durante la noche, se dice que el alma deambula por otros mundos y debe dársele tiempo de volver poco a poco al cuerpo.

A Selma le gusta despertar con música; el sonido de aquel laúd le parece una promesa de felicidad para el día que comienza.

Aquel día, se siente especialmente contenta: es el Bairam, la gran fiesta del Islam que conmemora el sacrificio de Abraham ofreciendo su hijo a Dios. Para la ocasión, todos deben estrenar ropa y hay intercambio de regalos. La ciudad resuena con los ruidos domésticos, los gritos de los charlatanes y los vendedores de golosinas, mientras en todas las esquinas la gente se amontona alrededor de los titiriteros y de los teatros de sombras chinescas.

Las festividades serán especialmente suntuosas en el palacio de Dolma Bahtché donde, durante tres días, el sultán va a recibir a los altos dignatarios así como a toda su familia.

Selma salta de la cama rechazando el vaso de leche matinal, prescrito para que tenga una bonita tez, y se dirige al pequeño *hammam*** en el que dos esclavas le preparan un baño de rosas, refinamiento reservado sólo para las grandes ocasiones, pues la sultana teme desarrollar en su hija una coquetería precoz.

El agua tibia chorrea de las grandes jarras de plata sobre la piel clara de la niña. Después de haberla secado esmeradamente con una muselina blanca, las esclavas esparcen por su cuerpo y

* Udh: laúd oriental.
** *Hammam*: sala de baños.

sobre la cabellera una lluvia de pétalos de rosa, y le dan un largo masaje. Selma se abandona a sus manos suaves, huele el delicioso perfume y se convence de que se está volviendo flor.

Media hora más tarde, con su nuevo vestido de encaje inglés, corre a los apartamentos de su madre. Cuando entra, su padre, Hairi Rauf Bey, ya se encuentra allí. Ha vuelto la víspera de un viaje por sus tierras, especialmente para la ceremonia en el palacio de Dolma Bahtché. Saluda a su hija con una sonrisa y le acaricia levemente los cabellos, pues es considerado de mal gusto que los padres besen a sus hijos. Roja de placer, Selma lo mira con ansias: ¡qué altiva figura tiene con su levita gris perla y su fez escarlata! Pero ¿qué hacer para conservar sus bigotes tan obstinadamente dirigidos al cielo?

Muy delgado, de estatura mediana, Hairi Bey exhibe el aire de distinción y de tedio común en los hombres de la buena sociedad. Indolente, acostumbrado a los éxitos femeninos y totalmente desprovisto de ambición personal, se vio arrastrado al matrimonio con una sultana sin haberlo buscado. Como está lejos de ser tonto, los halagos que obtiene con su título de *damad* le abruman, pero le cuesta demasiado realizar el esfuerzo de labrarse una posición por sí mismo. Antes había sido un joven confiado y soñador; ahora es un hombre cansado de todo. Ni sus hijos le interesan mucho. A lo más, le divierten, sobre todo Selma que ya juega un poco a la coqueta. En cuanto a su esposa...

Ésta acaba de entrar en el tocador. Hairi Bey se levanta y le besa la mano, dirigiéndole los cumplidos al uso. Le alarga un cofrecito de terciopelo. Para el Bairam, así como para el cumpleaños del sultán, todo marido debe hacer un regalo a su mujer. Faltar a esta costumbre está considerado como una señal inminente de divorcio. El damad suspira para sus adentros: ¡afortunadamente su secretario piensa en todo! En el cofrecito hay un suntuoso collar de zafiros, de un azul profundo.

—¡Tienen unas aguas soberbias!— murmura la princesa.

Él se inclina galantemente.

—Nada es demasiado hermoso para vos, sultana.

Su secretario ha hecho bien las cosas. Pero no sabe cómo diantres, en aquellos tiempos de guerra, con las restricciones de la lista civil,* podrá pagar la joya. ¡Bah!, el armenio que provee a la familia desde hace tanto tiempo le dará crédito. De todos modos, no va a empezar a ser avaro a su edad.

De su bolsillo ha sacado otro cofrecito, más pequeño y escogido por él mismo, que pone en manos de Selma. Es un broche, un delicado trabajo de orfebrería que representa un pavo real con

* Cantidad concedida a los miembros de la familia imperial para sus necesidades personales.

las plumas consteladas de esmeraldas. Esperaba algún agradecimiento, pero la alegría desbordante de la niña lo intriga: tan joven y ya aprecia de esa forma las joyas ¿o quiere imitar a su madre?

Como en el fondo el asunto le preocupa poco, no advierte que, más que al broche, lo mira a él, con ojos brillantes de emoción: es la primera vez que su padre le hace un regalo de mujer.

Sin embargo, la sultana se inquieta:

—Amigo mío, llegaréis tarde al *selamlik*.*

Hairi Bey la interrumpe con un gesto:

—¡Me da lo mismo! Esas formalidades me enferman. Y tampoco sé si voy a ir.

Empero sabe perfectamente que irá y ella también lo sabe. Pero no puede dejar de provocar a su esposa. Con los años, soporta cada vez peor su papel de príncipe consorte. Y ni hablar de divorcio. No se divorcia uno de una sultana. Sólo ella tiene ese derecho, si el soberano está de acuerdo.

De todos modos, Hairi Bey no tiene nada que reprocharle. Es perfecta, pero tan princesa... Aburrida hasta más no poder, piensa, sin confesarse que se siente aplastado por una personalidad más fuerte que la suya, una personalidad que le da la impresión de haberlo convertido a él en una sombra.

Largo rato después de la partida de su padre, Selma se pregunta aún por qué estaba tan triste. Sentada en una banqueta, balancea los pies en el vacío esperando a su madre y se reprocha el hecho de no haber intentado consolarlo. ¿Pero qué habría podido decirle? Lo más probable es que se hubiera burlado de ella.

Finalmente la sultana está lista. Lleva un vestido recamado de perlas finas cuya cola está adornada con martas cebellinas. Sus cabellos negros, arreglados con tirabuzones, están salpicados de piedras preciosas. En el pecho brilla la estrella de diamantes de la «Orden de la Compasión», concedida a muy pocas damas, y el pesado collar de oro y esmalte con las armas del Imperio, sólo reservado a los príncipes y princesas.

Los bucles pelirrojos de Selma se agitan de júbilo: ¡Como siempre, su madre será la más hermosa!

Ayudadas por las kalfas, suben al faetón de gala, conducido por un cochero vestido con un dolmán azul oscuro galoneado de plata. El látigo restalla y lentamente el coche se pone en movimiento para recorrer los dos kilómetros que lo separan del palacio imperial.

* *Selamlik*: oración del viernes en la mezquita de Santa Sofía, en la que todos los asistentes deben haber ocupado sus sitios antes de la llegada del sultán.

El palacio de Dolma Bahtché, todo de mármol blanco, se extiende indolentemente a orillas del Bósforo. En un opulento desorden se hallan reunidos los estilos de todas las épocas y de todos los países. Columnas griegas, ojivas moriscas, arcos góticos o románicos, y por doquier el rococó inundando las fachadas con ramilletes y guirnaldas, rosetones y medallones delicadamente cincelados con arabescos dorados. Los puristas encuentran muy fea lo que suelen llamar «la tarta de la novia». Pero la profusión, la generosidad, la elegancia antojadiza, la inocente ignorancia de las reglas del buen hacer arquitectónico lo hacen atractivo, como un niño que se hubiera puesto todos los absurdos adornos encontrados en el armario de su madre para parecer más hermoso. Eso sólo lo comprenden los poetas, y el pueblo turco es muy poeta.

Al entrar en el palacio, Selma se detiene, sobrecogida por la avalancha de oro y de cristal. Ya ha ido otras veces pero siempre se queda boquiabierta ante tanta magnificencia. Las arañas y candelabros refulgen con sus miles de lágrimas centelleantes; la escalera de honor es de cristal de Baccarat, así como las enormes chimeneas, cuyas campanas, talladas en diamante, proyectan un juego de luces irisadas que cambian de color con las diferentes horas del día.

A la niña le gusta ese fasto. La convence de que el poder del Imperio es invencible, su riqueza inagotable y todo el mundo hermoso y feliz. Claro que existe la guerra, de la que hablan gravemente los amigos de su padre, y también están esos hombres y esas mujeres de mirada febril que, todos los días, se presentan ante las rejas del palacio para pedir pan. Pero a Selma le parecen habitantes de otro planeta, así como la guerra no es para ella más que una palabra en la ligera boca de las personas mayores.

Siguiendo a la cohorte de eunucos que las ha recibido, un enjambre de jóvenes, todas hermosas —la fealdad está proscrita en palacio—, las rodea para ayudarles a quitarse los velos, mientras una kavedji, vestida con el pantalón bombacho y el pequeño bolero bordado de las circasianas, les sirve un café perfumado con cardamomo para que se repongan de las fatigas del viaje.

Celosamente preservado de las influencias externas, el harén imperial* conserva fielmente las antiguas costumbres, según las cuales, las grandes kalfas vigilan sin piedad la educación de las jóvenes. Siguen llevando los trajes tradicionales y si miran con curiosidad y un aire algo divertido los vestidos «a la franca» de las sultanas de visita, no sienten deseos de imitarlas. ¿No está el palacio por encima de las modas?

* El harén es la parte de la casa en la que residen las mujeres. Puede haber varias esposas y odaliscas, como por ejemplo en el harén imperial.

La gran maestra de ceremonias aparece, imponente con su larga túnica recamada en oro, símbolo de sus altas funciones. Viene a buscar a las princesas para conducirlas ante la sultana Valida, madre del soberano. Toda visita a la corte debe comenzar por la vieja dama, segundo personaje del reino después de su hijo.

En un salón tapizado de seda malva y amoblado con pesados sillones victorianos, reina la sultana. Se dice que ella fue muy bella, pero, con la edad y la vida sedentaria del harén, se ha vuelto enorme. Sólo sus soberbios ojos azules son testigos de su origen circasiano.

Selma y su madre saludan respetuosamente a la antigua esclava.

Como la mayor parte de las mujeres del harén imperial, fue vendida al palacio cuando era niña, porque sus padres, gente modesta, querían darle a su hija las mejores oportunidades de promoción social. En efecto, desde hacía mucho tiempo corría el rumor de la refinada educación que recibían los esclavos en la corte. El destino glorioso de algunos que se habían convertido en visires o en primeras esposas había turbado la imaginación del pueblo. Así que ya no era necesario, como a comienzos del Imperio, arrebatarles los hijos a sus desconsoladas familias. Ahora suplicaban que los aceptasen.

La sultana Valida nunca volvió a ver a los suyos. Selma se pregunta si alguna vez los ha echado de menos. En realidad, no ha tenido tiempo de hacerlo.

Cuando llegó al palacio fue puesta a cargo de la gran maestra de las kalfas. Le enseñaron, como a todas sus compañeras, poesía, arpa, canto, danza y, sobre todo, buenas maneras. Y cuando juzgaron que se había convertido en una joven cabal, se la hizo entrar al servicio del soberano.

A la vieja dama le gusta evocar el día en que el sultán se fijó en ella y se convirtió en *gueuzdé*, la que ha captado la mirada del amo. Tuvo derecho a una habitación individual y a nuevos vestidos de seda. Felizmente el soberano no se había cansado y la volvió a pedir a menudo: accedió así al codiciado título de *iqbal*, o favorita. Entonces se mudó a una habitación mucho mayor y se le adjudicaron tres kalfas para su servicio. Era el momento de tener un hijo.

Selma ha oído a menudo a viejas damas de la corte contar cómo, cuando su hijo Reshat nació, la hermosa circasiana había sido promovida al rango de tercera cadina. Para separarse del grupo de concubinas y lograr esa posición tan apetecida, no bastaba con ser bella, había que poseer inteligencia y tenacidad. Cuanto más se subía en la jerarquía del harén, más se agudizaban las rivalidades y se definían los peligros. A esos niveles, la lucha se volvía en una guerra sin cuartel. En efecto, todos los hijos de las cadinas eran príncipes imperiales, por lo tanto, todos sultanes en potencia. La regla dictaba que el mayor accediera al trono. Pero durante seis siglos de historia otomana, se había visto desaparecer a muchos primogénitos, víctimas de accidentes o aquejados por enfermedades misteriosas...

La cadina no había permitido que nadie cuidara de su hijo. Conocía demasiados ejemplos de nodrizas o eunucos pagados por alguna rival ambiciosa. Ella se había jurado que su hijo sería sultán y que ella misma se convertiría en sultana Valida. Toda su vida había tenido ese objetivo. Tuvo que esperar hasta la edad de setenta y ocho años para que se materializara.

Y ahora, la ambición, que la había sostenido durante sesenta años de diplomacia y de intrigas, la ha abandonado. Ya sólo es una anciana cansada.

Con su blanquísima mano, la sultana Valida acaricia la mejilla de Selma, lo que significa gran benevolencia, y felicita a Hatidjé por su buen aspecto. Luego, dando una gran bocanada a su narguilé de oro, cierra los ojos. La entrevista ha terminado.

Es el momento de ir a visitar a las cadinas. Cada una recibe en su propio apartamento. Son verdaderas pequeñas cortes dentro de la corte, animadas por un consejo de eunucos, secretarias, intendentes, grandes y pequeñas kalfas; la etiqueta prescribe que se las visite antes de cada ceremonia.

Este año, por primera vez, Selma va a pasar la prueba del protocolo. Con el corazón palpitante ante las miradas implacables que la juzgan, la princesita comienza a dar la vuelta a la honorable asamblea. Con mucho cuidado, mide la profundidad de sus temenahs de acuerdo con la jerarquía de la persona a quien saluda. Esta jerarquía es el resultado de una complicada educación en la que cuentan el nacimiento, el rango y la edad. Por ello, se le exige a la niña un conocimiento perfecto y pormenorizado de la corte y sus costumbres.

Cuando ve que se esbozan sonrisas a su alrededor, Selma respira: ha pasado la prueba.

De repente se escucha un bullicio: el sultán ha vuelto de la oración del selamlik y va a comenzar la ceremonia del besamanos.

Entonces, abandonando la charla y las golosinas, todas se precipitan, tanto como se lo permiten sus dignidades, hacia la galería circular que domina la sala del trono. Desde allí, ocultas detrás de las *mucharabieh*,* las mujeres asistirán a uno de los más grandiosos y divertidos espectáculos del año. Selma, apretada

* *Mucharabieh*: especie de tabique de madera calada.

entre dos corpulentas damas, apenas puede respirar, pero por nada del mundo abandonaría su puesto de observación.

Mirando a treinta metros por debajo de ella, ve un bosque de feces rojas y levitas negras o grises, animado por las manchas de color de los uniformes militares. Deslumbrada por las miles de lámparas de la sala del trono —se dice que es la mayor de Europa—, Selma necesitará largo rato para lograr distinguir algún rostro.

Al fondo de la sala está sentado el sultán, silueta hierática en su amplio trono de oro macizo incrustado de piedras preciosas. A su derecha, los príncipes de la familia imperial, con uniforme de gala, de pie, por rango de edad.

Selma, empinándose, ha intentado divisar a su primo favorito, Vassip, dos años mayor que ella. Pero la distancia es tal que no logra reconocerlo. Tampoco distingue a su propio padre, que debe encontrarse a la izquierda del sultán, entre los damad y los visires cubiertos de condecoraciones. Al frente, mariscales, generales y oficiales superiores con traje de gala. Y en las galerías elevadas, como cuervos al acecho, los miembros del cuerpo diplomático en pleno.

Uno tras otro, los altos dignatarios avanzan hacia el trono y se prosternan tres veces hasta el suelo; vienen a besar, no la mano del sultán, que nadie tiene derecho a tocar, sino el símbolo del poder, una larga estola de terciopelo rojo guarnecida de borlas de oro, sostenida por el gran chambelán.

Luego, respetuosamente, se acercan los altos funcionarios con levitas negras, representando a los diversos ministerios. Finalmente, con los ojos desorbitados ante tanto esplendor, llegan los notables, a los que se les ha querido recompensar una lealtad especial. Conmovidos, tanto por el honor que se les hace como por el temor de cometer una falta a las sagradas reglas del protocolo, besan devotamente la estola, luego salen retrocediendo y tropezando ante la mirada divertida de la asistencia.

De pronto se hace el silencio. Todos retienen la respiración: la más alta autoridad religiosa del Imperio, el jeque ul Islam, vestido con una larga túnica blanca y un turbante de brocato, avanza; el sultán, como favor insigne, se levanta para recibirlo. Detrás de él vienen los grandes ulemas, los doctores de la Ley, con túnicas verdes, malvas o pardas. Los siguen los representantes de los diversos cultos del Imperio, el patriarca griego ortodoxo y el primado armenio, vestidos de negro: y el gran rabino de los judíos, que goza de un *status* privilegiado desde que, en el siglo XVI, el Imperio se erigió en protector de esta comunidad perseguida en Europa.

Durante la ceremonia, que durará más de tres horas, la orquesta imperial, con sus miembros vestidos de blanco y corbatas rojo y oro, tocará alternativamente marchas otomanas y enardecedoras sinfonías de Beethoven. Está dirigida por el famoso Lange Bey, un director de orquesta francés enamorado de Oriente.

Detrás de las mucharabieh, resuenan ahogadas las frescas risas de las mujeres. Se muestran entre ellas al jefe de las fuerzas alemanas, el general Liman von Sanders que, por su envaramiento y su aire altanero, parece la caricatura de un oficial prusiano. Y el encantador marqués Pallavicini, embajador de Austria Hungría, a quien se ve a menudo en Estambul, por las tardes, montado en su alazán. Se dice que está al corriente de todo; empero siempre parece sorprendido: es un perfecto diplomático.

En realidad, lo que las mujeres intentan ver es a los tres amos del país. El sutil gran visir, Talat, con un cuerpo de toro, y cuyas enormes manos rojas delatan sus orígenes modestos. El pequeño y pálido Djemal Bajá, ministro de Marina que, bajo sus maneras afables, oculta, se dice, una dureza implacable: enviado en 1915 a Siria, redujo la revuelta por la independencia con una crueldad que le valió el apodo de «carnicero de Damasco».

Pero la estrella de la asamblea es incuestionablemente el hermoso Enver Bajá. Delgado, gracioso, el ministro de Guerra y jefe del Triunvirato, seduce a todas las mujeres. Su valor es inmenso, su vanidad también... Se considera un genio militar, aunque, en estos primeros meses de 1918, cuando el ejército otomano retrocede en todos los frentes, la fama del que algunos apodan irónicamente «Napoleonik» comience a palidecer. Y las lenguas se sueltan para criticar al que adoraron.

—Es una vergüenza las recepciones que da en estos tiempos de restricciones— murmura una dama.

—Este hijo de pequeño funcionario se siente tan contento de haberse casado con una princesa que ha perdido toda medida— comenta otra.

En efecto, el héroe de la revolución de la Joven Turquía se ha casado con Nadié sultana, sobrina del sultán Reshat. Orgullosísimo de su mujer, le gusta mostrarla y sigue dando, en plena guerra, fiestas de un lujo ostentoso. Su mesa está siempre suntuosamente servida en circunstancias tales que, hasta en el palacio imperial, se han restringido por decencia los menús. Pero la familia le perdonaría todo eso si él mismo no jugara al emperador, dictándole las órdenes al viejo soberano, humillándolo y, por lo mismo, humillándolos a todos.

—Mirad qué enfermo parece Su Majestad, los cálculos le causan un dolor terrible— se apiadan las princesas, indignándose de que Enver Bajá hubiera obligado al soberano, hacía unos meses, a ir a la estación a recibir al káiser Guillermo II.

Por lo demás, lo que los subleva no es tanto el cansancio

ocasionado al *padischah,** cuanto la vergüenza que le infligió su ministro: nunca, desde los orígenes de la dinastía, un sultán se había desplazado para recibir a nadie, fuera rey o emperador.

Pero sobre todo no están dispuestos a olvidar el ahorcamiento del joven y bello Salih Bajá, esposo de Munira sultana, una de las sobrinas preferidas del sultán. Acusándolo de complot contra el partido Joven Turquía, Enver había exigido su cabeza. La sultana se había arrastrado a los pies del soberano, que había suplicado a Enver que salvara al damad: todo fue en vano. Con el corazón roto, el sultán tuvo que firmar la sentencia de muerte. Se dice que tuvo que volver a empezar tres veces porque las lágrimas le empañaban la vista.

Los comentarios y críticas están en lo mejor y Selma es toda oídos cuando, de repente, la orquesta deja de tocar: el monarca se ha levantado poniendo fin a la ceremonia. Seguido de sus príncipes, abandona lentamente la sala del trono, saludado por los clamores rituales de los ulemas: «Padischah, sé humilde y recuerda que Alá es más grande que tú».

Ya las damas se apresuran hacia el gran salón azul donde el Amo vendrá ahora a visitarlas. Con autoridad, las maestras de ceremonia colocan a cada una según su edad y posición, mientras la orquesta del harén, unas sesenta músicas jóvenes, se sitúa en el vestíbulo contiguo. Cuando el soberano aparece, precedido por la gran tesorera, la orquesta acomete una pieza de bienvenida compuesta para la ocasión.

A través de las pestañas semicerradas, Selma examina al anciano señor de cabellos blancos, cuya mirada azul de porcelana y labios gruesos derrochan bonhomía. A su lado ha hecho sentar a su madre y sonríe apaciblemente.

Entonces se aproximan las sultanas y las hijas de las sultanas, que llaman hanum sultanas. Sus largas colas producen un rumor al rozar las alfombras de seda. Se inclinan con tres graciosos temenahs y van a colocarse a la derecha del sultán. Luego vienen las cadinas y las iqbals, que se colocan a su izquierda. Finalmente les toca el turno a las damas de palacio y a las más antiguas kalfas que, tras haberse prosternado hasta el suelo, se alejan modestamente hacia el fondo del salón.

Cuando acaban estos saludos, aparecen dos esclavas sujetando una bolsa de terciopelo llena de moneditas de oro acuñadas aquel mismo año. La gran tesorera las toma a manos llenas y las lanza hacia la orquesta y hacia las pequeñas kalfas, que las recogen bendiciendo en voz alta al padischah por su generosidad.

Es el momento de la conversación. Su Majestad ruega a sus parientes y esposas que se sienten, y se preocupa por su salud.

* *Padischah*: sinónimo de sultán.

A cada una le dirige una palabra amable. Pero como la etiqueta prohíbe dirigirle la palabra al soberano o extenderse más allá de la pregunta planteada, rápidamente la conversación languidece. Mientras las damas esperan, sentadas muy derechas en el borde de sus sillas, el sultán se pone a toser débilmente; y Selma, lanzándole una mirada furtiva, advierte, para su gran sorpresa, que parece intimidado. Tras un silencio que a todos les parece interminable, el soberano comienza a hablar de sus palomas: tiene pasión por esas aves que hace traer de Europa; piensa que tal vez sea un tema interesante para las damas. En efecto, todas parecen muy interesadas. Luego habla de las hermosas rosas que coge cuando se pasea por el parque del palacete de Ilhamur, precisando que hay que cortar sólo una cada vez, nunca dos, para no estropear la planta. Es un hombre de gran dulzura.

Se cuenta que la única cosa que lo exaspera es que un embajador extranjero se siente ante él con las piernas cruzadas. «Además, el infiel me puso los pies en la nariz», se queja entonces. Pero contiene su humor recitando una azora, pues es muy piadoso. Forma parte de una orden mística, pero de eso jamás se habla.

Finalmente, cuando tras las palomas y las rosas, Su Majestad está convencido de que ha agotado todos los temas de conversación que convienen a una asamblea tan encantadora, se levanta y, saludando amablemente a las damas, se retira a sus apartamentos.

Es la señal para el esparcimiento. Las princesas se divierten en los saloncitos, dedicadas al placer de volverse a ver, de felicitarse por sus vestidos, de intercambiar confidencias. Algunas no se han visto desde el último Bairam y tienen mil cosas importantes que decirse. En un tocador, una joven sultana toca al piano las mazurkas de moda, mientras, en medio de carcajadas, sus primas intentan bailar. Al lado, se juega apasionadamente una partida de chaquete. En los apartamentos de la primera cadina se ha organizado un concurso de poemas sobre un tema fijo: la poesía ha tenido siempre un lugar de honor en la corte otomana y, a lo largo de los siglos, varios de los más grandes sultanes se dedicaron a ella con talento.

Pero el salón más concurrido es en el que actúa la *miradju*, la narradora. Es la mejor de la ciudad y acude a todas las fiestas. Sentada en el suelo, con la barbilla entre las manos, Selma la mira: ¡debe de tener por lo menos cien años! Pero poco a poco las arrugas se borran, los hombros se enderezan, los ojos brillan con un fulgor oscuro: ya no es la vieja miradju, es la bella Leila, por quien se muere de amor el joven Majnún; es su voz cálida, sus miradas de gacela, su encanto hechicero que, de generación en generación, han hecho soñar y llorar a los enamorados.

La tarde declina. Es hora de bajar a los jardines para contemplar los fuegos artificiales ofrecidos por el sultán a su pueblo. El césped ha sido cubierto con alfombras y cojines. Silenciosamente las esclavas sirven de comer en bandejas de plata dorada. La orquesta toca en sordina un concierto de Mozart.

De repente, un grito sobresalta a la concurrencia. Lívida, una joven princesa muestra los macizos de hortensias que, en la noche, han comenzado a moverse y a avanzar hacia ella. Cuando se inclinan, comprenden que son los enanos de la corte, cubiertos de enormes ramilletes con los que vienen a homenajear a las damas.

La broma es desigualmente apreciada, aunque la unanimidad se conseguirá alrededor de los sorbetes de rosa y los hojaldres de almendra y miel, preparados por los pasteleros de palacio que no tienen igual en todo el Cercano Oriente.

Y, cuando finalmente los haces luminosos se elevan en el cielo y ven que se inscriben en medio de las nubes la estrella y la medialuna, emblemas de la Turquía eterna, se afirma que nunca hubo fiesta más lograda.

Mientras bordean el Bósforo iluminado por la luna, en el faetón que las trae de vuelta al palacio de Oratakoy, Selma piensa que ha sido un hermoso día y que la vida es dulce. ¿Quién podría creer a los pájaros de mal agüero que predicen el hundimiento de un imperio tan rico y poderoso?

IV

Hace calor en Estambul. En estos primeros días de julio, el viento del Bósforo no consigue refrescar la ciudad. La víspera, había venido un mensajero del palacio de Dolma Bahtché y cuando se fue, Hatidjé sultana llamó a Selma.

—Mañana iréis con Hairi a jugar a casa de vuestra prima, la princesa Sadiyé. Los nietos de Su Majestad, la princesa Mukbilé, y su hermano, el príncipe Namuk, estarán también allí.

Selma reprime una mueca. Le gusta poco Sadiyé que, a los seis años, ya tiene una conciencia muy clara de la importancia de su persona. Su padre, Abd al-Mayid, afirma delante del que lo quiera oír que su hija es la más hermosa; en cada reunión de familia, hace alinear a todos los niños y constata con orgullo que además es la más alta. Annedjim sabe perfectamente esto. ¿Por qué entonces la envía allí? Felizmente, el parque del príncipe, situado en las alturas de la ribera asiática, es un lugar soñado para jugar al escondite. Y de todos modos, con Mukbilé uno no se aburre nunca.

¿Pero qué estará haciendo mademoiselle Rose? Selma recorre el pasillo, pasando una y otra vez delante de la puerta de su institutriz. No entiende cómo ésta puede demorarse tanto en arreglarse... para obtener un resultado tan pobre.

Pese a estos defectos, la niña quiere mucho a su «demoiselle française», tanto más cuanto la pobre no tiene ninguna autoridad sobre ella. Como ignora las costumbres de la sociedad turca, y con mayor razón las de la corte, se deja impresionar por las zalamerías de la niña, que hace con ella lo que quiere.

Mademoiselle Rose llegó a Estambul antes del comienzo de la guerra, en un momento en que las relaciones entre Francia y el Imperio otomano eran bastante buenas. Atiborrada de novelas de

Pierre Loti y de Claude Farrère, veía a Turquía y a sus habitantes con ojos de asombro, y creía entenderlos. Había respondido a un anuncio colocado en el convento de las hermanas de Notre-Dame-de-Sion, que la habían educado. Esta orden tenía en Estambul una casa próspera que buscaba un profesor de arte. Como era la única candidata, fue contratada en el acto.

La señorita de provincias había necesitado valor para, a los veintiocho años, exiliarse de ese modo. Jamás hubiera tomado una decisión tan arriesgada si no se hubiera creído víctima de una gran historia de amor. Un apuesto oficial de caballería, cuyo regimiento estaba en su ciudad, Beauvais, le había hecho la corte y prometido matrimonio. Ella se había dejado besar... varias veces, y acariciar... un poco. Hasta que una carta anónima le hizo llegar una foto del infame abrazando por la cintura a una espléndida rubia, su mujer, rodeada de dos niños. Había llorado mucho y se había jurado, tal como su madre se lo había recomendado, no volver a confiar en ningún hombre. Y en cuanto se le presentó la oportunidad, abandonó familia y patria, como si hubiera profesado.

Pero mademoiselle Rose era una romántica incurable. En Estambul se enamoró de un francés, profesor del liceo «Galata Serai». No estaba casado pero era inconstante. Y cuando Rose descubrió que además cortejaba a dos de sus colegas, cayó enferma.

Fue Fehimé, la «sultana mariposa», la que la salvó. Se conocieron en una recepción de la embajada de Francia, en uno de esos grandes «saraos» que precedían la desbandada del verano. La princesa buscaba un profesor francés para su sobrina. Mademoiselle Rose vio la oportunidad inesperada de frecuentar el mundo refinado al que su delicadeza de solterona precoz había aspirado siempre. Fue así como se convirtió en la «demoiselle française» de la pequeña sultana.

Ya son las tres. Selma comienza a desesperar cuando finalmente ve aparecer a su institutriz tocada con una pamela violeta, adornada de canarios haciendo juego con el semillero de botones de oro de su vestido de muselina.

Impasible, Zeynel las espera en el embarcadero. Se halla acompañado por Hairi, elegantísimo con su traje de marinero, y cuyos cabellos negros, separados por una raya impecable, huelen a brillantina. «Ha debido de echarse toda la botella en la cabeza», piensa Selma irritada. «Si cree que así va a impresionar a Sadiyé...». La debilidad que siente su hermano por su prima es uno de sus numerosos temas de disputa.

Ayudados por los remeros, se embarcan en el caique que pronto enfila hacia la ribera asiática. Allí encuentran una calesa descubierta, para gran placer de Selma que, cuando sale con la sultana, está condenada a los faetones cerrados. Pero sin duda han estimado que para una institutriz cristiana y una niña que no ha llegado a la pubertad, no se necesitaba un coche cerrado. Así pueden gozar del sol y el viento por el camino pedregoso que conduce a la residencia de verano del príncipe.

Sadiyé los espera. Vestida de encaje rosa, con los cabellos rubios peinados con sobrios tirabuzones, baja lentamente las escaleras para recibir a sus invitados. Pero de repente una niña gordita de ojos vivarachos la empuja y se precipita hacia Selma. Es Mukbilé, encantada de volver a ver a su prima a la que considera su hermana de travesuras. Namuk, su hermano pequeño, trota detrás de ella.

Tras unos minutos de animada discusión, se decide jugar a la conquista de Bizancio.*

Namuk, el más joven, será por supuesto el prisionero. ¿Pero quién representará el papel del sultán Fatih? Se echan pajas y la suerte designa a Selma.

—Es imposible— se interpone Sadiyé, —no puedes hacer de sultán, ¡si no eres ni sultana!

Selma salta.

—¡Qué dices! ¡Soy tan sultana como tú!

—No— declara su prima con aire doctoral. —Mi padre dice que tu padre no es príncipe, por lo tanto tú sólo eres Hanúm sultana.

Selma estrangularía con gusto a Sadiyé. Se queda petrificada, incapaz de responder.

La impertinente tiene razón: su padre es sólo damad. En su casa, en Ortakoy, todos la llaman «la pequeña sultana» pero se ha dado cuenta, aunque nadie lo haya mencionado, que en el palacio Dolma Bahtché, el protocolo la coloca después de algunas princesas menores que ella. Sin comprenderlas, ha sentido un sinfín de menudas diferencias que ahora, con el insulto, le han revelado su indignidad.

El cielo se ha vuelto gris y los árboles tiemblan bajo el vientecillo desapacible; de pronto el porvenir se le aparece mortalmente deslucido: ella sólo es una Hanúm sultana... Haga lo que haga, pasará siempre detrás de los demás. Es como si le hubieran cortado las alas...

Piensa en la sultana, su madre, a quien apodan «Jehangir» «conquistadora del mundo», por su imponente majestad, y súbitamente la injusticia de la situación la subleva: ¿su madre no es superior a la mayoría de los príncipes de la familia? ¿Y sólo

* Bizancio fue conquistada en 1453 por el sultán Muhammad Fatih que la convirtió en Estambul.

porque es mujer no puede transmitir la nobleza de su sangre? Esta idea le parece a Selma tan absurda como intolerable.

Levanta la cabeza y mira a Sadiyé con toda la altivez de que es capaz. Busca una palabra definitiva pero ninguna le parece lo bastante dura. Desamparada se vuelve hacia Hairi pero éste ha desaparecido. Selma termina por verlo al otro extremo de la avenida, sumido en la contemplación de un macizo de rosas. «¡Cobarde!», piensa. La actitud de su hermano no le sorprende: en cuanto aparece un conflicto, se esfuma. Lo que le llama la atención es que en lugar de indignación, eso sólo le cause desaliento.

Mukbilé, que ha permanecido junto a Selma, no sabe qué decir; nunca se ha visto en una situación tan embarazosa. Finalmente aventura:

—¿Y si jugáramos al escondite?

Todos aceptan aliviados la proposición.

La tarde será animada. Vestidas con simples trajes de percal, Selma y Mukbilé buscan los escondites más insólitos, de más difícil acceso. Trepan a los árboles y se ocultan en el follaje donde su prima, como no quiere ensuciarse su bonito vestido, no puede seguirlas. Enfadada, ésta no deja de repetir: «¡No tenéis derecho! ¡Una princesa no se comporta así!», cosa que les hace desternillarse de risa.

Pero las hostilidades cesan y la atmósfera se calma alrededor de la mesa de la merienda; la galería resuena con gritos alegres y se olvidan de la pelea.

Comienza el atardecer cuando el príncipe Omar Hilmi, padre de Namuk y Mukbilé, aparece en el fondo del parque con uniforme de gala.

—Mira, ¿por qué se ha vestido así papá?— dice asombrada Mukbilé. —¡Si no es día de fiesta!

Desdeñosa, Sadiyé la mira de arriba abajo.

—¿Cómo, no lo sabes? Tu abuelo, el sultán Reshat ha muerto y mi padre se ha convertido en príncipe heredero!

Como alcanzada por un latigazo, la alegre Mukbilé se sobresalta. Incrédula, mira a su prima y las lágrimas comienzan a correrle por la cara. Furiosa, Selma se vuelve hacia Sadiyé.

—¡Vete, eres una peste!

Con aire irónico, la «peste» se encoge de hombros y les vuelve la espalda.

El dulce sultán Reshat fue enterrado en la pequeña mezquita de Eyub, lejos de los suntuosos *turbeh** donde reposan sus antecesores. Había elegido ese lugar tranquilo y sombreado, pues

* *Turbeh*: mausoleo.

quería «seguir escuchando el gorjeo de los pájaros y la risa de los niños».

Días más tarde fue celebrado el advenimiento del sultán Vahiddedín, el último de los cuatro hermanos que se habían sucedido en el trono desde hacía cuarenta y dos años. Enver Pachá, jefe del partido Joven Turquía en el poder, quiso que la coronación fuese grandiosa y el desfile militar excepcional con el fin de impresionar a la población, cansada de aquella guerra interminable.

Pero si la población se impresionó fue más bien debido a las bombas que la aviación británica decidió, justo ese día, lanzar sobre la capital. ¿Era una advertencia al nuevo soberano? Éste no se hacía ninguna ilusión sobre su poder real. A lo largo de la ceremonia muestra un semblante sombrío. Y cuando al día siguiente la familia viene al palacio a felicitarlo, la recibe con estas amargas palabras:

—¿De qué me felicitáis? ¡El trono donde me siento es un trono de espinas!

Palabras que no impresionan a nadie. Vahiddedín es conocido como pesimista. Los niños lo han apodado «la Lechuza», pues siempre parece a punto de anunciar una desgracia. Como siempre, exagera: el ejército está en dificultades, es cierto, pero es algo transitorio. El Imperio ha conocido momentos peores. Y el poderoso aliado alemán...

En efecto, el ejército está en dificultades. Sin hablar de los cientos de miles de desertores que pueden ser ignorados, miles de heridos llenan los hospitales y los innumerables edificios públicos requisados para albergarlos.

Todas las semanas Hatidjé sultana visita el hospital de Haseki, en el centro de la ciudad, para llevarle a los soldados heridos un poco de aliento y algún regalo. Hasta entonces no ha llevado a Selma, por temor a impresionarla. Pero ahora su hija tiene siete años y medio y comprende muchas cosas. Además, la sultana es adepta al estoicismo. Después de vivir durante su infancia las más duras experiencias y haberlas superado lo mejor que ha podido, estima que nada es mejor, para templar un carácter, que la vivencia de la adversidad. Entre las encantadoras mujeres-niñas de la buena sociedad de Estambul, conoce demasiado bien los efectos desastrosos de una educación permisiva como para desearla para Selma.

Cuando le comunica sus propósitos a su esposo, éste, habitualmente indiferente, monta en cólera:

—Trastornaréis a la pequeña. Después, ya tendrá tiempo de ver el infortunio y, quién sabe, de vivirlo. ¡Dejadla que se divierta tranquila!

Pero la sultana considera que ella es la única responsable de la educación de su hija. Como, por lo demás, de todos los asuntos de la casa... Y si deja que su marido se ocupe de la formación de su hijo Hairi —ya que en el Islam los muchachos, a partir de los siete años, son educados por los hombres—, no cree que dé muy buenos resultados. La pusilanimidad de su primogénito hiere su orgullo. Muchas veces intentó sacudir su sopor, aguijonear la soberbia del niño: terminó por dejarlo cuando se dio cuenta de que a cada intentona lo único que conseguía era que se encerrara más en sí mismo.

¿Era posible que su hijo le tuviera miedo? Reprochándose la severidad, intentó ser suave y advirtió que lo que ella consideraba ausencia de carácter era una extrema sensibilidad: ¡Hairi era un artista! La única cosa que le interesaba —fuera de su propia persona— era el violín, y Hatidjé sultana le puso el mejor profesor de la ciudad, un vienés. Pero pronto tuvieron que rendirse a la evidencia: Hairi poseía una delicada ejecución pero le faltaba la pasión que define a los virtuosos.

Felizmente, con Selma, Hatidjé recupera el ímpetu y el valor de su juventud. Hairi... se parece a su padre: ha terminado por fundir a padre e hijo dentro de una misma desilusión.

Sin embargo, sólo Dios sabe cuánto amó al hermoso Hairi Rauf Bey, con el fervor de una joven de dieciocho años y las exigencias de la mujer de treinta y ocho que tenía cuando le conoció. Tal vez le había exigido demasiado. Sus sueños de adolescente solitaria, de mujer escarnecida por un primer marido que odiaba, se los había traspasado a él.

Pero rápidamente se puso a dudar de todo lo que él hacía, como si tras haberlo ataviado de todos los dones, ya no pudiera reconocerle ninguno. A veces se decía que era injusta y hacía un esfuerzo para acercarse a él. Él acogía estas tentativas con un silencio atónito, algo socarrón.

Hoy, ya no le pide nada. Desde el nacimiento de Selma ni siquiera tienen intimidad física. Sin embargo, no cree que él le sea infiel; en lugar de hacerla sentirse satisfecha, la fidelidad de su marido le provoca desprecio, la considera una manifestación más de su flaqueza. Sus relaciones tienen el gusto de un vaso de agua tibia. Pero Hatidjé ha dejado atrás el tiempo de la nostalgia. Simplemente, cuando mira a su marido se sorprende pensando: «¿a quién he amado?».

De modo que, una calurosa mañana de julio, la sultana y su hija parten para el hospital. Selma ha pasado todo el día anterior haciendo paquetitos para los heridos. Una kalfa le había preparado pañuelos de gasa rosa y en cada uno habían puesto un paquete de tabaco, golosinas y algunas monedas de plata. Luego los ataban con una bonita cinta de raso azul. Hay centenares de ellos, que llenan hasta los bordes los profundos canastos adornados con volantes. Causan un bonito efecto y Selma no cabe en sí de alegría ante la idea de una excursión tan inhabitual.

Son necesarios dos coches. En el primero van la sultana y su hija; en el segundo, las sirvientas encargadas de los regalos. Para llegar al hospital hay que atravesar el puente Galata, sobre el Cuerno de Oro, y los viejos barrios de Estambul.

En los alrededores del puente, los coches deben aminorar la velocidad debido a la muchedumbre. Situada junto al puerto, Galata es la ciudad del comercio, el barrio más animado de la capital. Allí se encuentran los bancos, las compañías de navegación y las grandes casas comerciales, pero, sobre todo, sus calles bullen de cambistas y tenderos de todo tipo. En la intersección de la «ciudad franca», donde viven los cristianos, y la antigua ciudad musulmana, está la encrucijada de todas las razas del Imperio.

Popes griegos, de negro, se codean con judíos de cabellos largos, vestidos con caftanes bordados; viejos turcos con pantalones bombachos y turbante se cruzan con jóvenes elegantes con sus levitas a la europea y sus feces rojos adornados con una borla negra. Detrás de las celosías del faetón, Selma no sabe adónde mirar. Sentado en una esquina del puente, un enorme albanés vestido de azul intenso alisa sus bigotes con aire belicoso mientras, frente a él, pasan unas armenias de cutis de leche. Búlgaros, fácilmente reconocibles por su complexión maciza y sus gorritos de piel, se pasean en grupos, mientras algunos musulmanes con charchaf de colores se han arriesgado a llegar hasta allí para hacer sus compras. Una muchedumbre heterogénea que se da prisa, atareada, indiferente a su disparidad.

La travesía del puente es épica. A grandes voces, el cochero intenta abrirse paso a través del caos de vehículos de todo tipo que lanzan ¡arres! y ¡hooo!, en medio de un alegre desorden. Sin resultado. Las elegantes calesas y los lujosos faetones se hallan inmovilizados en medio de la afluencia de carros de mano, coches de punto y carretas de bueyes, mientras mozos de cuerda, doblados en dos bajo voluminosos fardos, avanzan entre la multitud lanzando sonoros «oh». Los aguateros hacen tintinear sus vasos y los vendedores de helados y jarabes, con las alforjas llenas de frascos de colores apetitosos, aprovechan la parada forzosa para venir a ofrecer refrescos a los sedientos viajeros. Selma, encantada y sin querer perderse nada, tiene ganas de un sorbete de melón de Esmirna, pero su madre frunce el ceño arguyendo razones de higiene y compostura. Debe contentarse con mirar a los niños deleitándose a su alrededor, pensando que ser «bien nacida» no ofrece muchas ventajas.

Finalmente llegan al viejo Stambul.* Se diría otra ciudad, otro país. Tras el ruidoso frenesí de Galata, Selma y su madre contemplan la calma de las calles estrechas, las bonitas casas de madera con las persianas cerradas y altos muros por encima de los cuales asoman los cipreses. Por doquier hay arcos de piedra y escaleras de caracol que llevan a placitas umbrías. Allí, junto a una mezquita, un kavedji ha tendido una tela amarrada con cuerdas, a cuyo abrigo unos hombres silenciosos sorben su café, absortos en una interminable partida de chaquete, o sueñan fumando el narguilé.

Más allá, hay un mercadillo. Entre pirámides de legumbres y frutas, comerciantes barrigudos dándose importancia, sirven a las amas de casa ocultas por sus velos negros. Bajo un árbol, el memorialista, provisto de su batería de plumas, cortaplumas y tinteros, oficia con gravedad mientras unas viejas en cuclillas adivinan el porvenir lanzando las tablas sobre un girón de alfombra. También hay mendigos, pero nunca interpelan al transeúnte. Se contentan con aceptar dignamente los óbolos que quieran ofrecerles, convencidos, tal como lo enseña la religión, de que si Alá ha favorecido a algunos, es para que lo compartan con los más pobres.

Cuando, tras dos horas de trayecto, los coches se detienen en el patio del hospital, Selma, sin esperar a que Zeynel le abra la portezuela, salta a tierra. Arde de impaciencia por ir a ver a «los valerosos guerreros», como les llama su tío Fuad.

El hospital es un gran edificio grisáceo, edificado en el siglo XVI por el sultán Sulaymán el Magnífico. Seguidas por sus sirvientas, la sultana y su hija entran al vestíbulo, donde el director del establecimiento las espera. Deshaciéndose en reverencias, insiste en que Sus Altezas vayan a su casa a tomar el té antes de la visita, pero para gran alivio de Selma, la sultana se niega. Haciendo de tripas corazón, el hombrecillo, que ha pregonado por doquier que está en excelentes términos con la familia imperial, se decide a escoltarlas por las salas.

Apenas entran en el primer pasillo, la niña se siente sofocada por un olor a la vez acre y dulzón que le revuelve las tripas. Aprieta los dientes: ¡no puede indisponerse! Pero mientras avanzan, más insoportable es el olor. «¡Qué extraños medicamentos!», piensa. Sólo al llegar al segundo pasillo comprende horrorizada. En el suelo, y en todos los rincones, hay palanganas desbordantes de ropa blanca manchada de sangre y excrementos.

Acostados sobre colchones en el suelo o, a veces, sobre una simple manta, los hombres gimen. Unos llaman a sus madres, otros, con la cabeza echada hacia atrás y los ojos cerrados,

* *Stambul*: así se llamaba al barrio viejo de Estambul.

parecen respirar con dificultad. En aquel pasadizo sin aire, hay al menos un centenar de heridos. A la cabeza de algunos privilegiados, una mujer, ¿hermana?, ¿esposa?, sostiene una nuca, da de beber, espanta las moscas atraídas por la sangre.

—Están aquí día y noche— explica el director. —Las toleramos porque no tenemos bastante personal para atender a estos pobres muchachos.

La enfermera, una joven vestida con un largo delantal blanco y los cabellos envueltos en un velo inmaculado, está sola atendiendo todo el pasillo. Entre las inyecciones, las tomas de temperatura y la distribución de los pocos medicamentos disponibles, no tiene un instante de respiro. Sin embargo, conserva la sonrisa y tiene para todos palabras de aliento. Y Selma, que sólo desea una cosa, huir, de pronto siente vergüenza: ¡tiene que aguantar!

Tras haber recorrido algunos metros que le parecen interminables, acceden a una sala inmensa. Allí se ve mejor: hay altas ventanas practicadas en los muros pintados de azul para alejar el mal de ojo. Las camas de hierro forman largas hileras. Tendidos sobre el colchón desnudo —ya hace mucho tiempo que las sábanas se han convertido en vendas—, gimen los heridos, en su mayoría muy jóvenes. A veces, un aullido desgarra aquella melopea macabra, aunque nadie le presta atención: cada cual, encerrado en sí mismo, intenta reunir fuerzas en su lucha desesperada contra la muerte.

La mayoría de los heridos comparten de dos en dos una misma cama. Y deben sentirse privilegiados, pues los moribundos, de los que sólo se espera el último suspiro, han sido abandonados debajo de las camas para no desperdiciar las preciadas plazas. Y todas las mañanas, es el mismo despiadado desfile: se sacan los cadáveres para entregarlos a las familias o arrojarlos a la fosa común, y los heridos que se consideren incurables son llevados a su vez bajo las camas, mientras nuevos heridos toman sus lugares.

Selma tiembla, debatiéndose entre el asco y el estupor. ¿Dónde están pues «nuestros valerosos guerreros»? No consigue relacionar a los fieros soldados que ha admirado tanto en los desfiles con estas criaturas quejumbrosas. Siente ganas de llorar aunque no sabe bien si es de compasión o de desencanto. El valor frente a la muerte y el júbilo de dar la vida por su país, esos nobles sentimientos que al general príncipe le gusta tanto ponderar, todo eso, ¿no será una gigantesca mentira?

Siente que su madre le aprieta la mano.

—Vamos, mi preciosa niña, valor; ¡estoy aquí!

Aquella ternura excepcional la trastorna más aún. Suplica:

—Annedjim, os lo ruego, ¡vámonos!

La sultana sacude gravemente la cabeza.

—Selma, estos hombres son muy desdichados. ¿No sois capaz de darles un poco de aliento?

A Selma le gustaría responder que no, que no quiere verlos más, que los odia por sufrir de manera tan impúdica... ¡Animales! De repente deja de sentir compasión o miedo; simplemente una enorme cólera contra los heridos, contra el general príncipe, contra... no sabe exactamente contra quién. Se ahoga. Empero, se escucha decir:

—Sí, Annedjim.

Y comienzan la distribución de paquetes rosas y azules.

Ante cada cama, Hatidjé sultana dice una palabra de aliento. Los menos débiles se lo agradecen con una sonrisa; algunos intentan retenerla, como si en su universo de pesadilla la presencia de aquella hermosa y serena dama pudiera preservalos de la muerte. Otros vuelven la cabeza.

Selma la sigue, llena de resentimiento, con los ojos fijos en sus escarpines blancos. De repente siente que la sujetan: un hombre la atrae hacia su cama. «Nejla, niña adorada», murmura con aire extraviado. Selma se pone a gritar aterrorizada. Su madre acude a liberarla de inmediato. Pero en lugar de alejarla, la mantiene cerca del herido, cubriéndola con su mano protectora.

—Este pobre soldado os toma por su hija. Dejadlo pues que os contemple. Tal vez es su último momento de dicha.

¿Su hija? Selma se pone rígida. ¿Cómo se atreve?

Pasa un minuto que no termina nunca. Luego, sin darse cuenta, bajo la mirada desbordante de amor de aquel supuesto padre, siente que se deshace su hostilidad y, sin poder contenerse más, se pone a llorar con él.

Dos meses después, el 30 de octubre de 1918, se conocerá la derrota. El Imperio otomano, tal como sus aliados, Alemania y Austria-Hungría, ha pedido el armisticio. Finalmente la guerra ha terminado y la población, agotada, respira.

Selma está radiante: no más hospitales, no más heridos, no más muertos. Esas visiones de horror que la atormentan desde que visitara el hospital, podrá finalmente olvidarlas. La vida se reanuda, indolente, como antes.

¿Pero por qué tiene su madre esa cara tan triste?

V

Los que se alegraron con el armisticio —decían «la paz»— comienzan a cambiar de cara cuando, trece días más tarde, en una fría y brumosa mañana de noviembre, la flota de los vencedores, después de atravesar el estrecho de los Dardanelos, se presenta en el Bósforo.

Son unos sesenta barcos de guerra, ingleses, franceses, italianos e incluso griegos, estos últimos no contemplados en los acuerdos del armisticio. Pero Turquía es ahora demasiado débil para protestar; tanto más cuanto que el país no tiene gobierno: el Triunvirato que la había arrastrado a la guerra huyó el mismo día del armisticio. Precedidos por destructores, los barcos se acercan en medio de un silencio impresionante. Lentamente penetran en el Cuerno de Oro, donde echan el ancla con sus cañones dirigidos hacia el palacio del sultán y hacia la Sublime Puerta, sede del gobierno.

Inmóvil detrás de las ventanas de su salón, la sultana los contempla. «¡Qué bajo hemos caído!», piensa. Por primera vez, desde que sus antepasados conquistaran la ciudad, hace casi quinientos años, Estambul es ocupada. Ese Imperio que hizo temblar a Europa durante siglos se encuentra hoy a su merced. Se alegra de que su padre haya muerto: al menos se evitó esta humillación.

Es sacada de sus reflexiones por Selma, que le muestra un punto a lo lejos, hacia Galata.

—¿Qué sucede, Annedjim? Parece una batalla... ¿o es una fiesta?

En efecto, hay una gran agitación. Intrigada, la sultana se hace traer unos grandes binoculares, recuerdo de un tío almirante. El espectáculo que descubre la deja pasmada: en los muelles, por el lado de la ciudad cristiana, una abigarrada multitud agita banderas. Hatidjé reconoce los colores franceses, ingleses, italianos; pero la mayoría —azul celeste y rayas blancas— ¡son banderas griegas!

Incrédula, enfoca los binóculos y luego los aparta, con un gesto colérico: ¡los traidores dan la bienvenida al enemigo! Súbitamente se siente cansada. «¿Por qué?, ¿pero por qué?», se pregunta. «Nuestros griegos son otomanos,* como los demás. Son cristianos, es cierto, pero perfectamente libres de practicar su religión; su patriarca es incluso uno de los personajes más importantes del Imperio. De hecho, están mucho más favorecidos que los turcos de Anatolia, que se agotan trabajando una tierra ingrata. Cuando Grecia se independizó, hace noventa años, fueron libres de partir; eligieron quedarse aquí, donde prosperaron. Con los armenios y los judíos, están a la cabeza del comercio y de las finanzas. ¿Qué más quieren?»

En realidad, sabe perfectamente lo que quieren, pero se niega a prestar atención a unas reivindicaciones que estima extravagantes. Quieren volver seis siglos atrás, arrojar a los turcos de Tracia oriental y sobre todo de Estambul, con el fin de reconstruir el Imperio de Bizancio. Cuentan con el ocupante para que les ayude a realizar su sueño.

En pocos días se establece un mando unificado de las fuerzas de ocupación. Teóricamente, los turcos conservan la administración de la ciudad, pero el puerto, los tranvías, la gendarmería, la policía, se encuentran bajo vigilancia aliada. Los franceses controlan la ciudad antigua; los británicos, Pera;** los italianos, una parte de las orillas del Bósforo.

Los barrios cristianos de Galata y Pera bullen con una nueva animación. Los albergues y tabernas están llenos de marinos y soldados que hablan en voz alta y gastan sumas que los dueños, encantados, no habían cobrado desde hacía mucho tiempo. Los oficiales frecuentan los bares elegantes, donde hermosas refugiadas rusas expulsadas por la revolución bolchevique les sirven de beber. En el vestíbulo del Pera Palace, el hotel elegante, uno de los pocos que tiene electricidad, hay un desfile de uniformes de todo tipo. Incluso se ven sikhs, del ejército indio, tocados con turbantes color pastel, y espahís cubiertos con sus capas rojo intenso.

La dirección decidirá muy pronto reanudar los «tes bailables»; y en la terraza que domina el Cuerno de Oro, los apuestos

* Se llamaba otomanos a todos los habitantes del Imperio, fueran griegos, búlgaros, turcos o de cualquier otra nacionalidad. Pero la palabra turco estaba reservada a los súbditos de raza turca.

** Nombre europeo de Beyoglu.

militares harán bailar a las jovencitas de la sociedad de Pera, bajo la mirada benévola de sus madres, encantadas con los inesperados partidos que la derrota les trajo allí.

Enfrente, en la ciudad musulmana, todo es luto. Se sale lo menos posible, por miedo a ser importunados por soldados a menudo borrachos, o simplemente para no tener que apartarse de las aceras delante del vencedor. Para los turcos, acostumbrados a dominar a los demás pueblos, el hecho de ser a su vez dominados, representa una cruel humillación. Sobre todo, evitan ir como antes de compras a Pera, porque no se puede ver sin indignación y resentimiento la generalizada actitud altiva y despreciativa de las minorías cristianas con las cuales hasta entonces habían creído vivir en armonía. Y lo que es peor, se corre el riesgo de ser vejado si no se saludan las banderas griegas que flotan en todo el barrio. Si, pese a todo, es menester atravesar Pera, se hacen largos rodeos para evitar el barrio griego y no tener que sufrir tal afrenta.

Pero el porvenir se presenta aún más sombrío: se habla con inquietud del nombramiento del generalísimo Franchet d'Esperey, con fama de arrogante y brutal, al frente de las fuerzas interaliadas. Corre el rumor de que quiere hacer de Estambul una capital francesa y reducir a los habitantes turcos a la esclavitud...

Durante este tiempo, la vida continúa en el palacio de Ortakoy, pero Selma tasca el freno. Las únicas salidas que aún le son autorizadas son las visitas a los antiguos monumentos griegos o bizantinos. Desde hace mucho tiempo, la sultana ha permitido esos «paseos culturales», pese al escándalo que ha causado en su ambiente; ella quiere dar a su hija una educación completa. Con una curiosa mezcla de respeto a las tradiciones y a la libertad de pensamiento, la sultana es demasiado consciente de su rango como para preocuparse de las habladurías. «Nosotros dictamos las reglas», acostumbra decir.

Ese 8 de febrero de 1919, como todos los miércoles, Selma debe salir con mademoiselle Rose. Han proyectado visitar el bellísimo monasterio de Akataleptos, construido en el siglo VII por el patriarca Kyrakos II. Pero aquel miércoles es un día excepcional: se espera la llegada a la capital del general francés. La sultana había pensado suprimir la visita, por temor a la muchedumbre, pero la niña ha manifestado tal desesperación que ha consentido. Después de todo, el monasterio está situado en la ciudad antigua, cerca de la mezquita de Sheyzadé, y el cortejo debe partir del puente de Galata para dirigirse hacia Pera, donde está la embajada de Francia. No hay, por lo tanto, ninguna posibilidad de cruzarse con él.

Salen en faetón, acompañadas por Zeynel que, entre sus numerosas prerrogativas, tiene la de escoltar a las sultanas en sus paseos.

La visita al monasterio es breve. Contrariamente a su costumbre de hacer mil preguntas para prolongar el paseo, Selma se muestra ese día impaciente por volver. Pero en el momento en que el coche va a dar la vuelta para tomar el camino de Ortakoy, le grita al cochero:

—¡A Pera, de prisa!

Desconcertado, el cochero detiene el faetón y Zeynel, bajando del pescante, se presenta ante la portezuela.

—Es imposible, princesa, está el desfile...

—Precisamente, ¡quiero verlo!— replica Selma con tono imperioso...

—Vuestra madre, la sultana, no lo permitiría.

—Tampoco habría permitido los paseos que hemos dado estos últimos tiempos después de las visitas a los museos...

En efecto, dos o tres veces, Selma ha sabido convencer a sus acompañantes de que prolongaran las visitas a los monumentos antiguos con paseos por los alrededores. La niña adopta un aire amenazante.

—Si le hablara de ellos, me pregunto qué ocurriría...

El eunuco frunce el ceño y mademoiselle Rose se agita en su asiento. Se reconocen culpables de haber cedido a los ruegos de Selma pero esos paseos eran inocentes y les procuraban tanto placer como a la niña. Ahora se sienten cogidos en una trampa: nunca hubieran pensado que aquel pequeño monstruo pudiera extorsionarlos. Si denuncia esas escapadas será castigada, es cierto, pero mademoiselle Rose será despedida por haber traicionado la confianza de la sultana. En cuanto a Zeynel... No quiere ni pensar en la decepción de su ama, no soporta que la relación privilegiada que se ha desarrollado entre ellos durante años pueda verse ensombrecida por un pecadillo. Y sin embargo... Conoce la susceptibilidad de Hatidjé sultana; su vida en cautividad ha estado jalonada de tantas traiciones que sólo otorga su confianza a algunas pocas personas de las que espera una lealtad absoluta.

Pero él siempre ha sido demasiado blando con la niña, es el único niño que ha querido... Furioso y admirado —advierte lo bien que ha maniobrado—, decide que lo mejor es ceder.

—Sólo unos minutos entonces— concede intercambiando una mirada con mademoiselle Rose.

—Sí, cinco minutos solamente, gracias, Agha— exclama Selma recompensándolo con su mejor sonrisa.

El coche alcanza penosamente las alturas de Pera a través de callejuelas repletas de grupos alegres. Finalmente llegan a la gran avenida por la que debe pasar el cortejo.

Las tiendas están cerradas y las hermosas casas de piedra

adornadas con banderas. En las aceras —es la única calle de Estambul bordeada de aceras—, una entusiasta multitud agita banderines. Se pueden reconocer los de los griegos, pero también los de los armenios, una minoría que reclama un Estado independiente en el este de Anatolia y cuyas manifestaciones han sido, en muchas ocasiones, duramente reprimidas. Desde hace años, los armenios se han visto ayudados bajo mano por Inglaterra, Francia y Rusia, que ven en ellos un medio de debilitar al Imperio, y esperan que con la victoria se cumplan sus proyectos.

Mientras el faetón se estaciona en una calle adyacente —es mejor no llamar la atención con un coche que lleva las armas imperiales—, Selma y mademoiselle Rose, seguidas por Zeynel, que es el único consciente del peligro, tratan de abrirse paso. Nadie sospecharía que aquella niña de bucles pelirrojos y aquel señor algo anticuado con su estambulina pasada de moda son musulmanes. La dama rubia que los acompaña parece por lo demás típicamente francesa.

De pronto resuenan los címbalos y las trompetas: es el general. Aparece, más majestuoso que lo que habían imaginado, con su quepis rojo y su amplia esclavina, montado en un magnífico caballo blanco. La muchedumbre estalla en aplausos. La significación del caballo blanco no engaña a nadie: sobre un caballo blanco, en 1453, entró en Bizancio Muhammad II el Conquistador; en un caballo blanco el muy cristiano general vuelve a tomar posesión de la ciudad.

La ceremonia ha sido minuciosamente planeada para impresionar con su pompa a la población, empero, ya conquistada. Abren el cortejo oficiales de la gendarmería con uniforme de gala; unos metros detrás viene el generalísimo, con la cabeza alta y las riendas de su caballo cogidas por dos soldados, seguido por su portaestandarte y sus ayudantes de campo y, a una respetuosa distancia, un destacamento de dragones portando sus largas lanzas, un pelotón de caballería con uniforme azul y una compañía de infantería. Detrás, viene el general británico Milne, escoltado por sus *highlanders* escoceses; luego el general italiano, acompañado por un batallón de *bersaglieri* tocados con sombreros adornados con plumas de faisán. Finalmente, cerrando el espectáculo, un regimiento griego de euzones, con faldillas blancas y bonetes rojos con pompón, que no pueden dejar de responder a los vivas de sus hermanos de raza, que vienen a «rescatarlos del turco».

Apenas el cortejo ha dejado atrás la manzana de casas delante de la cual están Selma, Zeynel y mademoiselle Rose, se oye un grito de mujer, sofocado de inmediato por insultos y risas. «Dilo, dilo ya», chilla una voz aguda, «¡no se te despellejará la lengua!» Los gritos se vuelven cada vez más estridentes y un grupo exaltado se acerca; Selma, estupefacta, divisa a una mujer con charchaf negro que se defiende de una media docena de harpías. Le han arrancado el velo y la muelen a palos, repitiendo: «Vamos, ¡saluda nuestra bandera! Di: ¡viva Venizelos!»* A su alrededor, los hombres observan la escena con aire divertido. No le levantarían la mano a una mujer —de cualquier modo, tienen sentido del honor—, pero si sus esposas quieren enseñarle maneras a una *muz*,** no serán ellos quienes se lo impidan.

Selma está a punto de pedir socorro cuando, apretándole la mano con fuerza, mademoiselle Rose le dice por lo bajo con voz amenazante:

—Os prohíbo moveros, si no, seremos nosotras las apaleadas.

Estupefacta, la niña permanece inmóvil, sin dejar de repetir: «¡Dios mío, sálvala!, te lo ruego, ¡sálvala!»

Y Dios interviene bajo la forma de unos marinos franceses que buscan un bar. Atraídos por el ruido, no tardan en liberar a la desdichada, al tiempo que la injurian por haberse arriesgado imprudentemente a circular por el barrio.

Temblando, Selma y sus dos ángeles de la guarda vuelven al carruaje. El cochero, que los espera con ansiedad, azota los caballos. Llegarán al palacio justo para la merienda.

La escapada ha terminado bien pero Selma está avergonzada. Por primera vez en su vida se ha sentido cobarde. Por más que se diga que obedeció a mademoiselle Rose y que sus gritos hubieran puesto en peligro a Zeynel, en el fondo sabe perfectamente que tuvo miedo.

Su rectitud la obliga a mirar de frente esta nueva imagen de sí misma: una miedosa. Pero su orgullo no puede soportarlo. Ella, que sólo sueña con actos heroicos y se pavonea de las hazañas de sus antepasados los sultanes, se ha comportado de manera despreciable. Durante muchas noches tiene pesadillas. Busca excusas pero no encuentra ninguna.

Finalmente, el cansancio y el tiempo triunfarán sobre sus angustias, y la vida con sus placeres se abrirá paso. Pero no olvidará nunca que una simple mujer de pueblo demostró más valor y orgullo que la nieta de un sultán.

* Eleutherios Venizelos, nacido en 1864, llamado «el Gran Cretense», Primer ministro griego.

** *Muz*: abreviación despectiva de musulmán.

VI

Así como durante los últimos meses de la guerra, cuando todo hacía presagiar la derrota, la sociedad de Estambul se había mostrado indolente y ciega, después de la ocupación de la capital, el pesimismo y la desesperación hacen presa de todos los espíritus. Sólo se habla de la barbarie de los militares: la brutalidad del inglés que, desde lo alto de su caballo, maneja el látigo contra el peatón que no se aparta a tiempo: la obscenidad del soldado escocés que se levanta las faldas delante de las damas: las borracheras de los franceses e italianos y, sobre todo, la grosería de los senegaleses. Para los turcos, ésta es la última de las afrentas: negros, es decir, esclavos —en el Imperio nunca fueron otra cosa—, comportándose aquí como amos, dándoles órdenes que se ven obligados a obedecer. Por doquier circulan relatos de malos tratos y violaciones, amplificados por los rumores, y no logran comprender las fechorías de esos europeos que siempre creyeron tan civilizados.

Para reaccionar contra el abatimiento general, Hatidjé sultana ha planeado organizar una de esas «fiestas de hammam», tan apreciadas en Estambul, en las que se invita a tomar el baño como en Europa se invita a tomar el té. Sólo ha puesto una condición: nadie aludirá a los acontecimientos. ¡No se puede permitir que el ocupante lo arruine todo! En estos tiempos de desaliento, divertirse se convierte en un desafío, casi en un deber patriótico.

Pese a las restricciones, que se dejan sentir por todas partes, la sultana ha querido que su recepción tenga el lujo de antaño. Las invitadas son recibidas en el gran vestíbulo por todo el personal femenino del palacio, una treintena de grandes y pequeñas kalfas que las saludan con una lluvia de pétalos de rosa. Tras quitarles sus charchafs, las conducen a los tocadores, adornados con espejos y flores, contiguos al hamman. Una esclava les trenza los cabellos con largas cintas de oro o plata, y se los suben en espirales sobre la cabeza: luego las envuelven en un *pestemal*, gran toalla de baño finamente bordada, y las calzan con coturnos incrustados de nácar.

Así ataviadas, las mujeres entran en el salón circular donde la sultana las espera. Sirven café al cardamomo, tal como lo beben los árabes para recuperar fuerzas durante los grandes calores, mientras se dirigen cumplidos sobre los estuches de oro y plata que cada una ha traído. En efecto, estas fiestas de baños son la oportunidad para sacar los aguamaniles, los frascos de perfume y las preciosas arquillas de ungüentos que toda novia recibe el día de su boda.

Las invitadas se dirigen entonces hacia las salas de vapor, cada una acompañada por dos esclavas encargadas de bañarla, masajearla, depilarla y perfumarla de la cabeza a los pies. Tres salas de mármol blanco con surtidores de agua se suceden una tras otra, la última casi completamente opaca por la densidad del vapor. Allí permanecen horas, antes de volver a encontrarse en la piscina de agua fresca de una sala de reposo repleta de plantas verdes y sofás. Tendidas voluptuosamente, saborean sorbetes de violetas o de rosas servidas por pequeñas kalfas silenciosas; detrás de un tapiz, una orquesta toca en sordina.

Es el momento de las confidencias y de las indiscreciones. Con el cuerpo y el espíritu ligeros, se permiten soñar abandonando la nuca o los pies a los lentos masajes de una esclava. En medio de esta atmósfera de refinada sensualidad hasta las más feas se sienten deseables.

Selma tiene la impresión de estar en el paraíso. Por una extraña permisividad, parecen no tener vigencia en el hamman las estrictas reglas de la educación victoriana que se les da a las niñas de buena familia otomana. En aquella intimidad, la naturaleza oriental, generosa, propicia al placer, libre de prejuicios como de culpabilidad, rompe las barreras de un decoro importado que se conserva como un barniz superficial.

Entre estas mujeres abandonadas a sus cuerpos, atentas a su bienestar, hay una feliz complicidad hecha tanto de erotismo como de alegría infantil. Se admiran, se huelen, se besan levemente, por reír; se toman por la cintura con delicadeza. Y Selma, algo sofocada por el perfume de los nardos, sueña delante de esos hermosos y pesados senos, de esos vientres de nacar que parecen tan suaves... ¿Tendrá senos algún día? Todas las noches, en su cama, se tira de los pechos para hacerlos crecer.

Pronto, amparada por la languidez, la conversación ha tomado un giro algo libertino y la niña, temiendo que su madre la haga salir, se hace pequeñita en su rincón.

Una joven habla de su marido, alto funcionario de Asuntos Exteriores. Es un hombre moderno que la lleva a las recepciones oficiales. Cuenta que una noche lo acompañó a una comida dada en la embajada suiza, una de las pocas que permanecían neutrales.

—Sólo había europeas, muy elegantes, pero con escotes tan pronunciados que sentí vergüenza ajena. Lo más pasmoso, figuraos, era que ninguno de los hombres presentes parecía prestarles atención: daban vueltas entre aquellas mujeres casi disponibles con el mayor desinterés.

—Es sabido, los occidentales no tienen deseos imperiosos— comenta la vecina con aire doctoral. —Es la razón de que sus mujeres puedan pasearse medio desnudas.

Estallan en carcajadas.

—*¡Mashallah!*, ¡alabado sea Dios!, no puede decirse lo mismo de nuestros hombres, que no pueden divisar un brazo, un tobillo sin volverse locos.

—¡Pobres europeas, qué desgraciadas deben de ser!— suspira una bonita morena. —En su lugar me moriría de despecho.

—No se dan cuenta... Creen ser libres, dicen que sus hombres son tolerantes, cuando de hecho son indiferentes.

—Tal vez eso les viene de su religión— sugiere una delgadita que se las da de intelectual. —El profeta Jesús, a quien consideran como un Dios (pues son politeístas, tienen tres dioses: el Padre, el Hijo y el Espíritu), pues bien, Jesús huía de las mujeres; nunca se casó; la más importante secta cristiana, la de los católicos, considera incluso que la castidad consagrada a Dios es la forma más alta de la perfección. Por eso sus sacerdotes permanecen solteros, y también algunas jóvenes, que se llaman religiosas.

—¿Solteras?

Las damas protestan, incrédulas. Para ellas el celibato es una maldición. ¿No es procrear el primer deber de una mujer? ¿El mismo Profeta no tuvo nueve esposas? Para esas musulmanas, el sexo no está unido a la idea del pecado, muy al contrario. Y los versos de Ghazali, poeta místico del siglo XI, son conocidos por todos.

«Cuando el esposo coge la mano de la esposa y ella le toma la mano, sus pecados se van por los intersticios de los dedos. Cuando cohabita con ella, los ángeles los rodean desde la tierra al cenit. La voluptuosidad y el deseo poseen la belleza de las montañas.»

Es Ghazali también el que afirma que si Mahoma, contrariamente a Jesús, tuvo numerosas esposas, «se debía a que se encontraba en un grado tan alto de espiritualidad que las cosas de este mundo no impedían que su corazón estuviera en presencia de Dios. La revelación descendía sobre él incluso si se encontraba en la cama con su mujer Aysha».

Las extravagancias de los cristianos son de verdad un tema de conversación inagotable.

—En Roma se decía que eran antropófagos— continúa la intelectual.

—¿Antropófagos?

Un estremecimiento recorre la sala.

—¡Sí! Todas las mañanas, los sacerdotes, mediante fórmulas rituales, hacen descender a su Dios a un trozo de pan y se lo comen.

Las invitadas quedan boquiabiertas...

—Seguramente es un símbolo— aventura una.

—Es lo que pensé. Pero no, juran que su Dios está ahí, en carne y hueso.

Tiemblan.

—¡Y se atreven a tratarnos de fanáticos!

—Siempre es así— concluye sentenciosamente la intelectual. —Los fuertes no sólo imponen sus leyes sino también sus ideas.

Una especie de tristeza se cierne ahora sobre la asistencia. ¿Cómo hemos llegado a hablar de política? Sin embargo, habíamos prometido evitar todo tema desagradable.

Es el momento elegido por una de las princesas para anunciar en tono misterioso:

—¿Conocéis la última noticia?

Todas se vuelven hacia ella.

—¡Decid, decid rápido, no nos tengáis en ascuas!

Consciente de su importancia, la princesa comienza:

—Pues bien, se trata de que, Rosa de Oro...

Los ojos de las invitadas brillan de nuevo: ¿qué habrá hecho Rosa de Oro?

—Rosa de Oro ha pedido la mano de Sabiha sultana.

Las exclamaciones aumentan.

—¿Cómo? ¿Casarse con la hija de Su Majestad? ¡Imposible!

Ofendida de que se pueda dudar de sus afirmaciones, la princesa se yergue.

—Es totalmente cierto. ¡Lo supe por la madre de Sabiha, la mismísima cadina!

La excitación está al rojo vivo: la bella Sabiha, la hija preferida del sultán Vahiddedín, y el joven general, el héroe de Gallípoli, que en plena guerra salvó Estambul de los británicos que asaltaban los Dardanelos. Para todas, Rosa de Oro es una figura legendaria. Desafiando la opinión de sus superiores, se enfrentó a todo un ejército europeo, más numeroso y mejor equipado. Su audacia, su confianza absoluta en sí mismo y en sus hombres le hicieron superar una situación que todos los expertos —tanto en

Estambul como en el frente—, habían juzgado desesperada. Aquella victoria, consecuencia de su genio militar, lo hizo célebre. Tanto más cuanto que meses más tarde, frente al ejército ruso, reconquistó las ciudades de Blitis y Much, consiguiendo así los únicos éxitos turcos en medio de una serie de derrotas.

La joven generación, decepcionada por los errores de los políticos y los fracasos de sus viejos generales, lo pone por las nubes. Y las mujeres se vuelven locas por él. No sólo es valiente, sino bello y arrogante. Tiene la tez clara, los pómulos altos y unos ojos azules que relampaguean, pero que a veces pueden ser muy dulces; y magníficos cabellos rubios, de ahí su apodo. Nacido en Salónica, dicen que es de origen albanés. Su padre era un pequeño empleado de aduanas, pero él parece un príncipe, esbelto con su uniforme de corte perfecto. Además, está íntimamente convencido de su superioridad y toda su persona irradia una fuerza y una energía casi salvajes.

De regreso en Estambul después de la guerra, se lo ha visto en la corte. Al sultán le gusta consultarlo sobre el estado de ánimo del ejército y escuchar sus opiniones no conformistas. Lo aprecia desde 1917, cuando, siendo príncipe heredero, viajó a Alemania para visitar al káiser y el joven coronel era su ayuda de campo.

Cuando viene a palacio, las princesas, ocultas detrás de la mucharabieh, miran pasar al hermoso oficial aureolado de gloria; y más de una comenzó a soñar con ser su mujer. Una joven sultana incluso se atrevió a escribirle cartas inocentes y apasionadas, que le enviaba con una esclava. Pero el despiadado no se dignó contestarle, y ella cayó enferma de aflicción. ¿Jugaba a hacerse el indiferente porque ya aspiraba a la hija del sultán? Es de origen humilde pero eso no tiene importancia. En Turquía, fuera de la familia imperial, no hay aristocracia. Se llega a los puestos más altos por propio esfuerzo. Y las princesas se casan a menudo con los bajás o los visires a quienes el sultán desea honrar especialmente. ¿Nadié sultana no se casó, cinco años antes, con Enver Bajá, el ministro de Guerra, cuyo padre era un insignificante empleado de ferrocarriles? ¡Rosa de Oro bien vale un Enver!

El hammam se estremece con una exaltación jubilosa. Todas aquellas mujeres, hasta ese momento aletargadas en sus divanes, se han levantado y rodean a la princesa. Esta última, encantada de su éxito, vende caro cada detalle. No, Su Majestad no ha respondido. Sí, va a responder pero, como sabéis, sopesa largamente sus decisiones.

—Pero bueno, ¿qué le dijo exactamente el sultán al bajá?

—Le dijo que su hija era todavía joven y que se lo pensaría.

—¿Joven, Sabiha sultana? ¡Pero si lo menos tiene veinte años!

Entonces la princesa, bajando la voz, murmura.

—Parece que el sultán duda. El bajá es con mucho el mejor general de nuestro ejército; pero es muy violento y bebe en demasía. Y luego se dice... que tendría ideas republicanas...

Un escalofrío de horror recorre la asamblea.

—¿Republicano, Rosa de Oro? ¡Imposible!

Selma no aguanta más y gira hacia su vecina.

—Perdóneme, señora, pero quién es ese... Rosa de Oro?

—¡Cómo, sultana, no lo sabéis!— exclama la joven asombrada. —¡Pero si no es otro que el general Mustafá Kamal!

VII

«*El ejército griego ocupa Izmir. Tras algunos sangrientos combates, se ha restablecido la calma*».

Hairi Rauf Bey suspira y se deja caer en su sillón de caoba.

—Si lo dice la prensa extranjera, debe de ser cierto...

Como muchos hombres de su generación y de su medio, el damad es un ferviente admirador de Europa y siente desprecio por lo que llama «las turquerías», especialmente la prensa de su país. Por lo demás, no la lee y se hace traer todos los días una media docena de periódicos, principalmente de Francia e Inglaterra. Es cierto que se trata de la prensa del enemigo, pero en su opinión es más objetiva que los periódicos locales, sometidos a la censura. Olvida que ésta ha sido impuesta por los ocupantes, esos europeos que admira tanto. Para él, esto es un detalle, pues de todas maneras, en Turquía la información ha estado casi siempre censurada tanto durante los treinta y tres años de reinado del sultán Abd al-Hamid como después, durante los nueve años de dictadura de Enver Bajá.

Que la prensa de los países «libres» esté sometida a un control tan estricto como sutil —porque los gobiernos han comprendido que prohibir o castigar no sólo es peligroso sino también ineficaz—, es algo que no puede creer y considera como difamadores a todos los que declaran que las democracias se han hecho hábiles en el arte de manipular. En Europa, cuentan esos maliciosos, el poder ya no encarcela a los directores de periódicos: los invita a cenar, les comunican «francamente los verdaderos problemas» y, halagándoles así, logra mantenerlos la mayoría de las veces dentro de una benigna neutralidad.

Este tipo de suposiciones indigna a Hairi Bey. Incluso si les diera fe, no cambiaría en nada su convencimiento de que la salvación de Turquía pasa por su occidentalización. «Hay que coger las rosas de Europa», declara, «sin fijarse en las espinas». Le gusta exponer las teorías de los filósofos racionalistas y los ideales de la Revolución francesa, pero si está dispuesto a concederle al pueblo ciertos derechos, no toleraría que éste se los concediera a sí mismo.

Hojeando otros periódicos, repara en un editorial de primera página del gran diario francés *Le Journal*, fechado el 17 de mayo de 1919: justo al lado de un artículo sobre el «affaire Landru» —acaban de descubrir a la décima víctima en un horno—, el periodista Saint-Brice analiza el desembarco aliado en Esmirna* y lo critica severamente: «El armisticio sólo permite a los aliados tomar medidas de orden. Ahora bien, las informaciones más tendenciosas no han podido dar cuenta de ningún incidente serio (...). Por tanto, estamos ante un acto político premeditado y, lo que es peor, un acto político de largo alcance: la ocupación de Esmirna es la sentencia de muerte del Imperio otomano».

—¡Qué valor! Tomar, en contra de su propio gobierno, el partido del vencido. ¡Eso es libertad, eso es humanismo!— exclama Hairi Bey, desestimando en medio de su entusiasmo la conclusión del artículo: «La muerte del "enfermo" nos dejaría fríos si no anunciara el final de la influencia francesa en Oriente. En efecto, ¿cuál será nuestro papel entre los dos formidables predominios de Gran Bretaña y los Estados Unidos?»

Llaman suavemente a la puerta del despacho y una cabecita pelirroja aparece en el resquicio.

—¡Pero si es mi hermosa niña! ¿A qué se debe este honor? Entra, entra.

Cuando se encuentran solos, lejos de la sultana y de los criados, él la tutea, y cada vez esta familiaridad cómplice hace latir más rápidamente el corazón de la niña. Poniéndola sobre sus rodillas, la mira con ojos burlones.

—Bueno, ¿qué sucede? ¿Qué vienes a pedirme esta vez?

Disgustada de haber sido descubierta tan pronto, después de haberse pasado la mañana elaborando su plan de batalla, Selma protesta:

—Vamos, Baba, os aseguro...

Él estalla en carcajadas, mientras la niña lo mira subyugada: ¡qué diferente es cuando están juntos, tan alegre, sin rastro de ese aspecto fatigado que muestra por doquier! Selma lo quiere por el júbilo que demuestra cuando la ve. Inclina la cabeza hacia un costado y adopta su aire zalamero.

—Baba, vos dijisteis el otro día que en Europa los niños eran educados más libremente y, por tanto, que estaban mejor preparados para enfrentar la vida.

* *Esmirna:* nombre griego de Izmir, empleado por los occidentales.

Hairi Bey frunce el ceño: ¿qué se propone?

—Naturalmente.

—¿No creéis que es necesario que una joven comprenda el mundo en el que vive?— prosigue Selma.

El padre se muerde los labios. ¿De dónde habrá sacado esa frase? Seguramente de una de esas novelas francesas que tiene su institutriz; se la habrá aprendido de memoria.

—Pero Selma, todavía no eres una joven.

Ella lo mira con aire de reproche.

—Mademoiselle Rose dice que no es cuestión de edad sino de madurez.

Era lo que sospechaba. ¡Mademoiselle Rose! No cree que esa solterona sin seso sea la institutriz ideal. Deberá hablarle a su esposa.

—Puntualicemos: ¿qué queréis?— pregunta algo irritado, recobrando un tono distante.

—Quisiera— lo mira con sus grandes ojos suplicantes, —quisiera acompañarlo a la manifestación de la plaza de Sultán-Ahmad.

—A la...

Hairi Bey ha estado a punto de ahogarse.

—¡Estáis loca! Habrá miles de personas de todas clases que gritarán Dios sabe qué. Vos no iréis, ni yo tampoco por lo demás. No tengo la menor intención de mezclarme con esa chusma.

Los ojos de Selma están llenos de lágrimas.

—Pero, Baba, esas horribles masacres de Izmir... Zeynel dice que hay que hacer algo...

—¿Zeynel dice...? ¡Bravo! Esta niña escucha más a los criados que a sus propios padres, según parece. Pues bien, me gustaría saber lo que diría vuestra madre, la sultana.

—¿Annedjim? Salió...

—Y claro, habéis esperado a que saliera para venir a pedirme— no encuentra la palabra, —a pedirme... esta insensatez?

—¿Qué insensatez, mi querido cuñado?

Fátima sultana, hermana menor de Hatidjé, está en el umbral acompañada por un eunuco. Desde hace un momento este último intenta inútilmente llamar la atención del damad, para anunciarle a la visitante. La joven sultana había pasado a ver a su hermana de improviso y, al no encontrarla, preguntó por su sobrina.

—Yo misma pienso ir a esa manifestación— declara. —En coche cerrado. No bajaremos, naturalmente. Pero en estos tiempos de penalidades, siento deseos, incluso necesidad de ir a rezar con mi pueblo; se trata de una manifestación religiosa.

Hairi Bey se levanta precipitadamente y se inclina. Está furioso por haberse dejado sorprender en medio de un arrebato de cólera. Por lo demás, no sabe bien por qué ha abandonado su legendaria flema. ¿Por afirmar su autoridad delante de la niña? ¿O porque había tenido la desagradable impresión de que la toma de Izmir le impresionaba más a la niña que a él?

Pero, en la medida en que se trata de ir a rezar, se convierte en un asunto de mujeres: puede dejar de sentirse implicado.

—¿Estáis segura, sultana, que serán oraciones y no una de esas manifestaciones incontroladas?

—Naturalmente, damad, han sido adoptadas todas las medidas.

Él sacude la cabeza.

—Muy bien, entonces llevaos a la niña. Pero para mayor seguridad llevad también a Zeynel. Nunca se sabe con esas multitudes incultas. ¡No estamos en Francia!

La mezquita de Sultán-Ahmad, que llaman la «mezquita azul» porque está cubierta de cerámica de ese color, se halla situada en medio de la ciudad vieja, cerca del antiguo palacio de Topkapi. Para llegar a ella, es menester atravesar un dédalo de callejuelas bulliciosas bordeadas de puestos de artesanos, tiendas y cafés llenos de la mañana a la noche.

Pero aquel viernes reina un silencio de muerte. Las tiendas están cerradas, las persianas bajas. Por doquier flota la bandera otomana, con paños negros en las astas. Desde todas las calles afluyen grupos que se funden en un largo cortejo que avanza gravemente, golpeando el suelo con paso resuelto. Hay gentes de todas las edades, viejos a quienes les cuesta caminar y hombres vigorosos con ojos enrojecidos por las lágrimas. También hay soldados, mutilados de guerra cubiertos de medallas, que a duras penas contienen los sollozos. Y cursos escolares completos, con brazaletes negros con la palabra «Izmir» escrita en letras verdes. Y, sobre todo, hay mujeres. Esas mujeres, habitualmente enclaustradas, han salido a miles. Muchas de ellas se han levantado el velo y caminan, pálidas, con los ojos brillantes de desafío.

De pronto surgen aviones británicos; vuelan rozando los techos para aterrorizar a la multitud. Es inútil. Ni un sobresalto, sólo una sonrisa de desprecio: que nos maten, ¿qué puede importar cuando nuestro país está agonizando?

Se lee el odio en los ojos, pero sobre todo la incomprensión, la desesperación por haber sido abandonados por todo el mundo. Han sido traicionados por aquellos en quienes confiaron. ¿Por qué los atacan? La guerra ha terminado hace ya siete meses, Turquía firmó el armisticio, está desmovilizada, ha entregado las armas, y espera pacientemente que los vencedores, en París y en Londres, se dignen decidir su suerte...

Del Imperio otomano ya no se habla: se han perdido las últimas posesiones europeas, los Balcanes, así como Libia y todos los países árabes del Cercano Oriente. Los hermanos musulmanes, con los cuales se había contado, han traicionado. En lugar de alinearse al lado de su soberano, el sultán, Hussein*, el viejo jerife de La Meca, ha levantado el estandarte de la revuelta contra la Sublime Puerta, tomando el partido de los ingleses que le han prometido un reino.

El desastre ha sido total: siete años han bastado para poner fin a un imperio edificado a lo largo de casi siete siglos.

«Después de todo», dicen los filósofos, «es el justo equilibrio de las cosas. Esos pueblos, conquistados por nosotros, recuperan la libertad. Al menos, así lo creen ellos. Porque los mandatos francés, inglés e italiano —ya se darán cuenta—, no serán más suaves que la cómoda administración de la lejana Estambul.»

Los turcos se resignan con cierto fatalismo a la pérdida de un imperio demasiado vasto, un mosaico cuyos pueblos, costumbres y creencias les siguen siendo ajenos. Pero lo que para ellos es intolerable, contra lo cual están dispuestos a luchar hasta la muerte, es el golpe a la integridad de su propia tierra, el país turco, habitado, cultivado y construido por turcos, por esos rudos campesinos de Anatolia, descendientes de las grandes tribus nómadas que llegaron del Asia central en el siglo IX.

Embriagados por su victoria, los aliados han subestimado la capacidad de resistencia de ese pueblo en plena hecatombe: creyeron que lo tenían todo permitido. De hecho, fue Lloyd George, el primer ministro británico el que, en contra de la opinión de los franceses e italianos, cedió ante las peticiones del gobierno griego y le permitió apoderarse de Izmir, la segunda ciudad del país. En efecto, Inglaterra quiere unirse a Grecia para convertirla en una base fiel, en medio de aquel imprevisible mundo musulmán que encierra, dicen, enormes riquezas de petróleo y que, además, la separa de su joya más preciada, la India.

El coche no avanza y Fátima sultana decide que seguirán a pie, acompañadas por Zeynel. Selma accede encantada. Siente vergüenza de estar sentada como espectadora entre todas esas gentes que caminan, caminan como si no fueran a detenerse nunca, como si se aprestaran a partir, desde allí, en ese momento, a la reconquista de Izmir.

Finalmente llegan a la plaza del Sultán-Ahmad. Está abarrotada de gente pero no se oye ni una palabra ni un ruido, sólo el flamear de las banderas al viento.

De repente, desde lo alto de los alminares de la mezquita azul, los imanes, vestidos con túnicas negras, lanzan el llamado a la

* Bisabuelo de Hussein de Jordania.

oración: «Allahou Akbar». Entonces, de las siete colinas que rodean la ciudad, la invocación vuelve como un eco, transmitida de alminar en alminar, «Allahou Akbar», «Dios es grande». Es como si el cielo de Estambul hubiera temblado, súbitamente abrasado por la oración que repiten cientos de miles de pechos estrangulados por las lágrimas: «Allahou Akbar, ¡protégenos, Señor!»

Selma ya no puede ver, las lágrimas le corren por la cara, se ahoga. De aflicción, de felicidad, ya no lo sabe. Nunca antes había experimentado ese temblor en el fondo del pecho. Tiene la impresión de haber dejado de ser Selma y formar parte de aquella muchedumbre con la cual parece fundirse, explotar, morir. Sin embargo, se siente más viva que nunca.

Sobre un podio improvisado, una mujer joven y frágil se pone de pie. Selma la mira como en un sueño. No lleva velo, sino sólo una simple túnica negra. Con voz vibrante comienza a evocar a Izmir, esa ciudad verde y apacible, en la que, durante siglos, griegos y turcos, pese a sus diferencias, han vivido en buena armonía. Fue necesaria la guerra, dice la joven, y las intrigas del extranjero para que aquellas poblaciones pacíficas se enfrentaran entre sí.

—¡Es tan fácil para los provocadores avivar las pasiones! Se quema una iglesia, se asesina a un musulmán, y de inmediato los recelos, los miedos ancestrales, los odios que se creían olvidados renacen con fuerza aterradora. Los que comprenden la maniobra y tratan de evitar el drama no consiguen hacerse entender y terminan por callarse, temerosos de ser acusados de cobardía o traición.

»Sepan, amigos míos, que la toma de Izmir es sólo el comienzo del desmantelamiento de nuestra Turquía. El griego Venizelos reclama todas las tierras que rodean el mar Egeo, todas nuestras islas, e incluso nuestra capital, Estambul. ¿Qué quedará de nuestro país? Unas tierras áridas en el centro de Anatolia, una simple provincia controlada por todas partes: ¡es decir, nada!

»¿Agacharemos la cabeza? Hermanas, hermanos, respondedme: ¿aceptaremos esta sentencia de muerte?»

Rota por la emoción, alarga los brazos hacia la multitud jadeante: un rugido inmenso, parecido al retumbar del trueno, un canto profundo, estalla de un extremo a otro de la plaza: «No, no lo aceptaremos, te salvaremos, bella Turquía, amadísima Turquía, Turquía, novia nuestra, Turquía, senos lechosos de nuestra madre, Turquía, nuestra hija, hoy tan frágil. Te lo juramos: ¡jamás te dejaremos morir!»

—¿Quién era esa dama?— pregunta Selma, con los ojos todavía rojos, en el faetón que las lleva de vuelta al palacio.

—Es la gran Halidé Edib, célebre escritora y ardiente defensora de los derechos de la mujer— le responde su tía. —¡Cómo ha hecho vibrar a esa multitud! ¡Qué lástima que tengamos tan pocos hombres como ella!

Ovillada en su rincón, la niña frunce el ceño. Así que una mujer podía... Poco a poco su rostro se ha serenado: eso es lo que será el día de mañana. Su país, su pueblo, por ellos quiere vivir.

Selma ha reconocido su pasión.

VIII

De regreso de la manifestación, Selma se encuentra en un pasillo con su hermano Hairi.

—Ya está decidido, todos partimos a la guerra, incluso las mujeres y los niños— le anuncia dándose importancia.

Hairi abre enormes ojos; no tiene ninguna gana de ir a la guerra pero en ningún caso puede admitirlo delante de una niña. Adopta pues su aire más distante para preguntar:

—¿Cuándo partimos?

—¡Chitón! Nadie debe saberlo: el sultán está discutiéndolo con sus ministros...

Selma no quiere mentir; simplemente, adelantarse un poco. Después de lo que ha visto en la plaza del Sultán-Ahmad, le parece evidente que los turcos partirán a la reconquista de Izmir: sólo es cuestión de días. Resueltamente precede a Hairi hacia las habitaciones de su padre con el fin de informarlo de las novedades.

El damad se ha instalado en el salón estilo Imperio en el que recibe a algunos amigos, antiguos colegas de los ministerios de Asuntos Exteriores y de Finanzas. Todos conocen a Selma y la reciben con muestras de regocijo. En efecto, a menudo se cuela en los apartamentos de Hairi Bey, pues todavía es demasiado joven para estar sometida a la estricta reclusión del harén.

—Bueno, señorita patriota— le pregunta su padre, —¿cómo fue esa manifestación?

Consciente de las miradas fijas en ella, Selma comienza a contar, cuidando de no omitir ningún detalle. Cuando llega al discurso de Halidé Edib y a su llamado a la lucha, los señores se echan a reír.

—¿Y para qué se mete esa sufragista?

—¿Les pidió a las mujeres que partieran al frente con o sin velo?

Selma se calla, herida, pero ya no le prestan atención: la discusión interrumpida con su llegada se reanuda acaloradamente.

—¡Si os digo que el pueblo está agotado! Jamás volverá a luchar. ¿Sabéis cuántos desertores había en julio de 1918? ¡Quinientos mil! No se los puede censurar: se morían de hambre, de enfermedades, ya no tenían zapatos ni municiones. Y hoy la situación no ha mejorado: las cosechas se pudren en el campo, hay hambruna por doquier. Creedme, lo importante no es ir a jugar a Don Quijote e intentar recuperar Izmir, lo importante es cultivar los campos, de lo contrario es seguro que mañana ya no habrá Turquía.

—Hay que reconocer que elegimos mal— suspira un diplomático, muy elegante en su «*bonjour*», la levita gris perla que aquel año estaba de moda. —Sin embargo, ¡los alemanes parecían invencibles! En fin, ahora ya no nos queda más que tratar de negociar el mejor tratado de paz, dentro de lo posible. Volver a las armas es un sueño. El verdadero valor es ser realistas.

Selma escucha con atención. ¿Quién conoce mejor el país que su padre y sus amigos? Sin embargo, la multitud vibrante de esa tarde quería luchar...

La niña ya no entiende nada, se siente de pronto cansada. Se ovilla en un sillón y el ruido de la conversación sólo le llega a través del bullicio de una multitud que repite: «¡Izmir! ¡Allahou Akbar!»

De golpe es sacada de su somnolencia por una voz sonora.

—¿Sabéis la última noticia?— pregunta un señor pequeño y regordete que acaba de llegar, —Su Majestad ha enviado a Mustafá Kamal a Anatolia.

Selma abre los ojos. El estupor se lee en todos los rostros.

—¿A Anatolia?— preguntan. —¿Y a hacer qué?

—Oficialmente a pacificar el interior del país. Desde el final de la guerra, se lucha mucho por allí, o más exactamente, se asalta. Nuestros ciudadanos de origen griego, a quienes el ocupante les dejó las armas, saquean las aldeas turcas; y los soldados turcos que se fueron a la guerrilla, saquean las aldeas griegas. Además, el general Karabekir, vuestro amigo— gesticula dirigiéndose a un joven oficial, —está completamente loco. Hace caso omiso del armisticio y se niega a desmovilizar a sus tropas; ¡ha establecido su cuartel general en Erzurum con seis divisiones! Se le han unido hombres de la sierra así como antiguos partidarios de Enver Bajá y de Talat. En resumen, que los ingleses están furiosos y amenazan con enviar a sus tropas para restablecer el orden.

—¡Os imagináis a los inglesitos por las montañas de Anatolia!— exclama uno. —¡Nuestros turcos se los comerían de un bocado!

—El sultán teme que si las tropas extranjeras penetran en el interior no se vayan más— sigue el pequeño señor, que es funcionario del ministerio de Defensa. —Por eso se ha hecho personalmente responsable de la pacificación del país. En tanto Comendador de los Creyentes (pues jefe del Estado ya no lo es más que como título), ha prometido a los ingleses que terminaría con los desórdenes.

Todos los señores parecen escépticos.

—¿Los ingleses están de acuerdo?

—Están dispuestos a intentarlo. No tienen ninguna gana de que maten a sus soldados. En Inglaterra estaría mal visto, ya que, después de todo, la guerra ha terminado.

Desde que hablan de Mustafá Kamal, ese Rosa de Oro que hace soñar a las princesas, Selma está completamente despierta. Intenta seguir la conversación poniendo toda su atención.

—¿Y cuáles son exactamente los poderes de Kamal?— pregunta Hairi Bey.

—El sultán lo nombró inspector general de la zona norte y gobernador de las provincias orientales. Posee atribuciones mal definidas, pero que pueden, por lo mismo, ser muy amplias. Eligieron bien. Con su celebridad de héroe, sin duda es el único que puede hacer respetar las decisiones de la capital.

—Querido, sois un ingenuo— lo interrumpe un hombre pálido, alto funcionario de palacio, que hasta ahora parecía desinteresado de la conversación. —Es la peor elección que pudo hacer Su Majestad. Cuando le presentamos la lista de generales susceptibles de partir para Anatolia, le indicamos que Kamal era un hombre ambicioso y hábil y que, en lugar de seguir sus órdenes, podría ponerse a la cabeza de la rebelión. El sultán persistió en su elección.

—Es exactamente lo que temen los ingleses— reconoce el señor del ministerio de Defensa. —El comandante en jefe, el general Milne, está furioso. El nombramiento de Kamal fue firmado por su sustituto cuando se encontraba en misión fuera de la capital. Al volver, intentó anularlo, pero Kamal ya se había ido. Imaginaos que el general ha enviado incluso torpederos, esos pequeños barcos de guerra rapidísimos, en su persecución. Demasiado tarde, el pájaro ya había volado.

Todos estallan en carcajadas ante la idea de la mala pasada que les había jugado a esos malditos británicos.

—Entre nosotros, Muhammad Bey— pregunta el señor pálido, —¿pensáis que Su Majestad le confió a Kamal otra misión que la pacificación de la región? Sería un gran riesgo: recordad que el artículo 6 del armisticio estipula que, en caso de revuelta, el ocupante puede tomar definitivamente Estambul y acabar con el sultanato.

—¿Quién puede saber lo que piensa el sultán?— suspira Muhammad Bey, —¡es tan reservado! De todo lo que puedo informaros es de las últimas palabras que le dirigió a Mustafá Kamal, las cuales me fueron repetidas por su primer ayuda de campo. Era el mismo día de la toma de Izmir: «Bajá», le dijo, «hasta ahora habéis prestado grandes servicios al Estado. Pero olvidad eso. Es historia pasada. Los servicios que vais a prestar ahora son más importantes que todo lo demás. Bajá, ¡podéis salvar el país!»*

El oficial arqueó las cejas.

—¿Qué significa: «Podéis salvar el país»? Es posible interpretar estas palabras de dos maneras: una, pacificad la región para evitar que el ocupante intervenga. O bien: reunid las fuerzas que se encuentran en Anatolia y poneos al frente del movimiento de resistencia.

—Como siempre, la verdad está seguramente entre ambas— responde Muhammad Bey. —Tengo el honor de tener el mismo dentista que Su Majestad, a quien, después de las sesiones, le gusta discutir con el viejo verdugo. Pues bien, ¿sabéis lo que dice «Tooth Bajá»?** Según él, nuestro padischah juega con dos barajas: por un lado, demuestra una gran flexibilidad con el ocupante, esperando obtener de esta manera el mejor tratado de paz posible; y por otro, no se opondría a una rebelión en Anatolia. Es la razón para que, entre tantos generales capaces, enviara a Kamal Bajá. Su Majestad quiere probarles a los ocupantes que el pueblo turco no está totalmente a su merced y que no pueden imponerle cualquier cosa. Los disturbios de Anatolia, si se desarrollan, serán un elemento precioso en las negociaciones de paz.

—¿Y el nervio de la guerra?— pregunta el funcionario de Finanzas, sarcástico. —Para organizar una resistencia, por modesta que sea, se necesita dinero. Y estoy bien situado para saber que nuestras cajas están vacías. Desde hace meses, los empleados del Estado sólo reciben la mitad y a veces la tercera parte de sus salarios.

—Kamal habría recibido una importante cantidad en oro— insinúa Muhammad Bey en tono confidencial. —El general Milne se habría extrañado de ello, advirtiendo que Turquía se encuentra al borde de la quiebra. Quiere saber por todos los medios de dónde salió esa cantidad. No tengo pruebas, pero en la corte

* Cf. Lord Kinross: *Ataturk.*
** Tooth Bajá: el «general de los dientes». Así llamaba el sultán Vahiddedín a su dentista.

sostienen que Su Majestad vendió secretamente todos sus pura sangre para poder dar a Kamal 50.000 libras-oro...

Vuelven a servirse cognac mientras un criado, vestido con un largo caftán azul, ofrece cigarros. Cada cual se pierde en sus fantasías. La aventura es arriesgada, es cierto, pero vale la pena. Aunque sólo fuera por ver la cara del general Milne, cuya actitud altiva y despreciativa es verdaderamente insoportable. De repente se endereza el señor del «*bonjour*» gris perla.

—Pero entonces, si Kamal ha partido para Anatolia, ¿en qué queda el proyecto de boda con Sabiha sultana?

—¡Ah! la boda...— responde el damad sonriendo con finura. —Pues bien, el sultán no se ha negado, pero creedme, no dirá nunca que sí. En verdad, no tiene la menor intención de dar su hija preferida a un hombre tan aficionado a la bebida y a las mujeres. Y, sobre todo, ha confiado a sus íntimos que por nada del mundo querría tener un nuevo Enver Bajá que le dicte su política.

«Pobre Rosa de Oro», piensa Selma cuando se va a su cuarto; «¡qué desilusión va a tener! Y yo que esperaba tanto que entrara en la familia...»

Pensativa, se pone a contar con los dedos. Dentro de cinco o seis años estará en edad de casarse... ¿Por qué no...? De pronto su primo Vassip, con quien se pensaba casar, le parece muy insípido. Por el contrario, Rosa de Oro más atractivo. Y sobre todo, es un general, un héroe. Ella le ayudará, juntos echarán fuera de Turquía al enemigo. Ella organizará a las mujeres, será una nueva Halidé Edib.

Aquella noche, Selma duerme con la sonrisa en los labios.

IX

De todas las esclavas que adornan el palacio de Hatidjé sultana, la más encantadora es sin duda alguna Gulfilis. Fina y esbelta, con el pecho alto, es, con sus cabellos color trigo maduro y sus grandes ojos color vinca, la típica belleza circasiana.

Huérfana a los ocho años, había sido comprada por un mercader que esperaba venderla muy cara en la corte: en pocos años, pensaba, se convertiría en una de las joyas del harén. Pero no contó con la revolución de 1909. El sultán Abd al-Hamid fue destronado, su hermanastro Reshat coronado en su lugar y la monarquía absoluta convertida en monarquía constitucional. Y una de las primeras reformas promulgadas por la Joven Turquía, que intentaba ser progresista, fue la abolición de la esclavitud.

Se abrieron las puertas de los harenes, y se promulgó a través de todo el imperio que las familias podían recuperar a sus hijas y hermanas. Muy pocos se presentaron. Pero sobre todo, un número ínfimo de mujeres consintió en abandonar la sombra dorada de los palacios para recobrar la libertad de una pobre casa de campesinos. Acostumbradas al lujo y a la vida refinada, temblaban ante la idea del trabajo y de la penosa existencia que les esperaba.

Durante unos meses, antes de que las cosas recuperaran su ritmo secular, la corporación de mercaderes de esclavos se puso muy inquieta. Y Bulent Agha, el feliz propietario de Gulfilis, en lugar de correr el riesgo de ponerse en contacto con la corte, prefirió negociar discretamente. Conocía al primer eunuco de la hija mayor del sultán Murad, que acababa de volverse a casar y se instalaba en su nuevo palacio. El trato fue rápidamente cerrado, ya que los dos hombres estaban convencidos de que le hacían un enorme favor a la huérfana.

Fue así como Gulfilis entró en el séquito de Hatidjé sultana. Era demasiado bonita para que pensaran en enseñarle las tareas del hogar o en estropearle los ojos haciéndola estudiar cálculo. La gran maestra de las kalfas decidió que le enseñarían música y canto, así como el arte de las flores. Poco a poco, se convirtió en una experta en confeccionar ramilletes de flores que alegraban todo el palacio, y logró uno de los primeros lugares en la orquesta del haremlik, ya que tocaba bastante bien el arpa. A los diecisiete años era aún más hermosa que lo que había pensado el viejo mercader.

Era la preferida de la sultana, que la miraba a menudo pensativa: si entrara al servicio de Su Majestad podría seguramente convertirse en una de sus favoritas y, quén sabe, algún día, en una esposa. Pero también podría consumir su juventud sin ser elegida nunca. Él era ya mayor y en aquellos tiempos difíciles se preocupaba más de política que de mujeres. Pero permanecer allí, en ese universo exclusivamente femenino, era un insulto a la naturaleza. Una criatura tan soberbia, tan claramente hecha para el amor, debía dar algún fruto. Había que encontrarle un marido.

Una mañana, en el momento en que sale de su habitación, Selma se topa con Gulfilis bañada en lágrimas. Inquieta, la asedia de preguntas, pero la joven esclava, gimiendo de desesperación, es incapaz de hablar. La niña termina por sentarse junto a ella y le toma la mano. Calmándose poco a poco, Gulfilis se limpia los ojos.

—La sultana quiere casarme— anuncia con tono lúgubre.

Selma trata de recordar las historias tristes que le contaba su nodriza, y aventura:

—¿Es viejo y feo?

—¡Oh! no, tiene treinta años y es apuesto. Lo vi detrás de las mucharabieh.

La niña no entiende.

—Entonces debe ser pobre— pregunta con lástima.

—No, es rico y tiene una buena situación en el ministerio de Finanzas. Por lo demás, fue el damad, vuestro padre, el que se lo recomendó a la sultana. Pero...

Volvió a echarse a llorar.

—No quiero casarme, ésta es mi casa, mi familia. ¿Por qué tengo que irme a casa de un extraño?

Selma, conmovida, la rodea con sus brazos.

—No te apenes, Gulfilis, se lo diré a Annedjim. Estoy segura de que no quiere causarte ningún dolor.

Y como si se tratara de un caballero que parte a combatir por su dama, se precipita en los apartamentos de la sultana.

La princesa no está sola. Frente a ella, sobre la alfombra de espirales rosas, está Memjian Agha, el joyero armenio, en cuclillas y rodeado de cofres de terciopelo de todos los tamaños.

—Venid a ayudarme, Selma— la invita su madre.

Selma adora las joyas; se acerca con los ojos brillantes y decide posponer para más tarde la discusión sobre Gulfilis.

—Estoy eligiendo un regalo para Sabiha sultana— precisa la princesa, —pues la fecha de la boda ha sido finalmente fijada.

Selma está encantada pues quiere mucho a su joven pariente. Pero se pregunta qué va a pensar Rosa de Oro que lucha en Anatolia. En efecto, el afortunado elegido no es Mustafá Kamal sino, contrariamente a todas las tradiciones, un primo de Sabiha, un príncipe otomano.

La historia ha conmovido a la corte: se ventilan el escándalo y las delicias de una historia de amor. El príncipe Omar Faruk es sin lugar a dudas uno de los hombres más fascinantes del Imperio. Muy alto, rubio, con un rostro fino y enérgico y ojos azules rasgados, posee una figura y una elegancia que inútilmente intentan imitar todos los jóvenes de la buena sociedad. Oficial de la guardia imperial del rey de Prusia y emperador de Alemania, aliado de Turquía, ha pasado la guerra en ese país, en el frente occidental. De regreso en Estambul, fue nombrado ayuda de campo del sultán. Fue así como conoció a la bella Sabiha.

Fue un flechazo. Omar Faruk no era hombre de medias tintas. Le declaró a su padre que se casaría con la joven o que se suicidaría. Y ambos sabían que lo haría.

Pero el sultán no era partidario de esa boda. Transgredía la regla según la cual los miembros de la familia otomana no se casan entre sí, regla adoptada siglos atrás para evitar la degeneración de las dinastías europeas. Y, sobre todo, porque las dos ramas de la familia no estaban en buenos términos después de la muerte del sultán Abd al-Aziz, cuyos hijos afirmaban que había sido un asesinato camuflado, ordenado por la rama Mayid. De esta manera la pasión de Omar y Sabiha se convertía en un drama Montesco-Capuleto a la turca.

Durante dos meses, la corte ha esperado con ansiedad la decisión del soberano. Olvidando su orgullo y sus resentimientos, el príncipe Abd al-Mayid, del que Faruk era hijo único, multiplicaba las visitas a palacio. Finalmente, el sultán se deja convencer, pues desea la felicidad de su hija. Además, piensa que en aquellos tiempos inciertos es bueno que la familia permanezca unida, y la boda de Omar Faruk y Sabiha permitiría poner fin a una disputa que duraba desde hacía más de cuarenta años.

Sentada en medio de aquellas joyas que conocía perfectamente por haberlas admirado a menudo en su madre, Selma está indecisa: ella quiere para Sabiha las joyas más hermosas pero también sabe que a la joven no le gustan los pesados aderezos tan en boga entre sus mayores. Termina por elegir un collar de esmeraldas en forma de tréboles de cuatro hojas, salpicados de diamantes que imitan gotas de rocío. Está acompañado por una diadema, aretes y pulsera con el mismo motivo.

—Perfecto— opina la sultana, —irá muy bien con el cutis delicado de nuestra Sabiha. Y ahora, decidme cuáles son los dos conjuntos que os gustan menos.

Tras unos minutos de duda, la niña muestra dos cofres: en uno brilla un conjunto de rubíes y perlas; en el otro, un largo collar de turquesas que hacen juego con dos pulseras y un enorme anillo.

—Pues bien, sea, Memjian Agha— declara Hatidjé sultana riendo. —Me habría costado decidirme, pero el dedo de la inocencia ha dado su veredicto. Ya discutirá los detalles con Zeynel.

El joyero farfulla unas bendiciones, coge los dos cofrecitos y sin dilación los introduce en una gran cartera de cuero oscuro. Luego, deshaciéndose en saludos, se despide.

Selma lo mira salir, sin creer en lo que está viendo.

—Annedjim, ¿por qué se ha llevado las joyas? ¿Y dónde están las que habéis comprado hoy?

En efecto, las visitas de Memjian Agha, que se han vuelto infrecuentes en los últimos tiempos, son siempre motivo de grandes adquisiciones.

La sultana atrae a su hija hacia sí y la mira seriamente.

—Selma, no he comprado nada... Incluso vendí los conjuntos que vos habéis indicado... Mirad, con la guerra y ahora con la ocupación, todo se ha vuelto muy caro y tenemos aquí unos sesenta esclavos que hay que mantener. Por cierto que podría deshacerme de la mitad, pero ¿adónde irían? Muchos están aquí desde la infancia, los otros han crecido en casa de mi padre. Siempre nos fueron fieles y no tengo corazón para abandonarlos. Es la razón por la que vendo mis joyas. De todos modos tengo demasiadas.

—Pero entonces, Annedjim, ¿somos pobres?

Selma está aterrada. Ha visto en la calle niños pálidos vendiendo cordones, hilo y alfileres dispuestos en una caja de cartón sujeta al cuello. Mademoiselle Rose les ha llamado «pobrecillos». Ella les ha dado algunas monedas y se ha alejado rápidamente, avergonzada de la mirada ávida y triste que le daban a su bonito vestido y a sus arreglados cabellos. Se ha jurado que nunca, no, nunca sería pobre. Algo después se tranquilizaba pensando que se nace pobre o rico, que se nace negro o blanco, que el mundo está dividido así y que, felizmente, ella se encuentra en el lado conveniente.

Pero ahora las palabras de su madre la sumen en abismos de temor: cuando se terminen las joyas, ¿ella también deberá salir a la calle a vender alfileres?

La sultana la tranquiliza.

—Claro que no, tontita, no somos pobres. En cambio cada vez hay más pobres a nuestro rededor. Por eso, he decidido organizar a partir de mañana una *fukaramīn tchorbaseu*, una «sopa de pobres».

Selma no sabe lo que es una «sopa de pobres». Por el contrario sabe que mañana hay una gran recepción en el palacio Dolma Bahtché: se celebra el primer aniversario del advenimiento del sultán. Ha pasado más de una hora eligiendo el vestido que llevará.

—Annedjim— se alarma Selma, —esa... sopa, ¿será antes o después de la fiesta?

—No habrá fiesta. Su Majestad estima que en un país arruinado y ocupado no hay motivos de júbilo. También ha hecho anular los fuegos artificiales, las iluminaciones y las salvas de artillería que habitualmente celebran su aniversario. El dinero ahorrado contribuirá a aliviar alguna miseria. En adelante sólo serán celebradas las fiestas religiosas.

Decepcionada, Selma agacha la cabeza. Esperaba ver a su primo Vassip. No quiere apenarlo pero es preciso que le anuncie su decisión de casarse con Rosa de Oro. A propósito de matrimonio, tenía que preguntarle algo a su madre...

—Annedjim, Gulfilis es muy desdichada... No quiere casarse, ¿No podríamos conservarla aquí, con nosotros?

La sultana parece agotada.

—¡Sois la cuarta persona que me habla de Gulfilis! Estoy decidida a casarla, así como a dos o tres de nuestras más bonitas esclavas. Sois muy joven para comprender, pero sabed que la felicidad de una mujer consiste en tener un marido e hijos. Gulfilis será bien dotada y podrá venir a vernos cuando quiera. Dentro de unos años será demasiado mayor para encontrar un buen partido. Y tal vez no estaré aquí para ayudarla.

«¿No estará aquí? ¿Y por qué? ¿Por qué de repente el orden natural de las cosas tiene que cambiar?» Decididamente, Selma no comprende nada de lo que dice su madre pero cree que es más prudente no insistir. Además, la sultana se ha levantado y, acompañada de una kalfa, se dirige al hammam.

Al día siguiente por la mañana, luchando contra el viento gélido que viene del mar Negro, un reducido número de criados trabaja delante de las altas rejas del palacio. Llevan grandes tablones que unen entre sí y colocan sobre caballetes. Así, son improvisadas dos mesas que cubren con una tela de color ceniciento. Entonces llegan en fila india los *tablekars*, criados, llevando sobre la cabeza bandejas con soperas de estaño que colocan sobre las mesas, al lado de cestos repletos de gruesas rebanadas de pan.

La noticia de la generosidad de la sultana se propaga rápidamente por el barrio y apenas llegan los seis galopillos encargados del servicio, los primeros grupos avanzan tímidamente. Para evitar incidentes, la princesa ha pedido que los hombres sean servidos en una mesa y las mujeres y los niños en otra. Ahora bien, para su gran sorpresa y la de Selma, que observa la escena disimulada en el rincón de un balcón —se le ha prohibido bajar—, la gente no se atropella, salvo algunas exclamaciones de ansiedad de los rezagados, que temen que el festín se termine antes de que les llegue el turno. Pero pronto se tranquilizan al constatar que los tablekars reemplazan las soperas vacías por otras, llenas hasta el borde de un aromático potaje de legumbres acompañado de apetitosas carnes.

Los eternos mendigos de Estambul han venido en gran número, aunque Selma también repara en muchos soldados con uniformes remendados. Tras la desmovilización, cerca de un año antes, deambulan sin sueldo y sin trabajo, en aquel país arruinado por ocho años seguidos de guerra.* Igualmente hay refugiados en el interior del país, a quienes se reconoce por sus trajes de labradores. Han huido de sus aldeas, saqueadas por las bandas nacionalistas griegas o armenias que intentan probarles a los «Aliados» que la coexistencia con los turcos es imposible.

Y luego están... los nuevos pobres, identificables por sus vestidos cuidadosamente limpios y su aspecto turbado. Son artesanos o empleados que, antes de la guerra, se ganaban modestamente la vida. Hoy han perdido sus trabajos como consecuencia de las numerosas quiebras o la destrucción de las escasas fábricas, sus recursos se han agotado y, frente a la subida de los precios, favorecida por un mercado negro generalizado, se ven obligados a recurrir a la caridad pública. Es a éstos a quienes Selma compadece más: parecen terriblemente incómodos y miran furtivamente a todos lados para asegurarse de que nadie conocido es testigo de su decadencia.

Una vez terminada la distribución, los criados han comenzado a desmontar los tablones y los caballetes, cuando Selma ve llegar a un hombre que lleva a una niña de la mano. Muy alto, va vestido con un pantalón bombacho y una túnica de tela gris a la manera de los mujiks. Se acerca a un galopillo y le pide en un turco titubeante si no queda un poco de pan.

* Guerra de los Balcanes y Primera guerra mundial.

—¡Ah! no, por hoy se ha acabado— exclama el muchacho sin siquiera mirarlo. —¿Por qué no ha venido a tiempo? No tiene más que venir mañana.

Selma ve al hombre sacudir la cabeza y apoyarse contra la reja; está a punto de desmayarse. Trabajosamente saca del bolsillo un fajo de rublos.

—Se lo ruego, es para mi niña: no ha comido desde hace dos días.

El galopillo mira los rublos con mirada sarcástica y refunfuña:

—¿Qué quiere que haga con esos pedazos de papel? Ya le he dicho que se ha acabado. Ahora váyase o llamo a los guardias.

El hombre palidece bajo el insulto. Reuniendo sus fuerzas, se yergue y se apresta a partir, cuando una voz clara lo detiene:

—Esperad, señor.

Es Selma quien aparece, bajando la escalera a toda carrera. Roja de cólera, increpa al galopillo:

—Trae carne, pasteles y queso. ¡Inmediatamente!

Temblando, el muchacho desaparece hacia las cocinas. Sólo entonces Selma se vuelve hacia sus protegidos. El hombre posee un rostro fino enmarcado por una barba rubia. Sus ojos azules sonríen.

—Gracias, señorita. Permitidme presentarme: conde Walenkoff, oficial de caballería del ejército del zar. Y ésta es mi hija Tania.

Perpleja, Selma mira a la niña. Deben de tener la misma edad, pero la pequeña rusa tiene un aire tan tímido, tan frágil que se siente mucho mayor que ella.

—Yo soy Selma sultana— dice. —¡Venid!

En el parque, a pocos metros de la reja, se levanta un quiosco de mármol blanco, adornado de rosas, donde a veces los visitantes descansan antes de entrar al palacio. Selma conduce allí a sus invitados. Apenas instalados, llega el galopillo, seguido de un tablekar que trae tantas vituallas como para alimentar a diez personas. El muchacho intenta por todos los medios que lo perdonen, pero la pequeña sultana no está dispuesta a olvidar su brutalidad. ¿Qué decía su madre? ¡Ah! sí... que los débiles, en cuanto tienen una pizca de poder, se vuelven tiránicos...

Como adivina sus pensamientos, el oficial interviene:

—Dejad al pobre muchacho. Ni siquiera comprende lo que le reprocháis. Después de todo, obedecía las órdenes que determinaban que el servicio era hasta las once.

Selma se sobresalta: la indulgencia que demuestra el oficial le parece el colmo del desprecio. Es verdad que siempre ha oído que los aristócratas rusos consideran a sus siervos como animales.

—Comprende perfectamente, señor— replica molesta.

Terminan por hablar en francés, lengua que los tres dominan. El oficial le cuenta cómo, cuando el último regimiento zarista, al mando del general Wrangel, fue aplastado en Crimea, él había logrado llegar a San Petersburgo donde lo esperaban su mujer y su hija. Sólo había encontrado una casa devastada. Los vecinos le comunicaron la muerte de su esposa, asesinada a manos de los «rojos». La niña estaba segura en casa de una antigua criada.

—El choque fue terrible pues estaba muy enamorado de mi joven esposa. Quise morir, pero la criada, poniéndome a la niña en los brazos, me trajo a la realidad. Nos consiguió trajes de ganaderos y con esos disfraces emprendimos la marcha hacia la frontera turca.

Más de una vez, el conde estuvo a punto de ser descubierto, pues sus manos blancas y sus maneras aristocráticas llamaban la atención. Pero ya sea a costa de sobornos —durante el viaje había distribuido centenares de miles de rublos—, ya sea porque estaban cansados de tanta sangre y habían tenido compasión de la niña, los campesinos los habían dejado pasar.

Relata el hambre, la sed, el miedo... Selma lo escucha con lágrimas en los ojos. Pronto deja de escucharlo: se ve en su palacio en llamas, rodeada de hombres que vociferan: «¡Viva la revolución!». Aterrorizada, llama a su padre y a su madre y nadie le responde. Entonces comprende que han muerto y que está sola. Se pone a correr, correr, por un camino que no termina nunca. Las balas silban en sus oídos. Y durante todo ese tiempo, pese al miedo, no deja de preguntase por qué quieren matarla...

Se ha puesto a llorar a lágrima viva. Conmovido por su compasión, el oficial se interrumpe.

—Tenéis un buen corazón, niña. El Señor os recompensará.

Avergonzada de su error y de su egoísmo, Selma se seca las lágrimas.

—No coméis nada— dice viendo que apenas han tocado la comida.

—Nos hemos alimentado tan poco desde hace un mes que hemos perdido la costumbre.

—Entonces, os lo llevaréis todo.

A una señal, el criado envuelve las vituallas en lienzos blancos y las dispone en un gran cesto de mimbre.

Pero Selma sigue preocupada.

—¿Qué haréis ahora?

—Dios proveerá.

¿Dios? Selma esboza una mueca. En lugar de Dios, prefiere ir a ver a la sultana.

—Esperadme un momento, os lo ruego.

Cuando llega al tocador de su madre es muy mal recibida.

—¿Qué sucede, sultana? ¿Me dicen que recibís extranjeros en el pabellón del parque?

—Quería hablaros de ello, Annedjim,— balbucea Selma confusa —pero estaban a punto de morir de hambre...

Y le cuenta toda la historia.

—Annedjim, ¿no podríamos ayudarles?

La sultana se ha apaciguado.

—Mucho me gustaría pero hay cien mil refugiados rusos en Estambul... Y los refugiados turcos de Anatolia y de las provincias egeas afluyen a millares cada día... Primero debo ocuparme de ellos. Lo siento, hijita, no puedo hacer nada más.

Selma se queda estupefacta: es la primera vez que ve a su madre negar la caridad. Decididamente todo va de mal en peor.

En silencio besa la mano de la sultana y corre a su habitación. Allí, elige su más bonito vestido y unos zapatos de charol, y coge su gran muñeca procedente de Ucrania. Luego vuelve al pabellón.

La pequeña rusa acepta los regalos con una sonrisa tan triste que Selma siente que se le oprime el corazón.

De pie detrás de la reja, mira cómo se alejan Tania y su padre, tomados de la mano. Selma se siente trastornada de impotencia.

X

El 16 de marzo de 1920 por la mañana, los habitantes de Estambul se despiertan y no creen lo que ven sus ojos: en una noche, la ciudad se ha convertido en un gigantesco campo militar. Carros blindados patrullan las calles; en cada esquina, nidos de ametralladoras están al acecho. Las comisarías de policía, los ministerios de Guerra, de Marina, del Interior, la prefectura, el Club de Oficiales han sido ocupados. Soldados ingleses ayudados por gurkas hindúes están instalados en la estación de ferrocarril, en las aduanas y en los muelles de Galata. Incluso los jardines públicos y las inmediaciones del teatro de los Pequeños Campos han sido invadidos por «*poilus*»* reforzados por escuadrones de caballería. Un regimiento de senegaleses rodea el Viejo Serrallo y hay destacamentos que montan guardia delante de los palacios de todos los personajes importantes. Patrullas «aliadas» formadas por cuatro hombres —un policía británico, un gendarme francés, un carabinero italiano y un policía otomano que los sigue haciéndose el remolón— han invadido todas las calles. A golpes de vara dispersan cualquier aglomeración mientras, a través de toda la ciudad, secciones de policía militar registran las casas y detienen a los turcos sospechosos de estar en connivencia con los rebeldes de Anatolia.

El general «Tim», conocido más protocolarmente por el nombre de Sir Charles Harrington, comandante en jefe de las tropas británicas, ha terminado por convencer a las autoridades francesas e italianas, que estaban muy reticentes, de que era hora de terminar con la resistencia, discreta pero eficaz, de la población de Estambul.

En efecto, todas las noches desaparecen armas y municiones

* *Poilu*: soldado de la Primera guerra mundial. *(N. del T.)*

de los depósitos aliados, pese a estar cuidadosamente custodiados, y todos los días, oficiales y soldados turcos, con disfraces variopintos, abandonan la capital para ir a engrosar el pequeño ejército de Mustafá Kamal. Es menester domeñar esa ciudad insurrecta. Como el alto mando inglés pretende haber descubierto un complot para masacrar a todos los europeos, han decidido que Estambul, hasta ahora sometida a una presencia militar «benigna», sufriría en adelante una «ocupación disciplinaria».

Y para que nadie dude de lo serio de sus intenciones, el general Tim ha hecho fijar en todos los muros de la ciudad grandes carteles en los que la palabra «MUERTE» se destaca en letras negras. Muerte a quien oculte a un rebelde. Muerte a quien robe armas. Muerte a quien proporcione cualquier ayuda a esc bandolero llamado Mustafá Kamal.

El palacio de Hatidjé sultana bulle de agitación. Han enviado en busca de noticias a todos los criados de sexo masculino; uno tras otro han vuelto y dan cuenta de macabros detalles: los soldados llegan a registrar hasta las tumbas en busca de armas; dieciséis jóvenes de una banda de música han sido asesinados después de que el ocupante los tomara por militares. Decenas de miembros del Parlamento conocidos por su nacionalismo han sido detenidos, entre ellos Rauf Bajá, ex ministro de Marina, y el príncipe egipcio Said Hali, gran amigo de la familia. Seguramente serán deportados a Malta. La policía busca también a la escritora Halidé Edib, cuyos escritos y discursos patrióticos inflaman peligrosamente la opinión pública.

Selma, con los oídos atentos, recuerda con emoción a la hermosa mujer apasionada que la hizo llorar tanto durante la manifestación en la plaza Sultán-Ahmad; por primera vez se siente poseída por un verdadero odio por aquellos extranjeros que actúan como amos en su país.

Un eunuco trae los periódicos. Todos publican, en primera página, el comunicado conjunto de los altos comisionados inglés, francés e italiano: «Los hombres de la organización llamada nacional intentan poner trabas a la buena voluntad del gobierno central. Por lo tanto, las potencias de la Entente se ven obligadas a ocupar provisionalmente Constantinopla.»

«¡Qué manía», piensa Selma, «de seguir dándole un nombre cristiano a esta ciudad que desde hace cinco siglos se llama Estambul!»

«La Entente no quiere destruir la autoridad del sultanato, sino reforzarla», prosigue el comunicado. «No quiere quitarle Constantinopla a los turcos, pero si hay disturbios o matanzas, esta decisión será probablemente modificada. Con el fin de ayudar a edificar, sobre los escombros del antiguo Imperio, una Turquía nueva, todos deben obedecer al sultanato.»

La sultana se ahoga de rabia.

—¿Obedecer al sultanato? ¡Qué mascarada! ¡Como si alguien no supiera que el padischah es rehén de los ocupantes, que no puede hacer un gesto sin que lo amenacen con destronarlo y con entregar Estambul a los griegos!

Selma no había visto nunca a su madre tan encolerizada. Por lo que deduce que la situación debe de ser grave. Tal vez obtenga mayores aclaraciones de su padre.

Éste, como de costumbre, se encuentra en el salón de fumar, rodeado de algunos amigos. Todos tienen aspecto catastrófico: sus ministerios están ocupados, numerosos colegas detenidos. Como con la sultana, los criados van y vienen, trayendo las últimas noticias. Se extrañan.

—¡Mira, no sabía que X también fuera kamalista!

—A lo mejor no lo es, pero los «Brits» están tan exasperados por las fugas y los robos de armas que sospechan de todo el mundo.

—Y no se equivocan. ¿Adivináis lo que respondieron los guardas turcos del mayor depósito de la ciudad al oficial inglés que les pidió cuentas sobre la desaparición de las municiones? Juraron sobre el Corán que eran las cabras las que, pastando por la noche en el prado, daban cabezazos y rompían los sellos de cera colocados en las puertas. ¡Me imagino que el oficial encontró inútil preguntarles si también eran las cabras las que se comían las municiones!

Estallan las carcajadas.

—Esto no impide que las últimas medidas disciplinarias refuercen la popularidad de Kamal. Desde esta mañana, este loco casi me cae simpático.

—¿Está loco?— Hairy Bey frunce el ceño con aire perplejo.
—Parece que Su Majestad no es de esa opinión. Incluso los ingleses sospechan que nuestro padischah lo alienta al tiempo que finge colaborar para ganar tiempo. Su ministro de Asuntos Exteriores, lord Curzon, habría declarado recientemente que no se había dado cuenta de lo cordiales que eran las relaciones entre Mustafá Kamal y el sultán.

Salvo fuerza mayor, nadie se arriesga a salir. En su rincón, Selma bulle de impaciencia: siempre es igual. En cuanto pasa algo interesante la encierran en la casa. Se acabaron los paseos arqueológicos que pudieran soslayar la vigilancia: las puertas del palacio están cerradas a cal y canto. Incluso la incesante ola de visitas que habitualmente animaba el haremlik, dándole su ración cotidiana de noticias y habladurías, se ha cortado. La vida parece haberse detenido.

Mademoiselle Rose ha intentado distraer a la niña proponiéndole enseñarle canciones francesas. En mala hora se lo propuso. Selma, encontrando finalmente una excusa para su mal humor, le declara abiertamente que detesta a los franceses, a los ingleses y a todos los extranjeros que le impiden salir de su casa.

Una noche en que da vueltas y vueltas en su cama, repasando meticulosamente sus quejas, oye pasos en el corredor. A la altura de su habitación alguien ha dicho ¡chitón! y los pasos se han alejado. De un salto, la niña se levanta. Entreabriendo la puerta, tiene el tiempo justo de divisar a Zeynel con una linterna en la mano, precediendo a una persona envuelta en un amplio manto. Se dirigen... ¡hacia los apartamentos de su madre! A la luz de la lámpara veladora, Selma verifica la hora en el bonito despertador de esmalte que el general príncipe le ha traido de Suiza: ¡las doce y media! ¿Quién puede venir a ver a la sultana tan tarde?

Con el corazón palpitante, Selma abandona su habitación y, a tientas, comienza a recorrer el pasillo. Siente tanta curiosidad como miedo: es mejor que no piense en el castigo que le espera si la descubren. Al mismo tiempo, se regaña a sí misma: ¿no quiere ser una heroína, emular a Halidé Edib, y tiembla ante la simple idea de la cólera materna?

Respira profundamente, domina su miedo y reemprende la marcha. Al extremo del pasillo, a través de la puerta de brocato que aísla el tocador, ve que se filtra una luz. Se acerca y oye que hablan en voz baja. Se oculta en los amplios pliegues de la cortina, la abre lo justo para poder mirar. Lo que ve la deja estupefacta.

Un hombre, joven aún, está sentado en un sillón junto a la sultana: susurra mostrándole papeles que ella examina con atención; de vez en cuando él levanta la cabeza y mira alrededor con aire angustiado. Selma lo examina: no es de la familia, está mal afeitado, tiene la levita arrugada, por lo que no se parece tampoco a los amigos de su padre. ¿Quién es por tanto este visitante y por qué lo recibe su madre en sus apartamentos, donde ningún hombre, salvo su esposo o un miembro de la familia tiene derecho a entrar? En un rincón del tocador, Selma repara en Zeynel, con los ojos bajos y aire incómodo.

De repente, la sultana se levanta y, mostrando al eunuco, le indica al forastero que lo siga. Selma tiene apenas tiempo de disimularse en la entrada. Los dos hombres pasan frente a ella y se dirigen hacia la escalera de caracol que lleva al tercer piso. Como nadie los detiene, continúan subiendo. Selma oye chirriar la pesada puerta del desván. Al cabo de unos minutos vuelve Zeynel solo. Selma no puede creerlo: ¡su madre oculta a un forastero en el ala del palacio reservada a las mujeres!

La luz del tocador se ha apagado. La sultana debe de haberse ido a acostar. Furtivamente, la niña vuelve a su habitación, tan atónita como fascinada: ¡finalmente sucede algo en ese aburrido palacio! En su espíritu exaltado, las preguntas se atropellan y no puede encontrarles respuesta: si aquel hombre se oculta debe de tratarse de un malhechor. ¿Pero entonces por qué lo protege su madre? ¿Se lo comunicará al Baba? Con toda seguridad a éste le parecerá muy mal que la princesa se atreva a recibir a un desconocido en su ausencia.

Hairi Bey ha ido a pasar unos días a casa de amigos en Uskudar,* en la orilla asiática. Va cada vez con más frecuencia. Selma incluso ha oído a las viejas kalfas murmurar que con todo lo que sucede en la ciudad no es por cierto el momento de dejar a la sultana sola.

Mira su despertador: son sólo las dos. ¡Qué lento pasa el tiempo! Tiene prisa por llegar a mañana para tener noticias.

Ha comenzado a adormilarse cuando violentos golpes en la puerta de entrada la hacen sobresaltarse. Corre a la ventana y, a la luz de los faroles del patio interior, divisa a tres policías turcos que hacen grandes gestos mientras los guardias del palacio intentan calmarlos. Aparecen dos eunucos. Selma cree entender que explican que el amo de la casa está ausente y que deben rogarles que se vayan inmediatamente porque se encuentran en el lado de los apartamentos de las mujeres. Los policías se excusan pero se sienten obligados a insistir: les han indicado que un peligroso bandido ha entrado en el palacio. Tienen orden de registro.

Muy pálidos, los eunucos se colocan delante de la puerta, decididos a defender su santuario, mientras los guardias dudan: la misión de los eunucos es proteger el palacio, pero contra la policía del Estado ¿qué deben hacer?

De repente resuena una voz fuerte:

—¿Qué sucede?

Es la sultana. Ha aparecido en el umbral con un velo oscuro disimulando apenas su rostro.

—¿Qué hacéis aquí, señores?— pregunta mirando de arriba abajo a los policías. —¿Desde cuándo los musulmanes intentan forzar la entrada de un haremlik?

Tras un momento de pasmo, el oficial que manda el pequeño grupo se inclina:

—Sultana, creedme que soy el primero en lamentarlo, pero se ha visto entrar a un criminal en vuestra casa, y el gran visir, damad Ferid, ha ordenado el registro.

La sultana sonríe desdeñosamente.

—¡Ese payaso se atreve a darme órdenes! Sabed que no recibo

* *Uskudar*: llamado Escutari por los europeos.

órdenes de nadie, salvo de Su Majestad. Si me traéis una carta firmada por el padischah, me inclinaré.

Desconcertado, el oficial balbucea:

—Pero sultana...

—¡No insistáis, capitán!, no entraréis, lo digo por mi honor.

Y como lo ve titubear:

—¡Dame tu revólver!— le ordena a uno de sus guardias.

Desde su balcón, Selma ve que los policías tercian armas pero, antes de que ella haya tenido tiempo de gritar, la sultana se interpone.

—No temáis nada— exclama irónica, —nunca levantaría un arma contra un soldado turco. Pero sabed que mientras viva no entraréis en este harén.

Descuidadamente juega con el revólver y ellos la miran sin comprender.

Entonces, con una risita fría, precisa:

—Elegid, señores, ¿qué preferís? ¿Exponeros a la cólera de ese damad Ferid o a la del sultán, cuando sepa a qué extremos me habéis llevado?

Un fulgor de admiración apunta en los ojos del oficial: no conoce muchos hombres con el temple de esa mujer.

—Os ruego que me perdonéis, sultana— murmura.

Con aire de entendido, agrega:

—Me consta que nuestro hombre está ahí, pero aunque me degradaran no seguiré importunándoos.

Y dando un taconazo, desaparece en la noche.

Por la mañana, Selma se precipita en la habitación de su madre. Sentada a su tocador, ésta hojea distraídamente un ejemplar de *Chiffons*, la famosa revista de modas parisina, mientras una esclava cepilla su larga cabellera.

—¿Habéis dormido bien, Annedjim?— pregunta Selma.

—Perfectamente, querida, ¿y vos?

—Bastante mal. Oí ruidos extraños.

Selma, que arde por saber cómo terminó la historia, está resuelta a forzar a su madre a la confidencia. Esfuerzo inútil. Tras haber exclamado: «¡Ah, bueno!», con tono de la más perfecta indiferencia, la sultana vuelve a sumirse en la lectura. Selma da vueltas unos minutos por la habitación y luego, viendo que no conseguirá nada, se va despechada. Así pues, su madre no confía en ella. Cree que es incapaz de guardar un secreto. Todavía la considera una niña cuando ya tiene nueve años. ¡Muy bien! ¡Lo averiguará sola!

Son las once. El jeque que todas las mañanas viene a darle la lección de Corán, ha avisado que no viene. Selma cuenta con dos largas horas de libertad por delante. Declara a mademoiselle

Rose, inquieta por su programa, que se quedará en su pequeño despacho estudiando el libro santo. Apenas se va la institutriz se escurre fuera de la habitación y, cerciorándose de que el pasillo está desierto, se cuela rápidamente en la escalera que lleva al desván. Camina de puntillas, conteniendo la respiración, pero mientras más cuidado pone en no hacer ruido, más le parece que cruje el viejo parquet de madera.

Una vez que llega a la puerta del desván, titubea: ¿habrá que golpear? Sería cortés, pero ¿se debe ser cortés con un criminal? Finalmente tose muy fuerte y empuja la puerta tan lentamente como puede.

El desván está tan oscuro que no distingue nada; avanza con precaución cuando una voz sofocada la hace saltar.

—¡Haz un gesto y disparo!

Sus ojos se acostumbran a la oscuridad y distingue una forma imprecisa: a unos metros, un hombre en cuclillas le apunta con un revólver. Pero la voz tiembla. ¡Sin duda, el hombre tiene más miedo que ella! Tranquilizada por esta constatación —ni por un segundo pensó que hubiera podido disparar—, Selma lo calma, magnánima.

—No temáis, no os haré ningún daño.

El hombre la mira, desconcertado. Luego, bruscamente, dándose cuenta de lo absurdo de la situación, se echa a reír. Con el cuerpo sacudido por hipos nerviosos, ríe tan fuerte que parece no poder parar nunca. Selma piensa en todo salvo en esta hilaridad, que, para un bandido buscado por la policía, le parece, cuando menos, fuera de lugar. Una vez recuperado el aliento, el hombre pregunta:

—¿Quién eres?

Decididamente, a la inconsciencia hay que agregarle la mala educación: ¿cómo se permite tutearla este individuo? Irguiéndose, la niña le espeta, pérfida:

—Soy la hija de Hatidjé sultana, a cuya casa llegasteis anoche.

Espera verlo hundido; se contenta con señalar maliciosamente:

—¡Así que nos vigilabas! No sabía que las princesitas fueran tan indiscretas.

«¡Qué patán!», piensa Selma. La conversación no toma en absoluto el giro previsto: de encuestadora y juez se sorprende siendo la acusada. Decididamente las personas mayores son insoportables: con los niños creen que pueden permitírselo todo. Tiene que recuperar el control de la situación. Adopta su aire más severo.

—La policía os busca. ¿Por qué? ¿Quién sois?

La sonrisa del hombre se amplía y enciende un pequeño fulgor en sus ojos.

—¡Es un verdadero interrogatorio! Estaré encantado de responderos, princesa: os ruego que toméis asiento.

Ceremoniosamente le muestra un montón de trapos a su lado.

«Se burla de mí», piensa Selma. Pero ¿puede reprocharle ahora el que sea demasiado cortés? Además, no lo quiere irritar: tiene demasiadas ganas de conocer su historia. Se sienta con preocupación mientras él la mira atentamente.

—Os habéis vuelto bastante bonita— decide el hombre, —¡y sólo Dios sabe lo fea que erais cuando bebé!

¡Esta vez es demasiado! La frente de Selma se pone roja mientras busca una respuesta hiriente. Sin siquiera fijarse en su indignación, el hombre añade:

—Os conocí cuando teníais un año. Yo era ayuda de campo de vuestro tío, el príncipe Selaheddín. Después de su muerte, fui a luchar en el frente del Cáucaso: tres años de pesadilla para una guerra que ni siquiera era nuestra...

Selma tiene la impresión de que se ha olvidado de su presencia. Habla en voz muy baja y le cuesta entenderlo.

—Hemos sido vencidos y el enemigo se ha repartido el Imperio. Y ahora quieren borrarnos del mapa, como si Turquía fuera un monstruo que es menester aplastar a cualquier precio, por miedo a que vuelva a levantar la cabeza. Durante siglos temblaron, ahora se vengan. Pero se equivocan: han ido demasiado lejos, nos obligan a luchar sin cuartel: ahora no tenemos nada que perder.

«¿Por qué», se pregunta Selma, «pero por qué los adultos no pueden nunca responder simplemente a las preguntas simples?»

Con una vocecita clara, reitera la pregunta:

—La policía os busca. ¿Qué habéis hecho?

El hombre la mira. Es tan joven, ¿qué puede entender?

—¿Habéis oído hablar alguna vez del general Mustafá Kamal?— aventura él.

—¡Naturalmente!

¿La toma por una idiota?

—Pues bien, yo soy uno de sus tenientes, encargado de establecer contacto con los oficiales que deseen unirse a la resistencia de Anatolia. Yo les ayudo a salir de Estambul con diversos disfraces y a través de los caminos más seguros. Pero fui denunciado. Ayer los ingleses rodearon la casa donde me ocultaba. Pude escaparme por las terrazas. No sabía dónde refugiarme; recordé que el príncipe Selahaddín decía que, para vuestra madre, Turquía estaba ante todo. Tal vez aceptara darme asilo; pensé que la policía jamás se atrevería a entrar en casa de una sultana. En este punto me equivoqué. Anoche la princesa logró alejarlos, pero volverán. Saben que estoy aquí. ¡Mirad!

Aparta la cortina de la buhardilla y, mientras Selma lo contempla, él señala unos diez policías situados a la entrada del haremlik.

—Hay otros tantos frente a la otra entrada— asegura; —esperan la orden de entrada en el palacio. Debo salir lo antes posible. ¿Pero cómo?

Horas más tarde, un grupo de mujeres con charchaf negro sale del haremlik en dirección al mercado. Llevan grandes cestos de mimbre y discuten con animación sobre los lugares donde se encuentran las mejores legumbres y la fruta más sabrosa. Sin mirarlos, pasan junto a los policías que montan guardia delante del palacio y toman la primera calle a la derecha siguiendo con su charla.

—Alá les dio a las mujeres una lengua larga como la cola del diablo y un cerebro como un grano de arroz— comenta desdeñosamente uno de los policías.

Todos se echan a reír, con tanto más desprecio cuanto que están de mal humor: se han pasado toda la mañana en medio del viento glacial vigilando las idas y venidas del palacio. Pero ha sido inútil. Nadie ha salido salvo ese grupo de viejas urracas. ¿Cuánto tiempo deberán estar todavía ahí? Seguramente mucho, pues el asunto es delicado, la fuerte personalidad de la sultana amenaza con convertirlo en escándalo, cosa que el mando aliado desea evitar. ¿Pero cómo ceder sin ponerse en ridículo? Castañeteando los dientes, los policías se entregan a tristes cavilaciones.

El grupo de mujeres se detiene bajo un portal. Rodeando a la mayor de ellas, la ayudan a arreglar su charchaf ocultándola púdicamente a la mirada de los transeúntes. De pronto se produce como un temblor en medio de todos aquellos velos y, saliendo seguramente de dentro de la casa, aparece un hombre. Sin prestarle atención, las mujeres vuelven a tomar sus cestos y se alejan entre risas y voces. El hombre atraviesa la calle y se pierde en la multitud.

La acera vuelve a estar desierta. Pero en el suelo, delante del portal, ha quedado un atadito negro: el charchaf de la vieja...

Tres semanas después, Selma recibirá una carta misteriosa: «La rata del desván llegó a su madriguera y agradece a sus hadas bondadosas».

Contentísima, corre a anunciarle la noticia a su madre que enarca las cejas.

—¿De dónde puede venir esa extraña carta? No tengo la menor idea. Ni vos tampoco, naturalmente.

Mira a su hija con aire cómplice y Selma se siente en el colmo de la dicha: ambas comparten ahora un verdadero secreto, un secreto que, de creer en las amenazas del ocupante, puede significar la muerte. Piensa en Halidé Edib que se ha unido a los combatientes nacionalistas de Anatolia; tiene la impresión de que su heroína le sonríe.

XI

El faetón avanza traqueteando por el camino de tierra. A cada momento parece que va a volcar, pero el cochero, sujetando firmemente las riendas o azotando a los caballos sin piedad, logra enderezar el coche en el último momento.

Dentro, Selma, lanzada contra su tía, Fátima sultana, ríe a carcajadas. Es incluso más divertido que las norias que instalan en el parque del palacio durante el Bairam. Esta vez es una aventura de verdad: se encuentran lejos del centro de Estambul, en unos arrabales casi desiertos. Si tuvieran un accidente, se verían obligadas a pasar la noche a la intemperie o, tal vez, a pedir asilo en una de esas minúsculas casuchas que la niña sólo ha visto de lejos pero que siempre soñó conocer.

A menudo, durante sus paseos, ha intentado arrastrar a mademoiselle Rose a uno de esos barrios pobres que la fascinan, pero la institutriz siempre ha terminado enfadándose.

—¿Qué pretendéis encontrar ahí? ¿Suciedad? ¿Infortunio? Os aseguro que no tiene nada de divertido.

Ante esta inhabitual violencia de la solterona, en general tan paciente, Selma se calla, asombrada. ¿Lo que pretende encontrar? No lo sabe exactamente. Simplemente tiene la impresión de que es allí, lejos del lujoso capullo de seda en el que vive, de que es en aquella miseria que le produce tanto miedo, donde, pese a todo, se vive realmente. Con mucha frecuencia, durante sus paseos por la ciudad, ha visto a los niños semidesnudos persiguiéndose y gritando, a través de las ventanillas enrejadas del faetón. Los envidia. Sus juegos bruscos, impetuosos, la fascinan. Aquellos niños le parecen tanto más interesantes que sus primos... Se diría que respiran un aire más puro.

Ha intentado explicarle esto a Gulfilis que se ha convertido en su amiga. La joven esclava la mira pensativa.

—Es justamente lo contrario, pequeña sultana. No es la riqueza la que ahoga la vida, es la pobreza.

Selma no está convencida. ¿Por qué, si fuera así, los ojos de los niños pobres son más grandes y sus miradas más intensas que los de los niños ricos?

El faetón avanza ahora por una carretera pavimentada, sombreada de cipreses; Selma debe rendirse a la evidencia: hoy no habrá accidente. Se acercan al monasterio, fin del paseo, y ella no puede más de curiosidad: es la primera vez que su tía la lleva a aquel lugar santo donde ella va todas las semanas desde hace años. Pues si de las tres hermanas, Hatidjé es la cerebral y Fehimé la artista, Fátima es sin duda la mística. Cuando era joven pasaba días enteros meditando y soñando con los textos sagrados. Pero fue su matrimonio el que la confirmó en aquel camino. En efecto, su esposo, Refik Bey, era miembro de la hermandad de los «derviches tripudiantes», fundada en el siglo XIII por Djal Al-Din Al-Rumi; como la hermandad estaba abierta a las mujeres, Fátima había ingresado en ella sin vacilar.

Desde tiempos inmemoriales, en Turquía abundan estas órdenes místicas, le explica a Selma. A sus discípulos se les llama *sufís*, palabra que viene de *suf*, el tejido de lana blanca con el que se visten en señal de pureza y de renuncia al mundo. Una renuncia que no excluye la acción, muy al contrario. Ella le habla de los famosos jenízaros, los monjes soldados que durante siglos habían constituido el grueso de la fuerza del ejército otomano. Habían sido exterminados el pasado siglo por el sultán Mahmud porque, como los templarios de Francia, se habían vuelto más soldados que monjes y su poder constituía una amenaza para el trono.

Selma escucha a su tía con atención. No entiende mucho lo que es el misticismo, pero se siente halagada de que Fátima sultana la considere lo bastante grande como para explicárselo. En todo caso, le parece más interesante que la lectura cotidiana del Corán, que tiene obligación de hacer. Ella no sabe árabe y la voz monótona del viejo jeque la adormece. Pero no hay manera de evitarlo: el libro santo hay que leerlo en su lengua original, tal como fue transmitido por Alá al profeta Mahoma, pues, según la tradición, el peso del Verbo divino prima sobre el entendimiento humano, de todas maneras muy limitado.

En cambio, Selma siempre ha soñado con ver a esos famosos «derviches tripudiantes». ¡Hombres que rezan bailando! Sin embargo, le han enseñado que la danza es una práctica indecente y está lejos de olvidar el furor de su madre cuando un día la sorprendió ensayando la danza del vientre en compañía de una pequeña esclava. Aquella audacia la pagó permaneciendo encerrada tres días en su habitación.

La danza del vientre no es por cierto muy decorosa. Seguramente los derviches no van a... Aguanta la risa. En cambio, las polcas y cuadrillas que las princesas bailan entre ellas están muy bien vistas. Selma frunce el ceño e intenta imaginar a los santos varones bailando el Corán al ritmo de una alegre polca, y el misticismo, de pronto, le parece muy atractivo.

Tras franquear una reja de hierro forjado, el coche se detiene en un jardín umbrío. La modesta casa de madera del jeque desaparece bajo la hiedra. Algo retiradas, en un pequeño cementerio, Fátima sultana le muestra a su sobrina unas diez tumbas coronadas por turbantes de piedra finamente esculpidos: son las sepulturas de los antiguos jeques. Se detienen a rezar el *fatihah*, por los muertos, y luego siguen caminando a lo largo de una avenida bordeada de rosales; al fondo se levanta el *tekké*, un elegante edificio de piedra rematada por una cúpula verde: es allí donde se llevan a cabo las ceremonias. Oculta por su charchaf, Fátima sultana envuelve a Selma en un largo velo y la guía hacia la puerta en ángulo del santuario, la entrada reservada a las mujeres. Por una escalera estrecha acceden a una galería circular rodeada de mucharabieh donde mujeres de todas las edades, cubiertas por velos claros, rezan, cada cual en su alfombrita de oración.

Selma, frunciendo la nariz por el olor a encierro y a transpiración, mira buscando un espacio libre, cuando una dama gordita se precipita para besar la mano de Fátima sultana. Es la mujer del jeque. Insiste en llevar a las princesas al palco reservado a las personas de categoría. Fátima sultana intenta disuadirla de ese honor, apenada al ver que se mantienen las jerarquías en un lugar donde deberían haber sido abolidas. Pero su anfitriona no lo comprendería y, para no ofenderla, acepta con un suspiro ese aislamiento forzoso.

Con el rostro pegado a las rejas, Selma examina hacia abajo la sala de ceremonias en la que se alternan las columnas de madera labrada. A todo el rededor, detrás de finas balaustradas, están congregados los fieles. En el centro, un gran espacio vacío se abre sobre el *mihrab*, ese trozo de muro hueco como un deseo nunca satisfecho, que indica la dirección de La Meca.

De repente, el silencio se hace más denso: aparecen los derviches. Están vestidos con túnicas blancas cubiertas por capas negras y tocados con altos gorros de fieltro. El jeque entra el último. Todos a un tiempo se inclinan delante del mihrab mientras comienza a sonar una lenta melopea: un adolescente canta a la gloria del profeta un antiguo poema de amor, tras lo cual el flautista improvisa una melodía intensa y clara, acompasada por los timbales.

Entonces el jeque golpea el suelo y los derviches avanzan. Lentamente dan tres vueltas a la sala; tres vueltas que simbolizan las tres etapas que llevan a Dios: el camino de la Ciencia, el camino de la Intuición y el camino del Amor. Luego, dejando caer sus capas negras, símbolos de la tumba, aparecen luminosamente blancos. Como almas inmaculadas que son, se ponen lentamente a girar, con la mano derecha elevada hacia el cielo para recibir la gracia y la mano izquierda vuelta hacia la tierra para transmitir esa gracia al mundo.

En aquel momento, el jeque se une a la danza y el ritmo se acelera. Mediante la radiación de su ciencia, él es el sol, y, semejantes a los planetas, los derviches giran sobre sí mismos y alrededor de él, comulgando así con la Ley del universo. Giran cada vez más rápidamente al compás purísimo del *ney*, la flauta dc caña que transmite, a quien sepa oírla, los misterios divinos: todo su ser está abandonado y al mismo tiempo tenso en éxtasis místico, la unión con la Realidad suprema.

Selma los contempla, hechizada por la música y por los giros de las túnicas blancas. Siente el deseo imperioso de unírseles, de fundirse en la danza mágica; pero debe permanecer oculta detrás de las mucharabieh. Bruscamente, tiene ganas de llorar: algo capital sucede allí, de lo que ella está excluida. Desamparada, mira a su alrededor: por cierto que Dios no está en aquella jaulita asfixiante. Dios está —ella lo sabe— en el santuario iluminado por los rayos del sol poniente, está con esos derviches que bailan ebrios de dicha.

Abraza las rejas de las mucharabieh; ahora las lágrimas la ciegan. ¡No hay derecho! ¡No hay derecho de que le impidan respirar, no hay derecho de que la exilien de la vida!

Hasta entonces ha soportado que le robasen las calles de Estambul, sus jardines, sus muchedumbres, pero hoy, siente que le roban incluso a Dios. Se ahoga de indignación, de rebeldía impotente...

Poco a poco el sonido del ney se convierte en un susurro, el torbellino aminora su ritmo. Apaciguadas, las corolas blancas vuelven a cerrarse. La ceremonia ha terminado.

El jeque se retira a su recámara para recibir en ella a sus discípulos. Para gran sorpresa de Selma, se admite también a las mujeres ¡con el rostro descubierto! El maestro estima que en la atmósfera de alegre inocencia engendrada por la danza no se puede deslizar ningún deseo impuro.

Fátima sultana empuja a su sobrina, un poco intimidada, hacia el santo varón. Éste está sentado sobre cojines bajos y uno de sus discípulos le enjuga respetuosamente la frente bañada de sudor. Delgado, pequeño, podría ser un cualquiera. La radiación que parecía emanar de él durante la ceremonia ha desaparecido. La niña tiene la impresión de que la han engañado. Se encuentra en una habitación amueblada sin gusto, frente a un hombre muy ordinario, en medio de un grupo de fieles con miradas de carnero degollado.

Pero su tía le hace una seña: debe ir y besarle la mano al jeque. Selma hace un movimiento de rechazo que domina de inmediato. Después de todo, ya ha besado tantas manos... Ásperas, suaves, nerviosas o blandas, secas, perfumadas, húmedas, avaras o generosas, sensuales, malvadas, débiles o enérgicas, manos que ha amado y respetado, otras que habría preferido morder. Sin embargo, cuando va a prosternarse delante del jeque, tiene la impresión de participar en una mentira mucho más grave que las hipocresías mundanas a las cuales se la ha acostumbrado desde la infancia.

La mano espera, colocada sobre un cojín de terciopelo, fina y blanca, un algo apergaminada. Selma se inclina cuando de pronto la mano se vuelve, ofreciendo la palma rosada. Desconcertada, la niña mira a su tía que le dice por lo bajo:

—Besadle la palma, es un honor: el maestro se abre a vos, os quiere cerca de su corazón.

Con la punta de los labios, roza la palma. Cuando se incorpora se siente impresionada por la intensa luz que irradian los ojos del anciano, una luz tan fuerte que no puede apartar la mirada. El resto de la habitación se ha oscurecido; de pronto siente miedo.

Reúne todas sus fuerzas y se levanta bamboleándose. En medio de una especie de niebla divisa a su tía y ansiosamente se coge de su brazo. Fátima sultana no ha advertido nada. Pero, en realidad ¿ha sucedido algo?

Ahora el jeque mira a la niña con la sonrisa bondadosa de un abuelo lleno de comprensión y de indulgencia. Con voz cálida la invita a sentarse en un pequeño diván a su lado, en el que ya hay dos o tres niños. Fátima sultana sonríe, feliz por aquel recibimiento: el maestro no coloca a su lado más que a los que ama, en los que presiente una verdadera calidad de alma.

La habitación se ha llenado poco a poco de visitantes. Todos parecen conocerse y charlan, felices de encontrarse. Bruscamente la puerta se abre y entran cuatro oficiales turcos. La concurrencia se aparta para dejarles paso y Selma, estupefacta, reconoce a algunos de los bailarines que, momentos antes, daban vueltas en el santuario. Tras besar la mano del jeque, se sientan en cojines, justo frente a él.

La mujer del jeque, ayudada por una criada, propone una ligera merienda de lácteos y confites. La conversación se anima, se discuten asuntos de dogma. Un joven se extraña de que exista el Mal, en un mundo creado por un dios infinitamente bueno. Cada cual aporta su interpretación. Los oficiales se agitan en sus asientos. Finalmente, sin poder contenerse, uno de ellos interviene:

—¿Las razones del Mal? ¿Es realmente un problema? ¡El hecho es que el Mal existe! Incluso está apoyado por el jefe de nuestra religión, ¡el nuevo jeque ul Islam!

Todos se han callado, con la vista fija en el oficial, que sigue diciendo:

—Nuestro país está en manos de los infieles, nuestro sultán califa, guía del mundo musulmán, es su rehén. Nuestro deber de creyentes ¿no es liberarlo y liberar a Turquía, para que el Islam no esté controlado por los cristianos?

Mira fijamente al jeque, el cual da gravemente su conformidad.

—Tienes razón, hijo mío, es nuestro primer deber.

—Entonces— prosigue el oficial, —¿por qué el jefe ul Islam acaba de condenar públicamente la lucha nacionalista llevada por Mustafá Kamal en Anatolia? ¿Por qué ha dictado esa *fetva** escandalosa que nos declara traidores y ordena al pueblo tomar las armas contra nosotros?

El silencio se ha hecho denso. Cada cual mira al jeque, que suspira.

—Dices que nuestro sultán no es libre, es verdad... Seguramente el jeque ul Islam tampoco lo es.

—¡Al menos podría haberse negado a hablar— se indigna el oficial.

—Sí, habría podido... ser valiente. Pero quizás estima sinceramente, como muchos de nuestros compatriotas, que la lucha nacionalista no tiene salida, y que sólo servirá para hacer más severo el tratado de paz que van a imponernos.

—Ganaremos la partida, maestro, ¡no hay más remedio!

El oficial que parece de más edad se levanta y toma a la concurrencia por testigo.

—Desde la ocupación disciplinaria de Estambul vemos afluir guerrilleros de todos los rincones del país. Incluso mujeres y muchachas abandonan a sus familias para cuidar a nuestros heridos, algunas arriesgan su vida a diario para pasar mensajes o transportar municiones disimuladas en los pañales de sus bebés. Y luego hay patriotas que, a todo lo largo de la carretera que va de Estambul a nuestro cuartel general de Sinop, nos reciben, nos dan de comer, nos ocultan. Entre éstos se cuentan numerosos monasterios sufís que al ocupante ni se le ocurre registrar.

Sonríe y se inclina delante del jeque.

—Sabed, maestro, que para nosotros es un inmenso consuelo moral.

* *Fetva*: decreto religioso que posee fuerza de ley.

Selma no puede creer lo que está oyendo. ¡Así que se halla en uno de los centros de la lucha nacionalista! Esos derviches tripudiantes, esos fieles sumisos, ese jeque que cada vez le cae más simpático, son... Busca la palabra que escuchó la víspera en los apartamentos de su padre... ¡conspiradores! El término posee un aura de aventura y de heroísmo que la fascina. ¿Su tío Refik y su tía Fátima son también conspiradores? E incluso ella, ahora que conoce el secreto del santuario, ¿será merecedora de ese codiciado título? Se estremece de placer: la vida de pronto se vuelve apasionante.

Sus pensamientos son interrumpidos por la llegada de un criado que anuncia que las cajas ya han sido cargadas en carretas de heno y que los disfraces de los señores están listos.

—Perfecto— dice el jeque volviéndose hacia los cuatro hombres. —Partiréis hacia medianoche, a la hora en que los centinelas comienzan a adormilarse. Un derviche os indicará el camino más seguro.

Selma deambula en pleno sueño: ¿cajas? ¡De armas seguramente! Y a su lado, ¡verdaderos héroes que intentarán llegar al frente! Se siente orgullosa de estar allí. Llena de admiración, contempla a aquellos hombres: ¡qué hermosa prestancia! ¡Seguramente ganaremos la guerra!

Como si no hubiera ocurrido nada extraordinario, se reanuda la conversación. Los oficiales cuentan riendo cómo llegan las armas a Anatolia, en las mismísimas barbas de los ingleses.

—El pueblo turco nos ayuda, pero pensad que también nos ayudan los soldados franceses e italianos. Echan espumarajos de rabia contra los británicos que arramblan con todos los beneficios de la victoria, para ellos y para sus protegidos griegos. Izmir, por ejemplo, que se la han dado a los griegos, estaba reservada para los italianos. En cuanto a los franceses, comienzan a comprender que los ingleses, después de reservarse la parte del león, sobre todo Irak con todo su potencial petrolero, quièren ahora controlar Turquía, de la que sólo les dejan Cilicia. Dicen que el gobierno de Clemenceau está tan furioso que estudia la posibilidad de apoyar discretamente a Mustafá Kamal. Quiere impedir a cualquier precio que Inglaterra se adueñe de todo el Oriente Medio. Consecuencia: los admirables *poilus* cierran los ojos cuando por la noche entramos a los depósitos de armas. Un funcionario francés, un tal Delacroix, que ha llegado recientemente, llega incluso a avisarnos cuáles son las noches en que los centinelas están de humor para pasear.

La asistencia escucha, atónita, y de repente estallan las risas.

—¡Viva Francia!— exclaman atolondradamente algunos jóvenes que son de inmediato silenciados por el jeque.

—Pero decidnos— pide alguien, —¿cómo atraviesan el Bósforo y llegan a la orilla asiática las armas y las municiones?

—La sociedad de propietarios de caiques nos presta barcos— responde un oficial, —pasamos de noche. Pese a que son casi todos armenios, nos proporcionan una ayuda inestimable.

—¿Qué tiene de extraño?— manifiesta un hombre con una espesa barba blanca. —Seguimos teniendo muchos amigos armenios, sobre todo en Estambul donde las dos comunidades han cohabitado durante siglos sin problemas. Saben perfectamente que las masacres de 1915, al este del país, fueron en parte causadas por las tribus kurdas que disputaban las mismas tierras a los campesinos armenios. Pero, evidentemente, como había que destruir el Imperio otomano, la prensa europea ha publicado grandes titulares sobre la «orden de genocidio» dada por Estambul. En realidad fue una orden de deportación bastante inhumana, cuando se piensa en las mujeres y en los niños que murieron de hambre y de enfermedades en el camino.

—¿Pero por qué los deportaron?— pregunta un adolescente sonrojándose por su audacia.

—¿Crees que un gobierno, en plena guerra, desplaza a sus poblaciones sin razones justificadas?— exclama con ira el anciano. —Los armenios vivían en una zona estratégica, a lo largo de nuestra frontera con Rusia, contra la cual estábamos en guerra. Los elementos extremistas, digamos nacionalistas (porque después de todo, lo que querían los armenios era la independencia y los rusos se la habían prometido), dejaban pasar a los ejércitos del zar y los guiaban contra las posiciones turcas. Nuestra frontera oriental se había convertido para el invasor ruso en un camino real. Para impedir la penetración enemiga Talat Bajá ordenó aquella trágica deportación.

Todos se callan, sumidos en sombríos pensamientos. Entonces la voz ronca del jeque se eleva de nuevo:

—Eres muy optimista, Djemal Bey; los que nos ayudan son una minoría. En realidad la mayoría de los armenios ayudan al ocupante, pues siguen esperando conseguir un país independiente. Se hacen ilusiones, los pobres... El ocupante los utiliza, pero en cuanto no los necesite, se deshará de ellos.

Selma no se pierde una palabra de la discusión. El drama armenio, mencionado un día por mademoiselle Rose, la había conmovido tanto más cuanto una de sus mejores amigas, nieta de un visir, era armenia. Había querido pedirle una explicación a su madre, pero apenas había comenzado a hablar, los ojos de la sultana se habían llenado de lágrimas. Era la primera vez que Selma veía llorar a su madre y eso la había trastornado.

—¡Perdón!, ¡Oh, perdón, Annedjim!— había tartamudeado besándole las manos y había huido, muy decidida a no mencionar el asunto nunca más.

Sólo hoy comienza a comprender que una cosa gravísima había ocurrido en su país, sobre la que todos guardan silencio. Cuando era niña, enterraba los objetos que había roto porque así creía que suprimía el problema. Selma se dice que definitivamente los adultos se comportan a veces como niños.

La criada pasa con una bandeja, ofreciendo a los invitados una infusión color miel. Hecha con hierbas del jardín, es una mezcla fabricada especialmente en el monasterio: se llama «brebaje de la serenidad».

Pero el jeque sigue preocupado.

—Dicen que Mustafá Kamal es amigo del gobierno bolchevique y que él mismo sería comunista, ¿es cierto?

Uno de los oficiales sonríe irónicamente.

—Kamal es tan comunista como yo. Las ideas igualitarias, os lo puedo asegurar, no le interesan en absoluto. Él es más bien del tipo dictador. Si trata de agradar a los soviéticos es porque necesita su ayuda: nos faltan municiones y dinero. Ahora bien, el gobierno soviético se ha comprometido a suministrarnos próximamente sesenta mil fusiles, un centenar de camiones y dos millones de libras-oro. Reconozca que salvar el califato con el oro de esos ateos no está mal.

Todo el mundo se echa a reír, pero el jeque no se siente satisfecho.

—Los bolcheviques son hábiles— insiste, —tratan de convencer a los musulmanes de Rusia de que el comunismo y el islam tienen un mismo ideal. Dan como prueba ciertos versículos del Corán, sobre la igualdad entre los hombres, sobre la tierra que sólo pertenece a Dios pero cuyos frutos deben ser para el que la trabaja. Ya han contaminado el norte de Persia donde los mullas comienzan a adoptar sus ideas subversivas. Parece que también en Anatolia, algunos jeques, próximos a Kamal Bajá, predican las mismas pamplinas.

El tono se vuelve severo.

—Decid de mi parte al general que ninguna hermandad lo seguirá apoyando si deja que las ideas comunistas penetren en nuestro pueblo, aunque sirvan para salvar a Turquía.

—No temáis, maestro. Si los comunistas adquieren demasiada importancia, estoy convencido de que Kamal Bajá será el primero en exterminarlos.

El jeque sorbe lentamente el brebaje de la serenidad, sacudiendo la cabeza con aire satisfecho. Es tarde y el asunto más importante, el que conmueve a todos los espíritus, nadie se ha atrevido a plantearlo. Finalmente, el joven oficial que se había indignado tanto por la cobardía del jeque ul Islam, aventura:

—Maestro, decidnos ¿qué veis en vuestros sueños? ¿Ganaremos la guerra?

El jeque parece perdido en sus pensamientos; Selma se pregunta si habrá oído la pregunta. Al cabo de unos momentos, como en estado de letargo, dice con voz sorda:

—La lucha será larga. Turquía expulsará a los infieles, pero será vencida por ellos.

Un murmullo recorre la asistencia.

—¿Cómo? Explicaos, ¿qué significa esto?

—No puedo decir más. Militarmente, Turquía vencerá, pero a partir de esa victoria Europa se convertirá en dueña del país, dueña de los espíritus...

Guarda silencio, agotado.

—Pero entonces— pregunta uno de los oficiales —¿debemos ir al combate?

El jeque se ha incorporado y sacude la cabeza con impaciencia.

—¿A qué vienen todas estas preguntas? Hoy vuestro deber es hacer cualquier cosa para liberar el territorio. Pero mañana, dentro de muchas décadas, nuestros hijos y nietos deberán librar seguramente una guerra diferente contra el extranjero, una guerra más importante, esencial...

Es medianoche cuando Selma y su tía llegan al palacio, donde Hatidjé sultana las espera en compañía de su hermana Fehimé. Están en plena discusión. La sultana le reprocha a su hermana menor que asista a las recepciones ofrecidas regularmente por la embajada de Francia.

—¡No tenéis ningún pudor! Nos ocupan el país, ¿o lo habéis olvidado? ¿Cómo podéis frivolizar con el enemigo?

—Ante todo, querida, no soy la única de nuestra familia que lo hace— se defiende Fehimé. —Algunos de nuestros príncipes frecuentan asiduamente los salones franceses. ¿Y qué mal hay en ello? Decídmelo. Si llevamos vida de ermitaños, ¿creéis que el país se liberará antes? El placer de Fátima es ir a su monasterio; el mío es ir al baile. ¿Qué hace ella, qué hacéis vos, más que yo por el bien de Turquía?

—Nosotras conspiramos —dice una vocecita.

Tres pares de ojos se dirigen a Selma que, aterrada de su propia audacia, quisiera encontrarse a cien metros bajo tierra. ¿Qué mosca le ha picado a ella que, en general, sabe contener la lengua?

Fehimé las mira con aire sarcástico.

—¿Conspiráis? ¡Me parece estupendo! Pues bien, imaginaos que yo también conspiro, y seguramente más eficazmente que vosotras: yo hago alta diplomacia. Le pruebo a los responsables franceses que diariamente envían informes a París, que los turcos son gente civilizada, amigos de su país, que hemos comprendido nuestros errores pasados, especialmente nuestra fatal alianza con Alemania y que, mañana, cuando retomemos las riendas del gobierno, seremos los más fieles aliados de Francia.

Selma titubea: el discurso de su tía le parece convincente. Pero Hatidjé sultana se encoge de hombros.

—Los franceses harán lo que estimen más ventajoso para ellos, y no serán vuestras sonrisas las que les harán cambiar de parecer, hermana mía. En cambio, el pueblo turco, que os ve bailar en casa del opresor, podría un día pediros cuentas, ¡a vos y a toda nuestra familia!

XII

—¡Bien, bien! ¡bravo!, querida, por una vez Su Majestad ha demostrado firmeza: acaba de condenar a muerte a Kamal. A muerte, a quien el país comienza a considerar como su héroe, al único que se atreve a desobedecer las órdenes del ocupante, al único que rehízo un ejército y que lucha. ¡Es increíble! Más bien hubiéramos esperado que nuestro padischah lo condecorara... Pero no, el sultán sólo escucha a su cuñado, el damad Ferid, ese lacayo de Inglaterra: es como para preguntarse cuáles son los intereses de nuestro gobierno, si los de los británicos o los del pueblo turco.

Hatidjé sultana palidece bajo el insulto. Desde hace algunas semanas, su marido le hace repetidas escenas como si la considerara responsable de los actos del soberano. ¿Qué pretende en realidad? ¿Que ella condene al sultán? Sabe bien que no lo haría nunca. Y no por lealtad a la familia, sino porque está convencida de que el padischah, cuya inteligencia y habilidad conoce, lleva un doble juego: la condena de Kamal, que se encuentra fuera de alcance a cientos de kilómetros, es un acto puramente simbólico... Y el ejército del califato, enviado de Estambul para combatir a los kamalistas, en realidad es sólo una banda de voluntarios indisciplinados; tras algunas victorias que han hecho algún ruido, ahora cosecha derrota tras derrota. Todas esas medidas están destinadas a deslumbrar con promesas para que los ingleses esperen.

En cambio, si por él fuera, el sultán ya se habría desembarazado del gran visir, damad Ferid. Hace tiempo que sabe a qué atenerse respecto al marido de su hermana. Pero el hombre le ha sido impuesto por los británicos.

Hatidjé se esfuerza por conservar la calma; estima que es contrario a su dignidad mostrarse afectada por los ataques de su esposo.

—Escuchad— comienza, —lo que me contó Sabiha sultana, con quien comí anteayer. Cuando damad Ferid fue llamado al gobierno, ella fue a ver al sultán, su padre. «No comprendo», le dijo. «Estabais tan contento de verlo partir hace sólo seis meses». «¡Ah, Sabiha!», le respondió Su Majestad, «si supieras... No puedo hacer absolutamente nada».

Hairi Bey estira unos labios desdeñosos.

—Sea, vuestro tío ya no tiene ningún poder. ¡Pero podría desautorizar a este gobierno títere!

Selma, que se encuentra en un rincón del tocador, no sale de su asombro. No sabía que su padre se apasionara tanto por la política, él que, antes, apaciguaba las discusiones de sus amigos con tanto humor. Selma experimenta la penosa sensación de que sus ataques no van contra el sultán sino contra su esposa. Mira a su madre. Imperturbable, ésta mira fijamente a su marido.

—Hairi, ¿creéis de veras que un soberano debe justificarse? En mi opinión, el padischah se calla para no despertar la desconfianza del enemigo y darle tiempo a Kamal para que refuerce su ejército. El peso de ese ejército es nuestro principal triunfo en las negociaciones de paz que se preparan. Las potencias aliadas no tienen ningún deseo de volver a las armas: si se encuentran enfrentadas con una fuerte resistencia en Anatolia, se verán obligadas a refrenar su ambición.

Hairi Bey se encoge de hombros con humor.

—Como de costumbre tenéis respuesta para todo: en realidad la conducta del sultán es inexcusable.

Entonces Hatidjé sultana lo mira de arriba abajo.

—Pero, amigo mío, si pensáis así, ¿por qué no vais a luchar a Anatolia al lado del general? ¡Podríais demostrar vuestro valor y vuestro patriotismo!

Un crujido seco, y el fino bastón de marfil se rompe entre las blancas manos del damad. Arroja los trozos a los pies de la sultana y sale sin decir palabra.

Con el ardor de la discusión, se han olvidado de Selma, que está encogida en el fondo del sillón. Por Dios, cómo odia esos enfrentamientos, cada vez más frecuentes, entre su padre y su madre. Si por lo menos discutieran... Pero su glacial ironía es mucho peor. Le parece que un muro se levanta entre ellos, cada día más alto.

No le interesa saber cuál de los dos tiene razón. Todo lo que desea es que se callen, que dejen de desgarrarse, de desgarrarla...

Con los puños apretados, Zeynel recorre la orilla occidental del Bósforo que, a través de los jardines y las *yalés,** baja suavemente hacia el Cuerno de Oro. Llovizna, y una luna incierta nimba mezquitas y palacios con un leve centelleo.

El eunuco camina, ciego a la belleza de una ciudad que habitualmente lo llena de sentimientos contradictorios, de orgullo y nostalgia por sus duras montañas albanesas. Insensible a la olorosa frescura de aquella noche de primavera, avanza, se detiene, vuelve sobre sus pasos, presa de una gran confusión.

Ya son las diez y Mahmud debe esperarlo, aunque no tiene corazón para ir a su encuentro. Se ahoga de indignación, de rabia impotente.

Como todas las noches después de la cena, se había presentado ante la puerta de la sultana, para preguntarle si necesitaba sus servicios o si podía disponer de su tiempo.

En el umbral de la habitación, una voz acerba, que inmediatamente identificó como la de Hairi Rauf Bey, le había impedido entrar. Se inmovilizó y escuchó, inquieto, presto a intervenir si estallaba la violencia que poco a poco sentía impregnar las palabras del damad.

Arriesgaba su puesto, ya que después de todo sólo era un criado. ¿Quién le daba derecho a interponerse entre su ama y su esposo? Su ama... Una sonrisa flota en los labios del eunuco... Se ha acostumbrado a llamar así a la sultana, saboreando la deliciosa ambigüedad de la palabra en francés,** la admirable lengua de la galantería. Nunca se hubiera atrevido a ponerle los ojos encima, pero en sus sueños... ¿Quién puede impedirle soñar?

Aquella noche, disimulado tras la cortina de terciopelo, había esperado con el corazón palpitante. Pero el damad no le dio la oportunidad de probarle su devoción: bajo la mirada burlona de la sultana, el Bey había huido...

«¡El gallina!», se enfurece Zeynel deshojando nerviosamente una rama de magnolia. ¿Cómo pudo la sultana enamorarse de un hombre tan insignificante? ¿Cómo soporta su insolencia cuando él sólo existe gracias a ella?

En la lejanía, la campana de una iglesia de Pera se pone a sonar. Maquinalmente, Zeynel cuenta las campanadas: las once. Se imagina el rostro inquieto de Mahmud y los dedos tamborileando impacientemente sobre la mesa de mármol del café donde acostumbran encontrarse. Es un establecimiento tranquilo, a la sombra de la mezquita de Sulayman; Zeynel lo ha elegido porque sólo es frecuentado por gente del barrio: nadie podría reconocerlo.

Allí se citan una o dos veces por semana. Pero a veces el

* Casa de madera tallada.

** En francés «ama» y «amante» se dicen igual: *maîtresse. (N. del T.)*

eunuco cae en una de sus depresiones —ya porque la sultana le haya hablado con sequedad, o simplemente porque se haya mostrado indiferente—, y anula la cita. Mahmud no dice nada. Para su amante, él está siempre libre.

Ahora debe darse prisa, bajar hasta el barrio de Galata, cuyas luces rojas y azules divisa a lo lejos, y atravesar el puente, a esa hora lleno de juerguistas. Sólo después, tras haber dejado atrás aquella vulgaridad, alcanzaría las tranquilas callejuelas del viejo Stambul.

Pero ya no tiene valor... o tal vez le falten ganas. Se siente cansado al recordar aquel cuerpo joven y dócil, sus ojos ingenuos, sus manos acariciantes. ¿Por qué lo quiere tanto ese muchachito? Él siente ternura por Mahmud, pero amor, pasión... ¡entre dos seres como ellos! Le parece irrisorio.

Zeynel duda. Si no acude a la cita, le hará sufrir y el niño no lo merece... Pero si va... Empapado como está en ese momento de la imagen de su sultana, tendría la impresión de traicionarla. Y se vengaría en Mahmud, lo sabe.

Es mejor volver a casa.

Furioso contra sí mismo, contra el adolescente, contra la tierra entera, Zeynel reemprende el camino del palacio de Ortakoy.

Al día siguiente por la mañana, hace «un tiempo de narciso». Así se designa el tinte ligeramente violeta que el cielo filtra en el paisaje después de la lluvia.

Hatidjé sultana ha decidido ir con Selma en peregrinaje a la mezquita de Eyub, donde está enterrado un portaestandarte del Profeta, muerto en 670 durante el primer sitio de Constantinopla por los musulmanes. En ella también se encuentra la espada del sultán Osmán, fundador de la dinastía otomana, espada que ciñe cada nuevo sultán el día de su entronización. Por ambas razones la pequeña mezquita, situada en el extremo del Cuerno de Oro, está considerada como un símbolo de la lucha del Islam contra el cristianismo y, en estos tiempos de humillación e infortunio, muchos son los turcos que la visitan en busca de valor y esperanza.

A Selma le gusta el apacible santuario oculto entre los árboles. Sobre todo le gusta el cementerio que lo rodea y se extiende hasta la cima de las colinas que dominan el mar. Es uno de los más antiguos de la ciudad y cada piedra sepulcral es una obra de arte. Elevadas hacia el cielo, unas tienen solemnes turbantes esculpidos, tanto más altos cuanto más antiguo y más importante fuera el difunto; otras, más recientes, exhiben simples feces. Las tumbas de las mujeres están adornadas con delicados cuernos de la abundancia. También hay lápidas finísimas, engalanadas con un minúsculo fez o una guirnalda de rosas: son tumbas de niños. Selma advierte que son muy numerosas.

Durante más de una hora, las dos sultanas deambulan por las avenidas; la niña sueña mientras su madre pasa en las cuentas de su rosario de alabastro los noventa y nueve atributos de Alá. De vez en cuando, se detienen delante de la tumba de un personaje célebre o de un antiguo amigo de la familia. Hatidjé sultana recita entonces el fatihah. De pie a su lado, Selma contiene el aliento, intentando con todas sus fuerzas captar el mensaje que el difunto, lo siente, intenta transmitirle. No lo consigue y eso la entristece: tiene la impresión de faltar a un deber sagrado. Pero se convence de que algún día, si se esmera suficientemente, terminará por comprender lo que los muertos tienen que decirle a los vivos.

Las comunicaciones entre los dos mundos le parecen naturales. Ha crecido arrullada por los relatos de su nodriza, una exuberante sudanesa que está acostumbrada a conversar con los árboles y las flores, reencarnaciones que son, dice la excelente mujer, del alma de los difuntos. Si la mayoría de las almas son bondadosas, las hay que a veces quieren arrastrarte a las malas acciones, y ella tiene que ponerse a gritar muy fuerte para asustarlas.

Al salir del cementerio, Selma y su madre pasan por delante del café donde Pierre Loti venía a inspirarse, una casa muy sencilla flanqueada por una terraza con fragancia de jazmines, desde la cual se pueden contemplar las aguas irisadas del Cuerno de Oro.

—Al menos él no nos ha traicionado— murmura Hatidjé. —Los amigos de los buenos tiempos nos vuelven la espalda, pero él sigue defendiendo incansablemente la causa de Turquía. Es uno de los pocos que nos aprecian y nos quieren. A nuestros pobres turcos les resulta tan sorprendente... están tan poco acostumbrados a ser comprendidos por los europeos, que le corresponden con un amor centuplicado: no hay en Turquía un extranjero más adorado que Pierre Loti.

Al bajar hacia la ciudad, el cochero tiene mucha dificultad para conducir el faetón por las calles extrañamente atascadas. La gente, haciendo gestos de extrema agitación, se agrupa alrededor de los vendedores de periódicos.

—¿Qué sucede ahora?

Inquieta, la sultana le pide a Zeynel que corra en busca de noticias. Al cabo de unos minutos, el eunuco vuelve, tan trastornado que no puede hablar, con un periódico ribeteado de negro. Impaciente, la sultana se lo quita de las manos: en la primera página se exponen las condiciones exigidas por los vencedores para firmar la paz con Turquía. Hatidjé sultana las recorre rápidamente y, lívida, se deja caer sobre los cojines del coche.

—¡Están locos! Nos piden que firmemos nuestra sentencia de muerte...

Durante el resto del trayecto, permanece inmóvil, con la cabeza echada hacia atrás y los ojos cerrados. Selma, aterrada, la contempla sin atreverse a hacer ni un gesto.

Los días siguientes serán siniestros. La población de Estambul, aturdida por el golpe, no consigue creer en su infortunio. Ni los más pesimistas habían imaginado nunca que los aliados pudieran imponer al país condiciones tan draconianas: simplemente han decidido desmembrar Turquía.

Tracia oriental pasa a Grecia, así como la rica ciudad de Izmir y toda su región. El este de Anatolia se convierte en Armenia; el Kurdistán será autónomo. En cuanto al sur de Anatolia, será zona de influencia francesa e italiana. A Turquía no le queda más que la meseta de Anatolia con una salida al mar Negro, y Estambul, pequeño enclave rodeado de una decena de kilómetros cuadrados. Pero este enclave no es ni siquiera independiente. Como tampoco lo son los estrechos que constituyen su único acceso al mar: deben ponerse bajo tutela internacional, y la capital otomana sometida al control militar y financiero de las potencias aliadas.

En la ciudad, la situación es tensa y las manifestaciones se multiplican. Aquellos que, desde hace meses, eran partidarios de la flexibilidad y de la negociación, ya no se atreven a decir nada. En cambio, los partidarios de Mustafá Kamal y de la lucha armada, un pequeño grupo de vanguardia, se han convertido en una inmensa mayoría. Cada día, bajo los disfraces más diversos, centenares de patriotas parten para el frente. Los periódicos, censurados, no dan ninguna información sobre los acontecimientos de Anatolia, pero todo el mundo de lo único que habla es de los combates que allí se libran y de los éxitos de los kamalistas. En el corazón del barrio viejo, el bazar es una vez más el centro de la información. Delante de sus tiendas, alrededor de un vaso de té, los mercaderes intercambian con circunloquios las últimas informaciones que obtienen de los campesinos que vienen a vender sus productos, o de los voluntarios que garantizan los contactos entre la zona ocupada y los territorios liberados por los nacionalistas. Cuando van de compras, cada cual recoge su cosecha de rumores.

En el palacio de Hatidjé sultana, los eunucos se encargan de las relaciones con el exterior, informando escrupulosamente de todos los chismes. Un día, hacia mediados de junio, Zeynel llega con los ojos brillantes.

—Los kamalistas han aplastado al ejército del califato, incluso han desbordado un puesto avanzado británico y han alcanzado

Tuzla. ¡Sólo están a treinta kilómetros de aquí! Parece que tienen intención de entrar en Estambul dentro de una semana, el último día de Bairam, para la fiesta de los *Confites*.

La sultana reprime un sobresalto.

—¿Cómo lo sabes?

—Me lo contó el cochero del principal editorialista del periódico *Alemdar*, quien a su vez lo supo por su esposa, que es la mejor amiga de una sobrina del gran visir. Parece que éste está muy preocupado, tanto más cuanto que los ingleses le reprochan haberlos ridiculizado con su «invencible» ejército del califato, que ni siquiera ha aguantado dos meses.

Un fulgor irónico anima los ojos de Hatidjé sultana. Pero su sentimiento de triunfo es reemplazado rápidamente por la inquietud. Si los kamalistas se acercan más, los ejércitos enemigos no permanecerán pasivos. De nuevo comenzará la guerra y será más espantosa que la anterior, pues se le sumará la guerra civil. Ya no se desarrollará en un frente alejado, en el que sólo mueren militares como es la ley de toda guerra, sino que sucederá aquí, dentro de la misma capital... Hatidjé imagina los combates callejeros, la ciudad bombardeada, los millares de muertos, mujeres y niños. Tiembla. Cuando anhelaba la victoria de las fuerzas nacionalistas, jamás había imaginado una realidad parecida. Y de pronto comienza a desear que los kamalistas sean rechazados antes de que puedan llegar a los arrabales de Estambul. Pero de inmediato se recobra: ¿Cómo? ¡Ya comienza a pensar como los traidores! ¡Sin duda es preferible morir que vivir humillados por la bota extranjera! Sin ninguna duda...

Cierra los ojos, ve Estambul destruida, su ciudad bienamada. Destruido el palacio de Topkapi, que abrigó los reinados de veinticinco sultanes... saqueados los quioscos de mármol, las fuentes de alabastro y de porcelana..., destruido Dolma Bahtché, sueño blanco surgido del Bósforo..., quemadas las mil mezquitas, orgullo de la ciudad de los califas, los caravasares y las antiguas *medresés*,* todas las maravillas elaboradas a lo largo de siglos..., aniquilada esta armonía..., condenado al olvido este encanto. Atónita, Hatidjé sultana comprende que esta perspectiva la trastorna mucho más que la pérdida de vidas humanas...

Selma no comparte las angustias de su madre. Para ella todo es más simple: Mustafá Kamal vendrá a expulsar a los ejércitos extranjeros. El sultán recuperará su poder y promulgará leyes para que Turquía vuelva a ser próspera y la gente feliz. Seguramente nombrará gran visir a Mustafá Kamal, el sultán sabe recompensar a los servidores leales.

¿Y Halidé Edib? Selma vuelve a ver a la mujer de negro

* *Medresé*: lugar en el que se enseña el Corán.

arengando a la multitud después de la toma de Izmir. Para ella, Halidé Edib personifica la libertad. Selma la ayudará. Juntas edificarán un mundo nuevo, en el que nadie se aburrirá y en el que las mujeres podrán ser sultanes como en Inglaterra.

Los días que siguen, se viven en Estambul con febril inquietud, pasando alternativamente del sueño a la pesadilla. Con los nervios a flor de piel, la gente tiene accesos de risa o de cólera por cualquier cosa. En las calles, las damas venden discretamente escarapelas con los colores nacionales, que los caballeros llevan detrás de la solapa de sus levitas, en espera de la victoria. La ciudad entera vive sobre ascuas, pero las noticias siguen siendo las mismas: en Tuzla, los kamalistas se preparan.

La fiesta de los Confites pasa sin que las tropas hayan avanzado. En el palacio de Ortakoy se sienten decepcionados y aliviados a la vez, salvo Selma que, de frustración, se come de los pies a la cabeza una enorme muñeca de azúcar, que su madre le ha regalado, y cae en cama con una indigestión.

—Pequeña sultana, Kamal Bajá no vendrá... Los griegos han lanzado seis divisiones contra él... Sus tropas son menos numerosas y están mal equipadas... Retroceden en todos los frentes...

¡Caramba! ¡No puede pasar cuatro días en cama sin que el mundo cambie! Claro, por estar enferma, dejó de estar atenta, descuidó sus oraciones y ¡mira!, Alá los abandona y el invencible ejército kamalista se bate en retirada. Selma se siente traicionada. ¿Por Dios? ¿Por los kamalistas? ¿Por los griegos? No lo tiene muy claro, ¡pero lo que es seguro es que «han» aprovechado muy bien su indisposición!

Aprieta la gran mano negra de la nodriza que le ha anunciado la escandalosa noticia.

—*Daddeh*,* ¡de rodillas a mi lado!... Rezaremos hasta que Alá se vea obligado a escucharnos. Él, el Compasivo, el Generoso, no puede ser tan injusto.

¡Rápido!, hay que hacer las abluciones para purificar el corazón, poner la zofra para delimitar la zona sagrada de la oración y, una al lado de la otra, la exuberante negra y la frágil niña pelirroja comienzan a salmodiar la letanía ritual: «Alá es Dios y Mahoma su profeta... No hay más realidad que la de Dios, nada se hace sin él...»

Pero entonces, ¿Dios prefiere a esos griegos comerciantes y chismosos, a esos ingleses insípidos y vanidosos, que al buen pueblo turco? Selma no puede creerlo. Con las palmas abiertas hacia el cielo, en ese gesto que es de sumisión, pero que en este momento constituye una vibrante súplica, no deja de repetir:

* *Daddeh*: nodriza.

—¡Oh! Todopoderoso, debes ayudarnos, debes darle la victoria a Mustafá Kamal Bajá!

Y sus lágrimas corren tan abundantemente que su cuello de encaje queda completamente mojado.

Una cuestión atormenta especialmente a la niña: sólo hay un dios, le ha enseñado el jeque, el dios de los musulmanes y el dios de los cristianos es el mismo. Pero si los niños cristianos rezan por su lado tan fervientemente como los niños musulmanes, Dios se verá en un apuro para elegir. A cualquier precio, hay que hacer que la balanza se incline hacia el «lado bueno».

A partir del día siguiente, Selma reúne a los hijos de los esclavos, una quincena de niños y niñas entre seis y doce años y les comunica que van a rezar. Cinco veces diarias el grupito se reúne en un rincón del parque, cerca de la rosaleda que ahora, a fines de junio, embalsama el aire. Tras poner ceremoniosamente sobre el césped las zafras de seda, los niños se inclinan gravemente en dirección a La Meca y, detrás de la pequeña sultana que dirige las plegarias, recitan fervorosamente los versículos sagrados.

Sin embargo, los días pasan, trayendo con una regularidad inexorable su cúmulo de malas noticias. La derrota de las fuerzas nacionalistas se confirma, el avance griego es fulminante. Una tras otra, caen las ciudades, Akhisar, Balikesir, Bandirma... ¡Y finalmente Bursa! La antigua capital del imperio otomano, esa obra maestra del más puro arte islámico, donde mezquitas y palacios conmemoran el arrojo y la fuerza de los jinetes llegados del este seis siglos antes, Bursa, está en manos de los infieles.

Es, para el pueblo turco, un golpe tan terrible como el de la toma de Izmir. ¡Hicimos mal en esperar tanto a Mustafá Kamal! De nuevo las miradas se vuelven hacia el sultán califa. Seguramente va a reaccionar, le dará a sus hijos un aliento, alguna orden. Pero las puertas de Dolma Bahtché permanecen cerradas y el silencio sigue reinando en el palacio de mármol.

Selma hierve de indignación: Edirne y toda la Tracia están ahora ocupadas y las divisiones griegas continúan avanzando. ¿Por qué no declara el sultán la guerra?

A estas apremiantes preguntas, su madre no responde. Desesperada, la niña pierde el apetito y las ganas de divertirse. Poco a poco abandona incluso las sesiones de plegarias que había organizado. Se refugia en sus sueños, en la lectura, o bien se hace contar por una vieja kalfa la historia de los grandes sultanes: de Muhammad el Conquistador, vencedor a los dieciocho años del imperio de Bizancio; de Salim el Terrible, un guerrero feroz que, junto a su amado, se reconocía poeta: «Los leones temblaban bajo mis garras poderosas y destructivas, cuando la Providencia me convirtió en el débil esclavo de un adolescente con ojos de gacela».

Le gusta oír cómo el sultán Ahmad III, transportado de gozo por su amigo Nadim que le recitaba versos, lo recompensaba llenándole la boca de perlas finas; vibra con el relato de las hazañas de Sulayman el Magnífico, que llevó los ejércitos otomanos hasta las puertas de Viena, y se hace contar cómo su bisabuelo Mahmud el Reformador, un espíritu ilustrado, hizo entrar a Turquía en la era moderna. Por sus valores guerreros, su esplendor o sus habilidades, honraron el nombre de la casa de Osmán. Pero hoy todo parece diferente y el padischah se encierra en su silencio. Selma se siente tanto más herida cuanto que sorprendió, al pasar por delante de las cocinas, los comentarios poco agradables de los galopillos que se atrevían a insinuar que el soberano tenía miedo...

Una mañana, reúne de nuevo a los niños del palacio. Están los hijos e hijas de los intendentes y secretarios, pero también los de los cocheros, cocineros, porteros, cuyas familias viven en las casitas disimuladas en el fondo del parque, no lejos de los edificios destinados a las cocinas. En las buenas casas turcas, y con más razón en los palacios, las cocinas se instalaban lo más alejadas posible del resto de la mansión, para que los olores no molestaran.

Todos esos niños adoran a Selma, especialmente Gulnar, una morena tártara, tan excesiva en sus cóleras como en sus pasiones, pero que no habría tolerado jamás una crítica a su princesa; y Sekerbuli, «terroncito de azúcar», rubia y sonrosada, llena de hoyuelos; y sobre todo Ahmad, el hijo menor del secretario particular de Hairi Bey. Sólo tiene once años pero desde que tiene memoria ha estado perdidamente enamorado de la pequeña sultana. En cuanto la ve, enrojece y pierde los estribos, cosa que irrita a la niña, que lo ha convertido en un hazmerreír. Pero cuanto más lo ridiculiza, esperando encontrar resistencia, más la mira con un aire triste y sumiso, más la ama.

Aquella mañana, ante su asamblea en pleno, Selma decreta que el tiempo de las plegarias se ha acabado y que, en adelante, van a jugar a la guerra. Por un lado los turcos, con el sultán a la cabeza —ella misma, es evidente—; por el otro, los griegos. Todos aplauden la nueva consigna y se dispersan por el parque para buscar ramitas delgadas y flexibles que les servirán de armas. Pero cuando llega el momento de elegir el bando, Selma se topa con una dificultad imprevista: ninguno de los niños quiere hacer «de griego». Halagos, promesas, amenazas, nada los convence. Selma lloraría de rabia. Con su vara en la mano, dibuja con furia en el suelo violentos y encolerizados trazos, cuando una voz suave le hace levantar la cabeza:

—Yo quiero hacer de griego.

Es Ahmad, que la mira con sus bondadosos ojos fieles. Selma se siente invadida por un acceso de gratitud: no sólo acepta el oprobio para agradarle, sino que, rompiendo el movimiento de desobediencia, le restituye toda su autoridad. Le sonríe con todo el encanto de que es capaz.

—Muy bien, tú serás el general Paraveskopoulos. ¿Pero dónde está tu ejército?

El ejército es lo que menos inquieta al muchachito: está tan feliz de haber complacido finalmente a su sultana que con gusto lucharía solo contra todos los demás. De todos modos, no se contempla la posibilidad de que los griegos venzan a los turcos, y mucho menos que él, Ahmad, venza a su amada.

Pero Selma no lo entiende así: una victoria demasiado fácil no es una victoria.

—¿Quién quiere ser griego con Ahmad?— insiste lanzando una mirada imperiosa al grupito.

Para su gran sorpresa, dos niñas tímidas y un niño gordo y mofletudo se adelantan.

—Si Ahmad es griego, nosotros seremos griegos con él— declaran.

Selma los mira perpleja: ¿por qué éstos, a quienes ni las promesas ni la cólera pudieron conmover, se ponen de parte de Ahmad? ¿De dónde le viene ese poder? ¿De su sencillez, de su amabilidad? Selma se encoge de hombros: es absurdo, ¡ésas no son las cualidades de un jefe! Empero, han sido los más apocados de la banda los que han decidido apoyar a su hazmerreír... Se siente irritada. Tiene la impresión de que, sin decir palabra, le están dando una lección.

Ahora, todos los niños la miran, esperando la señal de combate. Como no quiere que se diga que los turcos vencen a los griegos por su superioridad numérica, Selma reduce su ejército a cuatro soldados, aunque, a decir verdad, se cuida de elegir a los más fuertes. Finalmente, cuando todo está dispuesto para el asalto, se levanta, majestuosa con sus cabellos rojizos brillando al sol y, blandiendo su vara, pregona:

—Allahu Akbar, ¡Dios es grande!

Y seguida por sus tropas, se arroja contra el enemigo.

Desde el primer momento, está claro que el ejército griego no está a la altura de las circunstancias. Se defiende valerosamente, pero las dos niñas y el niño gordo no tienen nivel para enfrentarse a los mocetones elegidos por Selma. Además, son griegos: es normal que sean aplastados. Tras haber opuesto una resistencia simbólica, se rinden entre aclamaciones.

Únicamente Ahmad sigue luchando con un ardor del que sus compañeros no le hubieran nunca creído capaz. Los soldados de

Selma lo rodean sin conseguir romper sus defensas; como Mercurio, su vara gira, golpeando despiadadamente la pierna o la mejilla que se aproxima demasiado. En aquel momento, Ahmad ha olvidado completamente que representa al general Paraveskopoulos; ya sólo es un caballero que lucha por despertar la admiración de su dama.

Pero Selma ya no es Selma; es el todopoderoso sultán, la sombra de Dios sobre la tierra, y no puede soportar que sus tropas sean vencidas por aquel general griego. Abandonando a sus prisioneros, se lanza al asalto y, rompiendo las líneas enemigas, se enfrenta a su adversario. Está ebria de furor. ¡Ah!, ¡aquel Paraveskopoulos quiere apoderarse de Turquía y reducir a su pueblo a la esclavitud! Su ejército quema las aldeas, degüella mujeres y niños, cree poder tomar Estambul y derrocar el sultanato. ¡Ah!, ¡Ya verá, ese perro, tres veces perro, de lo que son capaces el ejército turco y el padischah! Hasta ahora el soberano ha sido paciente, ha preferido negociar que derramar la sangre... Ahora, ya basta. Los griegos colman la medida, ¡se arrepentirán! Con su vara, Selma golpea con todas sus fuerzas, multiplicadas por diez debido a la indignación y la cólera. Toda la frustración, el rencor acumulados desde hace meses por los turcos los libera con una carga de violencia inusitada.

¿Es que el brazo le duele o que, de pronto, advierte que un silencio insólito ha reemplazado los clamores de la asistencia? Bruscamente Selma se queda inmovilizada. A sus pies yace el general Paraveskopoulos, gimoteando de dolor. Con sus pequeñas manos ensangrentadas, Ahmad protege su cabeza mientras sus vestidos hechos jirones dejan ver su cuerpo marcado por numerosos cortes.

—¿Os habéis vuelto loca?

Delante de Selma se yergue la sultana, con el rostro lívido. No parece enfadada, sino estupefacta, como si en su hija descubriera un monstruo. Bruscamente, Selma recobra el dominio de sí misma. Ella no es el sultán y ése que gime ahí, inconsciente, no es el general Paraveskopoulos, sino su amigo Ahmad, y le ha dado muerte. Las lágrimas la ahogan mientras se arrodilla junto al muchacho. Pega su mejilla al rostro ardiente del niño, le roza delicadamente los cabellos y lo mece con palabras dulces. Ahmad termina por convencerse de que está muerto y que se encuentra en el paraíso.

Los niños miran la escena, consternados. Sus padres van a azotarlos y, quién sabe, a encerrarlos en un calabozo oscuro. Ni siquiera la idea de que la orgullosa pequeña sultana también será castigada y de que le harán a Ahmad unos magníficos funerales, con las mejores plañideras de la ciudad, logra consolarlos. ¿Pero por qué ese idiota de Ahmad se ha dejado matar? Primero se defendió como un león y luego, cuando Selma se precipitó sobre él, en lugar de defenderse, la miró y soltó su espada. Pero ella, empujada por su sueño, ni siquiera se dio cuenta y se cebó con repetidos golpes en su víctima desarmada.

La voz glacial de la sultana resuena de nuevo:

—¡Basta de arrumacos, subid inmediatamente a vuestra habitación!

La sultana no hace caso de las explicaciones de Selma que, sollozando, intenta hacerle entender que no había querido matar a Ahmad sino al general Paraveskopoulos. Ella sólo sabe una cosa: su hija ha golpeado a un subordinado que no podía defenderse. Esa acción infamante debe ser castigada sin miramientos. En ello se juega el honor de la familia.

Alertado por los eunucos, el viejo médico del palacio examina rápidamente el «cadáver», que encuentra maltratado, pero bien vivo: reposo absoluto, una pomada de grasa de tigre real, traída directamente de la India, y el niño estará pronto recuperado.

Selma permanecerá confinada en su habitación los días siguientes, leyendo únicamente el Corán. Sólo ve a la criada que le trae la comida, consistente en pan sentado, normalmente reservado a los caballos. La mujer tiene orden de no dirigirle la palabra. Conmovida sin embargo por la inquietud de Selma por Ahmad, consiente en sacudir la cabeza, con gesto tranquilizador. Así pasarán dos semanas: la sultana quiere que el castigo sea ejemplar.

Una mañana, Selma se despierta con una melopea poco habitual. Aguza el oído y reconoce el canto fúnebre de los almuédanos que, de un alminar al otro, anuncian un duelo nacional. Se asoma a la ventana y divisa a lo lejos a la muchedumbre que se atropella en las calles. ¿Qué sucede? ¿Ha muerto el sultán?

La esclava que le trae el pan tiene lágrimas en los ojos y, esta vez, no tiene empacho en responderle. No, el sultán no ha muerto, es mucho peor: los plenipotenciarios otomanos enviados a Francia no han podido convencer a las potencias aliadas. Se vieron obligados a firmar, en Sèvres, el tratado inicuo del que hablaban desde hacía tres meses sin que nadie imaginara que pudieran concluirlo. Un tratado que consagra el desmembramiento total de Turquía...

Aquel día de duelo es, para Selma, el día de su liberación. La sultana considera que su hija ha sido suficientemente castigada y que, de todos modos, los acontecimientos son tan graves que todo lo demás se ha vuelto insignificante.

XIII

La primavera dora las cúpulas de Estambul, reemplazando al invierno más triste que Selma conociera nunca. Tras las importantes manifestaciones que siguieron a la firma del tratado de Sèvres, el 10 de agosto de 1920, la ciudad se ha recluido en su tristeza y en su humillación. Pareciera que ni la dimisión del gobierno de Damad Ferid, el hombre más odiado de Turquía, pudiera sacarla de su apatía. Ese hombrecillo gordezuelo y pomposo ha sido víctima de su anglofilia. El pueblo no le perdona haber firmado el infame tratado y menos aún haber intentado obtener la ratificación del sultán.

En la capital, la vida se vuelve cada vez más difícil. Mientras los soldados franceses e italianos, viendo que la ocupación va a prolongarse, retoman sus costumbres y se mezclan cándidamente con la población, los ingleses extreman su rigidez. So pretexto de mantener el orden, multiplican las medidas vejatorias. Éstas llueven sobre un pueblo llano que no entiende nada. La última que circula, prueba del amor que los hijos de Albión sienten por los animales, ha pasmado a toda la ciudad: sujetar un pollo vivo por las patas, conducta sádica donde las haya, ha sido castigado con diez libras de multa, una cantidad enorme —un obrero gana alrededor de ochenta libras al mes. Si el intrépido turco, aturdido, protesta, deberá pagar veinte libras, y así sucesivamente hasta que se calle, con la bolsa vacía, convencido de que esos ingleses o son completamente locos o los más empedernidos crápulas de la tierra.

De hecho, la mayoría de estos abusos los cometen los levantinos.* Como viven en Estambul desde hace generaciones, algu-

* Levantinos: europeos católicos, en su mayoría de origen italiano o francés, instalados en Estambul desde hacía generaciones.

nos, favorecidos por la ocupación, se han puesto el uniforme británico con el fin de colaborar con los aliados. Ascendidos rápidamente a capitanes o comandantes, aprovechan su reciente poder para, bajo los colores del Reino Unido, ocuparse de sus mezquinos asuntos personales y hacer fortuna.

El desaliento se ha apoderado de la población. A comienzos del mes de enero, sin embargo, habían creído que todo iba a cambiar. En Anatolia, cerca del río Inonu, Ismet Bajá, un compañero de Mustafá Kamal, había logrado detener el avance griego. Era la primera victoria de las fuerzas nacionalistas y, en todos los hogares la celebraron con entusiasmo. Durante días Estambul estuvo en vilo, viendo en aquella victoria el comienzo de la contraofensiva. Pero nada ocurrió y la ciudad volvió a caer en su letargo.

El ejército kamalista era demasiado débil para aprovechar su ventaja. Desde hacía meses no sólo debía luchar contra los griegos, sino también contra las cada vez más numerosas bandas de campesinos turcos. El veto dictado contra Kamal Bajá por el jeque ul Islam desconcertó a todos los espíritus. Por mucho que el general declarara que combate por el sultán califa, sólo lo creen a medias y muchas aldeas le niegan ahora su ayuda.

Para recuperar la confianza del pueblo, Kamal Bajá pensó en hacer venir a su lado al príncipe heredero, conocido por sus simpatías nacionalistas. Pero Abd al-Mayid es un soñador, un artista, no un hombre de acción. Dudó, pidió consejo... Finalmente los ingleses husmearon el proyecto y pusieron fin a las veleidades del príncipe rodeando su propiedad con un centenar de soldados.

Fue entonces cuando su hijo, Omar Faruk, decidió unirse a Kamal en Anatolia. Enérgico, ambicioso, se mostró impaciente por destacarse en defensa del país. Pero, muy enamorado de Sabiha, su joven esposa, que estaba encinta, esperó hasta el nacimiento del bebé. Cuando partió, en medio de un gran secreto, ya era primavera.

Selma admira apasionadamente a su «tío Trueno». Es así como los niños llaman al príncipe Faruk, tan famoso por sus accesos de cólera como por su hermosa prestancia. ¡Cómo le gustaría ser hombre para acompañarlo a Anatolia! Mira despreciativamente a su hermano Hairi que, imperturbable, sigue comiendo caramelos y tocando el violín.

Selma se aburre... En el palacio los días transcurren lentamente. Las funciones sociales no son frecuentes. En efecto, las mejores familias comienzan a encontrarse en dificultades: ya no perciben ni los arrendamientos de las propiedades situadas en los territorios del Imperio que se han vuelto independientes, ni los alquileres de los edificios habitados por cristianos. Desde el comienzo de la ocupación, éstos se han olvidado de pagar. La misma Hatidjé sultana sólo consigue mantener su tren de vida vendiendo sus aderezos, y Selma ya no se extraña de ver a Memjian Agha de visita en casa ni de que vuelva a salir con un cofrecito bajo el brazo.

Felizmente, con la primavera han vuelto las costureras. Hay que renovar los guardarropas, especialmente el de Selma cuyas faldas algo cortas hacen fruncir el ceño de las viejas kalfas. La niña va a tener once años y esas dignas criadas han intentado convencer a la sultana de que es hora de que lleve charchaf. Pero Hatidjé ha exclamado:

—¡Selma todavía es una niña!

¿Lo creía de veras o intentaba preservar el mayor tiempo posible la libertad de su hija? Ha declarado enérgicamente que la pequeña sultana sólo llevaría velo a los doce años. ¡Y que las malas lenguas hablaran!

La sala de costura, tapizada de cretona blanca y guarnecida de altos espejos, bulle de animación. Las costureras, tradicionalmente griegas, han traído las últimas revistas de París con los modelos del modisto La Ferrière, y rollos de telas soberbias. Por primera vez, a Selma le permiten elegir. Excitadísima, pasa de un modelo a otro, probándose sucesivamente cada tela, sin conseguir decidirse. Pero eso no importa, hay mucho tiempo para discutir, palpar, comparar, seleccionar, decidir los menores detalles, y luego cambiar de opinión. ¡Hay tan pocas distracciones! Cuanto más largas sean las discusiones, más satisfechas están las costureras, que entonces pueden pasar del simple papel de operarias al de consejeras y árbitras. Y después podrán decir con orgullo a sus otras clientes, que las escucharán impresionadas:

—La sultana y su hija sólo confían en mí. Yo les sugerí el modelo y el color de los vestidos que llevaban en la última recepción.

Al tiempo que imagina los modelos más apropiados, Selma mira furtivamente a aquellas mujeres: son nueve, dos modistas, tres oficialas y cuatro bordadoras. Desde hace mucho, trabajan para el palacio y la niña las conoce a todas. Ella las llama por sus nombres, está al tanto de sus problemas de salud, del nombre y de la edad de sus hijos. Sólo hay un tema que nunca se toca: la guerra. Selma se consume por saber la razón para que los griegos de Estambul se hayan puesto en contra de sus compatriotas turcos, pero no se atreve a hacer la pregunta.

El sol ha bajado cuando la primera modista, inclinando la cabeza y entrecerrando profesionalmente un ojo, comienza a tomar medidas. Desde lejos, porque está prohibido tocar a un miembro de la familia imperial. Cuando se trata de confeccionar los amplios ropajes tradicionales no se plantea ningún problema, pero para los vestidos europeos, de busto ajustado, la operación entraña muchas dificultades y a menudo la sultana se ve obligada a cambiar ella misma los alfileres. Maldiciendo interiormente esta incómoda costumbre, no por eso deja de reconocer su necesidad: en estos tiempos turbulentos, es preciso, más que nunca, preservar la etiqueta. Tanto como la marca de nobleza, la etiqueta es un pilar esencial del respeto. Y ahora que el poder no existe, el respeto se ha convertido en el último pilar del trono.

Desde hace algún tiempo, Selma ha tomado la costumbre de aislarse para soñar. El rincón que prefiere es un pequeño quiosco en palo de rosa, rodeado de una balaustrada finamente esculpida, que llaman «el pabellón del ruiseñor» porque está situado en un rincón del parque donde el pájaro acostumbra hacer su nido. No se cansa de escuchar los trinos de esa alma sedienta de amor cuya leyenda cuenta que, desesperada por la indiferencia de la rosa, pasa su vida cantando para intentar seducirla.

Hace buen tiempo. Tendida en las *kilims** que cubren el suelo, Selma se divierte entrecerrando los ojos e intentando dominar el sol; un juego prohibido tanto por mademoiselle Rose como por su daddeh, que creen que terminará por quemarse los ojos. De pronto los rayos se oscurecen. Ha pasado una sombra. Selma abre los ojos y ve una silueta que se aleja en dirección al palacio. Distingue mal, aún deslumbrada, aunque parece reconocer a... ¡al tío Trueno! Pero no, es imposible, el tío Trueno está en Anatolia, combate junto a Mustafá Kamal. Su esposa, que se encuentra en este momento en los apartamentos de Hatidjé sultana, acaba incluso de leerles su última carta. Selma se frota los ojos; parece que fuera realmente el príncipe Omar Faruk. De un salto, se levanta y, de puntillas, comienza a seguirlo.

Cuando llega al salón azul, escucha una voz cortante.

—No me quiso, ¡eso es todo!

¡Claro que es el príncipe Faruk! Con las manos en la espalda, recorre la habitación con aire malhumorado, y las tímidas preguntas de su esposa y de su tía parecen irritarlo en grado máximo. Bruscamente estalla:

—Éramos unos ingenuos al creer que Kamal aceptaría nuestra ayuda para salvar a Turquía. La ayuda de los comunistas y de las bandas de bandidos, ¡eso sí! Pero en ningún caso la de los príncipes imperiales... Imaginaos, el pueblo sabe que nuestra familia ha hecho la grandeza de este país. Si Kamal nos dejara combatir, podríamos ensombrecer su gloria. Nos llamó cuando se creyó perdido, pero la victoria de Inonu y su reciente alianza con los bolcheviques lo sacaron del apuro. Cree que ya no nos

* *Kilim*: alfombra turca.

necesita. Incluso muchos piensan que intenta hacernos pasar por traidores para algún día eliminarnos y tomar el poder. ¡Aunque no será mañana cuando lo consiga!

Dominado por la indignación, el príncipe da un puñetazo sobre una frágil mesita, que se rompe por el golpe.

Sin prestarle atención, sigue:

—El pueblo turco nos quiere. ¡Si hubierais visto el recibimiento que me dispensaron los habitantes de Ineboglu cuando llegué! La buena gente lloraba de alegría, como si el mismo sultán hubiera ido a luchar a su lado. Durante los pocos días que pasé allí esperando la respuesta de Kamal a mis ofertas de ayuda, llegaban filas de campesinos de todas las aldeas de los alrededores para verme, tocarme, para convencerse de que su padischah no los había abandonado... No se cansaban de oírme contar cómo el barco que me había llevado de Estambul había sido registrado de arriba abajo por los ingleses y cómo había pasado seis horas disimulado en un armario, empuñando un revólver, dispuesto, si me descubrían, a levantarme la tapa de los sesos antes de que me hicieran prisionero.

—¿Pero por qué diablos habéis vuelto?

Es el general príncipe Osmán Fuad, llegado hace unos minutos, quien no domina su impaciencia. No le gustan los relatos en los que él no es el héroe.

Lentamente, Omar Faruk se vuelve y mira a su primo de hito en hito.

—¿Y vos, príncipe, por qué diablos no fuisteis?— replica glacial.

La atmósfera está electrizada. Hatidjé sultana se interpone.

—¡Por favor!

Con gesto de admiración se vuelve hacia el príncipe Faruk:

—¿Y entonces Alteza, que sucedió?

—Al cabo de unos días, recibí un mensaje de Ankara. De la manera más cortés, el general me agradecía el haber ido y ponderaba mi valor. Pero, escribía, no quería que me arriesgara. Debía preservarme para más altos designios, en el interés supremo de la nación... En resumen, una manera educada pero tajante de rechazar mi ayuda y devolverme a casa.

La joven esposa del príncipe, Sabiha sultana, suspira.

—Tengo miedo. El bajá es seguramente un genio militar, pero es un monstruo de ambición. Vuestro relato confirma los recelos de mi padre el sultán. Cuando Su Majestad envió a Kamal a Anatolia, confió en él. Ahora lo cree capaz de todo.

En el salón azul, el silencio se ha vuelto denso. Turbada por las noticias del príncipe Faruk, Hatidjé sultana se pregunta si el sultán no ha cometido un error y si Mustafá Kamal, a quien ella ha defendido siempre, no estará traicionándoles.

XIV

La «pequeña sultana» ha cambiado mucho estos últimos tiempos. Se ha vuelto una adolescente. A su alrededor, las esclavas alaban su figura de joven ciprés y su tez blanca como la luna. La sultana ha decidido hacerla estudiar, además de piano, arpa; el arpa le permitirá lucir los brazos que prometen ser muy hermosos. Selma se deleita con estos cumplidos y comienza a descubrir su atractivo. Ensaya su nuevo poder con Ahmad, a quien, después de haber estado a punto de matar, ha convertido en su mejor amigo.

Los quince días de castigo fueron una experiencia decisiva. Tras haber llorado mucho y haberse rebelado contra aquel castigo que consideraba injusto, había terminado por encontrarle cierto placer: el de estar sola contra todos, incomprendida. Durante horas, se había contado las historias familiares de los mártires del Islam y de los ascetas sufís condenados también por una sociedad que no los comprendía. Las semejanzas que había encontrado con su propia situación le habían dado valor y permitido superar la prueba.

Tuvo que recurrir a todos estos héroes pues estaba a punto de perder a la heroína a quien, hasta entonces, había venerado por encima de todo: su madre. Su madre, tan perfecta, junto a la cual se sentía tan indigna, la había condenado injustamente... No había tratado de comprender... Por mucho que Selma se planteara el problema desde todos los ángulos, una cosa estaba clara: una de las dos debía por fuerza estar equivocada, y sabía que no era ella. Por extraño que pareciera, esta conclusión, que podría haberla satisfecho, la agobiaba aún más. Estaba más triste que nunca, casi desesperada.

Y de pronto, una noche, tuvo un sueño. Se encontraba en un calabozo oscuro y, cada vez que se movía, se golpeaba la cabeza contra los barrotes. De repente escuchó una voz: «¿Por qué no te sacas la venda que tienes en los ojos para que así puedas ver claro y no te hagas daño?»

«¿Pero cómo», se preguntaba, «se sacaría la venda?» Formaba parte de sí misma, estaba tan pegada que si se la sacaba corría el peligro de arrancarse los ojos. Y se sentía perdida en la mayor de las confusiones: ¿era preferible seguir indefinidamente en la oscuridad, sin poder moverse, o librarse de la venda so pena de volverse ciega? Finalmente elegía la segunda solución y, aterrorizada, se tocaba la venda. Para su gran sorpresa, caía al primer contacto y el mundo se le aparecía como nunca lo había visto antes, luminoso, a su disposición.

Al día siguiente de aquel sueño, Selma se sintió mucho mejor, hasta el punto de que ni siquiera comprendía cómo, durante días, había podido vivir tal pesadilla. El mundo se le aparecía luminoso como en su sueño. Ya no necesitaba los ojos de Annedjim para ver.

Su todopoderosa madre se había equivocado, y ella, Selma, no había muerto. Este descubrimiento le abría perspectivas de infinita libertad...

Por segunda vez los kamalistas han conseguido rechazar a los griegos cerca del río Inonu y momentáneamente han cesado las hostilidades. Estambul se permite, tras estos pequeños éxitos, divertirse de nuevo. Estamos a mediados de abril. La luz es transparente y el aire sedoso como los labios de un adolescente. Sobre las fachadas de los palacios, a lo largo del Bósforo, los pesados racimos de glicinas despiden un perfume tan embriagador que aturde. Por encima de los muros de los jardines, los majuelos y jazmines embalsaman las calles y embotan los sentidos.

Se han reanudado los paseos a las «Aguas dulces de Asia» y los caiques, tapizados de terciopelo bordado de oro algo ajado, enfilan silenciosamente por el pequeño río Goksu, como en la época de máximo esplendor. La única señal de los nuevos tiempos es que cuentan con menos remeros: muchos de ellos se han ido para luchar a Anatolia.

El río es tan estrecho que a menudo, al cruzarse, los caiques se rozan. Entonces, de una embarcación a la otra, hay intercambio de saludos, de palabras amables. A veces, envalentonándose, un joven intenta captar la mirada de alguna beldad. Si ésta es seria, se oculta rápidamente detrás de su sombrilla; si no, mira a lo lejos con aire soñador. Entonces el joven toma la flor que lleva en la solapa y se la lleva a los labios. Si la beldad sonríe, signo de evidente liberalidad, él se aventura a lanzar la flor a sus rodillas. Pero antes de llegar a gestos tan osados, hay que observar toda una gama de señales galantes estrictamente codificadas. Si el enamorado juega con un terrón de azúcar, quiere decir: «Mi corazón os desea ardientemente». Con una ciruela: «Me consumo de dolor». Un pañuelo de seda azul: «Estoy perdidamente enamorado».

Por primera vez, Selma advierte estos discretos manejos. Tiene una sensación aterciopelada en el pecho y, sentada derecha junto a su madre, conteniendo el aliento, sueña con las primaveras por venir.

La calma durará poco: el 13 de junio de 1921, el rey Constantino de Grecia llega a Izmir con ochenta y cinco mil hombres. No desembarca en el puerto sino, simbólicamente, en el mismo lugar en el que, en el pasado, lo hicieron los cruzados. Su objetivo es aplastar Ankara, el corazón de la resistencia, y apoderarse de Estambul. ¿Dios no está con él? Una famosa profecía del pope Johannes asegura que antes de octubre el rey muy cristiano entraría en la capital, que para Occidente seguía siendo Constantinopla, y expulsaría para siempre a los bárbaros. Fortalecido por esta predicción, Constantino lanza, el 13 de agosto, su gran ofensiva contra Ankara.

El pánico invade la ciudad. Los griegos, más numerosos y mejor equipados, avanzan rápidamente, y el ejército turco se bate en retirada. Ya una parte de los habitantes de la capital kamalista, e incluso algunos diputados, se preparan para el éxodo. Mustafá Kamal se encoleriza tanto ante semejante cobardía, que exige imperativamente plenos poderes y el título de generalísimo del ejército, reservado hasta ese momento al sultán. Movilizando a todo el campesinado de Anatolia, recluta hombres y mujeres para ayudar al ejército nacionalista. Su plan es detener a los griegos en el río Sakarya, última línea de defensa natural, a menos de cien kilómetros de Ankara.

En Estambul, la población ha perdido toda esperanza. En cambio, en los barrios greco-levantinos de Pera, circula el rumor de que Mustafá Kamal ha sido hecho prisionero, y ya beben champagne. Los restaurantes y los cabarets están siempre llenos. Especialmente el famoso Rose Noire, el establecimiento más lujoso de la ciudad, donde las hermosas exiliadas rusas —princesas de sangre, se dice—, sirven bebidas con aire distinguido y, hasta el alba, bailan con los clientes.

Durante veintidós días y veintidós noches las tropas kamalistas dan la cara. Un combate feroz y desesperado. Todos saben que de él depende el porvenir del país. El 11 de septiembre, el ejército griego huye: ¡Turquía se ha salvado!

Todo el país está alborozado. En Estambul, las mezquitas se llenan. Sin preocuparse siquiera del ocupante, el pueblo celebra ruidosamente la victoria. Ya no se camina pegado a los muros, sino por el medio de la calzada, con la frente alta; y cuando se cruza con un soldado británico, se lo mira con aire socarrón como para decirle: «¡No te queda mucho tiempo!»

Sin embargo, la guerra no ha terminado. Además de la capital, la mitad de Turquía está aún ocupada. Pero en el extranjero, los gobiernos han comenzado a comprender que el viento ha cambiado. Sin perder un instante, París envía a su seductor embajador, Franklin Bouillon, apodado «el Príncipe de los levantinos», para parlamentar con Mustafá Kamal. Lleva consigo algunas decenas de cajas del mejor cognac, pues las cancillerías comienzan a conocer las debilidades del gran hombre. Lo importante es que Franklin Bouillon lleva la promesa de la salida de las tropas francesas de la provincia de Cilicia y, para mayor furor de Londres, una oferta de paz.

Los meses pasan. Sin apresurarse, Kamal Bajá refuerza su ejército. Frente a él, los griegos también se preparan.

Pero en Atenas, la opinión pública se muestra cada vez más hostil a la continuación de la guerra y, en las trincheras, aumenta el desaliento.

Finalmente, el 26 de agosto de 1922, cuando hace casi un año que no se ha disparado un tiro, se sabe que el ejército turco ha atacado. Al grito de: «¡Soldados, adelante, al Mediterráneo!», avanza en dirección a Izmir; las unidades griegas retroceden en desorden.

Los habitantes de Estambul no se atreven a creer, pero luego se confirma que las ciudades de Aydin, Manisa, Ushak han sido liberadas. Entonces estalla, frenético, el entusiasmo.

En el palacio de Yildiz donde vive, desdeñando el lujo de Dolma Bahtché, el sultán Vahiddedín pasa sus días rezando. Sólo se interrumpe para enviar a su secretario particular en busca de noticias: ¿Cómo va el avance nacionalista? ¿Se acercan a Izmir? ¿Estamos de verdad ganando?

Los puestos de periódicos son asaltados por la muchedumbre. Ya no es posible distribuir los ejemplares recién impresos. Los lanzan desde los balcones. Toda la vida está en vilo, pendiente, minuto a minuto, del avance de los kamalistas.

Finalmente, el 9 de septiembre, se sabe que las tropas del general han entrado en Izmir, de donde el último soldado griego ha huido. En las calles brillantemente iluminadas, adornadas con gallardetes y banderas, la gente se abraza sollozando. Tras doce años de desgracias y de humillaciones, el pueblo turco puede finalmente levantar la cabeza. Esta vez, el triunfo es total, la guerra ha terminado del todo.

De alminar en alminar, los almuédanos cantan la grandeza de Alá y, en las mezquitas, las ceremonias de acción de gracias se suceden sin interrupción. La celebración más impresionante es la de Santa Sofía, a la que Selma y su madre asisten el mismo día de la liberación de Izmir. Allí, apretadas una contra otra, en medio de una multitud delirante, permanecen durante horas, inmóviles, llorando.

Quince días más tarde, la flota griega abandonará Estambul y, el 11 de octubre, será firmado el armisticio, pedido esta vez por las fuerzas de ocupación.

XV

Selma está de mal humor. Ayer ha festejado su duodécimo cumpleaños. ¡El día más aciago de su vida!

Entre los numerosos regalos que se amontonaban en su habitación, había encontrado una gran caja, parecida a esas en las que su madre recibía sus vestidos de París. Febrilmente había levantado la tapa, cerrando los ojos, y los había abierto... sobre un charchaf de seda turquesa haciendo juego con un velo de muselina.

Sintió un nudo en la garganta y las lágrimas acudieron a sus ojos. Había dado vuelta la espalda y, pese a la insistencia de las kalfas que la felicitaban por aquel ascenso a la dignidad de mujer, se había negado en redondo a probarse aquella «prisión ambulante».

Aborrece a su madre por haber cedido a la costumbre, tanto más cuanto el uso del charchaf está desapareciendo, si no en las ciudades pequeñas, al menos en la capital. Las elegantes han transformado el amplio ropaje en un dos piezas ajustado, en el que el velo, coquetamente corrido hacia un lado, sólo es un adorno de efecto muy gracioso.

—Son las pelanduscas, las mujeres de mala vida— se indignan las kalfas, —o aún peor, las intelectuales, revolucionarias como esa Halidé Edib y sus colegas... Bajo el pretexto de liberar a la mujer, se pasean con el rostro destapado y con faldas que enseñan el tobillo e incluso las pantorrillas. ¡Una sultana no puede rebajarse a eso! Debe custodiar la moral y las tradiciones del Islam.

¡La moral! ¿Qué tiene que ver la moral en todo eso? ¿Por qué mostrar el rostro, los cabellos, es más inmoral para una mujer que para un hombre? A Selma no se le pasa la ira.

Ha retomado el Corán con un ardor de neófita. Ahora ya comprende mejor el árabe. Pasa días buscando los versículos que se refieren a la mujer. En ninguna parte, absolutamente en ninguna, se dice que la mujer deba ocultar el rostro, ni siquiera el pelo, cuando los jeques afirman que es pecado mostrarlos. El Corán sólo habla de la obligación de llevar un atuendo modesto. Selma se sulfura. El mismo Profeta no pedía a su mujer Aysha que se velara, y la llevaba con él a cenas en las que conversaba libremente con los hombres. En cuanto a Sokaina, la biznieta de Mahoma, se negaba obstinadamente a llevar velo: «¡Sería injuriar a Dios!», decía. «Si él me ha dado la belleza, no será para que la oculte.»

Sobre la ciudad, alrededor de Selma, comienzan a soplar aires de libertad. Por primera vez en mucho tiempo, los habitantes de Estambul respiran sin trabas: finalmente pueden mirar el porvenir de frente.

La adolescente siente en todo el cuerpo este ardor jubiloso que la hace temblar, lo siente como una ola arrebatadora que choca con los diques cerrados de las conveniencias, como un torrente impetuoso que se rompe contra los muros tapizados del palacio, contra la cortesía refinada de las kalfas y la sonrisa indulgente de su madre. Selma se ahoga.

Sentada en un rincón del salón rosa, rumia su rencor mientras la sultana, instalada en su escritorio, termina una carta, fingiendo no prestar atención al mal humor de su hija.

De repente se escuchan pasos precipitados y Hairi Bey irrumpe en el salón, sin siquiera anunciarse. Parece trastornado; por primera vez en catorce años de vida conyugal deja de saludar a su esposa.

—¡Increíble! ¡Es increíble!— farfulla.

Inquieta, la sultana lo interroga con la mirada mientras él se deja caer en un sillón.

—¡Imaginaos que la Gran Asamblea de Ankara ha votado la abolición del sultanato!

Hatidjé se sobresalta.

—¿Queréis decir la destitución de Su Majestad el sultán Vahiddedín?

—No. ¡La abolición definitiva del sultanato!

Machaca cada palabra.

—En adelante no habrá más sultán en Turquía; sólo subsistirá un califa, jefe religioso privado de todo poder político. ¡Mirad!

Le alcanza a su mujer un puñado de diarios en los que la noticia aparece en grandes titulares. Ella les echa una mirada y se encoge de hombros.

—¡Imposible! Nadie aceptará esta medida. En el Islam, el poder político y el religioso son inseparables.

—Es exactamente lo que han objetado la mayoría de los diputados— responde secamente Hairi Bey, a quien el tranquilo aplomo de su mujer exaspera. —Los conservadores, e incluso los moderados, están lejos de compartir los puntos de vista de Kamal. Quieren una monarquía constitucional controlada por los nacionalistas.

—¿Pero si son mayoría por qué no han ganado?

—Eso es lo gracioso... Viendo la postura de la oposición, Kamal llevó a cabo un verdadero chantaje. Subió a la tribuna y... os leo las palabras exactas que empleó: «Sería oportuno que todos los miembros de esta asamblea aceptaran este punto de vista (*la abolición del sultanato*). En caso contrario, no podrían cambiarse los hechos de la ineluctable realidad, pero podrían rodar muchas cabezas...»* Los opositores se callaron de golpe. Saben que el bajá no bromea. Muchas cabezas han caído ya desde el comienzo de la guerra civil. Incluso un diputado llegó a declarar: «Excusadnos, estábamos examinando las cosas desde otro ángulo. Ahora ya sabemos a qué atenernos». ¡Aterrorizados los bribones! Horas más tarde, la Asamblea votaba la supresión de la monarquía. Por unanimidad.

Selma escucha desconcertada. ¿No más sultán? ¿Qué significa eso? ¿Un país sin amo donde todos hacen lo que quieren? ¡Imposible! Un país gobernado por Mustafá Kamal. Pero entonces... En su espíritu surge una esperanza: si Mustafá Kamal se convierte en un nuevo sultán, tal vez no se vea obligada a llevar ese abominable charchaf. Latifé Haroum, su esposa, no lo lleva nunca, ni su amiga Halidé Edib, ni ninguna de las mujeres que lo rodean. Son libres para vestirse y salir como les plazca.

Y de repente, Selma comienza a desear ardientemente que la noticia traída por su padre sea cierta, que deje de haber sultán en Turquía y que Kamal Bajá se convierta en el amo del país. Lo malo, es verdad, es que los príncipes de la familia, que se pasan la vida esperando ser sultanes, ya no sabrán qué hacer. ¡El pobre tío Fuad y el tío Trueno estarán decepcionados! ¿Y Sadiyé? Selma siente unas irresistibles ganas de reír. Su prima se sentirá profundamente vejada. Ella que, desde que su padre se convirtió en príncipe heredero, no deja de «darse aires». A Selma le gusta esta expresión francesa usada por su tía, la sultana Mariposa, para describir la ridiculez de las mujeres de los notables que conoce en las recepciones. Selma no sabe en realidad por qué se dice «darse aires», y no «darse tierras» o «darse aguas», pero encuentra la frase muy distinguida.

Precisamente, la sultana Mariposa entra en el salón. Vestida con un vestido gris, exhibe un aspecto desconsolado. Pero Selma observa que sus ojos chispean y que sus mejillas están sonrosadas, como si el papel de mensajera, por malas que sean las noticias,

* *cf.* Lord Kinross: *Ataturk.*

la excitara. Llega del palacio de Yildiz donde acaba de visitar a la primera esposa de Su Majestad.

—La cadina está muy inquieta. El nuevo gobernador, Refet Bey, fue esta tarde a comunicarle al padischah su destitución. Su Majestad le respondió que jamás abdicaría. Todos se preguntan qué sucederá. Mustafá Kamal no es hombre que se deje desafiar. ¿Qué medios de presión empleará? Su Majestad puede esperar cualquier cosa... Incluso le han dado a entender que su vida está amenazada.

—Son capaces de asesinarlo y de asesinarnos a todos— interviene Hairi Bey con aire sombrío. —Los amigos de Kamal, los bolcheviques, no dudaron en masacrar a la familia imperial rusa. ¡Esos salvajes no tuvieron piedad ni de los niños!

Selma no cree lo que está oyendo. ¡Cómo! ¿Rosa de Oro, el bajá por quien ella y su familia rogaron tanto? ¿Asesinarlos? ¡Imposible! Para su alivio, su madre es de la misma opinión.

—La situación es suficientemente grave como para que tengamos que exagerarla— declara irritada. —Además, amigo mío, dejadme deciros que nuestros turcos son de todos modos más civilizados que esos mujiks.

—Pero las listas civiles serán abolidas— gime la sultana Mariposa, —¿cómo viviremos?

—Compraréis menos encajes, ¡eso es todo!— replica secamente Hatidjé sultana. —De todos modos, temo que ya no os hagan falta...

Y para cortar de raíz los comentarios, se abstrae completamente en su labor de encaje.

Dos días después, Tevfik Bajá, último gran visir del Imperio, sale de la Sublime Puerta para ir a devolver los sellos del Estado al sultán, y Refet Bey se hace cargo de la administración de la ciudad. La policía y la gendarmería pasan a depender de él mientras los diversos ministerios reciben la orden de abandonar toda actividad. El gobierno legal está ahora en Ankara. Y para complacer al pueblo, que no habría comprendido la palabra «república», el nuevo régimen ha sido bautizado «monarquía de la nación»...

Días más tarde será asesinado Alí Kamal. El eminente periodista había hecho campaña contra los kamalistas. Detenido en casa de su barbero, va a ser conducido a Izmir para ser juzgado, pero no tendrán tiempo de hacerlo: será lapidado por la multitud desenfrenada.

La noticia suscita indignación en el círculo del sultán. Porque se considera a Alí Kamal como un hombre honrado que no ha hecho más que defender sus ideas, pero sobre todo porque su linchamiento es una prueba de que, en adelante, la policía no se arriesgará a proteger de la cólera popular a los miembros del antiguo régimen. Dentro de su palacio, el mismo soberano ya no se siente seguro. La gran Asamblea Nacional de Ankara ha decidido juzgarlo por alta traición y algunos diputados piden para «el amigo de los ingleses» la pena capital.

Muchos servidores ya han huido. Incluso el Estado Mayor personal del sultán comienza a abandonarlo. Día tras día, el palacio de Yildiz se vacía.

Pero el golpe más duro para el padischah será por cierto la marcha furtiva del que lo había tan mal aconsejado, el ex gran visir, damad Ferid. Cuando vienen a comunicárselo, el soberano esboza una sonrisa amarga.

—Así que ni siquiera tuvo valor para despedirse...

Y sus hombros se hundirán un poco más.

El viernes siguiente, Hatidjé sultana decide asistir a la ceremonia del selamlik, en la mezquita Hamidié. El padischah ha comunicado que acudirá y, en el infortunio, la princesa quiere mostrarse solidaria.

En el momento en que acompañada por Selma embutida en su charchaf, se apresta a subir al cupé verde oscuro con las armas imperiales, Mehmet, el cochero, un bigotudo alto de origen montenegrino, se atreve a insinuar que en esos tiempos turbulentos tal vez sería preferible tomar un coche de punto. Fulminándolo con la mirada, la sultana se vuelve hacia él.

—Tan ufano como estabas hace unas semanas de ser cochero imperial, ¿y ahora tienes miedo? ¡Pues bien, márchate! No te retengo. El intendente te pagará lo que se te deba.

El hombre intenta justificarse.

—Perdonad, sultana, tengo niños pequeños y no tengo derecho a dejarlos huérfanos.

La princesa se suavizó.

—Está bien, Mehmet, vuelve a tu casa, pero antes envíame al otro cochero.

El hombre enrojece y se pone a farfullar de mala manera.

—Es que... Alteza... tiene una madre vieja y él es su único sostén. Se despidió ayer.

Los ojos de Hatidjé echan chispas.

—¿Sin avisarme?

—No se atrevió. Le dio vergüenza, habéis sido siempre tan buena...

¡Era así como agradecían su bondad! Pero si ya parece broma.

—Comprendo, ya no tenemos cochero. Felizmente está Zeynel. Él nos llevará.

Y acomodándose con un gesto amplio el velo sobre la cabeza, la sultana, más majestuosa que nunca, sube al cupé.

La mezquita Hamidié sólo está a dos kilómetros de distancia. La costumbre exige que las damas asistan a la ceremonia desde sus coches detenidos delante del patio. Cuando Selma y su madre llegan, las puertas del palacio de Yildiz acaban de abrirse. El soberano aparece en un faetón descubierto, arrastrado por dos caballos que avanzan al paso. Detrás siguen a pie tres ayudas de campo, cuatro secretarios y algunos eunucos negros; ningún ministro, ningún dignatario. Selma mira, aterrada. ¿Esto es un selamlik? Aún recuerda las grandiosas ceremonias de antaño, cuando los visires y los bajás ataviados de oro y medallas, los príncipes, los damads y los altos funcionarios, trotaban detrás de la carroza del sultán, al son triunfante de la *Marcha imperial.* Hoy, todo es gris y triste como en un entierro. ¿Dónde está la banda de música? ¿Dónde los lanceros tan apuestos con sus dolmanes azules? ¿Y los diferentes cuerpos armados formando a lo largo del recorrido, en posición de firmes, y saludando al soberano con su grito tradicional: «¡Que Alá otorgue larga vida a nuestro padischah!»?

Allí hay algunos soldados de centinela que guardan silencio.

El sultán Vahiddedín, con uniforme de general, sin ninguna condecoración, baja lentamente del coche, como si moverse le exigiese un enorme esfuerzo. Ha adelgazado tanto, parece tan extenuado que Selma se pregunta si no estará enfermo. Apenas lo reconoce: en pocos meses se ha convertido en un anciano.

Con la mirada perdida en sí mismo, se dirige hacia la mezquita. En ese momento resuena el llamado del almuédano. El sultán se detiene: escucha la voz que convoca a los fieles a la oración: «En nombre del comendador de la fe, del califa de los creyentes...»

Por primera vez después de siglos, el título de soberano del Imperio otomano no ha sido mencionado.

Vahiddedín entra en la mezquita encogiendo su largo cuello entre los hombros estrechos, como si de repente tuviera frío.

En el cupé que las lleva de vuelta a casa, Selma y su madre, conmovidas por la silueta trágica del sultán caído y por la infinita tristeza de la escena, permanecen silenciosas. Toda palabra sería indecente.

Ya sólo están a unos centenares de metros del palacio cuando, del lado de la carretera, aparecen dos hombres. Los caballos se espantan y Zeynel debe tirar las riendas con todas sus fuerzas para dominarlos. El coche se inmoviliza chirriando. Mientras uno de los hombres apunta con su revólver al eunuco, el otro, vestido con un pantalón roto y una chaqueta militar, se acerca a la ventanilla enrejada del cupé.

—¡Traidoras! Pronto os mataremos— grita dirigiéndose a las que están dentro y a quienes no puede ver. —¡Viva Mustafá Kamal!

Unos cuantos incautos se agrupan y miran la escena, estupefactos, cuando de repente resuena una voz:

—¡Atrás, miserables!

Un hombre de unos sesenta años se ha adelantado, un gigante que lleva amplios pantalones bombachos y la chaquetilla de los campesinos de Anatolia. Su rostro está rojo de furor.

—¡Puercos inmundos! ¡Cómo os atrevéis a atacar a mujeres, y de la familia otomana, a la cual vuestro país y vuestro Kamal deben todo!... ¡Pedidles inmediatamente perdón u os destripo!

La multitud se muestra de acuerdo y comienza a rodear a los dos hombres. Sorprendidos, éstos, que seguramente eran nacionalistas recientemente llegados a la capital, dudan. Zeynel aprovecha para azotar enérgicamente los caballos y lanzarlos al galope.

Todo ha sucedido tan rápidamente que Selma ni siquiera ha tenido tiempo de sentir miedo. Pero el hombre había pronunciado una palabra que le ha llegado al corazón: ¡traidoras! Aquella expresión de desdén y de odio, la conoce perfectamente por haberla oído a propósito de los súbditos otomanos que habían colaborado con el ocupante. ¿Pero ella, Selma, y su familia, traidores?... Que hayan podido arrojarles esta injuria al rostro la trastorna.

Alza los ojos hacia su madre. Está inmovilizada en una actitud hierática, con la mirada lejana.

—Annedjim, ¿por qué nos han llamado...

Se extraña del sonido de su voz, tembloroso como un soplo que muere. La palabra no logra salir de sus labios. Hace un esfuerzo.

—... llamado «traidoras»?

La sultana se sobresalta. Mira a su hija con un aire tan triste que ésta se siente avergonzada, como si al preguntar el por qué de la injuria la hubiera repetido. Confusa, baja los ojos; entonces la voz de su madre le llega, muy suave:

—Sabed, Selma, que cuando caéis siempre hay débiles dispuestos a gritar y a daros puntapiés. Pero sabed también que, por más debilidades y errores que haya cometido la familia otomana, nunca ha traicionado. La idea misma es un absurdo: la grandeza de Turquía es la nuestra; traicionarla sería traicionarnos a nosotros mismos.

De vuelta en su palacio, encuentran a Hairi Bey en compañía del general príncipe Osmán Fuad. Cuando cuentan lo que les ha ocurrido, se muestran preocupados.

—Me lo esperaba, es sólo el comienzo— refunfuña Hairi Bey mientras el príncipe frunce el ceño.

—Mi querida tía, permitidme recomendaros más prudencia. En estos días hay riñas en la ciudad, provocadas sea por los nacionalistas que quieren que los ingleses se vayan inmediatamente, sea por éstos que buscan un pretexto para imponer la ley marcial. Están inquietos por los disturbios causados por los agentes kamalistas y piensan incluso que el sultán está en peligro. Su Majestad ha pedido al general Harrington, jefe de las fuerzas británicas todavía presentes, que le refuerce la guardia.

—¿Una guardia inglesa?— protesta la sultana. —¿No hay pues turcos fieles?

—Como sabéis, tía, la policía, el ejército y los funcionarios han pasado a depender de la autoridad kamalista, unos por convicción, otros por miedo.

La princesa no lo escucha. Volviéndose hacia su esposo, repite la pregunta separando cada sílaba:

—¿Ya no quedan turcos fieles, Hairi?

El damad juega con su rosario de ámbar, con aire malhumorado. Desde la disputa durante la cual quebró su bastón, se le ha visto poco con la sultana. Permanece en sus apartamentos, donde mantiene largos conciliábulos con sus amigos, altos funcionarios que, debido a sus lazos con la familia imperial, han perdido en veinticuatro horas puestos y rentas. No tiene ninguna gana de discutir pero, ante la pregunta directa de su esposa, se ve obligado a responder. Lo que hace mientras examina con atención sus cuidadas uñas.

—La situación es tal, sultana, que actualmente lo mejor es someterse. Si no, será la guerra civil. El país ha visto demasiada sangre desde hace doce años... Creo que incluso los que dudan de Kamal le están agradecidos por haber salvado Turquía y desean evitar nuevos dramas.

La princesa mira a su marido a la cara con una sonrisa en la que Selma cree advertir desprecio.

XVI

El viernes siguiente, llueve mucho sobre Estambul y Selma piensa que seguramente su madre y ella no irán al selamlik. Tampoco es posible ir a pasear por el parque; el día promete ser aburrido. Bosteza largamente, sin ponerse la mano delante de la boca. No hay nadie en el vestíbulo y aprovecha con deleite para infringir las sagradas leyes de la conveniencia. De repente aparece Zeynel que corre en dirección a los apartamentos de la sultana. Selma se queda atónita: nunca ha visto al eunuco comportarse con tan poca dignidad. Esa manera de moverse tan insólita en él hace temblar rítmicamente su corpulencia y sus blandas mejillas de viejo bebé.

Indecisa entre las ganas de reír y la inquietud, se levanta de un salto.

—Agha, ¿qué sucede?— grita.

Pero el esclavo no la oye. A su vez, ella se pone a correr detrás de la silueta que se aleja y llega sin aliento al umbral del tocador cuando Zeynel, tambaleándose, se inclina en el tercer temenah.

—Respetadísima sultana...

Jadea y da vuelta los ojos desesperados.

—Respetadísima sultana...

Abre la boca pero las palabras se le atraviesan en la garganta; bruscamente estalla en sollozos.

La sultana ordena que le traigan un sillón y le refresquen el rostro con agua perfumada de menta; serena, espera a que se reponga. Sin embargo, algunas grandes kalfas, presintiendo una noticia de importancia, entran discretamente en el tocador, mientras Selma, sentada en un pequeño taburete de raso, se muerde los labios de impaciencia.

Al cabo de unos minutos, el eunuco logra dominarse. De pie,

con las manos cruzadas en el vientre, los ojos bajos, murmura, temblando aún con todos sus miembros:

—Su Majestad el sultán... ha... ¡huido!

Descompuesta, Hatidjé sultana se endereza.

—¡Embustero! ¿Cómo te atreves?

No puede acabar la frase porque a su vez se ahoga. Las esclavas y las kalfas, petrificadas, ni siquiera piensan en atenderla. Entonces, una voz clara rompe el silencio.

—Cuenta, Agha, te lo ruego.

Selma, impávida en medio de aquellas mujeres a punto del colapso, quiere saber.

—Su Majestad ha abandonado Estambul esta mañana, en compañía de su hijo el príncipe Ertogrul y de nueve miembros de su séquito. Han embarcado en un acorazado inglés, el *Malaya*— dice Zeynel.

E inclina la cabeza, manchando con sus lágrimas su bella estambulina de paño negro.

«¡Qué vergüenza!», se indigna Selma. «¿Cómo nos pudo hacer esto? Los galopillos tenían razón cuando acusaban al sultán de tener miedo. Cuando le conté a Annedjim lo que decían, se enfadó, diciendo que los galopillos sólo pueden comprender la conducta de los galopillos, no la de un sultán. No obstante, eran ellos los que tenían razón: ¡el sultán se ha comportado como un galopillo!»

Da vueltas por su habitación, dando puntapiés indignados a los delicados muebles.

—¿Qué parecemos ahora? ¿Qué van a pensar? ¿Que somos cobardes? ¡No saldré nunca más de mi habitación!

Al cabo de un cuarto de hora, una vez agotada la rabia, Selma sale de puntillas. El palacio está silencioso; sin embargo, tiene la impresión de escuchar susurros por todos los rincones, susurros que se acallan cuando se aproxima. Se cruza con grupos de kalfas que hacen como que no la ven. «*¡Ni se atreven a mirarme, sienten vergüenza ajena!*»

Tiene ganas de gritar:

«¡Miradme! ¡Yo no he cambiado! Yo no habría huido. Soy la misma, ¿por qué enrojecéis ante mí?»

No tiene valor para hacerlo. Se endereza y se esfuerza por caminar, calmosamente, con la frente alta, como debe hacer una princesa, incluso si, interiormente, se siente más perdida que la última pequeña esclava recién llegada. Sin los honores y el respeto que hasta entonces encontraba tan natural que le testimoniaran, se siente desnuda.

Al día siguiente, los periódicos de Estambul están llenos de los detalles y los comentarios de la «huida». Tendida en su diván, Hatidjé sultana ha exigido que Zeynel le lea todos los artículos, de la primera a la última línea. El eunuco intenta, farfullando, saltarse las palabras hostiles, las frases insultantes, pero la sultana no es fácil de engañar. Ella lo reprende, tan rudamente que, a regañadientes, termina por obedecer.

Casi todos los comentaristas, tras rasgarse las vestiduras por el escándalo de esa «huida indigna» en un «barco inglés», lo que prueba de manera irrefutable la connivencia del padischah con los enemigos de Turquía, escriben que el soberano se ha llevado en sus maletas una cantidad de joyas procedentes del Tesoro del Estado. El gobernador de Estambul, por lo demás, ha hecho sellar las puertas del palacio de Yildiz para proceder al inventario exacto de lo que habría desaparecido. Algunos periodistas pretenden incluso que el sultán se ha llevado con él las reliquias del profeta Mahoma. Sin estas reliquias, se lamentan, Turquía pierde el derecho de entronizar al califa del Islam. Pierde pues la preeminencia que, desde hace cinco siglos, detenta en el mundo musulmán.

Consternada, Selma mira a su madre: ¿el sultán no puede haberse conducido así, verdad? Empero, los periódicos no pueden equivocarse todos, ni mentir todos... Se siente agotada, le duele el cuerpo como si le hubieran dado una paliza. Quiere abandonar el tocador para no oír nada más, pero ni siquiera tiene fuerzas para moverse. Cierra los ojos rogando ardientemente que aquel día no exista, que todo sea un mal sueño del cual se despertará para volver a encontrarlo todo en su sitio, como antes. Pero la voz de Zeynel, monótona, inexorable, continúa enumerando las fechorías cometidas por el fugitivo, y Selma aprieta enérgicamente los puños y los párpados para resistir la barrena que se hunde cada vez más profundamente en su cabeza. ¿Por qué, por qué insiste Annedjim en que le lean todas esas cosas horribles?

De pronto se hace el silencio. Selma, abriendo los ojos, divisa a Nessim Agha, el eunuco negro preferido del sultán Vahiddedín, que acaba de entrar. ¿Por qué no ha partido con su amo? La sultana se incorpora con un fulgor de esperanza en la mirada.

—¡Bendito sea Dios que te envía, Agha!

Y para marcar, en un mundo que se hunde, su gratitud a un viejo servidor fiel, le ruega que se siente. Pero él insiste en permanecer de pie: justamente en medio del infortunio, cuando la familia imperial se encuentra expuesta al desprecio y a las calumnias, cree que debe testimoniar aún mayor respeto. Hatidjé sultana no insiste, apreciando su delicadeza y también la lección involuntaria que le da: pese a su confusión, ella debe actuar como en el pasado.

Con lágrimas en los ojos, el eunuco cuenta:

—La víspera de su partida, fui llamado por el amo. Me confió su gran secreto y me ordenó preparar algunas maletas. Me atreví a mirarlo y vi que tenía los ojos rojos. Me dijo: «No seas espléndido, sólo algunas cosas». Sólo cogí siete trajes y, tal como me ordenó, el gran uniforme que llevaba el día de su coronación. Le pidió a Omar Yaver Bajá que hiciera el cálculo del dinero que poseía y me dijo riendo como si llorara: «Te reunirás conmigo dentro de unos días, pero debes estar dispuesto, mi Nessim, a grandes sufrimientos, pues Dios es testigo de que no tengo suficientes recursos para hacer vivir a toda mi familia. Pero sobre todo dame tu palabra de que nadie lo sabrá, pues el pueblo mide tu honor según el dinero que posees».

«¡Qué extraño!», piensa Selma, «Annedjim dice siempre que el honor no tiene nada que ver con la riqueza». Las palabras del sultán la dejan perpleja: ¿y si tuviera razón? Recuerda la mirada humillada del oficial ruso y de su niña expulsados por el pinche de cocina al que pedían pan. Tiembla: ¿es eso lo que les espera?

El eunuco sigue:

—¿Recordáis, effendemiz, la escribanía de oro y la pitillera incrustada de rubíes que nuestro padischah acostumbraba utilizar? La víspera de su partida ordenó a Yaver Bajá restituirlos al tesoro y traerle los recibos. Zekki Bey y el coronel Richard Maxwell, que estaban ahí, se extrañaron. Aconsejaron a Su Majestad que cogiera algunos objetos preciosos para poder subsistir en el extranjero. Vi que nuestro amo palidecía: «Os agradezco vuestro interés», le respondió al coronel con tono glacial, «pero me basta con lo que llevo encima. ¡Los bienes que se encuentran en el palacio pertenecen al Estado!» Luego, volviéndose hacia Zekki Bey, deja estallar su cólera: «¿Quién te ha autorizado para hablarme así? ¿Quieres mancillar a la familia otomana? Tienes que saber que en nuestra familia nunca ha habido ladrones. ¡Vete!» El día de su partida, sólo llevaba consigo 35.000 libras esterlinas en papel.*

—Totalmente cierto, puedo confirmarlo.

Todos se dan vuelta. En el umbral acaba de aparecer el general príncipe Osmán Fuad, acompañado por un hombre alto, con uniforme de oficial. Es este último el que ha intervenido de forma tan poco protocolaria. Consternadas, las kalfas se miran: ¿deben retirarse? Pero la curiosidad es más fuerte que las conveniencias y se contentan con volver a colocarse los velos en el rostro.

Con gesto maquinal, la sultana busca en el diván una muselina para ocultar ante el forastero su exuberante cabellera. Como no la encuentra, se encoge imperceptiblemente de hombros: después

* Memorias de Nessim Agha.

de todo ¡qué importa! Los hechos son demasiado graves como para ser formales. Además, le parece conocer al hombre que, confundido después de su audacia, se ha detenido al fondo de la sala, con los ojos bajos. Es Selma la que la saca de su incertidumbre.

—Annedjim, recordad, ¡es la rata del desván!

La adolescente ha necesitado un momento para identificarlo, ya que el vigoroso individuo que acompaña a su tío no tiene mucho en común con el fugitivo a quien en el pasado dieron asilo. Ella lo reconoció por los ojos, de un verde profundo, bordeado de pestañas negras; ojos de muchacha, había pensado en aquella época.

El príncipe Fuad se deshace en excusas.

—Perdonad, sultana, esta intrusión, pero el palacio estaba desierto y no encontramos a nadie que nos anunciara. Y mi amigo, el coronel Karim, tiene detalles tan asombrosos sobre la partida de Su Majestad que me he empeñado en que os los cuente personalmente.

—Habéis hecho bien, sobrino. Además, el coronel y yo somos viejos conocidos— sonríe la sultana, divertida con la cara asombrada del príncipe.

Le encanta sorprender. Es su secreto desquite por las estrictas reglas de la sociedad otomana, reglas que ella siempre juzgó había que respetar, pero que también consideraba esencial saber infringir. Invita a los dos hombres a sentarse y envía a una esclava en busca de sorbetes. En el lecho de muerte, piensa Selma, Annedjim hará servir sorbetes a la gente que venga a hacerle la última visita.

Ella encuentra muy irritante esta sagrada ley de la hospitalidad que, incluso en las circunstancias más dramáticas, prima sobre cualquier otra consideración. «Los ritos, la lentitud, son como cojines de terciopelo, necesarios para amortiguar los golpes», le dijo un día su madre. La adolescente rechaza esta concepción de la existencia: lo que ella quiere de la vida, no es su lado mullido sino más bien los ángulos, los estimulantes aguijones.

El oficial parece turbado.

—Pese a ser coronel del ejército nacionalista— carraspea, —y sin renegar para nada del combate que hemos librado, quería deciros, sultana, que somos muchos los que deploramos la abolición de la monarquía. Desde hace tiempo sospechábamos las intenciones de Kamal Bajá, pero, entre el país y la dinastía, debíamos elegir. Fue difícil ya que, como oficiales otomanos, habíamos jurado fidelidad al sultán. Algunos de nosotros renunciaron. Yo, pese a los lazos que me atan a vuestra familia, decidí quedarme. Turquía necesita a todos sus soldados.

Se ve que el coronel Karim ha preparado su discurso con esmero, pero no por eso se siente cómodo. En el tocador, el silencio se hace pesado. Las kalfas contienen la respiración, mientras la sultana juega con sus anillos. De repente, levanta la cabeza.

—Supongo, coronel, que no habrá venido a hablarme de sus estados de ánimo.

Selma se sobresalta. Nunca había visto a su madre tan mordaz con un subalterno. Aunque tal vez ya no considera al coronel como un subalterno sino como un representante del nuevo régimen. ¿Es quizás este nuevo régimen al que ella aplasta con su desprecio?

El coronel enrojece y Selma piensa que va a levantarse y a partir. Pero lo que hace es inclinarse con una sonrisa afligida.

—En efecto, sultana, fue sólo el recuerdo de vuestra bondad pasada lo que me empujó a venir. Veo que me equivoqué y que ciertas cosas, ¡ay!, son irreconciliables.

Hatidjé sultana se muerde los labios. La herida la ha llevado a ser injusta. Pero una vez que el daño está hecho no va, claro, a pedir excusas. Declara simplemente:

—Os escucho.

Ahora que ha querido distender la atmósfera con esas palabras, éstas han sonado, pese a ella, como una orden imperial.

Diplomático, el príncipe Fuad lo alienta:

—Vamos, amigo mío, estamos impacientes por escucharos.

Sobreponiéndose a sus ganas de partir, el coronel, resueltamente, se endereza en su sillón.

—Ocurre que el agregado naval del sultán es uno de mis amigos de infancia. Esta mañana llegó a mi casa, trastornado. Según lo que me ha contado, puedo afirmar que fue Ankara la que empujó al sultán a huir.

En la asistencia se elevan murmullos: ¿aquel hombre se está burlando? Sin prestar atención, el coronel prosigue:

—Después de la negativa de Su Majestad a abdicar, el gobierno kamalista intentó por todos los medios de aterrorizarlo. Hicieron correr el rumor de que la muchedumbre podría lincharlo, incluso ordenaron al gobernador de Estambul, Refet Bey, que se negó, a organizar manifestaciones hostiles alrededor del palacio. Querían arrinconar al anciano agotado por cuatro años de ocupación, con amenazas y presiones de todo tipo... Lo lograron. La huida del sultán, imaginaos, ¡qué ganga para los kamalistas! Ya no tenían necesidad de intentar un proceso por alta traición, que les hubiera quitado el apoyo de la mayor parte de la opinión pública. Huyendo, el soberano no sólo se retractó a los ojos del pueblo, sino que además causó el oprobio de toda su familia. Así se soluciona definitivamente el asunto del sultanato sin que los kamalistas necesiten ensuciarse las manos.*

—Está claro lo que persigue Ankara— inteviene la sultana con los ojos brillantes, —pero, cualesquiera que hayan sido las presiones, jamás debió haber huido el padischah.

—¡Nos deshonró a todos!— machacó el general príncipe.

Paradójicamente, es su propia familia la que ataca al padischah, y el oficial kamalista el que lo defiende.

—Al huir, el sultán evitó probablemente una guerra civil— observa el oficial. —Refet Bey lo había prevenido: «Si no abdicáis, la sangre seguirá corriendo». ¿Pensaría tal vez el padischah formar, en tanto comendador de los creyentes, una alianza de países islámicos y volver algún día? En todo caso, partió convencido de que ningún miembro de la familia otomana aceptaría tomar su lugar y contentarse sólo con el título de califa.

—¿De veras?— Hatidjé sultana deja escapar una sonrisa escéptica. —Pronto veremos si es así. Pero temo que nuestro padischah se haya hecho ilusiones. ¡No todos nuestros príncipes son héroes!

Al día siguiente, el príncipe heredero, Abd al-Mayid, acepta el ofrecimiento del gobierno kamalista de convertirse en califa en lugar de Vahiddedín. El 24 de noviembre de 1922, será entronizado en el palacio de Topkapi, delante de las reliquias sagradas del Profeta y de una delegación venida de Ankara.

* En su libro *Ataturk*, Lord Kinross, principal biógrafo de Mustafá Kamal, cuenta que el 17 de noviembre de 1922, a las seis de la mañana, el agregado naval, colocado junto al sultán para espiarlo, lo vio salir del parque por una puerta secreta y embarcarse en una ambulancia inglesa. Despavorido, corrió en pantuflas durante un kilómetro y medio, antes de encontrar un coche de punto que lo llevó a toda velocidad al palacio de la Sublime Puerta, a cuatro kilómetros de allí (la totalidad del trayecto no pudo tardar más de media hora).

Para gran sorpresa del agregado, el gobernador le dijo que se volviera a dormir mientras él telegrafiaba a Mustafá Kamal, y que él se volvería también a la cama. Por otra parte, se sabe por un telegrama enviado por la embajada británica a Londres, que el barco, el *Malaya*, en el que se embarcó el sultán, no zarpó hasta las 8.45 horas.

A la vista del relato de Lord Kinross, parece evidente que los kamalistas favorecieron la fuga del sultán, de acuerdo con los ingleses. Entre el momento en que el gobernador fue prevenido y la salida del *Malaya*, transcurrieron dos horas y cuarto, sin que nada se hiciera para buscar al soberano.

XVII

En el gran brasero de plata, hace rato que las ascuas se han apagado. Los esclavos sólo las volverán a encender esa noche, en el momento de ir a dormir. En este mes de enero de 1923, año 1 de la independencia, el carbón escasea. Tanto en las casuchas como en los palacios, todo Estambul tirita de frío.

Pese a que la sultana es contraria a las recomendaciones, Hairi Bey se ha encargado de hablar del asunto con los pocos amigos que le quedan en los ministerios. Inútil. Si antes se sentían honrados de poder servir a la familia imperial, hoy nadie se arriesga a hacerle el menor favor.

Arrebujada en su caftán forrado de martas cibellinas, Selma está sentada, inmóvil. Sobre la alfombra de seda de su habitación, ha colocado debidamente sus tres charchafs, el rosa, el verde y el turquesa. Soñadora, se demora contemplándolos: ni siquiera los odia; ahora que está decidida a sacrificarlos, incluso podría encontrarlos casi bonitos... ¡a su manera!

Con paso ligero, una niña delgada y rubia entra y se desliza junto a Selma. Es Sekerbuli, su mejor amiga después de que Gulnar, la caprichosa tártara, abandonara el palacio de Ortakoy por el palacio imperial de Yildiz.

Fue hace muchos meses, pero cada vez que Selma piensa en ello, tiembla de ira. La partida de Gulnar fue decidida en algunas horas y ella no lo supo hasta el día siguiente... Las dos amigas no habían podido ni siquiera decirse adiós. A las preguntas indignadas de la adolescente, la sultana y las kalfas habían dado la misma respuesta: Gulnar había tenido la suerte de llamar la atención de la primera cadina; ésta había expresado el deseo de colocarla en su séquito y había prometido encontrarle un buen partido. Después de todo, Gulnar tenía catorce años y era mujer. ¿Qué más podía desear?

—Sí, ¿qué más podemos desear?— machaca Selma sarcástica.

—Pues bien... ¡esto!

Con un gesto solemne blande las tijeras de oro.

—¿Tienes que hacerlo de verdad? —murmura Sekerbuli asustado.

—¡Es preciso!

Las dudas de su amiga han terminado con sus últimas reticencias. Resueltamente se inclina sobre los tres charchafs. A tijeretazos los rompe de lado a lado, los corta: «¡Éste es por ti, este otro por ti, y este otro por ti! Así aprenderán a no atreverse a mantenerme prisionera».

Enardecida, Sekerbuli se acerca para ayudarla. Silenciosas, conscientes de llevar a cabo un sacrilegio necesario, las dos adolescentes destrozan metódicamente la delicada tela.

¡Qué largo es! Nunca hubiera imaginado que llevara tanto tiempo...

—Apresurémonos— dice Selma en voz baja, —alguien podría entrar e impedirnos terminar.

Abandonan las tijeras. Desgarran a cuatro manos, frenéticas y de pronto jubilosas, aliviadas por lo irreparable, por la imposibilidad de volver atrás. ¡Ah! ¡Qué delicia el rechinar de la seda rasgada. ¡Qué conmovedor el ruido seco y ácido de libertad! A sus pies el suelo está cubierto de jirones multicolores, de banderolas de fiesta...

—Ahora hay que hacer los paquetes— dice Selma. —Uno para Halidé Edib, otro para Latifé Hanúm. ¡Creo que se pondrán muy contentas!

Selma ha conservado una devoción especial por Halidé Edib, la frágil mujer que, después de la toma de Izmir, había enardecido a la muchedumbre afligida. Conserva un recuerdo deslumbrante de la manifestación de la plaza Sultán-Ahmad. Contaba nueve años y tiene la impresión de que aquel día vino al mundo.

Pero ahora, más recientemente, es la alegre Latifé, la esposa de Mustafá Kamal, la que acapara la atención de las dos adolescentes. Siguen con ardor sus iniciativas, descritas con todo detalle en los periódicos feministas que mademoiselle Rose introduce secretamente en el palacio.

Latifé Hanúm ha resuelto «liberar a sus hermanas» y da el ejemplo. Primera mujer que asistió a las reuniones de la Gran Asamblea, escandalizó a todo el mundo recibiendo a los diputados en el despacho de su marido, contiguo al hemiciclo. ¿Le reprochan que se mezcle en política? Responde, con una carcajada, que las mujeres ahora tienen el derecho, e incluso el deber, de participar en los destinos de su país.

—¡Pero si las mujeres han participado siempre en los destinos del país!— gruñe Hatidjé sultana que se siente irritada por el tono pedante de la esposa del *Ghazi*.* Simplemente no sentían necesidad de gritarlo desde lo alto de los alminares. Durante siglos, nuestras grandes cadinas, disimuladas detrás de sus mucharabieh, siguieron las deliberaciones del *diwan*** y, mediante sus consejos al soberano, a menudo desviaron la política del Imperio... En Oriente, toda mujer inteligente sabe influir en las decisiones de su marido, pero tiene la prudencia de no jactarse de ello. Esa Latifé Hanúm actúa como las occidentales, que sólo se sienten existir cuando se exhiben por doquier y se hacen oír. Así se comportan los niños y los pueblos primitivos.

Selma sacude la cabeza desamparada. ¿Cómo no comprende su madre? ¿Qué importa que Latifé Hanúm sea vanidosa? Lo esencial es que trastorna las viejas costumbres, corta los barrotes, hace entrar un poco de aire fresco en el mundo cerrado de los harenes. *¿No os ahogáis, Annedjim, tanto como yo?, ¿u os habéis resignado? Resignado... No, esa palabra no se aviene con la altivez imperial. ¿No será más bien que con el tiempo Annedjim se ha vuelto filósofa? ¡Pero yo! Yo soy joven. ¡Quiero vivir!*

La adolescente suspira profundamente. Se siente tan fuerte, tan claramente señalada para realizar un gran destino, que tiembla sólo de pensarlo, como el pura sangre que al alba se estremece delante del prado que se extiende hasta donde alcanza la vista...

—¿Y qué vamos a escribir?— pregunta Sekerbuli.

La voz de su amiga trae a Selma a la tierra. Sí, ¿qué les dirán a sus heroínas?: que sólo tienen doce años pero que las esperan desde hace mucho tiempo, que están dispuestas a todo por ayudarlas, que ya no pueden más de estar confinadas en el recinto del haremlik mientras la vida bulle alrededor de ellas, que quieren salir, participar en el combate, si no... ¡si no morirán!

—¿Morir?— se alarma Sekerbuli.

—¡Naturalmente!— le espeta Selma, con la mirada severa.

Desde hace algunos meses, todo lo que aprende en las conversaciones de los mercaderes que siguen viniendo al palacio y lo que lee en los periódicos sustraídos a mademoiselle Rose, todo la pone fuera de sí. ¡Su país está transformándose, Estambul está viviendo una revolución, y ella, Selma, se ve obligada a permanecer sentada, bordando!

Cuando el otro día lanzó la idea de ir a estudiar a una de esas nuevas escuelas para señoritas creadas por la asociación de Halidé Edib, la sultana la fulminó con la mirada. Entonces se atrevió a insistir, argumentando que el nivel de estudios era, parecía, muy bueno, y Annedjim ni siquiera se dignó responderle. Pero Selma no se desalienta, ella siempre ha conseguido lo que ha querido.

* *Ghazi*: el Victorioso.
** *Diwan*: Consejo de ministros.

Pronto Halidé Edib y Latifé Hanúm vendrán a hablar con su madre. Mientras tanto debe prepararse.

Con Sekerbuli, ha leído y releído la historia de las mujeres intrépidas que ilustraron la lucha por la independencia. Conocen cada detalle de la vida de Munever Saimé, más conocida bajo el nombre de «Soldado Saimé», que fue condecorada por su excepcional bravura; y las aventuras de Makbulé, que el mismo día de su boda partió a las montañas con su esposo para unirse a la guerrilla; y las hazañas de Rahmyié que, al frente de un destacamento de la 9ª división, dirigió un ataque victorioso contra el cuartel general francés y allí encontró la muerte.

La imagen tradicional de la flor del harén, frágil e irresponsable, les parece ahora anticuada, batida en brecha por la de esas heroínas, desconocidas o célebres, sin las cuales, afirma Mustafá Kamal, Turquía no hubiera podido ganar la guerra.

«La guerra terminó pero la lucha continúa», ha dicho Latifé Hanúm. De hecho, cada día hay innovaciones, que Selma y Sekerbuli siguen con entusiasmo. Mucho más que la batalla contra el invasor griego, su batalla es aquélla.

Por una orden del prefecto de policía se han suprimido las cortinas y celosías de madera que separaban a las mujeres de los hombres en los tranvías, trenes y transbordadores. Ahora una mujer tiene derecho, sin riesgo de pagar una multa, de sentarse al lado de su marido. Lo mismo sucede en los restaurantes y en los teatros. Sin embargo, pocas familias se atreven a aprovechar esta nueva licencia porque temen ser injuriadas o incluso agredidas por los tradicionalistas que claman que todo eso es contrario al Islam.

Pero el verdadero escándalo ha sido el decreto que anunciaba que en la universidad de Estambul en el futuro los cursos serían mixtos. Hasta entonces, las salas de clase estaban separadas por espesas cortinas que preservaban la modestia de las raras jóvenes que seguían estudios superiores. Ahora, las familias musulmanas se encontraban abocadas a un espinoso problema: interrumpir los estudios de sus hijas o condenarlas, casi con toda seguridad, a no encontrar nunca un marido. Los jóvenes más progresistas, incluso los que defienden con ardor y convicción la libertad de la mujer, se someten, cuando se trata de una cosa tan seria como el matrimonio, al criterio de sus madres. Y éstas, con cautela y amor, eligen una joven tradicionalista de la que ningún hombre pueda jactarse de haber visto el rostro.

En el horizonte, el sol palidece. Ya son las cinco y Sekerbuli debe volver a su casa. Cuando se queda sola, Selma contempla los trapos multicolores cuidadosamente ordenados en dos montones. Las sombras han comenzado a invadir la habitación. A las nobles y elevadas decisiones de aquella tarde, se mezcla, insidiosamente, la incertidumbre...

—¿Qué pasa, Djijim? ¡Tenéis cara apenada!

—¡Oh, Baba!

Olvidando todo protocolo, Selma se arroja de un salto en los brazos de su padre. Hace al menos una semana que no lo ha visto.

Estos últimos tiempos, las visitas del damad al haremlik son cada vez más raras. Antes, cuando la niña tenía ganas de hablarle, encontraba cualquier pretexto para introducirse en los apartamentos de Hairi Bey. Pero desde el día fatídico de sus doce años, ya no tiene derecho a franquear la pesada puerta que separa el ámbito de las mujeres del resto del mundo.

Por más que se rebelara, diciendo que quería ver a su Baba, kalfas y eunucos le habían opuesto una negativa llena de desaprobación: «¡Pero, princesa, si ya no sois una niña!»

¡No es una niña! ¿Qué quiere decir eso? ¿Que ahora es suficientemente grande como para no necesitar el amor de un padre? ¡Oh!, era cierto que él nunca se había ocupado mucho de ella, pero el mero hecho de estar sentada a su lado mientras él leía o discutía con sus amigos, le había parecido siempre a Selma un privilegio infinitamente precioso... Ella se quedaba contemplándolo en silencio... ¡era tan hermoso! Le gustaba todo lo suyo, incluso la ironía que la encolerizaba pero que le parecía el signo de una sabiduría superior, incluso la indiferencia en la que creía reconocer la marca de su grandeza. Necesita su presencia: simplemente mirarlo le produce placer.

En un impulso de confianza, le toma la mano.

—Baba, os lo ruego, no podríais pedir a Annedjim...

La mano se pone rígida, los ojos que antes reían se han velado y con una voz glacial replica:

—¡Sabed, señorita, que no soy vuestro mensajero!

Tiene la impresión de recibir un bloque de mármol en pleno pecho. Con el aliento entrecortado, baja los hombros y la cabeza. ¿Por qué es tan duro? ¿Qué le ha dicho? Y de repente comprende: ¡qué idiota ha sido! Claro, desde hace semanas sabe que sus padres sólo se hablan por intermedio de Zeynel. Incluso se ha enfadado con dos pequeñas kalfas que comentaban la situación en alta voz... Y ahora es ella la torpe... ¡Y pensar que estaba de tan buen humor! Su padre ha venido especialmente a verla y ella lo ha estropeado todo...

La voz prosigue más suave:

—Empero, Selma, si tenéis algo que decirle a vuestro padre, él está dispuesto a escucharos.

La princesa se calla. Si abre la boca comenzará a sollozar y no hay nada que él odie más que los llantos. Sin embargo, debe hablar, de otro modo pensará que le guarda rencor o que ha tomado el partido de Annedjim... Es falso, no ha tomado partido por ninguno, los quiere a los dos, pero de manera tan diferente que pareciera que son dos Selmas queriendo... A menudo ha pensado en ese fenómeno: cuando su madre le sonríe, se siente capaz de conquistar el mundo; cuando le sonríe su padre, se olvida del mundo y se derrite de felicidad, dulcemente, como una gelatina de frutas bajo la lengua. No sabe por qué; sólo sabe que no quiere elegir entre las dos sonrisas.

Haciendo un esfuerzo levanta la cabeza. Con ojos brillantes, examina el largo rostro lívido, los labios finos y las miles de arruguitas que forman estrellas en los ángulos exteriores de los ojos. Lo mira como si quisiera impregnarse por entero de él, conservarlo en ella para siempre.

Él saca un cigarro y le guiña un ojo cómplice.

—¡Vamos!, Djijim, contadme ese gran tormento.

—Baba, quiero ir a la escuela.

—Ya veo. Y evidentemente os respondieron que no era un sitio adecuado para una princesa...

—Pero, Baba, si todo el mundo va— insiste Selma sin darse por enterada de la alusión de la sultana. —Soreya Aagoglu ha entrado incluso en la facultad de Derecho, todos los periódicos han publicado su foto y Kamal Bajá la felicitó. Él dice que «el porvenir de Turquía depende de la emancipación de la mujer, y que un país la mitad de cuya población está escondida, es un país semiparalizado».

Con un gesto familiar, Hairi Bey se acaricia el bigote.

—¡Mira!... Es seguramente uno de los raros puntos sobre los cuales ese bandido no está equivocado.

Selma se guarda de darse por aludida de la injuria proferida contra su héroe: lo importante es que su padre esté de acuerdo.

—¿Entonces puedo ir?

—¿Adónde?

—Vamos, Baba, ¡a la escuela!

Hairi Bey se encoge de hombros.

—Decidme, ¿desde cuándo los padres deciden la educación de sus hijas, sobre todo... sobre todo cuando la madre es una sultana? No insistáis más, no puedo hacer nada por vos.

—¡Oh, sí! ¡Vos podríais si quisierais!

Selma se ha puesto roja de despecho.

—No aguanto más, Baba. En nuestro país todo cambia, todo vive. Sólo nosotros seguimos durmiendo, como si nada hubiese sucedido. Quiero salir de este palacio, ¡SALIR!

Una sombra de tristeza eclipsa el rostro del damad.

—Calmaos, mi Selma— suspira él, —tal vez salgáis mucho

antes de lo que imagináis... Y mucho me temo que lo lamentéis...

Ni Latifé Hanúm ni Halidé Edib respondieron a los mensajes introducidos en el canasto de una vendedora cómplice. Selma y Sekerbuli han perdido toda esperanza. En cuanto a los charchaf, la sultana ni siquiera se molestó en preguntar qué había sido de ellos; ordenó a las costureras que le confeccionaran unos nuevos. Negros.

En el palacio de Ortakoy la vida transcurre como en el pasado. Pero el tren de vida de la casa se ha reducido, porque el nuevo gobernador ha abolido las listas de los príncipes y no otorga más que una irrisoria asignación establecida por la Gran Asamblea. Esto no es causa de sufrimiento pues los parientes y los amigos que han perdido sus cargos, están sometidos a las mismas dificultades; eso es más bien tema de broma. Como dice con ironía Hatidjé sultana: «¡De todos modos es preferible ser nuevos pobres que nuevos ricos!»

Ha tenido que prescindir de algunos criados, pero conserva a los hijos de la casa, los esclavos que desde siempre formaban parte de la familia. La única cosa que la ha entristecido es haberse visto obligada a suprimir «la sopa de los pobres». No por economizar —habría hecho servir sin vacilaciones un plato único en su mesa antes de saber que a su alrededor había hambre—, sino porque el gobierno mira con muy malos ojos esos gestos de generosidad: los miembros de la familia otomana no deben hacerse notar. Pero de todas maneras la sultana ha dado orden de que se socorra a escondidas a todos los que vengan a golpear la puerta. Y son muchos.

En aquel año 1923, la situación en Estambul y en toda Turquía es dramática. Arruinada por diez años de guerra y de ocupación, la población vive en la miseria. El kilo de pan, que antes de la guerra costaba una piastra, ha pasado a nueve piastras; mientras la carne, de seis piastras ha aumentado a ochenta. A ese precio, está reservada exclusivamente para algunos privilegiados. La gente muere a centenares de hambre y de frío.

Las dificultades se han visto agravadas por el caos que reina en Ankara, donde se ha instalado el nuevo gobierno. Todos los poderes, situados antes en Estambul, están ahora concentrados en esa aldea grande del centro de Anatolia, que Mustafá Kamal quiere convertir en capital. Piensa darle la espalda al pasado y construir un país moderno, a imagen de las grandes naciones europeas. La Francia republicana y laica, que desde hace cerca de un siglo influencia la inteligencia turca, será el modelo.

«Republicana y laica...» ¡Es ahí donde aprieta el zapato! Pues si, aureolado por su victoria, el general en jefe, presidente de la

Gran Asamblea, es actualmente todopoderoso, muchos de sus compañeros de lucha se inquietan por sus tendencias despóticas. No olvidan de qué manera les impusieron la abolición del sultanato, cuando la opinión pública esperaba una monarquía constitucional, con Mustafá Kamal como primer ministro.

De hecho, toda la Gran Asamblea, especialmente los camaradas del comienzo, desconfían del Ghazi. Durante la guerra, se agruparon alrededor de él, reconociendo su genio militar; pero ahora, que hay que constituir un gobierno legal, los diputados no tienen mucho interés en poner al frente a un hombre cuya violencia y falta de escrúpulos han sufrido en carne propia.

En aquella primavera de 1923, el asesinato de Alí Chukru Bey los ha aterrorizado. Este diputado de Trebisonda, uno de los principales dirigentes de la oposición parlamentaria, se enfrentaba a menudo con Kamal; auspiciaba especialmente la devolución al califa Abd al-Mayid de algunas de sus prerrogativas temporales. Una mañana lo encontraron estrangulado. Rápidamente se descubrió que el asesino era «Osmán el Cojo», jefe de la guardia personal del Ghazi. Pero antes de que pudiera declarar, fue muerto en un enfrentamiento con los gendarmes.

El hecho provoca gran revuelo. Acusan claramente a Mustafá Kamal de haber suprimido a un adversario político. Aterrados, los diputados consideran aquello como una advertencia.

Sintiendo que aumenta la oposición, incluso dentro de su grupo parlamentario, Kamal se esfuerza por consolidar una base popular sólida. Los comités, creados en 1919 a través de todo el país para dirigir la lucha nacionalista, dependen de él en cuanto general en jefe del ejército. Transformará esta organización paramilitar en un partido político, «el Partido del Pueblo», que tendrá su delegación en cada aldea. Para lo cual emprende una gira por toda Turquía: «El país está lleno de traidores», les dice a los representantes de los comités, «estad vigilantes. Vosotros, el Partido del Pueblo, debéis gobernar».

Mientras tanto, en Estambul, algunos periodistas critican la nueva dictadura y se arriesgan a predecir el próximo restablecimiento del sultanato. De vuelta en Ankara, Mustafá Kamal les hará saber que si siguen por ese camino, se exponen a ser colgados. Prohibirá todo discurso público; incluso intentará abolir la inmunidad parlamentaria, pues no soporta la oposición de los diputados que él considera reaccionarios o imbéciles. En este último punto fracasará: los «imbéciles» no le permitirán serrar la rama en la que están sentados...

Harto de abusos, el primer ministro, Rauf Bajá, uno de sus más viejos amigos, presenta la dimisión. Sus antiguos compañeros, Rahmi, Adnan, Refet Bey, Alí Fuad, Karabekir, los hombres más eminentes de la lucha nacionalista, se alejan de Kamal. Éste ve desaparecer su mayoría a ojos vistas: no soportan su brutalidad ni su tono de maestro de escuela. Felizmente el ejército está con él y el Partido del Pueblo comienza a extenderse por todo el país.

Y sobre todo, sobre todo... ¡acaba de firmarse la paz!

Aquel 24 de julio de 1923, tras ocho largos meses de negociaciones, la conferencia de Lausana —que reunía a Ismet Bajá,* representante de Turquía, y a los plenipotenciarios occidentales—, ha terminado con un éxito fragoroso: Turquía ha perdido su imperio pero ahora es una nación libre, autónoma. Y el pueblo sabe a quién se lo debe: ¡a Mustafá Kamal!

Selma recordará siempre la partida de las últimas tropas de ocupación. Ha acompañado a su madre al palacio de Dolma Bahtché, delante del cual debe tener lugar la ceremonia militar. Con sus primas y tías, se apretujan detrás de las altas ventanas que dominan la plaza a orillas del Bósforo. El sol de octubre reluce en las fuentes de mármol. A ambos lados del río, la muchedumbre cubre las orillas.

A las 10,30 un destacamento de infantería turco, precedido por la banda de la Marina, se sitúa en la plaza. Lleva en alto la bandera roja con la media luna y la estrella. Minutos más tarde se presenta el 66º de línea francés, enarbolando orgullosamente su bandera hecha jirones en los combates; luego vienen los destacamentos italiano e inglés. Se colocan frente a los turcos. A un lado, el cuerpo diplomático en pleno está de pie, como en posición de firmes.

A las 11.30 aparecen los comisarios aliados, el general Pellé, el general Harrington, el marqués Garroni, pálidos con sus uniformes galoneados de oro. Con paso firme, que disimula mal su emoción, el gobernador de Estambul se adelanta para recibirlos.

Entonces estallan las bandas militares. Alternativamente, se interpretan los himnos inglés, francés e italiano. Finalmente, solemne, se eleva el himno turco mientras se despliega al viento una inmensa bandera roja y blanca. Lentamente, los destacamentos aliados desfilan para saludarla; luego, muy dignos, abandonan la plaza blanca para ir a embarcarse.

Uno tras otro, cada cual tocando su himno nacional, los barcos de guerra se alejan de la tierra turca a la que hace cinco años llegaron como amos. Muda, la muchedumbre los seguirá con la vista hasta que desaparecen, puntitos grises en las aguas azules del Bósforo...

* Adoptará el nombre de Ismet Inonu cuando el gobierno turco pida que cada cual adopte un apellido.

En el alféizar de una ventana del palacio de Dolma Bahtché, una adolescente ha cogido la mano de su madre: con el rostro bañado en lágrimas, se sonríen.

Pocos días después, unos cañonazos hacen saltar a Selma de la cama. Es lo que tanto temía: «ellos» fingieron partir y ahora «ellos» vuelven con todas sus fuerzas. Descalza, corre a la ventana y escruta el horizonte: ni un solo barco de guerra, sólo algunos caiques y pequeños barcos de pesca cruzan el Bósforo, en medio de la transparente luz de la mañana. Sin embargo, los cañonazos continúan, regulares, inexorables. Selma siente que la indignación le quema la cara. ¡Rápido, su caftán! Dos minutos después, se encuentra en la habitación de la sultana.

—No, Djijim, no son los ingleses, ni los franceses, ni los italianos, y gracias a Dios tampoco son los griegos. ¡Es la República!

—¿La República? ¿Como en Francia?— exclama Selma, lamentando de pronto haber puesto tan poca atención a las lecciones de mademoiselle Rose.

La sultana esboza una mueca escéptica:

—Para muchos de nuestros turcos, la República es, en efecto, la Libertad, la Igualdad y la Fraternidad... Mucho me temo, ay, que no sea nada de eso. Acabo de saber que Rauf Bey está furioso: la decisión fue tomada en unas horas. Él ni siquiera fue avisado, como tampoco un centenar de otros diputados de la oposición. Declara por doquier que es un nuevo golpe de fuerza de Kamal, que al mismo tiempo se ha hecho elegir presidente.

Es lo que también escribirá la prensa de Estambul. Los titulares de los diarios no son blandos con el instigador de lo que muchos consideran como un verdadero golpe de Estado: «La República ha sido instaurada apuntando un revólver a la sien de la nación». «Una Constitución hecha en pocos días por Kamal y algunos adulones ¿es éste el nuevo Estado turco?» «Los poderes otorgados al Ghazi son mayores que los que nunca tuvo un sultán.» Comparan a Mustafá Kamal con la Santísima Trinidad de los cristianos, que es a la vez, Padre, Hijo y Espíritu Santo. En efecto, él acumula todos los poderes: es presidente de la República y también jefe del gobierno y del parlamento, jefe de las fuerzas armadas y jefe del partido único de Turquía. Tanto para los que soñaban con una monarquía constitucional, como para los que querían una democracia a la occidental, es un desastre. Saben que de ahí en adelante nada ni nadie podrá oponerse a las decisiones del Ghazi.

Las calles, en cambio, desbordan de entusiasmo. La población festeja la noticia con música; se organizan retretas en todos los barrios a la luz de las antorchas. Nadie sabe lo que es una «república» pero lo esperan todo de ella. Los detenidos en la prisión central se han manifestado a los gritos de «¡Viva la República!» y «¡Viva la libertad!», pidiendo ser liberados en el acto.

Para Selma poco importa que Turquía sea república o monarquía pues, de todos modos, ahora Mustafá Kamal es el jefe. En cambio, ciertas decisiones del que todavía sigue llamando en su corazón «Rosa de Oro» comienzan a irritarla. Especialmente la chifladura de haber proclamado Ankara capital en lugar de la aristocrática Estambul. Se hablaba de ello desde hacía tiempo pero nadie creía: ¿cómo podía reemplazar esa aldea perdida en la árida meseta de Anatolia a la suntuosa ciudad, orgullo del Imperio? Engarzada en la punta de dos continentes, Estambul nació del oráculo de Apolo trece siglos antes de la Hégira, modelada por las culturas de todas las civilizaciones, y se había convertido en una encrucijada única entre Oriente y Occidente. Pero para un hombre como Mustafá Kamal, las preguntas son un lujo: prefiere las respuestas. El 13 de octubre de 1923, Estambul perdía el status milenario que había hecho de ella uno de los centros del mundo.

Fue en esta época cuando el padre de Ahmad decide abandonar su puesto de secretario del damad —posición muy mal vista en esos tiempos de kamalismo triunfante—, y aceptar un nuevo cargo en Ankara. Hace meses que Selma no ha visto a Ahmad, exactamente desde el día en que cumplió doce años. Pero se escriben largas cartas, que Zeynel transmite a regañadientes: no podría negarle nada a su pequeña sultana. Sin embargo, cuando llegó a pedirle que le concertara una cita con el adolescente, arqueó las cejas.

—Sois la corona de mi cabeza, pero sabéis muy bien que eso no puedo hacerlo.

—Agha, eres el único que puede ayudarme. Se va, debo verlo a cualquier precio por última vez.

Lloró tanto que el eunuco cedió. ¡Él quiere tanto a la niña y necesita tanto que ella lo quiera! Una sola de sus sonrisas le llena el alma... y Selma tiene la sonrisa de la sultana.

Los adioses tuvieron lugar en el pabellón del ruiseñor. Zeynel se quedó de centinela delante de la puerta. Les concedió un cuarto de hora.

Ahmad se ha puesto su mejor traje; palidísimo, se mira los zapatos.

Qué idea la de pedir verlo, ni siquiera parece contento... ¡Si lo hubiera sabido!... Empero, me escribe tan hermosas cartas... ¿Por qué no dice nada?... Mira, ahora enrojece hasta la raíz de los cabellos... El pobre no ha tenido nunca las ideas claras... Soy injusta... Es muy desdichado... Pero yo también soy desdichada. ¡Soy muy desdichada! Después de todo, es él quien me abandona...

Dios mío, nunca hubiera creído que un cuarto de hora pasara tan despacio... Háblame, Ahmad, háblame, si no voy a estallar...

—¡Ahmad!

El muchacho levanta la cabeza. Llora.

—Ahmad, te lo ruego, no llores, ¡te lo prohíbo!... Por lo demás, ¡soy yo la que debo llorar!

—¿Tú? ¿Por qué tú, mi princesa?

—¡Porque tú me abandonas!

No debí haber dicho eso. ¡Qué triste está!... Se calla, ni siquiera intenta justificarse... ¿Cómo iba a hacerlo? Sería acusar a su padre... Siempre es así, los adultos hablan sin parar de sus principios, pero cuando les conviene, los olvidan. Felizmente Annedjim no es así... Ni Baba... ¡por supuesto!

—No estés triste, Ahmad, harás muchos amigos en Ankara... Me olvidarás...

—Yo, mi princesa, ¿olvidarte...?

La mira con tal aire de reproche que siente vergüenza, vergüenza de ese dolor cuya causa es ella y que no logra corresponder. Sin embargo, cuando supo que se iba, sintió como una piedra en el corazón, y pensó: esto es el amor. Incluso soñó que le proponía huir con él... Selma se había dicho que tal vez aceptaría...

En lugar de eso, Ahmad permanece sentado llorando... Ni siquiera le ha tomado la mano... Siente que se le aprieta la garganta, y no porque Ahmad se vaya sino porque de repente comprende... que no lo ama.

Con un ademán se quita la cinta de terciopelo azul que sujeta sus cabellos y se la da. El rostro de Ahmad se ilumina, parece tan feliz que a Selma le duele, tiene la impresión de mentir... ¿pero cómo decirle que aquella cinta, después de todo, sólo es una cinta?... Por lo demás, ella misma ¿qué sabe?

Unos días más tarde, Selma perderá también a su querida Gulfilis. Tras la partida de Ahmad, es su última gran amiga. Una mañana había llegado llorando, estrechando a su bebé contra su pecho. Su marido, funcionario de Finanzas, debe trasladarse a Ankara. Pero Gulfilis se niega a partir, ha venido a suplicar a su «madre adoptiva» que puedan volver, ella y su niño.

Durante horas, la sultana se dedicará a convencer a la joven que debe seguir a su marido; durante horas, Selma, sentada junto a Gulfilis, esperará de su madre una improbable debilidad. Hasta que en el horizonte, el cielo se tiñe de púrpura y oro: es hora de que Gulfilis se marche.

Para alejar tanta tristeza, Selma ha sugerido que sea organizada una fiesta en honor de la hermosa circasiana. Un paseo en carreta de bueyes por encima de Eyub, con todas sus amigas del haremlik, y un picnic en el campo que domina el Cuerno de Oro.

Son los últimos días del otoño. La luz reverbera a través del follaje de cobre y amaranto que bordea los estrechos caminos de piedra. Los bueyes, con las frentes pintadas con alheña y los cuernos enrollados con collares de perlas azules destinadas a alejar el mal de ojo, tiran de las carretas de colores vivos, adornadas con guirnaldas y ramilletes de flores olorosas: se diría las rústicas carrozas de algún señor campesino de antes.

Dentro, detrás de las cortinas de seda, las mujeres, tendidas sobre blandos cojines, charlan y ríen, como en los viejos buenos tiempos. Sólo la reina de la fiesta permanece silenciosa, perdida en medio de toda aquella alegría. Acurrucada contra ella, Selma desliza la mano en la suya. La mirada de la joven esclava le oprime el corazón. Tiene los dolorosos ojos de Ahmad, los ojos que dicen: «nunca más» en el mismo momento en que los labios murmuran «hasta pronto».

Ese día, que la niña había planeado tan placentero, transcurre como un peregrinaje al reino de los muertos. Se arrepiente de haber insistido, debería haber conservado de Gulfilis una imagen indolente y ligera. Pero el hechizo se ha roto. Pese a las bromas y a las promesas —dentro de un año, Gulfilis vendrá a pasar unos días a Estambul y, cuando sea grande, Selma irá seguramente a Ankara—, saben que están perdidas la una para la otra. Con una irritante certidumbre, sus lágrimas les dicen que nunca más volverán a verse.

En su palacio de Dolma Bahtché, el nuevo califa, Abd al-Mayid, lleva una vida apacible. Ese hombre de cincuenta y cinco años, de maneras afables, divide su tiempo entre la pintura, la música y la teología. No intenta representar un papel político, sino que, muy piadoso, toma con mucha seriedad su cargo de Comendador de los Creyentes, responsable de 350 millones de musulmanes.

Sólo sale una vez por semana, para la oración del selamlik, y se ha empeñado en restituir a esta ceremonia el fausto de antes. Todos los viernes se desplaza con gran pompa a la mezquita de Santa Sofía o a alguna otra de las principales mezquitas de la ciudad. Escoltado por un pelotón de húsares, a veces no toma la calesa y cabalga en un magnífico corcel blanco. A su paso, la muchedumbre se apretuja y lo aclama. Posee una soberbia figura, con su larga barba de nieve y los ojos de un extraño color violeta.

A veces el califa atraviesa el Bósforo en el caique imperial blanco y oro, y va a rezar a la mezquita de Uskudar. Dos o tres veces, incluso se ha puesto el manto y el alto turbante de Muhammad Fatih, su antepasado, ese sultán de dieciocho años que conquistó Bizancio en 1453.

Estas manifestaciones y la evidente popularidad del califa, irritan profundamente al nuevo amo de Turquía. Tanto más cuanto Abd al-Mayid recibe en su palacio a embajadores y dignatarios extranjeros, así como a políticos turcos, especialmente a Rauf Bajá y a Refet Bey, héroes de la guerra de la independencia, que siguen llamándole «Majestad». El mismo Refet le ha regalado un soberbio potro: la prensa de Estambul ha consignado el hecho con todo detalle, tal como hace con todos los actos y gestos del califa.

Sin proponérselo, Abd al-Mayid atrae como un imán a los descontentos del país. Y son muy numerosos: los de las grandes familias, los generales en retiro, los funcionarios despedidos, los ancianos dignatarios de palacio y, sobre todo, el clero.

En efecto, después de su victoria, Mustafá Kamal ha abandonado sus apariencias religiosas. Recientemente, ha indignado a todos los musulmanes al expulsar de su palacio al jeque ul Islam, arrojándole un Corán a la espalda. Se cuenta que en Ankara las mujeres están obligadas a salir sin velo y que luego ocurrirá lo mismo en todo el país. Finalmente, y último escándalo, el Ghazi se ha hecho levantar una estatua... cosa que ningún sultán se atrevió a hacer nunca, ya que la representación de la persona está prohibida por la religión, que la considera idolatría.

Poco a poco, en nombre del Islam, la oposición se reagrupa. En las mezquitas y en las plazas públicas, hodjas y jeques han comenzado a predicar contra ese «gobierno de paganos». Panfletos y caricaturas se distribuyen desde los mismos monasterios que antes ayudaban a Kamal en su lucha por la independencia. Tanto como el despotismo, se le reprocha al jefe del Estado su inmoralidad. Harto de los celos de Latifé Hanúm, acaba de divorciarse y ha reanudado sus costumbres de soltero. Ahora se pasa las noches en bares, jugando y emborrachándose, y se muestra públicamente con prostitutas.

El suicidio de Fikryé, en aquel otoño de 1923, no aumentará su prestigio. Esa joven parienta suya, en otro tiempo locamente enamorada del bello general, había vuelto a Ankara cuando se enteró del divorcio. Estaba dispuesta a aceptar cualquier cosa del hombre que adoraba. Sin miramientos, Kamal la arroja a la calle. Al día siguiente, la encontrarán en una cuneta: se había dado muerte con un disparo de revólver.

Ahora, no sólo los monárquicos y los clericales sino también numerosos demócratas, cansados de todos esos excesos, miran hacia el califa. Después de todo, Abd al-Mayid sería un perfecto soberano constitucional: es un hombre prudente y honrado, y no posee suficiente carácter como para entrar en conflicto con sus eventuales ministros.

Mustafá Kamal siente aproximarse el peligro. Hasta ahora no se ha atrevido a desafiar al pueblo aboliendo el califato, que en la intimidad califica de «tumor medieval». Pero sabe que sólo se constituirá en amo absoluto cuando lo haya hecho desaparecer.

Será el mismo Abd al-Mayid quien le proporcionará el pretexto, al pedirle un aumento de la lista civil que, dice, no le permite mantener dignamente su función de califa. Kamal replicará rudamente que «un califa debe llevar una vida modesta y que el califa sólo es una reliquia histórica cuya existencia no se justifica».

Ahora se han roto las hostilidades. Por instigación del Ghazi, la prensa oficial se destapa: «¿De qué sirve el califato?», pregona; «es una función que le cuesta cara al Estado y que puede servir de trampolín para la restauración del sultanato». A lo que los periódicos moderados responden que «el califato es un tesoro que no tiene precio para nuestro país. Si lo abolimos, Turquía, con sus diez millones de habitantes, perderá toda su importancia en el mundo musulmán y, desde el punto de vista europeo, se convertirá en un Estado insignificante».

El 5 de diciembre estalla la bomba, bajo la forma de una carta del Agha Khan publicada por tres periódicos de Estambul. El jefe de la comunidad ismaelita protesta contra las vejaciones infligidas al Comendador de los Creyentes y pide que éste sea mantenido «en una posición que le garantice la estima y la confianza de todas las naciones musulmanas».

El mensaje es anodino pero ha sido enviado desde Londres: la oportunidad es demasiado buena. Mustafá Kamal denuncia un complot y acusa al Agha Khan de ser un agente de las potencias extranjeras que intentan dividir al pueblo turco. Los directores de periódicos que se han atrevido a publicar la carta son detenidos y puestos a disposición de la justicia. Votan una «ley sobre traición», que estipula que los que se manifiesten contra la República o a favor del antiguo régimen serán castigados con la muerte. Kamal le ha dicho al comisario de asuntos religiosos —que se había atrevido a hablar a favor del califa— que si lo volvía a hacer se exponía a ser ahorcado. En todo el país, oficiales, funcionarios y religiosos son detenidos. Se diría que Turquía está al borde del golpe de Estado.

En su palacio, Abd al-Mayid calla, dejando que pase la tormenta. Pero ahora el Ghazi está dispuesto a terminar con aquello. Ordena al gobernador de Estambul que prohíba la ceremonia del selamlik. Si el califa quiere ir a rezar a la mezquita, no tendrá más remedio que tomar un coche de punto; se disuelve la escolta de húsares y es confiscado el caique imperial. Los emolumentos del príncipe son reducidos a un punto en que no puede conservar secretarios ni consejeros. A sus fieles, que pese a todo quieren permanecer a su lado, se les recomienda que «por su seguridad» abandonen el palacio lo más rápidamente posible.

Pasan dos meses. Mustafá Kamal ha salido a supervisar las grandes maniobras anuales en la región de Izmir. Los íntimos del califa recuperan la esperanza: sólo era una advertencia. En realidad, el Ghazi ha ido a consultar a los jefes militares. Tras muchos días de discusión, terminará por convencerlos de que es preciso poner fin al poder religioso de la familia otomana.

El ejército está con él: puede golpear. ¿Y la Gran Asamblea? Sabe que la tiene en sus manos. Como de costumbre, numerosos diputados se rebelarán, pero no se atreverán a desobedecerlo. Además ha tomado precauciones. Convoca a Rauf Bajá, su adversario más prestigioso, delante del comité central del Partido del Pueblo, y le obliga a jurar fidelidad a la República y a su presidente, so pena de ser excluido del Parlamento y desterrado de Turquía... A sabiendas de lo que se prepara y sintiéndose impotentes para evitarlo, Rauf Bajá y Refet Bey abandonan Ankara.

El 27 de febrero de 1924 tiene lugar el último asalto. El grupo kamalista denuncia las intrigas de los partidarios del antiguo régimen y exige la abolición del califato. Y el 3 de marzo, tras una semana de protestas y altercados, la Gran Asamblea de Ankara termina por obedecer: vota a mano alzada la inmediata expulsión, no sólo de Abd al-Mayid, sino de los príncipes y de las princesas de la familia otomana.

—¡Debemos partir en tres días!

El general príncipe Osmán Fuad no puede más de indignación. Esa mañana, a las 9, se ha presentado en los apartamentos de Hatidjé sultana; acaba de saber que el califa, sus dos esposas y sus hijos han sido embarcados en el Orient Express con destino a Suiza.

—El gobernador y el prefecto de policía llegaron en plena noche, cuando el califa leía en su biblioteca, me contó su chambelán. Incluso habían hecho rodear el palacio por temor a que se les escapara. El califa ha estado muy digno. Sólo ha preguntado si podía disponer de algunos días para poner orden en sus asuntos. ¡Los bribones se negaron! Tienen demasiado miedo a una reacción popular; además han prohibido a los periódicos publicar la noticia antes de veinticuatro horas. El príncipe debió salir a la carrera. Apenas le dieron tiempo de hacer su equipaje...

A las cinco de la mañana, el personal fue reunido en el gran vestíbulo. Todos lloraban. El califa estaba muy emocionado. Le dio la mano a algunos y dijo: «Nunca hice daño a la nación y no se lo haré jamás. Al contrario, rogaré a Dios para su restablecimiento, hasta mi muerte y después».

Entonces el jefe de seguridad lo empujó hasta un coche. No lo llevaron a la estación principal de Sirkedji sino, para evitar cualquier manifestación, hasta una pequeña estación a veinticinco kilómetros de la ciudad.

Selma escucha boquiabierta. No entiende nada. Durante años, tuvimos miedo de las tropas de ocupación: de los ingleses y de los griegos se esperaba cualquier cosa. Y ahora que han ganado la guerra, son los turcos los que expulsan al califa y quieren desterrarnos a nosotros... ¡Se han vuelto locos! Seguramente es un malentendido. Como de costumbre, Annedjim calmará al tío Fuad, le explicará, lo arreglará todo... Con la mirada, la adolescente interroga a su madre, pero la sultana se ha tapado el rostro con las manos y Selma la escucha apenas decir:

—¿El exilio?... no es posible...

En el tocador lleno de nardos, el general príncipe da vueltas como un león dispuesto a saltar.

—Hemos sido despojados de nuestra nacionalidad, con la interdicción de poner nunca más los pies en nuestro país. Nuestros bienes han sido confiscados, tenemos el justo derecho de llevar nuestros efectos personales. ¡Ah!, y me olvidaba: el gobierno, magnánimo, nos concede a cada uno 1.000 libras-oro,* con lo que podremos sobrevivir algunos meses. Ésta es, querida tía, la situación: somos desterrados como criminales. Incluso, y tal vez sobre todo, los que de nosotros hemos dado nuestra sangre por Turquía.

Se pone la mano sobre el pecho cuajado de condecoraciones ganadas en los campos de batalla. Sus labios tiemblan. Selma tiene la impresión de que va a llorar. La cabeza le da vueltas. No, de verdad, no comprende nada... ¿Partir? ¿Por qué? ¿Adónde? ¿Cuánto tiempo?... El tío Fuad ha dicho «para siempre»...

—¿Qué quiere decir «para siempre»?

Sin querer ha gritado. Su madre la mira... ¡Qué pálida...!

—¡Annedjim!

Selma se arroja a los pies de la sultana.

—No es cierto, ¡decidme que no es cierto!... ¿Qué nos reprochan?... Os lo ruego, Annedjim, tío Fuad, ¡respondedme! ¿Qué sucede?

—Sucede que Mustafá Kamal...

Selma se incorpora, aliviada.

—¿El bajá? Pero entonces, nada está perdido. Hay que ir a verlo y explicarle que lo han engañado, que nunca hemos actuado

* 1.000 libras-oro corresponden a unos 7.000.000 de pesetas de hoy.

contra él. Recordad, Annedjim, vos decíais que era un gran patriota... Durante la guerra, todas las noches hacíais rezar por su victoria... Y el oficial que escondimos... Hay que ir a Ankara y contárselo todo al bajá. ¡Estoy segura de que comprenderá!

¿Por qué vuelve su madre la cabeza? ¿Por qué se encoge el tío Fuad de hombros? Nadie la escucha.

—Sultana, recordad, sólo tenemos tres días— dice el general príncipe.

Rápidamente se inclina y sale del tocador.

Una nebulosa... Selma sólo recordará una nebulosa de gemidos, desesperación, lágrimas, mezquindades, afecto, fidelidades inesperadas, traiciones...

Durante tres días deambula, rechazada por las criadas y eunucos que descuelgan, doblan, embalan y disputan. Durante tres días ha intentado huir de aquel ruido, de aquella confusión, de los lamentos de las kalfas y, sobre todo, de mademoiselle Rose que la persigue llorando para consolarla. En medio de este caos, ya no reconoce su apacible palacio de encaje, ya no se siente en su casa: antes de lo esperado, la han expulsado el tumulto y los gritos.

Termina por encerrarse en su habitación y contempla cada uno de los objetos familiares que ama, como para grabar su imagen en ella y no olvidarlos. Pero ya no consigue verlos, se han vuelto borrosos, como si la vida los hubiera abandonado. Así, cuando dos criadas le traen el baúl y le ruegan que escoja lo que quiere llevarse, arroja al fondo su libro de poesías y sus cuadernos; el resto que lo escojan ellas mismas. Y como Hairi se queja de que su baúl es demasiado pequeño para sus trajes y juguetes, le cede la mitad del suyo.

De aquella niebla que la rodea, sobresalen empero algunas imágenes, pequeños islotes de color: las costureras inclinadas sobre los vestidos de su madre cosiendo joyas en los dobladillos; dicen que la sultana tiene derecho a llevarlas pero nunca se sabe; si por casualidad un aduanero imbuido de celo... Incluso le parece haber visto que una esmeralda desaparecía en un bolsillo... Y luego Zeynel, el buen Zeynel, subido en una caja, regañando a todo el mundo y agitando los brazos como un director de orquesta... Y en medio del tumulto, la sultana, sonriendo de nuevo, que pasa, consuela y calma.

—No temáis nada, hijos míos, sólo es cuestión de meses, el pueblo nos llamará...

El pueblo, por el momento, se calla. El gobierno ha tomado medidas. En todas las grandes ciudades, ha instalado tribunales extraordinarios habilitados para aplicar la pena capital, y ha extendido «la ley sobre traición» a todos los que discutan la expulsión del califa y de los príncipes.

Durante tres días, las amigas pasan por el palacio de Ortakoy, al menos las que se han atrevido a desafiar la vigilancia. Durante tres días se han preguntado ¿adónde ir? Nunca antes una princesa otomana había salido de su país, y entre las «antiguas», son raras las que han salido de sus palacios.

Primero pensaron en Francia, en Niza, donde el clima es casi tan suave como en Estambul, donde el cielo es, parece, siempre azul, donde el Bósforo se llama «Mediterráneo». Pero finalmente, la sultana ha elegido Beirut, «porque está cerca y podemos volver más deprisa».

Selma se pregunta lo que piensa su padre. Desde la noticia de la expulsión, no lo ha visto. Debe de estar desbordado, el pobre, eligiendo sus libros y sus papeles... De repente siente deseos de hablarle, ya no puede más con todas esas mujeres que le besan las manos con aire desconsolado.

En la puerta del haremlik ya no hay guardias. Corre por el gran vestíbulo hasta los apartamentos del bey. El despacho está desierto, su padre no está en el salón, en su habitación los cajones están abiertos, vacíos...

Como una flecha, Selma vuelve al vestíbulo, atropellando a las kalfas. Se precipita hacia su madre.

—¡Annedjim! ¿Baba? ¿Dónde está Baba?

Con una dulzura poco habitual, la sultana le acaricia los cabellos.

—Tened valor, mi Selma. Los damad han tenido derecho de elegir... Vuestro padre no vendrá...

Las palabras han caído en el vacío... Un vacío que se agranda, glacial, dentro de su pecho, de su vientre, hasta la punta de los dedos... «no... vendrá».

No entiende... Una enorme pesadez se ha apoderado de todo su cuerpo, mientras su cabeza flota, liviana... No entiende.

Se ha ido sin siquiera despedirse de ella.

Son las 8 de la mañana y la luz es transparente aquel 7 de marzo de 1924.

En el tren que las lleva lejos de Estambul, Selma, ovillada en su asiento, mira cómo la abandona su país... los altos bosques de pinos desfilan, como desfilan los fulgurantes ríos y las mujeres con pañoletas blancas en medio de los campos de colza.

Ante sus ojos, llovizna.

SEGUNDA PARTE

EL LÍBANO

I

Puede abofetearme tanto como quiera que no bajaré la vista. Si me quejo, se sentirá vengada y ya no tendría que pegarme, podría perdonar. Pero no le daré ese gusto. Sería como reconocer que tiene razón...

En el patio de recreo, alrededor de la mujer de negro y de la adolescente de bucles pelirrojos, las alumnas se apretujan en silencio. Lo que había comenzado como una diversión —finalmente vamos a ver llorar a la muy engreída— está a punto de transformarse en drama. La madre Achilée golpea demasiado fuerte, le va a hacer daño, es tan frágil... ¿Por qué no se queja, la idiota? ¿No sabe que hay que quejarse antes de que duela? Las «madres» tienen el corazón blando, no soportan las quejas.

La religiosa se ha detenido, agotada. Selma endereza la barbilla, da a su rostro una expresión de desprecio: la mártir delante de su torturadora.

—¡Copiaréis la lección cien veces!

—No.

Entre las alumnas cunde el estupor: tiene valor la pequeña turca.

La madre Achilée palidece.

—¡Sois el diablo! Ya veremos lo que dirá la reverenda madre!

En un torbellino de faldas y mangas, les da la espalda y se dirige al despacho de la superiora.

Tímidamente, una adolescente morena se acerca a Selma. Es Amal, la hija de una gran familia drusa, esos señores feudales que durante siglos han dominado las montañas libanesas. Su nombre significa «Esperanza».

—Os van a expulsar— se inquieta. —¿Qué va a decir vuestra madre?

—¡Me felicitará!

—¿...?

—Mi madre no admitiría que insultasen a nuestra familia. Esa supuesta profesora de historia es una embustera.

¡Tratar a una religiosa de embustera! Las alumnas no creen lo que están oyendo. Algunas se alejan para comunicar a las demás la increíble blasfemia. No se atreven a imaginar lo que va a pasar, pero seguramente se van a divertir.

En el despacho de maderas oscuras, la madre Marc mira el crucifijo, rogando que el Señor la inspire. Se trata de un caso de rebelión obstinado que debe castigar con rigor, aunque ¿puede obligar a la pequeña a insultar a los suyos? El año anterior se vio enfrentada a un problema similar después de una lección sobre las Cruzadas: había en la clase dos alumnas musulmanas cuyos padres habían venido a llevárselas sin decir palabra.

Las instituciones como la que dirige la madre Marc en Beirut —Las Hermanas de Besançon— están abiertas a las niñas de todas las religiones; su objetivo no es convertir a las «ovejas descarriadas», aunque no pierden nunca la esperanza de que la palabra del Señor, como la semilla arrojada al viento, termine por germinar algún día.

En la puerta suenan tres golpes discretos. Aparece una cabellera flamígera sobre un cuello de encaje blanco que alegra el severo uniforme azul marino, unos ojos bajos, la frente testaruda. Hace una reverencia, profunda.

—Podéis levantaros, señorita.

La madre Marc golpetea el escritorio con sus largos dedos marfileños.

—Me habéis puesto en un dilema, hijita. ¿Que haríais en mi lugar?

No ha contado con la mirada cargada de reproches ni con la respuesta de una fustigante cortesía.

—No tengo el honor de estar en vuestro lugar, reverenda madre.

—«¡Mi!»

—¿Cómo?

—¡«Mi» reverenda madre!

—Sí, reverenda madre.

La madre Marc prefiere adjudicar la omisión a un imperfecto manejo de la lengua francesa y sigue con voz suave:

—La madre Achilée pide su expulsión. Asegura que de ello depende la disciplina de toda la clase.

Selma se calla. Piensa en su madre. ¡Pobre Annedjim! Después de Hairi, que se niega a ir al colegio porque sus compañeros le llaman «*Anesse*» en lugar de «*Altesse*»*, ahora ella también va a causarle problemas... Ante la idea de la pena de la sultana, flaquea.

—Reverenda madre, ¿qué haríais vos si os obligaran a recitar —su voz se ahoga— que vuestro abuelo era un loco... vuestro tío abuelo, un monstruo sanguinario... vuestro otro tío abuelo, un pobre de espíritu, y el último, un cobarde**?

La madre Marc mira de nuevo el crucifijo. Luego, con los ojos brillantes, se vuelve hacia la adolescente.

—Nuestro Señor Jesucristo fue crucificado porque sus contemporáneos vieron en él a un impostor. Los juicios de los hombres, para que lo sepáis, reflejan sus propios límites: no existe la historia, sólo hay puntos de vista. El único que conoce la verdad es el que no tiene punto de vista pues no está situado en ninguna parte. Está por doquier. Es Dios.

Descendiente de una ilustre familia de cruzados que lucharon y dieron sus vidas por la Verdad, la madre Marc se siente turbada como si los hubiera traicionado. De repente, quiere terminar con aquello, y su voz tiembla cuando da el veredicto.

—No asistiréis más a las clases de historia, estudiaréis el programa sola... no creo que sea necesario que le mencione este incidente a la sultana...

—¡Oh!, gracias, mi reverenda madre.

Impulsivamente, Selma besa la mano de la superiora y se la lleva a la frente, tal como se hacía en la corte otomana.

Asombrada, la superiora murmura:

—Id en paz, hija mía.

Y, sin pensarlo, Selma responde según la costumbre musulmana:

—Y que la paz sea con vos, madre.

A la madre Marc le ha parecido que, desde su cruz, Cristo sonreía.

Comparada con la capital otomana, Beirut es una encantadora ciudad de provincia de alrededor de cien mil habitantes, que reluce de casas blancas con techos de tejas rojas, rodeadas de sombreados jardines.

Al oeste, en el barrio de Ras Beyrouth, en el que se ha instalado la sultana, se divisa el mar desde el balcón, un mar de un azul tan fuerte que Selma se sintió escandalizada como ante una indecencia. Y luego, poco a poco, la joven se dio cuenta de que todo Beirut estaba hecha a imagen de ese Mediterráneo, reidor

* *Anesse*: borrica. *Altesse*: alteza. *(N. del T.)*

** Por orden, los cuatro últimos sultanes de Turquía: Murad V, Abd al-Hamid, Reshat y Vahiddedín.

y desbordante de vida, al contrario de Estambul y su Bósforo, cuyas mudables transparencias, impregnadas de sueños y nostalgias, daban ganas de llorar de dulzura.

La dama libanesa que les ha alquilado su nueva residencia, «adora a Turquía y a los turcos», como todos los habitantes del barrio, según dice.

Orgullosamente, les hace los honores de la casita adornada de higueras y plantas suculentas, sin fijarse en las fugas de las cañerías, que manchan los muros con grandes placas de moho, ni en las puertas-ventanas que dejan entrar el viento.

—Es en Ras Beyrouth— les explica, —donde viven las más antiguas familias sunitas, que, desde los tiempos de los otomanos y hasta la llegada de los franceses, eran los amos de la ciudad. ¡Durante cuatro siglos...!

»Aquí viven los Ghandur, que eran dueños de la fábrica de tabacos, y los Baltadji, que controlaban el puerto... Allí, los Dauk, los Beyhum, los Solh, ¡todos riquísimos! Hablan turco tan bien como árabe y a menudo incluso se enorgullecen de tener sangre turca, a través de una antepasada cherkesa o estambulita.

Agrega que esta alta sociedad sunita está en muy buenos términos con las grandes familias griegas ortodoxas, que constituyen una minoría poderosa. Se visitan casi a diario para jugar a las cartas, los señores al póker, las damas al pináculo.* Y al atardecer se hacen paseos a caballo por las colinas de los alrededores, especialmente en primavera, cuando huelen a tomillo y a majuelo.

Cortésmente, la sultana sacude la cabeza, cosa que su patrona toma por una invitación a proseguir. Se apresura a precisar que son los Sursok, los Trad y los Tuéni, propietarios de bancos, los que dan las mejores recepciones.

—El todo Beirut cristiano y musulmán se da cita en ellos. Cristianos de rito griego, se entiende, pues los maronitas, excepto algunas familias instaladas en la capital desde hace generaciones, son poco numerosos en Beirut. La mayoría vive aún en las montañas, son campesinos apegados a su tierra y a su iglesia.

»Contrariamente a los demás libaneses, muchos maronitas no se consideran árabes —explica—, sino fenicios, descendientes directos del glorioso imperio marítimo que reinó durante siglos en los mares hasta que fue aplastado por Ptolomeo, un lugarteniente de Alejandro Magno.

»Como prueba de su origen diferente, manifiesta que hasta el siglo XVII no hablaban una palabra de árabe sino sólo arameo.

De hecho, el mandato francés que le retiró a Estambul la autoridad sobre la región, que creó el Gran Líbano y convirtió

* Antecesor de la canasta.

a Beirut en una capital, se apoyó naturalmente en estos cristianos maronitas que Francia protege desde 1860. Tanto más cuanto que la mayoría de ellos, educados por las misiones instaladas en el Líbano, hablan perfectamente francés. Al ofrecerles cargos en la nueva administración y facilidades para establecer comercios, el mandato los animará poco a poco a mudarse a la ciudad. Allí se convertirán en la base más leal de Francia. Estos nuevos ciudadanos construirán sus mansiones principalmente en Achrafieh, porque allí el terreno es casi virgen, por tanto menos caro que en el oeste de Beirut, donde la orilla del mar ya está jalonada de espléndidas mansiones. Además, en Achrafieh no están lejos de la montaña, donde la mayoría ha dejado parte de la familia y conserva una casita y un trozo de tierra.

Es pues por razones de orden práctico y sentimental por las que los diferentes barrios de Beirut se conformarán como islotes culturales y religiosos. Islotes extremadamente permeables: a través de los años, las familias maronitas que «han triunfado» vendrán a menudo a establecerse en el barrio elegante de Artes y Oficios, en pleno corazón de Ras Beyrouth. Mientras que en la tranquila colina arbolada de Achrafieh se levanta, desde hace unos cien años, «el barrio Sursok», el más elegante de la ciudad. En sus suntuosas mansiones del siglo XIX, de estilo florentino-veneciano, la hermosa Linda Sursok, los astutos hermanos Bustros, los seductores hermanos Tuéni, siguen, bajo el mandato francés como antes bajo la administración otomana, dando brillantes recepciones.

Oasis de calma entre el mar y la montaña, Beirut es una ciudad a la que por encima de todo le gusta divertirse. Y los franceses, hay que reconocerlo, han aportado a esta ciudad provinciana la viveza, la brillantez, el aire de París.

Pero si las comunidades cohabitan en un clima de tolerancia, por el contrario se ejerce el ostracismo social. Las antiguas familias que ven bajar de la montaña a esos campesinos favorecidos por el mandato francés que, en pocos años se convierten en «advenedizos» sin tradiciones ni maneras, están exasperadas.

Se ha abierto un abismo entre viejos y nuevos beirutíes. Sin embargo, la administración francesa no sólo anima a los maronitas, también necesita apoyo sólido entre la comunidad musulmana. Sabe que no puede esperar mucho entusiasmo de la alta burguesía sunita ya que, al crear el Líbano, frustró la formación del reino árabe prometido por Inglaterra, que debía reunir finalmente a Siria, Líbano y Palestina. Además, Francia, para establecerse, tuvo que mermar los privilegios económicos de esos ricos sunitas. Sin embargo, las relaciones son correctas, a veces buenas, ya que los libaneses han sido siempre diplomáticos. Aunque, entre ellos, acusen a Francia de haber hecho peligrar la riqueza del país, especialmente al reemplazar la libra-oro por una libra-papel tributaria del franco. Les indigna, sobre todo, que casi todos los puestos de autoridad, en la política, la magistratura, el ejército, estén reservados para los cristianos. En cambio, existe una pequeña burguesía musulmana sunita, que bajo los otomanos no podía aspirar a cargos importantes. Los franceses se apoyarán en algunas de estas familias, las favorecerán y se ganarán su lealtad.

Es a esta sociedad beirutí, en pleno cambio, bajo la influencia de los nuevos amos y «amigos», a donde llegó la sultana Hatidjé, acompañada de sus hijos, de Zeynel y de dos kalfas.

Consiguen un gran éxito porque despiertan curiosidad, e incluso simpatía. Después de todo, Murad V nunca oprimió a nadie, por la sencilla razón de que el pobre sólo reinó tres meses... ¡Y su desdichada hija! Treinta años prisionera, luego veinte entre un marido que seguramente le pegaba y otro que sin duda la engañaba, la guerra, la revolución, y ahora el exilio. Todas las damas de la sociedad sienten el corazón oprimido, y se apresuran a visitar a la sultana.

Pero si esperan —y ya tienen los ojos brillantes por adelantado— patéticas revelaciones, detalles inéditos sobre la manera escandalosa con que fue tratada la familia imperial, o simplemente algunos suspiros, una mirada triste que les permita cogerle la mano a la princesa y jurarle amistad eterna, están muy equivocadas.

En el salón tapizado de seda amarilla un poco ajada, la sultana las recibe con la sonrisa afable y la dignidad circunspecta de una soberana a quien sus súbditos vienen a rendir pleitesía. A las preguntas de las visitantes, que de formales se vuelven, empujadas por la impaciencia, cada vez más indiscretas, ella responde con una calma imperturbable. No, de verdad, no tiene nada interesante que contar. Kamal sólo hizo lo que creía que era su deber. ¿Posibilidades de contrarrevolución, de restauración del régimen? ¡Está en manos de Alá! ¿Quién podría ser el nuevo califa? Justamente era algo que quería preguntarles... Después de la partida de Abd al-Mayid, los periódicos habían anunciado la proclamación de Hussein, rey de Hiyaz, por sus propios hijos. Ahora hablan del rey Fuad de Egipto «pero no tenemos relaciones, sé tanto como vos».

Y las visitantes se revuelven perplejas, con la vaga sensación de haber sido burladas, sensación borrada por la exquisita cortesía que les ha demostrado la sultana. Algunas damas, entre las más encopetadas, la invitan a sus casas «la tarde que os convenga, a tomar el té; me gustaría presentaros a algunas amigas». Con aire afligido, la sultana se niega.

—Es muy amable de vuestra parte, pero ya no salgo... En

cambio, si vos venís a verme, siempre me sentiré muy contenta...

Durante algunas semanas, el salón amarillo siempre está lleno. Luego, las visitas comienzan a ralear. Esta princesa, que decían era tan inteligente, cuya fuerte personalidad ponderaban, finalmente no tiene nada que decir. La alta sociedad beirutí se aburre y desaparece en busca de nuevos caprichos. Salvo algunas esnobs de nivel más modesto que siguen viniendo a veces con el propósito de contarles a sus deslumbradas relaciones que «su amiga, la sultana, estaba hoy algo constipada» o también «que ayer llevaba un vestido de seda verde que le daba un porte realmente imperial».

En medio de la paz recuperada, la sultana ríe silenciosamente.

—¡Les he dado una lección a esas pécoras que querían pavonearse con una sultana en la solapa! ¡Mirad que invitarme! ¡En verdad no dudan de nada! ¿Puede una princesa imperial, y de mi edad, desplazarse? Recordad esto, Selma: no porque carezcamos de dinero vamos a cambiar nuestra manera de comportarnos. Sois princesa, no lo olvidéis nunca.

Selma lanza un suspiro... *¿Qué significa ser princesa cuando no se tiene un céntimo? Soy la burla de toda mi clase, me llaman «la Alteza de las medias zurcidas»*.

Se contenta con replicar:

—Me sería difícil olvidarlo, Annedjim.

Hatidjé la mira extrañada.

—¿Hay algo que no marcha? ¿En la escuela?

—¡Oh! no, Annedjim, la escuela es muy agradable.

Hay que evitarle cualquier disgusto a su madre. La sultana mantiene la cabeza alta, pero pasan los meses y su mirada, antes tan viva, tan penetrante, se ha velado con una expresión dolorosa. No comprende, no acepta el silencio de su pueblo.

Por la mañana y por la noche, intenta captar en la radio las noticias de Turquía. La supresión de las escuelas y de las órdenes religiosas, el cierre de los conventos, la han indignado. En cambio, hace un gesto de triunfo cuando escucha que a las mujeres les sacan el velo a la fuerza y que los hombres deben abandonar el fez, símbolo de que pertenecen al Islam, so pena de ser colgados. ¡Esta vez, seguramente, los turcos se rebelarán!

Pero esa vez, como las otras, los turcos han aceptado... Día tras día, se profundiza un poco más el pliegue alrededor de los labios de Hatidjé. Cuando abandonó su país, estaba convencida de que rápidamente, cansado de las vejaciones de Kamal, el pueblo los volvería a llamar. Pero ya casi hace un año que están exiliadas y el pueblo se calla.

Por supuesto, los tribunales de excepción son omnipresentes, la oposición y los periódicos están severamente controlados, pero, se atormenta la sultana, los turcos, los diez millones de turcos... ¿pueden de verdad estar controlados?

El abandono de su esposo le ha dejado un sentimiento de amargura, pero lo que la desespera es la indiferencia de su pueblo.

Como un valeroso caballero, Selma se ha jurado proteger a su princesa. La adoración que le ha tenido siempre se ha transformado estos últimos tiempos en una ternura inquieta, como si, al adivinarla frágil, temiera que un nuevo infortunio pudiera destrozarla.

De esta manera, cuando vuelve de la escuela no sale jamás. ¿Adónde podría ir si no tiene amigas? Regresa directamente a casa y allí, sentada en un cojincito a los pies de la sultana durante horas, inventa mil historias para tratar de distraer a su madre. Nunca había pasado tanto tiempo a su lado. En el palacio de Ortakoy, el ceremonial y la continua presencia de las kalfas hacían imposible cualquier intimidad. Al menos el exilio las habrá acercado, se dice a veces para consolarse. Pero sabe que no es así. Nunca le ha parecido la sultana más lejana.

Un día que el profesor de matemáticas cayó enfermo y anuló la clase, Selma volvió una hora antes. A la entrada de la casa, se detiene atónita: ha oído carcajadas. Lentamente se acerca y ve... a Annedjim... a Annedjim que ríe como no la había visto reír desde la salida de Estambul. Y a sus pies, sentado en el cojín de ella, Zeynel perorando, feliz.

La adolescente siente que se le aprieta la garganta, le parece que la han engañado: su madre, que sólo le muestra un rostro melancólico, ¿por qué recobra con Zeynel la alegría de antes?

Lívida, se adelanta. El eunuco se levanta y la sultana deja de reír.

—¿Qué sucede, Selma? ¿Estáis enferma?

... Finge preocuparse pero podría morirme perfectamente mientras Zeynel siga aquí...

Hairi, a quien Selma no había visto, se burla.

—¡Está celosa, eso es todo! ¿No sabéis, Annedjim, que la señorita no puede soportar que vos os intereséis por alguien que no sea ella, ni siquiera por mí? ¡Cuando me sonreís se pone amarilla como un membrillo pasado!

Selma le lanza a su hermano una mirada asesina. ¡Había subestimado la capacidad de observación de este gordinflón! ¡Lo pagará caro! Mientras tanto, hay que salvar la situación.

—¿Celosa? ¡Vaya idea! ¡No estoy celosa! Simplemente me sentí extrañada... y contenta de oíros reír, Annedjim.

Siente que su voz suena falsa. Para cortar por lo sano, pretexta que debe arreglar sus libros y se va a su habitación.

Inquieta, la sultana se reúne allí con ella.

—¿Qué sucede, Selma?

Las lágrimas acuden a los ojos de la adolescente.

—¡Oh! Annedjim, os quiero tanto, más que a nada en el mundo, y necesito que me queráis...

—¡Más que a nada en el mundo! Pero Selma, si yo os quiero, como a Hairi, más que a nada en el mundo.

El tono se ha vuelto glacial.

—En cambio, no soporto el chantaje sentimental, ni de mis hijos ni de nadie. En cuanto a la pasión, pues de eso se trata, según vos, me ha parecido siempre fuera de lugar. ¡Salvo la pasión por nuestro país!

Selma baja la cabeza... ¿Cómo, su madre, tan buena, puede a veces mostrarse tan dura? *Baba decía que cuando estaba enfadada no se daba cuenta de su crueldad... Baba... a quien yo adoraba y que me ha abandonado... ¡Y Ella ahora!* Selma se muerde los labios: tengo que ocultar mi confusión a cualquier precio... *¡Ah! Si pudiera quererla menos, no ser tan torpe, no mostrarme tan ansiosa de complacerla, si pudiera demostrarle indiferencia... Entonces me querría, estoy segura. Pero pareciera que le peso... ¿Cuántas veces me ha reprochado que la ahogaba?*

Selma respira profundamente. No se dejará ahogar.

—Annedjim... ¿No amabais profundamente a vuestro padre?

—¿Mi padre...?

Una sonrisa muy dulce ilumina el rostro de Hatidjé. De repente, parece una jovencita.

—Sí, lo amaba apasionadamente... Era un hombre extraordinario, uno de los raros seres a quien se podía amar sin perder la dignidad.

Selma la mira en silencio.

...Es eso, Annedjim, exactamente eso lo que yo siento por vos; ¿por qué lo rechazáis? Un día dijisteis que ser Dios debía ser el infierno. Toda la esperanza, todo el amor de la humanidad aferrados a los pliegues de vuestro vestido. ¡Qué peso! ¡Un poco de indiferencia, por favor, un poco de aire! Yo me había reído como de una broma. Ahora comprendo hasta qué punto erais sincera...

¡Ah!, siempre somos culpables, o porque no amamos lo suficiente, o porque amamos demasiado.

II

—¡Están matando a los nuestros a centenares!

En un rincón del patio de recreo, Amal ha llevado aparte a Selma. Su rostro está aún más pálido que de costumbre.

—En el yebel, los franceses han incendiado aldeas enteras, sin fijarse en mujeres y niños. ¡Se arrepentirán! ¡La venganza de los drusos será terrible!

Una pelota llega hasta sus pies, dos alumnas se pelean riendo por apoderarse de ella. Son los primeros días del otoño, el sol es como una seda.

Selma le toma la mano a Amal. En el colegio de las Hermanas de Besançon, la pequeña drusa es su única amiga, la única que rompió el aislamiento en el que la mantenían. La adolescente comprendió la confusión de Selma; ella había pasado por lo mismo, ella, de quien las religiosas dicen: «Amal es bonita, inteligente; ¡lástima que la pobrecita sea musulmana!» Al principio no quería quedarse, lloraba todos los días, pero su padre no había cedido: en el Líbano, los mejores colegios son los colegios cristianos, y las buenas familias musulmanas consideran un honor enviar a ellos a sus hijas.

—Amal, contadme— pide dulcemente Selma, —los demás libaneses han aceptado el mandato francés, ¿por qué luchan los drusos?

—¡Es un asunto de honor!

Los ojos azules centellean.

—Al comienzo no estábamos contra los franceses, pero el alto comisionado, el general Sarrail, insultó a nuestros jefes.

En la primavera de aquel año 1925, había venido una delegación de Siria para discutir el *status* de la comunidad drusa. La delegación protestó contra las iniciativas del gobernador francés

Carbillet, que trastornaba las tradiciones ancestrales, y exigió, tal como lo preveía el acuerdo de 1921, un gobernador druso.

El alto comisionado les había respondido con desparpajo, diciéndoles que aprobaba plenamente las reformas de Carbillet, y que el acuerdo de 1921 era un documento que ya estaba superado. Posteriormente, otras delegaciones habían venido a Beirut sin lograr reunirse con Serrail. Para ese «general de izquierda», racionalista y anticlerical, los drusos eran unos salvajes, tal como los negros de África, que él conocía muy bien. No había que perder el tiempo con ellos.

Un día, intenta esquivar a un grupo de notables escoltados por un centenar de jinetes y sale por una puerta oculta... y se encuentra de frente con ellos en la escalera. Para los drusos constituye una afrenta intolerable; arrojan los keffiehs al suelo. En adelante, entre ellos y los franceses se ha declarado la guerra. Para terminar de arreglar las cosas, el alto comisionado ordena a su delegado en Damasco que convoque a los principales jefes drusos, so pretexto de examinar sus reivindicaciones, y los detenga. Tres de los más prestigiosos caen en la trampa.

Esta vez es demasiado. El 17 de julio, bajo la dirección del terrible sultán El Atrach, estalla la revuelta. Enviadas para reducirla, muchas columnas de soldados franceses son diezmadas.

—¡Y esto no es el fin!— promete Amal frunciendo el ceño con aire belicoso. —Los drusos del Chuf libanés se han unido a los drusos del yebel sirio. En este momento son más de cincuenta mil.

—¡Ya lo veis, van a ganar!— dice Selma, —¿por qué estáis tan inquieta?

—Porque, tal como vos, el gobierno francés comienza a pensar que podríamos ganar— suspira Amal. —Por eso ha despachado al general Gamelin al frente de un cuerpo de caballería circasiana, de escuadrones tunecinos y de siete batallones de infantería. Equipados con la más moderna artillería, bombardean nuestras aldeas para reducirlas a polvo. Nuestros drusos luchan como leones. ¿Pero qué pueden hacer sus fusiles contra cañones?

Selma rodea con su brazo los hombros de la joven. Ella también recuerda... La ocupación, la humillación, la revuelta, la impotencia... y después, ¡la victoria! Estrecha fuertemente a su amiga.

—¡Venceréis, Amal, estoy segura, como nosotros en Turquía, vencimos a los ejércitos extranjeros!

¿Nosotros... Quién, nosotros...? Han pasado años y Selma no logra, jamás logrará reconciliar su espíritu con lo que le parece una aberrante paradoja: la victoria de su país y la expulsión de su familia. En alguna parte la historia se ha desorientado...

—Lo peor— prosigue Amal, —es que los franceses están convencidos de estar en su derecho. Dividen nuestro territorio, nuestro pueblo, pero pretenden que en realidad...

—¿Qué realidad?— explota Selma. —¿La realidad que les obliga a matarnos? ¿La realidad que obligó a Mustafá Kamal a expulsarnos? Durante mucho tiempo yo también creí que había un malentendido, que había que explicarles; aborrecía a mi madre porque se callaba en lugar de clamar por nuestra inocencia. ¡Qué idiota fui! Era demasiado joven para comprender... ¡No sonriáis! Sólo tengo catorce años, es verdad, pero no es ésa la cuenta que hay que llevar.

»He crecido al descubrir que la buena fe no sirve de nada, que el asunto no es saber "¿Qué es verdad?" sino "¿Quién es el más fuerte?" Desde ese momento dejé de gemir y me juré que un día yo sería la más fuerte.

—Bueno, ¿complotando?

Burlonas, se han acercado dos alumnas: son las inseparables Marie-Laure y Marie-Agnès, bonitas, altivas, hijas de oficiales superiores del ejército francés.

Amal se eriza con todas las uñas fuera.

—¡Qué agudeza! En efecto, discutíamos sobre la manera más eficaz de expulsaros del Líbano.

Marie-Laure la mira con condescendencia.

—¡Oh! ¡Oh!, calmaos, pequeña. Después de todo, sin nosotros, vuestro país todavía sería una provincia esclava de los otomanos.

—¡Terminad con vuestras historias!— se interpone Marie-Agnès, —nos escuchan. Si las madres saben que estamos hablando de política, corremos el riesgo de que nos expulsen.

—Es demasiado fácil— protesta Selma con tono seco —huir ahora que nos habéis insultado.

—¡Mirad, la princesa quiere satisfacciones!— ironiza Marie-Laure. —¡Perfecto! Propongo que arreglemos el asunto en el campo de gimnasia y os dejo elegir las armas: la carrera o el salto.

—El salto paracaídas.

Marie-Laure la sobrepasa al menos en diez centímetros y Selma sabe que en la carrera no tendrá ninguna oportunidad.

El campo de gimnasia está un poco separado de los edificios principales, con el fin de que las alumnas puedan ejercitarse con toda tranquilidad. En el lado derecho, hay un pozo de arena y el andamio en el cual se colocan las viguetas metálicas a la altura requerida.

—¿Comenzamos a dos metros?— propone Marie-Laure.

—Muy bien.

—Entonces, comenzad, puesto que vos os creéis ofendida.

Las dos adolescentes se desafían con la mirada. Han olvidado completamente a Amal que, sin embargo, es la causa de la pelea. ¿Causa o pretexto? Desde hace mucho, Marie-Laure y Selma arden por enfrentarse. Se parecen: orgullosas, apasionadas, intolerantes. En otras circunstancias, habrían podido ser amigas. Se odian.

Alrededor de ellas, las alumnas se han agrupado, vigilantes.

Dos de ellas se ofrecen como voluntarias para subir la vigueta, veinte centímetros cada vez —falta poco para que termine el recreo—, y otras dos vigilan.

Primer salto: fácilmente, un juego de niños.

—¡Dos metros veinte!— anuncia la alumna que hace de árbitro.

Selma se lanza, leve, y Marie-Laura la sigue con sus piernas musculosas, potentes.

—¡Dos metros cuarenta!

Esto comienza a ponerse serio. Una tras otra saltan, concentradas en sí mismas.

—¡Dos metros sesenta!— anuncia la árbitro.

De pie sobre la vigueta, Selma percibe un murmullo. Entre las adolescentes reunidas allí, distingue la carita de Amal. Le hace una señal con la mano, para tranquilizarla. Está un poco nerviosa pues nunca ha saltado de tan alto. Pero con toda esa arena no hay problema. Dobla las rodillas, una vez, dos veces, ¡allá va! ¡Bien!

Apenas tiene tiempo de levantarse cuando Marie-Laura aterriza detrás. Sus miradas se cruzan, titubean un instante, luego se vuelven.

Dos metros ochenta.

Lentamente, Selma sube los escalones, con un curioso temblor en el pecho. Abajo se ha hecho el silencio: veinte pares de ojos la contemplan. No es posible retroceder.

Hace una inspiración profunda: ¡vamos allá!

Apenas se lanza, se da cuenta. Como si fuera dos personas, oye el crujido, la quemazón como latigazo, el intolerable dolor y, al mismo tiempo, una especie de alivio: se acabó, ya no necesita tener miedo.

Alrededor de ella oye gritos, todo da vueltas, no, no va a vomitar, ella...

¿Dónde está? ¿Qué ha sucedido? ¿Por qué la madre Jeanne le frota el rostro con agua helada? ¿Por qué tiene esa cara perturbada?

Un dolor en la pierna derecha la trae a la realidad.

—No os mováis, mi pequeña, ya llega la ambulancia. ¡Pero qué imprudencia! Habríais podido mataros. ¿Por qué saltasteis de tan alto?

Selma esboza una mueca.

—Me preparaba... para los Juegos Olímpicos.

De inquietos, los rostros de las alumnas se distienden, algunas ríen. Es más de lo que Marie-Laure puede soportar:

—Fue culpa mía, madre, fui yo la que...

—Fuisteis vos la que me animasteis a hacer deporte— la interrumpe prestamente Selma, —pero debería haberme dado cuenta de que no tenía talla para medirme con vos.

—Mi pobre niña, ¡adónde puede llevaros el orgullo!— suspira la madre Jeanne.

Finalmente llega la ambulancia. Con mil precauciones instalan a la herida y toda la clase se precipita a decirle adiós. Amal solloza. A su lado, Marie-Laure está lívida.

—Hasta pronto, Selma, vuelve cuanto antes.

Se miran, tímidamente se sonríen. Selma se sorprende sintiéndose feliz de haberse quebrado la pierna.

Es una fea fractura. El doctor ha prescrito seis semanas de inmovilidad completa en casa. Todos los días, después de clase, Amal viene a ver a la herida. La amistad que sentía por Selma se ha convertido en pasión.

—Nunca olvidaré lo que habéis hecho por mí. En la escuela sólo se habla de vuestro valor y sobre todo se os agradece el que no hayáis dicho nada. ¡Les habéis dado una buena lección!

Estrecha a Selma entre sus brazos, tiernamente le arregla un bucle sobre la frente empapada de sudor, siembra de besitos sus manos. Con los cuadernos esparcidos por la cama —supuestamente, Selma debe seguir estudiando y Amal debe resumirle las clases del día—, no terminan nunca de charlar.

Amal perdió a su madre a los dos años y no tiene ningún recuerdo suyo. Fue educada por una tía, prima de Sit Nazira, la soberana de los drusos.

—Sólo he visto a Sit Nazira una vez, en su palacio de Mukhtara, en el corazón de las montañas del Chuf, pero la recordaré siempre... Sentada en un diván bajo, vestida con una simple túnica negra y los cabellos cubiertos por un velo blanco como nuestras campesinas, parecía una reina.

Amal recuerda que allí había unos veinte jefes de clanes que habían venido a consultar a la castellana. Por respeto habían depositado sus fusiles y sus cartucheras en un montón a la entrada del salón. Vuelve a ver sus rostros rudos, como hechos con buril, unos rostros de hombre que ya no se ven en las ciudades. Sin embargo, delante de aquella frágil mujer parecían intimidados como niños.

—Sit Nazira les habló largamente, luego, a uno tras otro, les hizo la misma pregunta, mirándolos con sus ojos claros. Unos tras otros, asintieron y se acercaron, como máxima señal de pleitesía, a prosternarse y a besarle el ruedo del vestido. Lo que me impresionó es que en ningún momento había elevado la voz ni hecho un ademán.

—Me hace pensar en mi madre— murmura Selma soñadora, —o más bien en lo que era mi madre. ¡Pobre Annedjim! Con el exilio ha cambiado mucho...

—¿Y vuestro padre?

Los ojos de Selma se vuelven gris oscuro.

—Ya no tengo padre.

—Perdonadme— se entristece Amal, —no sabía...

—Nadie lo sabe, salvo yo.

Dos meses más tarde, apoyada en unas muletas, Selma hace su entrada en clase. Es recibida calurosamente; alumnas que nunca le habían dirigido la palabra se apretujan a su alrededor.

Desde el fondo del patio, avanza Marie-Laure, indolente.

—Me alegra volver a veros— le dice.

Frase trivial, pero nadie se equivoca: viniendo de la jefa de fila franco-maronita, se sella la reconciliación.

Para Selma, el día pasa como una fiesta; incluso las religiosas están pendientes de atenderla.

Por la tarde, Marie-Laure le propone llevarla a su casa. Como la mayoría de las alumnas francesas, dispone de un coche con chófer que la espera a la salida del colegio. Selma se siente tentada de aceptar cuando sorprende la mirada triste de Amal.

—Sois muy amable, gracias, pero tengo ganas de tomar el aire. Y Amal se ha ofrecido a llevar mis libros.

Sin llamarse a engaño, Marie-Laure se encoge de hombros.

—Lástima, pensaba que teníamos cosas que decirnos. Pero tenéis razón— agrega con tono distante, que oculta mal su decepción, —la fidelidad ante todo.

Selma la mira alejarse, con el corazón oprimido por haber rechazado la mano tendida, y la impresión de haber fallado. Por mucho que piense e intente justificarse —¿podía abandonar a Amal que en los peores momentos permaneció a su lado?—, la alegría de aquel día se ha disipado. Incluso el sol ha perdido su calor.

Y cuando a su lado la joven drusa ironiza:

—Mirad, mirad, ¿estará celosa la hermosa indiferente?

Selma dejó estallar su irritación:

—¡Oh!, os lo ruego, ¡guardaos vuestros comentarios!

Pero de inmediato, ante el pequeño rostro herido, se arrepiente. «También a ella le hago daño. ¿Qué me sucede? ¿Por qué la amistad es tan exclusiva? ¿Por qué siempre hay que elegir el campo?»

Días más tarde, en plena clase de literatura, mientras la madre Teresina se esfuerza por explicar a sus alumnas la moral corneliana opuesta a la amoralidad de los personajes racinianos, víctimas de sus pasiones, la puerta de la sala de clase se abre para dejar pasar a la madre superiora acompañada de un señor muy distinguido, tocado con un *tarbouche** y provisto de un bastón con empuñadura de plata.

Al primer golpe de palmas de la madre Teresina, todas las alumnas se ponen de pie; al segundo, esbozan, como pueden, dado lo reducido del espacio entre escritorios, una pequeña genuflexión que pretende ser reverencia, mientras a través de sus pestañas semicerradas examinan al forastero.

—Excusadme por interrumpir vuestra clase, madre— susurra la madre Marc con su voz melodiosa, —pero Su Excelencia el damad Ahmad Nami Bey, gobernador de Siria, nos ha hecho el honor de visitar nuestro establecimiento. Su sobrina, por lo demás, está en vuestra clase. Venid a saludar a vuestro tío, Selma.

Sonrojándose, la adolescente se acerca y con sus muletas esboza una torpe reverencia interrumpida por una carcajada del gobernador.

—Erais menos tímida cuando niña. ¡Vamos, sobrina, no seáis tan formal u os quebraréis la otra pierna!

Con un gesto paternal, le pellizca la mejilla.

—Bueno, contadme lo que os sucedió.

Selma quiere desaparecer bajo tierra. No es precisamente el momento de hacerse notar, ahora que comenzaba a ser aceptada. Farfulla:

—No es nada, Excelencia, salté de demasiado alto.

—¿Una competición?

—Algo parecido...

—¡Bravo!— exclama el gobernador, agregando maliciosamente dirigiéndose a las religiosas, —en eso reconozco perfectamente la sangre otomana. ¡Seguid así, sobrina!

Selma está encarnada. Para coronar su confusión, dos fotógrafos que siguen por doquier a Su Excelencia se ponen a disparar, mientras el damad se pone en pose con una mano protectora sobre el hombro de la joven. Lloraría de rabia. Todos sus esfuerzos reducidos a nada: mañana, haga lo que haga, sus compañeras volverán a tratarla de engreída.

Pero al día siguiente, para su sorpresa, las alumnas parecen

* *Tarbouche*: manera libanesa de designar el fez.

más bien impresionadas. El periódico de la mañana, *L'Orient*, ha publicado en su sección de sociedad la foto de Selma y del gobernador, con un pie que reza: «La intrépida princesita». Los padres han interrogado a sus hijas, intrigados por la sobrina de aquel hombre en quien reposan tantas esperanzas. En efecto, el damad acaba de ser nombrado gobernador de Siria por el nuevo alto comisionado francés, Henri de Jouvenel. Este último estima que, por su calidad de otomano, cercano a los jefes drusos, pero igualmente amigo de Francia, Ahmad Nami Bey es el que está en mejor posición para negociar un arreglo en la desastrosa guerra del yebel.

Alrededor de las mesas de desayuno, las conversaciones han sido animadas. «¿Por qué no invitáis a esa pequeña?», ha pedido más de un padre a su hija. «Es una relación que no hay que descuidar.» Con reticencias las madres han aprobado: «Es musulmana pero después de todo es princesa...».

En el espacio de una semana, Selma, que desde hace un año oía a sus compañeras hablar de sus salidas y recepciones sin haber sido nunca convidada, recibirá una media docena de invitaciones. Cortésmente expresa su gratitud; siente deseos de insultarlas pero se contenta respondiendo que debe consultar con su madre.

Desde lejos, Marie-Laure le hace una pequeña señal como para decirle: «¡No os lo toméis tan a pecho!» Al menos ella se ha abstenido. Selma se lo ha agradecido.

¿Y yo? ¿Yo no existo? ¿Para ellas no soy más que un título? ¡Y pensar que en un momento creí que había ganado su simpatía! ¡Qué idiota he sido!

A muletazos iracundos, Selma hace volar los guijarros del camino. No le presta atención a Amal que le ha tomado el brazo, trastornada al ver, por primera vez, lágrimas en los ojos de su amiga.

—No estéis triste. Con ello les dais demasiada importancia.

—Ya lo sé, no valen la pena. Pero, Amal, es superior a mis fuerzas: ¡necesito que me quieran!

—Pero si yo os quiero, Selma— dice tímidamente la joven. —Ya sé que no es mucho.

—¡Oh!, sí, Amal, es mucho y os lo agradezco.

Selma hace un esfuerzo por sonreír; su boca temblorosa se curva en una lastimosa mueca. Aprieta la mano de su compañera... *Es verdad, Amal, me quieres, ¿pero por qué?... ¿Porque en esa clase soy como tú, un pato cojo rodeado de cisnes?... ¿Porque somos musulmanas frente a las cristianas que nos desprecian?*

A través de las lágrimas que no se esfuerza por contener, vuelve a ver el blanco palacio de Ortakoy en el que una «pequeña sultana», revoltosa y decidida, causaba la admiración y la adoración de los demás niños. ¡Qué lejos está eso!... *Gulfilis, y tú, Ahmad, ¿recordáis a vuestra Selma? Me amabais y a mí me parecía natural... Ahora no me queda nadie... Ni Baba... ¡No! No quiero volver a pensar en él.* Selma sacude la cabeza y de un manotazo se limpia los ojos. ¿Qué está diciendo? *Me queda la más importante, Annedjim... Annedjim me quiere... Seguro... Soy su hija... Si no lo fuera, ¿me querría? ¿Me querría por mí misma?*

En las semanas que siguen, afluirán las tarjetas de invitación, pero para gran sorpresa de su madre, Selma ni siquiera las mira. Declara que la aburren esas reuniones en las que cada cual sólo se preocupa de ser la mejor vestida y en las que el principal tema de conversación es murmurar de los ausentes.

La sultana no insistirá. En la actitud firme de su hija, ella adivina una herida, pero sabe que Selma no hablará hasta que lo decida. «Ella que era tan abierta», piensa, «¡qué reservada se ha vuelto! A veces pienso que es culpa mía, les presto tan poca atención, a ella y a Hairi... Ya no tengo valor... Ni ganas... Por lo demás, ¿qué podría decirles? Por más que busco dentro de mí sólo encuentro el silencio...»

Sentada entre Zeynel y las kalfas, Selma contempla los arabescos de la alfombra. ¡Parecen bailar! Le ha oído decir a Marie-Agnès que a esas meriendas va un profesor a enseñarles el charlestón. Selma se imagina las risas, la música, siente hormigas en las piernas... Pero ¿de qué sirve soñar? Sabe que no irá.

Ni siquiera tiene un vestido decente para ponerse. Y, además, las invitaciones hay que retribuirlas y ¿de dónde sacar el dinero?

La familia vive ya con un minúsculo presupuesto. Cada dos o tres meses —por intermedio de un primo de Memjian Agha, un pequeño joyero armenio que pasó su juventud en Estambul y que les es fiel—, la sultana vende alguna joya que las damas de la sociedad maronita, recientemente enriquecidas, se quitarán de las manos. Menos por la belleza de las piedras que por el orgullo de poder exhibir los despojos de esa familia otomana cuyo poder han soportado durante cuatro siglos.

Pero la reserva de joyas no es inagotable, y llega un momento en que la sultana adopta una expresión severa y habla de economía, lo que en la casa les hace sonreír pues la princesa no tiene la más mínima noción del dinero. Siempre se negó a revisar una cuenta. «Me tomáis por un mercader.» O a utilizar esos «repugnantes billetes».

Es Zeynel el que se encarga de las finanzas de la casa. Ahora es el único hombre de la familia pues, a los dieciséis años, Hairi todavía es un gordo niño fastidioso. Encantada de librarse de esa faena «insoportable», la sultana le da carta blanca. Nunca hará una observación y no parecerá advertir en la mesa que el menú es a menudo frugal. Ella se encuentra muy por encima de esos detalles.

En cambio, no puede rechazar a los pobres que golpean su puerta. Su generosidad es muy conocida en todo el barrio.

A nadie se le ocurriría recordarle que los tiempos han cambiado y que debería ser menos pródiga. Por lo menos no a Selma. Alrededor de ella, siempre vio dar, a los amigos, a los criados, a los esclavos, a los menesterosos. Se daba, era natural, formaba parte del orden de las cosas.

Hoy, que no hay dinero, ¿existen razones para cambiar? Igual que su madre, Selma es incapaz de resistir la mirada de unos ojos implorantes. Además, complacer la hace tan feliz...

Un día, irritada de verla vaciar su monedero cada vez que un mendigo le tendía la mano, una compañera le dijo:

—¡Dejad de haceros la princesa!

En ese momento, Selma se quedó estupefacta. Después se preguntó si en efecto no hacía la caridad para conservar una ilusión de superioridad, un *status* que ya no poseía. El asunto la atormentó durante mucho tiempo y, finalmente, terminó por decirse que no hacía más que obedecer a su instinto: así como el papel del soldado es combatir y el del médico sanar, así pertenece a la naturaleza del príncipe, se dijo, ser principesco.

Un *barbarín* viene a traer la misiva. Ufano en su hermoso uniforme rojo que realza su piel oscura, permanece muy derecho a la entrada del salón, mientras la sultana abre el sobre exornado con una corona dorada en relieve.

«Es cierto que, gracias a los ingleses, el "Jedive" posee ahora el título de "Rey de Egipto"», piensa divertida; «¡si sigue siendo tan dócil, tal vez llegue el día en que lo nombren emperador!» La indulgencia irónica con la que juzga las pequeñas vanidades de sus semejantes se tiñe hoy de un pequeño desencanto: no está dispuesta a olvidar que, en la primavera de 1924, el pusilánime soberano se negó a recibir a la familia otomana en el exilio.

La letra alta y firme denota a una persona consciente de su importancia. Es una sobrina del rey Fuad, la princesa Zubeyda, quien, de paso por Beirut, solicita «el placer» de entrevistarse con la sultana.

«¿El placer? Cuando éramos sus señores, y no hace mucho tiempo, sólo doce años, solicitaban "el honor" de ser recibidos. Bueno, la recibiremos dignamente, pero no estoy segura de que con ello sienta mucho placer.»

Con una sonrisa maliciosa, la sultana toma una de las últimas hojas de pergamino con las armas del Imperio y escribe algunas líneas invitando a la princesa para el día siguiente a la hora del té.

El pesado collar de esmeraldas centellea; en el centro un diamante del tamaño de un huevo de codorniz lanza luces de todos los colores.

En el umbral, la princesa Zubeyda está de pie, deslumbrada, sin poder despegar los ojos del cuello de la sultana.

—Entrad, querida, os lo ruego.

Inmediatamente, Zubeyda ha reconocido el tono imperial en el que una exquisita cortesía y altivez se mezclan con la mayor naturalidad, ese tono quc, cuando era una niña, la petrificaba de admiración y de rencor, y que nunca, pese a todos sus esfuerzos, ha logrado imitar.

En la butaca de orejas, al fondo del salón, la silueta oscura espera, inmóvil.

Rápidamente la princesa se recobra y se inclina con gracia con un profundo temenah, llevándose la mano al corazón, a los labios y a la frente. Cuando se levanta, se encuentra con una mirada fría e interrogante. Seguramente, su anfitriona espera los tres temenahs, como lo exigía la etiqueta de la corte otomana. En el salón exiguo de su modesta casa beirutí, ella sigue siendo más que nunca «la sultana». Con gran esfuerzo, la joven se apresura y mide sus reverencias en el espacio ahora demasiado exiguo, con el rostro escarlata por haber sido puesta desde el comienzo, silenciosa pero claramente, en su lugar.

Finalmente la sultana le sonríe y le muestra amablemente un silloncito a su lado. Sólo puede advertirlo cuando está sentada: más bajo que la butaca, el silloncito obliga a la invitada a estirar el cuello para hablarle a su anfitriona: el principio del trono y de los taburetes de las duquesas...

Cada vez más incómoda, la princesa se pregunta si debe considerarse insultada y demostrarlo, cuando, con el tono más dulce del mundo, la sultana le agradece el haber distraído parte de su precioso tiempo para visitar a una pobre exiliada. ¿Se ríe de ella? ¿Pero cómo tomar una actitud hostil ante aquellos ojos de porcelana y esas palabras de miel...?

La hora que sigue será una de las más largas que Zubeyda haya pasado nunca. Ella que venía, aureolada por su riqueza y su poder, a constatar el infortunio de una familia que siempre envidió; ella, que venía a compadecer, a consolar e incluso a ofrecer, con tacto, una pequeña cantidad bien envuelta en el fondo de su bolso, es recibida con incluso más nobleza disimulada y altivez que cuando esa familia reinaba.

Todas esas habladurías sobre su pobreza, casi sobre su miseria, ¿cómo ha podido creerlas? La casa no es grande, es cierto, pero las joyas de la sultana, la opulencia de la recepción, en la que se suceden pastas y sorbetes servidos por tres criados en un suntuoso servicio de plata dorada del mejor estilo, no indican precisamente estrecheces. ¿Cómo lo hace? Pregunta sumamente irritante e imposible de plantear.

En cuanto la decencia se lo permita, la princesa se deshará en agradecimientos y se despedirá, sin olvidar esta vez los temenahs, tres, caminando hacia atrás, ante la sultana que, sentada muy derecha en su butaca, le sonríe con su soberana bondad.

Lo que la infortunada Zubeyda no hubiera podido oír, lo que no imaginará nunca, es, una vez que se hubo ido, la inmensa carcajada de Hatidjé sultana.

—¡La muy cursi no creía lo que veía! Creo que le he dado una buena lección. Ya no tendremos en mucho tiempo este tipo de visitas. ¡Venid, hijos míos, venid, estas pastas están deliciosas!

Encantados de la broma gastada, Selma, Hairi, Zeynel y las dos kalfas, aún disfrazadas de doncellas, se sientan a la mesa. A un hombrecillo que los sigue, Hatidjé lo hace sentar a su derecha, y ella misma le llena el plato. Es su fiel joyero armenio. Una hora más tarde, partirá con su gran cartera de cuero, conteniendo el suntuoso collar y los platos de plata dorada prestados para aquella ocasión excepcional.

III

«¿Una carta para mí?» Sorprendida, Selma mira el sello de Irak. ¿Quién puede escribirle? No conoce a nadie allá.

El cartero, que habitualmente deposita el correo en el buzón verde cuya llave tiene Zeynel, ha detenido a la joven cuando salía para ir a clases.

—Hay que pagar un suplemento de diez piastras. Bien, firme aquí, gracias, señorita.

Y vuelve a tomar su bicicleta silbando en medio de la luz dorada de aquella mañana de mayo.

Selma sopesa el sobre con curiosidad, la letra alta y fina le parece familiar y, sin embargo... Resueltamente se la mete en el bolsillo: ya está con retraso para el parcial de geometría.

Apresura el paso. En cuanto da vuelta a la esquina y las kalfas, detrás de las ventanas, ya no pueden verla, se pone a correr: rápido, sólo faltan diez minutos para que suene la campana.

El problema era fácil. A la salida, las alumnas intercambian las respuestas. Pero hoy Selma no tiene paciencia para los triángulos isósceles y los paralelepípedos.

—Excusadme, me están esperando.

Sin explicaciones, deja plantada a Amal que quiere verificar las soluciones.

«Me están esperando.» ¿Por qué ha dicho eso? ¿Ella que odia mentir? ¿Quién la espera si no es ese trozo de papel en el fondo de su bolsillo?

En lugar de tomar el camino de su casa, se dirige hacia el malecón, al borde del mar. Camina lentamente, recreándose con el sol. Tiene mucho tiempo por delante. Sonriendo, rehúsa los ofrecimientos de los pequeños vendedores de helados y limonada que en ese momento hacen su agosto. Ha llegado no lejos del hotel Bassoul. Allí, en un recodo, conoce un rincón tranquilo.

Sentada en un banco de madera, juega con la carta. Es siempre el mejor momento, antes de abrirla. Puedes imaginar al Príncipe Encantado que te ha divisado de lejos y te declara su pasión, pero cuando la abres, siempre es una prima que te cuenta su vida insípida o una tía que amablemente te reprocha no haberle dado noticias. Los primos no escriben nunca.

Selma rompe el sobre.

Bagdad, 1º de mayo de 1926

Mi querida niña:

Os envío esta carta un poco como quien arroja una botella al mar, pues, desde hace dos años os he escrito muchas veces. Inútilmente. Mis cartas ¿se perdieron o no habéis querido contestarme?

Vuestro padre es muy desdichado, ¿sabéis?, por haber perdido a su bonita Selma. Por supuesto, fue culpa mía: yo elegí mi país, creyendo que me necesitaba. ¡Qué vanidad...!

Desde entonces, no pasa un día sin que lamente mi decisión. ¿Podéis comprender... y perdonar? Me siento tan solo, me hubiera gustado tanto veros crecer. Erais una niña maravillosa y ahora debéis ser una hermosa joven.

He pensado que, tal vez, os gustaría volver a ver a vuestro anciano padre, después de tanto tiempo. Actualmente soy cónsul en Bagdad. Es una ciudad admirable. ¿Os gustaría conocerla? Si es sí, hacédmelo saber, os envío inmediatamente el billete para vos y vuestra kalfa. Podréis quedaros algunos meses, o más si lo deseáis: nada podría hacerme más feliz.

Espero vuestra respuesta con impaciencia...

Vuestro padre que os ama.

P.S. Por supuesto, también deseo ver a Hairi, pero primero debe terminar sus estudios. Os encargo transmitir mis respetos a la sultana. ¡Qué Alá la guarde!

¡Mi padre...! ¿Mi padre?

Selma está consternada de rencor, de dicha... *¿Por qué me hacéis esto? ¿Qué os he hecho yo? Me abandonáis y luego queréis recuperarme, me amáis, ya no me amáis, de nuevo me amáis... ¿qué soy al final para vos?*

La pequeña silueta sobre el banco aprieta la carta, estremecida por sollozos amargos y deliciosos... *¡Os he amado tanto y odiado con tanta fuerza por haberme dejado de amar!*

Tiene el rostro crispado, la boca abierta en un grito mudo, en un silencio asfixiante.

Un transeúnte se detiene, curioso de ver a aquella joven, cuya desesperación estalla tan violentamente. Ella no le ve; sólo existe la presencia que tiene en su mano.

...*¿Me habéis echado de menos? ¿Y yo? ¿Os habéis preguntado cómo soportaba vuestra traición «vuestra hijita querida»*? Porque vos me habéis traicionado. Desde hacía tiempo pensabais desaparecer, yo lo sentía. Vuestras ausencias eran cada vez más frecuentes. En casa todo os pesaba, queríais recuperar vuestra libertad. La orden de exilio sólo fue para vos un pretexto.

Mi padre...

Os he aborrecido sobre todo porque os habéis ido sin un beso de despedida.

Si hubierais hablado, todo habría sido tanto más fácil...

¿Pensasteis que no lo comprendería? ¿Tan mal me conocéis? A los trece años, ya no se es una niña, a menudo se comprenden las cosas mejor que los adultos que se ciegan para protegerse.

Yo no tenía coraza, quería sentir con todos mis nervios, pasar a través de las mentiras, de las evasivas, para tratar de alcanzar... ¿qué?, no lo sé. Lo único que sé es que eso es vivir, no hay otro camino.

Es difícil, se necesita fortaleza... Y yo soy fuerte cuando me siento amada. Vos me habéis arrebatado la fuerza cuando, sin decirme nada, me abandonasteis...

Me dolió tanto, Baba, si vos supierais...

Sin darse cuenta, Selma grita. El sol da vueltas a través de las lágrimas. De repente siente una intensa fatiga, un deseo de penetrar en la tierra, de hundirse en ella hasta lo más hondo para descansar.

¿Cuánto tiempo ha pasado sobre aquel banco? El mar comienza a enrojecer cuando decide volver a la casa.

La reciben con exclamaciones de irritación: «¿Dónde estabais? ¿Qué ha sucedido? ¿Estáis herida?» Las dos kalfas dan vueltas a su alrededor como si fuera un polluelo que se hubiera perdido. En el salón, Zeynel, que intenta por enésima vez hablar con la comisaría de policía, se queda boquiabierto, con el teléfono en la mano, mientras Hairi estalla en carcajadas.

—Ya os lo había dicho, ¡estaba de paseo! No valía la pena hacer tantas historias.

En la mirada extraña de su hija, la sultana comprende que algo grave acaba de suceder.

—¿Qué pasa, Selma?

La joven no la oye; se ha vuelto hacia Zeynel y lo mira con dureza.

—¿Quién cogió las cartas que mi padre me ha enviado durante dos años?

Se produce un silencio escandalizado: es la primera vez desde que comenzó el exilio que alguien se atreve a recordar a Hairi Rauf Bey en presencia de la sultana. Pero Selma no piensa preocuparse de las conveniencias. Furiosa, machaca la pregunta:

—¿Quién ha cogido las cartas de mi padre? ¿Quién?

Glacial, la sultana la interrumpe:

—Moderaos, princesa, y dejad de acusar a Zeynel. Fui yo quien cogió las cartas y las hice destruir.

Aterrada, Selma mira a su madre.

—¿Vos, Annedjim? ¿Pero por qué? ¡Sabíais sin embargo cuánto sufría por su silencio!

—¡Habríais sufrido muchísimo más!

La sultana se suaviza y toma las manos de Selma.

—Os habría desgarrado, hijita, os habríais hecho mil preguntas. Pensé que era mejor para vos que la separación, puesto que existía, fuera definitiva. Al principio fue difícil, lo sé, pero poco a poco vos os resignasteis a lo inevitable, habéis comenzado a olvidar.

—¿Olvidar? ¡Oh!, Annedjim, ¿cómo habéis podido creer que podía olvidar a mi padre?

La sultana titubea.

—Actué por vuestro bien y... sigo creyendo que tuve razón: ¡mirad el estado en que os encontráis!

...¡*Por vuestra culpa, debido a vuestra ceguera*! Los ojos de Selma refulgen. Aprieta los dientes. No pronunciar las palabras irreparables... Huir... La puerta le parece infinitamente lejana... Llegar a su habitación... Dar vuelta a la llave... Nadie, no ver a nadie... Se desploma en el suelo.

—«¡Matarás a tu padre y a tu madre!» ¿Qué decía la madre Bernabé, que era el sexto o el séptimo mandamiento?

—De verdad tenéis la cabeza como un colador.

—Sí, madre Achilée.

Pero cuando el abuelo venga
Os tomará por los pies
Eso os enseñará
A contar por doquier
Que el sultán está loco

... Qué frío tengo...

Frío por la mañana,
Como un diablillo,
Calor por la tarde,
Estrangulada en el armario.

...¡Cuánta gente! ¿Quiénes son estas mujeres de blanco que lloran? ¿Y ese hoyo que se agranda sin cesar, qué es? ¡No! ¡No me enterréis, no estoy muerta, deteneos!

—¡Pobre! ni siquiera se da cuenta de que está muerta.

—¡Pero si no estoy muerta!

—¡Además se vuelve loca! ¡Qué pena debe causarle a su admirable madre! Nunca fue muy juiciosa.

—Además, por eso murió de pena su padre: ella lo mató.

—¡Es falso! ¡Mi padre me quiere! Soy su «hijita querida».

...Toda la clase estalla de risa. ¿Tú también, Amal, estás con ellas?

¿Qué cantan ahora? «God Save de Queen». *Esto es más amable. ¿Cómo? ¿No es por mí? ¿Yo no soy reina? Pero, sí, soy la reina puesto que mi padre es el rey. ¿Mi madre? Pobre mamá, murió cuando era pequeña; yo no la maté.*

—Os ruego, doctor, decidme la verdad, ¿se curará?

Hatidjé sultana está lívida. Desde hace una semana cuida a Selma y se niega a dejarla ni un instante, como si con su sola presencia pudiera impedir que progresara la enfermedad.

—No lo sé, sultana. Se trata seguramente de un *shock* en un terreno frágil. ¿Existen antecedentes en la familia?

—No exactamente, pero mi padre sufría de... accesos de melancolía.

—Perdonadme, sultana, pero debo saber la verdad: ¿vuestro padre padecía también ataques de delirio?

—Lo ignoro, doctor— Hatidjé sultana tiene la impresión de que se va a desmayar, —yo era muy joven. Cuando mi padre estaba mal, nos alejaban. Después, se curó.

El doctor se yergue, con el vientre combado y el pulgar en el chaleco.

—Así, vos no supisteis nunca si vuestro padre tuvo o no ataques de locura, y vuestra hija, en vuestra opinión, tampoco lo supo. ¡Esto lo explica todo!

—No entiendo...

El médico ajusta su monóculo con expresión de superioridad.

—No creo que hayáis oído hablar del doctor Freud. Es un psiquiatra austríaco cuyas teorías han revolucionado el campo de las enfermedades mentales. Yo las he estudiado, las he comparado con mis propias observaciones, y de ellas he sacado ciertas conclusiones prácticas de las que, confieso, estoy muy contento.

Imposta la voz, separando cuidadosamente cada sílaba.

—Según el doctor Freud y yo mismo, creo que se puede decir que vuestra hija se encuentra enfrentada con un problema que no sabe cómo resolver. Es un caso común y cada cual lo resuelve a su manera, entregándose al placer, al trabajo, al alcohol, ¡qué sé yo! Pero algunos seres, tal vez más sensibles, eligen huir hacia la locura.

—¿Eligen?

—Sí, princesa, puede decirse que se trata de una elección, incluso si no es plenamente consciente. Los diversos grados de la conciencia; ¡en eso está toda la sagacidad del doctor Freud! Un verdadero regalo para el espíritu, ¿no es así?

—¿Pero... y mi hija?...

Perdido en su discurso, el médico no oye a la sultana.

—Como decía: ¿por qué esa elección y no otra, más «razonable»? Pues bien, puede haber múltiples causas; a veces se trata de la influencia de alguien que se admira y con quien se siente uno identificado. Ésta es la razón por la que os he preguntado si vuestra hija sabía que su abuelo había tenido, tal vez, ataques de locura. Si lo sabía, como es probable— con los criados no se pueden guardar secretos, —se puede esperar que la identificación no dure mucho. Pues no es sólida, sino sólo basada en un «tal vez». Si las tensiones disminuyen, yo, el doctor Oukahn, puedo afirmaros que dicha identificación malsana desaparecerá sola.

Su voz se hace grave.

—Pero vos tenéis que jugar un papel importante.

—Haré cualquier cosa, doctor, decid...

—¡Sobre todo no hagáis nada! Id a descansar, dejad que los demás se ocupen de vuestra hija. Incluso en su estado, y quizás sobre todo en su estado, percibe vuestra ansiedad y esto refuerza su sentimiento de culpa respecto a vos. Ella no sabe cómo agradaros sin traicionar a su padre, y viceversa. Por eso se refugia cada vez más en la irrealidad. Mi consejo: dejad a vuestra hija tranquila.

—¿Estáis insinuando que mi presencia a su cabecera es nefasta?

—No lo insinúo, lo afirmo. Mis respetos, sultana.

—¡Ese médico es un asno y además un grosero! ¿Cómo puede el amor de una madre perjudicar a su hija?

Desesperada, la sultana recorre el salón.

—Cuando pienso que lo consideran el mejor psiquiatra de la ciudad... ¿Y ahora qué hacer?

—Si permitís, sultana— dice Zeynel sin atreverse a mirar a su ama. —Seguid su consejo. No creo en nada de su galimatías, pero vos necesitáis reposo, parecéis muy cansada. No temáis, yo cuidaré de la princesa y os avisaré a la menor novedad.

«¡Lo pagarás!» Las sombras sin forma salen de los muros blancos y rodean a Selma.

—¿Pero qué he hecho?

—¡Ja, ja, ja! ¡Pregunta lo que ha hecho!

... ¡Qué risa idiota!... Sobre todo no hay que irritarlas.

—Os lo juro— adopta su voz más suave —no lo sé.

—No lo sabrás nunca; ése es tu castigo: saber que has cometido un crimen horrible y no saber cuál.

—No entiendo...

—Empero es sencillo: si conoces tu falta y te castigan, el castigo se convierte en la manera de redimirte. Mediante un simple cálculo pones en la balanza el mal que has causado y el que sufres y, al cabo de cierto tiempo, estimas que estás en paz. Es demasiado fácil: gracias al castigo, nada de angustias, ¡un pequeño mundo bien ordenado! Pues bien, ¡nosotros no te castigaremos!: mereces el infierno y el infierno es la ausencia de castigo.

—¡No!, por favor, ¡eso no!— suplica Selma aterrorizada.

Intenga coger un trozo de sombra, pero pese a todos sus esfuerzos, no logra moverse.

—Quiero morir— gime.

—¿Qué es lo que te acabamos de explicar?

Las voces se alargan en un silbido irritado.

—En nuestro mundo, el verdadero, no tu trozo de habitación ni tu trozo de país, no existe la muerte. No hay muerte ni vida, verdadero ni falso, comienzo ni fin. Y lo que tú has hecho, después de todo, no tiene ninguna importancia, pues en este mundo no hay nada bueno ni malo, nada justo ni injusto. Es un mundo infinito, por lo tanto, sin reglas...

—Pero entonces— interrumpe Selma, —si lo que he hecho tiene importancia, ¿podréis perdonarme?

—¡Francamente, tienes ideas fijas! Debes saber que incluso si quisiéramos, no podríamos. Ves, tenemos el privilegio de ser completamente libres, y esta libertad nos impide tomar cualquier decisión, somos como balanzas en las que no pesa nada.

Enfadada, Selma se ovilla con su almohadón.

—¡Todo eso no quiere decir nada!— protesta.

—Tal vez, pero ¿conoces alguna palabra que haya querido decir algo alguna vez? ¿Cómo iban a poder vuestras miserables palabras forjadas por espíritus limitados aprehender la realidad? No lo pienses más, sigue divirtiéndote, y no intentes salir de tu caja de tres dimensiones. A los que lo han intentado— sin que siquiera tuviéramos oportunidad de intervenir, —los han encerrado sus

propios hermanos detrás de barrotes y los han declarado locos, cuando no los han quemado o crucificado.

»Créeme, es preferible que te estés quieta en tu rincón. ¿Es aburrido, pequeña? Cierto. Pero, sabes, el infinito es también muy monótono, espacios interminables, sin ningún muro para apoyarse, y además, nos morimos de frío, sin una manta que remeter, nada que limite nada, ¡a la postre, agotador!

«...Finalmente se ha dormido. ¡Qué encendida y sudorosa está, mi pobre niña!...» Delicadamente Zeynel saca la sábana para cubrir a Selma, para proteger su delgado cuerpo, no de un improbable frío sino de las malas influencias que siente merodear. Cuando hace un rato, ella gritaba, se debatía contra fantasmas, el eunuco tomó el Corán con la mano derecha, encendió todas las luces e inspeccionó todos los armarios. Por más que se diga en la actualidad que los aparecidos son inventos de mujeres, él, Zeynel, recuerda perfectamente que en su aldea, en Albania, nunca se iban a la cama sin dejar delante de la puerta pan y algunas frutas, para que los espíritus empujados por el hambre no tuvieran la mala idea de entrar. Y generalmente por la mañana no había nada.

Con su índice regordete roza la mejilla de la adolescente y tiembla pensando en su audacia. Si alguien lo sorprendiera, ¿cómo explicaría esa falta de respeto? ¿Momento de ausencia o deseo senil de contacto con una piel joven? Incluso si lo torturaran, la verdad no podría ser dicha... Secreto terrible y delicioso que lo roe y le encanta, que en las peores adversidades lo hace levantarse como un rey, como un dios, como un hombre.

—¡Baba!

Selma se endereza chillando, con los ojos en blanco de espanto.

—¡No me mates! Aparta ese puñal, soy tu hijita. ¿No me reconoces? ¡Mira! ¡Me saco esta piel!

Frenéticamente, se araña la cara, rechazando con fuerza al eunuco que intenta dominarla.

—¡Mira, soy yo! ¿Ya no reconoces a tu bebé?, ¿tu pequeño bebé...?

Se ha doblado en sí misma, con las rodillas en la barbilla y los brazos apretados alrededor de los hombros.

—¿Me ves ahora? Me encojo tan rápidamente que pronto sólo seré una conchita rosa que podrás llevar en el bolsillo. No te molestaré, lo juro. Sólo que, cada cierto tiempo, di... ¿me acariciarás?

—Sí, mi niña, te acariciaré, no tengas miedo.

Con una delicadeza infinita, Zeynel ha puesto su mano en la frente de la adolescente que gime.

—Me hunden clavos en la cabeza para impedirme pensar. ¡Baba, no me abandones!

—Estoy aquí, Djijim, tranquilízate, jamás te abandonaré.

Temblorosa, se echa en sus brazos.

—Te quiero tanto, sólo te quiero a ti.

Con sus grandes ojos húmedos de emoción, él la estrecha contra su pecho y tiernamente la mece:

—Y yo, si supieras cuánto te quiero, como nunca antes un padre ha amado a su hijo.

Padre... él, de quien los criados se burlan a escondidas... ¿La soñó?, ¿la vivió?, ¿aquella noche bendita... hace dieciséis años?

Su sultana dormía en un gran lecho rodeado de cortinas de tul. Un viento muy fuerte se había levantado e irresistiblemente lo había arrastrado hacia ella, su ama, su reina. Un Zeynel desconocido, más libre y más él mismo que nunca, había posado sus labios sobre la blanca frente. Él había sentido como un deslubramiento. Después... no recuerda nada.

Nueve meses más tarde nacía Selma. Todo el mundo se había extasiado ante el parecido con Hairi Bey. Zeynel se calló. Pero en todo su cuerpo había experimentado una llamada hacia ese pequeño ser, un desgarramiento de su carne, un reconocimiento.

Durante mucho tiempo había rechazado estas locas imaginaciones, pero ellas se imponían cada vez más a menudo, sobre todo en estos últimos años, después de que el exilio había hecho de ellos... una familia.

Y hoy es ella quien clama por él. Turbado se aleja un poco para contemplarla mejor.

—¡Selma mía!... Eres mi milagro, mi aurora, increíble don de los dioses, una lágrima vertida por Alá sobre mi desamparo...

Ella lo escucha extasiada.

—¡Sigue, Baba! Dime cosas hermosas...

—Pobre florecilla, basta un rayo de sol y te abres completamente... Aquí, descansa en el hombro de tu Baba. ¿Comprendes ahora?

—Sí— murmura, con los ojos semicerrados.

—¡Cuánto sufrimiento!, pero ¿qué podía decirte? Jamás lo hubieras creído. Era necesario que lo descubrieses sola, nuestro secreto.

—Nuestro secreto...

Selma se ovilla aún más y suspira de contento.

—Prométeme no decir nada porque nos tomarían por locos. Los descreídos, ¿creen que hay cosas imposibles para el Todopoderoso?

De indignación, el eunuco se ha levantado. Recordar esa impiedad le hace hervir la sangre. Selma abre los ojos, sorprendida: ¡qué rojo se ha puesto de repente! ¿Por qué habla tan fuerte?

—Dicen que somos dementes. Pero ¡quedaos con vuestra cordura, gusanos de tierra ciegos que temáis cualquiera vesanía!

Zeynel coge las manos de Selma.

—Niña mía, bendice conmigo la locura; ella es la vía real hacia el infinito, hacia la cima donde todo se confunde, donde todo es claro... Agradezcamos a Dios que nos ayude a tropezar, alabémoslo por esa gota de mercurio que gira en nuestras cuadradas cabezas. ¡Que se multiplique, que estalle en mil fosforescencias!... ¡Deslumbra la Luz, oh Misericordioso!

—Qué sueño tan extraño he tenido, Zeynel, si supieras...

Sonrosada, Selma se despereza bostezando con voluptuosidad.

—¿Qué hora es? Me muero de hambre. ¿Hace buen tiempo? Buenos días, Leila Hanum, ¿puedo comer mermelada de fresas?

Mermela...

Con los ojos desorbitados, la kalfa tartamudea.

—¿Me reconocéis, princesa?

—¿Si os reconozco?... Pero, Leila Hanum, ¿os sentís bien?— se preocupa Selma.

—¡Alá! ¡Alá!

Temblando de emoción, la kalfa se precipita fuera de la habitación.

—¡Sultana! La princesa... La princesa se ha curado.

—¿Qué le pasa? ¿He estado enferma? ¿Qué he tenido, Zeynel?

—¡Mm!... Nada grave, sólo un pequeño... bueno, una pequeña, una especie de gripe, eso.

—Mi pobre Zeynel, ¡qué mal mientes! ¡En un cortesano es una vergüenza!

—Annedjim, ¿Por qué me miráis así?

La sultana acaba de entrar en la habitación.

—¿Decidme, qué ocurrió?

¿Por qué la estrecha su madre entre sus brazos con esa ternura desacostumbrada en ella?

—Una especie de fiebre, Selma mía, eso es todo.

La joven se calla. Para que la sultana disimule debe de haber sido grave. Con todas sus fuerzas intenta recordar: nada, no recuerda nada... Salvo ese sueño en el que Zeynel decía... ¿Qué cosa decía en realidad?

Sólo dos meses después, Selma se decidirá a contestarle a su padre. Le dirá que no puede viajar a Bagdad —debido a sus estudios—, pero, ¿no podría venir él a verla a Beirut? «Me causaría placer», escribe. Placer... ¿Es la palabra que conviene para calificar ese temblor del corazón, esas lágrimas? Las otras palabras no las escribirá... Ese «placer» de las tarjetas de invitaciones impresas a centenares posee lo que debe tener de impersonal y ambiguo. Su padre vería lo que quisiera ver.

Después de algunas semanas, la carta será devuelta de Irak, acompañada por una nota del embajador: Hairi Bey renunció a su cargo y ha abandonado el país. No ha vuelto a Estambul. Se desconoce su nueva dirección.

Anonadada, Selma mira los caracteres negros en el elegante papel de pergamino color marfil... Demasiado tarde... Escribió demasiado tarde... Se ha ido, ¡creyendo que ella no quería verlo!... De nuevo lo ha perdido y esta vez ella tiene la culpa.

No tiene ganas de llorar. Sólo tiene frío.

IV

Desde la playa de Minet el Hosn, sobre una roca que domina el mar, se puede contemplar tranquilamente el puerto de Beirut.

Todos los jueves, el *Pierre Loti*, procedente de Estambul, deja su contingente de pasajeros y, horas después, cargado de mercancías y viajeros, el gran barco blanco vuelve a la capital. Lleva los sueños de una adolescente apoyada en la muralla de piedra, que lo seguirá con la mirada hasta que desaparezca en el horizonte.

En los primeros tiempos, Selma bajaba hasta el puerto y allí, mezclada con la multitud, se dejaba empujar y mecer, con los ojos cerrados, tratando de recuperar los ruidos y los olores de su país. Y luego, cuando se sentía completamente impregnada, entonces, pero sólo entonces, se permitía mirar. Todos esos rostros, le parecía reconocerlos; los escrutaba con fervor, uno a uno, intentando captar en ellos las imágenes que le hablaran de su ciudad, de volver a encontrar en una sonrisa el esplendor nostálgico de los crepúsculos desde el Cuerno de Oro. Con mucha dificultad se contenía de preguntar: «¿Sois feliz en Estambul?», o mendigar un trozo de pan de sésamo saliendo de un cesto, el calor de un acento, una rosa marchita...

Ella contemplaba a esos viajeros, aureolados con sus quimeras, con los ojos de la pobreza, y ellos la atravesaban, extrañados y reprobadores.

Después había preferido refugiarse en las rocas de aquella playa desierta. Lejos de la multitud que conserva su misterio, y de aquel monstruo de flancos acogedores y apacibles, puede soñar mejor. Durante meses, volverá como en un peregrinaje, ya que no quiere olvidar: no tiene derecho...

Hasta el día en que insensiblemente el *Pierre Loti* perderá su encanto y se convertirá en un barco como los demás, cuyos pasajeros tendrán para Selma el rostro trivial y satisfecho de los viajeros que llegan de cualquier rincón del mundo. Durante semanas intentará recuperar aquella emoción, aquel dolor que le daba seguridad y la atan a la Selma de antes. Inútilmente. Tiene la impresión de haber perdido verdaderamente todo, ahora que ha perdido incluso su pesar.

Sólo más tarde, mucho después de que olvidara el camino del puerto, Selma se preguntará si ella iba allí para alimentar su pena o para, al contrario, gastarla y poco a poco liberarse de ella.

Nadie en su casa ha sospechado estos paseos semanales. El jueves es día de asueto y Selma finge pasarlos en casa de Amal. Una kalfa la acompaña por la mañana y sólo viene a buscarla al final de la tarde.

En la imponente mansión situada en el corazón del barrio druso, Amal vive sola con su hermano Marwan, tres años mayor que ella. Aún eran niños cuando su madre murió de una angina de pecho. Pocos años después su padre moría de una caída del caballo. Entonces una tía vino a instalarse en la gran mansión de la calle Mar-Elias para hacerse cargo de los dos huérfanos. Muy estricta, los educó «a la antigua». En la escuela, nadie sabe mejor que Amal hacer una profunda reverencia o sonrojarse ligeramente cuando un adulto le dirige la palabra. Pero la tía es mayor y sus siestas, que se prolongan hasta el comienzo de la velada, dejan a sus pupilas una cierta libertad.

Niña solitaria, Amal comprende la necesidad de Selma de estar sola. Nunca le ha preguntado acerca de sus paseos misteriosos; simplemente le coge la mano cuando a veces su amiga vuelve con los ojos rojos, los párpados hinchados y, sin decir palabra, la besa. Precisamente porque Amal no le pregunta nada, poco a poco Selma le hará confidencias. Le hablará de su padre, que no está muerto, como le ha hecho creer, sino que, desde que dejó Irak, se hace presente cada cierto tiempo mediante una tarjeta postal enviada desde el otro extremo del mundo.

—La primera venía de Brasil, la segunda de Venezuela, ayer recibí una de México. Ni siquiera puedo responderle, no tengo su dirección. Promete dármela cuando se haya instalado; por el momento viaja sin parar, por sus negocios. Dice que América del Sur es un continente extraordinario en el que los audaces se enriquecen, que luego me enviará a buscar, porque de nuevo quiere darme una vida de princesa... Nunca se pregunta por lo que yo quiero.

Lo que quiere... ¿lo sabe ella misma? Todo le parece tan irreal, aquellas cartas que no esperan respuesta, aquel padre inaccesible, aquellos grandiosos proyectos, aquellas promesas...

—A veces preferiría que dejara de escribirme, para no seguir esperando y desesperando... Pero si dejara de escribirme, creo que...

Con una voz apenas audible, Selma añade:

—¿Sabéis, Amal?, lo quiero... Y así y todo, sé que mañana sería capaz de abandonarme de nuevo... Entonces me sorprendo odiándolo, deseando su muerte.

Violentamente se coge la cabeza entre las manos.

—¡No puedo soportar que no me quiera! No sé dónde estoy, no sé lo que pienso.

Un brazo rodea sus hombros y unos labios frescos se posan sobre su frente. Toda la tarde permanecen abrazadas en el profundo diván. Amal no dice nada; instintivamente sabe que las palabras sólo agrandarían la herida y que, ante aquel dolor, todo consuelo sería indecente, todo consejo insultante. Lo que su amiga necesita, lo que ella le da, es su amor.

Cuando, al caer la noche, una kalfa venga a buscar a la princesa, no advertirá nada. Selma parece relajada, tranquila. La ternura de Amal le ha devuelto la fuerza.

Un coche está estacionado delante de la reja del jardincito. ¿Quién habrá venido a ver a la sultana? ¡Recibe tan pocas visitas desde que desanimó el esnobismo de las damas de la sociedad beirutí! Selma se siente orgullosa de que su madre no se haya prestado a aquel juego, pero a veces se pregunta si no lo paga demasiado caro. Está tan sola...

Ella, cuyo palacio de Ortakoy no se vaciaba nunca, que distribuía su tiempo entre sus obras de caridad, las discusiones políticas, los consejos de familia, sus amigos y sus recepciones, ella que reinaba sobre un ejército de esclavos y criadas, y se ocupaba personalmente de solucionar los problemas de cada cual, se encuentra desde hace dos años confinada en aquella casa con la única compañía de dos kalfas, tan tristes como abnegadas, y un eunuco... ¡Oh!, es cierto, Zeynel es mucho más que un eunuco; se ha convertido en intendente, secretario, consejero en todo lo que respecta a la vida cotidiana; ¿pero un amigo, un confidente? Selma conoce a su madre; sabe que por más desesperada que estuviese, jamás se abandonaría delante de un inferior. Se trata, ya no de orgullo —la sultana quiere a Zeynel mucho más que a la mayoría de los príncipes de su familia—, sino de un sistema de valores tan enraizado que ningún cataclismo podría derribar: no se pide ayuda a los que por tradición se ha protegido; con ellos se comparten las alegrías, nunca las penas.

En el salón está sentado un personaje majestuoso, de cabellos negros: es Nailé sultana, hija del sultán Abd al-Hamid. En Estambul, las dos familias se veían apenas, pero el exilio las ha acercado. ¡Son tan pocos en Beirut! La mayoría de los príncipes y princesas siguieron al califa a Niza, donde se ha rehecho una pequeña corte. Allí fueron el tío Fuad, «al país de las mujeres bonitas» había declarado, disimulando con una pirueta su desamparo; y la sultana Mariposa que siempre había soñado con conocer la Costa Azul. A menudo Selma piensa en esta tía, tan alegre, tan elegante, que llevaba su refinamiento hasta a tapizar el interior de sus faetones con el color de sus vestidos. ¿Qué será de ella? ¿Será feliz en Francia? La adolescente no logra imaginar su vida allá: Fehimé sultana envía tan pocas noticias... Fátima sultana, en cambio, escribe regularmente. Instalada en Sofía con su marido y sus tres hijos, lleva una existencia apacible, iluminada por la presencia de un gran maestro derviche a casa del cual va varias veces por semana en compañía de Refik Bey. «Avanzamos por la Vía, escribe, cada vez comprendo más que lo demás tiene muy poca importancia...»

Lo «demás» —el exilio, el posible regreso— es de lo que hablan Hatidjé sultana y su prima la princesa Nailé. Las noticias de Estambul son malas. Pretextando un complot contra su vida, Mustafá Kamal ha hecho detener a sus principales opositores. Tras un proceso ridículo, durante el cual el juez «Alí el Calvo» declaró a los periodistas que de todas maneras los acusados eran culpables y que los patíbulos ya estaban levantados, las ejecuciones tuvieron lugar en la mañana del 26 de agosto de 1926. La radio de Londres dio la noticia, precisando que el país estaba en calma: los «tribunales de la independencia» funcionaban en todas las ciudades.

—Pero entonces— se indigna Hatidjé sultana, —¿de todos los héroes que lucharon por la independencia de Turquía no queda nadie?

—En todo caso queda el primer ministro, Ismet Inonu, apodado «el martinete del Ghazi» por lo duro que es con los desviacionistas. La mayoría de los demás, Rauf Bajá, Rahmi, el doctor Adnan, Halidé Edib, se exiliaron hace algunos meses. Cuando Kamal disolvió los partidos políticos, comprendieron que no había nada que hacer y que ellos mismos estaban en peligro.

—¡Pobre Turquía!— suspira la sultana. —Cuando pienso que el gobierno ha llegado hasta a cambiarle el nombre a Alá y que en las mezquitas se debe rezar a «Tanri», ¡un nombre supuestamente más turco! Durante mucho tiempo he esperado una reacción de nuestro pueblo pero ahora veo que está totalmente atado...

Su voz se quiebra.

—Llego a preguntarme si alguna vez podremos volver a casa...

Es la primera vez que la sultana confiesa sus dudas. Trastornada, Selma se acerca, besa la mano de su tía y toma asiento en el cojín junto a su madre.

—¡Annedjim! Es seguro que volveremos. En Estambul, todos están descontentos, los estudiantes y los intelectuales, los religiosos y, sobre todo, los comerciantes. Recordad lo que ha escrito Memjian Agha a su primo: el bazar entero es hostil al nuevo régimen y, cuando el bazar comienza a revolverse, los dirigentes están en peligro. Pronto estaremos en Turquía, Annedjim, ya lo veréis.

La adolescente pone en su mirada toda la convicción de que es capaz: su madre no debe perder la esperanza. Con ternura, la sultana acaricia la cabellera pelirroja.

—Tenéis razón, hijita, a veces tengo ataques de melancolía, no hay que hacerles mucho caso.

Selma siente oprimírsele el corazón: su madre asiente para no entristecerla, ambas se engañan entre sí, pero en el fondo madre e hija saben... ¿saben?... Se yergue indignada. ¿Qué saben? Simplemente está aceptando la derrota. Pues bien, ¡ella, Selma, se niega! «Hay que luchar», decía antes Annedjim, «todo sigue siendo posible».

Presa de una intensa excitación, se levanta y de repente siente un violento deseo de combatir, un calor dentro del pecho que, si no saca afuera, se va a ahogar. ¿Y si se reuniera con Halidé Edib y Rauf Bajá? ¿Si intentaran entrar en Turquía con nombres falsos? ¿Si, junto a miles de descontentos, organizaran la oposición al régimen? Todo es posible...

Hasta muy tarde en la noche, Selma fragua sus planes de combate. Sentada a su pequeño escritorio, escribe febrilmente su diario íntimo. ¿Cuántas veces le han repetido que para conseguir algo hay que quererlo? Ella quiere volver a Estambul, lo quiere por encima de todo y se niega a resignarse.

Por la ventana abierta, le llega el olor embriagador del jazmín. Lo respira a pleno pulmón, respira la noche cálida y se deja acariciar por el temblor de un céfiro; siente todo su ser traspasado por el rumor de los grillos. Su cuerpo se disuelve insensiblemente en la oscuridad azul, y ella comienza a volverse inmensa... Lentamente alcanza las miríadas de estrellas, juega con ellas, y ellas juegan con Selma, fundida en su centelleo, vibrante, dichosa; ya no está separada, no forma sino una misma cosa con toda esa belleza...

Sólo se dormirá al alba, serena, colmada.

Selma vivirá los días sucesivos como en un sueño. Los problemas cotidianos le parecen irrisorios, ahora que «sabe». En el colegio, en casa, se sorprenden de su alegría; ella que se encabrita a la menor observación, ahora es pura tolerancia; ella, cuya impaciencia hacía volar en pedazos todas las reglas, pareciera tener delante toda la eternidad. Incluso Amal no conseguirá adivinar lo que oculta esa sonrisa de dulzura poco habitual. Es como si su amiga no estuviera allí.

Luego, una mañana, sin que nada permitiera barruntarlo, Selma se despierta agotada, desalentada. Mira su habitación, modestamente amoblada y piensa: «¡Ésta es la realidad!» De golpe es presa de la desesperación. Se arroja sobre un almohadón y se pone a sollozar. ¡Oh! ¡Cuánto detesta el Líbano! ¡Cómo odia a toda esa gente que la recibe en «su país», los que pueden decir «los nuestros, nuestra tierra, nuestra patria», sin sentir ganas de llorar, todos los que pertenecen a alguna parte... Jamás recuperará Estambul, ya no pertenecerá a nada, nunca más... Todos estos días se ha mentido: sólo se puede luchar cuando se tiene una tierra sobre la cual combatir palmo a palmo, una tierra donde se pueda caer y levantarse. Pero cuando los que te rodean no despiertan en ti ningún eco, cuando tus manos no pueden coger nada que sea tuyo, cuando tus palabras están condenadas a no ser más que ruidos... ¿Cómo combatir? ¿Contra qué? ¿Contra quién?

Se ha dejado ilusionar: para el exiliado, los sueños no constituyen proyectos, son sólo huidas. Y pensar que se creía valiente, que despreciaba a todos los que se acomodaban a la «realidad»... ¿No será que el verdadero valor, tal como lo pretenden, consiste en aceptar? Ya no lo sabe, y además ni siquiera comprende para qué sirve el valor ni por qué hay que sonreír cuando se tienen ganas de gritar. Todo lo que sabe es que incluso los animales poseen una madriguera, un territorio, sin el cual mueren.

—¿Pero quién le robó la sonrisa a mi bonita prima?

Su Alteza Imperial el príncipe Orhan, nieto del sultán Abd al-Hamid, acaba de llegar al volante de un espléndido Delahaye blanco. Hace de «taxi», una manera de estar al servicio de todo el mundo y por lo tanto de nadie. Pequeño y flaco, tiene una fuerza hercúlea y un carácter muy vivo. Cuando un cliente adopta un tono que no le gusta, no titubea en cogerlo por el cuello y sacarlo del coche. Algunos se han encontrado así, plantados en plena calle, sin comprender lo que les sucedía: simplemente Su Alteza se había sentido insultado.

Selma lo adora, es divertido y tan poco convencional... Todo lo contrario de su primo Hairi que, a los dieciocho años, sólo lleva trajes oscuros y cuello duro, incluso en pleno verano. Orhan tiene veinte años y no se toma nada en serio. Se niega a hablar de Turquía y se burla de los humores de su primita.

—¡Es tu sangre eslava! Todas las bellezas ucranianas y cherquesas, con las que nuestros antepasados llenaron sus harenes, nos transmitieron su semilla. Vamos, princesa, aprovecha tu libertad. Sabes perfectamente que en Estambul estarías encerrada. Ve a ponerte bonita. Te llevo de paseo.

Suben riendo al coche blanco, bajo la mirada indulgente de la sultana: su niña necesita distraerse y con Orhan está bien custodiada.

Toman la carretera de Damasco, que trepa y serpetea a través de los jacarandás de flores azules, los flamboyanes y los enebros. Con la voz más melosa, Selma le pide que vayan a toda velocidad y muy lejos. Sabe que Orhan preferiría detenerse en Aley, la estación veraniega elegante, a unos veinte kilómetros de Beirut, pero sabe también que, cuando le sonríe moviendo sus largas pestañas, él no puede negarle nada. Suspirando de placer baja la ventanilla y deja que el viento le dé en el rostro. A medida que suben, el aire es más fresco, la luz se vuelve límpida, los pinos marítimos y los cipreses dejan lugar a majestuosos abetos y a algarrobos de tronco liso y hojas verde bronce tan satinadas que dan ganas de acariciarlas.

Dejan atrás Bhamdoum; delante de ellos se levanta la cordillera del Líbano, levemente azulada de bruma y, destacándose por un rayo de sol, la cima nevada del Sanino.

Selma salta del coche y corre en medio de las altas hierbas y de los matorrales de retamas, con la cabeza vuelta hacia el cielo, los brazos abiertos como para abrazar todo ese esplendor, absorberlo, hacerlo suyo, corre, no quiere detenerse. Oye a lo lejos que Orhan la llama pero no se vuelve, quiere estar sola con aquella naturaleza que la trae de vuelta a sí misma, que le es más familiar que la amiga más querida, esa naturaleza a la que se abandona sin miedo, que le penetra por todos los poros, devolviéndole la fuerza y la intensidad.

Se echa sobre la hierba y siente su olor húmedo hasta que le da vueltas la cabeza; por sus piernas, por su vientre, suben las vibraciones cálidas de la tierra. Tiene la impresión de fundirse con ella. Deja de ser Selma para ser algo más, esa brizna de hierba, esas hojas, esa rama que se alarga para alcanzar la nube, ella es ese árbol que hunde sus raíces hasta el antro oscuro y misterioso de su nacimiento, ella es el rumor de la fuente y su agua transparente que fluye y parece estar siempre ahí; es la caricia del sol y el remolino del viento, ya no es Selma. Ella, simplemente, es.

En el camino de vuelta, la joven no dirá una palabra. Intenta proteger su alegría, esa llama tan frágil. Creyéndola triste, Orhan se las ingenia para distraerla, le cuenta mil chistes que ella no oye. Le gustaría que se callara... Pero ¿cómo explicarle que el silencio puede ser el compañero más afectuoso, el más atento, el más generoso, y que en la palabra «soledad» ella sólo ve el «sol»?

En el futuro, cuando Selma evoque este período de su adolescencia, se dirá que fue ese profundo lazo con la naturaleza el que la protegió de la desesperación, la convirtió en ella misma. Sin sus largas escapadas a ese universo mágico no habría podido soportar la separación de todo lo que amaba y, sin duda, no habría podido resistir la lacerante melancolía que insensiblemente invadía la casa de la rue Roustem-Pacha.

Tristeza. La sultana declina cada día más. La reelección de Mustafá Kamal en la presidencia de la República, en noviembre de 1927, le ha causado un *shock* del que no se recupera. De ahí en adelante estará obligada a admitir que el pueblo turco no luchará por el regreso de la familia otomana... Su salud se ha resentido. El médico ha diagnosticado una enfermedad de corazón. «En efecto, se trata del corazón, doctor», ha dicho sonriendo. Para tranquilizar a Zeynel y a las kalfas, acepta tomar todos los días las píldoras y las gotas de los frascos que están ordenados por filas en su mesilla de noche.

Más que la enfermedad, lo que inquieta a Selma es esa docilidad insólita: siente perfectamente que no se debe a una esperanza de curación sino a una indiferencia profunda, a una abdicación. La adolescente sufre por su madre y, al mismo tiempo, la aborrece por no luchar. La que llamaban «Jehangir», «Conquistadora del mundo», por lo inflexible que era su fuerza ante la adversidad, no tiene derecho a abandonarse, no tiene derecho a renegar de sí misma. No puede mostrarse débil como cualquier mortal, debe seguir siendo «la Sultana». Si el ídolo comienza a resquebrajarse, todo el mundo a su alrededor se hundirá.

Hoy, 30 de junio de 1928, es el día de la terminación de las clases. Las alumnas mayores, las que van a dejar definitivamente el colegio de Besançon, se han reunido en el patio, en pequeños grupos, con las madres. Los ojos brillan de excitación por dejar el colegio para finalmente «entrar en el mundo», aunque también de emoción... Estaban bien allí, resguardadas, mimadas, a veces reprendidas pero siempre protegidas. Las religiosas eran buenas, incluso las más severas, hasta se sienten tristes de abandonarlas. Castigos, injusticias, llantos, todo se ha olvidado. Prometen volver a menudo, agradecen, no saben bien qué decir, se sienten un poco ingratas de estar tan felices de partir. Pero las madres parecen comprender, las miran con ternura, se dicen orgullosas de ellas, que ahora son unas jovencitas cabales. Nunca, durante todos estos años, las habían sentido tan cerca...

¡Tener diecisiete años y comenzar a vivir!

Algunas alumnas van a abandonar el Líbano. Marie-Agnès

vuelve a Francia; en cuanto a Marie-Laure, parte a Buenos Aires donde su padre ha sido nombrado agregado militar.

—¿Buenos Aires?

—¿No os parece extraordinario? Parece que es una ciudad completamente blanca y sumamente alegre.

—Sí, parece...

Es de Buenos Aires de donde Selma ha recibido la última carta de su padre, hace más de un año. Le anunciaba que había descubierto un país soñado y había decidido poner término a su vida errante. Buscaba una bonita casa para su bonita princesa y le escribiría en cuanto estuviera instalado. Desde entonces no había tenido noticias. ¿Estaría enfermo? ¿Le habría ocurrido alguna desgracia? Selma se ha perdido en conjeturas, incluso se preguntó si... No, eso no es posible. Entonces ¿cómo encontrarlo? No podía pedir consejo a su madre pero, ¿a quién más podría hablarle?

Y ahora Marie-Laure parte para esa ciudad que Selma recorre con el pensamiento desde hace meses: ella podría ayudarla. Desde el enfrentamiento del «salto paracaídas» las dos adolescentes se han hecho amigas. No amigas íntimas como con Amal —nunca se han hecho confidencias—, pero sí unidas por un verdadero sentimiento de estima. Algo como compañeras de armas, para quienes la bravura y la lealtad son más esenciales que las dulzuras del amor.

Selma llevará a Marie-Laure a un rincón del patio y le explicará, en cuanto haya terminado de hablar con la madre Achilée. Un poco aparte, mira el rostro claro y los ojos pálidos, la frente lisa, la boca altiva y la imagina como un valiente caballero que atravesará el océano y le traerá a su padre... Ella se lo explicará todo. Le contará.

¿Le contará qué?... ¿Que su padre la abandonó? ¿Que está en Buenos Aires pero que nunca le ha enviado la dirección? ¿Que ya no le escribe?... En su espíritu las palabras se hielan, ya ve el imperceptible mordisqueo del labio, no de lástima, no —de Marie-Laure no espera esta injuria—, pero sí de incomprensión ante lo que parece una solicitud de ayuda, de decepción ante esa debilidad, esa impudicia. La Selma secreta y valerosa, la que Marie-Laure respetaba, la Selma dura como el diamante en la que creía reconocerse, ¿sólo sería una víctima?

Selma no dirá nada, menos por orgullo que porque sabe que no serviría de nada: Marie-Laure tiene la fuerza de los que nunca han conocido el infortunio, no soporta la debilidad.

Después Selma se preguntará a menudo si hizo bien en callarse. Tal vez Marie-Laure era su última oportunidad...

Nunca más oirá hablar de su padre.

Hay pocas distracciones en Beirut cuando se tiene diecisiete años, se es princesa y pobre. Selma había esperado con impaciencia el final de la escuela, de los horarios estrictos, de los uniformes y las libretas de notas. Se había imaginado entusiasmada todo lo que haría cuando finalmente fuera libre y comenzara a vivir la vida, la verdadera. Y ahora que ante ella se abre el horizonte infinito del tiempo, lo saborea, atenta a su transcurso inmóvil, a aquel vacío rico en todas las posibilidades. Descubre con asombro que la diversión que prefiere es finalmente no hacer nada. No hacer nada para vivir con más intensidad, vivir la vida desnuda, despojada de las actividades que la estorban y la enmascaran, estar totalmente al acecho de las vibraciones del mundo, y en cada segundo degustar la eternidad.

Del sillón en el que pasa ahora la mayor parte de sus días, la sultana observa a Selma. Se inquieta del poco interés que demuestra esa niña que, sin embargo, antes era tan activa: ¿heredaría, como su hermano, el temperamento perezoso de su padre? Ya es bastante penoso tener que admitir, con su acostumbrada lucidez, que Hairi es un incapaz; su hija no puede decepcionarla. La sultana ha puesto en ella todas sus esperanzas, no puede fallarle. De manera que insiste para que Selma se ocupe de algo.

—Tenéis que practicar el inglés y el italiano, porque vuestro acento es deplorable. También le he pedido a Leila Hanum que os enseñe nuevos puntos de bordado. En cuanto a la caligrafía árabe, para la cual estabais muy capacitada, veo que la habéis abandonado... Bueno, Selma, sois hermosa, inteligente, sois princesa: os espera un porvenir brillante. Debéis prepararos para él, no debéis permanecer ociosa.

Si se atreviera, Selma se taparía los oídos, ya no soporta los eternos: «debéis, no debéis». Tiene la impresión de que tratan de robarle la vida. Ya cuando era pequeña y mademoiselle Rose le hacía repetir las lecciones de francés: «Tú eres (esto o aquello)» y ella oía: «Muerta».* Tú eres, te definen, te limitan, te laceran, se terminó el revoloteo, mi bella mariposa, se terminó tu libertad. Tú eres. Muerta.

¿Cómo la comprende tan poco su madre? ¿Nunca fue joven?

Felizmente, las frecuentes visitas de Amal y de su hermano Marwan la divierten. La sultana les ha tomado afecto a los dos jóvenes: ¡son tan deliciosamente bien educados! En esta ciudad extranjera no podía desear mejor compañía para su hija. Tiene tal confianza en Marwan, que a los veinte años demuestra una madurez de hombre, que ni siquiera exige que Zeynel les sirva

* Fonéticamente se confunde en francés *Tu es* (Tú eres) con *Tuée* (Muerta) *(N. del T.)*

de carabina cuando, por la tarde, van a pasear por la ciudad. Ella quiere que Selma salga un poco pues le preocupa su sensibilidad exacerbada, sus silencios, su tendencia a evadirse de la realidad. Durante mucho tiempo Hatidjé sultana no ha querido confesárselo. Sin embargo, debe terminar por aceptarlo: más que a su esposo Hairi Bey, la niña le recuerda al sultán Murad, su padre. Cuando la ve extasiada ante el piano durante horas, cuando la ve pasar casi sin solución de continuidad de la exaltación al desespero, reconoce con un vuelco en el corazón esa mezcla de fuerza y fragilidad que, si no encuentra un terreno en el cual desplegarse, una causa a la cual entregarse, un día puede... tambalear.

Por esta razón no se ha opuesto a la pasión que Selma comienza a sentir por el cine. Se dice que la imaginación de la joven podrá alimentarse más sanamente con esas hermosas historias románticas que con la soledad de una casa donde todo le habla del pasado. El séptimo arte está a punto de su gran despegue. Una importante compañía de Hollywood, la Warner Bros, acaba de lograr una hazaña extraordinaria al producir una película sonora, *El cantante de jazz*, ¡en la que los actores hablan!

Selma y Amal se han acostumbrado a ir al cine todos los viernes a las tres de la tarde, a la función reservada a las mujeres. En su descapotable Chenar y Walcker, con la célebre águila dorada, Marwan las acompaña hasta la puerta y luego viene a buscarlas.

Pero, durante las proyecciones, los incidentes técnicos son frecuentes y ocurre que las jóvenes, aburridas de esperar en una sala a oscuras, prefieren salir a deambular al sol.

Ese barrio de la ciudad vieja donde están reunidos todos los cines, es por sí mismo una aventura. Se extiende a partir de la plaza de los Canons, llamada también plaza de los Martyrs desde que, en 1915, el gobernador turco, Djemal Bajá, hizo ahorcar a once opositores nacionalistas. Es el lugar más animado de Beirut, el rincón de los cafés árabes en los que, sentados durante días enteros, hombres tocados con tarbouches juegan gravemente al chaquete y fuman su narguilé. Es también el rincón de los restaurantes y de los cabarets, esos lugares de perdición donde, cuentan las damas musulmanas de Ras Beyrouth, hay mujeres que bailan desnudas. Con el corazón palpitante, Selma coge de la mano a Amal: frecuentar esos lugares es ya probar un fruto prohibido. Tienen la impresión de que todos las miran y ellas se esfuerzan por adoptar un aire distante al atravesar lentamente la plaza en dirección del Grand Restaurant Français. «Es un cabaret muy divertido», le había dicho Orhan, que había ido una vez. Toda la sociedad cosmopolita de Beirut se da cita en él. Después del espectáculo, que a menudo está a cargo de alguna compañía de París, se baila en la terraza, frente al mar, hasta las cinco o seis de la mañana. Selma lanza con envidia un vistazo al cartel que anuncia con grandes letras rojas:

«¡Mademoiselle Nina Rocambole, en su danza rocambolesca!»

—¡Qué divertido debe de ser!

Nunca, ay, podrá ir a ese tipo de lugares: no sería propio de una joven, ¡sobre todo musulmana!

Un día que pasean así, se dirigen hacia el Petit-Sérail, un largo edificio de piedra ocre con puertas y ventanas en forma de arcadas. Es la sede del gobierno libanés; aunque exceptuados algunos *chauchs** que dormitan, está, como de costumbre, casi desierto. ¿Quién podría perder el tiempo cuando es notorio que todo se decide sobre la colina que domina la ciudad, en el Grand Sérail, donde están desplegados los despachos del alto comisionado Henri Ponsot?

Al ver callejear solas a dos muchachitas tan bonitas, un grupo de soldados franceses, muy animados, se ponen a seguirlas. Enrojeciendo, ellas aprietan el paso, fingiendo no comprender sus cumplidos algo atrevidos. Sólo en el bazar lograrán despistarlos, en la inextricable confusión de las callejuelas del «suk al-Franj». Se llama así al zoco franco o zoco de los extranjeros; es el paraíso de las legumbres y las flores, pero también de las mercancías provenientes de Europa; es muy frecuentado por las damas de la burguesía libanesa que vienen a hacer sus compras, seguidas por un muchachito con un cuévano a la espalda. Pero las jóvenes prefieren el zoco de joyas: allí, sentados en sus cuchitriles, pequeños artesanos de dedos ligeros entremezclan hilos de oro y plata. También les gusta pasearse por el zoco contiguo, el de Tawilé, donde reinan los sastres, los zapateros armenios, que no tienen igual cuando se trata de copiar los últimos modelos de París, y los mercaderes de «curios», que proponen toda clase de fruslerías inútiles y «auténticas».

El sol comienza a declinar. Es la hora en que las mujeres salen a hacer sus compras o simplemente a respirar el primer fresco de la tarde. El mercader de agua perfumada con azahar y el vendedor de alfileres ponderan sus mercancías, la ciudad tiene un aire de fiesta, una fiesta cotidiana. Todo es agradable.

Perdida en la multitud, Selma, al lado de Amal, saborea su libertad: se ha olvidado de Estambul.

La familia de Amal y de Marwan es una de las más antiguas del Líbano. Todavía domina gran parte del Chuf. Por eso los dos

* *Chauchs*: ujieres.

huérfanos son recibidos con los brazos abiertos en los círculos más brillantes de Beirut. Amal, que acaba de cumplir dieciocho años, ha comenzado a salir y le gustaría llevar a Selma consigo; su amiga es tan hermosa... bastaría que la vieran para que las invitaciones llovieran de todas partes. ¿Pero cómo convencer a la sultana de que en Beirut una princesa otomana puede sin menoscabo frecuentar a algunas familias muy antiguas?

La oportunidad se presentará con ocasión de un té bailable que da Linda Sursok en su palacio de Achrafieh. Las dos muchachas han discutido largamente: un té bailable, para comenzar, es una buena idea, menos chocante que un baile, cosa que la sultana rechazaría sin lugar a dudas. Y luego Linda Sursok es casi pariente, al menos ella insiste en que Marwan y Amal la llamen «tía»: se podría presentar el té como una reunión de familia.

Cuando el tarjetón de invitación llega, Amal se encuentra, como por casualidad, en casa de su amiga.

—¿Y quiénes son estos Sursok?— pregunta la sultana con tono desdeñoso. —Comerciantes, si no me equivoco.

—¡Oh, no, Alteza!— replica Amal amablemente, —es una de las más grandes familias de Beirut, instaladas aquí desde hace siglos; poseen bancos, grandes negocios de...

—Justo lo que pensaba, ¡comerciantes!— corta secamente la sultana.

Afortunadamente, la señora Ghazavi se encuentra allí. Es una libanesa nacida en Estambul y casada con un alto funcionario. Pacientemente explica que los Sursok son «de lo mejor, de lo mejor del Líbano».

—Griegos ortodoxos, por cierto, pero tan refinados como la mejor burguesía sunita. En sus salones, sólo se encuentra la crema de la sociedad beirutí. Si la princesa Selma debe algún día salir al mundo, no podría encontrar un lugar más adecuado que el palacio Sursok. Pero, claro, si Vuestra Alteza estima que debe quedarse en casa...

Selma hubiera besado con gusto a la señora Ghazavi por esa intervención. Pero se contenta con hojear una revista, con aire indiferente, como si la discusión no le concerniera.

Hatidjé sultana titubea: la señora Ghazavi conoce perfectamente el mundillo libanés y sus consejos siempre han resultado inestimables; pero es sobre todo la última observación la que ha conmovido a la sultana, ya que toca el problema que más la preocupa desde un tiempo a esta parte y que a veces le impide dormir: ¿qué va a pasar con Selma?

Mientras estuvo en el colegio, ocupada en sus estudios, la cuestión no se planteaba. ¿Pero ahora? Ahora que el exilio se prolonga y que la vuelta a Turquía parece una quimera, ¿qué va a ser de su hija?

Habría que encontrarle un marido. Musulmán, por cierto, rico, y al menos príncipe. Tres condiciones imposibles de reunir en este Beirut donde incluso las grandes familias sunitas no podrían pretender una alianza con la familia otomana. Tal vez por el lado de la familia real egipcia, o de los principados indios...

Mientras tanto, la señora Ghazavi tiene razón. Selma no debe seguir encerrada. Debe aprender desde ahora a conocer su papel en la sociedad. Todo el saber que la sultana puede traspasarle no es suficiente. Su hija debe enfrentarse con la realidad. En el palacio Ortakoy, que en sí constituía una pequeña corte, Selma habría adquirido naturalmente la experiencia de las relaciones humanas y la lucidez que necesitan los príncipes. Pero en la soledad de la casa de Ras Beyrouth, entre Zeynel y las dos kalfas, ¿cómo puede comprender el mundo en el que un día debe vivir?

Afable, la sultana se vuelve hacia Amal.

—Volved mañana, niña mía, yo os daré la respuesta.

De hecho, ya ha tomado la decisión, Selma irá a casa de esos Sursok. Pero subsiste un problema delicado. ¿Qué se pondrá? No hay dinero para comprarle el vestido que convendría. Sin embargo, entre esas libanesas cubiertas de joyas y vestidas por los grandes modistos parisinos, su hija debe mantener su rango. La señora Ghazavi, que es por cierto una mujer de recursos, tiene una idea.

—Si me permitís, Alteza, ¿no podría Leila Hanum, que tiene dedos de hada, arreglar uno de vuestros antiguos trajes de corte? Son brocados suntuosos que se estropean en los armarios.

Encuentran que la sugerencia es ingeniosa. Entre las decenas de atuendos, cada cual más espléndido, Selma elegirá una seda aguamarina que pone de relieve el color de sus ojos.

Mientras tanto, llega Suren Agha, a quien ponen al tanto de la situación. El armenio se ha convertido en un amigo de la familia desde el día que sugirió, en contra de sus intereses, que antes de gastar el dinero a medida que vendía sus joyas, la sultana debía comprar acciones con el fin de obtener una pequeña renta. Incluso se ha ofrecido para asesorar a Zeynel en esa delicada operación. Su abnegación y su fidelidad le han granjeado la confianza de toda la casa.

Aquella tarde, parece preocupado y camina de un lado a otro, mirando a las kalfas que arreglan el vestido de seda. Se diría que quiere hablar pero no se atreve. Finalmente, enrojeciendo, aventura:

—Perdonad mi audacia, sultana, pero la princesa Selma es tan hermosa, que debe ser la más hermosa. ¿Aceptaría elegir, de entre los aderezos de que dispongo, el que le convenga más? Todo lo que tengo es suyo, tan a menudo como lo desee. ¡Sería para mí un gran honor!

Conmovida, la sultana le sonríe al hombrecillo y le tiende la mano, que, tropezando, él coge y besa con fervor.

V

—¡La señorita Amal al-Darouzi! ¡La señorita Selma Rauf! ¡El señor Marwan al-Darouzi!

Tieso con su levita negra, el mayordomo lanza una ojeada intrigante a la joven que acompaña a los Darouzi. No la había visto nunca en los «miércoles» de Linda Sursok. No tiene nada de asombroso —la casa recibe cada semana nuevos amigos de amigos— pero él —que está en el oficio desde hace treinta años y se enorgullece de adivinar sin vacilaciones a la advenediza disfrazada de duquesa; o a la duquesa arreglada, para verse más joven, como una modistilla— esta vez titubea: la criatura sabe caminar, ciertamente, incluso tiene en el porte de la cabeza una insolencia que deja adivinar la sangre azul, aunque ese vestido con plisados extravagantes viene directamente de una costurerita de Bab-e-Driss y choca con ese collar de zafiros, del peor gusto para usar por la tarde.

La anfitriona se apresura a saludarlos.

—¡Amal! ¡Marwan! Mis queridos, ¡qué alegría veros!, y vuestra amiga, ¿la señorita... Rauf? ¡Sed bienvenida! Traída por mis queridos pequeños, estáis en vuestra casa. Su madre era mi mejor amiga, mi hermana...

Lanza un suspiro y hace un movimiento de la famosa cabellera pelirroja cuyos bucles se escapan del no menos famoso turbante de lamé... A los cuarenta años, Linda Sursok es una de las mujeres más seductoras de Beirut, menos por su belleza que por su espíritu, su encanto y una alegría de vivir que las malas lenguas pretenden que ha multiplicado por diez desde que la pobre enviudó a los veinticuatro años. Todos están dispuestos a reconocerle un gran corazón y su salón es el más concurrido de la ciudad.

—Excusadme, os dejo, ha llegado Su Eminencia el arzobispo.

El frufrú de su atuendo la lleva a besar antes que nadie el anillo que centellea en la mano perfumada.

—Le habéis gustado— dice Marwan. —Además— agrega con una risita, —adora a los turcos.

Selma no comprende la mirada asesina que Amal le lanza a su hermano. Será mucho después, cuando Selma está ya completamente integrada en la sociedad beirutí, cuando sabrá que la flamígera Linda había sido la amiga íntima de Djemal Bajá, el gobernador otomano encargado de hacer reinar el orden en el Líbano durante la guerra.

En la hilera de salones, adornados con ramos de gardenias rosa pálido, se agrupa una multitud elegante. Al fondo, un primoroso salón morisco, en el que rumorea una fuente de mármol, ofrece un oasis de frescor. Los criados han abierto las ventanas que dan a un gran parque del que sube el aroma de los naranjos, del jazmín de Arabia y de las mimosas.

Marwan lleva a las dos muchachas a la terraza. Es un punto de observación ideal para, sin ser importunados, divertirse con el espectáculo que da la abigarrada concurrencia. Ofreciéndose como guía de Selma, el muchacho le muestra las notoriedades:

—Ese señor bullicioso, con un clavel blanco en la solapa, es Nicolas Bustros, también de una gran familia griega ortodoxa, que rivaliza con los Sursok por el lujo de sus recepciones... A su lado, la marquesa Jean de Freige, nobleza pontificia, que las malas lenguas llaman la «Marquesa reciente». Más allá, ese hombrecito, lo veis, el que tiene un lunar en la mandíbula, es Henri Pharaon, el presidente del club literario. Parece poca cosa, pero no os equivoquéis, posee la más fabulosa colección de objetos de arte de todo el Líbano, y también de Siria. Compra viejos palacios en Damasco y Alepo, les saca las maderas preciosas y las chimeneas y las vuelve a montar en sus salones. Su casa, cerca del Grand-Sérail, es una verdadera caverna de Alí Baba. Ser invitado por él es un favor, pues recibe poco. En cambio, se lo ve todos los jueves en el hipódromo. Posee una cuadra de doscientos caballos y le gusta vigilar sus entrenamientos desde un mirador cubierto por una selva vegetal donde toma café en compañía de sus amigos. Se dice que allí se cuece la política libanesa...

»¡Mirad! La emira de Chahab acaba de llegar, pertenece a una de las más antiguas familias principescas de la montaña; y allí está la bella Lucile Trad, acompañada de Jean Tuéni, ese señor mayor tan distinguido: fue embajador del Imperio otomano en la corte del zar y amigo personal de Eduardo VII. Allí, a la izquierda, ¿veis a ese hombre pelirrojo? Es Nicolas Sursok, uno de los personajes más originales, del que el pintor Van Dongen insistió en hacer un retrato... Dicho lo cual, es algo tosco, pero no debéis temer nada de él; no le gustan las muchachas.

Ríen sin advertir que desde hace algunos minutos dos hombres, apoyados en la balaustrada al otro lado de la terraza, los contemplan con interés.

—¡Te digo que es francesa! Mira esa cintura de avispa y ese cutis blanco, ¡una verdadera maravilla!

—No sabes nada, Octave. Sus ojos lánguidos, esa boca carnosa, a la vez inocente y sensual, sólo pueden ser de una oriental.

—Pues bien, ¡apostemos, Alexis! Pero más que sobre los orígenes de la dama, apostemos quién de nosotros conquistará sus favores.

—No esperaba menos de un oficial francés. ¡Siempre dispuesto al asalto!, ¿no es cierto? ¡Pero cuidado! He visto su mano y no está casada. Te advierto que entre nosotros las jóvenes... Sin embargo, tal vez se sienta halagada de la atención de dos de los representantes más ilustres del Círculo... Tienes razón, Octave, vamos a probar suerte.

Muy contentos, se acercan.

—¿Cómo vamos, viejo Marwan?

Familiarmente le golpean el hombro al joven y se inclinan ante su hermana. Muestran un leve titubeo delante de Selma.

—¿Señorita?

—La señorita Rauf— se apresura a presentar Amal. —Selma, te presento al primo de nuestra anfitriona, Alexis, y al capitán Octave de Verprès.

La conversación se anima. Los recién llegados son ingeniosos y, lo que no está de más, apuestos. Sus miradas admirativas hacen que Selma se sienta ligera. Y pensar que había dudado venir, por timidez y miedo a aburrirse. Se habla de todo y de nada. Discretamente, Alexis le pregunta a Selma:

—¡Ah, estáis instalada en Beirut! ¿Seguramente vuestro padre es diplomático?... ¿No? ¿Ha muerto?

Adopta un aire afligido.

—Excusadme. Vuestra señora madre debe de sentirse muy sola, estoy seguro de que mi madre se sentiría encantada de invitarla a un té. ¿No sale? ¿Está enferma, ¡Qué pena! Así, sois una bonita flor solitaria...

Selma enrojece, nunca ningún hombre le había hablado así. De hecho, nunca había tenido la oportunidad de hablarle a un hombre, salvo a los hermanos de sus amigas que la consideran como una hermana. Su corazón se acelera: ¿esto es lo que llaman flirtear?

Es el momento elegido por Marwan, sin sospechar lo que está sucediendo, para recordar que aún no ha ido a presentar sus respetos a tía Emilie.

—¿Veis, Selma, esa encantadora vieja dama, en el rincón del salón, ante la cual se reúne todo el mundo? Pues es la decana del clan Sursok. Le encanta contar cómo, cuando era joven, bailaba con Napoléon III. Si Amal y yo no vamos a besarla, lo considerará como un crimen de lesa majestad. Os dejo bien custodiada. Excusadnos un momento.

—Este Marwan es verdaderamente un *gentleman*— sonríe Alexis mirándolo alejarse.

—Sí, de verdad— dice Selma sin captar la alusión, lo que divierte mucho a Octave.

—¿No encontráis, señorita, que esta velada se arrastra un poco?— aventura Alexis. —Ni siquiera hay buena música. ¿Os gusta bailar?

—Mucho— responde Selma, que se haría convertir en picadillo antes de confesar que nunca ha bailado con nadie que no fueran sus compañeras de clase.

—Entonces propongo algo mucho más divertido que esta recepción estirada. Organizaremos una fiesta en mi casa, con algunos amigos y jóvenes encantadoras. Tengo los últimos discos de París. Os garantizo que no os aburriréis ni un segundo.

Selma se pone roja y maldice su vanidad: ¿qué necesidad tenía de contar que bailaba? ¿Qué diría su madre si lo supiera? ¡Ni pensar en aceptar la invitación!

—Pero— farfulla, —no sé si Marwan y Amal...

Octave le guiña un ojo.

—¡Oh! Son tan anticuados, no tenéis necesidad de decírselo. Propondremos acompañaros, puesto que vuestra casa se halla en nuestro camino y, listo, se lo creerán.

Alexis se da cuenta de que van algo deprisa, pero el tiempo apremia. Marwan volverá en cualquier momento. Decide dar el golpe definitivo.

—No me digáis que no nos tenéis confianza— murmura con aire ofendido.

En el fondo, no le desagrada que se haga rogar. No le gustan las conquistas fáciles. Aunque tampoco le gustaría que se hiciera la remilgada. Conoce bien a las mujeres y ésta, con esos ojos y esos labios, si aún es virgen, al menos no es inocente. El colmo de la buena suerte es que tiene una madre inválida y no hay padre a quien darle explicaciones: es un lecho de rosas.

—Vamos, mi hermosa niña, ¿tanto os disgustamos?

Octave de Verpès se acerca a la joven y con un gesto que le ha resultado más de una vez, le pasa un brazo cariñoso alrededor de la cintura.

—¡Dejadme!

De un salto, Selma se libera, temblando de indignación.

—¡Asqueroso!

¡Entonces era eso, su amabilidad, su galantería! ¿Cómo no se dio cuenta antes? Pero ¿cómo se iba a imaginar que ellos pudieran tomarla por... por una cualquiera?

Se siente sucia, humillada, tiene ganas de llorar.

—¡Mira, qué novedad! ¿Pero qué hacéis aquí, princesa?

Sobre la terraza ha aparecido una alta silueta y Selma reconoce con estupor a su tía, Nailé sultana. Ella, que sale muy de tarde en tarde, ¿por qué milagro se encuentra en casa de los Sursok? La joven ignora que la sultana conoció mucho a tía Emilie en Estambul y que ha querido honrarla —una vez no crea costumbre— asistiendo a su velada. Despavorida —¿qué pensará?—, Selma hace una profunda reverencia y besa la mano tendida, mientras los dos jóvenes, estupefactos, se inclinan:

—Alteza...

La princesa les lanza una mirada recelosa y luego dice con tono seco:

—Os rapto a mi sobrina, señores, hacía tiempo que no la veía.

Y tomando a Selma por un brazo se la lleva con gesto autoritario.

—¿Os habéis vuelto loca, hijita? Sola en una terraza poco iluminada, con dos hombres que no tienen, si puedo decíroslo, muy buena reputación. Si vuestro honor os es indiferente, el de nuestra familia a mí me interesa mucho. Me prometeréis comportaros en el futuro con más dignidad. Si no, me veré en la obligación de informar a vuestra pobre madre y de aconsejarle que os confine en vuestro cuarto hasta que os encuentre un marido.

—¡Pero, bueno, Selma! ¿por qué nos habéis puesto en esta situación?— se indigna Amal en el coche que las lleva a casa, —¿por qué insistir en que se os presente como la señorita Rauf? Tía Linda estaba furiosa y en cuanto a Alexis me ha hecho una escena reprochándome el haberlo ridiculizado. Decidme, ¿por qué queréis pasar de incógnito?

Ovillada en un rincón del asiento, Selma mira hacia adelante con los ojos fijos. Quiere permanecer callada pero Amal insiste y se decide a hablar.

—Amal, ¿habéis oído hablar de Harún al-Rachid, que fue califa de Bagdad en el siglo VIII? Le gustaba disfrazarse de hombre corriente y pasearse durante la noche por la capital. Se decía que iba para informarse del ánimo de su pueblo respecto del gobierno. Yo más bien creo que iba sobre todo en busca de sí mismo. Conocía a otros hombres sin que sus relaciones se viesen falseadas por el interés, la adulación o el miedo. Hacía amigos que apreciaban sus cualidades, y enemigos que le reprochaban en la cara sus defectos, y había muchos indiferentes a quienes no les interesaba porque no le encontraban nada digno de atención. En la mirada de aquella gente que no lo conocía, él aprendía a conocerse, finalmente encontraba el espejo que siempre le habían negado... Esta noche, Amal, yo también he aprendido mucho.

Después de esta dolorosa experiencia, Selma se recluye en su casa. Le reprocha a la tierra entera que no la quieran, cosa en la que se equivoca. A lo mejor no la quieren, pero ya la adoran. Ha corrido el rumor de que existe esa princesita de grandes ojos de esmeralda, tan feroz como altanera, y todos los días llegan tarjetones de invitación enviados por gente prestigiosa. En aquella sociedad minúscula en la que todos se conocen hasta la náusea, un rostro nuevo es una distracción inapreciable.

La joven se ha jurado que rechazará toda invitación, aunque después de un tiempo, desdeñosamente, terminará por aceptar: acaba de cumplir dieciocho años y ha decidido divertirse. Durante las semanas de retiro que se ha concedido, se ha afilado las uñas. En su diario anota —para convencerse— que la infancia ha terminado.

Para marcar mejor su entrada en el mundo de los adultos, ha tomado secretamente hora con el peluquero. Allí, con tanta más autoridad por el miedo de echarse atrás, le ordena al buen hombre acongojado que le corte su espléndida cabellera, «*à la garçonne*», según la nueva moda de París. Con unos cuantos tijeretazos, la joven romántica se ve transformada en una guerrera con casco cobrizo, turbadora mezcla de fragilidad e intransigencia, con esa pizca de ambigüedad que exalta los nuevos tiempos y desespera a todos aquellos que hacen profesión de gustarles «la mujer».

Cuando vuelve a casa, es recibida con exclamaciones de horror. Pero ella no hace caso de las reprimendas de su madre, ni de las críticas de sus amigas celosas de su audacia, y aún menos de la decepción de sus admiradores. No lo lamenta. Inconscientemente, conjura la imagen mítica, que tantas veces ha inspirado a los pintores, de la hermosa esclava que un hombre poderoso arrastra por la larga cabellera.

Ahora está lista para afrontar el mundo.

En pocos meses, Selma conseguirá un lugar privilegiado en la alta sociedad beirutí. No es que sea la más hermosa de todas las mujeres —las envidiosas le critican la nariz un poco larga y la barbilla en punta—, pero los hombres no se detienen en estos detalles. Unánimemente caen bajo el encanto de su sonrisa, que tiene una mezcla de infantil y provocadora, de su gracia algo desmañada, de su trato levemente distante, que oscila entre la timidez y la insolencia.

Ha decidido servirse de su título. Es su manera personal, puesto que no puede corresponder a las invitaciones, de pagarles a aquellos bobos: tienen a una alteza a la mesa y se ahogan de placer. A veces se le ocurre que conducirse así la rebaja a sus propios ojos, pero rápidamente aparta estos pensamientos inoportunos: después de todo ¿tiene elección? Y regaña rudamente a Amal cuando, con cara preocupada, declara:

—¡Cuánto habéis cambiado, Selma! ¿Sois feliz?

Por cierto que es feliz. Cada día experimenta un poco más la sensación de poder. Le encanta seducir: nunca hubiera pensado que fuera tan embriagador.

La sultana, que al comienzo le había empujado a salir, comienza a inquietarse, ya que en verdad, en aquella juventud dorada de Beirut no ve ningún partido que pueda convenirle. ¡Qué escándalo si su hija se enamorara de un cristiano o de un sunita cualquiera!

—¿Es cierto— le pregunta a Selma cuando ésta le cuenta los bailes, —que entre todos esos jóvenes no os interesa ninguno?

Riendo, Selma la tranquiliza.

—No temáis nada, Annedjim, tengo un corazón de piedra.

No le dirá que se ha jurado no amar nunca para no volver a sufrir. Detrás de la máscara indiferente de la princesa se oculta la adolescente de trece años, abandonada por el hombre de su vida, que llora.

Entre los vecinos se critica a la sultana por darle tanta libertad a su hija. Para aquellas familias de la pequeña burguesía sunita, cuyas mujeres todavía ocultan sus rostros con velos negros, la rápida evolución de las costumbres implantadas por los franceses amenaza la virtud de las muchachas, el equilibrio de las relaciones ancestrales y, al fin de cuentas, al conjunto de la sociedad.

Por lo demás, no sería la primera vez que los europeos llevan la corrupción a los países que gobiernan, con el fin de debilitarlos y dominarlos con mayor facilidad. Si se les dice que los franceses viven como les parece y no violentan a nadie, ellas responden que para los espíritus jóvenes, el ejemplo representa una violencia insidiosa.

Esas mujeres se quejan de la sultana que, por su posición, debería, piensan, ser la primera en defender las tradiciones. «Si la enfermedad del corazón le impide vigilar a su hija, ¿por qué no os encarga a vos?», llega a preguntarle una de esas damas a Zeynel, conteniéndose apenas para no agregar: «Después de todo, ¡si os han hecho eunuco será para algo!»

—La sultana sabe lo que hace— le ha respondido secamente Zeynel y le vuelve la espalda a la descarada.

La verdad es que él también encuentra que Selma se ha vuelto demasiado independiente. Evidentemente, sólo sale escoltada por Hairi, que se toma muy en serio su papel de carabina, o por sus «hermano y hermana adoptivos», Marwal y Amal. Nada puede sucederle. Al comienzo, él mismo la acompañaba a algunos bailes. Embutido en su severa estambulina, permanecía de pie delante de la puerta del salón, al lado de los lacayos, mirando evolucionar a las parejas. Pero si por un lado la situación era humillante —él no es un criado—, por otro comprendió rápidamente que su presencia era inútil. Las muchachas eran vigiladas de cerca por sus madres que, sentadas alrededor de la pista de baile, se contaban los últimos chismes, sin perder ni un instante de vista a su preciosa prole.

Pero es el principio mismo de aquellas veladas lo que reprueba Zeynel. No comprende, no acepta esos bailes occidentales, ese cuerpo a cuerpo público entre hombres y mujeres. Le hierve la sangre al pensar que manos masculinas se atrevan a posarse sobre los brazos, la cintura de la princesa. Es tan pura y no se da cuenta de lo que, bajo el barniz de la buena educación, late en la mente de todos aquellos machos. Él sí lo sabe.

Por cierto quiere que Selma sea la más bonita, la más festejada, pero también la más honrada, la más respetada y, cuando ve a todos esos cursis dando vueltas a su alrededor, se siente tan halagado como herido. Le gusta que la admiren pero no soporta que se le acerquen. Con el pensamiento, la ve como esas estatuillas de la Virgen María que los cristianos ponen dentro de campanas de cristal y que adoran. Su niña... Su deber es protegerla, incluso en contra de su voluntad. Hablará con ella.

A las primeras palabras del eunuco, Selma lo mira, sofocada. Pero rápidamente la indignación ha podido más que el estupor: ¿con qué derecho le habla así? Ella sólo ha soportado reprimendas de su madre, y a veces, hace mucho tiempo, de su padre. ¡Pero de Zeynel!... Sus nuevas responsabilidades y la confianza de la sultana le han hecho perder el sentido de la medida... ¿Olvida quién es? ¿Olvida quién es ella?

No le contestará, no le explicará que sus maneras desenvueltas son una manera de defenderse, de ocultar su excesiva sensibilidad, no se rebajará a justificar su conducta. El hecho de que se arrogue el derecho de juzgarla la pone fuera de sí; lo siente como un insulto y, más dolorosamente, como una falta de lealtad de parte de un viejo servidor supuestamente destinado a prodigarle sin restricciones su admiración y su respeto.

Con un gesto de desafío, Selma se pone el abrigo y se encasqueta la *cloche* de fieltro verde. Luego sale dando un portazo.

—¿Qué sucede, Agha?

Desde el saloncito en el que pasa las tardes, la sultana ha escuchado ruidos inhabituales para aquella casa donde todo parece afelpado, los pasos y hasta las respiraciones. Por la cara desolada de Zeynel, presiente un drama, pero el eunuco titubea. Ella deberá ordenarle hablar.

Entonces Zeynel cuenta de un golpe las críticas de las vecinas, las habladurías, las alusiones pérfidas y asimismo sus propias dudas: una princesa otomana, ¿puede llevar una vida como cualquier otra joven de la sociedad libanesa? ¿No debe conservar las distancias y negarse a mezclarse con ese mundo que no es «su mundo»? El hecho de ver a Selma reír y bailar con esos jóvenes que, si la historia hubiera seguido su curso normal, no habrían tenido nunca el honor de divisarla, eso, lo confiesa, lo indigna.

Él espera que le dé la razón, o al menos, ser comprendido por la sultana. Cuando se es pobre el orgullo es la única cosa que queda. No había previsto la mirada enfurecida, el tono cortante.

—¡No has entendido nada! Respecto de las vecinas, no me importan sus habladurías y no podía imaginarme, lo confieso, que tú les prestaras oídos tan complacientes.

Zeynel está lívido; de inmediato la sultana se suaviza.

—Mi pobre Zeynel, y tú que me conociste prisionera en el palacio de Cheragán... ¡no te acuerdas lo desdichada que era! ¡Hasta más no poder! Cuando, como yo, se ha pasado la juventud encerrada, se aprecia el valor de la libertad. En Ortakoy yo era libre, incluso salía apenas. Quiero que Selma se sienta también libre, y debes comprender que la libertad de Beirut no es la de Estambul. Si mi hija quiere distraerse, mientras no rebase ciertos límites —y en cuanto a eso tiene mi confianza—, estoy encantada de que lo haga.

Hatidjé no mencionará la otra razón de su tolerancia, una razón conectada directamente con su enfermedad. Sabe que aún puede vivir veinte años pero también que un ataque puede llevársela de un momento a otro. Si su hija resulta una mojigata, como tantas jóvenes sobreprotegidas, si no conoce nada del mundo ¿qué será de ella? Los dramas vividos desde la infancia, los dos divorcios, el hundimiento del Imperio, la ruina, el exilio, han hecho que la sultana perdiera muchos de sus prejuicios. No le disgusta que Selma se endurezca: si un día se encuentra sola, debe poder enfrentarse con lo que le acontezca.

VI

—*¡Veladetin tedrik aderrim!* ¡Bendito sea el día en que naciste! ¡Que durante mucho tiempo se abran las flores de tus mejillas! ¡Que los perfumes del paraíso llenen tu olfato! ¡Que tu vida sólo sea leche y miel!

En el salón amarillo, que las kalfas han adornado con ramilletes de hibiscos y estramonios, la familia se ha reunido para festejar los veinte años de Selma. Sobre la mesa de madera dorada se han dispuesto los regalos, cuidadosamente envueltos en papel satinado. De parte de Nervin y Leila Hanum, finos pañuelos de batista que han bordado con la inicial de Selma bajo una corona. De Zeynel, un frasco de «Crêpe de Chine», de Millot, el perfume preferido de Selma. ¡Querido Zeynel! Debió privarse de cigarrillos durante semanas para comprárselo... Hairi, siempre práctico, le regaló a su hermana una caja de frutas confitadas de la que todos podrán gustar. En cuanto a la sultana... Sobre un sillón está dispuesto el largo manto de marta cebellina, una maravilla con la que Selma recuerda haberla visto ataviada en el pasado cuando asistía a las recepciones del palacio Dolma Bahtché.

—Pero, Annedjim— protesta, —¿por qué...?

—Ya no lo uso, querida, y sería feliz si vos lo llevarais. —De todas maneras— agrega riendo para terminar de una vez con los agradecimientos, —siempre he considerado un crimen que una hermosa piel esté junto a un rostro envejecido. En cambio, en contacto con una tez fresca, revivirá.

Nervin Hanum enciende las veinte velas de la gran tarta de chocolate. Se ha levantado al alba para confeccionarla pues sabe cuán golosa es su princesa: ¡en su cumpleaños no iba a ofrecerle una tarta del día anterior!

Embelesada, Selma contempla las llamas que bailan y poco a

poco las ve transformarse, crecer, multiplicarse; ahora son los centenares de llamas que centellean en las arañas de cristal del palacio de Ortakoy. En los cumpleaños de su infancia, las encendían todas. Recuerda cada detalle de aquellas fiestas suntuosas: orquesta femenina que la despertaba con música y, mientras las esclavas la arreglaban, seguía tocando las tonadillas que a ella le gustaban: las doce pequeñas kalfas que venían a buscarla, con vestidos nuevos regalados por la sultana, y la escoltaban hasta el Salón de los Espejos, donde la esperaban su padre y su madre, así como todo el personal del haremlik. Cuando entraba Selma, la orquesta acometía la pieza del cumpleaños —cada vez se componía una nueva— y las kalfas lanzaban por encima de ella una lluvia de minúsculas flores de jazmín.

Entonces comenzaba la distribución de regalos, los regalos que Selma había elegido con la sultana para cada una de las esclavas y las damas del palacio. Pues, en Oriente, se cree que existe más dicha en dar que en recibir, y que un cumpleaños debe ser día de fiesta para todos los que te rodean. Finalmente, cuando en medio de las exclamaciones de gozo, la distribución terminaba, dos esclavas hacían correr ceremoniosamente la cortina de seda que ocultaba una montaña de paquetes de formas y colores diversos.

Selma necesitaba unas buenas dos o tres horas para abrirlos todos, para mirarlo todo. Allí estaban los regalitos de las kalfas, de las criadas e incluso de las jóvenes esclavas; estaban los paquetes-broma de Hairi y los magníficos regalos de la sultana y de Rauf Bey. Selma recuerda especialmente su cumpleaños número trece, el último... Su padre había hecho traer de París, del gran joyero Cartier, un relojito tan extraordinario que la niña no había entendido al principio de qué se trataba. La esfera era de cristal rodeada de perlas y diamantes; de diamante eran también las agujas; y el pequeño péndulo de oro, suspendido entre dos columnitas de cuarzo rosa, se reflejaba en un zócalo de cristal de roca.

En el momento de dejar Estambul, Selma, con el corazón oprimido, había regalado el relojito a Gulfilis: de un padre que ya no la quería no deseaba guardar nada. ¡Cómo extraña hoy esa joya delicada que expresaba el refinamiento de aquél que no puede olvidar...! ¿Para sus veinte años, qué le habría regalado?

A través de las llamas que tiemblan, Selma se ve vestida con un vestido largo con cola y con la frente ceñida por una diadema. Ramilletes y flores de fuego abrasan el parque de su palacio de encaje; las orquestas disimuladas en los matorrales tocan valses románticos. Selma camina dándole el rostro a la brisa del Bósforo y alrededor de ella, vestidas de caftanes bordados de oro, las mujeres se reúnen riendo de su felicidad...

La cera comienza a correr sobre la tarta de chocolate. Soplando decididamente, Selma apaga las velas de un golpe. Las kalfas aplauden: eso significa, predicen, que la princesa se casará durante este año.

¿Casarse? ¿Con quién...? Selma sabe que su madre ha reanudado la correspondencia con algunas familias principescas, en otro tiempo vasallas del Imperio. Sabe que el objeto es ella, pero finge no darle importancia. Por lo demás, se siente muy joven para casarse, comienza a descubrir el placer de ser cortejada y no tiene intención de terminar con él todavía.

Sin embargo, hace algunos meses, cuando el príncipe Humberto de Italia se casó con la princesa María José de Bélgica y diez soberanos y sesenta princesas de sangre real los escoltaron hasta el altar, Selma no pudo dejar de tener un gesto de envidia: nunca tendría una boda tan prestigiosa, aunque sea tan noble y muchísimo más hermosa que esa María José. Pero a su cesto de bodas ella sólo podrá aportar su persona...

En aquella primavera de 1931, huelgas y manifestaciones paralizan la ciudad de Beirut. Bajo el pretexto a veces fútil —como la agitación estudiantil para que bajen los precios del cine—, la multitud choca con las fuerzas de la policía. Un boicoteo de tranvías y electricidad, organizado por un comité de mercaderes, de estudiantes y notables, durará hasta fines de junio. Como signo de solidaridad, el mismo Parlamento celebrará sesiones a la luz de las velas. El gobierno, nombrado y controlado por el alto comisionado francés, se verá obligado a ceder y a pedir a la sociedad concesionaria que baje los precios. Se trata de una compañía extranjera —franco-belga—, como la mayoría de las entidades que, a partir del mandato, controlan la vida económica del Líbano. Son estos monopolios extranjeros lo que en realidad cuestionan los libaneses. Acusan a Francia de estar allí sólo para cobrar impuestos y poder «alimentar un ejército de funcionarios incapaces», de exportar su propia inflación en la medida en que la libra libanesa está alineada con el franco, y de ni siquiera respetar la Constitución que en 1926 Francia concedió al país. El alto comisionado Henri Ponsot, que reemplazó a Henri de Jouvenel, suprimió el Senado, reforzó el poder del ejecutivo a expensas del Parlamento, y prácticamente impuso la reelección a la presidencia de su protegido Charles Debbas.

Marwan, que estudia Derecho en la universidad americana, vuelve todos los días muy excitado a casa. Incluso sus amigos maronitas comienzan a rezongar en contra de la condición de tutela que vive su país. A media voz, cuenta a su hermana y a Selma que un cierto Antoun Saadeh, un cristiano libanés de una treintena de años, educado entre Brasil y Alemania, acaba de volver a Beirut. Ha fundado en la universidad una sociedad secreta que reúne a jóvenes de todas las condiciones: quieren librarse de los franceses y volver a formar la gran nación siria que incluya, dicen, al Líbano y Palestina: una Siria unida que animaría al mundo árabe y resistiría toda injerencia extranjera.

La reivindicación de la independencia, el escándalo de la ocupación, incluso con el diplomático bautizo de mandato, Selma lo ha vivido en Turquía y sufrió bastante por ello como para comprender la exasperación de sus amigos. Todos se apasionan actualmente por la política: el próximo año, con las elecciones, todo podría tambalearse.

La mayoría de los presidenciables son maronitas. Entre los más prestigiosos, están Emile Eddé, un hombrecito de cuarenta y siete años, conocido por su integridad y sus simpatías pro-francesas; y Bechara El Khoury, un abogado brillante, más abierto al mundo árabe, que critica seriamente el mandato. Frente a ellos, por primera vez, hay un musulmán, el jeque Muhammad al-Jisr, presidente de la Cámara de Diputados. Es un apuesto hombre de barba blanca, respetado por sus iguales, tanto musulmanes como cristianos. Antiguo diputado otomano y vice gobernador de Beirut, hizo grandes favores durante la guerra a la comunidad maronita y salvó a su patriarca del exilio. De esta manera, no sólo está apoyado por los chiitas, los sunitas y los drusos, sino también por muchos griegos ortodoxos y maronitas. Frente al clan cristiano dividido, tiene muchas posibilidades de ganar.

¡Un musulmán al frente del Líbano! Para muchos cristianos libaneses, y para Francia que les ha construido un país a la medida con el fin de tener en Oriente Medio un aliado seguro, es impensable, ya que se correría el riesgo de precipitar al Líbano en la órbita siria y árabe.

Tan impensable que, un año más tarde, en mayo de 1932, el alto comisionado Henri Ponsot, viendo que la Asamblea se aprestaba a elegir al jeque al-Jisr —a quien incluso Emile Eddé, por razones estratégicas, decidió apoyar—, prefirió suspender la Constitución tres días antes de las elecciones. Durante veinte meses mantendrá en el poder a Charles Debbas, que gobernará mediante decretos-leyes, previamente elaborados en el Grand-Sérail.

Pero, en este verano de 1931, no se prevé un golpe de fuerza de esta naturaleza. Al contrario, animados por el éxito de las huelgas, se vuelve a plantear el problema de los poderes abusivos del mandato.

Selma pasa horas discutiendo con Marwan y Amal. Le indigna la actitud de los franceses y se entusiasma con el jeque al-Jisr, un amigo de la sultana a quien intenta ayudar desde que está en el exilio: jamás ha olvidado la noche pasada, años atrás, en el palacio de Dolma Bahtché, cuando, a los cuatro años, acompañó a su padre, invitado por el sultán Abd al-Hamid. Selma se coloca en el campo de los partidarios más encarnizados del jeque. Hasta el día en que su primo Orhan, que ha venido con Hairi a la rue Mar-Elias, la pone rudamente en su lugar.

—Nada de esto es asunto tuyo, princesa, no debes inmiscuirte.

En el camino de vuelta la reprende largamente.

—Selma, ¿te has vuelto loca? ¿Quieres que nos expulsen a todos una vez más? ¿Adónde iríamos? Te ruego que tengas más discreción, recuerda que no estamos en casa.

¡Como si pudiera olvidarlo! Pero tiene que reconocer que Orhan tiene razón, los miembros de la familia otomana son todavía considerados como los antiguos amos y no pueden permitirse el lujo de tomar partido. «Incluso entre amigos debes mostrarte neutral», precisa Orhan, «pues nada permanece secreto».

Selma sabe que es la única actitud razonable, pero a ella le cuesta aceptarlo. De su madre la sultana y de toda su ascendencia, ha heredado la pasión política, la necesidad de luchar por una gran causa. Esta pasión, reconocida a los nueve años cuando, en la plaza Sultán Ahmad, en medio de la llorosa muchedumbre, se prometió salvar a Turquía, no sabe en qué ocuparla. Ahora que ya no tiene país, que sólo es una invitada...

Le queda la vida social, las cenas y los bailes en los que le gusta brillar. Y, durante el día, el cine. Detesta jugar a las cartas o reunirse con sus amigas a tomar el té y alimentar las murmuraciones, y no tiene bastante dinero para vivir en la modista o en la peluquería. Sin las funciones del Rialto o el Majestic las tardes serían interminables.

Desde hace diez años, Hollywood se ha impuesto como la capital del séptimo arte. En un articulo de *Reveil*, uno de los dos grandes periódicos del Líbano, Winston Churchill, que ha abandonado momentáneamente la política y visita los Estados Unidos, describe esta nueva ciudad como «un carnaval en el país de las hadas»: «Los estudios se extienden a través de miles de acres, que albergan a miles de actores y especialistas muy bien pagados. Ejércitos de obreros construyen con celeridad calles de China, de Londres o de la India. Se ruedan veinte películas a la vez. Allí son reinas la juventud y la belleza».

En todo caso, imperan las estrellas que imponen los cánones de la moda femenina en el mundo entero, y cuyas apariciones en la pantalla dejan estupefactas a las muchedumbres. Ninguna soberana hasta ahora, por popular que fuera, había conseguido el nivel de popularidad del «Ángel Azul» o de la «Divina».

Selma va a ver y rever todas sus películas. Marlene le choca y la seduce. En el personaje de Lola, su voz ronca, su sensualidad turbadora, cuando canta «Estoy llena de amor de la cabeza a los pies», fueron para la joven un verdadero descubrimiento: ¿se puede volver locos a los hombres hasta ese punto? Pero la encuentra aún más hermosa en *Morocco*, cuando, vestida de *smoking* y sombrero de copa, hechiza a Gary Cooper. O cuando, en *Mata-Hari*, vestida tanto con uniforme de aviador como de mujer fatal, con un gesto postrero, se retoca el *rouge* de los labios con la hoja de la espada del oficial encargado de hacerla fusilar.

Sin embargo, es la Garbo la que la fascina más. Selma sueña con parecérsele. Se ha depilado las cejas y se peina ahora como ella. Y durante horas, frente al espejo, se esmera en imitar sus gestos algo bruscos, su paso leve, su expresión indiferente, bajo la cual se adivina una llama en la que Selma reconoce su propia pasión. Según vea *Love*, en la que su heroína personifica a Ana Karenina, *La cortesana* o *Mata-Hari*, será sucesivamente frágil y romántica, voluptuosa o intrépida, ante la mirada aturdida de Zeynel y de las dos kalfas que no comprenden nada de estos cambios de humor.

Una noche, durante una recepción donde las Trad, una más de las familias de banqueros en candelero en Beirut, Selma se fija en un hombre de unos cincuenta años que durante toda la noche no deja de mirarla. En el momento de pasar al salón para tomar el café, se acerca a ella.

—Han olvidado presentarnos... Me llamo Richard Murphy, director artístico de la Metro Goldwyn Meyer y estoy por algunas semanas en su hermoso país. Excuse mi indiscreción pero la observo desde el comienzo de la velada: ¿no será usted actriz?

Halagada, Selma lanza una leve risa.

—¿Lo parezco?

—Usted es bella, no se puede negar, aunque eso no es lo más importante. Usted tiene «presencia» y eso es sumamente raro. ¿Nunca pensó hacer cine?

—Sería completamente incapaz...

—¡Vamos, no sea modesta! Moverse delante de una cámara es un oficio, se aprende. Pero lo que falta en Hollywood son precisamente mujeres como usted: con vivacidad, gracia y sobre todo clase. Voy a decirle algo que he dicho muy pocas veces: usted tiene pasta de estrella. ¿Cuál es su nombre?

—Selma...

—¡Magnífico! Dentro de un año ese nombre será conocido en el mundo entero. Ya que, señorita Selma, la voy a llevar hacia la gloria. ¿Me lo permitirá?

Richard Murphy no dice que se ha informado, que sabe perfectamente quién es Selma y que es seguramente eso lo que le interesa. Pues, si la joven es bonita, seguramente será una mala actriz... Lo importante es que sea princesa. ¡Una princesa en Hollywood!... Ya ve los titulares de los periódicos. Los americanos se enloquecen por todo lo que suene a aristocracia. Con una nieta de sultán, incluso si las películas son bodrios, la MGM hundirá a la Columbia, a la Warner y a la Fox.

Pero el hueso será duro de roer. Nunca la sultana, cuyo carácter rígido conoce de oídas, permitirá que su hija se lance a una carrera que debe considerar como el equivalente de una carrera de cortesana. ¡Y además en el fin del mundo, en Hollywood, ese lugar de perdición! Richard Murphy sonríe interiormente: «¿Y si nos lleváramos a la madre con la hija para que la vigilara?... ¿Una vieja sultana con velo en Hollywood? ¡El golpe sería genial!... Pero no soñemos: es a la pequeña a la que hay que convencer, seducir, enloquecer con las perspectivas de gloria, hasta el extremo de que sea capaz, si es necesario, de prescindir del permiso de su madre. ¡Después de todo, es mayor de edad! La suerte la acompaña, es toda su vida la que está en juego».

Es así como Richard Murphy intentará convencer a Selma. Se aloja en casa de los Trad y la invitará todos los días a tomar el té. No hay que darle tiempo de arrepentirse. Conoce las tácticas con esas jóvenes ambiciosas e ingenuas. Él nunca ha conocido el fracaso.

—Selma, ¡creo que os habéis vuelto completamente loca!

Rígida en su sillón, la sultana, con el ceño fruncido, mira a su hija como si intentara aprehender al extraño personaje que le habla.

Por tercera vez, Selma reanuda la explicación.

—Annedjim, os lo ruego, intentad comprender: la MGM es la mayor compañía de cine del mundo, quieren contratarme cueste lo que cueste, me hacen un contrato en oro. Cinco películas al año y en todas con papel estelar. ¡Y sabéis cuánto me ofrecen! ¡100.000 dólares anuales! Imaginaos, Annedjim, podríamos volver a comprar un palacio y vos estaríais tranquila hasta el fin de vuestra vida.

—Sois una niña. No os imagináis la inmoralidad, la corrupción de ese ambiente de actores...

—¡Oh!, ¡pero yo sé hacerme respetar!— exclama Selma levantando soberbiamente la barbilla. —Además he especificado que en ningún caso rodaría escenas atrevidas: y aceptaron.

—¡Escenas atrevidas!... ¡Y aceptaron! ¡Qué buenos son! ¡En verdad, tengo la impresión de que soy yo la que me he vuelto loca! ¡No discutiré ni un segundo más este insensato proyecto!

Las lágrimas acuden a los ojos de Selma, que ni siquiera intenta contenerlas. Se levanta y recorre la habitación a grandes zancadas coléricas.

—¡Comienzo a estar harta de la existencia que llevo!, de los tés bailables, de las cenas, de los bailes y más bailes... Hace ya cuatro años que terminé el colegio, tengo veintiún años, ¡el tiempo pasa y todavía no he hecho nada de mi vida!

En esta explosión de vehemencia juvenil, la sultana siente una amargura, una desesperación que la conmueven; ella también pensaba que su hija no podría contentarse mucho tiempo con aquellas frivolidades.

—¡Vamos, mi Selma!— dice con voz afectuosa. —No toméis las cosas a lo trágico... Es verdad, tenéis demasiada personalidad para seguir viviendo así... Debéis casaros.

Selma se detiene.

—¿Y dónde está el Príncipe Encantado?— pregunta con tono burlón.

—He pensado— responde la sultana sin renunciar a su calma —que os convendría un rey.

Deslumbrada, Selma la mira: ¡claro que su madre no acostumbra a bromear!

—¿Un rey? Pero...

Haciendo como que no advierte la sorpresa de su hija, la sultana prosigue en el mismo tono:

—Gracias a Dios, todavía hay algunos en este planeta. En quien he pensado para vos es en el rey Zogú de Albania. Desde hace algún tiempo, he hecho establecer contactos, muy discretos por cierto. Sabéis que su hermana acaba de casarse con vuestro tío, el príncipe Abid, el hijo más joven del sultán Abd al-Hamid. Esto facilita las negociaciones... No os oculto que el rey Zogú no es un gran monarca, sólo reina sobre un millón de súbditos, más o menos. Pero todavía es joven, bello, tiene, parece, muy buenas maneras y no se le conoce ningún vicio empedernido. Además, habla turco fluidamente pues hizo sus estudios en Estambul y profesa el mayor respeto por nuestra familia.

»Algunos pretenden que el rey Zogú es un advenedizo. Su familia pertenece a la nobleza más baja y se hizo coronar mediante una especie de golpe de Estado. Pero al menos ha restablecido el orden en ese pobre país que, desde su independencia, en 1913, está dividido en diversas facciones. ¡En todo caso es un hombre valeroso! Insinúan que no es muy inteligente, aunque después de todo es preferible: más ascendente tendréis sobre él.

»¿Qué decís? ¿Os gustaría ser reina?»

«¡Qué papel!» Toda la noche Selma da vueltas y vueltas en la cama, demasiado excitada para conciliar el sueño. Las luces de Hollywood se le aparecieron de oropel, irrisorias: será reina, y no una reina de celuloide. Mañana le comunicará al productor de la Metro Goldwyn Mayer que no quiere firmar el contrato, ¡que tiene algo más importante que hacer! Se imagina su estupor: va a abrir la boca tan grande como la del león del emblema de su compañía y le hará mil preguntas. Por supuesto, no podrá decirle nada.

Durante las semanas siguientes, Selma se sumirá en todos los libros y revistas que hablen de Albania. Con Amal, la única a la que le ha contado el secreto, hará verdaderos saqueos en las librerías y bibliotecas de la ciudad. Y durante tardes enteras, tendidas en enaguas en el gran lecho de Amal, leerán, discutirán y se apasionarán. Sin embargo, lo que descubren no es del todo color de rosa. El pequeño reino montañés es, por cierto, muy hermoso; sus habitantes, campesinos rudos y honrados, han sabido conservar sus costumbres ancestrales y un admirable código del honor. Pero si la calma reina en ese país que durante mucho tiempo fue presa de las rivalidades internas entre grandes familias feudales, es, escriben ciertos periódicos, porque el rey Zogú no duda en suprimir a los que le incomodan. Otros, que se extasían ante la generosidad del soberano, explican que para hacer regalos a sus amigos y a su familia, confunde un poco su caja personal con la del Estado.

Selma no cree una palabra de esto. ¿No se dicen siempre las peores cosas de los poderosos? La experiencia de las calumnias difundidas en Turquía sobre su propia familia durante los últimos años —¿no escribieron que el sultán se había llevado parte del Tesoro así como las reliquias del Profeta?—, le han enseñado que los hechos presentados como indudables son a menudo puros inventos.

En cambio, Selma anota atentamente las cifras y los detalles que hablan de la pobreza y del atraso del país. Habrá que construir hospitales, escuelas. Ya imagina la sonrisa confiada de las mujeres y de los niños a los cuales ha decidido dedicar su vida. Sabe que la tarea no será fácil, que necesitará cambiar las costumbres, enfrentarse con situaciones arraigadas, pero ella luchará. De repente se siente fuerte con el amor de todo un pueblo.

Impulsivamente, rodea la cintura de su amiga con el brazo.

—¿No me olvidaréis, verdad? ¿Vendréis a verme a menudo?

Amal la besa tiernamente.

—Iré, os lo prometo.

Comparte la felicidad de Selma, pero también su aprensión ante aquel futuro que, pese a las lecturas y las informaciones que intentan rebuscar aquí y allá, no logran imaginar.

Como hija de la montaña drusa, Amal conoce a los montañeses y sabe que no son gente fácil. Selma es urbana, acostumbrada a la dulzura de las ciudades bañadas por el mar, al ritmo lento y a las maneras corteses de Oriente. ¿Cómo reaccionará ante una rudeza que le es totalmente extraña? Pensativa, Amal acaricia los bucles rojizos y la piel de los hombros, más fina que el raso. Se pregunta si la sultana ha elegido lo mejor, si ese porvenir brillante le proporcionará la felicidad a la joven que quiere más que a una hermana. Pero no dirá nada. Si el destino de Selma es ser reina, debe cumplirlo.

Ahora, todas las tardes, cuando Selma vuelve a casa, se encierra con Zeynel. Durante horas hablan del «país de ambos», de sus inmensos bosques, sus cascadas, de las hermosas aldeas de piedra blanca colgadas en los flancos de las montañas, y de las largas veladas delante de la chimenea en las que se cuentan las leyendas de valerosos caballeros protegidos por las hadas, de la cabrita maravillosa que el hijo del rey desposó, pues bajo su piel y sus cuernos se ocultaba la «Bella de la Tierra», y la historia del «Oso Arrepentido» y la del «Potrillo Mago»...

Zeynel tenía trece años cuando los soldados del sultán se lo habían llevado de su aldea de Albania a la capital del Imperio. Ha tratado de olvidar, y en parte lo ha logrado. Pero ahora le vuelven todos los detalles, como si fuera ayer...

Para el eunuco, aquel matrimonio es una señal del cielo. Le confirma la loca certeza de que aquella noche, en Estambul, en el palacio de Ortakoy, la sultana... y él...

Así su niña regresa a las fuentes de su sangre. Ella no lo sabe pero es todo su ser el que la empuja hacia ese país desconocido, de donde viene. Y él, el pequeño aldeano que corría descalzo por la montaña, el que a menudo tenía frío y siempre hambre, él, que nunca se habría atrevido a levantar la vista ante el *mukhtar*, el jefe de la aldea, él, Zeynel, se convertirá en suegro de su rey.

La alegría, el orgullo lo ahogan, tiene ganas de cantar. Y para su niña, que será su reina, renacen, desde el fondo de la memoria, trozos de antiguas coplas infantiles. Con su voz aflautada, canta las palabras que en otro tiempo canturreaba su madre.

Quiero venir a tu casa, ovejita de ojos bordeados de negro,
Quiero venir a tu casa, gordezuela,
Sentarme en una silla, ovejita,
Beber vino, gordezuela,
En un vaso rosado, ovejita,
Para que seas feliz de una vez y para toda la vida, ovejita,
De una vez y para toda la vida, gordezuela.

—¡Sigue, Agha, sigue!

Al ver a Selma pendiente de sus labios, Zeynel se asombra de que encuentre hermosos esos jirones de coplas sin hilación, y se dice que, en el fondo de su corazón, ella los reconoce como suyos.

Pasan dos meses. Las noticias de Albania no llegan. Tras haber dado un acuerdo de principio, la sultana se niega a que vuelvan a actuar sus corresponsales. Este tipo de tratos es delicado por naturaleza, necesita tiempo, sería desastroso parecer urgido.

Finalmente, un día llega la carta tan esperada, sellada con el escudo real. Enviada por el secretario personal del soberano, un hombre muy distinguido a quien la sultana conoció cuando estuvo destinado en Estambul. Tras los saludos de rigor y todos los votos por la salud y prosperidad de la familia imperial, escribe:

> «No ignoráis, sultana, que, como consecuencia de la boda de la hermana de Su Majestad con Su Alteza el príncipe Abid, el presidente Mustafá Kamal decidió romper relaciones con Albania. Ahora bien, el rey, por múltiples razones que comprenderéis, debe procurar restablecer las relaciones con Turquía. Desposar a una princesa otomana comprometería definitivamente la entente necesaria entre los dos países.
>
> »Por eso con gran tristeza Su Majestad debe renunciar a este proyecto que tanto le complacía. Pero los deseos personales de un soberano deben borrarse delante de la razón de Estado.
>
> »Os ruego, sultana...»

Muy pálida, la sultana le alarga la carta a Selma, que la lee, estalla en carcajadas y pausadamente la rompe.

VII

Masas de nubes de luz y de ceniza corren hacia el oeste en apretadas filas. Es el crepúsculo. Desorientados, los pájaros dan vueltas en el cielo persiguiendo al sol. La tierra respira, finalmente libre del peso del hombre; desde las profundidades, deja aflorar la savia y embalsama el aire.

Acodada al balcón de su habitación, Selma escucha el canto del almuédano, con el contrapunto de las campanas de la iglesia de Saint-Louis-des-Français, cercana a la mezquita, que llaman al ángelus. Debe vestirse para salir. Esa noche, los Tabet, una de las más ricas familias del Líbano, ofrecen una cena en honor del nuevo alto comisionado, el conde Damien de Martel. Se dice que es un diplomático experimentado y se cuenta con él para restaurar la constitución suspendida por su predecesor y proceder a elecciones presidenciales.

En esta cena se dará cita la crema de la sociedad beirutí, tanto del mundo político como del de los negocios que, por lo demás, son los mismos. Estará Emile Eddé y su rival y amigo, Bechara al-Khoury, así como el emir Fuad Arslan, diputado druso, y Riad al-Solh, diputado sunita, ambos críticos acerbos del mandato, y ambos locamente enamorados de la hermosa Yumna al-Khoury, hermana del candidato a la presidencia. El seductor Camille Chamoun, lobezno de la política, será también de la partida. Se dice que no hay hombre más bello en todo el Oriente Próximo y que al casarse con la hija de Nicolas Tabet, rompió muchos corazones.

Para realzar la velada, los dueños de casa han invitado a las flores más hermosas de la ciudad: Yvonne Bustros y Maud Farjallah; y Nejla Hamdam, una drusa feroz de ojos muy negros, e Isabelita, ex amiga del rey de España Alfonso XIII, convertida en la petulante esposa de Robert Sabbagh, y tantos otros... Cuando

Beirut quiere seducir, su generosidad no tiene límites. Ofrece al elegido sus mejores joyas, lo deslumbra con su alegría, lo hechiza con su inteligencia versátil y a menudo sutil, lo aturde rodeándolo con una red de mil amistades tan repentinas como eternas, o efímeras, que viene a ser lo mismo, pues, como buenos orientales, los libaneses saben perfectamente que la eternidad es el instante.

Aquella noche, el elegido alrededor del cual Beirut quiere tejer su brillante tela es su nuevo amo, y Selma ha sido invitada para que sea uno de los elementos de esa hechura de arácnidos destinada a envolverlo y si es posible absorberlo.

Se divierte con ello, en circunstancias que hace dos años se hubiera rebelado, negándose a jugar al tonto útil, queriendo que la invitaran y amaran por ella misma. «Ella misma...» Hoy ya ni siquiera sabe lo que quiere decir eso. Se han quebrado tantos espejos... El espejo de las luces multicolores y de bisutería en el que se reflejaba la deslumbrante silueta de la reina de Hollywood; el espejo de oro un poco ajado que le devolvía el rostro dulce y grave de una joven reina de Albania; incluso los espejos del palacio de Ortakoy donde una intrépida sultanita arreglaba sus bucles antes de lanzarse a la conquista del mundo.

Con un gesto brusco, Selma se echa el cabello hacia atrás: tiene veintidós años y ya no es la adolescente que gemía en busca de la verdad y que, cuando creía haber desalojado a Selma de la princesa otomana, comenzaba a preguntarse lo que había detrás de Selma. Era como el juego de las muñecas rusas: al abrirlas, se descubre otra dentro, y luego otra y así sucesivamente. No hay más que envoltorios, nunca la muñeca original. ¿Pero existe acaso una muñeca original? ¿Y quién puede decir que exista una verdadera Selma fuera de los papeles que ella ha elegido? Ella, en todo caso, no lo sabe y se niega a seguir agotándose en esa búsqueda insensata.

Es joven, una de las mujeres más agasajadas de Beirut, y ya no quiere pensar. Nervin Hanum asegura además que pensar provoca arrugas. Quiere divertirse, eso es todo.

—¡Dios mío, Selma, todavía no estáis lista! ¡Son las nueve!

Amal entra en la habitación. Está deslumbrante con su traje ceñido, la última moda lanzada por el modisto Lucien Lelong de París.

—Llamé y, como no respondisteis, he entrado. ¿Qué sucede? ¿Estáis enferma? Sabéis que debemos estar todos a las nueve y media, antes de la llegada del alto comisionado.

—Y en posición de firmes, me imagino. No, Amal, no estoy enferma... Pero esta noche tengo ganas de llegar tarde.

Ante el gesto de censura de la joven, Selma ironiza:

—Pura abnegación, por lo demás. Esas buenas gentes no tienen nada que decirse. Les doy la oportunidad de murmurar. ¿Creéis que no me volverán a invitar?

Hay tanta insolencia en su mirada y desafío en la voz, que Amal prefiere no responder. No reconoce a su amiga en esa extranjera arrogante. Ella que era sensible, casi frágil, se ha endurecido después del doble fracaso del matrimonio albanés y la eventual carrera en Hollywood. De esos proyectos grandiosos, sólo habla burlándose, demasiado orgullosa para dejar transparentar su decepción. Como si se reprochara por haber soñado y le reprochara a Amal haber sido testigo de sus sueños. Se diría que ha resuelto no dejarse coger nunca más en flagrante delito de inocencia, sino de provocar y cerrarse para no darle a los demás la menor oportunidad de que la rechacen.

Por ello se ha hecho tan popular en ese pequeño mundo donde todo —amor, dinero, éxito— aburre a fuerza de ser fácil. Alrededor de Selma, los hombres se acechan: ¿cuál de ellos obtendrá los favores de la despiadada dama? Su frialdad es legendaria, nadie ha podido jactarse de haberle robado un beso, ni siquiera de haberle tomado la mano. En el fondo, se sienten agradecidos, pues están convencidos de que su indiferencia es sólo una táctica destinada a seducirlos: la victoria será tanto más hermosa.

«Todos se equivocan», piensa Amal examinando el rostro impenetrable; «se ha vuelto verdaderamente indiferente... Incluso cuando se divierte tengo la impresión de que es por cumplir con un deber.»

Golpean a la puerta. Son Hairi y Marwan que vienen a saber si ya están listas. Selma advierte con ironía que Hairi se ha vestido como un figurín —*smoking* de shantung crema y clavel rojo en la solapa—, para impresionar a Amal.

—Estoy enamorado— le había dicho a su hermana días antes. —¿Creéis que le gustaría convertirse en princesa?

—Creo que es lo que menos le preocupa— respondió Selma, afirmación en la que Hairi sólo había querido ver mala intención.

De modo que ha decidido hacerle la corte. Desde hace una semana, envía cada día a la rue Mar-Elias un ramillete de rosas rojas; esta noche espera ser recompensado con una sonrisa, y aprovechará para pedirle a la joven que le reserve todos los valses, puesto que después de la cena se bailará.

Pero Amal no sonríe, cosa que Hairi atribuye a una encantadora timidez. Y cuando, más tarde, Marwan lo lleve aparte para explicarle que su hermana detesta las rosas, cuyo perfume le causa jaqueca, se emocionará con su delicadeza y sentirá que está aún más enamorado.

Entre tanto, se indigna contra Selma «que se retrasa sólo para llamar la atención».

—Idos, pues, ya os alcanzaré— le responde con impaciencia. —Zeynel me acompañará en *arraba*.*

Marwan titubea, no le gusta la luz de los ojos de Selma, y todavía menos su nueva risa, demasiado seca o demasiado breve. Tenía la intención de hablar con ella aquella noche, pero tal vez sea mejor enviarle antes un «embajador». Del bolsillo saca un paquete delgado.

—Os he traído un libro de Fariduddin Attar, el más grande poeta místico druso. Si decidís no venir, él os acompañará.

«Los pájaros del mundo entero», cuenta el libro, «se han reunido para buscar a su rey, el Simurgh, que se halla perdido hace mucho tiempo. Nadie sabe dónde vive, salvo un pájaro muy viejo. Pero él no puede encontrarlo solo pues el camino está plagado de trampas. Deben ir todos. El Simurgh vive, en efecto, en el Qaf, una cadena de montañas que rodea la tierra, para llegar a la cual hay que atravesar cortinas de fuego, nadar en furiosos torrentes, luchar con ejércitos de feroces dragones.

Partirán a miles, pero durante el viaje, que durará años, la mayoría morirá. Sólo treinta pájaros, los más sabios, alcanzarán, después de muchas dificultades, la corte del Simurgh en las montañas del Qaf. Allí, deslumbrados, descubren miles de soles, de lunas y estrellas. Y en el reflejo de cada uno de estos astros ellos se ven y ven al Simurgh. Hasta que finalmente comprenden que ellos son el Simurgh y que el Simurgh es ellos, que constituyen un solo y único ser. Y que su rey, el dios que habían ido a buscar tan lejos, habitaba en ellos...».

Selma deja caer el libro.

...En un *tekke*** de los alrededores de Estambul, una niña besa la palma abierta del viejo jeque... de repente la luz la ciega, siente que si mantiene los ojos abiertos se va a disolver en ella, ella no quiere, siente miedo... Cierra los ojos y las cosas, con su orden trivial y tranquilizador, recuperan su lugar.

Selma ha conservado siempre en su corazón la nostalgia de aquel deslumbramiento y la vergüenza de su miedo. Una vergüenza de la que paradójicamente se siente orgullosa, que ella alimenta y acaricia, pues sentir vergüenza es una prueba de que se posee un alma superior que incesantemente intenta superarse.

Desde hace mucho tiempo, se siente empujada hacia la búsqueda de la unidad, pero siempre se detiene en el umbral. Teme que al tocarla sea absorbida completamente, siente que en la búsqueda del absoluto no se pueden fijar límites y que se corre

* *Arraba:* especie de calesa descubierta.

** *Tekke:* complejo monástico, centro generalmente de una comunidad sufí. *(Nota del traductor.)*

el riesgo de perderse, como esos miles de pájaros del Simurgh muertos antes de haber alcanzado la luz.

Pero al refugiarse en la estricta práctica religiosa, ¿no hay el peligro de olvidar la fecunda inseguridad? Marwan, que es un *akkal*, un iniciado en la jerarquía drusa, le dijo un día que religión y moral eran los medios más seguros para no encontrar jamás a Dios. «Mandamientos y prohibiciones», dijo, «son altas murallas que se levantan para alcanzar el cielo, pero cuanto más altas se alzan más se encoge el cielo, y pronto no se ve más que un cuadrado azul miserable, que no tiene nada de cielo, que sólo es un cuadrado azul. Nos hablan de escaleras de mármol y tronos de oro, un mundo tan muerto como su moral. No comprenden que el cielo es la vida en su multiplicidad infinita; ¿cómo iba a estar la vía hacia el infinito rodeada de murallas?»

Selma siente vértigos. ¿Por qué le ha traído Marwan ese libro? Ella estaba tranquila, se embriagaba de sentirse rodeada, adulada. ¿Por qué lo ha estropeado todo? ¿No podía dejarla vivir, como todos, y ser feliz?

Feliz... La palabra se petrifica delante de ella, vulgar, casi obscena... ¡Siempre se asombrará de sí misma! Es capaz de contarse cualquier cosa. ¡En fin, no ha caído aún tan bajo como para que se contente con esa felicidad!

En los palacios de Estambul vio ese tipo de mujeres con la mirada vacía de inquietud; iguales a las elegantes de los salones de Beirut. ¿Es en eso en lo que se está convirtiendo? Tiembla. Le vuelven a la memoria las palabras del maestro sufí Djalal Al-Din Al-Rumi: «¡Que nunca te pierda, dolor bienaventurado, más preciado que el agua, quemadura del alma sin la cual sólo seríamos madera muerta!»

Selma baja al pequeño jardín. La noche acecha y las estrellas ya no le son extrañas: tiene la impresión de que han vuelto a ella después de una larga ausencia.

El arraba baja alegremente la avenida. El cochero hace chasquear la lengua y excita al caballo con la punta de su látigo. Se siente muy ufano de llevar a bordo a dos damas tan hermosas: todos los paseantes lo miran.

Fue Amal quien tuvo la idea. Hace algunas semanas oyó hablar de esa mujer de poderes asombrosos, una nueva pitonisa, dicen, una enviada de Dios, o tal vez del diablo. Están decididas a ir a verla, sin decir nada a Marwan, que se enfadaría.

En la casa de persianas cerradas, un delgado adolescente las hace entrar y, sin decir palabra, las guía hasta una habitación sombría donde pebeteros de incienso libran un combate perdido de antemano con los olores agrios y dulzones de los alientos y sudores mezclados.

Gorda y con la grupa cómodamente instalada en un lecho alto, rodeada de fieles que se apretujan, la vieja está sentada, destilando gota a gota el filtro, redentor y mortífero, de sus palabras, de sus silencios. Algunas frases, la miel después del ácido, caen de sus labios delgados, mientras sus ojos ardientes horadan las miradas, taladran los pechos hasta alcanzar los corazones.

En la sombra, cerca dc la puerta, las dos jóvenes se quedan de pie. Pero la vieja las ha visto e instintivamente ha presentido que eran presas selectas. Con su mano gorda, les indica que se acerquen, que entren en el círculo de elegidos que rodean la cama. Pero ellas se niegan, ¡las rebeldes!

La vieja sonríe. Así le gustan, impúdicas y presuntuosas como niños desnudos que se levantan en la luz. La vieja es una golosa de ellos, de esos niños inconscientes que se creen amados por Dios: ellos le dan vida. Ni siquiera mira al conjunto de esclavos prosternados que la rodea: ya los ha devorado hasta las entrañas, se han convertido en sus miles de tentáculos; van por la ciudad destilando su palabra y trayéndole nuevas presas sedientas de escucharla, a ella, la inspirada.

Pero cerca de la cama algunos dudan: ¿qué espíritus dominan a esta vieja imperiosa, aterradora y magnífica, espíritus divinos o diabólicos? Y poco a poco la idea se impone de que todos estos espíritus son iguales y de que Dios es la luz liberada de todas las escorias cuya podredumbre ígnea da nacimiento al diablo. Y los más valientes, o los más inconscientes, se embarcan para el viaje sin retorno, donde su única certeza consistirá en que se consumirán en el infinito: en las llamas del infierno o en las del amor divino...

Los que todavía dudan, no se librarán nunca del tibio y repugnante malestar de saberse incapaces de alcanzar lo Último, dicha o infortunio, poco importa. Pero a todos, hayan o no franqueado la primera puerta del miedo, la vieja les ofrece el mismo regalo regio: la inquietud, para siempre.

En el umbral de la habitación, la joven pelirroja aparta la mirada.

—Partamos— le dice por lo bajo a su amiga, —la luz es negra.

¿La habrá oído la vieja? Se incorpora en la cama y de su boca oscura brota la imprecación:

—¡Bajarás la cabeza, tú, orgullosa! ¡Dentro de dos noches, recuérdalo, dentro de dos noches iré a tu casa!

Hacía tiempo que Selma no se divertía tanto. El baile de disfraces en casa de Jean Tuéni tiene por tema «Las Indias galantes», según la ópera de Rameau. Ella se ha disfrazado de maharajá, con traje de jodhpur de raso blanco y turbante con penacho de plumas —éstas sacadas del plumero de Nervin Hanum—, con un collar de cinco vuelta de perlas finas prestadas por Souren Agha. Bajo el antifaz negro, de rigor, nadie la ha reconocido. Y, cuando al final de la noche, se quitan las máscaras, una vez más los sorprende a todos.

Sin embargo, había estado a punto de no venir en el último momento. Las amenazas de la bruja la atormentaban; había intentado inútilmente expulsarlas de su espíritu, pero volvían una y otra vez. Todo el día, Amal había desplegado toda su capacidad de persuasión para convencerla de que aquella vieja no tenía más poder que la sumisión de su círculo de afiliados: como sintió la rebeldía de Selma, le había dicho cualquier cosa para asustarla.

—¡Pero pensad! Delante de su rebaño genuflexo no podía aceptar que la desafiaran. ¿Y cómo iba a venir a vuestra casa? De todas maneras es demasiado gorda para desplazarse.

Y como Selma duda, contándole que en Turquía había mujeres con poderes maléficos, la dulce Amal estalla:

—De verdad, me decepcionáis. ¡Sois tan crédula como las campesinas de nuestras aldeas!

Finalmente Marwan, puesto al tanto de la aventura, había logrado convencer a Selma de que, justamente, era mejor que esa noche no estuviera en casa. Y, sobre todo, que no se olvidara de avisar a Zeynel y a las kalfas de que no abrieran bajo ningún pretexto.

La orquesta ha acometido un tango. Son las cuatro de la mañana y la mayoría de los invitados han partido. En los candelabros de plata, las velas terminan de consumirse y arrojan sombras movedizas sobre las alfombras que parecen animarse. En brazos de Ibrahim Sursok, Selma se deja llevar. Es el mejor momento, cuando no son más que un pequeño círculo de amigos y una nueva velada, más íntima, comienza.

Musa de Freige ha sacado su violín para acompañar a Henri Pharaon; éste posee una hermosa voz de barítono y canta las romanzas de moda. Gabriel Tabet contará historias divertidas, e Isabelita, que ha traído sus castañuelas y su vestido rojo de volantes, bailará flamenco.

Cuando el día comienza a despuntar y los criados sirven un buen café caliente, decidirán a regañadientes separarse. Nunca había vuelto Selma tan tarde; habitualmente a las dos, Hairi da la señal de partir. Pero esa noche, en connivencia con Selma, Amal le ha concedido varios bailes y él ha olvidado todos sus principios.

Delante de la reja está estacionado un 5 C.V. negro. La puerta de la casa está abierta de par en par. De un salto, Selma atraviesa el vestíbulo. Todas las luces están encendidas pero no hay nadie. Sube los escalones de cuatro en cuatro, se detiene delante de la habitación de su madre: ha ocurrido una desgracia, lo sabía... la bruja...

Temblando, empuja la puerta. La habitación está sumida en la penumbra y Selma sólo ve al principio unas anchas espaldas cubiertas por una levita gris; luego, poco a poco distingue a Zeynel y a las dos kalfas que, con un dedo en los labios, le hacen señal de callarse. Lentamente, avanza y busca a su madre con la mirada. Sin embargo, la levita gris se vuelve y un monóculo reprobador contempla a aquel extraño efebo con turbante. Selma no lo ve, se acerca y, de repente, divisa una forma tendida en el suelo, rígida... ¡muerta!

Grita «Annedjim» y se precipita, pero antes de que pueda llegar hasta su madre, un puño vigoroso la sujeta.

—¡Calma! ¡No es momento de arrumacos!

Y empujándola sin miramientos a los brazos de Zeynel, el médico se arrodilla y reanuda gravemente la auscultación. Al cabo de algunas horas o minutos, Selma es incapaz de saberlo, se levanta y pide que traigan mantas.

—Por el momento es imposible moverla, pero debe estar abrigada.

... estar abrigada... Pero entonces...

Pausadamente, Hairi se acerca y por primera vez en su vida Selma lo admira cuando dice con voz reposada:

—Yo soy su hijo, doctor, decidme la verdad.

El médico lo mira y sacude la cabeza.

—Vuestra madre ha sufrido un ataque muy serio, joven. Por fortuna, el corazón ha resistido. Vivirá, pero...

—¿Pero...?

—Temo que quede paralítica.

Delante del piano, Selma está sentada, inmóvil. Hace un momento ha tocado los *impromptus* de Schubert, el segundo y el quinto, los que Annedjim prefiere, y también las variaciones de Liszt sobre un tema de Haydn. Inmovilizada en la silla de ruedas, de la que no se mueve sino para ser transportada en brazos de Zeynel a la cama, la sultana ha escuchado con los ojos semicerrados, en una actitud de pura felicidad.

Hace ya seis meses que está paralizada de las piernas, y ni una sola vez Selma la ha escuchado quejarse, ni una vez la ha visto impaciente o abatida. Al contrario. Por primera vez desde el exilio —ya hace once años— su madre le parece casi alegre, como apaciguada.

Y sin embargo... Delante de esta mujer anciana y dependiente, Selma evoca dolorosamente a «la Sultana». Vuelve a verla, princesa deslumbrante con su vestido de cola adornado de martas cebellinas, con el pecho atravesado por el gran cordón imperial; soberana glacial y magnífica, negándoles la entrada al palacio a los policías y arriesgando su vida por un desconocido; diosa misericordiosa con las debilidades humanas, pero que sólo comprendía el honor. ¡Ah!, ¡la sultana no era suave, pero era admirable!

Desde hace seis meses, Selma no sale, no tiene ganas de salir. Al comienzo, creía que era por acompañar a su madre, luego comenzó a sospechar que era para redimirse: sabe perfectamente que una enfermedad cardíaca predispone a los ataques, pero en el fondo, está convencida de que fue la venganza de la bruja.

Y sobre todo, está inquieta. El médico les ha advertido que un segundo ataque «podría ser fatal». Lentamente, la idea inconcebible, escandalosa, se ha abierto paso, y la joven ha terminado por comprender, aterrada, que su madre era mortal y que la roca que la había sostenido, que era el elemento inmutable en su vida, podía ceder y dejarla tambaleante al borde del abismo. Nunca se lo había imaginado. Hasta aquí, la muerte era siempre la muerte de los demás. ¿Pero la muerte de su madre?... Es como si tuviera que morir la mejor parte de sí misma.

Durante los primeros tiempos, cuando se difundió la noticia de la enfermedad de la sultana, sus amigas le habían escrito y algunas habían venido a verla. Al cabo de un mes, período de respiro concedido a su tristeza, la habían vuelto a invitar. Pero como ella no respondía, se habían cansado.

Únicamente Marwan y Amal siguen viniendo regularmente a la casa de la rue Roustem-Pacha. Se preocupan viendo a Selma encerrada en sí misma, pasando tardes enteras componiendo sonatinas o canciones melancólicas. Un día, la sultana llama aparte a Marwan.

—¡Debe salir a cualquier precio! Os lo ruego, encontrad un medio, si no se nos enferma. Dos enfermos en esta casa es demasiado— agrega riendo, —¡quiero conservar mis privilegios!

La temporada de bailes al aire libre acaba justamente de comenzar. Es primavera. En las hermosas propiedades del barrio Sursok, ejércitos de jardineros están atareados cuidando los macizos de hortensias importadas de Europa y podando las vallas de adelfas y majuelos.

Aunque el baile más original, el más divertido, es sin duda alguna el del Almirantazgo, que cada año tiene lugar en el *Jeanne d'Arc*, el buque escuela francés. Los invitados son seleccionados cuidadosamente. Amal y Marwan están en la lista de elegidos: la guerra franco-drusa es un recuerdo lejano: Desde 1930, el yebel ha conseguido una Constitución autónoma y tanto en el Líbano como en Siria el mandato francés está especialmente atento a no descontentar a los señores de la montaña.

Marwan se las arregla para hacer invitar a Selma a la velada en el barco-escuela. Como ha previsto su negativa, finge indignarse:

—¡No me podéis hacer esto! Es una cena sentados, todos los sitios están reservados desde hace un mes.

—Un baile sobre el agua crea una atmósfera diferente— insiste Amal, —es como un crucero. Y además, quiero que conozcáis a mi primo Wahid, que por una vez ha consentido en bajar de sus montañas. Es también un pariente lejano de Sit Nazira. Ya lo veréis, ¡es original pero encantador!

Finalmente, Selma se deja convencer.

VIII

En el puerto oscuro, sólo iluminado con algunos faroles, el *Jeanne d'Arc* se destaca como un árbol de Navidad engalanado de guirnaldas de luces. En el puente se halla el almirante rodeado por sus oficiales con uniforme de gala. Un poco apartada, la orquesta «Marine Levant» toca la obertura de *La vida parisiense*, de Offenbach.

Seguidas por sus atentos acompañantes, trabadas por los tacones altos y los trajes largos, las damas se arriesgan por la pasarela, temerosas y extasiadas, ahogando chillidos. Hombre mundano, el almirante las recibe, diciéndole amabilidades a cada cual. Se siente satisfecho: la velada será un éxito: en trescientos metros cuadrados, ha reunido a lo mejor de Beirut. Jóvenes cadetes se hallan dispuestos para acompañar a los invitados a sus sitios.

La mesa de los Darouzi se encuentra bastante alejada de la orquesta. Se han retrasado. Todos están ya sentados alrededor de los manteles de damasco, que casi no se ven cubiertos por las rosas, la platería y la porcelana de Limoges. Los reciben con exclamaciones:

—¡Ya no os esperábamos!

—¡La querida Amal! Sólo una hora de retraso. Estáis progresando— apunta un joven desmadejado.

—Wahid, estoy segura de que me perdonaréis cuando veáis lo que os traigo. Selma, os presento a mi primo. Tranquilizaos, no es ni la mitad de desagradable de lo que parece.

Con atenta desenvoltura, la larga silueta se levanta, se inclina y exclama con tono teatral que hace que se vuelvan los comensales de las mesas vecinas:

—¡Ah!, princesa. Si mis antepasados hubieran podido imaginaros, nuestras dos familias habrían evitado siglos de guerra. Esos feroces guerreros se habrían rendido de inmediato.

La mirada de los ojos azules, a medias subyugada, a medias burlona, envuelve a Selma. Autoritariamente, Wahid hace cambiar el orden de la mesa para colocar a la muchacha a su derecha. Desdeñando a los demás invitados, sólo la mira a ella, la acosa con preguntas sobre su vida, sus actividades, sus gustos. Parece totalmente cautivado, no advierte la incomodidad de su invitada, que no sabe cómo contrarrestar una corte tan poco discreta.

El suplicio de Selma sólo durará un cuarto de hora. Como si, de pronto, su curiosidad se hubiera calmado y su interés decaído, Wahid Bey le volverá la espalda y se enzarzará en una discusión política apasionada con sus amigos.

El vecino de la derecha de Selma, un hombrecito delgado, muy distinguido, se apresura a aprovechar la suerte que se le presenta. No ha captado el nombre de esta encantadora joven. ¡Poco importa! Ya se informará después.

—Permitidme que me presente: Charles Corm, poeta. ¿Os gusta la poesía, señorita?

—Mucho— sonríe Selma, aliviada de reencontrar, tras el huracán druso, la suavidad y el tono moderado beirutíes.

—Me llaman «el Vate de Fenicia». ¿Habéis leído mi último libro, *La montaña inspirada*? Acaba de ser galardonado con el premio Edgar Allan Poe.

—Me han hablado de él— responde Selma cortésmente.

—¿Os gustaría que os recitase algunas estrofas?

—Naturalmente— dice Selma maravillándose de la inconmensurable vanidad de los autores.

El poeta carraspea para templar su voz y luego, con los ojos perdidos en el horizonte de manteles blancos, comienza a declamar:

¡Ah! decidme cómo
Cómo nuestros labriegos, durante dos mil años
Han mantenido la cruz en medio de los turbantes
Desde el mar de la China al Mediterráneo
En nuestro único Líbano

Hermano musulmán, comprended mi franqueza
Soy el verdadero Líbano, sincero y practicante
Tanto más libanés cuanto que mi fe simboliza
El corazón del pelícano...

Selma se sobresalta. Este señor tan cortés, ¿no será un provocador? Pero ante la cándida mirada de miope, se contiene para no reír: simplemente no ha entendido quién es ella.

Dejándose llevar por el ritmo de los versos, el poeta mueve la cabeza y su voz se amplifica:

Lengua de los fenicios, mi lengua libanesa
Cuya letra está sin voz bajo las lápidas emplomadas
Lengua de la edad de oro, tú que fuiste la génesis
De todos los alfabetos

Lengua de mi país, dadnos confianza
Hacednos creer aún en nosotros y en nuestros mayores
Conservad nuestro rango y nuestra audiencia
En la mesa de los dioses.

Selma recuerda que, en el colegio, algunas alumnas maronitas se negaban a ser asimiladas por los árabes. Se decían fenicias, descendientes de aquel pueblo que reinó en el Mediterráneo y cuya brillante civilización se extinguió hace dos mil años. De pronto siente ganas de divertirse y de vengar a los «turbantes».

—Pero, señor, que yo sepa, los fenicios no eran ni cristianos ni musulmanes.

Enrojeciendo, el poeta intenta explicar a esa joven ignorante que «los cristianos permanecieron fieles a sus orígenes; si el Líbano fue, ay, arabizado, los verdaderos libaneses, ellos...» Selma vuelve la cabeza y se encuentra con la mirada de Wahid que le hace un guiño de complicidad. ¡Así que estaba escuchando, su indiferencia era fingida! La joven siente que, absurdamente, le palpita el corazón. Este hombre se comporta como un verdadero granuja y, a la primera sonrisa, ella está dispuesta a perdonarlo. ¿Qué es lo que la atrae de este gran *pierrot lunaire*? ¿Su aspecto inasequible? ¿Su aire de burlarse de todo?

La cena termina. Los criados se deslizan entre las mesas, ofreciendo café y licores. La orquesta «Marine Levant», que hasta ese momento había tocado en sordina, acomete alegremente un tango griego.

Las primeras parejas ya están sobre la pista. Selma las mira con curiosidad. Le gustaría intentarlo pero prometió a su madre no exhibirse haciendo «contorsiones de salvajes». La sultana sólo autoriza los valses, lo que constituye motivo de broma entre los amigos de la joven, que dicen que sólo tiene derecho a bailes que «la mareen».

La orquesta toca un vals de Strauss. Selma lleva el ritmo con el pie, al tiempo que le lanza ojeadas a su vecino. ¿La invitará? Ni siquiera la mira. Ha vuelto a enzarzarse en la discusión con sus amigos.

—¿Me haríais el honor, princesa?

Ante ella, está inclinado un oficial francés. Con su uniforme blanco, tiene una esbelta figura, delgado, bronceado, la sonrisa aduladora.

—No me reconocéis pero fuimos presentados en casa de los Bustros: soy Georges Buis, capitán de caballería.

No se acostumbra aceptar la invitación de una persona extraña al grupo. ¡Qué importa! Tiene demasiadas ganas de bailar... y sobre todo de mostrarle a ese Wahid que a ella no le importan sus cambios de humor.

Selma se deja llevar deliciosamente al ritmo lento de la música. La orquesta tocará tres valses seguidos. Ella sabe que murmurarán, pero bailará hasta el final con el apuesto oficial.

En cuanto regresa a la mesa, levemente mareada, Wahid se vuelve hacia ella como movido por un resorte.

—Es asombroso ver a una muchacha musulmana, y mucho más a una princesa otomana, bailar con un oficial francés. Me gusta esa amplitud de espíritu, esa nobleza para el olvido.

Selma se ruboriza. Estupefactos, los demás comensales miran a Wahid. Desconcertado, Marwan intenta salvar la situación.

—¡Ah! ¡Wahid Bey moralista! ¿Es vuestro último descubrimiento? Conocía vuestro sentido del humor pero no hasta ese punto.

—No se trata de humor— contesta Wahid glacial.

Marwan aprieta los dientes. No puede insultar a su amigo ya que la solidaridad de clan se lo impide, pero no puede aceptar que se ensañen con su invitada.

—Selma, querida, ¿me daríais el enorme placer de concederme este baile?

Como una autómata, se levanta. Wahid, con inquina en los ojos, los mira alejarse.

En la mesa, se reanudan las conversaciones con oleadas de palabras para disimular lo molesto de la situación. En silencio, Wahid se pone a beber. Debe de estar en su cuarto o quinto cognac cuando de repente deja caer el vaso sobre la mesa, tan violentamente que lo quiebra.

—Camarero, este cognac es horrible. ¡Tráiganos otro!

Atónito, el criado se acerca.

—Pero, mi Bey, es un cognac muy viejo y el único que tenemos.

—¡El único que se dignan ofrecernos! Seguramente nuestros amos creen que nosotros, los libaneses, somos demasiado poco civilizados para que advirtamos la diferencia.

Ha levantado la voz. Ahora todas las miradas están vueltas hacia él.

—Un mal cognac, un gobierno de fantoches, una Constitución irrelevante, ¡todo eso es bueno para estas gentes primitivas! Está bien claro que no tendrán la pretensión de gobernarse a sí mismos... ¡Pues bien, yo os digo, señores, que ya tenemos más que suficiente, que queremos que os larguéis! ¡Y rápido!, pues no volveremos a pedíroslo tan amablemente.

El silencio se ha abatido sobre el salón. Como a propósito, la orquesta acaba de dejar de tocar. Nadie se atreve a hacer un gesto. Entonces, echándose hacia atrás en su silla y riendo a carcajadas, el joven jefe druso levanta su copa.

—Bebo por la libertad, ¡por la independencia del Líbano!

—¡Dios mío!— murmura Selma a Marwan que la acompaña a la mesa, —¡está completamente borracho!

—¡Oh, no!, nunca está borracho. No conozco a nadie que soporte tan bien el alcohol como Wahid. Mientras más bebe, más lúcido se pone, y cínico. Lo que acaba de decir lo pensamos todos, excepto algunas familias que deben su ascenso social al mandato. Antes de la guerra, Francia nos había prometido la independencia. ¿Y qué hace ahora? Impone fronteras artificiales entre Siria y el Líbano, cuando, desde hace siglos, ambas regiones forman una unidad política, económica y financiera, ¡y nos pone bajo tutela! Por cierto, es una tutela bastante benigna, pero sólo porque los libaneses somos pacíficos y preferimos obtener las cosas discutiendo que combatiendo. Pero ya hace quince años que discutimos sin obtener nada. Incluso los maronitas están hartos de la situación.

—Sin embargo... ¡decir un discurso así en un barco francés!

—Eso es típico de Wahid. Le encanta provocar. Se divierte tanto más cuanto que él sabe que preferirán creerlo borracho para no tener que echarlo. Mientras se trate de salidas de tono verbales, los franceses se cuidarán mucho de levantar una mano sobre un jefe druso. No están dispuestos a olvidar la sangrienta guerra del yebel. Sin embargo, creía que esta noche Wahid se estaría quieto. Estoy casi seguro— sonríe mirando a Selma maliciosamente, —que vos sois la causa del pequeño estallido.

—¿Estáis de broma?

—Ni mucho menos. Al bailar con aquel oficial francés vos habéis puesto a Wahid fuera de sí. Bajo esas maneras modernas y desenvueltas, sigue siendo un señor feudal, más apegado de lo que cree a sus tradiciones y a su código de honor secular. Su educación sofisticada y sus lecturas eclécticas no lo han cambiado.

A la mañana siguiente, llaman a la puerta de la casa de Ras Beyrouth. Un barbudo, con el fusil en bandolera, se encuentra a la entrada, a medias oculto por un enorme ramo de gladiolos rojos.

—El jefe me ha pedido traerle esto a la princesa— le dice a Zeynel, atónito ante ese insólito cuadro.

—¿Qué jefe?

—¡Bueno... el jefe! ¡Wahid Bey!— responde el hombre con aire descontento. Y desembarazándose de su carga en brazos del eunuco, arregla su cartuchera, golpea los tacones y se aleja con dignidad.

Después de haber terminado sus compras en el gran almacén Beranger, el escaparate de París, Amal y Selma descansan saboreando un sorbete en la Patisserie suisse, el único salón de té de Beirut en el que puede entrar una dama.

—¡Qué curioso es vuestro primo!— dice Selma. Desde el comienzo de la tarde arde de impaciencia por llevar la conversación hacia Wahid.

—¡Debéis entenderlo!— sonríe Amal, —hay de todo entre nosotros. Algunos os dirán que Wahid está loco, pero yo creo que él esconde su juego y que, con mucho, es el más inteligente de la familia. Pertenece a una rama de la familia que pretende ser la rama legítima, eliminada hace un siglo y medio como consecuencia de intrigas y asesinatos, prácticas cotidianas en nuestras tribus. De todos modos, tiene sus partidarios, poco numerosos pero totalmente entregados. Veneraban a su padre, Hamza Bey, un héroe de la causa árabe, muerto cuando Wahid no tenía aún diez años, y se esperaba, cuando Fuad Bey, el esposo de Sit Nazira, fue asesinado a su vez, que el título recaería en Wahid. Pero Sit Nazira y su hijo Kamal, en ese entonces un bebé, contaban con la lealtad de la mayoría del clan. Además, estaban, y aún lo están, firmemente apoyados por Francia.

«Pero nunca se sabe. Las situaciones a veces cambian rápidamente. Si le ocurriera algo a Kamal, Wahid podría convertirse en *zaim*, el jefe. Por eso, todo el mundo, comenzando por los franceses, se cuidan mucho de provocarlo...

En las semanas siguientes, Selma saldrá mucho: sin confesárselo, quiere volver a ver a Wahid. De hecho, no habrá cena o recepción en los que no se tope con el joven bey. Cada vez, él la saluda con una cortesía extrema, casi exagerada, pero nunca intentará reanudar la conversación personal que habían tenido durante su primer encuentro.

Además, siempre se ve acaparado por las damas, a quienes su indiferencia atrae irresistiblemente. Si algunas lo consideran más bien feo, con su incipiente calvicie, su nariz aguileña y sus ojos azules extrañamente fijos, todas concuerdan en reconocerle un encanto devastador. Se conmueven con su sonrisa de adolescente tímido, con esa mirada asombrada y arrobada con la que recibe la menor palabra amable, como si no se atreviera a creer que se pueda sentir amistad por él. Pero si, una vez cautivada, una de esas damas se permite alguna familiaridad, la sonrisa se vuelve irónica y cualquier frase hiriente vuelve a poner en su lugar a la indiscreta.

A veces, Selma siente que la está mirando. Como toda mujer que quiere conquistar, exagera la coquetería con los jóvenes que la rodean, los cuales no pueden creer en su suerte.

Finalmente, una noche, Wahid se acerca y, con una voz que trata de ser lúgubre, le pregunta:

—Princesa, ¿por qué me huís? ¿Todavía me tenéis rencor? ¿Nunca pensasteis que mi grosería, la noche del baile del Almirantazgo, se debía a unos celos terribles?

Una vez más, la sonrisa irónica desmiente la seriedad de sus palabras. Sin embargo, la mirada es ansiosa. Con asombro, Selma se da cuenta de que aquel muchachote insolente es un tímido y que por pudor parece burlarse cuando es sincero.

No puede resistir las ganas de una pequeña venganza.

—¿Teneros rencor? ¿Por qué? ¿La noche del Almirantazgo? ¡Hace tanto tiempo...! ¡Lo había olvidado completamente!

—¡Entonces no me negaréis este vals!

¿Se burla? Se miran y estallan en carcajadas. Él la conduce hacia la pista... ¡Dios mío, qué mal baila!

IX

El verano ha llegado y el calor produce un éxodo masivo fuera de una ciudad que se ha vuelto asfixiante. Todos los que pueden, se instalan durante cuatro meses en la montaña, en los grandes hoteles de Sofar, de Alley y de Bikfaya, o en lujosas propiedades rodeadas de jardines en terraza. Incluso el gobierno se traslada.

Amal ha invitado a Selma a Ras el-Metn, la vieja casa familiar que domina el valle. Abandonada el siglo pasado cuando el abuelo de la joven, el primero que hizo estudios, decidió instalarse en Beirut, ese palacio austero en el que se decidió una parte de la historia del pueblo druso, ya no es más que una residencia de verano.

Llevan una vida llena de compromisos sociales campestres, aun más animada que en la capital, pues aquí lo único que hay que hacer es organizar las diversiones. Se invitan entre vecinos «muy sencillamente». Durante el día, pasean en arraba por los estrechos caminos de montaña y se juntan en pantagruélicos picnics al pie de una fuente cristalina o en uno de esos albergues campestres que alquilan completos para no ser importunados. Y también, si se sienten con ánimo deportivo o aventurero, salen a caballo durante todo el día.

Pero todas las noches, preceptualmente, se reúnen. Hay fiestas por doquier. Como no se quiere desairar a nadie, no vacilan en recorrer decenas de kilómetros para ir de una a otra. Bailan hasta el alba y cuando el día comienza a despuntar, los criados disponen en cada habitación colchones de algodón. En el campo no existen las formalidades: las casas son suficientemente grandes como para acomodar a todos los invitados. No volverán a partir sino bien entrado el día, descansados, después de un opíparo desayuno de hortelanos a la parrilla, de *ful* y de *homos.**

El palacio de Wahid está próximo a Ras el-Metn, pero pocos libaneses han tenido oportunidad de entrar en él. Su madre, que vive todo el año allí, lleva una vida muy retirada. Dicen que sólo son admitidos los campesinos drusos de los alrededores y algunos jeques leales a la familia.

Para gran sorpresa de Selma, el joven bey, que pasa casi todos los días en casa de Amal y Marwan, nunca los ha invitado.

—Es porque no llevamos velo— se burla Amal, —teme que escandalicemos a sus fieles.

Parece bromear, pero Selma tiene la impresión de que es verdad. En todo caso, nunca había visto tanto a Wahid en Ras el-Metn. ¿Viene por Selma, como afirma Marwan? Pero entonces ¡qué extraña manera de hacer la corte! Apenas le dirige la palabra a la joven. Ocupado la mayor parte del tiempo en torneos de tiro o enzarzado en interminables discusiones políticas, parece preferir con mucho la compañía masculina. Pero basta que un hombre se acerque a Selma algo más de lo que exige la simple cortesía, para que aparezca y, sin fijarse en las miradas furibundas que le lanzan, se mezcle en la conversación. A veces incluso, con aire preocupado, lo interrumpe de frente:

—Disculpadme, querido— dice. —Selma, debo hablaros.— Y autoritariamente la toma de un brazo y se la lleva.

La primera vez que él la había «raptado» de esa manera, ella se resistió.

—Pero Wahid, ¿qué os sucede? ¡Actuáis como si yo fuera de vuestra propiedad!

Él la mira.

—¿Tanto os desagradaría si lo fuerais?

Como permanece callada, él le toma tiernamente la mano y le besa el hueco de la palma. Un escalofrío recorre a Selma. Nunca había sentido nada parecido. Cierra los ojos y piensa: «Sí, seré tuya».

—Selma— agrega él en voz baja, —debéis saber cuán importante sois para mí. ¡No coqueteéis con esos imbéciles!

Y bruscamente parte en busca de sus amigos.

—Cuidado, Selma— le advierte Amal, inquieta al ver a su amiga cada día más distraída, —Wahid nunca ha sabido lo que quiere. No quisiera que sufrierais.

Pero una mujer enamorada siempre se cree una excepción y Selma, por primera vez, está enamorada. El caparazón que se había construido aquellos últimos años, mirando a su alrededor,

* *Homos:* purés, uno de habas, el otro de garbanzos, con aceite de sésamo.

con una lástima algo desdeñosa, los desastres que operaba el amor, se ha roto de golpe. Tiene la impresión de estar desnuda, y se asombra de ser tan dichosa.

Por su lado, Wahid parece domado. Ahora, cuando la mira, olvida su sonrisa irónica; sus ojos están llenos de ternura. A menudo la acompaña a hacer largos paseos, indiferentes a las inevitables murmuraciones. Él le habla de su infancia, de su padre, quien, incluso muerto, durante mucho tiempo le ha impedido vivir.

—No le deseo a nadie ser hijo de un héroe. No pasa día sin que alguien bienintencionado no os diga: «¡Ah, vuestro padre, qué hombre!», y mirándome se dice interiormente: «¡Éste no le llega a la suela de los zapatos!»

Con un gesto familiar, se pasa los dedos delgados por los cabellos.

—Necesité mucho tiempo para librarme de su fantasma; a veces no estoy seguro de haberlo conseguido.

En esos momentos parece tan perdido, que el corazón de Selma se oprime. Le toma la mano y lo mira al fondo de los ojos.

—Wahid, sé que llevaréis a cabo grandes cosas. Lo importante es que tengáis confianza en vos.

Él le sonríe con gratitud.

—Sois tan diferente a las demás mujeres; parecéis frágil y sois tan fuerte.

Selma quiere protestar pero él no le deja tiempo.

—Sé que sois fuerte y es así como os amo.

Él la quiere de una sola pieza, sin titubeos ni temores, mientras ella desearía finalmente mostrarse como es, libre de su personaje de princesa insolente y segura de sí. Pero cada vez que comienza a confiarle lo más tierno que hay en su ser, lo más sincero, él la esquiva. Como si tuviera miedo. Como si quisiera que ella fuera una roca sin fisuras, para poder soñar que esa roca existe y que algún día también puede llegar a ser como ella.

Entonces se calla y lo escucha, asombrada de sentir esa nueva paciencia de mujer. ¿Qué es, fuerza o debilidad?

—¿Os ha hablado al menos de matrimonio?

¡Por Dios, qué irritante es Amal con sus preguntas!

—Si queréis saberlo, no ha pronunciado esta palabra, pero todo lo que dice y su actitud apuntan en ese sentido.

—Ya sabéis que los drusos sólo se casan entre ellos, salvo rarísimas excepciones. La madre de Wahid es muy conservadora y no aceptará a una extranjera. Tanto más cuanto que desea consolidar la legitimidad de su hijo y de su descendencia en la eventualidad de que, algún día, su clan tenga alguna posibilidad de recuperar el poder.

—¡Pero, Amal, Wahid es el hombre más independiente que he visto en mi vida! ¿Creéis realmente que permita que su madre tome las decisiones por él?

Amal sacude la cabeza desalentada.

—O el amor os enceguece o en realidad no comprendéis nada de nuestros hombres...

Esta discusión le ha dejado a Selma una impresión desagradable. ¿Por qué su mejor amiga no deja de ponerla en guardia en lugar de alegrarse con su felicidad? Amal conoce al joven bey desde que eran niños —sólo tiene cuatro años más que ella—. Con su hermano Marwan han compartido los mismos juegos. Seguramente tiene hacia él un sentido inconsciente de propiedad.

No puede dejar de hablar de ello con Wahid. En tono de broma, le informa de la conversación y le confía sus dudas.

—¿Celosa? ¡Por cierto que está celosa!— exclama sarcástico, —pero creo que os equivocáis en el objeto de sus celos. No es de mí de quien está enamorada, querida, sino de vos.

Si la hubiera abofeteado, Selma no habría recibido una impresión parecida. Lo mira atónita, con el rubor que le sube a la cara: ¿cómo puede insinuar esos horrores? Ella quiere a Amal y Amal la quiere. Con un amor transparente que no le va a permitir ensuciar.

Selma se aparta llena de resentimiento.

—Se diría que os divierte destruirlo todo.

—¡Ah, no!— se indigna Wahid, —¡tampoco vos iréis a reprocharme la franqueza! Lo que precisamente amo en vos es que sois capaz de enfrentar la realidad, que sois...

—¿Que soy fuerte? Sí, lo sé. Pues bien, ¡estoy harta de ser fuerte! Yo también necesito delicadeza y no que so pretexto de franqueza pisoteen lo que me es más querido.

Le da la espalda. ¡No se quedará ni un minuto más con aquel hombre! Quiere volver a su casa. ¿Pero cómo? No tiene ganas de ver a Amal, no tiene ganas de ver a nadie, necesita estar sola.

Selma abandona Ras el-Metn al día siguiente sin haber vuelto a ver a Wahid. Al menos esto se lo debe a Amal, a quien, por un instante, estuvo a punto de traicionar. Quiere olvidar las palabras indignantes con que Wahid ha mostrado más su verdadero rostro que ensuciado a su amiga. Toda la noche ha llorado de rabia, de decepción. Ahora se ha decidido: no lo verá nunca más.

Sin embargo, al besar a Amal en el momento de partir, Selma se siente incómoda. La estrecha entre sus brazos con la insoportable impresión de mentirle. Y cuando Amal alza hacia ella su semblante inquieto, Selma se muerde los labios para no gritar: «¡Basta, dejad de amarme!»

Por una frase que nunca debió ser dicha, ¿los ha perdido a los dos?

Selma no ha pasado tres días en Beirut, cuando el hombre del fusil en bandolera se presenta con un mensaje:

> «No puedo soportar el estar separado de vos. Dije una tontería. ¿Querréis perdonarme? Os esperaré en el salón de té del hotel Saint-Georges esta tarde a partir de las cuatro. ¡Os lo ruego, venid!
>
> Vuestro Wahid

¿Qué se ha creído? ¿Que puede permitirse cualquier cosa y que basta con que diga «perdón» para que ella corra? ¡Es demasiado fácil! ¡No irá de ninguna manera! Entre ellos todo ha terminado. Ter-mi-na-do. Por lo demás, Selma ya no siente nada por él, ni siquiera entiende cómo pudo encontrarlo atractivo.

Todo el día lo pasará en su casa, canturreando. Hace tiempo que no la habían visto tan alegre. Con la sonrisa en los labios, se imagina a Wahid esperándola: se sentirá desdichado, desesperado, la abrumará de cartas y flores. No le contestará. Ahora lo conoce, no se dejará engañar nunca más.

A las cuatro y cinco, vestida con un traje sastre de shantung verde, que realza el color de su tez, Selma empuja la puerta del hotel Saint-Georges.

Creían haberse perdido pero nunca se sentirán tan cerca. Wahid ya no hace sus largos monólogos; por primera vez escucha a Selma, y feliz, ésta se abandona.

Se ven todos los días: Selma le dice a su madre que va a casa de Amal. Durante horas caminan por la playa de arena roja, luego entran en una de esas pequeñas tabernas construidas sobre pilotes, en las que sirven *mézzés** y pimientos asados. O suben a la colina del Grand-Sérail desde donde se ve todo Beirut, y desde allí, abandonando el coche, vuelven a bajar en el tranvía traqueteante que se precipita con un ruido infernal hasta la plaza de los Canons. Les gusta deambular por las estrechas calles de la ciudad vieja, donde están seguros de no encontrar ningún rostro conocido; intercambian mil confidencias, hacen mil proyectos.

Un día, volviendo por la avenida Weygand, una nube de albornoces que surgen a todo galope, los obliga a apartarse. Son los

* *Mézzés*: entremeses que se sirven para acompañar al aperitivo. *(N. del T.)*

espahís del alto comisionado montados en sus pequeños caballos árabes; son una treintena y escoltan al coche oficial en todos sus desplazamientos. Wahid no puede contener un juramento. Dice a media voz:

—¡Imbéciles! Ni sospechan que pronto nos desharemos de ellos.

El tono es de total seguridad. Sorprendida, Selma lo interroga con los ojos. Él la contempla largamente, entrecerrando los ojos, como midiéndola.

—Si me dais vuestra palabra de que guardaréis silencio, mañana por la noche os llevo conmigo. Ya comprenderéis.

El bar del aeroclub —sillones de cuero y paneles de madera oscura— es el lugar elegido por todos los conspiradores de la ciudad. Evitan el Saint-Georges desde que corrió el rumor de que Pierre, el mejor barman de la capital, estaba pagado por todos los servicios secretos de Oriente Medio, cuyo cuartel general es Beirut.

La llegada de Wahid, acompañado por Selma, produce sensación. Aquella noche la reunión es extraordinaria: los representantes de diversos grupos opuestos al mandato han proyectado discutir una acción común. Se miran, indecisos: ¿es prudente recibir a una extraña? Pero ¿cómo rechazar a alguien tan encantador? En el Líbano, la galantería la llevan engarzada en el corazón: después de todo, si Wahid Bey considera que puede traerla, sería una grave afrenta desconfiar. Se apartan, pues, para dejarle a la joven el sitio de honor y, alrededor de un vaso de cognac, se ponen a discutir.

En voz baja, Wahid le va mostrando a Selma las personalidades presentes.

—Ese hombre de cabellos ensortijados es un masón, enviado por su logia, pues recientemente han tomado claramente postura contra el mandato. Junto a él, ha venido como observador Gebran Tuéni, el director de *Al Nahar*, el primer periódico libanés antimandato. Conoce a fondo el mundo de la política francesa, su opinión puede sernos muy útil. Al frente, ese hombre de rostro enérgico, es el famoso Antoun Saadeh, el fundador del partido popular sirio, que exige una gran Siria que incluya el Líbano y Palestina; su tesis, sobre una Siria natural que se remonta a la más lejana antigüedad de Canaán, se apoya paradójicamente en los escritos de un jesuita belga, el padre Lammens. A su derecha, dos partidarios del panarabismo, para los cuales la Gran Siria sólo es una etapa hacia la unidad de todo el mundo árabe...

Impresionada, Selma contempla los rostros de esos héroes que, tal vez mañana, darán sus vidas para «liberar al país de la garra extranjera». ¡Se los había imaginado menos mundanos! Sus camisas —con cuello almidonado y corbatón de color— que proceden directamente de la casa Sulka de París, sus ternos, de una refinada elegancia, la asombran. Le habría gustado que tuvieran aspecto más revolucionario. Pero es una idea pueril. Después de todo, los conspiradores no tienen por qué parecer que conspiran. No por eso dejan de parecerle contradictorios la elegancia del lugar, la atmósfera afelpada, los grandes cigarros, y las posiciones radicales que defienden. Encuentra que sólo Antoun Saadeh posee la mirada obsesiva de un hombre dispuesto a sacrificarlo todo por sus ideas. En él Selma confiaría. Y en Wahid, naturalmente. Éste acaba de tomar la palabra en nombre de los drusos.

—Estamos en contacto permanente con nuestros hermanos de Siria. Tenemos armas. Sin embargo, muchos de nuestros paisanos dudan. Temen que si se crea un gran reino árabe en Siria, puedan convertirse en una minoría sin voz ni voto, ahogada en el océano musulmán sunita. No han olvidado que después de todo fue el mandato francés el que le dio a la religión drusa un *status* oficial. ¡Sit Nazira se encarga de que no olviden!

»Sin embargo, quieren la independencia. Lo importante, pues, es unir todas nuestras fuerzas contra la presencia francesa: la población está exasperada, la situación madura.

En efecto, las huelgas de aquella primavera de 1935 han sido muy duras. La depresión económica y la inflación, proveniente de Europa, han vaciado los bolsillos y dado argumentos a los políticos. En Zahlé, la huelga de los carniceros, lanzada como respuesta a la exigencia de un nuevo impuesto sobre la carne, terminó en disturbios: los manifestantes invadieron las oficinas del gobierno, intervino la policía, que disparó, causando numerosos heridos. En Beirut, la huelga de taxis se prolongó durante semanas, instigada, dicen, por grupos comunistas. Fue relevada por la huelga de abogados que protestaban contra la apertura del foro libanés a los abogados franceses.

Pero fue el caso de la compañía de tabacos la que disgustó más a la burguesía, fuera musulmana o cristiana. Como la concesión de la compañía, confiscada por Francia en 1920, expiraba ese año, los medios financieros libaneses insistían en que les fuera devuelta. Incluso se organizó un boicoteo de tabaco. Impasible, el alto comisionado concedió de nuevo la tabacalera a un grupo francés ¡y por veinticinco años!

En el bar de luces tamizadas, los conspiradores se frotan las manos: la irritación contra el mandato se vuelve agresiva, basta con organizarla.

El resto de la discusión —¿a quién convocar?, ¿dónde reunirse?, ¿cómo lanzar nuevas formas de acción?—, lo escuchará Selma distraída. Mira a Wahid con admiración. Antoun Saadeh y él se han hecho cargo de la dirección de las operaciones. Ahora comprende por qué lo ama.

Y cuando, al llevarla a casa, él le diga con voz grave: «La lucha será dura, ¿estáis dispuesta a combatir a mi lado?», ella pondrá su mano en la suya con fervor.

Es casi medianoche cuando, de puntillas, Selma entra en la casa. Su madre la espera en el salón. Glacial, le pregunta por la salud de Amal, pero antes de que la joven tenga tiempo de responder, la interrumpe:

—Ahorradme vuestras mentiras. Es la segunda vez que me han dicho que os han visto sola con ese druso. ¿Qué sucede entre vosotros?

Selma no puede esquivarla. En el fondo se siente aliviada: ya no podía seguir disimulando.

—Sucede, Annedjim, que nos amamos.

La sultana enarca las cejas con impaciencia.

—Ésa no era mi pregunta. ¿Quiere desposaros?

—Naturalmente...

Ha titubeado un segundo. Wahid no ha hecho nunca una petición formal, ¡pero es evidente que quiere casarse!

—Entonces, ¿por qué no ha venido su madre a hablarme?

—Vive muy lejos, en Ain Zalta, una aldea en la montaña, y creo que su salud no le permite viajar.

—Perfecto. Mañana me traeréis a ese joven, a la hora del té.

—Pero Annedjim...

—Nada de peros. Vos obedecéis o no saldréis de casa más que acompañada por Zeynel o por una kalfa. Y consideraos dichosa de que consienta en recibir a ese muchacho, sólo porque os habéis comprometido. Alá es testigo de que yo había soñado otra boda para mi hija única. Cuando pienso... ¡un druso! ¡Ni siquiera un musulmán!

—¡Pero Annedjim, los drusos son musulmanes!

—Es lo que ellos pretenden. Pero no observan los cinco pilares del Islam y creen en la reencarnación, ¡como los hindúes! Vamos, desapareced o me voy a enfadar.

La entrevista será catastrófica. Wahid es sincero en su proyecto de casarse con Selma pero no soporta que lo arrinconen. A las preguntas de la sultana sobre su vida, sus proyectos, responde con evasivas, con monosílabos, hasta el punto de parecer grosero. En ningún momento se menciona el nombre de Selma. Maquinalmente, acaricia el gato persa que ha venido a ronronear junto a su pierna. La sultana se muerde los labios. Le cuesta contener su irritación.

Lo ha juzgado de una ojeada: ¡un irresponsable, un soñador!

Él detesta a las mujeres autoritarias y se pregunta si, en Selma, lo que parece hoy un rasgo de carácter, no será un presagio de genio demasiado fuerte... Y luego, esa casa lo hace sentirse incómodo. No esperaba lujos —sabe perfectamente que lo han perdido todo— pero, al menos, se imaginaba que vería objetos preciosos, testigos de un pasado esplendor: viejos retratos, alguna hermosa platería, que de alguna manera constituyeran una tarjeta de visita. No creía que fuera a encontrar este mediocre ambiente burgués, no había soñado a su princesa en ese decorado... Proyectando la trivialidad del lugar en sus habitantes, siente vagamente que lo han engañado. En cuanto la cortesía se lo permite, se despide.

A Selma, que lo acompaña hasta la puerta, le comunica que parte al día siguiente a la montaña: decisiones importantes... su presencia es necesaria. Ella se asombra: ¿por qué no se lo ha dicho antes?

—Acabo de saberlo... Recibí un mensaje esta mañana... ¡Pero no estéis triste! ¡El Chuf no es el fin del mundo!

—¿Y cuándo volveréis?

—No lo sé. Seguramente dentro de tres o cuatro semanas. Os avisaré en cuanto vuelva.

Selma tiene la impresión de que está mintiendo.

—Wahid, os lo ruego, decidme la verdad. ¿Habéis dejado de amarme?

Ríe, otra vez encantador, un poco burlón.

—Tenéis demasiada imaginación, querida, ¡sabéis cuán preciosa sois para mí!

Le toma la mano y con un gesto ya familiar deposita un leve beso en el hueco de la palma.

—¡Hasta muy pronto, princesita!

De pie en el umbral, ella lo ve partir, lo sigue con la vista hasta el extremo de la calle.

Él no se da vuelta.

Pasa un mes y Selma no tiene ninguna noticia. Sabe que Wahid odia escribir. Sin embargo, comienza a inquietarse: tal vez esté enfermo, o herido. En esas montañas, tienen el gatillo rápido y Wahid molesta a mucha gente.

A menos que... a menos que su madre lo haya tomado por su cuenta y lo haya convencido de que antes que nada él se debe a su tribu, y le haya encontrado una novia drusa...

Una noche, durante una cena en la que ha vuelto a ver con mucho placer a Marwal y a Amal —a quienes estos últimos tiempos había descuidado algo—, Selma escucha divertida los últimos chismes de la capital. Cuando suena el nombre de Wahid, se sobresalta. Una mujer rubia, que nunca ha visto, habla con voz altanera.

—¿Sabéis la noticia? Se casa.

Se calla un momento, saboreando el efecto. Las conversaciones se han interrumpido.

—Y no podrán adivinar nunca con quién: una joven millonaria americana, la hija del presidente de Air Am, una gran compañía de aviación. Él, que necesitaba dinero para lanzarse a la política, hay que reconocer que se las ha arreglado bien.

¿Wahid?... ¿Una americana? Selma tiene la impresión de que su corazón se detiene. Frente a ella, Marwan la mira, implorante, obligándola a dominarse.

No temáis nada, Marwan, sé que me miran, no daré ningún espectáculo. Por lo demás, todo esto es imposible, esta mujer debe equivocarse, es una broma más de Wahid, le encanta lanzar falsas noticias para que hablen... Pero... Dice haberlo visto. Está en Beirut y no me ha telefoneado... ¡Wahid, mi Wahid!...

Selma cierra los ojos, se siente mareada, no logra hilvanar sus ideas, de pronto tiene la certeza de que lo que cuenta la mujer es cierto.

Marwan y Amal la acompañan a casa, en silencio. ¿Qué podían decir? No hay nada que decir.

Al día siguiente, Selma espera todo el día sentada junto al teléfono. Él llamará... Es imposible que no la llame, aunque sólo sea para explicarse... Sólo ha tenido un llamado de Amal, confirmando aterrada la noticia. «Gracias», ha respondido Selma, sin saber bien lo que le agradecía a su amiga. Con paso de sonámbula, atraviesa el pasillo y entra en su habitación.

Tendida en la cama, con los ojos abiertos, tiene la impresión de flotar. No siente dolor, sólo se pregunta por qué lo ha hecho. Hubiera podido entender que se casara con una drusa que, por motivos políticos, le hubieran impuesto. Pero esa americana... Esa millonaria... ¿Era un vulgar cazafortunas? En ese caso, ¿qué esperaba de ella? Recuerda todas las palabras, sobre todo, sus silencios, y los menores detalles de aquellos meses pasados juntos, día tras día. Está segura de que en esos momentos él era sincero. ¿Es posible que una vez alejado de ella la haya olvidado? ¿O ha sacrificado su amor porque necesitaba dinero para llevar adelante su lucha?

Si le hubiera explicado esto, seguramente ella lo hubiera creído y aceptado... Habría podido entenderlo todo, pero no este silencio, esta cobardía. No el hecho de que la abandone sin decir nada.

Siente un dolor que le es familiar, como el de una antigua herida, una herida que sabía se reabriría algún día; la esperaba con una curiosidad morbosa, una resignación tranquila.

El rostro de Wahid se borra... Hairi Bey mira a Selma con una indiferencia divertida.

—¿Por qué acusar siempre a los demás? ¡Si te abandonan es seguramente por tu culpa!

Seguramente... pero por más que busque, no comprende qué falta ha cometido, ni por qué Wahid la ha abandonado, como antes la había abandonado su padre.

¿De qué es culpable? ¿Qué ley ha transgredido? Con el puño cerrado, se golpea la frente: debe haber una razón, siempre hay una razón, o si no es el mundo el que se ha vuelto loco, sin referencias ni leyes. Esto no puede, ni quiere pensarlo. Prefiere hacerse a esta evidencia confusa pero tranquilizadora: es ella quien tiene la culpa.

Desde su butaca, la sultana observa a su hija con inquietud. Hace varios días que se niega a comer. Permanece encerrada en su habitación o deambula por los pasillos, con los ojos vacíos. Hay que intervenir antes de que se ponga realmente enferma.

—Selma— le dice una mañana en que le parece que la joven está menos ausente, —no creáis que ese joven os ha mentido. Es evidente que estaba enamorado de vos. Por eso lo admiro, por haber tenido la sensatez de romper.

Con aire de reproche, Selma levanta la mirada hacia su madre.

—Annedjim, no tengo el corazón para bromas.

—Os repito que os amaba. Pero no estaba lo suficientemente seguro de sí como para cargar con una mujer de vuestro temple. Necesita una esposa dócil, que no pregunte cuando desaparezca ocho días en una misión secreta, en una cacería con sus amigos o se vaya con una amante; y que a su regreso lo reciba sonriendo. Vos no habríais aguantado ni un mes en ese papel de esposa complaciente. Las mujeres de nuestra familia fueron siempre yeguas bravías.

Al tiempo que habla, Hatidjé sultana mira a su hija: con el rostro impasible, ésta se mira la punta de los dedos. Incluso si debe ser a costa de una verdad a medias, Selma debe recuperar la confianza en sí. La sultana añade:

—Ese joven tuvo miedo. Si os ha «abandonado», tal como os gusta decir, no fue porque no os amase sino, al contrario, porque os ama demasiado.

X

En aquella primavera de 1936, el Frente Popular acababa de ganar las elecciones en Francia, y había formado un gobierno bajo la presidencia de Léon Blum. En Beirut, donde se siguen los acontecimientos con interés, se preguntan si con ese nuevo equipo socialista podrán obtener finalmente la independencia.

Se ha dado un primer paso: desde el 20 de enero, el país cuenta con un verdadero presidente, Emile Eddé, el primero en ser elegido desde hace diez años. El alto comisionado, Damien de Martel que, en 1934, había restablecido la Constitución a su manera, nombrando personalmente al jefe del Estado y reduciendo el Parlamento a una cámara meramente formal, se vio obligado, ante el desconcierto general, a autorizar elecciones.

Pero esto no es suficiente para los libaneses. Ahora se sienten capaces de gobernarse a sí mismos y aceptan a regañadientes las restricciones impuestas por el mandato. En febrero de 1936, el patriarca maronita, monseñor Arida, decide reunir una asamblea de prelados. Preparan un manifiesto dirigido al alto comisionado. En ella exigen la independencia efectiva del Líbano y, durante el período intermedio, el establecimiento de una nueva Constitución que garantice las libertades de prensa, de reunión y de formación de partidos políticos.

Incluso el presidente Emile Eddé, con todo, favorable al mandato —estima que el país, dividido entre nacionalistas libaneses y nacionalistas árabes que reivindican la unión con Siria, no está maduro para prescindir de la presencia francesa—, se enfrenta al autoritarismo del conde de Martel.

—En realidad— se burla Amal, —si se odian es a causa de Raiska.

Raiska de Kerchove, la mujer del cónsul de Bélgica, es una espléndida rusa blanca de quien el conde se ha enamorado locamente. El mundillo político-mundano, que está al corriente de esta pasión, sigue con avidez esos episodios amorosos, de consecuencias imprevisibles, pues Raiska es caprichosa y a menudo le cierra la puerta de su habitación al conde, que se desespera. Únicamente el marido, el amable «Robertito» y la muy digna y fea condesa de Martel parecen ignorar el asunto.

Ahora bien, Emile Eddé ha ofendido gravemente a Raiska. Ésta, se dice, se empleó a fondo en apoyo de su candidatura, especialmente con el conde de Martel. Y, ¡oh, escándalo!, el ingrato no la invita al almuerzo que, al día siguiente de la elección, ofrece al todo-Beirut. Son cosas que no se perdonan y se murmura que el alto comisionado se ha sentido tan insultado como su hermosa amante.

Selma conoce bien a Raiska. Incluso ha sido en una reciente cena en su casa donde volvió a ver a Wahid por primera vez. No es que, debido a su pena, se haya encerrado: todo lo contrario. Por espíritu de desafío, ha asistido a todos los bailes. Y las buenas amigas, que se aprestaban a prodigarle algunas palabras de consuelo, se han quedado con un palmo de narices: nunca había estado la joven tan resplandeciente.

Aquella noche, cuando, con retraso como de costumbre, llegaba al salón de los Kerchove, divisó, apoyada en la chimenea, la alta figura familiar; creyó que se le detenía el corazón. Raiska, que conversaba con Wahid, la había recibido diciendo, quizás atolondradamente:

—Creo que os conocéis.

Alrededor, todo el mundo había dejado de hablar. Haciendo un enorme esfuerzo, Selma había sonreído y tendido la mano a Wahid.

—Felicitaciones— dijo dominando el temblor de su voz, —he sabido que os habéis casado.

Él había palidecido y farfullado una frase de gratitud, sin siquiera mirarla. Selma lo había encontrado cobarde, inconsistente. Riendo, se había vuelto hacia su acompañante, que le ofrecía el brazo para acompañarla al comedor, y de nuevo feliz, liviana como una pluma de cisne, se había dicho que la vida era bella.

Amal llega esa tarde trayendo una gran noticia: va a comprometerse con uno de sus primos, Al Atrach miembro de la más poderosa familia drusa de Siria. Sólo se han visto dos veces, hace años. Ella recuerda a un muchacho alto, de espaldas anchas y hermosa sonrisa, dieciocho años mayor que ella. «Valiente como un león y franco como el oro», había dictaminado su tía, que se quiso encargar de arreglar la boda «antes de morir». No es que esté enferma, «pero a mi edad», dice con aire resuelto, «hay que estar dispuesta». Vivirán en Damasco, la joya de Oriente Medio, corazón del mundo árabe y testigo viviente del esplendor de los califas omeyas.

—De todas maneras, hay que terminar casándose— concluye Amal con una sonrisita.

Pero de inmediato se recobra y frunciendo el ceño, mira a su amiga.

—¿Y vos, Selma?

—¿Yo...? ¡Vamos, Amal, tengo el mundo a mi disposición! A veces me digo que podría ser corredor de automóviles, o que debería partir para cuidar a los leprosos... Lo malo es que tengo miedo de la velocidad y las enfermedades me causan horror... ¿Reina? Lo intenté y no resultó... ¿Estrella? Tampoco... ¿Enamorada? ¡Aún menos! Si tenéis otra idea, estoy dispuesta a intentarlo.

Dice cualquier cosa para ocultar su confusión. Siente resquemor contra Amal por abandonarla. En el fondo, esa boda la obliga a enfrentarse a una realidad que hasta ahora ha eludido: ya tiene veinticinco años y del grupo de amigas de su edad es la única que queda soltera. No es que tenga deseos de casarse. Está suficientemente escarmentada... Por orgullo o miedo a sufrir, no tiene ninguna gana de correr el riesgo de un tercer fracaso. Y en cuanto a enajenar su libertad simplemente «por poner un punto final» como dice Amal, no está dispuesta a aceptarlo.

Sin embargo, no quiere seguir viviendo así... Cuando ella repasa esos últimos años, tiene la impresión de haber dado vueltas en redondo, de haberse aturdido con recepciones y mil futilidades, por no tener nada mejor que hacer. Tiene cada vez más ganas de salir de Beirut: con sus aires de capital, es una aldea de la que ha agotado las promesas.

¡Si al menos tuviera dinero... podría viajar, ir a París, a Nueva York, a Hollywood! No sola, naturalmente. Zeynel la acompañaría. ¡Ay!, la situación financiera no sólo es precaria sino que está a punto de convertirse en dramática. La vida no deja de subir y, pese a las atinadas inversiones de Souren Agha, sus rentas disminuyen cada mes.

A veces, Selma se ha puesto a imaginar que podría... ¡trabajar! Algunas mujeres de la burguesía, dicen, trabajan; ella no conoce a ninguna, pero ha oído hablar, eso sí. Si le propusiera a la sultana... No se atreve a imaginar su reacción. Y luego, de todos modos, ¿qué sabe hacer?

—Creéis que me contratarían como doncella?— le pregunta a su amiga con tono provocativo. —Sé bordar, hacer magníficos ramilletes...

Amal se levanta y toma a Selma entre sus brazos.

—Querida, no seáis sarcástica. Al menos hay una decena de

hombres en Beirut que no desearían otra cosa que casarse con vos. ¿No hay ninguno que os guste?

—Ninguno.

Y para atenuar lo que la respuesta podría tener de presuntuosa, dice:

—Me sofoca Beirut, tengo ganas de marcharme al otro extremo del mundo. A América, por ejemplo, ya que no puedo volver a Estambul.

Con ojos brillantes mira a su amiga.

—Tengo ganas de cambiar. Aquí la vida es demasiado apacible. ¿Recordáis cuán idealista y ambiciosa era? Ahora sólo soy una mujer de mundo, comienzo a aborrecerme...

—Perdonad mi pregunta— se aventura Amal aparentando que arregla el cierre de su zapato, —pero... ¿no será a causa de Wahid?

Selma se echa a reír.

—Claro que no, ¡qué idea tan peregrina! Wahid se me cayó como un traje usado, hasta el punto de que me pregunto si lo amaba a él o la lucha que me imaginaba podía librar a su lado. No, mirad, yo no soy una sentimental... Pero si un hombre me propusiera compartir con él un gran proyecto, yo lo seguiría al fin del mundo. ¡No al hombre, al proyecto!

Amal sonríe.

—Os adoro. Sois la persona más romántica que conocí jamás.

Y sin darle tiempo a Selma de enfadarse, deposita un beso en su mejilla y se eclipsa.

Hoy, Marwan ha venido en su descapotable rojo para llevar a Selma de compras a la ciudad. Desde hace algunas semanas, ya no tiene a su chófer oficial: Orhan se ha marchado... ¡a Albania! En efecto, el variable humor de Mustafá Kamal ha terminado por cambiar y las relaciones con Turquía han sido restablecidas; de manera que el príncipe Abid, el cuñado del rey, ha pensado que su sobrino haría un excelente ayuda de campo de Su Majestad Zogú I, en vez de conducir un taxi en Beirut.

Con nostalgia, Selma ha visto partir a su primo preferido, hacia esa Albania con la que ella soñó tanto. Había ido en busca de los libros y revistas que había consultado con un entusiasmo de neófita, hace ya cuatro años, y que nunca tuvo valor para tirar.

—Así dejará sitio en mis armarios— le había dicho tratando de adoptar un aire distante, mientras Zeynel, que no se había repuesto nunca de aquella boda frustrada, llamaba una vez más los rayos de Alá sobre el tirano que le había impedido a su niña llevar a cabo su destino de reina.

Pero en aquella hermosa tarde de otoño, Albania le parece muy lejana. En cuanto da vuelta a la esquina, Selma se quita el sombrero y echa la cabeza sobre el respaldo de cuero. ¡Cuánto le gusta que el viento le desordene los cabellos! ¡Qué bien se siente con Marwan! Al menos él no está pendiente de los principios; si Hairi la viera salir «en cabeza», le haría una escena e iría inmediatamente a informar a la sultana.

—Siempre soñé con tener un hermano como vos— suspira, —el mío no ha tenido nunca un gesto con su hermana.

—Sois injusta— protesta Marwan, —¿os dais cuenta hasta qué punto lo maltratáis?

—¿Yo? ¿Lo maltrato?— se indigna Selma. —¿Es culpa mía si es más lento que un caracol?

Marwan sonríe. No lo discutirá. Sabe que es imposible que el mercurio reconozca que un molusco tiene cualidades. Él mismo siente poca simpatía por Hairi, aunque, la otra noche —cuando se anunciaron los esponsales de Amal y lo vio encastillarse en una dignidad que disimulaba mal su pena— sintió lástima de él.

Ya han hecho sus compras en Bab-e-Driss, en el centro de la ciudad. Luego Marwan ha propuesto ir a *Ajami*, donde se toman los mejores sorbetes de Beirut. Al pasar por la plaza de los Canons, son detenidos por una manifestación: unos cincuenta jóvenes, vestidos con pantalón corto y camisa azul oscuro, desfilan, con porte marcial.

—¡Vamos a ver!— propone Selma.

Bajan del coche y se mezclan con los necios que miran intercambiando comentarios irónicos.

—¡Otra vez las milicias de Gemayel hijo! Francamente, desde que fue a los Juegos Olímpicos de Berlín, no se para en nada.

—¿Sabe cómo les llaman? ¡Las falanges! Mussolini es su héroe. Pretende que su asociación es únicamente deportiva con fines sociales, aunque en realidad quiere organizar a los jóvenes libaneses según el modelo de las Juventudes fascistas, una juventud pura y dura, ultranacionalista.

—¿Qué quiere decir eso? ¡Todos somos nacionalistas!

—¡No se equivoque! Según estos jóvenes, los que quieren la unidad con Siria, es decir, la mitad de la población, son malos libaneses. Es la razón por la que reclutan sus adeptos casi exclusivamente en el ambiente maronita; con todo, han logrado atraer a algunos musulmanes de turno.

—¡Ridículo! Haría mejor ayudando a su padre en la farmacia.

—¿La farmacia?

—La que se encuentra justo enfrente, a la entrada del barrio reservado. Incluso, a causa de su situación... privilegiada han apodado a Gemayel padre ¡«el rey del condón»!

Todo el mundo se echa a reír.

—¿Qué dicen?— pregunta Selma a Marwan.

—Nada. Venid.

La acompaña rápidamente al coche, con aire preocupado.

En la rue Roustem-Pacha, la sultana los espera con impaciencia. Y para gran asombro de Selma, que a veces encuentra que el sentido de hospitalidad de la sultana raya con la manía, esta vez no invita a Marwan a quedarse para el té. Tras unos minutos de conversación formal, el joven se despide.

En cuanto se cierra la puerta, la sultana llama a su hija y, con una voz desacostumbradamente vivaz, le dice que quiere hablarle de cosas serias. Este tipo de introducciones pone siempre en guardia a Selma, aunque hoy Annedjim parece de excelente humor.

—Tal vez creáis, hijita, que vuestra madre se ocupa muy poco de vuestro porvenir... ¡No, no me interrumpáis! Todas vuestras amigas ya se han casado, la misma Amal está a punto de dejaros... En verdad, estos últimos tiempos he recibido muchas solicitudes de las que ni siquiera os he hablado pues me negaba a contentarme para vos con un aristócrata cualquiera. Quería un marido digno de vuestro nacimiento y vuestra belleza. He buscado durante mucho tiempo y hoy tal vez...

Deja la frase en suspenso, como el actor que quiere controlar el efecto de su parlamento. Luego, ante el silencio de Selma, sigue con énfasis:

—¡Tal vez lo haya encontrado por fin!

La sultana espera una pregunta, al menos una señal de curiosidad, pero Selma continúa callada. De verdad, su hija la sorprenderá siempre. Un día se quema, el otro se hiela. ¡Imprevisible! Levemente despechada, insiste:

—Pues bien, ¿qué pensáis?

—Annedjim— suspira Selma, —¿es absolutamente necesario que me case?

—¡Vaya pregunta! ¡Naturalmente que es necesario!, a menos que prefiráis quedaros soltera. Y no me digáis que todavía lloráis al joven druso. Vamos, Selma, ¡algo de seriedad! Ya no estáis en la edad de los transportes anímicos; debéis construir vuestra vida, y vos sabéis perfectamente que, para una mujer, eso pasa por el matrimonio.

De su bolso, saca un largo sobre azul.

—Ésta es la carta, me imagino que os interesará. Es de Su Excelencia el maulana* Chaukak Alí, fundador del movimiento

* Maulana: Personalidad religiosa de la India musulmana.

indio en favor del califato. Fue él, ¿recordáis?, quien sirvió de intermediario para el matrimonio de vuestras primas, Nilufer y Duruchehvar, con los hijos del nizam* de Hyderabad, el mayor Estado de la India. El maulana es discreto y totalmente leal con nuestra familia. De manera que tomé contacto con él, hace de esto un año. Incluso le envié vuestra fotografía pero, como no tuve respuesta, casi lo había olvidado. Y esta mañana recibí esta carta. ¿Os gustaría conocer su tenor?

—Naturalmente, Annedjim— responde Selma con tono tan poco convincente que su madre le lanza una mirada indignada.

Pero la sultana se contendrá de hacer comentario alguno que pueda asustarla: lo importante es que escuche. En seguida habrá que convencerla de que conozca al joven; en el estado de espíritu en el que se encuentra, no será una empresa fácil.

—Su Excelencia me habla de un rajá de treinta años, bello, rico por supuesto, pero también cultivado y moderno. Ha pasado la mitad de su vida en Inglaterra, primero en Eton y luego en la universidad de Cambridge. Se llama Amir y reina sobre el Estado de Badalpur, no lejos de la frontera nepalesa. Él reside la mayor parte del tiempo en su palacio de Lucknow, una de las ciudades más importantes de la India. Su Excelencia precisa que es de una familia ilustre, que desciende en línea directa de Hazrat Hussein, el nieto del Profeta. Entre sus antepasados se cuentan los primeros conquistadores árabes llegados a la India en el siglo XI.

»¿Qué más puedo deciros, si no que vio vuestra foto y quedó cautivado? Ha enviado una petición de matrimonio en debida forma. Naturalmente he respondido que era necesario que os conocierais. Actualmente se encuentra en plena campaña electoral pues, por primera vez desde que la India es colonia inglesa, han sido autorizadas elecciones. Deben tener lugar a fin de año. Vendrá a Beirut inmediatamente después.

—No vale la pena— dice Selma con tono firme.

—Os lo ruego, sed razonable, al menos aceptad verlo. No le diremos nada a nadie, de manera que si no os gusta, podréis decir no con toda libertad. Pero ¿y si os gusta? No es frecuente encontrar tantas ventajas reunidas en un solo hombre. La mayoría de los príncipes indios tienen mentalidad anticuada, mientras que éste, educado en Europa...

—Annedjim, no me habéis comprendido. Os dije que no valía la pena que viniera: estoy dispuesta a casarme con él.

Nada hará cambiar a Selma de parecer, ni las críticas de la sultana, alarmada por aquella determinación tan súbita, ni las

* *Nizam*: Gran maharajá.

oraciones de Zeynel, ni el llanto de las kalfas. Ella sigue de mármol y se asombra tanto más de la ansiedad que causa, sabiendo como sabe, que las bodas de las mujeres de la familia siempre han estado aregladas de antemano, y que las raras excepciones no han sido —¿no es cierto?— éxitos brillantes...

La sultana no se da por enterada de esta última impertinencia porque siente que su hija está agotada: para que modifique su postura es mejor no contrariarla. Ella, que nunca ha pedido nada dos veces, desplegará durante días montones de paciencia para intentar convencerla.

—Reflexionad, Selma. Os hablé del rajá para sacaros de vuestra melancolía, para probaros que existen hombres dignos de interés... No para que os precipitarais con los ojos cerrados en un matrimonio al otro extremo del mundo, en un país del que no conocéis nada todavía.

—Lo he pensado bien, Annedjim. Si me quedo en Beirut, me volveré loca. Necesito cambiar de vida. Como vos me decíais a propósito de Wahid: no hay que confundir el matrimonio con el amor. Ahora bien, todo lo que vos me informáis de ese rajá me parece conveniente. ¿Por qué darle más vueltas?

Hatidjé sultana escucha, aterrada. Conoce la naturaleza apasionada de su hija, su excesiva sensibilidad y su enojosa propensión a pasar de un extremo a otro sin preocuparse de las consecuencias. Ella teme que de una humorada desbarate su vida. Pero ante la fría lógica de su razonamiento, que retoma punto por punto los argumentos que ella misma ha desarrollado, ¿qué puede oponer?

—Pues bien, ¡sea!— termina por admitir. —Puesto que es vuestro deseo... A los veinticinco años ya debéis saber lo que hacéis. Pero al menos, durante estos meses en que el rajá está ocupado en la India, escribíos, aprended a conoceros. No divulgaremos el proyecto. Pero recordad una cosa, Selma: cuando os caséis no podréis volveros atrás. Habréis dado vuestra palabra con toda libertad y tendréis que mantenerla. Incluso si os dais cuenta de que os habéis equivocado.

El rajá escribe cada quince días, con una regularidad que Selma estima poco espontánea, pero que la sultana juzga de buen augurio. Es una especie de diario de a bordo, en el que dominan los acontecimientos políticos que agitan una India presa de la fiebre de independencia. Ante todo, se lo siente preocupado por hacer comprender a la joven los inmensos problemas de su país, las dificultades y los placeres que le procura su cargo al frente del Estado y, sobre todo, la esperanza que acaricia, con algunos de sus amigos, educados como él en el extranjero, de hacer retroceder el oscurantismo, los prejuicios, y edificar algún día una nación moderna.

De sus gustos, de su vida personal, casi no habla. Como si, frente a los problemas en los que se debate el país, fueran cosas secundarias. Selma, que al comienzo leía las cartas con una curiosidad más bien escéptica, comienza a interesarse por aquel universo extraño que le describen con tanta pasión; comienza a soñar con el papel que podría tener a su lado.

Le agradece que no se muestre sentimental. En un matrimonio arreglado por cuestiones de conveniencia, estaría fuera de lugar. Selma no se hace ninguna ilusión sobre el «flechazo» que habría tenido al ver su retrato. Seguramente lo que lo ha seducido, ante todo, es el hecho de casarse con una princesa otomana. Para los musulmanes de la India, la familia imperial, incluso caída, sigue siendo la familia del califa, el representante de Alá sobre la tierra, y para quien quiera lanzarse a la política, la alianza con esa familia no es una ventaja desdeñable. Por su lado, él debe de saber que su posición y su fortuna han sido, para la joven, determinantes.

Con una ironía mezclada con un poco de irritación, Selma recuerda los principios en los cuales la educaron tanto su familia como las Hermanas de Besançon: «Perder la fortuna, la posición, no es nada mientras se conserve el honor». Hasta esos últimos meses ella confiaba en que fuera verdad... Al menos le debe eso a Wahid: haberle hecho tomar contacto —rudamente— con la realidad.

El invierno pasa tranquilamente. Selma prepara su partida. Pese a los consejos de su madre, ha hecho saber, a través de las confidencias a algunas amigas que se han apresurado a repetirlo, que se ha comprometido con un rajá. Ya no le tienen lástima, la envidian. Incluso ha recibido una carta de Wahid felicitándola. Añade: «Espero que me habréis perdonado. No sabéis cuán dura fue para mí esa decisión, dictada por la necesidad. Sois la única mujer a quien he amado. No me repongo de la desventura de haberos perdido».

No había cambiado: una vez más, hablaba de sí mismo... Lentamente quema la carta, con un poco de tristeza y mucho desprecio.

Pese a que el matrimonio debe celebrarse en la India por la posición pública del rajá, la sultana cuenta con que, al menos, vendrá a Beirut a buscar a la novia. Pero, a través de largas cartas, el rajá explica que la situación del país, especialmente delicada, le impide salir del país durante varios meses todavía. El matrimonio está previsto para abril ¿Será preciso retrasarlo?

Selma se niega en redondo, pese a la insistencia de su madre a quien le aterra dejarla lanzarse a una aventura sin haber visto siquiera al hombre a quien va a unir su vida. Pero Selma quiere evitar cualquier oportunidad de arrepentirse. Puesto que el rajá no puede venir, ella partirá con Zeynel y la señora Ghazavi, que se ha propuesto para servirle de dama de compañía. La sultana siente que su hijita tiene miedo, tanto como ella, de ese mundo lejano en el que ha decidido vivir, pero que nada ni nadie la hará cambiar de opinión.

Los últimos días transcurrirán en medio de la fiebre de los preparativos, gracias a los cuales no tendrán tiempo para las emociones. Sin embargo, en el momento de la partida, cuando Selma entra al salón para decirle adiós, la sultana no puede contener las lágrimas: ya es mayor, está enferma; ¿volverá a ver a su niña?...

Estrecha fuertemente a Selma entre sus brazos:

—¡Queridita! ¿Os sentís absolutamente segura?

—¡Oh, Annedjim!

Selma hunde la cara en el hueco del hombro de su madre y, temblando, permanece allí respirando el leve perfume a glicinas que la ha acompañado toda su infancia.

—Annedjim, sabéis que es necesario... No tengo otra salida.

Se incorpora. Las dos mujeres se contemplan largamente, con tanta intensidad que se revocan los años y de nuevo están, como en los primeros tiempos, confundidas la una en la otra, en una tierna plenitud.

—Mi niña...

Selma cierra los ojos. Sobre todo no se debe enternecer.

Suavemente se suelta del abrazo y con pasión besa las hermosas manos de su madre.

—Volveré, Annedjim, no temáis. ¡Esperadme!

Y se va, rápidamente, como si huyera.

TERCERA PARTE

LA INDIA

I

—¿Dónde está el tren del maharajá?

A Selma le parece que camina desde hace horas en medio de aquel hedor soleado, aquel alboroto de colores y gritos, un extravagante caos que a cada instante amenaza con llevársela, y que la decena de guardias inmensos y bigotudos que no manejan ni el látigo ni el bastón para abrirle paso, no constituía una defensa suficiente alrededor de ella. Estamos en marzo, hace calor y la estación de Bombay se parece más a un tiovivo dislocado que a la estación de ferrocarril más importante del muy poderoso y digno Imperio británico. Bajo las altas bóvedas góticas, entre los capiteles de arcilla y las columnas victorianas con flores esculpidas, una multitud turbulenta se apretuja, sorda a los llamados gangosos de los vendedores de garbanzos, indiferente al olor nauseabundo de las guirnaldas de jazmín mezclado con la pestilencia del sudor y la orina.

Selma se ahoga, pero por nada del mundo quisiera estar en otra parte: ¡así que ésta era su nueva patria! Ya lejos de los salones de mármol blanco y de las fuentes del hotel Taj Mahal donde la llevaron a descansar después de bajar del barco, es ahora cuando pisa verdaderamente la India. Con los ojos desorbitados, intenta grabarse el desfile de imágenes que se entrechocan bajo el sol, en un violento abigarramiento de colores: el escarlata de los anchos turbantes de los porteadores que desaparece bajo inestables pirámides de equipajes; el azafrán suntuoso del traje de los «renunciantes»; el rojo y oro de las recién casadas; la grisalla de las nubes de mendigos que se precipitan alrededor de las manchas blancas formadas por las *kurtahs** inmaculadas de los viajeros de primera clase.

* *Kurtah*: larga túnica de muselina.

Selma tiene la impresión de que va a estallar de un exceso de belleza, de fealdad... Ya no distingue, no comprende nada de aquella miseria llevada con soberbia ni de aquella multitud a la vez ingenua y cruel: ¿no ha visto hace un rato caer a un viejo y a la multitud impávida seguir avanzando como movida por el sueño de un ciego?

¿Qué hay detrás de esas frentes oscuras, de esos ojos intensos que la miran? Turbada, se vuelve hacia Rashid Khan, el hombre de confianza del rajá, que la ha recibido a su llegada de Beirut. Ante su pregunta muda —¿cómo plantear un asunto tan general?—, él sonríe, tranquilizador.

—No temáis, Alteza. Para todo recién llegado, la India constituye un golpe. Os acostumbraréis.

Y luego añade como para sí mismo:

—Siempre que uno se pueda acostumbrar a lo inexplicable...

Al otro extremo del andén, custodiado por hombres armados que lucen el uniforme índigo con el blasón del estado de Badalpur, espera un vagón privado que racimos humanos intentan inútilmente asaltar.

Selma reprime un ademán de sorpresa: ella esperaba un tren completo, como el de sus primas Nilufer y Duruchehvar, las esposas de los príncipes de Hyderabad. Ya no se sorprende de lo que le dijo Rashid Khan: que se necesitaban tres días y dos noches de viaje para recorrer los tres mil kilómetros que separan Bombay de Lucknow: ¡aquel tren carreta, pomposamente llamado expreso, debe detenerse en cada aldea!

Se siente vagamente insultada, como la víspera, cuando constató que el rajá no había venido a esperarla.

Mira a su compañero, a cien leguas de imaginarse la tormenta que se prepara, que le sonríe cándidamente. Su placidez la inquieta aún más: parece que para el secretario del rajá todo sucede dentro de lo previsto.

¿Se habría engañado? Se imaginaba que la recibirían como a una reina: ¿su prometido no es el soberano de un estado casi tan extenso como el Líbano? El enviado a Beirut del maulana Chaukat Alí le había hablado extensamente de la riqueza fabulosa de los príncipes indios, de los múltiples palacios, de los cofres rebosantes de piedras preciosas... Esas descripciones, que le recordaban los fastos de su infancia, la habían hecho soñar y habían afianzado su decisión.

Y ahora ve que todo se volatiliza en el polvo de aquella estación, al pie de aquel vagón traqueteante, irrisoria carroza supuestamente destinada a llevarla hacia la gloria...

Hay agitación en el interior del coche. Criados con turbante se han precipitado a lo alto del estribo, impacientes por ver a su nueva *rani*;* detrás de ellos se escuchan voces agudas de mujer, apenas ahogadas por los espesos velos negros que las ocultan.

—Es vuestro séquito, Alteza. El rajá ha querido que vengan para haceros compañía. Pero no están autorizadas para salir. Subamos, os lo ruego, partiremos pronto.

En la penumbra del compartimiento, mientras el tren se pone en marcha, Selma respira. El lugar es confortable: paneles de caoba guarnecidos de centelleantes bronces e iluminados por lámparas de cristal. En realidad, los asientos de terciopelo y las pesadas cortinas de seda parecen hechos más para la brumosa Inglaterra que para aquel clima tórrido; pero aquí todos los equipos vienen de la metrópoli, que envía generosamente hacia sus colonias lo que le parece pasado de moda.

Frente a la joven, sentadas con las piernas cruzadas sobre un paño blanco en el suelo, hay una media docena de mujeres. La miran e intercambian comentarios en una lengua algo gutural. Libres de sus *burkah*, amplia cogulla negra que las asemeja a cuervos, se muestran con sus vestidos multicolores, la garganta, las orejas y los brazos cubiertos de oro. Con aire asombrado, reprobador, muestran las manos desnudas de su ama, su cuello adornado con una simple vuelta de perlas. Selma sonríe, algo incómoda: ¿cómo explicarles a estas indiscretas que para ella, aquel exceso de...? No le dejan tiempo de seguir pensando: en un abrir y cerrar de ojos se despojan una de sus pulseras, otra de sus anillos de oro y, hela ahí ataviada como un ídolo. Encantadas, aplauden:

—¡*Rupsurat, baot rupsurat*! (¡Bella, muy bella!)

Es la única palabra en *urdu*** que entiende Selma, por haberla escuchado cien veces a su paso desde que llegó. Ese cumplido no disminuye su irritación al sentir que juegan con ella como con una muñeca, pero las doncellas lo hacen con tanta ingenuidad que finalmente Selma decide reír con ellas.

¡Si la sultana su madre la viera! ¡Y sus kalfas! ¡Qué diferencia con aquellas altivas damas de honor de la corte otomana que, incluso si te conocen desde la infancia, nunca se habrían atrevido a tomarse tantas libertades! Sin embargo, sus nuevas compañeras no se sienten satisfechas: el traje sastre de seda blanca de Selma, un modelo parisino a la última moda, les parece de mal agüero: ¿no es el blanco el color de las viudas? La más joven, una adolescente de mejillas redondas, se levanta; de un baúl, saca una larga túnica fucsia bordada de plata. Un murmullo de aprobación saluda la iniciativa: ése es un atuendo digno de una novia. Pese

* *Rani*: esposa del rajá.

** *Urdu*: lengua hablada en la mitad norte de la India. Está compuesta por un tercio de persa, un tercio de turco y un tercio de árabe.

a las protestas de Selma, que ellas creen debidas a la timidez, se aprestan a desvestirla. Entonces, golpean a la puerta. En un instante, el ramillete de flores multicolores vuela hacia los burkahs y vuelven a ser cuervos.

En el umbral del compartimiento, Rashid Khan está de pie; en sus ojos aparece un fulgor de admiración, rápidamente sofocado. Con todo respeto, pregunta:

—¿Deseáis algo, Alteza? Vuestra dama de compañía, la señora Ghazavi, y Zeynel Agha descansan al lado. Les gustaría saber si los necesitáis.

—Gracias, Khan sahab.

El porte del secretario del rajá denota su origen aristocrático y Selma, experimentada en los juegos de corte, se cuida mucho de tratarlo como a un simple empleado.

—Sólo deseo, si es posible, un poco de tranquilidad.

Las extravagancias de aquellas damas de compañía la han agotado. Quiere estar sola, pero ¿cómo decírselo sin ofenderlas? Rashid Khan sonríe.

—Les explicaré que queréis dormir.

Y pese a la negativa indignada de las doncellas —es impensable que su rani se quede sola como cualquier desdichada; si duerme, ellas deben estar allí para velar su sueño—, las echa cortésmente afuera.

Selma se estira a todo lo largo; libre de los pesados pendientes y del collar que le hacía doblar la cabeza, sacude sus bucles pelirrojos y tiende la frente sudorosa hacia el melancólico ventilador.

Por las ventanillas desfilan los campos quemados por el sol, donde campesinos medio desnudos empujan, detrás de bueyes flaquísimos, la reja de un arado prehistórico. En las aldeas con techumbre de paja, ve a mujeres delgadas y oscuras en cuclillas, ocupadas en amasar anchas galletas que pegan a los muros para que se sequen, tras lo cual las transportan en profundos cestos, que mantienen en equilibrio sobre la cabeza. Ataviadas con saris de colores deslumbrantes, finas y muy derechas, avanzan con figura altiva. A Selma se le ocurre que muchas reinas podrían envidiar aquella manera de caminar. Más allá, al lado de blancas vacas con cuernos pintados de rojo, enormes búfalos negros chapotean en una charca: parecen los eunucos del palacio de Dolma Bahtché montando guardia alrededor de las flores nevadas del harén...

Estambul, mi hermosa, ¿volveré a verte? En Beirut estaba cerca de ti, por las noches soñaba que regresaba; hoy me alejo, parto a vivir en un mundo extraño, como si hubiera perdido la esperanza de encontrarte...

Detrás del vidrio, los campos y los arrozales se difuminan.

Otros paisajes, otras aldeas desfilan, contemplados por una niña pelirroja, ovillada en el rincón de otro tren, el que, trece años atrás, atravesaba Turquía para llevarla al exilio...

Bruscamente, Selma se incorpora. ¡No seguirá gimiendo eternamente como sus tías, las viejas princesas! Ella es joven, atractiva, tiene más fuerza que todos sus primos juntos, que pasan su tiempo bebiendo y especulando con una improbable revolución. ¡Ella ganará! ¿Qué? No lo tiene claro. Sólo sabe que debe recuperar un lugar. Nadie la obligó a abandonar la benigna suavidad del Líbano. Fue ella quien decidió que había que enraizarse, reconstruirse un país, un reino en el que sería soberana, donde sería amada.

No cree en el amor de un hombre —nunca se ha repuesto de la traición de su padre, y el abandono de Wahid sólo reabrió la herida—, quiere ser amada por todo un pueblo. En eso consiste ser reina, no como lo imaginan los ingenuos, en estar rodeada de riquezas y honores: consiste en estar rodeada de amor.

—El fasto sólo es útil— decía la sultana —porque aporta belleza y sueños a los menesterosos: como si un hada buena se inclinara sobre sus sufrimientos y no un oscuro funcionario o una dama de la caridad de rostro tan triste que a aquellos a quienes pretende ayudar les dan ganas de consolarla! Pero los pobres no se dan cuenta del inestimable regalo que les hacen a los príncipes: ¡nos necesitan!, ¡nos hacen creer que somos necesarios!

Pese al calor, Selma tiembla: ¿cómo la recibirá el pueblo de Badalpur?

El tren aborda los Ghates, la cadena de montañas que atraviesa la India de oeste a este. La hierba se vuelve más verde; rebaños de corderos y de cabras pastan, cuidados por un pastor con turbante púrpura. A lo lejos, perdido en medio del campo, un pequeño templo de piedra blanca, rodeado de gallardetes flameando al viento, flota como un espejismo.

Es la hora anterior al ocaso, suave, tranquila, recogida. Selma acerca el rostro a los barrotes de hierro que resguardan las ventanas. Con avidez respira la primera fresca. Saborea cada instante, cada impresión nueva, prohibiéndose pensar en el rostro que la espera al final del viaje.

La decepción experimentada a su llegada, cuando constató la ausencia de Amir, no se ha disipado. ¿No tiene prisa, también él, en conocerla, o le basta con que sea sultana? ¿Aquella boda sólo es una contraprestación?

Después de todo, ¿qué puedo reprocharle? ¿Acaso no me caso también por su dinero? Nerviosamente se mordisquea los rizos. Tiene ganas de llorar. *Es absurdo, jamás nos hemos visto, ¡no vamos ahora a representar la comedia del amor!* Pero por más que se lo repite, no puede reprimir los sollozos que la ahogan: se siente tan sola... ¿De qué sirve mentirse, afectar actitudes cínicas? En el fondo es una romántica incorregible...

Ha soñado con el rajá brillante y valeroso, ha vibrado cuando, en sus cartas, le hablaba de sus proyectos de reformas y de las ambiciones que alimentaba para su país. Además —¿por qué ocultarlo?— se sintió cautivada por su belleza.

De un cofrecito de terciopelo saca un medallón. Gravemente, lo contempla; los ojos oscuros y rasgados hacia las sienes, la nariz levemente curva, los labios carnosos parecen suaves encima de aquel encantador hoyuelo... Cuando hace dos meses, un mensaje de Badalpur le hizo llegar aquel retrato, se sintió atravesada por un temblor de placer. Ella que se quería fría y calculadora, sabe perfectamente que el encanto extraño de aquel rostro de dios oriental acabó de convencerla.

¿Por qué se contentó con enviarle a su secretario?

¡Pobre Rashid Khan! Ha sido tan amable, tan divertido. Fastidiado con un enorme ramillete, había recitado de golpe una frase de bienvenida en turco, claramente aprendida de memoria. Pero en lugar de sus «respetuosos saludos» fue su corazón ardiente lo que depositó a los pies de Selma. Ante la expresión estupefacta de la joven, se había dado cuenta de que sus amigos le habían gastado una broma y había enrojecido tanto que ella se había echado a reír. El hielo se había roto: desde ese momento se convirtieron en amigos.

Este recuerdo le devolvió el buen humor. La boda será un éxito: ¿no lo tienen todo para ser felices?

Sesenta horas de viaje... Días asfixiantes y noches gélidas, decenas de estaciones, todas iguales con sus multitudes abigarradas, sus pequeños vendedores de té y de buñuelos y, sobre todo, los mendigos que, a través de los barrotes, agarran por la manga a Selma, mirándola con ojos ardientes. Y ella, con la garganta oprimida, interroga esos ojos alucinados procedentes de un mundo que desconoce. Miradas de locos o de sabios, ¿quién puede saberlo? Para evitar la fascinación que la agita, pone algunas monedas en las manos tendidas. Pero ellos siguen contemplando a la diosa blanca y dorada, surgida de un *nirvana** superior, y permanecen allí, inmóviles, mucho después de que ella haya desaparecido en el horizonte...

—Llegamos a Lucknow dentro de dos horas.

La alta silueta de Rashid Khan, enmarcada en el vano de la puerta, sobresalta a Selma. El viaje ha sido tan largo que ha perdido toda noción del tiempo. *¿Ya Lucknow?*. Su corazón se pone a palpitar violentamente. Con la mirada implora al secretario

* *Nirvana*: el cielo de los hindúes.

del rajá; conmovido por aquella carita angustiada, él la tranquiliza una vez más.

—Todo irá bien, ya veréis.

¡Qué bueno es! Lo recompensa con una de sus sonrisas más cautivadoras, para agradecerle, sí, pero también para ver brillar en sus ojos aquella llamita que le hace saber que está espléndida y que sabrá seducirlos a todos.

—Tened la amabilidad de llamar rápidamente a la señora Ghazavi.

Afuera, los primeros rayos del sol hacen temblar los campos de trigo. Ya no hay tiempo de soñar, sólo tiene dos horas para prepararse: quiere deslumbrar a su príncipe encantado. Pocas veces ha empleado Selma tanto tiempo en hacerse peinar, maquillar y, con todo, pese a los esfuerzos de su dama de compañía, ¡se encuentra horrenda! Pocas veces ha dudado tanto delante de los múltiples vestidos desplegados, para acabar exclamando:

—¿Pero dónde tengo la cabeza? ¡Debo llevar un sari!

Un sari, por supuesto, el traje nacional de su nueva patria: para hacer los honores a su novio que la espera en la estación con todo su séquito, y para mostrarle a los periodistas y a la multitud que ahora ella es india.

El tren entra en la estación. Afuera, los tumultos y los gritos habituales. Impaciente, Selma aguza el oído. Le cuesta permanecer sentada en aquel compartimiento cuyas cortinillas Rashid Khan ha tenido la extraña idea de bajar. De repente, se produce una algarabía en el vagón. ¿Amir? Tiene la impresión de que su corazón se detiene. Sólo es Rashid.

—Es sólo un momento, Alteza, preparan el *purdah.**

—¿El qué?

Con cara incómoda, Rashid no responde. Junto a Selma, la señora Ghazavi masculla que todo aquello no es normal. Irritada, Selma la hace callar. Desde su llegada a la India, la libanesa no ha dejado de quejarse, molesta seguramente de que no le presten suficiente atención.

Entonces aparecen sus damas de compañía indias; allí recuperan los derechos que durante todo el viaje les han arrebatado vergonzosamente. Con el rostro lleno de benevolencia con que las monjas reciben en su seno a una novicia, le tienden a Selma un largo hábito negro, parecido a los que a ellas las oculta de la cabeza a los pies. Como la joven, atónita, las interroga con la mirada, ellas la rodean resueltas.

—¡¡¡No!!!

Estridente, lanza el grito. Rashid Khan corre de un extremo

* *Purdah*: cortina que separa a las mujeres de los hombres. Por extensión, el purdah significa estar encerrado.

al otro del vagón. En un rincón del compartimiento, temblando de indignación, Selma intenta desgarrar el velo negro. Frente a ellas, despavoridas, las mujeres se consultan sobre la conducta que deben seguir. Al secretario del rajá le cuesta conservar su sangre fría: el viaje resultó bien y aquellas idiotas están estropeándolo todo. ¿Qué van a pensar en palacio si la novia llega llorando?

Con voz cortante, él, que generalmente es tan cortés, las insta a retirarse. Tras hacer un ademán de rebelión, ofendidas, terminan por obedecer, no sin protestar en voz alta que una vez más les impedían cumplir con sus obligaciones. Entonces, solo con Selma, Rashid la consuela.

—No es nada, Alteza, os lo ruego, calmaos; no tendréis que poneros ese burkah. ¿Os sentís lo bastante bien como para bajar? Todo está dispuesto para recibiros.

Desde la portezuela del vagón, dos largos paños de color han sido tendidos; al extremo de aquel corredor espera un automóvil. Así, la princesa atravesará la estación sin ser vista.

Estupefacta, Selma apenas tiene tiempo de ver a Rashid Khan inclinarse.

—Hasta la vista, Alteza, que Alá os guarde.

Cuando se vuelve, ha desaparecido. En su lugar, una dama pequeñita y regordeta aparece y se presenta —Begum Nusrat—, cubriéndole las manos de besos.

—*Hozur*, Señoría, es el día más bello de mi vida— balbucea en algo parecido al inglés aquel encumbrado personaje. Selma cree comprender que es la esposa del gobernador del estado de Badalpur.

Una pregunta le quema los labios. Sabe que debería callarse pero no aguanta más.

—¿Dónde está el rajá?

—¡Cómo, Hozur!— la pequeña dama parece extremadamente escandalizada. —¡No lo podréis ver antes del matrimonio! Pero tranquilizaos— se apresura a añadir ante el rostro de decepción de la joven, —las ceremonias tendrán lugar muy pronto, exactamente dentro de una semana. Entretanto, viviréis en el palacio, con la hermana mayor de nuestro amo, Rani Aziza.

Sentada, desamparada en un rincón del enorme Isota Fraschini, Selma no logra dominar su decepción. Del lujoso automóvil blanco con parachoques y faros bañados en oro, lo que más le ha llamado la atención son las cortinas que tapan las ventanilas, como en los faetones de su infancia, en Estambul. Poco a poco siente aumentar su cólera: ¿lo que rechazaba a los once años, debía aceptarlo ahora, después de todos estos años de libertad? ¡Ni hablar! Pero todo esto sólo debe de ser una falsa alarma: ella ha visto a sus primas, Nilufer y Duruchehvar, fotografiadas continuamente en la prensa, inaugurando exposiciones, presidiendo cenas. ¡No lo ha soñado! Intenta tranquilizarse, refrenar el pánico que comienza a invadirla, pero siente dificultad para respirar. No puede dejar de recordar la mirada de compasión de Rashid Khan, y su silencio incómodo ante algunas preguntas... Por primera vez desde su llegada a la India, tiene la sensación de haber cometido una terrible equivocación...

El coche disminuye la velocidad. A través de las cortinas, que ha apartado sin prestar atención a las recriminaciones de su compañera, Selma divisa Kaisarbagh, el «jardín del rey». Es un inmenso cuadrilátero de césped y parterres floridos —más grande, digamos, que el Louvre y las Tullerías juntos—, alrededor del cual se levantan los palacios principescos.

Kaisarbagh... surgido del sueño de Wajid Alí Shah, el último rey de Udh, un músico-poeta, que los ingleses depusieron en 1856, sin que se supiera por qué. Enamorado de las artes mucho más que de la política, había querido hacer de su capital la octava maravilla del mundo: y de Kaisarbagh, su Versalles. Para él y sus cuatrocientas esposas, había hecho edificar aquella serie de grandes trianones de piedra ocre, adornados de balcones y arcos festoneados, y una profusión de motivos en estuco blanco, amarillo paja y tierra de Siena, del más puro rococó.

Debería ser el colmo del mal gusto, piensa Selma, y, por el contrario, ¡es espléndido! Delicado y refinado, hecho a imagen de aquella sociedad que, más que luchar, se dejó dominar insensiblemente por los hombres de casaca roja, los bárbaros llegados de Occidente.

El palacio de Badalpur es uno de esos barrocos trianones. Allí llega Selma.

—Es la residencia urbana del rajá— explica Begum Nusrat —su domicilio de paso en Lucknow, hoy centro administrativo británico del que dependen unos cincuenta estados. A nuestro lado reside el nabab de Dalior, que posee la más hermosa cuadra de la ciudad; más allá, el rajá de Dilwani, famoso por organizar extraordinarios combates de codornices; al frente, el maharajá de Mahdabad, gran aficionado a la poesía clásica.

Al citar los nombres de esos importantes personajes, Begum Nusrat se deleita, como si respirar el mismo aire que los príncipes y conocer sus costumbres hiciera de ella un miembro de la familia.

Gracias a Dios, el coche se detiene. Selma no soportaba aquel incesante parloteo. En el umbral de su nueva vida, siente la necesidad de concentrarse en sí misma. Delante de ella se han vuelto a desplegar los paños de colores y, al final, en un agujero de luz, delante de una puerta maciza, dos eunucos prosternados barren el suelo con sus turbantes.

¡Los eunucos de su infancia!... De repente, Selma tiene la impresión de volver quince años atrás. Si no fuera por los anchos *shalvars** y los kurtahs color índigo que reemplazan a las estambulinas negras, podría creerse en Dolma Bahtché... Pero tan pronto sube la imponente escalera de piedra, se disipa la sensación familiar. De nuevo se impone la India con sus balcones esculpidos como encaje, aquellas galerías abiertas a patios interiores donde cantan las fuentes. Y sobre todo las nubes de mujeres que se aglutinan para besar las manos de la nueva rani, o humildemente coger el ruedo de su sari, mientras niños semidesnudos la miran con sus enormes ojos bordeados de *khôl*. Impaciente, Begum Nusrat las empuja: debemos apresurarnos, Rani Aziza nos espera.

Rani Aziza... A Selma le gustaría conocer más detalles sobre su futura cuñada; Begum Nusrat no pide más que desplegar su saber.

—La rani es la hermanastra del rajá, son de madres diferentes. Ella tiene quince años más que su hermano y, cuando era muy pequeño y perdió a sus padres en un accidente misterioso, ella le sirvió de madre. Es una gran dama y posee tanta inteligencia como un hombre. A la edad de catorce años, cuando nuestro príncipe corrió peligro de morir envenenado, seguramente por su tío que, hasta su mayoría de edad, tenía la carga del estado, Rani Aziza decidió enviarlo a estudiar a Inglaterra, y ella se hizo cargo de los asuntos del palacio. Los intendentes la temen mucho más que al viejo rajá, que durante toda su vida no había pedido ni una cuenta, estimando que era indigno de él.

Begum Nusrat baja la voz.

—Por lo demás, esperan que nuestro joven amo sea menos exigente. El pobre acaba de volver tras doce años de ausencia, y esos bribones ya piensan explotarlo. ¡Por suerte la rani está ahí!

Y yo, ¿no contaré para nada? Sin conocerla, Selma tiene la intuición de que no querrá a Rani Aziza.

Han caminado más de un cuarto de hora cuando finalmente entran en una habitación de techo alto: una docena de mujeres, sentadas en el suelo, parlotea al tiempo que corta nueces de betel con pequeñas tijeras de plata. La llegada de Selma desencadena una cascada de exclamaciones embelesadas; la rodean, la estrechan entre sus brazos, se extasían con su belleza. A la vez atónita y tranquilizada por lo caluroso del recibimiento, la joven se deja llevar por el alegre grupo; empujan una última cortina de seda y la hacen entrar en una vasta sala adornada con mosaicos de nácar y espejos en forma de pájaros y flores. Sentadas sobre

* *Shalvar*: pantalones largos bombachos.

lechos de cuerda con cabeceras de plata, unas mujeres discuten mascando *pân*, la golosina nacional a base de nuez de betel y de hojas amargas, o aturdiéndose aspirando un tabaco perfumado a través del largo tubo de sus *hookak** de cristal. Al fondo de todo, en un lecho elevado cuyas patas de oro brillan en la penumbra, reposa una mujer entre cojines, mientras detrás de ella dos esclavas mecen largos abanicos de plumas de pavo real.

En su rostro imperioso, Selma reconoce inmediatamente a la rani. Aún es bella: rasgos agudos, ojos profundos, boca altanera que no modifica la sonrisa.

—Venid a sentaros a mi lado, hija mía.

La voz es melodiosa pero el abrazo glacial. En un inglés con acento extraño, le pregunta por el viaje, al tiempo que examina a la joven de la cabeza a los pies.

—Sois muy bella— termina por decir. —Pero— el tono sube para que sea escuchado por todos, —deberéis aprender a llevar la *gharara*.** El sari es el traje de las hindúes:*** aquí somos musulmanes.

Selma se pone lívida: recordarle a ella que es musulmana, a ella, ¡nieta de califa! Una bofetada no la habría humillado más.

Las miradas de las dos mujeres se cruzan: desde ese instante saben que son enemigas.

Han traído pasteles de almendra y miel, y un té como jarabe. «Para endulzar la acidez de la recepción, seguramente», piensa Selma humedeciendo sus labios en él. Distraídamente, responde a las preguntas corteses sobre la salud de la sultana su madre y sobre su vida en Beirut. Luego, como la conversación se arrastra, se atreve a decir:

—Excusadme, pero estoy muy cansada del viaje; ¿puedo retirarme a mi habitación?

Un levantamiento de cejas es la respuesta a la petición.

—Vuestra habitación es ésta, hija mía. Durante esta semana viviréis conmigo. ¿Qué os sucede? ¿No es lo suficientemente amplia?

Unas criadas traen una gharara verde esmeralda y dispensan a Selma de responder.

—Sí, id a cambiaros, ese color os sentará a las mil maravillas. Además, es el color del Islam...

—Lo sé— corta la joven ofendida.

—Entonces sabréis también que nuestra familia desciende directamente del Profeta, por su nieto Hussein. Nosotros somos

* *Hookak*: palabra urdu que designa el narguilé.
** *Gharara*: falda larga y muy amplia de las musulmanas de la India.
*** Hindú: designa al que pertenece a la religión hindú; entre los indios, hay hindúes, musulmanes, etc.

chiítas. Vos, por supuesto, sois sunita— deja escapar un suspiro estudiado, —pero después de todo, somos musulmanes.

La víbora... ¿Qué pretende probar? ¿Que sólo soy una extranjera y que aquí sigue siendo el ama y señora?

Pero el humor de Selma no podrá resistir mucho tiempo las expectativas de un baño. En las jarras de plata, el agua está caliente y perfumada, las espumas de colores suaves, los aceites ambarinos en frascos de cristal: todo el ceremonial de su infancia. ¡Qué delicia después de la modesta sala de baño de su casa de Beirut! Con los ojos cerrados, olvidándose hasta del lugar en que se encuentra, se abandona a las manos expertas de las esclavas. Depilada, masajeada, peinada, maquillada, no se siente descontenta de la imagen que le muestra el espejo, salvo que... ¡sus bucles! ¿Dónde está la señora Ghazavi?

—No os inquietéis— la tranquiliza la rani, cuando Selma pregunta por su acompañante. —La han llevado a descansar. Está al otro lado del vestíbulo, después del segundo patio de mujeres.

—¡Cómo!, es mi dama de compañía. Debe quedarse conmigo.

—¿No tenéis suficientes criadas? Podéis tener diez, veinte, las que queráis. Si no os gustan, las despediremos y os buscaremos otras.

Selma está al borde de las lágrimas. La señora Ghazavi y Zeynel son sus únicos lazos con el pasado, sin ellos se siente perdida. Pero podrían matarla antes de confesar esa debilidad. Una sonrisa aflora a los labios de la rani.

—¿No os sentís bien con nosotros? Ahora somos vuestra familia: hay que olvidar lo demás.

Selma se calla. El adversario ha marcado un tanto. ¿Podrá soportar pasar ocho días al lado de aquella mujer, bajo su mirada perspicaz y malévola? Aguantar ocho días. Luego, Amir vendrá y ella se lo explicará, la ayudará. Entretanto, tal vez Rashid Khan... ¡Seguro! ¡Ésa es la solución! ¿Cómo no lo pensó antes?

Se incorpora y con una voz que pretende ser segura, pregunta:

—¿Se puede hacer saber a Rashid Khan que quiero hablarle?

—¿A quién...? Sabed, princesa, que si el secretario de mi hermano fue a buscaros a Bombay, se debió a que se necesitaba un hombre para escoltaros. Pero ahora ni hablar de verlo. Los hombres no pueden entrar en el *zenana**... y las mujeres no salen nunca de él.

* *Zenana*: apartamentos de las mujeres.

Pretextando un malestar, Selma baja al jardín. Se quita el chal que modestamente tapa su garganta. Se asfixia. ¡Prisionera, está prisionera! Como una ciega, ha caído en la trampa... Pero todavía está a tiempo de salir. Romperá el compromiso. ¡No podrán mantenerla a la fuerza! Sentada en la hierba, intenta retomar el aliento, cuando siente una mano sobre la suya.

—No temáis nada, Hozur, la rani no es tan mala. Ella sólo quiere que sean mantenidas las tradiciones; si no, toda la sociedad se hundiría.

La mujer del gobernador se le ha acercado, con una bonita sonrisa en su rostro redondo.

—Tened paciencia. Una semana. Vuestro futuro esposo es un hombre moderno, ¡casi un inglés! Con él, tendréis una vida libre, seréis la señora y Rani Aziza no tendrá nada que decir. Lo sabe perfectamente y por eso está agresiva. Una semana, Hozur... Seguramente podréis hacer ese esfuerzo...

Tiene razón. No voy a dejarme eliminar por esta mujer. Valientemente, Selma esboza una sonrisa, pero la tensión del día ha sido demasiado grande. En sus labios la sonrisa tiembla... Y olvidando su dignidad de princesa imperial, se pone a llorar.

II

Durante la semana anterior a la boda, Selma está cien veces a punto de abandonarlo todo. Lo que la retiene —tal vez más aún que pensar en Amir— es la impresión de que la rani juega con ella, que intenta empujarla hasta el límite, precisamente para que se vaya.

Sin lugar a dudas, la detesta. Ha decidido confiarse a Begum Nusrat. Con excepción de la rani, es la única aquí que habla inglés y, bajo su apariencia vanidosa y fútil, Selma ha descubierto discernimiento y un sólido sentido común.

La mujer del gobernador titubea: hablar es elegir un campo. Debido a que fue la primera que recibió a la joven, la considera como su protegida, pero la rani es poderosa y no perdona. De la decisión que tome Begum Nusrat en ese instante dependen su futura posición y la de su marido. ¿La princesa será lo suficiente hábil como para suplantar a la rani? ¿Una esposa no es más influyente que una hermana? Begum Nusrat odia arriesgarse; sin embargo, ante la insistencia de Selma, comprende que hay que decidirse.

—Seguramente se debe a Parvin— suspira.

—¿Parvin?

—La sobrina de Rani Aziza, por su madre. La rani la educó en el palacio, como si fuera su propia hija. A menudo me he preguntado si estaba movida por un sentimiento maternal— después de todo, ella renunció a casarse para consagrarse a su hermano y ocuparse de la administración del palacio —o si Parvin no era el instrumento dócil que ella preparaba para servirse de él llegado el momento.

Ante la expresión intrigada de Selma, precisa:

—¡Pues bien, sí! Todos sabían aquí que Parvin estaba destinada a casarse con el rajá y, según la opinión general, era una elección sensata. La joven es bonita, culta e igualmente de familia principesca. Educada en este palacio, conoce todas las jerarquías y costumbres. No habrían existido los problemas que se plantean inevitablemente con una esposa procedente de otra casa o, mucho peor, de otra ciudad. Y sobre todo, la rani sabía que a través de aquella sobrina que se lo debe todo, conservaría el poder. Mas...

Begum Nusrat titubea, teme herir a Selma, pero puesto que quiere saber...

—Mas entonces aparece el maulana Chaukat Alí. ¡Oh, no tengo nada contra él! El fundador del movimiento por el califato es un hombre notable, pero su intervención trastorna todos los planes. Porque sueña con reforzar los lazos de la comunidad india musulmana con los califas otomanos y se empeña en casaros con nuestro rajá, a quien él considera como una de las esperanzas políticas de su generación. Es sin duda un gran honor para la casa de Badalpur, pero para Rani Aziza es una calamidad. No sólo ve eliminada a su sobrina, sino que la nueva rani de Badalpur será una extranjera a quien no podrá controlar ni aplastar, como lo habría hecho si el rajá se hubiera enamorado de cualquier inglesita. Con vuestro título, el ascendente de vuestra familia y... vuestro carácter autoritario que, pese a vuestra gran cortesía, no lográis disimular, sabe que vos podréis rápidamente arrebatarle el lugar.

Selma siente que se le oprime la garganta; ella, que se creía esperada, bienvenida, comprende de repente hasta qué punto molesta... No sólo a la rani, sino a toda aquella pequeña sociedad que sueña y vive según leyes inmutables desde hace siglos. De nuevo aparece la vieja sensación de ser rechazada... ¿Será siempre, por doquier, la extranjera?

Felizmente, Zeynel y la señora Ghazavi se encuentran allí para distraerla. Reaparecieron al día siguiente de su llegada, por la intervención, parece, de Rashid Khan. ¿Cómo supo este último que Selma los había reclamado? ¿Cómo se sabe todo en este inmenso palacio?

Ahora los tres pasan la mayor parte del tiempo en un rincón de la gran sala, riendo y discutiendo en turco, cosa que irrita enormemente a la rani, que tiene la sensación de que la desafían. Por intermedio de Zeynel, Rashid Khan ha intentado razonar con la joven.

—En la India, todo reside en la paciencia, la tolerancia. Rebelarse no sirve de nada: mostraos más hábil que el adversario.

—¿Por qué razón iba a tener que disimular? Tengo costumbre de combatir abiertamente, como los turcos lo han hecho siempre.

El eunuco se sobresalta.

—Queréis decir como los poderosos, como todos los que pueden exigir porque son los más fuertes, cuando para sobrevivir, los débiles deben mostrarse sutiles, dúctiles, a veces deshonestos. Es menos glorioso pero no tienen otra opción. ¡Y no estoy seguro, princesa, de que vos tengáis esa opción en este momento!

Selma cree percibir satisfacción en el tono del viejo servidor. ¡Pero no! ¿Qué está pensando? El buen Zeynel está simplemente harto, también él, de la atmósfera hostil creada por la rani.

Sin embargo, esta última hace las cosas a lo grande, y Selma, absorta por la difícil elección de los suntuosos aderezos traídos por los más grandes joyeros de la ciudad, se olvida del rencor. En el Líbano había visto desaparecer una a una las joyas que ella había admirado en su madre en los hermosos días del Imperio. Había pensado que nunca volvería a poseer joyas tan hermosas. Y mira cómo el cuento de hadas vuelve a comenzar y se abren para ella los cofrecitos dentro de los cuales ríos de diamantes azules, de perlas, de esmeraldas purísimas esperan deslumbrarla.

Los mira uno a uno, probándose alternativamente collares y pendientes, incapaz de elegir. Felizmente, la señora Ghazavi está allí para aconsejarla. Espíritu práctico, la dama de compañía elegirá los aderezos más ricos, las piedras más bellas, apartando las piezas simples que Selma, por gusto y discreción, se siente tentada de elegir.

—No seáis niña, princesa— susurra severamente. —Para una mujer, las joyas son su única seguridad. En realidad, ya deberíais saberlo.

Suspirando, Selma se resigna a tener que llevar alrededor del cuello y de las muñecas su cuenta bancaria, en lugar de las pequeñas maravillas cinceladas que le habrían sentado mucho mejor.

—¿No queréis nada más?— susurra la rani, mientras los joyeros se apilan.

Insensible al tono sarcástico, la señora Ghazavi titubea, pero la joven se revuelve.

—No necesito ninguna de esas joyas, podéis llevároslas.

—Calmaos, pequeña. Tanto si las necesitáis como si no, deberéis llevarlas. No quiero que la mujer de mi hermano parezca una pobretona.

Selma está fuera de sí.

—En ese caso, decid a vuestro hermano que se busque otra esposa. No soportaré ni un minuto más vuestras acerbas insinuaciones.

Y volviéndose hacia Zeynel:

—Avisa inmediatamente a Rashid Khan: quiero una plaza en el primer barco que salga para Beirut. Entretanto, ¡que me busque una habitación en un hotel!

Al ver la mal disimulada alegría de la rani, se da cuenta de que no podía haberle hecho un favor mayor. En aquella guerra de nervios, ella ha cedido. Pero le es igual: lo único que desea es huir, volver a Beirut, a la simplicidad y la dignidad de la casa materna. No tiene talla para estos juegos de poder y dinero.

Al día siguiente se sabrá que la Rani Aziza está enferma, que la instalaron al otro extremo del zenana y que no quiere ver a nadie. Selma no sabrá nunca exactamente lo que sucedió, aparte que el rajá montó en cólera y que, por primera vez, su hermana mayor tuvo que someterse.

La reacción de Selma hizo por su prestigio más que todos los gestos de amabilidad que había hecho hasta entonces. Las mujeres, que sólo reconocían a la rani y adoptaban ciegamente sus simpatías y sus odios, comenzaron, contrariamente a las tradiciones que prescriben que una joven esposa no tenga voz en el capítulo, a considerarla como la nueva señora.

Los vendedores de brocados, sedas y encajes vienen después de los joyeros. En el salón, todo aquel mundillo se pone a cortar, a coser, a bordar. El ajuar de la novia, que habitualmente se prepara con años de adelanto, debe estar terminado en cinco días. Deben estar listas las ghararas de cola, los *chikan kurtahs*, esas túnicas de lino tan finas que pueden pasar a través de un anillo; listas las *rupurtahs*, estolas guarnecidas de oro y perlas, que disimulan las formas.

Nunca aquellas mujeres, habitualmente tan indolentes, han desplegado una actividad parecida. Han requerido la ayuda de parientas y vecinas y el zenana completo se ha transformado en un taller. Se necesitan al menos cien conjuntos para el ajuar de base, pero para esta princesa soñada, cuya belleza no se cansan de alabar, ¿bastarán trescientos? Con un gesto desdeñoso, las mujeres mayores cuentan que una abuela del actual rajá no se había puesto nunca dos veces el mismo atuendo y que, sin embargo, cuando murió tras veinte años de vida conyugal, decenas de baúles de su ajuar ni siquiera habían sido abiertos: ¡trescientas ghararas es una miseria!

Las discusiones se vuelven delicadas: ¿habrá que retrasar la boda para tratar como se merece a nuestra futura rani? Una sultana, nieta de califa, nos hace el honor de entrar en la familia y le ofrecen un ajuar de pobretona. ¿Qué hacer? El rajá se niega a esperar un día más, se ha vuelto tan impaciente como un «ingrese».* Se quejan pero al mismo tiempo no caben en sí de orgullo: aquella boda coloca a la casa de Badalpur al nivel de la del nizam** de Hyderabad, el soberano más rico y poderoso del país. No hay mujer que no conozca hasta los menores detalles la vida de las princesas Nilufer y Duruchehvar; luego se sabrá todo sobre la princesa Selma.

En efecto, desde que hace dos siglos la dinastía mogola fue expulsada por el ejército británico, los musulmanes de la India consideran a la familia otomana como *su* familia real. La grandeza del Imperio, turco como el sultanato mogol, los ha consolado durante mucho tiempo de las humillaciones sufridas en su país. Y cuando, en 1921, el califa otomano fue amenazado, en la India se rebelaron las masas musulmanas contra el ocupante británico, en un movimiento de violencia sin precedentes. Apoyado por Gandhi y por los hindúes, aquel movimiento marcó el comienzo de las grandes manifestaciones por la independencia.

Sólo una joven permanece apartada de toda aquella agitación. Regordeta, con la piel lechosa y el cabello negro que le llega a la cintura bien aceitado, es lo que aquí se considera una belleza, pese a su nariz algo aplastada y su barbilla pesada. Selma ha necesitado algún tiempo para comprender que aquí el principal criterio estético es la blancura de la piel, y que la mujer, por más finos que tenga los rasgos, si tiene la tez oscura, es considerada una birria. Le explican que tiene gran importancia el color de la piel, ya que ésta revela, con más seguridad que cualquier árbol genealógico, la nobleza o vulgaridad de los orígenes. Pues si los conquistadores de la India —arios, árabes, mogoles—, fueron todos blancos, los pueblos aborígenes que sometieron tenían la piel oscura. De ahí la ecuación bien arraigada en las conciencias: blanco = raza de amos; negro = raza de esclavos.

Bajo la mirada de Selma, la joven vuelve ostensiblemente la cabeza.

¿Es ella...? Sí, seguro, debe de ser Parvin. Estos últimos días, me ha sorprendido que, contrariamente a las demás, ni una vez me haya dirigido la palabra. ¡Pobre niña! Educada con la idea de desposar al hermoso rajá, seguramente está enamorada de él... ¡Y de pronto una recién llegada, que sólo tiene por encima de ella la ventaja injusta del nacimiento, le frustra su sueño!

¿Qué va a ser de ella? Prometida a un hombre y luego desdeñada, ¿quién la querrá ahora? ¿Qué familia decente correría el riesgo de pedirla en matrimonio después de haber sido, como se

* Ingrese: inglés.
** *Nizam*: soberano. En la India sólo había un nizam, el de Hyderabad.

dice «mancillada» por el deseo de otro? ¡En sus espíritus estrechos, ya ni siquiera es totalmente virgen!

Selma intenta inútilmente acercarse a la joven, sonreírle, iniciar una conversación; no obtiene ni una mirada: a Parvin no le gusta la compasión. Selma termina por renunciar, con la buena conciencia de las gentes satisfechas, que se irritan porque no se les reconoce la bondad.

Tiene otros problemas en la cabeza. Deambulando por los corredores, se da cuenta con horror de que preparan el tálamo nupcial en el centro del zenana, justo al lado de la habitación de la rani. Así, ésta podrá controlar a su gusto todos los movimientos de los novios.

—¿Me caso con la rani o con el rajá?— explota una mañana volviéndose hacia la mujer del gobernador. —¿No hay en este país ninguna vida privada? En Turquía, cuando se casaba una sultana, tenía su palacio, sus criados, era independiente.

—Os lo ruego, Hozur, son detalles, todo se arreglará. Gracias a Dios, sólo tenéis una cuñada. Si tuvierais una suegra, incluso el marido más amante no podría hacer nada contra su voluntad... ¿Pero por qué queréis estar sola? ¿Hay algo más triste en la vida? Aquí, cuando tenemos un problema, nuestra familia está ahí para ayudarnos, para solucionarlo por nosotros...

—¡Ah, no! Al menos dejadme con mis problemas— exclama Selma agraviada.

La begum estima que es mejor eclipsarse.

El masaje es tan bueno para los males del espíritu como para los del cuerpo. Una vez más, Selma se convence de ello. Bajo las manos dúctiles y suaves, sus preocupaciones desaparecen, se vuelven irrisorias. Voluptuosamente se deja embadurnar con una espesa capa de una pomada amarilla fragante, hecha con granos de mostaza macerados en leche, y otras seis especias finamente machacadas, polvo de madera de sándalo y perfumes raros. La frotan vigorosamente desde la punta de los pies a la raíz de los cabellos, para que cada milímetro de su piel se vuelva como auténtico raso y para que todos sus poros exhalen aromas celestiales. Durante cinco días no tendrá derecho a lavarse. Sus protestas son inútiles. Le explican que hay que dejar que el ungüento milagroso, reservado exclusivamente a las novias, penetre en la carne y purifique la sangre. En la mañana del día de la boda, cuando finalmente tome un baño, saldrá de él resplandeciente como la mariposa que, después de una lenta maduración, surge de su crisálida.

Sentada con las piernas cruzadas sobre el lecho de patas de oro, al lado de Arani Aziza que esta mañana ha vuelto sonriente —«¡Qué alegría volver a ver a mi hermosa princesa!»—, Selma se atrinchera en sus sueños. ¿Cómo soportar de otro modo los largos días que la separan de su boda y, sobre todo, las miradas curiosas y los comentarios de las mujeres que vienen a visitarla? Todas las notables de Lucknow desfilan para examinar a la joven sultana que, durante horas, permanece sentada, inmóvil, con los ojos bajos. Al comienzo creyó que se volvería loca, pero después, tal como lo hacía durante las largas ceremonias en el palacio de Dolma Bahtché, decidió contarse historias, o más exactamente, su historia, pues al lado de lo que está viviendo, todo lo demás le parece insípido. No se cansa de imaginar el momento en que Amir y ella se encuentren por primera vez: la tomará entre sus brazos y la besará tan largamente que se sentirá desfallecer. Sus ojos serán como océanos oscuros y su voz sonará un poco ronca cuando le diga que la ama...

«¡Ha llegado Rani Bitia!»*

En el salón resuenan alegres exclamaciones ¿Qué sucede ahora? Perdida en sus sueños, encogida en el hombro de Amir que le acaricia los cabellos, Selma cierra los ojos, se aferra obstinadamente a la imagen luminosa; apenas siente que una mano liviana se posa sobre su brazo y que una voz pronuncia en un inglés muy puro:

—¡Miradme, *Apa*,** soy Zahra, vuestra hermana menor.

De rodillas ante ella, le sonríe una jovencita delgada. Selma se sobresalta: es verdad, le habían hablado de una hermana del rajá, diez años menor, actualmente en Badalpur, junto a una abuela enferma. Selma examina el rostro de buena raza, los ojos pensativos. ¡Qué bonita es! ¡Cómo se parece al retrato de Amir! Por su lado, Zahra no oculta su admiración.

—¡Sois hermosa!

Entusiasmada, cubre de besos las manos de Selma. Ésta se siente confundida, pero poco a poco, con el calor que la invade, con el sentimiento de bienestar que reemplaza a la tensión de aquellos últimos días, adivina que en aquel mundo extraño ha encontrado finalmente una amiga.

Durante los días que siguen, Zahra, con su encanto, su alegría, le allanará muchas dificultades. Educada por una institutriz inglesa —Amir lo exigió, aún en contra de las tradiciones que dicen que una educación demasiado profunda hace desgraciadas a las mujeres—, es una apasionada de la literatura extranjera. Ha leído a Keats, Byron, Stendhal y todo Balzac y, pese a no haber salido nunca del zenana, salvo en un coche cerrado que la ha llevado a otro zenana, parece conocer la vida.

Inmediatamente ha advertido la irritación de Selma, confinada

* Bitia: la niña de la casa.
** *Apa*: hermana mayor.

en medio de aquellas mujeres, y ha obtenido después de mucho batallar que fueran a pasearse solas por los jardines interiores, sin el parloteo constante de las acompañantes. Sólo las sigue un eunuco a respetuosa distancia. Libre de su velo de muselina, necesario para ocultar el cabello incluso en aquel lugar desierto, Selma se siente revivir.

En medio de su confusión, piensa confiarse a aquella adolescente asombrosamente madura, hablarle de Amir, de sus temores, de sus esperanzas, aunque rápidamente advierte que la experiencia de Zahra, completamente libresca, oculta una total inocencia. La joven profesa un verdadero culto por su hermano y está convencida de que Selma es la mujer más feliz del mundo por el hecho de casarse con él. No entendería la menor discrepancia, se sentiría herida. Y Selma no se siente tan egoísta como para turbar la paz de aquella niña; se guardará sus aprensiones.

Aquella mañana, Selma es despertada al alba por risas de muchachas. Aún hace fresco y el jazmín, a lo largo de la galería, embalsama el aire. ¿Por qué se siente triste? ¡Es un hermoso día!

—Apa, despertaos, dadnos vuestras manos y vuestros pies para que dibujemos con alheña todos los símbolos de la dicha. ¡Abrid los ojos, vamos, es el día más feliz de vuestra vida!

Jubilosas, se ponen al trabajo alrededor del lecho, canturreando las canciones de amor que, tradicionalmente, acompañan la ceremonia de vestir a la novia. Mientras trazan meticulosamente en las palmas los arabescos rojos, Selma las mira como si asistiera a un espectáculo que no le afectara... Cuanto más se esfuerza por interesarse en la fiesta cuya heroína es ella, más embargada se siente por un sentimiento de irrealidad.

Como en un sueño, ve a Rani Aziza acercarse, poner en su muñeca una fina pulsera de tela y lentamente pronunciar la fórmula que han consagrado los siglos:

—Te doy esta pulsera que contiene arroz y te dará prosperidad; hierba verde, que asegurará tu fertilidad, y un anillo de hierro, garantía de tu fidelidad.

Emocionadas, las mujeres se callan: recuerdan...

De repente, resuenan grandes golpes en la puerta de bronce que separa el zenana de los apartamentos de los hombres. Con gritos de alegría, las jóvenes corren con una rosa en la mano: es el novio, que intenta entrar para enamorar a su amada, mientras ellas son las encargadas de rechazarlo golpeándolo despiadadamente con las flores. Tras una o dos tentativas infructuosas, se batirá en retirada entre bromas y se unirá a sus parientes y conocidos, reunidos en el *immambara* familiar, santuario chiíta de mármol y mosaicos, contiguo al palacio, donde debe celebrarse la ceremonia religiosa.

Han dejado sola a Selma en una habitación situada encima del salón de las mujeres. Es allí donde habitualmente la novia, rodeada de sus mejores amigas, evoca sus recuerdos de adolescencia y vierte alguna lágrima por la vida que va a abandonar. Pero las amigas de Selma están lejos y... a ella no le gusta llorar.

Abajo, van llegando los invitados. Desde allí se oyen las exclamaciones ante la magnificencia de los regalos expuestos en los cinco salones. En efecto, la costumbre exige que todo el mundo pueda juzgar la generosidad de la familia política respecto de la novia. Joyas, platería, cristales y sedas se acumulan como monumentos a la vanidad. Con mirada indiferente, las mujeres valoran, sopesan. Las ceremonias de esponsales se comentan durante años, a través de generaciones: es allí donde se hacen o se deshacen las reputaciones.

¿Cuánto tiempo deberá esperar Selma? No tiene idea. Sentada a su lado, la señora Ghazavi se impacienta, tanto más cuanto que se oyen ruidos de vajilla, anunciadores del banquete.

—¡Qué vergüenza!— gime. —Todos se divierten, festejan y os dejan sola. ¡Son bárbaros! Renunciad, mi princesa, os lo ruego, a esta boda insensata. Aún es tiempo.

—¡Callaos!

Selma no está de humor para soportar las lamentaciones de su dama de compañía, aunque las costumbres del país también le parezcan a ella algo extrañas. *¿Por qué no viene nadie a ayudarme en los preparativos? El* nikkah* *debe tener lugar de un momento a otro. ¿Cuándo van a bañarme, vestirme, maquillarme? Todas estas mujeres se sienten tan felices de volverse a ver, de charlar; ¿es posible que se hayan olvidado de la novia?*

—Despertaos, Apa, el *maulvi*** llega— anuncia Zahra con voz clara.

Alrededor de Selma las mujeres despliegan las anchas cortinas para que el religioso no la vea ¿Pero dónde está el novio? Ante la expresión inquieta de la joven, Zahra se echa a reír.

—¡Pero bueno, Apa, lo veréis mañana!

¡Mañana! Selma no entiende nada. Aunque ya no hay tiempo para hacer preguntas. Al otro lado de la cortina advierte una intensa agitación, murmullos, toses. Finalmente, en medio del silencio, se alza una voz grave, salmodiando los versículos del Corán, luego se detiene y de repente le pregunta, machacando cada sílaba:

—Selma, hija de Hairi Rauf y de Hatidjé Murad, ¿quieres tomar

* Nikkah: ceremonia nupcial.

** *Maulvi*: religioso musulmán encargado de las diversas ceremonias.

por esposo a Amir, hijo de Alí de Badalpur y de Aysha Salimabad? ¿Lo quieres?

«¡No!..., ¡no quiero!»

Selma cree haber gritado, pero alrededor de ella las mujeres permanecen impasibles. Despavorida, busca la mirada de Zahra: sólo encuentra el rostro severo de Rani Aziza. Debe responder. De repente, se da cuenta de que hasta ahora ha jugado a la novia, pero que en el fondo de sí misma, reservaba su decisión para el último momento, cuando, delante del maulvi, pudiera finalmente ver a Amir, leer en sus ojos...

¡La han engañado!... ¿O se ha equivocado ella? Buscando en su memoria, incrédula, recuerda: es verdad... En la pura tradición islámica, los novios sólo se ven después del nikkah: cada cual da su palabra al jeque antes de haber visto al ser al que se va a unir. En la corte otomana era diferente, por eso había pensado...

—Selma, quieres tomar por esposo...

La voz vuelve a pronunciar la fórmula. ¿No pueden darle un momento para reflexionar? Tiene la impresión de que alrededor de ella las mujeres se ríen a carcajadas, con miradas burlonas. ¿Creerán tal vez que tengo miedo?

—Sí, quiero.

¿Es Selma la que ha hablado? Tres veces el jeque repite la pregunta; tres veces Selma se oye decir «sí» con una voz tan resuelta que las mujeres se miran, asombradas: ¡qué extrañas maneras las de la novia! Toda la ceremonia apenas ha durado cinco minutos. Ahora el jeque corre hacia el immambara donde lo esperan el novio, sus parientes y amigos, en «shirwani» de gala. Curiosas, las mujeres lo siguen. Por escaleras ocultas pueden acceder a la galería circular rodeada de mucharabieh que domina el santuario. Desde allí podrán verlo todo sin ser vistas.

Sólo Zahra se ha quedado junto a Selma. Le toma la mano, en silencio, como si comprendiera. Así permanecen durante horas, soñando. Cuando, mucho más tarde, las sombras comienzan a invadir la habitación, Zahra enciende una lámpara de cobre y, suavemente, comienza a recitar poemas de Djalal Al-Din Al-Rumi, el místico, poemas que Selma no había escuchado desde su salida de Estambul, pero cuyos versos reconoce con emoción.

Tu amor me hace cantar como un órgano.
Y mis secretos se revelan al contacto de tu mano.
Todo mi ser extenuado semeja un arpa.
A cada fibra que tocas, gimo.

De la nada ha partido nuestra caravana, portadora de amor.
El vino de la unión ilumina eternamente nuestra noche.
Del vino que no prohíbe la religión de Amor,

Nuestros labios permanecerán humedecidos hasta el alba de la nada.

De verdad, somos una sola alma, tú y yo,
Aparecemos y nos ocultamos, tú en mí, yo en ti.
Éste es el sentido profundo de mi relación contigo,
Pues no existe entre yo y tú, ni yo, ni tú.

La luz de la lámpara de aceite vacila. Todo está asombrosamente tranquilo, el aire es ligero. Sosegada, Selma se duerme.

«¡Finalmente agua!» Selma no puede abandonar la frescura que le chorrea por todo el cuerpo. Hacía días que soñaba con esto. Se siente revivir, tiembla de placer. ¿Es el agua o la espera de Amir lo que la perturba así?

De nuevo untan su cuerpo con perfumes y la visten con la gharara roja y oro de las novias. Cuelgan de su cuello y de sus orejas infinidad de diamantes, en sus delgados brazos le ponen decenas de pulseras de oro que le aprietan desde las muñecas a los codos. Incluso sus tobillos se han cargado de cadenas de oro y en los dedos de los pies brillan piedras preciosas. Sólo falta el solitario incrustado por fuera de la fosa nasal derecha, sin el cual una novia no puede considerarse verdaderamente bella. Pero unos días antes, cuando las mujeres quisieron agujerearle la nariz, Selma protestó tan violentamente que terminaron por desistir.

El sol ya está alto. Maquillada, ataviada como un ídolo, embutida en su gharara tiesa de encajes, Selma espera. Está lista. ¿Vendrá finalmente su hermoso rajá?

Lista... No del todo aún. Una mujer se acerca, sujetando religiosamente una muselina roja cubierta de rosas y jazmines, sobre las cuales se ven guirnaldas doradas. Es el velo de novia que, durante toda la ceremonia, ocultará su rostro. Bajo la triple capa, Selma siente que se asfixia, pero sabe que hoy no puede rechazar aquel símbolo de virginidad.

Las jóvenes comienzan a cantar, mientras dos brazos vigorosos la levantan y la transportan delicadamente, pequeño paquete encarnado y oro, hacia lo que ella adivina es el patio central del zenana. A través de sus velos advierte el lecho de gala dominando desde un estrado. Con mil precauciones la instalan en él. A partir de aquel momento, no debe hacer ni un gesto, ni exhalar el menor suspiro. Se considera que sólo debe ser dulzura, fragilidad, resignación, espera.

Alrededor de ella se apretujan mujeres y niños. Gran maestra de ceremonia, Rani Aziza levanta a veces una esquina del velo para permitirles admirar su belleza. Se atropellan, lanzan exclamaciones, la juzgan. Roja de vergüenza, Selma tiene la impresión de encontrarse en una feria, en medio de los tratantes que la valoran. Tanto más cuanto que cada mujer, tras haberla visto, deposita a sus pies, según la costumbre, monedas de oro en cantidad impar para conjurar el mal agüero.

Luchando contra el mareo, Selma esboza una sonrisa.

—¡Bajad los ojos, una novia modesta no debe sonreír!

Rani Aziza está indignada: «Esta pequeña estúpida va a deshonrarnos. No comprende que es indecente parecer feliz cuando se abandona la vida de soltera para convertirse en mujer, pero que es igualmente insultante respecto de la nueva familia tener aspecto desdichado. ¡Es muy simple!»

Cada vez hace más calor. Selma respira con dificultad: esos gritos, esos atropellos, esos pesados perfumes mezclados a los olores de transpiración, no puede soportarlos más, se siente desfallecer...

¿Cuánto tiempo ha estado desmayada? Cuando vuelve en sí, tiene la impresión de que su cabeza estalla en sonidos estridentes y palpitaciones sordas y que, alrededor de ella, se ha apagado el día. Luchando con dificultad contra las náuseas, abre los ojos: a algunos metros, una masa enorme, en lo alto de la cual brilla un punto, bloquea la entrada del patio del zenana. En el silencio, la masa gris oscila y lentamente se inclina. Aprovechando que nadie le presta atención, Selma aparta una esquina del velo. Frente a ella, el elefante real, recubierto de pinturas multicolores y brocatos, con las patas cargadas de pulseras de oro, se arrodilla pesadamente, mientras del palanquín surge una alta figura con el rostro oculto por un velo de tul, jazmines y rosas.

...¡Amir!

A los pies del joven rajá las mujeres han esparcido el agua del baño de la novia y luego, respetuosamente, se han apartado. Con paso ligero, se dirige hacia el lecho de gala donde lo espera Selma, y se sienta junto a ella cuidando de no tocarla. Ella no lo ve pero oye su respiración entrecortada. ¿Estará emocionado como ella?

Los han recubierto con un amplio chal escarlata que los oculta a los ojos de la multitud; por encima de ellos una mujer sostiene un Corán; a sus pies han colocado un espejo. A través de ese espejo se verán por primera vez.

...Levantar el velo; él espera para levantar también el suyo. Finalmente lo veré. ¿De qué tengo miedo?

Delante de los ojos de Selma, se perfilan horribles imágenes: bajo el velo de su esposo se oculta un rostro simiesco, picado de viruelas, hinchado de pústulas... un monstruo. Lo siente, lo sabe. ¿Cómo no lo adivinó antes? ¡Ésa es la razón de que se negara a conocerla antes de la boda! ¿El retrato? Una falsificación, destinada a convencerla...

Nunca le ha parecido tan pesada su mano cuando, reuniendo todas sus fuerzas, se la lleva al velo. Como si sólo esperara esta señal, Amir, con un gesto enérgico, se descubre. En el espejo, su hermoso rostro ardiente toma posesión de dos ojos de esmeraldas anegados en lágrimas...

Selma no escucha el final de la plegaria. Apenas se da cuenta de que la ceremonia ha terminado cuando dos mujeres la cogen y la instalan en el palanquín junto a su esposo.

A través de las cortinas que los protegen, ella divisa ahora la procesión de invitados: *nababs** y rajás centelleantes de piedras preciosas, montados en sus elefantes, seguidos por sus portaestandartes, lanceros y servidores con librea de gala. Detrás, cabalgando orgullosamente en caballos de raza árabe, viene la baja aristocracia llegada de toda la provincia. Finalmente, una orquesta india, vestida como para una montería, con casacas rojas y pantalones blancos. A una señal del maestro, que ostenta peluca empolvada, los tambores y címbalos, las flautas, las largas trompetas de plata y las cornamusas entonan una extravagante sinfonía, mezclando la música indígena con ritmos procedentes de lo más profundo de Escocia... El cortejo se pone en movimiento bajo las aclamaciones de la muchedumbre que ha venido a gozar del espectáculo. Es en general el instante más emocionante, ése en el que la novia abandona para siempre la casa familiar para ir a la de su esposo. Pero Selma no tiene casa familiar; de manera que la procesión se contentará con dar simbólicamente cinco vueltas al parque del palacio, antes de volver al punto de partida.

En el elefante, lejos de las indiscreciones y las críticas, Selma se levanta el velo. Mira a su esposo, asombrada, feliz. Él también aprovecha aquel respiro para librarse de su incómodo tocado. Le sonríe, cómplice. La alegría inunda a la joven: él la comprende, sabe cuán difícil es todo aquello para ella.

El elefante se inmoviliza. Lentamente, se arrodilla, mientras colocan a su costado la escala de oro. Abajo, un grupo de damas de compañía espera a Selma para llevarla a sus apartamentos. Intenta liberarse, quieren caminar. Pero desde detrás de ella, Amir interviene:

—¡Debéis respetar las tradiciones!

Es su primera frase. No la olvidará.

* *Nababs*: los soberanos musulmanes de la India se llaman generalmente nababs, pero en la provincia de Udh muchos son llamados rajás como los soberanos hindúes.

La cámara nupcial desaparece bajo montones de flores. Sobre bandejas de plata, están dispuestos en pirámide frutas y confites. En los pebeteros colocados en las cuatro esquinas de la habitación se consume el almizcle y el sándalo. En el medio está dispuesto, inmenso, el lecho guarnecido de raso blanco y cojines de encaje. «Una verdadera cama de cortesana», piensa Selma, recordando las superproducciones de Hollywood.

Alrededor de ella, se afanan las mujeres. Le han puesto un caftán de seda e, infatigablemente, cepillan sus cabellos rojos que no dejan de maravillarlas. «El sol del crepúsculo aureolando la luna», repiten, haciendo alusión a su tez blanca, «tan deslumbrante como el astro de la noche».

Desde hace mucho rato, la novia está lista. Apoyada en sus almohadones, espera. ¿Qué hace Amir?

Sentadas en el suelo, las mujeres charlan masticando pân, que escupen en forma de largos chorros rojizos en recipientes colocados por doquier. A cada escupitajo, Selma se sobresalta: jamás podrá habituarse. Las mujeres ríen. «¿Se burlarán de ella?»

El tiempo pasa. ¿Qué parece, sola en aquel enorme lecho? Humillada, Selma aprieta los labios: ¡no debe mostrar su confusión!

Al cabo de una hora, aparece finalmente Amir. Estaba con su hermana, Rani Aziza, que debía solucionar un problema urgente. Selma se siente ofendida. Un problema urgente... inventado escrupulosamente para demorar a su hermano y mostrar públicamente su poder frente a la nueva esposa. Mientras las mujeres salen de la habitación bromeando alegremente sobre la noche que comienza, ella estalla en sollozos.

—¿Qué sucede, querida?—. Amir se coloca junto al lecho. Mira a su joven esposa con inquietud.

—¿Estáis enferma?

Con la cabeza hundida en los almohadones, Selma gime.

—Llamaré a un médico.

—¡No!

Encendida, se incorpora. ¡Así que no entiende nada!

Amir titubea. ¿Qué hacer? Ella parece enfurecida. ¿Ha dicho algo que la haya ofendido? Hace un rato parecía tan feliz, durante la ceremonia. ¿Qué sucede? Tiene ganas de estrecharla entre sus brazos, de consolarla, pero no se atreve: sin duda va a rechazarlo.

...¿Por qué se queda ahí mirándome? Tengo frío. Si pudiera abrazarme, besarme, darme calor...

«...¡Qué imbécil soy!», piensa él. «La pobre está simplemente aterrorizada. Seguramente cree que voy a precipitarme sobre ella y a exigir mis derechos... No comprende que la respeto. Esperaré a que se acostumbre a mí. Hay mucho tiempo.».

Se sienta al borde de la cama.

—El día ha sido agotador, tendréis ganas de dormir. No os molestaré.

Estupefacta, Selma lo mira. «¿Se burla de ella? ¿Es tan poco deseable? Ella, que había soñado tanto con este momento... ¡Qué idiota! Sin embargo, sabía que no era un matrimonio por amor: pues bien, simplemente le está haciendo comprender que ella no le gusta.»

Valientemente, endereza los hombros y con aire indiferente le dice:

—En efecto, estoy agotada. Buenas noches.

Se hace un ovillo al otro lado de la cama. Amir suspira. Al menos esperaba una sonrisa, una palabra afectuosa, señal de que apreciaban su delicadeza. A su vez, se tiende, suavemente, para no molestarla. Desde hace meses contempla la foto y espera encontrarse junto a ella... No era así como había imaginado su noche de bodas.

III

El sol atraviesa las cortinas de la habitación. Alrededor de la cama se mueven sombras silenciosas.

—¿Annedjim? ¿Leila Hanum?— murmura Selma en su semisueño.

Susurros y risas ahogadas le responden, y lentamente recuerda: no está en Beirut en su habitación rosa, está en la India y, desde ayer... es una mujer casada. ¿Pero qué hacen aquí las criadas? ¿Por qué no la dejan a solas con Amir?

Lánguida, extiende el brazo, palpa las sábanas.

«¡Amir!»

Despierta del todo, se incorpora.

—¿Dónde está Amir?

Intercambiando guiños y comentarios divertidos, las mujeres se acercan. Selma se siente enrojecer. ¿Cómo se ha podido dejar llevar de esa manera? En Estambul, las kalfas la regañaban por ser demasiado impulsiva: «En la felicidad como en el infortunio un alma noble debe permanecer serena», decían, y le ponían de ejemplo a Hatidjé sultana. Aunque pese a su admiración por su madre, la niña no podía dejar de pensar que un alma noble tenía más nobleza que alma.

La ausencia de Amir la inquieta: ¿estaría enfadado? Sin embargo, ayer noche, cuando se apagaron las luces, él se acercó a ella y suavemente le acarició los cabellos. Ante aquel gesto, toda la tensión acumulada en ella se disipó, lanzó un profundo suspiro y colocó la cabeza en el hombro de su marido. Largo rato permanecieron así, escuchando en medio del silencio el leve rechinar del ventilador. Y luego... debe de haberse dormido.

Pero él... ¿Siguió acariciándola? ¿O tal vez...? Bruscamente le falta el aliento: mientras dormía, ¿sería posible que él...? Subrepticiamente dezliza la mano bajo las sábanas, se palpa el vientre, roza su sexo; con ansiedad, interroga su cuerpo. No siente nada especial, y sin embargo... *¡Dios!, ¡qué irritantes pueden ser estas mujeres dando vueltas a mi alrededor, ni siquiera puedo verme si...*

Las doncellas no conocen esos pudores. Sin ceremonias, empujan a Selma y tirando de ambos lados, se apoderan de la sábana nupcial: ¡está inmaculada!

Exclamaciones, comentarios de decepción, miradas de reojo. Sonrojada, Selma se refugia en su tocador y finge ignorarlas. Parlanchinas, se alejan llevando el cuerpo del delito hacia los apartamentos de Rani Aziza.

Confundida entre la vergüenza y la furia, la joven mueve de lugar cepillos, frascos de perfumes, cajas de polvos. ¿Qué van a pensar?, ¿que ha desagradado a su marido? O mucho peor, ¿que no era virgen? En su confusión, coge los encajes del tocador y maquinalmente los desgarra en tiras finas.

—¡Apa! ¿Qué hacéis?

Zahra aparece en el umbral y corre hacia Selma.

—¿Qué sucede?

Inquieta, su mirada sondea los ojos de esmeralda, tan triste, ¿por qué?

—¿Dónde está Amir?

Tranquilizada, Zahra disimula una sonrisa. «¡Sólo es eso! ¡Cuánto lo quiere!»

—Salió a montar a caballo como todas las mañanas, entre las 6 y las 8, antes del calor.

—¡Como todas las mañanas!

Selma expresa su asombro.

—Pensé que el día de la boda...

Sus ojos flamean. Zahra se queda estupefacta.

—Un hombre tiene derecho, si quiere...

Pero más que el asombro, es la admiración que la deja boquiabierta: «¡Qué bella es cuando parece una emperatriz ultrajada!»

—¿Por qué no venís conmigo a visitar el zenana?— sugiere para evitar la tormenta. —Sólo conocéis la mitad.

Selma titubea. Le gustaría salir pero no se atreve, convencida de que todo el mundo sólo debe hablar de aquella maldita sábana... No, de verdad no se siente con ánimo para enfrentarse a esos rostros burlones, compasivos, acusadores...

—Nuestras invitadas estarían tan contentas de conoceros— insiste Zahra, —viven en el ala opuesta a los apartamentos de Rani Aziza— precisa maliciosa. —¡Vamos, venid!

Y tomando a Selma de la mano, la arrastra a través de interminables corredores hacia una parte del palacio que no conoce. Es un laberinto de galerías separadas por patios inferiores y terrazas a las cuales se accede mediante escaleras de caracol.

Finalmente llegan a una vasta rotonda en ojivas a la cual se abren las habitaciones.

En cada una se aloja una familia. ¿Desde cuándo viven allí? ¿Quiénes son esas abuelas de cabelleras teñidas con alheña y esas mujeres jóvenes rodeadas de hijos?

La visita de Selma es como un regalo real: la rodean, la tironean. Mensajeros henchidos de su importancia, los niños se dispersan para correr a anunciar la noticia. De las galerías vecinas, otras mujeres afluyen en un alegre desorden; se disputan el honor de recibir a la rani para que tome el té. Si no estuviera Zahra —que es la diplomacia misma— para cortar aquella hospitalidad tiránica, Selma, desbordada, se vería en la obligación de aceptar un buen centenar de invitaciones.

Pero la joven la arrastra. Ante cada habitación se detienen más o menos tiempo según la importancia de los ocupantes. Sólo entran cuando la silueta inmóvil, dominando desde el lecho, es una pariente o la representante de una familia noble.

Algunas han llegado hace algunos días, para la boda; pero muchas están ahí desde hace meses, a veces años. Llegadas con ocasión de una fiesta, se han quedado, porque se encontraban bien y porque aquí, como en todo el Oriente, visitar a alguien es hacerle un honor. Cuanto más larga es la visita, más grande es el homenaje. Algunas, a menudo ancianas o viudas, se instalan de por vida. Durante los primeros tiempos, en su entrevista cotidiana con la señora de la casa, insinúan una próxima partida. Entonces la rani se indigna: ¿se sienten desdichadas? ¿No las tratan bien? Para agradarla se quedan un poco más. Al cabo de algunos meses forman parte de la casa: parecería incongruente e incluso injurioso que se fueran.

También están las parientas pobres y sus hijos. Se hallan allí por pleno derecho. En las familias principescas, los bienes no se dividen, el hijo mayor hereda el estado y los primos lejanos se encuentran a veces en la más completa indigencia. Es deber del rajá subvenir a sus necesidades: hacer estudiar a los hijos, dotar a las hijas y, cuando lo deseen, alojarlos en aquel palacio que, si Alá lo hubiera querido, habría sido suyo.

Para todas aquellas mujeres, Selma, con su sencillez y amabilidad, es más una hija que una nueva rani. La estrechan contra su pecho, imponen sus manos en las sienes, insisten para que se siente. Pero Zahra permanece inflexible. No hay que pasar por encima de las jerarquías.

El té sólo lo aceptarán en casa de la vieja rani de Karimpur, cuyo hijo reina sobre uno de los mayores estados de las Provincias Unidas, y en casa de la nodriza de Amir, una matrona cuya radiante bonhomía ha seducido instantáneamente a Selma.

El paseo durará cerca de cuatro horas. Gracias a Zahra que,

a cada instante le dice por lo bajo la conducta que debe seguir, Selma no cometerá demasiados errores. En efecto, ¿cómo adivinar, ante aquella avalancha de nombres, títulos, lazos familiares o amistades antiguas, a quién saludar más respetuosamente, a quién recompensar con una sonrisa afectuosa, a quién, con una bondadosa inclinación de cabeza?

Cuando finalmente se encuentra en sus apartamentos, se derrumba, agotada. Tanto afecto y espontaneidad le han reconfortado el corazón. ¡Cómo le gusta que la quieran! Desde el exilio no había vuelto a saborear esa sensación.

Amir todavía no ha vuelto.

—Trabaja en los asuntos del Estado. Actualmente hay algunas dificultades— explica Zahra.

Hay que calmar la decepción de Selma, pero sobre todo no alarmarla. No decirle que en todo el norte de la India, los campesinos, alentados por el partido del Congreso, comienzan a rebelarse contra los grandes propietarios, en su mayoría hostiles a la política de Gandhi, a quien consideran comunista.

Pero hoy poco le importan a Selma los asuntos de Estado: el júbilo que sentía ha desaparecido. En el día de su boda, su esposo la ha abandonado.

Lo esperará toda la tarde. Convencida de que vendrá a la hora de la siesta, se baña y perfuma cuidadosamente; pero a la hora del té todavía no ha aparecido. Mortificada, finge leer. Por nada del mundo preguntará dónde está.

Se ha levantado una brisa fresca.

—Salgamos, Zahra, tengo ganas de ver las mezquitas y los immambaras.

Encantada de la piedad que no sospechaba en su cuñada, la adolescente se apresura a complacerla.

—¡Salim! Ve a preguntar a Rani Aziza qué calesa podemos usar— le ordena al eunuco, sin comprender por qué le lanza Selma una mirada asesina.

Será necesaria cerca de una hora para que la calesa sea enganchada. La rani ha encontrado el deseo de la princesa «extraño», pero ha hecho saber muy alto que no quiere negarle nada a la joven esposa. Simplemente se las arreglará para que, encontrar un coche disponible entre las docenas que posee el palacio —pues los automóviles sólo pueden ser utilizados con permiso del rajá—, sea una tarea casi imposible.

Cuando finalmente salen, la luz comienza a declinar. Palacios y mezquitas han adquirido un tono dorado y el césped, recién regado por un ejército de jardineros, embalsama el aire. En medio de parterres floridos, entre bosquecillos podados en forma de animales fantásticos, las fuentes de mármol blanco y los quioscos calados con finas columnatas parecen esperar improbables paseantes.

El coche avanza lentamente, rebasando los elegantes mausoleos del nabab Tikka Khan y de su esposa; y Lala Baraderi, el palacio de arcilla roja en el que los reyes de Udh recibían a los príncipes y embajadores; y el pequeño immambara de cúpulas graciosas; y todos aquellos frágiles palacios que, en medio de jardines silenciosos, parecen desgranarse como las notas de una sonata romántica.

Edificada sobre una colina, en mitad de los campos de colza, «la mezquita del viernes» domina la ciudad. Cautivada por la tranquilidad y la belleza del lugar, Selma sugiere que se detengan para rezar.

—Imposible, Apa, no tenemos derecho.

—¿No tenemos derecho a rezar?

—No tenemos derecho a entrar. Sólo los hombres van a la mezquita. Las mujeres rezan en casa.

¿Qué significan esas tonterías? Selma salta del coche, ajusta su velo y, como una mártir resuelta a defender su fe contra las interpretaciones erróneas de los doctores de la ley, aparta a las damas de compañía que intentan interponerse: ¡sería gracioso que a la nieta de un califa le prohibieran entrar en una mezquita!

El gran patio cuadrado está desierto. El sol se ha puesto y el cielo transparente envuelve a Selma con su suavidad. Los pájaros pían, celebrando la primera fresca. Una estrella centellea.

—La Illah Illalah... No hay más Dios que Tú, mi Dios, pues eres el Infinito, el Eterno. Nada existe fuera de Ti.

Selma se arrodilla. En medio de aquella belleza, aquel silencio, las palabras tan a menudo repetidas la inundan con su luz. Sosegada, sin solicitarlo, se abre a aquel instante.

No lo ha visto, no oye la sombra que se agita a su lado. De repente siente que le tiran de la manga. Allí, muy cerca, gesticula una gran mosca negra. Cierra los ojos; quiere recuperar la calma. pero el maulvi, indignado, se pone a chillar.

Selma se incorpora: ¿Cómo se atreve ese asno a interrumpir su meditación?

—¿Te callarás, demonio? ¡En todos los países musulmanes, las mezquitas están abiertas a las mujeres! ¿Ignoras que Fátima, la hija de nuestro Profeta, rezaba en la *Kaaba** al lado de los

* *Kaaba*: principal santuario de La Meca que protege «la piedra negra». Esta «piedra negra» es, según los musulmanes, el resto del primer templo construido por Adán para adorar a Dios. Fueron los pecados humanos los que la ennegrecieron.

hombres? ¿Lo que Mahoma, el generoso, permitía, tú te atreves, miserable, a negarlo?

Atónito, el maulvi mira a aquella diablesa blanca, esa infiel que con su sola presencia profana el lugar sagrado. ¿Qué está diciendo?

—¡Traduce, Zahra, palabra por palabra!

En el colmo de la exasperación, Selma sacude el brazo de la joven.

—Dile que debido a su mezquindad, a su hipocresía, a su estupidez, él y todos los de su raza deshonran nuestra religión. Además, ¿con qué derecho existen? En el Islam, no hay intermediarios entre Dios y su criatura, no hay clero. Los únicos guías reconocidos son el Libro sagrado y las palabras del Profeta. Maulvis, *mollah**, *imanes***, son todos impostores que se aprovechan de la ignorancia del pueblo para imponerse.

Desde hacía una semana Selma refrenaba su irritación y finalmente ha encontrado una causa incuestionable.

Lívido, el maulvi se bate en retirada, mientras ella saborea voluptuosamente su cólera.

De vuelta en el palacio, Selma va directamente a sus apartamentos sin pasar a saludar a la rani, a quien las damas han corrido a informar del escándalo. En la habitación, encuentra a Amir que se pasea impaciente.

—¿Dónde estabais?— le pregunta en un tono en el que se transparenta, pese a sus esfuerzos por ocultarla, la irritación. —Os esperaba.

—¡Y yo os he esperado todo el día! Sólo he salido una hora.

Amir se calla, mortificado porque, frente a los demás, Selma no lo haya esperado pacientemente como debe hacer una joven esposa. No dice que existen problemas graves: ésas no son cosas que se hablan con una mujer. Y él no tiene costumbre de justificar en qué emplea su tiempo. La impaciencia de Selma lo ofende como una falta de confianza.

...*¿Por qué le he dicho eso? De pronto, tiene el aspecto de un niño regañado... Todo el día he soñado con él y cuando aparece no hago más que insultarlo. ¡Ah, debo pedirle perdón, decirle cuánto lo he echado de menos!...* Selma se mira atentamente la punta de los zapatos... *¿Cómo hacerle comprender? ¿Mi impaciencia no era una prueba evidente de amor?*

«Estaba tan hermosa, anoche, mientras dormía», piensa Amir. «Una belleza infantil, diferente a la belleza sombría de las mujeres de aquí.» Se quedó despierto mirándola, contemplando aquella

* *Mollah*: religiosos chiítas.
** *Imán*: alto personaje religioso chiíta.

inocencia, aquella dulzura. Ahora está furiosa y ni siquiera sabe por qué... Le habían dicho que las turcas tenían carácter suspicaz, al contrario de las indias... ¿Pero qué saca dándole vueltas a aquello? Simplemente está nerviosa, todo es tan nuevo para ella. Hay que darle tiempo para que se acostumbre...

Él, que ha abandonado sus asuntos para ver a su joven esposa, feliz ante la perspectiva de una larga velada con ella, de una noche en la que, tal vez, estrechados uno contra el otro, se besarían...

A disgusto, se levanta.

—Estáis cansada, os dejo reposar. ¿Deseáis que os sirvan la cena aquí o preferís tomarla con mi hermana, que os invita?

Estupefacta, Selma está a punto de exclamar: «¿Pero adónde vais ahora?» Se retiene y aprieta los labios.

—Cenaré aquí, gracias.

Se ha ido. Inmóvil, mira el muro blanco delante de ella, el muro ancho que la separa de Amir. Tiene la sensación de estar en un atolladero, de que sufre inútilmente. ¿Por qué es tan difícil encontrarse?

—Mi pobre princesa, mi ruiseñor dorado, ¡cómo os abandonan estos bárbaros!

La señora Ghazavi gime con énfasis. ¡Ya sabía ella que aquel matrimonio terminaría mal! Lo supo desde el primer día. ¿Qué puede tener en común una nieta de sultán con gente que no tiene ni para pagar un tren? Selma sabe que la señora Ghazavi dramatiza, que aborrece la India, y sobre todo a los indios, que no le muestran el respeto al que, como blanca, cree tener derecho. Habitualmente, ella la hace callar; pero esta noche tiene deseos de ser compadecida.

De pie en un rincón de la habitación, con las manos respetuosamente cruzadas sobre el vientre, Zeynel las observa. «¡Qué error haber traído a esta loca, envenena todo lo que toca, haría pelearse al sol y la luna! Se lo advertí a la sultana. Se apegó a esta intrigante, que inmediatamente se dio cuenta del punto débil de la pequeña: ser adulada, halagada como si todavía fuera princesa imperial de la corte otomana. Si no se le pone coto, esta Ghazavi cumplirá sus fines: destruir el matrimonio y llevarse a Selma con ella a Beirut. No se lo permitiré: a mi sultana se le rompería el corazón.»

—Cenemos los tres en mi tocador.

Selma ha decidido olvidarse de Amir y divertirse. Es la primera vez que están solos, lejos de las miradas y de los comentarios acerbos, la primera vez que desde su llegada a la India se siente libre.

—Esta noche festejaremos: ¡prohibición de estar triste o serio!

—¡Bravo! ¡Ésa es mi valiente princesa!— aplaude la señora Ghazavi. —«¡Ay!, la pobrecita sólo es sunita, mientras nosotros somos chiítas...»— agrega imitando la voz de Rani Aziza.

Los tres ríen a carcajadas: la libanesa es una imitadora nata.

La cena será alegre. Evocan buenos recuerdos y elaboran proyectos de viajes: ante todo, a Beirut, para ir a ver a la sultana. Luego a París. Ahora que el dinero no es un obstáculo, un mundo de placeres parece abrirse ante Selma. ¿Amir? Ella lo convencerá: cuando quiere cautivar, nadie se le resiste.

De nuevo se siente joven, indolente, ni siquiera entiende por qué, hace un rato, se sentía tan desgraciada... Tiene ganas de cantar, de bailar.

—Haré instalar un piano. Organizaremos veladas musicales. Entretanto, Zeynel, mi guitarra, ¡rápido!

Es un instrumento delicado, de buena estirpe, que un guitarrista andaluz le regaló una noche, en Cristal, el cabaret elegante de Beirut. Nostálgica, Selma recuerda el tiempo en que los hombres homenajeaban su belleza. ¡Qué lejos parece!

—¡Cantemos y al diablo la melancolía!

De pie, con una pierna sobre un sillón, Selma hace unos acordes. Y se eleva su voz cálida y bien timbrada: «*J'ai deux amours, mon pays et Paris...*» Joséphine Baker, Tino Rossi: sólo los ha visto en el cine, pero tan a menudo que se conoce de memoria todas las canciones, cada entonación. «*¡Ah! Catarinetta bella, tchi, tchi*», su voz se vuelve mimosa, «*écoute l'amour t'appelle, tchi, tchi, pourquoi refuser maintenant ahaaah... aaaah, ah ma belle Catarinetta!*»... Encantados, sus dos compañeros golpean cadenciosamente las palmas.

—¡Chitón!

Dos rostros atónitos han aparecido detrás de la cortina, dos damas de compañía de la rani. Al ver a la princesa cantando, sus ojos se agrandan, incrédulos. Aterrorizadas, le indican que pare de cantar.

Burlona, Selma vuelve a acometer encantada: «*Si j'avais su en ce temps-là, aaah, aaah, ah ma belle Catarinettaaaa!*».

Las mujeres huyen. Otras dos vendrán a hacerla callar y luego otras dos más, con el único resultado de hacer que la joven toque y cante más alto: aquella noche tiene ganas de explotar, desafiaría a la tierra entera.

—¿Qué sucede?

La voz fustiga. Selma se inmoviliza. La rani entra y la mira.

—Me divierto, hermana. Acostumbro tocar la guitarra y cantar. ¿No tendréis inconveniente, me imagino?

—Yo no, ninguno. Pero debéis tener en cuenta a los ignorantes que os rodean. para ellos música y cantos son señales de vida disoluta. Que los profesionales y las casquivanas se dediquen a ellos, se les tolera, Lucknow es una ciudad abierta a las artes, pero que su señora, la rani, lo haga, es un escándalo.

—¡Que se escandalicen, no hago ningún mal!

—El mal es una noción relativa, que cambia según las latitudes. Os repito que aquí la música es inaceptable: causáis escándalo. La gente no os respetará y esa falta de respeto recaerá en Amir, y eso... no lo permitiré.

»La advertencia es clara. Elegid: vuestra guitarra o vuestro matrimonio.

—Vamos, sed razonable— la Rani Aziza se suaviza, —vuestra vida está cambiando. Considerad sus ventajas, que son grandes, y sus pocos inconvenientes.

Sale antes de que Selma pueda replicar.

Por lo demás, ¿qué habría dicho? Pese a que deteste a la rani, debe reconocer que en este punto preciso ella tenga tal vez razón. ¿Pero qué ha querido insinuar cuando habló de las «grandes ventajas» de aquella boda? ¿Aludía al dinero? ¿Es el arma que van a utilizar contra ella una y otra vez?

La alegría de la velada se ha esfumado. Nadie tiene ánimo de divertirse. Selma despide a sus amigos. Sólo tiene un deseo: dormir.

Sueña... que su bello esposo se ha deslizado en el lecho a su lado, que furtivamente la besa en la sien. Y que ella, impulsivamente le abre los brazos y se acurruca en su hombro. ¡Qué cuerpo tan suave!, ¡qué bien huele! Ahora la acaricia, le besa las mejillas, el cuello, los hombros, murmurándole que la ama. Brusco y conmovedor como un cachorro, piensa. Tiene ganas de reír. ¿Se puede reír durmiendo? Pero entonces...

Abre los párpados: Amir está allí, inclinado sobre ella, con el rostro tenso, iluminado por sus ojos brillantes. Parece un arcángel sombrío.

—¡Amir!

Tiende las manos. ¿Él la ve? Sus ojos son extraños, borrosos, como espejos que sólo se reflejaran a sí mismos. ¿Por qué no la besa? ¿Por qué se queda inmóvil?

—Amir, ámame— murmura quejumbrosa.

No sabe bien lo que quiere decir con eso, sólo sabe que necesita que la tranquilicen, que conjuren con palabras tiernas la violencia que ve acercarse.

Con sus largas y finas manos, él le toma la nuca, sus dedos juegan con su cuello grácil y luego, lentamente, bajan, apartan los encajes, cogen sus senos, los acarician, los...

—¡No!

De un salto, Selma se incorpora. En su pecho hay cinco rayas rojas. Mira a su marido: ¡Un loco! ¡Se ha casado con un loco!

Amir baja los párpados. Cuando los vuelve a abrir, sus ojos han perdido el brillo metálico, una sonrisa calurosa los ilumina. Confuso, balbucea:

—Perdóname, mi amor, tu belleza, ha hecho que pierda la cabeza, hace tanto tiempo que soñaba contigo...

La toma entre sus brazos, la mece y, delicadamente, casi tímidamente, roza con sus labios los rasguños.

—No me odiéis, estas marcas son las de la pasión. Pocas mujeres pueden enorgullecerse de desencadenar tales huracanes. Estoy avergonzado pero al mismo tiempo profundamente feliz... Nunca había sentido nada parecido.

A través de sus largas pestañas, Selma lo mira. Parece sinceramente trastornado.

Poco a poco, a fuerza de caricias, termina por abandonarse. La mira con tanto amor, que siente vergüenza de haber dudado.

—Te amo— le dice.

Él la estrecha fuertemente contra él, como si temiera perderla. Ella está sedienta de ternura... Cuando era niña, sus kalfas la reprendían cuando se lanzaba sobre ellas cubriéndolas de besos. Tales familiaridades no estaban admitidas en la corte otomana. Su padre, en sus mejores momentos, se contentaba con rozarle la mejilla; en cuanto a su madre, besar a sus hijos en la frente era el colmo del sentimentalismo.

Suavemente, Selma se desliza por el río, se deja llevar por el lento torbellino. Se ha levantado un viento tibio, que desordena sus bucles, le levanta el camisón, acaricia su vientre. Es de noche y las estrellas danzan delante de sus ojos.

Un dolor agudo la saca de su sueño. Encima de ella, Amir tiene el rostro crispado y los ojos cerrados. ¿Sufre también él? Selma intenta zafarse. ¿Qué está haciendo? ¿Por qué sigue? ¡Le duele!

—¡Detente!— grita.

Él no la oye. Siente pánico. A bofetadas y arañazos intenta liberarse del abrazo. Él ni siquiera parece advertirlo. Agotada, se deja caer sobre los almohadones, las lágrimas la ciegan, de estupor más que de dolor: por primera vez en su vida debe ceder ante la fuerza.

Con un lamento, Amir se ha desplomado. Frenética, Selma intenta liberarse de aquel cuerpo que la aplasta. Sólo tiene una idea: huir, correr a lavarse, lavar rápidamente la sangre, el sudor, aquella suciedad.

Lo ha apartado y corre a la sala de baño. Abre todos los grifos, se lava con rabia, como si quisiera arrancarse de la piel aquella vergüenza. ¿Podría purificarse alguna vez? ¿Era eso el amor? No, no es posible, un hombre que ama a una mujer la mira, le habla tiernamente, se inquieta por lo que siente, se mantiene junto a ella en todo momento. Selma ha leído novelas francesas prohibidas, que sorprendió las confidencias de las mujeres casadas, ella sabe.

Tiene sensación de náusea, pero ni la menor gana de llorar.

Y esa sangre que no deja de manar. Le parece que jamás dejará de lavar aquel cuerpo que de repente le repugna, que ella quiere castigar, mutilar, por ser la causa de todo aquel horror...

¿Y si muriera? ¿Si fuera una hemorragia? ¿Si Amir la hubiera matado? Durante un momento se abandona a aquella deliciosa idea. ¡Qué venganza! ¡Qué belleza! Blanca en su mortaja inmaculada, con su madre llorando, y ella, Selma, con el corazón oprimido de verla llorar. «Perdonadme, Annedjim, pero no lo he hecho adrede...» Cómo sufrirían... los pobres...

Detrás de la cortina, una voz se inquieta:

—Querida, ¿os sentís mal?

—No, no, ya voy.

¡Rápido!, un algodón, un camisón fresco, sobre todo ocultar la herida. No va a mendigarle amor.

Amir está tendido a lo ancho de la cama. Voluptuosamente, le sonríe, inconsciente del drama que ha causado.

—¿Sois feliz?

Ella sacude la cabeza volviendo la vista, él lo atribuye a una encantadora timidez.

—Venid junto a mí.

Él la atrae suavemente y Selma se abandona, dócil, inerte, como si sus músculos y sus nervios no le obedecieran. Él le pasa la mano por el vientre y la joven tiembla. Amir ríe, contento, pues cree haber hecho renacer su deseo.

—Esperad un momento, dejadme descansar un poco— dice él.

Ella enrojece y balbucea: «Pero si yo no...»

Él ríe más fuerte. ¡Cómo aborrece ella aquella suficiencia!

—Este hermoso vientre va a darnos hermosos niños, ¿no es cierto?

Siente una fatiga infinita, ni siquiera tiene fuerza para sentir dolor. Justo la necesaria para advertir lo que ahora es: un vientre para fabricar a los herederos del estado de Badalpur... No se rebela. Simplemente no comprende cómo ella, Selma, ha podido llegar a eso. En medio de una nube, escucha a su antiguo «yo» replicar, como para vengarse.

—Hermosos niños... o bonitas niñas.

El hombre a su lado, ríe de nuevo.

—Niñas, si os complace, pero después.

Ella tiene la firme sensación de que no se trata de una broma sino de una orden.

Fascinada, contempla cómo aquellos ojos se alargan insensiblemente, no terminan de alargarse, y aquel rostro que se afina hasta volverse casi triangular... De repente lanza un grito: frente a ella, amenazante, está el dios Cobra.

Incapaz de esbozar el menor movimiento, siente la mirada que imperceptiblemente la aspira. Debe resistir. Ocultarse en lo más profundo de sí. Reuniendo todas sus energías, aprieta los puños y, temblando por el esfuerzo, consigue cerrar los párpados. ¡Está salvada!

Desde muy lejos, le llega una voz irónica:

—Parecéis agotada, querida. Permitidme que me retire.

Con una graciosa inclinación de cabeza, el rajá desaparece.

¿Y la cobra? ¿La soñó? ¿Se estaría volviendo loca?

IV

Una antesala de la eternidad, una antesala del infierno...

Durante dos semanas, Selma, sentada en el lecho de patas de oro, recibirá la visita de las parientas, de las amigas, vecinas e innumerables comadres que vienen a constatar palpablemente su felicidad. Las que la habían visto antes de la boda no se privan de manifestar que está muchísimo más bella: «Estaba palidísima, mirad ahora sus mejillas sonrosadas, sus ojos brillantes, lo gordezuelo de sus labios. Incluso sus formas están más llenas. De verdad, el amor hace milagros, y nuestro rajá es, por supuesto, en este campo, un mago».

Ríen, hacen bromas, la envidian. Al tiempo que mascan el pân recubierto por una fina película plateada, comentan una a una sus joyas, sus adornos. En efecto, una recién casada debe exhibir las mejores piezas de su ajuar y exhibirse, modestamente, en espectáculo. Muchas veces al día, Selma deberá cambiarse para satisfacer la curiosidad voraz de las mujeres.

Resplandeciente, como si festejase un triunfo personal, Rani Aziza ordena: dispuestas artísticamente sobre bandejas de plata dorada, se suceden las pirámides de *balaiki gilorian*, conos de espesa crema fresca rellena de nueces y perfumada al cardamomo, de *halvas** diversas y de *mutanjan*, mermelada de carne de ciervo, todas golosinas reservadas a los banquetes de boda.

Después de hacerse rogar siete veces —Lucknow se enorgullece por tener la etiqueta más estricta de toda la India—, las damas terminan por comer. En sus rostros encantados, se advierte que los cocineros de palacio han estado a la altura de su fama.

Con ganas, pero sin ilusión, Selma ve desfilar todas aquellas

* *Halva*: pasteles a base de miel, harina y frutos secos.

maravillas: saciada de dicha, se considera que la joven esposa no puede tener apetito.

Felizmente para ella, las festividades deberán ser acortadas pues pronto comienza el período de duelo del *Moharram*, en memoria de la muerte de Hussein, nieto del Profeta, muerto en 680 con toda su familia por el ejército del tirano Yazid. Durante sesenta y siete días los musulmanes chiítas van a llorar al que consideran como el heredero espiritual de Mahoma, ya que los tres primeros califas sucesores del Profeta y reverenciados por los sunitas, fueron, según ellos, usurpadores.

Durante sesenta y siete días, ni fiestas, ni joyas, ni trajes de color, sólo procesiones fúnebres y *majlis*, reuniones de oración durante las cuales unos salmodiantes, virtuosos del dolor, arrancarían las lágrimas a la asistencia evocando la tragedia de Kerbala y la virtud de los mártires. Lucknow es famosa en toda la India por la belleza acongojante de estas ceremonias.

Este año, sir Harry Waig, gobernador de las Provincias Unidas, está preocupado: el 9 y 10 del Moharram, momento culminante del duelo, caen durante el *Holi* —la gran fiesta hindú de primavera, el festival de los colores— y teme enfrentamientos entre las dos comunidades.

Los habitantes de Lucknow son, empero, gente tolerante. Profesan un gran amor al placer y son escépticos en extremo respecto de todo lo que pretenda ser serio, especialmente la política: los disturbios que desde hace algunos años agitan a la India no han llegado hasta aquí. De hecho, numerosos musulmanes lamentan incluso esta desventurada coincidencia que les impide participar, como todos los años, en el festival hindú, rociándose unos a otros con rojo y rosa, colores de buen augurio. Coincidencia deplorable asimismo para muchos hindúes que tenían costumbre de seguir la procesión del Moharram, en parte por el espectáculo y en parte por devoción hacia un gran mártir de la Fe. Que esa Fe no sea la suya no tiene la menor importancia: están convencidos de que las diversas religiones sólo son «caminos diferentes hacia la misma Realidad».

Pero en aquella primavera de 1937, en la que las primeras elecciones para los gobiernos provinciales autónomos habían agitado todo el país, y mientras el congreso del Jahawarlal Nehru y la Liga Musulmana de Muhammad Alí Jinnah se enfrentan a propósito de la composición de esos gobiernos, el menor incidente puede provocar la explosión.

De manera que sir Harry Waig ha decidido aplicar la ordenanza 144 que prohíbe el empleo de armas y palos, refuerza la policía y prohíbe reuniones y procesiones. Como en ningún caso se pueden prohibir las manifestaciones religiosas, se le ocurrió, para controlarlos, comprarle al ejército varias toneladas de alambre de púas con las cuales se podrán delimitar las ceremonias de ambas comunidades. Idea genial, le han confirmado sus subordinados indios, a los que no dejó de consultar.

Sir Harry conoce la India, donde se encuentra en servicio desde hace más de veinte años. Contrariamente a la mayoría de sus compatriotas a los que el calor, la humedad y, sobre todo, esas multitudes hambrientas de ojos intensos ponen enfermos, a él le gusta aquella tierra extraña que, una noche en que se sentía poeta, calificó de «diamante negro en el corazón del Imperio».

Su nombramiento en Lucknow, aparte de ser un honor y una señal de confianza —las Provincias Unidas, con Allahabad, la ciudad de Nehru, y Aligahar, la gran universidad musulmana, son el centro de la vida política india—, constituye, en el plano social, un entierro en vida para ellos. Sir Harry, y sobre todo su esposa, lady Violet, habrían preferido Bombay, Delhi o incluso Calcuta. En esas metrópolis, la comunidad inglesa ha sabido construir un hogar, con el preciso toque exótico, en el que hasta los indios —es decir, los que uno frecuenta, educados en su mayoría en universidades británicas— son más... menos... digamos, ¡menos indios!

Lucknow, en cambio, ha permanecido terriblemente «indígena» y, extrañamente, parece jactarse de ello. Sir Harry lo lamenta tanto más cuanto que esa ciudad era antes el faro cultural de la India del Norte, reemplazando a Delhi, cuyo soberano, el gran Mogol, había sido depuesto por el ejército británico. Famosa por sus grandiosas fiestas, en las que aparecían los artistas más en boga, celebrada como la perla de la civilización «Ganga-Jamni», por el nombre de los dos ríos que la atraviesan, el Ganges y el Jamna, río de oro y río de plata, Lucknow simbolizaba la fusión de las tradiciones hindú y musulmana, alentada por la clase dominante chiíta.

Hoy, sólo es una capital de provincia, aunque sus rajás y sus nababs, grandes aficionados a las justas poéticas y a los conciertos, le den un lustre culterano y decadente.

El señor gobernador no asiste a esas reuniones en las que la música se alarga indefinidamente y en las que los poemas improvisados, cantados con voz monocorde, constituyen el asombro de una concurrencia exclusivamente masculina.

Al comienzo de su estancia en la India, por curiosidad y también por una buena voluntad que hizo sonreír a sus compatriotas, sir Harry quiso iniciarse. Pero pese a que posee sólidos conocimientos de urdu, aquella poesía le resultaba hermética; tal vez debido a que las expresiones empleadas son demasiado cultas, o a que las imágenes no le evocan nada o incluso le parecen risibles. En cuanto a la música, provoca en él unas irrefrenables ganas de dormir...

Sobre todo, se dio cuenta rápidamente de que no era intentando comprender los gustos, los intereses y la manera de vivir de los indios como iba a granjearse su amistad, ni siquiera su respeto. Ésta es la consecuencia de ciento cincuenta años de colonización, que les ha enseñado a los indios a admirar y a envidiar los valores y los modos occidentales —incluso si a veces y de manera imprevisible, se rebelen contra esa servidumbre mental—. O bien es un efecto del receloso orgullo que les hace creer, tal vez con razón, que los extranjeros no pueden captar lo que nace de lo más profundo de sus almas, alimentado por milenios de tradiciones y maneras de pensar totalmente distintas.

Cada cual en su lugar: es el principio que desde siempre ha regido a la sociedad india.

La ilustración más perfecta de esto es el sistema de castas, al cual, haga lo que haga, ningún indio escapa. Sir Harry ha renunciado a comprender ese «fatalismo». Nacer en una casta noble, sacerdote o guerrero, o nacer intocable, es, según los *vedas* —los libros sagrados—, consecuencia de los actos llevados a cabo en una vida anterior: es pues, justo. Rebelarse sería un sacrilegio y sólo acarrearía una suerte peor, como la de renacer gusano o cucaracha. En cambio, vivir escrupulosamente su status de intocable, aceptar con serenidad la vergüenza y la miseria, garantiza, en una vida futura, pertenecer a una casta más favorecida.

Esta actitud está tan enraizada en la mentalidad india que a lo largo de los siglos, los musulmanes —cuya religión, sin embargo, está, como el cristianismo, basada en la igualdad— se dejaron influir, hasta el punto de que entre ellos también se encuentra una especie de división de castas: se es *ashraf*, noble, o *ajlaf*, hombre menor, según se descienda de los conquistadores o de convertidos hindúes de castas bajas.

El idealismo y las ideas democráticas que de joven sostenía Harry Waig no tenían cabida en la India, y ya gobernador, sir Harry Waig ha terminado por pensar que seguramente era mejor así: al menos eso garantizaba la estabilidad de una sociedad que de otra manera habría tenido sobradas razones para estallar.

Cada cual en su lugar: es inútil que un funcionario de Su Majestad intente comprender a un indio, de la misma manera que en el pasado era inútil que el amo intentara comprender al esclavo. Inútil y peligroso. Eso no impide que se establezcan relaciones tanto más «amicales» cuanto que cada uno conoce las posibilidades del juego y sus límites. Y gracias a Dios, son muchos los indios de la buena sociedad que han asimilado esta política.

En Lucknow, sir Harry se precia de haber constituido una red de relaciones personales importante, contrariamente a muchos de sus colegas que, fuera del trabajo y las recepciones oficiales, evitan frecuentar a los indígenas. Espíritu abierto, le indigna aquel racismo, «tanto más cuanto que con algunos, si no fuera por el color de la piel, se podría olvidar que son indios». Son, en su mayoría, aristócratas educados en Inglaterra, como el rajá de Jehrabad, presidente del partido Nacional Agrícola, que agrupa a los grandes propietarios, un perfecto *gentleman*, que organiza soberbias cacerías de tigre; o el nabab de Sarpur, que en la cena sólo sirve champagne francés; o también el joven rajá de Badalpur, una inteligencia brillante, que acaba de conseguir el doblete de ser elegido en la Asamblea Legislativa y de casarse con una princesa otomana.

El señor gobernador da una larga chupada a su pipa: «Este Amir, ¡qué tipo! Tendré que invitarlo, tengo curiosidad por conocer a su sultana»...

El palanquín toma por las calles sombrías, balanceándose ligeramente, al paso rápido y ágil de los porteadores. Detrás de las cortinas negras bordadas con lágrimas de plata, Selma observa: aquella noche es la novena del mes del Moharram, la noche de la muerte de Hussein y los últimos combatientes de Kerbala, y la mitad de la ciudad se precipita hacia el gran immambara para recordar, llorar y orar. De las aldeas y villorrios de los alrededores han llegado también miles de devotos. Pues en ninguna parte de la India se celebra el Moharram con tanto fasto y fervor como en Lucknow, centro del Islam chiíta desde que, en 1724, los soberanos de Uhd, de origen iraní, hicieron de ella su capital.

A algunos metros del gran immambara, la muchedumbre es tan densa que los porteadores se ven obligados a detenerse. Intentan abrirse paso dando gritos, puntapiés y codazos, pero aquella noche los privilegios no tienen vigencia: príncipe o aguador, has dejado de serlo; sólo eres un creyente más entre los creyentes. Su rani y la noble begum que la acompaña deberán caminar...

Encantada de la oportunidad, Selma se apresta a saltar a tierra cuando una voz inquieta la llama a la realidad:

—¡Vuestro burkah, princesa!

Begum Yasmina la sujeta a tiempo. ¡Qué escándalo!: allí, en medio de todos aquellos hombres, ¡iba a mostrar su rostro! A la vez irritada y confusa, farfulla:

—Lo había olvidado, no tengo costumbre.

Su compañera sonríe.

—Os acostumbraréis rápidamente, sobre todo cuando descubráis que nuestro burkah es en realidad un instrumento de libertad.

¿Instrumento de libertad aquella prisión de seda negra, sólo abierto al exterior mediante un rectángulo enrejado a la altura de los ojos? ¿Qué quiere decir esta mujer sorprendente?

La begum ha tomado la mano de Selma.

—Tened confianza. Sé cuán difícil es para vos esta nueva vida, pero estoy aquí para ayudaros. ¿Seremos amigas?

La mira con insistencia. Los ojos azul grises sorprenden en aquel rostro sombrío. ¿Es hermosa? Al menos es impresionante. Treinta y cinco años, más o menos, alta, delgada, lo contrario de las mujeres de aquí que, una vez casadas, doblan su volumen, da una impresión de fuerza que Selma no podría decir si la fascina o la inquieta. Amir parece tenerla en gran estima; es la esposa de su mejor amigo.

Con sus cuerpos, los porteadores les han servido de escudo hasta el umbral del inmenso patio, lugar santo a partir del cual, como dos ríos negros, hombres y mujeres se separan para ir a rezar.

Al fondo se levanta el immambara, con todas sus luces encendidas. Su fachada, abierta por centenares de arcos, centellea con sus arañas de oro y sus candelabros de cristal. Una vez al año, el gigantesco mausoleo sale de su sopor. Se le saca el polvo, se lo acicala, se lo atavía como a un rey el día de su coronación, para celebrar la victoria del sacrificio y de la muerte.

«¡Imán Hussein! ¡Imán Hussein!»

De la muchedumbre enlutada surge la invocación, ronca como un sollozo, ferviente como un grito de guerra. Los puños golpean al unísono los pechos, con un ritmo lento que poco a poco se acelera, se desata, se libera: cuerpos jadeantes, rostros estáticos, pasión que se desencadena de pronto.

«¡Imán Hussein! ¡Imán Hussein!»

Rápido, acezante, el clamor sube, gira hasta los salientes de los alminares, hasta las estrellas, penetra hasta lo más hondo de los corazones. Serenos como si tocaran una alfombra de seda, unos penitentes caminan lentamente por una vía de brasas incandescentes. Milagro de la fe. La muchedumbre contiene el aliento, fascinada.

Desde lo alto de su *minbar**, el maulana impone silencio, reúne a la concurrencia en el hueco de su mano. Con una voz fuerte, recuerda los últimos momentos del nieto del Profeta, la última batalla, el heroísmo, la sangre manando de mil heridas, el lanzazo, supremo sacrificio, el horror... Pendiente de sus labios, la muchedumbre suspira, gime, estalla en sollozos, se ahoga. Él la apacigua, la arrulla y luego de nuevo la provoca, la lleva al grado máximo del dolor.

Aparecen camellos enjaezados de negro. ¡Qué desgracia! Son

* *Minbar*: púlpito de una mezquita.

los camellos de la caravana mártir: todos los hombres han muerto; tampoco se salvó un bebé de seis meses; y las mujeres, las mujeres de la familia del Profeta, están prisioneras...

«¡Ah, Hussein!» El sortilegio vuelve a empezar, sordo, feroz; los puños golpean los pechos, las uñas laceran la carne, el drama alcanza su paroxismo, ningún sufrimiento podrá igualar a aquel sufrimiento...

Selma lucha con todas sus fuerzas. Primero piensa, desdeñosa: «Claro, el delirio chiíta, absurdo, histérico; felizmente, entre nosotros, los sunitas, no hay nada semejante». Luego, burlona: «¡Si me vieran mis amigas francesas!» Contra el temblor insidioso que la embarga, apela a los alegres recuerdos de Beirut, ha agotado los recursos de su espíritu cáustico, ha llevado la falta de respeto hasta la blasfemia. Inútil. No puede contener las lágrimas que corren, que la ciegan. ¿Por qué? ¿Pero por qué? ¡Qué le importa Hussein! ¡Nunca lo veneró especialmente! Si la muchedumbre celebrara con ese fervor a Jesús o a Buda, seguramente lloraría igual... No intenta controlarse, renuncia a pensar, la emoción la ahoga, llevándose su razón como una oleada. Ya no se siente extranjera, forma parte de aquella multitud, fundida en aquel gran animal que palpita, que la lleva lejos de sí misma y la apacigua.

Despunta el alba, iluminando los rostros lívidos, agotados. La fiesta ha terminado, hay que ir a descansar, sólo unas horas, antes de que vuelva a comenzar.

—Querida, no podéis salir. Anoche era diferente: en la oscuridad, nadie podía reconoceros. Y luego, lo confieso, cedí porque Begum Yasmina os acompañaba. Es una mujer prudente, sabía que con ella no os ocurriría nada de desagradable. Pero hoy, ni ella ni ninguna dama de la sociedad se atreverá a salir a la calle.

—Sin embargo, parece que el desfile es suntuoso.

—En efecto, los cortejos de los estados principescos, el nuestro especialmente, son magníficos. Pero el espectáculo se arruina debido a las hordas de salvajes, las criaturas primitivas que se exhiben inmediatamente después. Finalmente, si queréis verlo, instalaos cómodamente en la galería principal: detrás de las mucharabieh, podréis contemplarlo perfectamente. Mi hermana mayor se os unirá seguramente. Por una razón que no comprendo, las mujeres adoran la visión de la sangre...

Antes de que Selma tuviera tiempo de replicar, el rajá se ha eclipsado. Ella se encoge de hombros. Si la hubiera visto llorar anoche, seguramente la creería loca. ¡Qué ser tan desconcertante! ¿Es realmente tan ajeno a lo que conmueve a su pueblo, tan insensible como lo hace creer?

La galería ya está ocupada por las damas de compañía de Rani

Aziza. Desde las primeras horas de la mañana, han invadido el lugar para no perderse nada de la ceremonia. Con los ojos brillantes, los labios golosos, esperan. Selma hubiera querido evitarlo, pero el lugar de honor, al lado de la rani, le corresponde por obligación y, cuando ésta aparece, toda vestida de negro, sólo puede obedecer a su muda invitación.

Desde lejos le llega el sonido de los tambores mortuorios. En medio de una nube de polvo, avanzan los elefantes enjaezados de oscuro; en sus lomos los portaestandartes agitan los colores de los estados principescos, así como las banderas ganadas en el campo de batalla y transmitidas piadosamente de generación en generación.

Luego, balanceándose al paso indolente de los camellos, vienen los jinetes; sostienen banderas santas bordadas con versículos del Corán y coronadas por una mano abierta de cobre. ¿Mano de Abbas, hermanastro de Hussein que, por haber ido en busca de agua para apagar la sed de los sitiados, fue condenado a que le cortaran ambas manos, o los cinco dedos de una misma mano, símbolo de la pentarquía chiíta: el profeta Mahoma, Fátima, su hija, su yerno, Alí, y sus dos hijos, Hassan y Hussein? ¿Quién podría decirlo y qué le importa esto a la muchedumbre que se apretuja?

Hay una nota de color: las orquestas, con casacas rojas pero turbantes de muselina negra. Desplegando su macabra melopea —plañido monocorde, insistente—, abren camino a *Zulzinah,* el caballo de Hussein, espléndido y solitario. Con la túnica mancillada de sangre, camina, con la cabeza gacha, agotado, desesperado.

Conmovida, la muchedumbre se precipita para tocarlo, a él, al último compañero del imán; se empuja para acariciar las altas *tazzias,* réplicas en cera de color o en papel de oro y plata de la tumba de Hussein en Kerbala, para rozar la cuna ensangrentada del niño asesinado y las banderas manchadas con la sangre de los mártires. Necesitan impregnarse con su agonía, empaparse con su sacrificio, y mientras los recitantes imitan y cantan la muerte de los héroes, gimen largamente golpeándose el pecho.

Ahora aparecen los penitentes, hombres maduros, adolescentes, niños. Con el torso desnudo, sostienen en la mano un látigo de cadenas terminadas en cinco hojas de acero recién afiladas.

Se detienen delante de la galería.

—¡Imán Hussein!— grita la muchedumbre.

—¡Ah, Hussein!— responden ellos.

Las cadenas caen sobre las espaldas desnudas al unísono, las hojas cortan la carne, la sangre brota.

—¡Ah, Hussein!— Al ritmo de la invocación, se flagelan cada vez con más fuerza. Los cortes se han convertido en llagas, de las que mana la sangre, que corre a lo largo de las piernas y forma charcas negras en el alquitrán.

—¡Ah, Hussein!

Un hombre se desploma, lívido, luego otro, luego un niño. Rápidamente se los llevan en angarillas. Los golpes aumentan, ahora los penitentes se golpean con frenesí, jadeantes, ciegos y sordos a lo que no sea su dolor, su loca tentativa, desesperada, de abolir el cuerpo, de alcanzar el estado último en el que sólo serán uno con lo UNO.

¿Se detendrán alguna vez? Ovillada en sí misma, con los nervios tensos, Selma mira, no puede apartar la mirada. Tiene gusto de sangre en la boca, siente náuseas. ¿Va a desmayarse? A su lado, la rani, impasible, humedece los labios en una taza de té, mientras las damas de compañía comentan el espectáculo comiendo muchos bombones y confites. Selma se levanta. Quiere salir. Con una mano firme, sin siquiera volver la cabeza, la rani la obliga a sentarse.

—No ha terminado. Hay que verlo todo, hasta el final.

Lo dice como una orden, con los ojos semicerrados y una extraña sonrisa en los labios.

Afuera, la multitud se calla. Tambaleándose, los penitentes se alejan, justo el tiempo de retomar el aliento, de enjugar sus heridas, antes de reanudar la siniestra ceremonia al pie de otra galería, donde otras mujeres los contemplarán con curiosidad mordisqueando golosinas.

—¡Imán Hussein!

Esta vez no es un grito de gloria ni de guerra; es un murmullo, un largo temblor teñido de respeto y temor. Aparece un grupito de hombres con los sables desenvainados. La multitud se calla mientras se preparan.

«Ave César, los que van a morir...» Selma sacude la cabeza, irritada: ¿por qué se le ocurre esta frase?

Con gestos precisos los sables golpean las cabezas, cortando el cuero cabelludo, la sangre corre por los ojos, la nariz, los ciega, los ahoga. En silencio, los brazos se levantan, golpean de nuevo; la capa de sangre se espesa. En los rostros se distinguen apenas los ojos, desorbitados. Un sable se ha desviado, llevándose una oreja, hoyo negro del cual sale un chorro rojo. Petrificada, la multitud contiene el aliento.

Al tercer sablazo, un hombre se desploma como una masa inerte, cara al suelo, con el cráneo reventado.

Resuenan silbidos estridentes. A golpe de bastones, los uniformes caqui han irrumpido en la muchedumbre y se precipitan, desarman a los hombres alelados, dóciles, les ponen las esposas y los empujan hacia coches militares que arrancan antes de que la multitud haya tenido tiempo de reaccionar.

—Era de esperar— comenta la rani. —El gobierno lo había prohibido. Hay demasiados muertos cada año. ¿Pero qué se les puede prohibir a los que quieren morir?

Filosofía totalmente incomprensible para Selma que, lívida, está vomitando en la escupidera adamascada.

—¡Qué extraña idea la de elegir este día para invitarnos! ¿Sir Harry no sabe que estamos de luto riguroso?

Sentada a su tocador, Selma se empolva, comprueba su maquillaje, se perfuma el escote. Está radiante de buen humor: desde su boda, es la primera salida.

—Tal vez es una forma de humor inglés— ironiza Amir, volviendo a hacerse por enésima vez el nudo de la corbata.

Ha decidido vestirse a la europea, pues no es una recepción oficial sino una cena entre amigos, y se siente más cómodo así. Selma, en cambio, llevará un sari, una pesada seda azul de Benarés. La gharara, por suntuosa que sea, estaría fuera de lugar, demasiado tradicional, casi anticuada. En las grandes ciudades, los musulmanes evolucionados la han abandonado por el atuendo hindú, demostrando con ello una amplitud de espíritu que Amir, hombre moderno y laico, aprecia.

En el fondo de un gran parque, aparece la residencia del gobernador profusamente iluminada. A lo largo de la entrada, los guardias con turbante, los rostros como mármol oscuro, forman dos filas de honor. Son los cipayos* del ejército de la India, descendientes de los que, en 1857, se rebelaron aquí mismo, en Lucknow, y asesinaron a toda la guarnición inglesa, dando así comienzo a los combates que sacudieron todo el Norte del país.

«¿Qué piensan?», se pregunta Selma, escrutando las miradas vacías de expresión. «¿A quién le son leales? ¿Cómo hoy, en 1937, cuando toda la India reclama la independencia, pueden servir aún bajo el mando británico?»

Sir Harry Waig no tiene sobre esto ninguna duda.

—Estos hombres nos son totalmente leales. Además, los indios son pacíficos, y cuando combaten, prefieren hacerlo entre ellos— puntualiza con una sonrisa sardónica.

Selma se asombra de que ningún hombre de los presentes proteste. Se contentan con reír: siente vergüenza ajena.

La velada, sin embargo, había comenzado bien: *foie gras*, vino de Sauternes, faisanes acompañados de un fuerte borgoña. El señor gobernador sabe recibir. ¡Y es tan galante! Selma casi había olvidado cuán agradable era la compañía de los hombres, sobre todo cuando en sus ojos se enciende la pequeña llamita. De nuevo se siente mujer.

* Cipayos: soldados indígenas del Ejército británico en la India.

¿Por qué han comenzado a hablar de política? Sir Harry, que le había parecido inteligente e incluso encantador pocos minutos antes, de pronto le parece pomposo, pedante. Ahora está opinando sobre el Moharram y, delante de esos príncipes orientales, se atreve a calificar de «fanáticos» no sólo a los chiítas, sino a todo el Islam.

El rajá de Jehrabad, que se precia de reconocer mejor que un escocés el origen exacto de un whisky, no lo contradirá; ¿pero el rajá de Dilwani, el nabab de Sahrpur? Esos perfectos *gentlemen*, que han asimilado todos los tics británicos, pero mantienen a sus mujeres en el purdah más estricto, se callan, incómodos.

—Y vos, Amir, a quien considero un espíritu racional, ¿qué pensáis?

—Nuestro pueblo es ignorante, sir, y ésta es la causa de que se aferre tanto a la religión; no posee otras referencias... en fin... no las tenía, hasta estos últimos años.

Se calla. No hay necesidad de agregar nada más.

Los dos hombres se enfrentan con la mirada. El gobernador titubea y decide tomarlo a risa.

—Querido, si los que quieren la independencia se parecieran a vos, no dudaríamos en partir, seguros de que nuestros dos países seguirían como amigos, compartiendo los mismos intereses, el mismo ideal. Pero con los excitados que dirigen en este momento el movimiento llamado nacionalista, tenemos el deber de proteger a vuestro pueblo contra sí mismo.

Amir inclina levemente la cabeza.

—Es demasiada bondad de vuestra parte, señor gobernador.

En la cabecera de la mesa, un joven a quien Selma ya había visto por ser el único que lleva shirwani, interviene.

—Sir, hemos admirado las precauciones que habéis tomado para impedir los enfrentamientos entre hindúes y musulmanes. ¿Pero habéis pensado que la Pascua cristiana es dentro de dos días? El trayecto de su procesión ¿también está señalado con alambres de púas?

Ha hablado con la mayor cortesía, con extrema inocencia.

El gobernador se pone escarlata.

—Eso no tiene nada que ver— responde secamente.

Selma se muerde los labios. Mirando al joven de la cabecera de la mesa, Selma le sonríe y con voz suave se lanza a la batalla.

—Excelencia, ¿es cierto que cada año, en España, los penitentes bajan a la calle y se flagelan hasta sangrar para conmemorar la muerte de Cristo, como aquí se conmemora la muerte de Hussein?

Sir Harry tartamudea de indignación.

—Todo radica en los matices, princesa, y temo que en este caso vos no podáis captarlos.

¡Admirable manera de cerrar el debate! Ésa es la base de la sangre fría británica: una seguridad tan grande en su superioridad que no se siente ni dispuesto a discutir. Un francés —Selma piensa en los que conoció en Beirut— hubiera explotado. Menos seguro de sí mismo, hubiera intentado convencerla, habría parecido ridículo, pero cuánto más simpático...

—¿Y qué pensáis del último partido de polo?

El polo... Claro, se habían olvidado del polo, dedicados a discutir de tonterías. De pronto todos se apasionan, y el gobernador olvida su momento de mal humor.

La cena toca a su fin. Según la tradición, los señores se retirarán al salón de fumar y las damas a la salita, donde lady Violet hará servir un té de manzanilla.

Con excepción de la dueña de casa, ninguna de aquellas damas ha entendido quién es la espléndida joven con acento francés, ante la cual el gobernador ha mostrado tantos miramientos. En todo caso, la ha llamado «princesa» y eso basta para que la encuentren encantadora. Habría que invitarla, ¡hay tan pocas distracciones aquí!

Una rubita, más audaz o más curiosa que las demás, se aventura:

—¿Hace tiempo, princesa— es tan agradable pronunciar esta palabra, —hace mucho tiempo que dejó Francia?

Selma la mira atónita.

—Pero si nunca he estado en Francia.

Ante su cara sorprendida, agrega:

—Me imagino que lo decís por mi acento. La verdad es que me eduqué en Beirut.

—¡Ah, Beirut!— suspira una dama, —¡el pequeño París de Oriente! En verdad, los franceses lograron civilizar esa ciudad. ¿Su señor padre era seguramente alto funcionario, o diplomático, o tal vez oficial?

—Creo que mi padre nunca hiciera algo más que ocuparse de sus caballos— responde Selma, sin comprender muy bien hacia dónde va la conversación.

Las damas asienten: por supuesto, un príncipe...

—Él es sólo damad, es mi madre la sultana.

¿Damad, sultana? Algo no marcha en todo esto. ¿Se burla de nosotras?

—Pero entonces, ¿no es usted francesa?

—Por supuesto que no, soy turca.

¡Turca! Las bocas se estiran, desdeñosas: ¡una turca! ¡Pues cómo nos ha engañado! ¿Y dónde consiguió esa tez de porcelana? Se sabe que las turcas son morenitas. Seguramente su madre cometió un pecadillo con alguno de nuestros soldados en el tiempo en que ocupamos Estambul...

Más caritativa que las demás, una dama intenta sacar a la pobre pequeña de aquella penosa situación.

—¿Quiere decir que usted es turca de origen griego, cristiana?

—En absoluto— exclama Selma indignada. —Soy turca y musulmana cien por ciento. Mi abuelo era el sultán Murad.

Esto no impresiona en absoluto a la concurrencia: para aquellas burguesas inglesas, un turco musulmán, aunque sea sultán, no le llega a un británico ni a la suela del zapato.

—¿Y qué hace sola aquí?— se compadece la dama caritativa.

—No estoy sola, estoy casada.

Bueno, tal vez se la pueda visitar de todos modos. Seguramente su marido es francés...

—Estoy casada con el rajá de Badalpur.

¡Casada con un indígena! Por supuesto... una turca... y musulmana para colmo, ¿qué otra cosa podía esperarse? Le dan vuelta la espalda. De repente tienen una infinidad de cosas personales que contarse. La dama amable no se atreve a seguir dirigiéndole la palabra, por miedo a la reprobación de sus amigas; se sumerge en su labor de bordado.

Ni siquiera en Beirut, en la escuela francesa, se había sentido nunca Selma víctima de un racismo tan atroz. Desconcertada, reprime una sonrisa al pensar que, en Estambul, aquellas mujeres de funcionarios no habrían soñado con acercársele. Todo aquello es muy gracioso...

¿Gracioso?

De pronto ya no está tan segura de que sea gracioso... Selma tiene la suerte de haber sido educada en el orgullo de su rango, de su raza. Pero ¿qué sucede con aquellos a los que les han inculcado, generación tras generación, el sentimiento de su inferioridad? ¿Con aquellos a quienes han convencido de que el color de su piel, sus creencias, su modo de vida diferente los convertían en subhombres?...

Selma ya no tiene ganas de reír. Hasta entonces, el europeo era para ella el adversario contra el cual se lucha con armas iguales, o casi; la posibilidad de ser derrotado dependía de hechos concretos, cuantificables: un equipo peor, una economía arruinada, errores políticos, estratégicos, todas cosas aceptables. Pero durante la velada Selma descubre la vergüenza, el inaceptable escándalo: un pueblo que se somete porque en el fondo de sí mismo está convencido de que es inferior, incluso si proclama lo contrario, un pueblo que dice querer su independencia pero que ha perdido su alma, que ya no aspira más que a parecerse a los amos de los que pretende liberarse.

Los odia a todos: a Amir y a sus amigos tan británicos, a sir Harry que los honra con su amistad y a lady Violet que en aquel mismo momento le hace la caridad de venir a hablarle. Nunca ha sentido tanto odio.

—Cuidado, querida— le dice Amir en el coche que los lleva de vuelta al palacio. —Le sonreísteis a ese joven indio. Con toda inocencia, lo sé, pero no conocéis a esa gente, pueden hacerse ilusiones...

Esa gente...

No hubo disturbios en Lucknow durante el festival de Holi. En cambio, en las ciudades y los pueblos de los alrededores, los choques se multiplican. En Patna, Bareilly, Ratnagari, por doquier se enfrentan ambas comunidades; aquí porque una orquesta hindú tocó adrede la flauta y el tambor delante de la mezquita, en el momento en que los fieles del duelo rezaban; allí porque unos jóvenes, con la excitación de la fiesta de la Primavera, rociaron las tazzias con pintura. El incidente más grave tuvo lugar cerca de Aurangabad cuando ochocientos hindúes armados con palos y horquillas rodearon una aldea musulmana donde habían sacrificado un buey para las fiestas del final del Moharram. La aldea fue salvada *in extremis* por la policía, pero una veintena de hombres fueron muertos o heridos... La opinión pública musulmana acusa a Nehru, que ha declarado que «no soporta pasar delante de un matadero y apoya a toda la gente sensible que les tiene horror», y le reprocha amargamente a Gandhi el hecho de callar y de no predicar la no violencia más que con los ingleses.

En ambos lados se acumula el rencor. La intolerancia crece.

V

El sol del crepúsculo dora el agua de las fuentes. Tendida sobre el mármol blanco, Selma goza de los primeros momentos de la fresca. En aquel jardín interior, el último después del patio de las mujeres, las damas de compañía no vienen a incomodarla. Ése es su santuario. Allí sueña, llora y escribe a su madre cartas en las que habla de su felicidad.

Hoy se cumplen dos meses de su boda: ¡dos meses ya... sólo dos meses!... Presa de angustia, se incorpora, preguntándose de pronto lo que hace allí, lo que ha hecho de su vida... Tés y más tés, multitud de mujeres, amables, a las que no tiene nada que decir, la sonrisa de Zahra, los juegos de pique con la rani, y luego... Amir. Amir de día, Amir de noche, el atractivo rajá, el perfecto *gentleman* ocupado con la política y la gestión de su estado, y ese gran cuerpo oscuro, silencioso, ávido, indiferente. Después de la impresión de la primera noche, se ha acostumbrado. ¡Qué palabra horrible!... Pero ¿qué puede hacer si su marido es sordo, ciego, mudo?

Pasos en el mármol. ¿Quién se atreve?

—¡Ah, Zeynel! Mi buen Zeynel, ¿por qué esa cara triste?

—Las preocupaciones, princesa. La sultana está sola en Beirut y su salud...

¡Pobre Zeynel, cómo se preocupa! Annedjim tiene dos kalfas que la atienden noche y día, pero es verdad que desde que está enferma se ha vuelto como una niña. La joven no puede resistir las ganas de hostigarlo.

—¿Quieres abandonarme? ¿Ya no quieres a tu Selma?

Enrojece, se muerde los labios. Selma ya lo echa de menos.

—¡Vamos, bromeaba! Yo también creo que debes volver a Beirut. Me sentiré más tranquila si estás junto a mi madre.

Él la mira, parece desesperado.

—¿Pero vos, princesa?

—¿Cómo yo? ¡Viejo presuntuoso! ¿Te crees indispensable?

Su risa suena falsa.

—¿No ves cómo me cuidan y me miman? Le dirás a Annedjim que soy una esposa dichosa.

Zeynel tiene lágrimas en los ojos.

—Prometedme al menos que, si algo no marcha, me lo haréis saber. Volveré de inmediato.

—Prometido. Pero deja de atormentarte o me enfadaré. Y cuando me enfado... ¡Oh, Zeynel! ¿Recuerdas mis cóleras cuando era pequeña? Tú decías que la nariz se me alargaba y que comenzaba a parecerme al sultán Abd al-Hamid... Santo remedio, me calmaba... Ven, siéntate junto a mí; dime, ¿crees que volveremos a ver Estambul?

El eunuco se calla, sabe que ella no espera respuesta, que sólo necesita compartir sus recuerdos. Aquí él es el único lazo con el pasado y por eso va a echarlo de menos, y por eso tal vez sea mejor que parta.

—Me olvidaba, la señora Ghazavi quiere hablaros.

—¿Quiere partir? Tiene razón, no tiene nada que hacer aquí.

La libanesa ha terminado por cansar a Selma con sus críticas, sus perpetuas quejas. Y desde que Zahra la reprendió rudamente, reprochándole que sembraba la cizaña, pone mala cara. En el fondo, Selma prefiere quedarse sola. Ahora su vida está aquí. Ella le deja la nostalgia a los débiles y a los imbéciles. Lo que quiere es luchar. Hay tanto que hacer en este país, tanto que hacer por ese pueblo. ¡Qué importa Rani Aziza! Ahora la rani es ella.

Estuvieron a punto de perder el tren. Se había extraviado una maleta; en el último momento la recuperaron evitando así que derramaran más lágrimas. Ahora están instalados en el compartimiento. Desde el andén, en medio del calor asfixiante del mes de mayo, Selma se mantiene derecha, les sonríe. Amir no entendió qué necesidad tenía su esposa de acompañar a aquellos «criados» a la estación. ¡Pobre Amir!

—¡Hasta la vista, mi princesa!

Por la ventanilla, Zeynel, con las mejillas hinchadas, agita su pañuelo. El tren arranca, alcanza velocidad. «Adiós, adiós». Selma tiene un nudo en la garganta. ¿Porque parten ellos o porque se queda ella?

—No estéis triste, aquí tenéis amigos.

Begum Yasmina la toma de la mano y la empuja suavemente. Selma se vuelve. La había olvidado. Sin embargo gracias a ella pudo ir a la estación. Fue ella, por intermedio de su esposo, la que convenció al rajá.

—Comprendo vuestra confusión, todo es tan nuevo para vos.

Amir es muy bueno pero no tiene un carácter fácil. Venid a mi casa cada vez que os sintáis sola. Me sentiré feliz.

«¡Qué buena es!», piensa Selma. «Es extraño pero al principio no me inspiraba ninguna confianza.»

Los días siguientes visitará frecuentemente a Begum Yasmina, primero por no tener otra cosa que hacer y luego por placer. La atmósfera en su casa es menos tensa que en el palacio, y más interesante.

Inteligente y curiosa, la begum supo reunir alrededor de ella, sin preocuparse mucho del rango social, un cierto número de mujeres ilustradas. Ella misma no pertenece a la aristocracia sino a una familia de universitarios y escritores famosos; y su esposo, sin discusión el mejor abogado de Lucknow, amasó solo su fortuna. Hoy son muy ricos, cada detalle de su lujosa residencia lo prueba, pero a la manera moderna, confortable, de una burguesía que no debe amontonar reliquias del pasado. Si no fuera por el hecho de que la begum observa estrictamente el purdah —a su casa sólo van mujeres—, Selma podría creerse en Beirut.

Amir está encantado con esta nueva amistad: su joven esposa comienza a adaptarse, a coger el ritmo, las costumbres de su sociedad. Él mismo, por aquellos días, casi no tiene tiempo de preocuparse de ella pues lo acaparan los problemas de estado.

En efecto, para ganar el voto de los campesinos, el Congreso ha decidido atacar a los príncipes, presentándolos como los enemigos de la independencia. Su propaganda es particularmente intensa en las provincias en las que la clase dirigente, de mayoría musulmana, rechaza una política que considera basada peligrosamente en el hinduismo y, por reacción, se vuelve hacia la Liga Musulmana de Alí Jinnah.

Numerosos campesinos se han rebelado contra los administradores, negándose a pagar el impuesto. En el estado vecino a Badalpur, incluso han saqueado las reservas de trigo. En Badalpur, por el momento, todo está en calma, pero la policía secreta del rajá le ha informado que, en las aldeas, gentes desconocidas han comenzado a mantener reuniones clandestinas.

—¿Por qué no vais personalmente a saber cómo está la situación y le habláis a los campesinos?— se sorprende Selma, a quien su esposo ha terminado por comunicar sus preocupaciones.

A él le divierte tanta inocencia.

—¿Hablarle a los campesinos? ¿Y decirles qué? ¿Que los manipulan? No me creerían. Eso rompería el equilibrio que existe todavía y les demostraría que estoy inquieto. En ese mismo momento se aprovecharían: los hombres más sumisos se convierten en fieras si el amo muestra debilidad. Pensaba que la historia del Imperio otomano os había enseñado esto.

—Me ha enseñado, sobre todo, que si el sultán hubiera estado más cerca de su pueblo, éste no habría permitido que Kamal lo depusiera... ¡Temo que aquí estéis cometiendo el mismo error!

Con un movimiento tierno, inesperado, Amir se inclina sobre Selma.

—Encontráis que soy un tirano, ¿no? Sin embargo, era aún más idealista que vos, antes...

Serían necesarios acontecimientos mucho más graves que algunos disturbios confesionales y algunas revueltas campesinas, acontecimientos que ni siquiera es posible imaginar, para que la sociedad de Lucknow renunciara a divertirse. Actualmente es la temporada de las batallas de cometas. Desde hace dos semanas se llevan a cabo en el cielo encarnizados combates que apasionan a toda la ciudad. No hay una familia principesca, ni una casa aristocrática que no tome parte en ellos. Lucknow es conocida por estas justas que a veces duran meses, y vienen desde lejos para asistir a ellas.

En la terraza, cubierta de alfombras de Khorasan, de Begum Yasmina, las mujeres discuten enérgicamente escrutando el cielo. Nunca las había visto Selma entusiasmarse tanto. Se muestra la cometa del rajá de Mehrar, bordeada de franjas de oro fino y adornada con billetes de diez rupias: el que lo coja lo conserva. Es la regla. Esta temporada lleva perdidas medio centenar. Es evidente que adornadas así son más pesadas, menos manejables que las demás. Poco importa: sus cometas no están allí para ganar sino para ser las más hermosas y proyectar en toda la ciudad la imagen de su riqueza y de su generosidad.

«Dicen que está casi arruinado», apunta una dama, «y que va a terminar como el nabab Jussuf Alí Khan».

¡Jussuf Alí Khan! Su nombre entró en la leyenda después de que, quince años antes, vendiera cuarenta y ocho aldeas para poder seguir manteniendo su escudería: poseía cien mil cometas y cada año desafiaba a todo Lucknow a que viniera a luchar con él. La contienda más célebre duró seis meses. Imaginó el ingenio de atar pequeños pabilos en la cola de las cometas para no tener que detenerse de noche. Su hijo heredó las deudas y la pasión del nabab: participa en todas las justas, en las que mantiene un lugar eminente, aunque sus íntimos pretenden que es sólo por respeto filial, por no aparecer como que reprueba a su padre. Se ha casado con una de sus primas, riquísima, cuya fortuna está dilapidando.

Mucha gente se ha arruinado en este juego: la construcción de cometas tan perfeccionadas cuesta muy cara, y a pesar de la prohibición del Islam, se apuestan enormes cantidades. Pero los que se arruinan lo aceptan con filosofía pues, habiendo adquirido popularidad y respeto, serán honrados toda su vida en los más encumbrados círculos de la ciudad.

«Esto raya con lo ridículo», piensa Selma. Sin embargo, no deja de sentirse fascinada por aquellos grandes pájaros de colores que evolucionan tan graciosamente en el cielo, para de repente lanzarse sobre el enemigo y con un movimiento hábil cortarle el hilo que lo ata a tierra. Le explican que la técnica ha evolucionado: no sólo las construcciones son más sólidas y más livianas de año en año, sino que el hilo es más dañino: lo mojan en clara de huevo y lo pasan por polvo de vidrio, con lo que al secarse queda guarnecido de ínfimos cristalillos, cortantes como acero, temiblemente eficaces.

—En otro tiempo se contentaban con hacerlos volar— dice la begum, —su única finalidad era la belleza. Algunos tenían la efigie de personajes célebres. Especialmente los hindúes gustaban representar a sus dioses. Luego, de Delhi llegó la moda de las batallas y la adoptamos. Seguramente porque eran las únicas batallas que éramos capaces de librar.

La compañía que la rodea hoy es diferente de la que Selma acostumbra a ver en su casa: son las mujeres y las muchachas de la mejor nobleza de Udh. A Selma le asombra que la begum sea tan popular en círculos tan diversos. Amir dice que es una diplomática notable, una auxiliar preciosa de su marido, dice... ¿Pero cómo lo sabe? Cuando Selma le hace la pregunta, Amir ríe.

—El teléfono, querida, ese instrumento diabólico condenado por nuestros maulvis y que las mujeres realmente piadosas se niegan a utilizar. Seguramente tienen razón: a veces una voz puede revelar mucho más que un rostro, y hacer soñar... No os enfadéis, mis relaciones con la voz de la begum sólo son profesionales... Como sabéis, estoy en contacto permanente con su marido, que no sólo es mi mejor amigo sino también mi consejero legal.

Sí, por supuesto, Selma sabía todo eso, pero se siente un poco celosa. Algunas de aquellas mujeres en purdah tienen una fuerza, una autoridad que muchas occidentales podrían envidiarles. Sus maridos llevan una vida pública, activa, brillante, toman decisiones importantes, pero en realidad son ellas las que manipulan. Y tanto más eficazmente cuanto que son unos adversarios ignorados, ocultos detrás de sus velos. Su sed de poder es inmensa, pues viven en un sueño que no pueden contrastar con ninguna realidad. Sus maridos son los instrumentos que les permiten controlar el mundo.

La begum se hace llevar una caja de plata incrustada de oro. Es la caja del pân, el utensilio más indispensable en una casa india. Dividida en múltiples compartimientos, contiene los diversos ingredientes necesarios para la preparación de esta golosina nacional. Los indios no pueden prescindir de ella y dicen que si los ingleses quisieran realmente paralizar el movimiento independentista, sólo tendrían que hacer arrasar los campos de betel. Al cabo de veinticuatro horas toda la población se entregaría.

Selma no ha entendido nunca la gracia de esa planta fibrosa y amarga. Mira a la begum elegir cuidadosamente las hojas más verdes, untarlas con un poco de cal, luego de katha, pasta vegetal sacada de una corteza que da al pân su color rojo y su extrema amargura, le agrega trozos de nuez de betel, una pizca de tabaco, dos granos de cardamomo y, sólo para los que lo quieran, un poco de opio; finalmente dobla la hoja de betel en un cono perfecto que ella ofrece con sus aguzados dedos a las invitadas que desea honrar.

Mascar el pân es una costumbre que se remonta a la antigua India, aunque seguramente fue en la corte mogola donde adquirió su carta ejecutoria de nobleza. Cuando el sultán quería demostrar su aprecio por servicios prestados, regalaba, además de otros suntuosos presentes, hojas de betel.

Selma prefiere el hookah. Apoyada en los cojines, goza de un momento singular y delicioso. En ninguna parte fuera de Lucknow ha fumado una preparación tan divina. El tabaco, no sólo está mezclado con melaza, lo que le da un ligero gusto a miel, sino que además está amasado con especias y perfumes diversos, sobre los que los maestros en el arte guardan el mayor secreto.

A través de los párpados semicerrados, Selma mira a las mujeres tendidas junto a ella. El calor las ha medio desnudado, algunas son espléndidas. Peinan sus largos cabellos aceitados, se masajean las unas a las otras, piernas, brazos, hombros, con la libertad que permite la ausencia de miradas masculinas, bromean, y felices, intercambian confidencias.

Una mujer jovencísima, sentada un poco aparte, las observa divertida. Tiene la tez blanca, los ojos claros. Dicen a Selma que es la nueva esposa del rajá de Nampur, que la eligió por su belleza aunque no tenga sangre de príncipes. Agregan, con un gesto de fastidio, que su madre es inglesa. Al ver la mirada de Selma, se levanta y se sienta a su lado.

—Tenía ganas de conoceros— dice. —¿Cómo os sentís aquí? ¿No extrañáis demasiado?

Inmediatamente Selma siente simpatía por la joven rani. Porque tiene un rostro amable, abierto, y seguramente también porque las demás la ignoran. Tiene ganas de preguntarle si es difícil ser mitad inglesa, si no se siente dividida; pero la experiencia le ha enseñado que en la India están exacerbadas las susceptibilidades raciales, y teme herirla.

—Debéis venir a visitarme. Ya veréis, mi suegra es una mujer extraordinaria, apasionada por la política, una gran admiradora de Muhammad Alí Junnah y de la Liga Musulmana. No pierde el tiempo en reuniones como ésta, dice que nosotras las mujeres tenemos un papel que representar en el porvenir de este país.

—Pero— pregunta Selma, —¿no guarda el purdah?

—Sí, por supuesto. ¿Pero qué tiene que ver?

Selma no comprende. La begum le ha dicho lo mismo el otro día. Justamente ahí se acerca.

—Así, que, mala, ¡acaparáis a mi invitada de honor! ¡Venid a sentaros junto a mí, princesa!

Bajo el tono amable asoma una cierta irritación. ¿Estará celosa?

La noche comienza a caer, las criadas traen lámparas de aceite, y disponen grandes bandejas de cobre para la cena. En el cielo, las cometas parecen bolas de fuego.

—¡Qué hermoso es!

De excitación, la begum ha cogido a Selma por el talle:

—Ved qué rápida es esa pequeña, seguramente va a destruir a la grande. ¡Ya! Os lo había dicho.

Tiembla de entusiasmo. Selma, algo atónita, intenta discretamente soltarse, pero la begum la tiene apretada y ella no quiere abochornarla. Interiormente se reprocha su incomodidad: ¿la educación de las monjas la ha vuelto tan puritana que todo contacto le parece indecente? Es tan natural, aquí, esa libertad de los cuerpos, esos gestos tiernos entre mujeres, sin segundas intenciones, muchísimo más sanos. En realidad, el cristianismo lo ha viciado todo; en cambio, el Islam no siente vergüenza del cuerpo, sería hacerle una injuria al Creador...

Ágilmente, la begum se levanta para ocuparse de sus otras invitadas. Selma se siente avergonzada por haber dudado, aunque fuera un instante, de la pureza de su amistad.

¡Trotad, mis hermosos caballos, rápido, más rápido!

La elegante calesa marcha por las tranquilas avenidas de Kaisarbagh, a través de los jardines floridos y los palacios adormecidos en el sopor de la tarde. Rápido, no hay nada que hacer, sólo respirar el viento a través de las celosías. Son nada más que las 4, la tarde será larga. Selma va al mercado de Aminabad para elegir guirnaldas de rosas pues allí venden las más frescas.

La calesa entra por la puerta del Oeste a las calles estrechas de la ciudad vieja; ahora los caballos van al paso, evitando a los pequeños vendedores en cuclillas entre sus cestos de fruta, a las vacas acostadas majestuosamente en medio de la calzada y a los niños semidesnudos que juegan corriendo entre las ruedas.

El mercado de Aminabad es una gran plaza rodeada de casas

ocre con balcones recargados, sostenidos por arcadas bajo las cuales se emplazan centenares de tenderos. Es el principal centro comercial de la ciudad, el más acreditado, si se exceptúa por supuesto Hazerganj, donde se encuentran las tiendas elegantes, que venden mercancías importadas y es visitado casi exclusivamente por ingleses. A Selma le gusta deambular por él, ir de tienda en tienda, husmear, hacer que desembalen todo para, a veces, no comprar nada. Nadie se preocupa, es la costumbre: aquí, la cliente femenina es caprichosa, es un derecho reconocido. Los grandes comerciantes se muestran encantados de desplegar su ingenio con una dama de tez tan blanca.

Pues si Selma ha aceptado finalmente llevar el burkah, en cuanto dan vuelta a la esquina del palacio desata los cordones, se levanta el velo, y la horrible cortina negra se transforma en una larga capa, en verdad muy elegante. La dama que la acompaña en sus paseos se guardará mucho de hablar: sabe que sería inmediatamente despedida. Selma la ha elegido para su servicio personal porque era nueva y todavía no había sufrido la influencia de Rani Aziza. Nada se dicen entre ellas pero la princesa la colma de regalitos.

Hoy en el mercado hay poca gente, la mitad de las tiendas están cerradas. Selma no sabía que fuera día festivo pues el Moharram no termina hasta mañana. En un pequeño parque, no lejos de la mezquita, un hombre perora rodeado de un grupo compacto y atento.

De repente, al otro extremo de la plaza resuenan gritos y aparece un centenar de individuos armados de palos. Vociferando, se precipitan, volcando los mostradores, golpeando ciegamente a viejos, mujeres, niños y todo lo que encuentran a su paso. En el parquecito, el grupo se levanta, los hombres tranquilamente se organizan y esperan el ataque.

—¡Hozur!, ¡rápido, venid!

Aterrorizado, el cochero tira a su señora de la manga. Mirando alrededor de ella, Selma se da cuenta de que están solos. En pocos segundos, la plaza se ha vaciado, los tenderos han bajado las cortinas. Precipitadamente se introduce en la calesa. Ya era tiempo: comienzan a volar piedras, se oyen disparos. Espantados, los caballos se encabritan, el cochero grita, los azota con toda la fuerza de su brazo. A través de la ventanilla, Selma divisa casas que arden y siluetas que corren en todos los sentidos, como enloquecidas. En un instante la plaza se ha convertido en un campo de batalla.

Con los hocicos espumantes, los caballos se lanzan al galope, sin que el cochero pueda controlarlos. En las calles, los transeúntes aterrados se pegan a los muros de las casas. Selma cierra los ojos, esperando lo peor. Con un brinco, finalmente la calesa se detiene. Por la ventanilla aparece el rostro del cochero, máscara lívida bañada de sudor. En un rincón, su dama de compañía solloza. Si quieren evitar preguntas y reproches, sería mejor no volver al palacio en ese estado.

—Vamos a casa de la begum— decide Selma, —que no está lejos. Pero antes que nada, Ahmad Alí, dime, ¿quién ha atacado? ¿los musulmanes o los hindúes?

El cochero baja la cabeza, con cara azorada.

—¿Bueno, y...?

—Los musulmanes, Hozur, todos eran musulmanes, no había hindúes.

Selma se irrita, repite la pregunta. Aquel hombre ha tenido tanto miedo que no sabe lo que dice.

—Musulmanes, os lo aseguro, Hozur, pero no buenos creyentes. Hace ya dos días que luchan en los viejos barrios de Choq* pero nunca hubiera creído que vinieran hasta Aminabad, tan cerca de los palacios.

—¿Por qué se pelean?

—Fueron los sunitas los que comenzaron. Atacaron una manifestación religiosa chiíta, diciendo que insultaba a Hazrat Omar, el segundo califa. Parece que hubo veinte muertos y centenares de heridos; no se libraron ni las mujeres ni los niños... Una parte del Choq fue incendiada... Claro que los chiítas no se quedaron ahí. Ahora en el Choq rige el toque de queda, pero nadie entiende por qué la policía intervino tan tarde...

Aterrada, Selma se encoge en un rincón del coche: como si no bastara con los enfrentamientos entre indios e ingleses, entre hindúes y musulmanes, ¡ahora musulmanes, contra musulmanes! ¡Sólo faltaba eso!

Aquella tarde, el salón de Begum Yasmina está particularmente animado. Los diarios acaban de anunciar la conclusión de la novela de amor que, desde hace meses, del este al oeste del Imperio, es alimento de todas las conversaciones, malquista a los amigos, divide a las familias, hace llorar, soñar, entusiasmarse, indignarse, por aquel valor, por aquella cobardía, por aquel homenaje a lo más noble que hay en el hombre, por aquella afrenta a Dios y al Deber: la abdicación de Eduardo VIII, el rey-emperador, debida a los hermosos ojos de una americana dos veces divorciada, será definitivamente sellada con una boda, «en la absoluta intimidad», el 3 de junio, en el castillo de Candé, en Francia.

Cuando entra Selma, una dama pequeña y regordeta está explicando que el amor... ¡el amor!... «¿Qué sabrá del amor?», se

* El Choq es el barrio popular de Lucknow.

pregunta Selma irritada, «¿y qué sé yo misma del amor?» Sentada un poco aparte, se asombra de ver apasionarse a aquellas indias y vibrar con la vida privada de una familia que, desde hace ciento cincuenta años, no sólo ha metido al país en cintura, sino que mantiene un ejército que detiene, encarcela y a veces mata a los que se rebelen contra su dominio.

En estos últimos tiempos, mientras en toda la provincia se producían sangrientos enfrentamientos entre hindúes y musulmanes, el tema más importante de discusión seguía siendo el de los amores ingleses. Selma se ha sentido escandalizada pero se ha callado cortésmente. Hoy ya es demasiado. Estalla:

—¡Qué importan esas tonterías! Mirad a vuestro alrededor, en vuestra ciudad, bajo vuestras ventanas se matan entre sí. Llego de Aminabad, donde estuve a punto de ser linchada.

De pronto la traicionan los nervios y se ahoga. Se precipitan a su lado. Rápido, agua fría, sales... Finalmente recupera la calma y cuenta. «¿Entre musulmanes?» Se asombran, se indignan. No había ocurrido desde hacía treinta años, desde que en 1908 fue prohibido el rezo público del Mad-e-Sahabah, textos sunitas de alabanzas a los primeros califas que la comunidad chiíta estimó insultantes para sus mártires, y al que replicó con el rezo del Tabarrah, que presenta a esos califas como usurpadores. ¿Qué sucede ahora? ¿Por qué de nuevo estos disturbios?

Begum Yasmina mira duramente a la joven rani de Nampur.

—Una jugada más de los ingleses, supongo: suscitar divisiones entre los indios para poder responder, cuando reclamemos la independencia, que les gustaría mucho concedérnosla, pero que primero tenemos que ponernos de acuerdo entre nosotros.

—En mi opinión es más bien una artimaña del Congreso— responde calmosamente la rani, —es él el que tiene interés en que los musulmanes estén divididos e incapaces de organizarse para defender sus intereses contra la supremacía hindú.

El marido de Rani Shahina es uno de los responsables de la Liga Musulmana y el de la begum uno de los raros musulmanes que forma parte del Congreso: estima que lo importante es librarse de los ingleses y luego arreglar los problemas de las comunidades. Bajo los argumentos políticos de las mujeres asoman las rivalidades personales de sus maridos.

Para disminuir la tensión ambiental, una dama pregunta cuáles son los príncipes que irán a Londres para la coronación del nuevo rey. De golpe olvidan la política y con ojos brillantes enumeran a los grandes maharajás, Gwalior, Patiala, Jaipur, Indore, Kapurtala, al nizam de Hyderabad, por supuesto, toda una prestigiosa delegación encabezada por el viejo maharajá de Baroda. Nilufer y Duruchehvar asistirán seguramente, piensa Selma. Le gustaría que los británicos la invitaran para poder hacerles la afrenta de negarse. Pero sabe que no tendrá esa satisfacción. De pronto le reprocha a Amir el que sólo sea príncipe de un pequeño estado.

El 12 de mayo, día de la coronación del rey Jorge VI, que sucede a su hermano Eduardo VIII, Lucknow resplandece de luces y guirnaldas. Aquella noche, la recepción del gobernador será suntuosa; la aristocracia, los notables, todos estarán presentes para felicitarlo y hacer votos por la prosperidad del rey-emperador.

En shirwani de gala, Amir golpea a la puerta de Selma.

—¿Aún no estáis lista?

Selma lo mira fijamente a los ojos.

—Podéis partir, yo no voy.

Él se queda alelado. ¿Qué mosca le ha picado? ¡No se le puede hacer esta afrenta al gobernador!

—¿No comprendéis? Pues yo tampoco comprendo cómo vos podéis asistir a esa recepción. Todos vuestros discursos contra el colonialismo inglés, a favor de la lucha por la independencia, ¡sólo palabras! En cuanto el gobernador chasquea los dedos os precipitáis, todos, y celebráis la coronación del amo extranjero, del que presuntamente queréis libraros, con el mismo ardor que si fuera de vuestra sangre y lo hubierais elegido.

Amir enrojece, da un paso hacia la mujer que lo ha insultado. ¿Va a golpearla? Se contiene y aprieta los puños.

—Os confundís, princesa; la India no es la Turquía ocupada. Los ingleses han hecho mucho por desarrollar este país. Simplemente creemos que ahora ya somos lo suficientemente adultos como para gobernarnos a nosotros mismos. No estamos en guerra con ellos, estamos negociando un traspaso de poderes en los mejores términos posibles.

—¿Llamáis negociaciones al hecho de que los soldados británicos encarcelen y asesinen?

—Es culpa de ese loco de Gandhi, ese iluminado que insiste en llevar al pueblo a la batalla, cuando todo podría ser arreglado tranquilamente entre *gentlemen.*

Tras una pausa, dice:

—¿Entonces no venís?... ¡Bien!

Y sale furioso, vagamente incómodo.

VI

En otro tiempo, el viaje de Lucknow a Badalpur duraba tres días. Tres días para recorrer unas cien millas al lento ritmo de los elefantes que ostentaban los colores del estado, seguidos de los baldaquines llevados por ocho robustos esclavos y de los camellos curvados bajo la carga.

La caravana se ponía en camino al alba; luego, al mediodía, cuando el calor se volvía intolerable, se detenía. En pleno campo, los criados levantaban las enormes tiendas y cubrían la hierba con alfombras floridas. Hasta el crepúsculo dormían; sólo volvían a partir con la fresca; los guardias armados formaban barrera a lo largo del cortejo que avanzaba balanceándose bajo las estrellas.

Hoy, el trayecto se hace en cuatro horas en el Isota Fraschini blanco, espacioso como un pequeño salón, con su bar, sus mesitas de caoba, su servicio de té y sus frascos de cristal llenos de agua de rosa. Selma lamenta la majestuosa poesía de los viajes de antaño, a los cuales ciertos viejos príncipes permanecen fieles; pero el rajá es un hombre moderno, le gusta desplazarse rápida y confortablemente.

Sin embargo, se hace una concesión a la tradición: la comitiva se detiene una milla antes de la frontera del estado, para permitir a los elefantes reales, que han salido al alba del palacio de Badalpur, unirse al coche y escoltarlo.

Orgullosamente, Amir explica a su joven esposa que Badalpur —que, con su capital de treinta mil habitantes, ya sólo cuenta con unas doscientas aldeas— era en otro tiempo uno de los mayores estados de la India:

—Las innumerables guerras que mis antepasados libraron contra los poderosos Mahrattes del Dekkan y luego contra el invasor inglés, nos agotaron. Jamás cedimos a la fuerza. En 1857, mi bisabuelo perdió dos mil seiscientas aldeas, una superficie semejante a Suiza. El general inglés de entonces consignó en sus memorias: «En ningún caso hay que fiarse de los rajás de Badalpur: harán ver que aceptan nuestra autoridad pero se rebelarán siempre».

Amir ríe, algo nostálgico.

—Es nuestro más glorioso título... Pero unos años después caímos bajo la tutela de la Corona...*

Bajo los arcos de flores, el coche avanza ahora majestuosamente, precedido por cinco elefantes enjaezados de oro y por la orquesta del rajá, que toca el himno del estado. Apretujada a ambos lados de la ruta, la muchedumbre, hindúes y musulmanes, se inclina. Ni gritos ni hurras: en aquel país de ruidosas multitudes, el silencio es el homenaje supremo.

Sentado delante en el coche, el rajá se mantiene inmóvil, con la mirada lejana. Poco importa que desde hace casi un siglo los ingleses sean los verdaderos amos del país; para sus súbditos, sigue siendo el señor omnipotente, dispensador de todas las gracias y castigos. En el asiento de atrás, Selma, oculta por las cortinas de brocato, tan pesadas que el viento no las puede mover, contempla aquel pueblo del que ella es la reina y que no tiene derecho a mirarla.

Llegan a los alrededores de la capital y la multitud se hace más densa. Bajo el arco de piedra roja que preside la entrada a la ciudad, un hombre de edad se lleva muchas veces la mano a la frente en señal de respeto y, abriendo una bolsa, arroja a manos llenas rupias de plata, provocando una colosal confusión. Con el rostro de mármol, Amir parece no ver nada, pero Selma le oye murmurar:

—¿Qué favor querrá pedirme este viejo loco de Hamidullah para mostrarse tan generoso?

El cortejo toma la calle principal, bordeada de tiendas adornadas con banderolas de los colores del estado. Por doquier se ve el retrato del rajá. Desde los balcones, las mujeres rocían el coche con una lluvia de granos de arroz, símbolo de la prosperidad y de la fecundidad. Gritan «¡Rajah sahab zindabad!» (¡Larga vida a nuestro rajá!) Algunas se dejan llevar por el entusiasmo y claman: «¡Rani saheba zindabad!» (¡Larga vida a nuestra rani!) Precipitadamente se las hace callar: ¡qué vergüenza!, ¿cómo pueden esas atolondradas faltar el respeto hasta el punto de hacer

* Entre 1857, primera revuelta contra los ingleses, y 1947, año de la Independencia, la mayoría de los estados indios habían pasado a depender del control británico. Debían pagar impuestos y ya no tenían derecho a un ejército. Si los rajás seguían siendo los soberanos titulares, de hecho eran responsables de la buena marcha de sus estados ante el gobernador inglés.

alusión en público a la esposa de nuestro soberano? ¡Ojalá éste no nos lo tenga en cuenta!

El coche sale de la ciudad, se dirige al palacio situado a unos diez kilómetros. Hasta el siglo pasado, los rajás de Badalpur vivían en el viejo fuerte situado en el centro de la ciudad. Pero una noche de verano —acto criminal o imprudencia— un incendio destruyó el fuerte y una parte del barrio viejo que lo rodeaba. Por afán de seguridad tanto como por afán de tranquilidad, el rajá de entonces se había hecho construir un palacio en medio del campo, delante de un lago de nenúfares.

Altos muros protegen el palacio de las miradas. Éste se levanta en el centro del jardín mogol, con sus arcos blancos y sus balcones como encajes, coronados por un friso de cerámica verde y oro imitando lanzas dirigidas al cielo, cuernos de la abundancia y toda una serie de animales fabulosos o benéficos, pavos reales, tigres, peces. Por los cuatro costados está rodeado de terrazas que dominan los campos y las aldeas. A lo lejos, se divisa la sombra azulada de los primeros contrafuertes del Himalaya. A alguna distancia del palacio principal, otros tres palacios pequeños parecen abandonados. El viejo rajá los había reservado para sus esposas y las esposas de sus herederos; hoy sirven para alojar a los invitados.

Inmediatamente Selma se enamora de su nueva residencia, de esa blancura apacible, esos parterres de flores recorridos por estrechos canales de mosaico por los que fluye el agua transparente, esas avenidas umbrías, bordeadas de esencias olorosas y esas altas palmeras que se despliegan hacia el cielo como pájaros desgreñados.

Delante del palacio, la guardia en pleno rinde honores. Unos cincuenta hombres con casaca y turbante azul índigo, bigotes perfectamente encerados, manejan largos fusiles Mauser que datan del siglo pasado. Bajo la escalinata de entrada, el ejército de criados —trajes blancos realzados por el cinturón y el turbante índigo— se prosterna. A un lado están los palafreneros y cornacas, los cocineros y galopillos, los barberos, los mayordomos y lacayos. También están presentes, pero más atrás, los barrenderos, sacudidores y fregones. Al otro lado de la entrada están las mujeres con el rostro descubierto, para gran sorpresa de Selma. Son una veintena entre camareras, doncellas, lavanderas, todas afectadas exclusivamente al servicio de la nueva rani.

—Hozur, ¡qué felicidad, qué felicidad!

Una bolita de seda roja se precipita sobre Selma cubriendo sus manos de besos. Es Begum Nusrat, la esposa del gobernador del estado de Badalpur, que recibió a la princesa el día de su llegada. Su marido, el diwan, debe ser ese señor digno, con shirwani negro, que conversa con Amir. ¿Por qué no me ha saludado?, se pregunta

Selma. Tiene la impresión de ser transparente; ninguno de los hombres presentes, dignatarios o servidores, parece verla. Actitud de respeto, por supuesto, pero la joven no puede librarse de la sensación desagradable de no existir. Tendrá que acostumbrarse. Prefiere esto a llevar el burkah. En Badalpur, la prisión no es tan necesaria como en las ciudades en la que padres y maridos deben proteger a sus mujeres de las miradas indiscretas. Aquí nadie se atrevería a la menor familiaridad con ella; aquí no es una mujer: es la rani.

Begum Nusrat la apremia.

—Venid, Hozur, Rani Saida está impaciente por conoceros. Soy yo quien debe presentaros, no estaría bien que fuerais con el rajá. Un marido y su mujer no deben aparecer juntos, es indecente. Si la mujer se encuentra con su suegra y su esposo se hace anunciar, debe ocultar su rostro y salir antes de que él entre.

Rani Saida... la abuela de Amir, que durante los quince años que pasó en Inglaterra dirigió el estado detrás del purdah, mientras Rani Aziza se ocupaba del palacio de Lucknow. Una verdadera matrona, dicen. Selma también tiene curiosidad por conocerla.

Escoltada por Begum Nusrat, sube las escaleras de mármol —¡por aquí, Hozur!—; atraviesa el saloncito de recepción, atiborrado de sillones y consolas de madera dorada; la sala del consejo, amueblada a la oriental con divanes bajos, alfombras persas y mesas de Cachemira; finalmente el antiguo salón del trono. Con orgullo, la begum le muestra el pesado sitial de marfil esculpido con escenas de caza y de guerra, rodeado de columnitas retorcidas que sostienen un dosel de terciopelo azul índigo. Selma se calla: pocas veces ha visto algo tan feo. Se fija en los retratos de los antepasados que tapizan los muros; todos los rajás de Badalpur están ahí, desde el más antiguo, que accedió al trono en 1230, hasta el padre de Amir, muerto en 1912. Es curioso cómo se parecen. Selma se acerca para examinarlos de más cerca y de repente se muerde los labios para no lanzar una carcajada: todos aquellos soberanos, siete siglos de historia, han sido pintados por el mismo artista, un tal Aziz Khan. O aquel hombre fue de una longevidad excepcional o el padre de Amir, por una misteriosa razón, sintió un día la necesidad de fabricarse aquella flamígera galería de antepasados y olvidó hacer borrar la firma del artista. Orgullo y candorosa ingenuidad... ¿Puede que Amir...? Selma aparta una sensación de malestar. No, nunca ha pensado en Amir en esos términos.

—Acercaos, hija mía.

Al primer vistazo, Selma se siente cautivada por la vieja dama; va vestida de blanco, como corresponde a las viudas, sin joyas. Sólo se permite una coquetería: en sus cabellos de nieve, recogidos en un moño en la nuca, luce un peine adornado con turquesas, la piedra favorita de los chiítas.

—Venid a besarme.

Los ojos azules chispean en el rostro claro, suavizado por mil arruguitas que le dan el aspecto de una fina violeta. Debe ser originaria de Cachemira, piensa Selma, en ninguna otra parte de la India las mujeres tienen la tez tan clara. ¿Por qué el viejo rajá fue tan lejos en busca de esposa cuando la costumbre de ese tiempo y la seguridad de las fronteras exigía alianzas entre estados vecinos?

Respetuosamente se inclina. La abuela la levanta y la estrecha contra su amplio pecho. Huele a glicinas. Selma tiene la sensación de haber vuelto a su casa.

—Temía que sólo fueras bonita— la rani le toma la barbilla y durante largo rato la contempla, —pero veo que eres mucho más que eso. Amir tiene suerte. Necesita una mujer como tú. ¿Le ayudarás, no es cierto? ¿Le auxiliarás cuando yo no esté para hacerlo?

¿Auxiliar a Amir? Selma debe de haber puesto cara sorprendida.

—Sé de lo que hablo. A Amir le ha faltado amor. Desde los seis años, cuando murieron sus padres, ha estado rodeado de cortesanos que lo adulaban y a sus espaldas se mofaban de él. Sin llegar a entenderlo claramente, lo sentía, fue un niño sensible y precoz. Yo era la única que no esperaba nada de él. Incluso su hermana mayor Aziza se cuidaba de no contrariarlo nunca, temiendo que en el futuro se acordara...

»Pero el golpe más terrible fue cuando, a los quince años, su tío paterno, a quien él adoraba, intentó envenenarlo para apoderarse del estado. Durante semanas permaneció postrado, negándose a ver a nadie, salvo a mí. Lloraba y repetía sin cesar: «No quiero ser rajá, quiero irme muy lejos, donde nadie me conozca y donde, tal vez, finalmente, me quieran por mí mismo».

Selma tiembla: ¿cuántas veces no deseó también ser huérfana, sin nombre, sin origen, para estar segura de que la querían «por ella misma»?

—Por aquella época— sigue la rani, —decidimos enviarlo a Inglaterra. Por su seguridad física pero también por su equilibrio mental: la muerte de sus padres, que inconscientemente él consideraba como un abandono, la doblez de los cortesanos, la traición de su tío, y para rematarlo todo, un amor desgraciado por una prima que le coqueteaba y secretamente le daba citas a otro, todo esto terminó por quebrarle la confianza en sí mismo, su capacidad de luchar, al tiempo de saber aceptar el fracaso, es decir, de ser un hombre.

»Cuando nos dejó, era un adolescente desconfiado, de nervios frágiles. Volvió convertido en un adulto, activo, entusiasta y al mismo tiempo reposado, racional... tal vez demasiado racional... Constantemente tengo la impresión de que se contiene, de que teme dejarse llevar por su sensibilidad. ¿Existirá todavía la herida? ¿O simplemente ha aprendido a disimularla? Mi pobre Amir, ¡me gustaría tanto que se permitiera ser feliz!

Con lágrimas en los ojos, la rani mira a Selma.

—¡Prométeme que le ayudarás!

En estos postreros días de junio, el calor se ha vuelto asfixiante. Animales y hombres escrutan el cielo, desesperadamente azul. Seguirá así durante varias semanas todavía. Razonablemente, aún no se puede esperar la llegada del monzón. A menos que Dios se apiade de estos campos quemados, de esta tierra que se resquebraja, de estas criaturas agobiadas que se arrastran en medio de esta hoguera.

Veinte veces al día, Selma se sumerge en la gran bañera de cobre llena de agua fría —delicioso momento de respiro en el que vuelve a sentirse un ser humano— aunque, apenas sale, las gotitas se evaporan de su piel y vuelve a sumirse en la atmósfera tórrida.

Tendida en la cama, tratando de moverse lo menos posible, alarga ávidamente el rostro hacia el leve soplo de aire arrojado por el *panka*, el antiguo ventilador de mano, accionado por medio de poleas, que un muchachito en cuclillas mueve desde fuera de la habitación. Sin embargo, hay electricidad en el palacio; en cuanto volvió de Inglaterra, Amir lo equipó completamente con enormes ventiladores de acero, del último modelo. Pero desde su llegada, la electricidad sólo ha funcionado una noche y Selma ha perdido toda esperanza de ver algún día moverse las anchas palas brillantes que, desde el techo, parecen burlarse de ella.

Sin embargo, pese a la canícula, le gusta Badalpur, mucho más que Lucknow. Aquí la vida es sencilla, lejos de las mezquindades de Rani Aziza, de las habladurías y de las intrigas. Pese a las cargas del Estado, Amir también parece más sereno. Muy temprano por la mañana, cuando todavía está fresco, montan a caballo por los campos y los bosques. A veces, los acompaña Zahra. Su risa clara estalla en medio de la luz. Embriagados de libertad, galopan mientras los campesinos, asombrados, los miran pasar.

Es la primera vez que el rajá pasa el verano en Badalpur. Normalmente, todos los que pueden huyen del sofocante calor de la meseta indo-gangética para refugiarse en las elegantes estaciones de montaña del Himalaya. El virrey y su gobierno se trasladan e instalan sus cuarteles de verano en Srinagar, capital del estado de Cachemira.

Pero este año, instigados por el partido del Congreso, los

campos se agitan y Amir ha juzgado más prudente quedarse entre sus súbditos y examinar sus reivindicaciones. No es que los campesinos de Badalpur tengan demasiadas quejas. El rajá es justo y más generoso que la mayoría de los soberanos de los estados vecinos: si la cosecha ha sido mala, no exige todo el impuesto; si están endeudados por la boda de una hija o porque la enfermedad les ha impedido trabajar, a menudo paga personalmente la deuda al usurero del pueblo. Pero desde hace algunos meses, unos señores llegados de la ciudad, que saben leer y escribir, pretenden que no hay que pagar ningún impuesto, que los campesinos tienen derecho a conservar el producto de sus cosechas hasta la última espiga de maíz, hasta el último grano de trigo. Por supuesto, no se les cree y nadie se atreve a mencionárselo al amo, aunque, de todas maneras, da que pensar.

Entretanto, se contentan con alegar que, debido a la lluvia, al frío, al calor o a la sequía, este año no pueden pagar. Así, cada mañana, tras reunir al consejo y discutir con el diwan, el secretario del tesoro y el jefe de la policía, hay corte abierta. No es necesario pedir audiencia: todos los que deseen, propietarios, jefes de aldeas o simples campesinos, pueden venir a explicarle sus problemas y a solicitar la ayuda del soberano, o su arbitraje en el arreglo de un litigio.

A Selma le gusta ver a Amir recibiendo a sus súbditos. Silenciosa, se desliza en la terraza y lo observa. Él se sienta bajo la galería principal, vestido con una simple kurtah de muselina bordada de perlas finas. Dos criados con turbante lo abanican, mientras, detrás, seis guardias armados se mantienen inmóviles, más por decoro que por necesidad, admite Amir, ya que no hay que decepcionar al pueblo. ¡Después de todo vienen a ver su rajá!

Aquella mañana, Selma se asombra de ver a una mujer entre los solicitantes. ¿Qué hace allí? Los problemas se arreglan siempre entre hombres. La parte inferior de su rostro está oculta por una tela negra que le cae extrañamente recta. Es tanto más curioso cuanto que habitualmente las campesinas no llevan velo cuando se dedican, junto a los hombres, a los trabajos del campo. Velo y reclusión son en realidad símbolos de status social, que prueban que una mujer no tiene necesidad de trabajar.

Alrededor de la mujer del velo negro, los hombres gesticulan y parecen insultarse. Otros hombres se agregan al grupo; cada cual cuenta su historia, da su opinión, mientras la mujer se hace pequeña. Gravemente, el rajá hace algunas preguntas, escucha. Finalmente da su veredicto: *tin* rupia, tres rupias de multa. Calmados, los hombres se retiran seguidos por la mujer que, muda, trota a saltitos detrás.

—¿Qué sucedió?— pregunta Selma, intrigada, cuando finalmente Amir sube a su cuarto.

—¡Oh, poca cosa! El marido acusó a su esposa de haberle sido infiel y para castigarla le cortó la nariz de un sablazo. Ella jura por todos los dioses que es inocente y su familia ha venido a quejarse.

Selma mira a Amir con horror.

—¿Cómo, sólo tres rupias por una nariz cortada?

—Puede darse por satisfecha pues, si es culpable, podría haberla matado sin que yo hubiera podido condenarlo. Es la costumbre.

—Pero ¿y si es inocente?

—De todas maneras es culpable de haber despertado con su conducta las sospechas del marido y haber así atentado contra su honor.

Aterrada, Selma mira a su esposo: no es posible. Él, un espíritu moderno, evolucionado, educado en Inglaterra, en los mejores colegios y universidades, ¿aprueba esos comportamientos dignos de la Edad Media?... Amir advierte su confusión.

—No podía dar otro veredicto. Si hubiera sido más severo con el marido, nadie, ni la mujer, ni su familia, hubiera entendido.

—¡Justamente hay que hacérselo comprender!, y ¡sólo vos estáis en posición de hacerlo!

—¿Cambiar su mentalidad? ¡Bromeáis! Se necesitan siglos para eso. Por lo demás, ¿quién soy yo para juzgar sus valores, su código de honor y, por encima de todo, para querer cambiárselos? Todo lo que puedo hacer es intentar que al menos los respeten.

—¡Pero vos no podéis estar de acuerdo!— La voz de Selma tiembla.

—Tranquilizaos, querida— responde el rajá, lanzándole una mirada de reojo. —Preferiría veros muerta que sin nariz, ¡pero esa gente no tiene ningún sentido de la estética! Aunque en muchos otros puntos— con aire ausente juega con su rosario de ámbar, —no estoy muy seguro de que estén equivocados...

La aldea de Ujpal está situada a una milla corta del palacio. Desde las terrazas, Selma puede ver las casas de adobe, sus techos de paja, y los patios interiores donde las mujeres, en cuclillas delante del fuego, preparan los *chapatis*, esas tartas de trigo que, acompañadas de cebollas, forman la base y a menudo lo esencial de la comida.

Desde que hace una semana llegó a Badalpur, no ha salido fuera del recinto del palacio, si se exceptúan los paseos a caballo con Amir. Se siente como exiliada de la verdadera vida, la que transcurre allá, en aquella aldea en la que las mujeres se afanan entre los niños que juegan, en la que los hombres, reunidos alrededor de un vaso de té, discuten interminablemente, mientras graciosas niñas, con un jarro de cobre sobre la cabeza, van en busca de agua a los pozos, seguidas de lejos por grupos de jóvenes con cara indiferente.

Los primeros días se apasionó con la novedad, con el encanto del campo y de aquel palacio blanco, con el placer de ser finalmente y sin rivales «la rani» y no la extranjera cuyos caprichos se aceptan con resignación. Gozó con todo eso, plenamente. Pero ahora, el tiempo le parece interminable, tanto más cuanto que Zahra ha vuelto a estudiar a Lucknow.

Selma quiere actuar.

¿Pero cómo?

Rani Saida, a quien se confió, le sugirió que comenzara recibiendo a las mujeres, por las tardes, pues por las mañanas están ocupadas en los trabajos de la casa y del campo.

—Hazles saber que todas las que quieran pueden venir, que estás dispuesta a ayudarlas...— Ríe. —Te prevengo, habrá una multitud, ¡no sabrás dónde tienes la cabeza! Pero haces bien, es tu deber de rani. Yo también lo hice en el pasado, ahora estoy demasiado vieja...

La tristeza empaña un momento el intenso azul de sus ojos.

—Son nuestros hijos, sabes, lo esperan todo de nosotros. Me hubiera gustado haber hecho más, pero en tiempos del rajá, mi marido, no podía pensarse en ello, y después, seguramente tenía menos entusiasmo... Pero tú eres joven, conoces el mundo, puedes cambiar muchas cosas aquí. Y yo podría morir tranquila sabiendo que las mujeres y los niños de Badalpur no quedarán abandonados.

Tal como lo había previsto Rani Saida, el salón que Selma ha hecho arreglar en la planta baja no se desocupa nunca. Las campesinas llegan a todas horas del día, seguidas de una caterva de niños; se sientan a los pies de la rani y comienzan a contarle historias interminables de las que ella no entiende nada. Por ello ha pedido la ayuda de la hija mayor de Begum Nusrat, que sabe inglés por haberlo aprendido en la escuela de monjas, la mejor institución de Lucknow. Dos damas de compañía han sido igualmente afectadas al servicio del té, cosa que ha suscitado muchas protestas y gestos de mal humor: orgullosas de haber sido elegidas para el servicio personal de la rani, es para ellas un desdoro tener que atender a aquellas campesinas sucias y primitivas. Pero Selma se ha mostrado inflexible: las leyes de la hospitalidad exigen que, a aquellas mujeres que se trasladan para verla, se les ofrezca al menos una taza de té, de ese té como jarabe, cocido en cantidades de leche y azúcar, al que son tan aficionadas.

Algunas vienen de aldeas lejanas. Para ellas se ha cubierto con sábanas blancas el suelo de una gran habitación en la que pueden pasar la noche antes de volver a partir. Se encuentran tan bien allí, que no tienen ninguna gana de partir, sobre todo las más ancianas que ya no tienen marido ni hijos de quien ocuparse. Se instalan. ¿La rani no es su madre, su protectora? Selma ve con inquietud llenarse el palacio. Amir terminará por darse cuenta, montará en cólera y las despedirá. ¿Qué hacer? Se confió a Rani Saida, que se echa a reír.

—Pero, hija mía, no pueden partir antes de que les hagas un pequeño regalo. Haz preparar cajitas con algunos kebabs y *burfis*,* y añade un billete de cinco rupias. Y sobre todo, haz saber claramente que se trata del regalo de despedida.

—Pero... ¿no van a sentirse agraviadas?

—¿Sentirse agraviadas? ¡Vaya idea! Al contrario, se sentirán honradas, estoy segura de que guardarán cuidadosamente la caja para mostrarla a sus vecinas. Cuídate de atarlas con un bonito lazo rojo, color de la felicidad...

La felicidad... Aquellas mujeres que desfilan durante todo el día por el palacio, ¿tendrán la menor idea de lo que es eso, la felicidad?

Una tras otra, cuenta los lastimosos dramas de la pobreza, del hijo único que cogió frío y se muere pese a las plegarias de los brahmines, de la hija repudiada pues no fue fértil —se dice que en la ciudad hay damas doctoras, ¿pero de dónde sacar el dinero?—, del marido sin trabajo, de los niños que tienen hambre, del usurero al que ya le deben cincuenta rupias y que amenaza con incautarse de la casa... Llenas de esperanzas, miran a su rani: parece tan buena, seguramente va a ayudarlas.

Los primeros días, Selma respondió a las demandas dando veinte rupias aquí, treinta allá, poca cosa para aliviar tanto desamparo, luego se dio cuenta de que el cortejo de menesterosas aumentaba, que la miseria no tenía fin, que era un abismo sin fondo y que incluso las arcas del estado, si hubiera podido disponer de ellas, no habrían bastado para solucionarla. ¡Impotente! Comprende que es impotente para resolver los innumerables problemas que la acosan. ¿Cómo hacerles comprender que no puede ayudarlas a todas? No la creerían; no dirían nada, pero pensarían que es como todos los ricos y que hicieron mal esperando algo de ella. Y la mirarán triste y resignadamente... La mirada de los pobres, que ya están habituados.

—Ya sé— dice Amir sombríamente cuando una noche Selma le confía su confusión. —Pero os acostumbraréis, como todos nosotros. Eso es lo más trágico. Los mejores terminan por endu-

* *Burfis*: pastelillos de azúcar o crema de leche.

recerse. ¿Qué otra cosa se puede hacer? ¿Exiliarse, suicidarse, embriagarse de la mañana a la noche para no ver una situación que, si se la mira de frente, nos volvería locos? Ningún razonamiento, nada de todo lo que hemos aprendido, de todo lo que creemos, de todo lo que nos constituye como seres humanos, nada puede justificar este sufrimiento, esta agonía interminable de todo un pueblo.

»Cuando estudiaba en Inglaterra, creía que el socialismo era la solución. Mis amigos se burlaban de mí y me llamaban "el rajá rojo". Al volver, me di cuenta de que nadie quería la revolución, los campesinos menos que nadie. Siglos de servidumbre y de impotencia los han convencido de que hagan lo que hagan nada cambiaría.

—¡Es falso, pues siguen al mahatma!

—En efecto, y hacen mal. Gandhi, con su doctrina de la no violencia, es con mucho la mejor defensa que pudo encontrar la burguesía contra una revolución social. Por eso lo financia tan generosamente a él y a su partido. Por eso y, naturalmente, para expulsar a los ingleses que controlan la economía del país e impiden que los *baniyas** se llenen los bolsillos como quisieran. Pero no os hagáis ilusiones: cuando los ingleses partan, el pueblo será tan miserable como antes, con la única satisfacción de que serán explotados por gente de su mismo color.

—Actualmente es también gente de color la que los explota, los grandes propietarios, los príncipes...

—Efectivamente— responde Amir entrecerrando los ojos malignamente, —soy yo, sois vos. Entonces, ¿qué esperáis para dejar el palacio, vestiros con un sari de sarga y predicar la igualdad y la revuelta de los campesinos? Creerán que estáis loca y terminarán seguramente por mataros... Creedme, no es tan sencillo como desearíamos... El sacrificio personal puede complacernos pero no sirve para nada, si no es para complicar las cosas.

Selma esboza una mueca dubitativa.

—¿No me creéis?— Se encoge de hombros. —Pues bien, intentadlo, ya veréis.

Entre las mujeres que vienen regularmente a verla, Selma se ha fijado en dos jovencitas bellísimas. La mayor debe de tener dieciséis años y en su frente brilla el *tikka*** rojo de las mujeres casadas. La otra, apenas adolescente, lleva un sari blanco sin ningún adorno, ni siquiera los tradicionales brazaletes de vidrio, sin los cuales una mujer india tiene la impresión de estar desnuda.

* *Baniyas*: grandes comerciantes hindúes.

** *Tikka*: signo que las hindúes llevan en la frente. Significa a la vez la felicidad y el ojo de la sabiduría, y sólo puede ser llevado por las mujeres casadas.

Sentadas una al lado de la otra, pasan horas contemplando a su rani. Intrigada, Selma termina por preguntarles si desean algo.

—No, Hozur, sólo deseamos verte, nos hace feliz, eres tan hermosa.

Le explican que la mayor, Parvati, está casada con un hombre que es cuarenta años mayor que ella; es muy bueno, no la hace trabajar en el campo y cada año, para Diwali, el festival de las luces, le regala un sari de seda. La más joven, Sita, es viuda; casada a los once años, perdió á su marido al cabo de seis meses. Vive con su familia política y se dedica a los trabajos del hogar, pero naturalmente no en la cocina... ¡Pobre niña! Selma la mira con lástima. No hace mucho que está en la India, pero sí lo suficiente como para saber el destino que los hindúes reservan a las viudas. Si tienen la suerte de escapar al *suttee*, que exige que sean quemadas en la hoguera junto al cuerpo del marido —costumbre prohibida por los ingleses desde 1829, pero aún vigente un siglo después—, llevarán el resto de sus vidas una existencia de parias. En efecto, se las considera responsables de la muerte del esposo, como consecuencia de faltas de tipo libidinoso que habrían cometido en una existencia anterior. Como son impuras, no pueden acercarse a la cocina y menos aún participar en las comidas —se les dan los desperdicios—, ni siquiera tienen permiso para ocuparse de sus hijos.

—Felizmente no tengo hijos— sonríe Sita, —y mi suegra no es tan mala; no me ha encerrado ni me ha afeitado la cabeza, como se les hace a las viudas. Pero lo que echo de menos son las fiestas... Me gustaba tanto la música, los colores. Nunca más podré asistir a ellas, dicen que traigo mala suerte.

—¡Qué estupidez!— se indigna Selma. —Ven a sentarte a mi lado.

Sita titubea, lanza una mirada temerosa a las demás mujeres; le gustaría desaparecer, pero ¿cómo va a desobedecer a la rani...?

Se acerca, temblando.

—¡Pobre niña!— dice en voz alta una mujer envuelta en su gharara. —Entre nosotros, las viudas no son maltratadas, al contrario, incluso creemos que deben volver a casarse. Por lo demás, nuestro profeta dio el ejemplo: su primera mujer, Khadidja, era viuda.

Se producen murmullos en la asistencia. Nadie se atreve a comentar: ¿no es musulmana nuestra rani?

Detrás de Sita, se ha acercado su compañera Parvati.

—Hozur, ¿por qué no vienes a la aldea? Hay muchas mujeres a quienes les gustaría verte pero que no se atreven a venir al palacio. Además, están las otras, las intocables, a quienes el jefe de la aldea les ha prohibido venir a molestarte.

—¿Las intocables?

—Sí, a quienes nadie se les puede acercar; incluso sus sombras nos mancillan... Naturalmente no podrás visitarlas, pero al menos podrán divisarte de lejos; ¡eso las haría tan felices!

¿Cómo decirle a aquella niña que ella, la rani, no puede salir del recinto del palacio?

—Iré, Parvati, te lo prometo.

—No iréis. ¿Creéis que les aportará algo a esa gente si os mezcláis con ella? Las escandalizaréis, eso es todo.

—Iré.

Amir está blanco de rabia, pero esta vez Selma ha decidido no ceder. Las mujeres, las más miserables, la esperan allá; ¿podría decepcionarlas, hacerles creer que es indiferente?

—Nilufer y Duruchehvar visitan los hospitales, los orfelinatos...

—¡No las aldeas!

—¡Sí, he visto las fotos!

Miente, pero no le importa, ha ganado un tanto: las nueras del Nizam son admiradas en toda la India; lo que ellas hacen nadie se atrevería a criticarlo.

Amir titubea.

—Pues bien, preguntémosle a Rani Saida lo que piensa.

Él tiene una confianza absoluta en el juicio de la vieja dama. ¿No administró el estado durante quince años? Mejor que nadie conoce las reacciones de los campesinos que, para Amir, tironeado entre su sensibilidad india y su educación inglesa, siguen siendo enigmáticos.

—Que vaya— responde la rani, —los tiempos han cambiado. Seguramente yo habría cometido menos errores si hubiera podido verificar lo que me contaban.

El rajá frunce el ceño, el no conformismo de su abuela lo sorprenderá siempre, ella que durante toda su vida no ha salido de palacio. Pero ha prometido obedecer su decisión.

—Muy bien— le dice secamente a Selma, —iréis, pero acompañada de dos guardias armados.

VII

«No podéis imaginaros lo que es una aldea india», escribe Selma a su madre. «Desde las terrazas del palacio, los muros de adobe, los techos de paja parecen muy poéticos. Pero al acercarse... un olor acre os oprime la garganta, el olor de excrementos humanos en los cuales, si no prestáis atención, os podéis meter en cualquier momento. Los campesinos hacen de cuerpo en cualquier parte, preferentemente lo más cerca posible de la aldea. Además no se ocultan, ya que, ¿no se trata del acto más natural del mundo? Así, cuando pasáis en palanquín, los veis en cuclillas a la orilla del camino, con una expresión de profunda meditación en el rostro. Con todo, no vi mujeres.

»Las casas no tienen ventanas, sólo una puertecita que da a un patio interior donde vive todo el mundo. Este patio sirve de cocina, de comedor, de recibo y, en el verano, de habitación. La casa misma consiste en una sola habitación, dos para los más acomodados, en la que hombres, mujeres y niños se amontonan cuando viene el frío. Pero es bastante grande, pues no poseen muebles, salvo una o dos camas de cuerda y un cofre en el que guardan los trajes de fiesta.

»Desde lejos me había intrigado ver a las mujeres pasando horas en cuclillas amasando una especie de barro con el que hacían unas galletas planas que pegaban a los muros de sus casas. Cuando las galletas se secaban con el sol, las apilaban en el patio, en pirámides en realidad bastante artísticas. Pues bien, ¿sabéis lo que amasaban con las manos desnudas y con tanto cuidado? ¡Bostas de vaca! Parece que es un excelente combustible, se calientan y cocinan con él. ¿Os reís? A lo mejor somos nosotros los risibles con nuestro asco por todo lo que sale del cuerpo.

»Me imagino que habréis leído en los periódicos el relato de disturbios entre hindúes y musulmanes. Tranquilizaos, las aldeas aquí son ejemplos de tolerancia intercomunitaria. Ujpal posee una población de 60% de hindúes y 40% de musulmanes, y entre ellos se llevan muy bien. Las habitaciones y los pozos están separados, unos alrededor de la mezquita y los otros alrededor del templo, pero se visitan; no para las comidas, claro, ya que los hindúes consideran impuros a los musulmanes, seguramente incluso a mí, su rani. De todas maneras, están divididos en múltiples castas que se consideran impuras entre sí, salvo los brahmanes salidos de la casta superior, que participan de la esencia divina y se hacen llamar *pandit* —erudito—, incluso si son analfabetos.

»En lo más bajo de la escala, hay unas criaturas despreciadas por todo el mundo, que son apenas seres humanos. Son los "fuera de casta" que, como su nombre lo indica, no tienen lugar en la sociedad. También les llaman "intocables". Cualquiera que tenga la desgracia de entrar en contacto con ellos debe proceder a efectuar ritos de purificación. Viven en el extremo de la aldea, en miserables casuchas y dedicados a las tareas llamadas "vergonzantes" como limpiar las letrinas, reparar el calzado... No tienen derecho a rezar en el templo ni a sacar agua del mismo pozo que los demás. Si su pozo está seco, cosa que ha ocurrido en los últimos tiempos, las mujeres deben hacer mil artimañas para encontrar otro.

»La primera vez que fui a la aldea causé una verdadera revolución porque insistí en verlas. Creí que les gustaría pero creo que sobre todo sintieron miedo. No de mí, sino de que los demás se venguen de ellas debido a aquella infracción de las reglas. Ahora se han acostumbrado. Si supierais lo agradecidas que están, más por mi presencia que por lo que les llevo. ¡Y su delicadeza! ¡Jamás me ofrecerían una taza de té!

»Para no contaminar las casas de los demás, me he acostumbrado a visitarlas al final del recorrido. Creo que eso resolvió el problema. Por primera vez desde mi llegada a la India, soy verdaderamente feliz. Finalmente me siento útil, y amada.

Ahora, Selma va muchas veces por semana a la aldea; lleva medicamentos y vestidos, y también cuadernos y lápices para los niños. Se las ha arreglado para que los guardias la dejen a la entrada y vayan a tomar el té con los ancianos. Así, libre, se sienta con las mujeres durante horas. Cada casa se disputa el honor de recibirla y debe poner mucho cuidado en no herir susceptibilidades. Sin embargo, tiene sus preferidas: las dos jóvenes hindúes que le sugirieron que visitara la aldea, especialmente Sita, la pequeña viuda, a quien ha tomado bajo su protección, y también Kaniz Fátima, una musulmana enérgica y perspicaz que no teme dar su opinión incluso si eso le acarrea numerosas enemistades. Esta mujer, de cuerpo imponente pero con el rostro todavía terso, ha tenido once hijos, y su hija mayor, de catorce años, acaba de dar a luz a un niño. Por curiosidad, Selma no ha podido dejar de preguntarle la edad. Kaniz Fátima se ha puesto a pensar.

—Recuerdo que lloraba cuando, al comienzo de la guerra, mi padre nos dejó para ir a luchar en un regimiento inglés. Yo debía de tener alrededor de tres años.

¡Tres años en 1914! Selma la mira, estupefacta: ambas tienen veintisiete años...

Un día, con aire conspirador, Kaniz Fátima y otras diez mujeres llevan a Selma aparte.

—Rani Saheba, sabes tantas cosas y nosotras somos unas pobres mujeres ignorantes...

La entrada en materia hace sonreír a Selma. Hace mucho tiempo que se ha dado cuenta de que, en materia de clarividencia y buen juicio aquellas mujeres podrían darle lecciones a más de un intelectual. Pero si se lo dijera creerían que se burlaba de ellas pues sienten una admiración sin límites por quien sepa leer y escribir.

—Quisiéramos que nuestras hijas tuvieran una vida mejor que la nuestra— siguen, —¿cómo podrían tenerla si lo único que saben es rastrillar la tierra y cocinar chapatis? El viejo rajá hizo construir una escuela para muchachos. El resultado es que ahora nuestros hombres nos menosprecian incluso si sólo saben escribir sus nombres. Rani Saheba, queremos una escuela para nuestras hijas.

Miran a Selma con los ojos brillantes de expectación. La escuela, para ellas, es la solución a todos sus males, la entrada en el paraíso.

—¿Qué piensan vuestros maridos?

—No les hemos dicho nada aún, nos habrían golpeado. Sobre todo, no tienen que saber que te hemos hablado de ello.

—¿Están de acuerdo las demás mujeres?

—Casi todas, pero creen que los hombres no lo permitirán jamás... Sin embargo, si lo decide el rajá, ¿qué podrán hacer?

Selma promete que le hablará. Entusiasmadas, las mujeres le besan las manos: ¡para ellas es cosa hecha! Comienzan a discutir los detalles: ¿dónde la construirán?, ¿cuántas alumnas habrá?, ¿dónde encontrarán los maestros? Selma se deja llevar por el juego. Mientras más lo piensa, más se convence de que, efectivamente, construir una escuela es la mejor manera de ayudarlas.

Selma está tan entusiasmada con sus nuevas actividades que, por la noche, cuando se encuentra con Amir y éste, inquieto, le cuenta lo que sucede en el mundo, a ella le cuesta interesarse.

Los éxitos de Hitler y la amenaza que proyecta sobre Europa, la guerra civil en España, el proyecto inglés de dividir Palestina entre judíos y árabes, le parece que ocurren en otro mundo, un universo con el cual ya no tiene ninguna afinidad. Además no comprende, nunca ha comprendido que se inquieten por acontecimientos sobre los que no se tiene ningún control. Mira a Amir con un poco de pena, y él se dice con irritación que las mujeres son en verdad animalitos a los que lo único que les preocupa es su guarida.

Pero la guarida de Selma, ahora, es Badalpur, es la India. De manera que sale de su indiferencia cuando Amir le comunica su inquietud ante las recientes posturas del Congreso.

—La gente de la Liga Musulmana está furiosa porque el Congreso acaba de decidir formar gobiernos locales compuestos exclusivamente por sus miembros. Ahora bien, los dos partidos se habían puesto de acuerdo este invierno para unir sus fuerzas contra los movimientos reaccionarios apoyados por los británicos. Se sobreentendía que, luego, los elegidos de la Liga participarían en el gobierno. Por ejemplo, en Lucknow, sobre siete ministros, debería haber dos de la Liga Musulmana.

»Pero ahora, el presidente del Congreso, Nehru, dice que es imposible, que eso va contra las reglas de su partido, y que si debe haber musulmanes en el gobierno, éstos deben abandonar la Liga y convertirse en miembros del Congreso. Incluso tuvo el descaro de repetir su famosa frase: "Sólo hay dos partidos en la India, el Congreso y el gobierno (es decir, los ingleses). El resto debe plegarse". Se niega a admitir que haya inquietud en la minoría musulmana.

»¿Cuál será la situación de esa minoría en la India gobernada por los hindúes? Jinnah exige que esto sea definido con antelación. A lo cual Nehru responde desdeñosamente que no existe ningún problema entre las comunidades y que la Liga Musulmana es una organización medieval sin razón de ser.

—¿Y qué dice Gandhi?

—Gandhi no se mezcla en esos detalles, él busca *La Verdad*. Todas las mañanas lee el Bhagavataghita, la Biblia y el Corán. Para él, todos los hombres son hermanos. Las dificultades se solucionarán si siguen sus directrices y se esfuerzan por alcanzar la pureza moral.

»Jinnah y un número creciente de musulmanes pretenden que el mahatma es un impostor que se sirve de la religión para fines políticos. Yo no lo creo así. Para mí, Gandhi es un loco que persigue una utopía totalmente irrealizable. Pero ese tipo de utopías es atractivo, su poder sobre las multitudes es inmenso. ¡Gandhi es la chispa que enciende el fuego! El Congreso, mientras tanto, delimita cuidadosamente la vía que ese fuego debe seguir.

De hecho, creo que Gandhi no es consciente de hasta qué punto lo utilizan.

Aquella noche, los ancianos de la aldea han convocado a los jefes de familia. A todos, musulmanes e hindúes, con excepción naturalmente de los intocables. Algo grave sucede y las mujeres, pese a todos sus esfuerzos, no han podido saber nada.

Los hombres están sentados, pensativos, sobre sacos de yute. El hookah pasa de boca en boca. Nadie habla a la ligera, el asunto es serio y puede traer graves consecuencias para el futuro de la comunidad.

—Los tiempos han cambiado mucho— suspira un viejo, —nunca hubiera creído que a lo largo de mi vida iba a ver una cosa así.

—¿Ver qué, *baba*?* ¡No hay nada decidido!

—Desde el comienzo, supe que se complicaría— dice otro. —Esa manera de venir a la aldea, ninguna rani lo había hecho. Si al menos se hubiera contentado con visitar a las familias respetables, pero se sienta con las intocables. Nos ha avergonzado; nos hemos convertido en el hazmerreír de las otras aldeas.

Los hombres asienten sombríamente.

—Sin embargo— dice alguien, —no es mala... Ninguna rani se había ocupado tanto como ella de nuestras mujeres y de nuestros hijos...

—Ocuparse de nuestras mujeres, sí, inculcándoles malas ideas en la cabeza. Por lo demás, ¿qué cosa buena puede traernos una inglesa?

—No es inglesa, es musulmana.

—Tal vez... pero en el fondo es igualmente inglesa.

El jefe de la aldea se levanta.

—Propongo que formemos una delegación de los más sabios que irán conmigo a hablar con el rajá. Hay que hacerlo en seguida, antes de que tome una decisión, pues después sólo nos quedará obedecer.

Todos están de acuerdo: el jefe de la aldea es un hombre prudente, él sabe encontrar la solución a los problemas delicados. Se designan algunos hombres. No hay discusiones, todos saben quiénes son los más sabios. Y se separan con el espíritu en paz: el rajá no puede no estar de acuerdo con ellos; después de todo, a pesar de su educación de «ingrese», es de los suyos.

—¡Debisteis haberme prevenido! ¡Bonito papel he hecho! Llegan para hablarme del «proyecto» y ni siquiera sé de qué se trata.

* *Baba*: tío. Tratamiento familiar dado en la India a los hombres de edad.

Amir está fuera de sí, su autoridad ha sido cuestionada delante de sus campesinos, ¡y a causa de una mujer!

—Algo le había dicho a Rani Saida e iba a decíroslo.

El rajá no pregunta lo que ha pensado su abuela; la vieja dama se encuentra completamente sometida por el encanto de Selma.

—Naturalmente tuve que decirles que sólo era una idea en el aire, que se calmaran, que en ningún caso se iba a llevar a cabo.

Selma se incorpora, enrojecida.

—¿Y por qué, si se puede saber?

—Porque nuestra sociedad no es la sociedad occidental; ¡aquí las niñas no van a la escuela!

—Pero si no fui yo la que lo sugirió, las campesinas me lo pidieron.

El rajá enarca las cejas extrañado.

—Eso querría decir que la India está de verdad cambiando, cosa de la cual no me habían convencido los discursos de nuestros políticos.

Suspira.

—Me hubiera gustado permitir esa escuela pero, pese a ser el rajá, no tengo poder. Bajo el tono respetuoso de la delegación, sentí un rechazo total. Creen que con la instrucción de las mujeres viene la rebelión, la inmoralidad, la disolución de los hogares, la desgracia de los niños, el fin de las tradiciones, en resumen, la ruina de la sociedad. ¡Nunca podría convencerlos de lo contrario!

»Vamos, contentaos con hacer caridad; no resuelve nada, ya lo sé, pero os lo había prevenido: no se puede ir en contra de su voluntad. Y actualmente tengo suficientes problemas como para crearme otros suplementarios.

Amir explica a Selma que el gobierno del Congreso acaba de votar una ley que prohíbe a los príncipes y a los grandes terratenientes despedir a los campesinos que no paguen los arrendamientos.

—Eso significa que ya no tenemos ningún medio de presión sobre ellos y que si deciden no pagar, las arcas del Estado se verán vacías de un día para el otro. Pues yo me niego a emplear la violencia.

Alisa sus bigotes.

—Es extraño, siempre fui partidario de la reforma agraria, para lograr una repartición menos escandalosa de la riqueza, pero no soporto que me obliguen. Sobre todo cuando los que lo hacen, los personajes del Congreso, industriales y hombres de negocio, son a menudo mucho más ricos que los *zamindars** y que los

* *Zamindars*: grandes terratenientes.

soberanos de pequeños estados. Pero evidentemente es a nosotros a quienes tratan de infames explotadores...

En las semanas siguientes, las aldeas de Badalpur comienzan a recibir visitas extrañas. Siempre es al crepúsculo. Hombres, en grupos de dos o tres, piden ver al jefe de la aldea, cuyo nombre conocen. Se presentan como enviados del partido del Congreso, el partido de la libertad que va a expulsar a los ingleses de la India. De sus carteras de cuero, sacan papeles oscurecidos por pequeñas señales, con sellos impresionantes. Dicen que son las nuevas leyes votadas por el pueblo. Piden que convoquen a todos los hombres de la aldea y les explican que la hora de la justicia ha sonado, que deben rebelarse contra su rajá que los explota vergonzosamente y negarse a pagar el impuesto. Nada malo puede ocurrirles pues la nueva ley prohíbe las expulsiones e incluso las persecuciones. Si el rajá intenta intimidarlos, el poderoso partido del Congreso vendrá en su ayuda.

Asombrados, los campesinos escuchan, unos tentados pero escépticos —¿cómo confiar en gente que viene de la ciudad y que nunca han visto?—, otros francamente hostiles: todas esas historias sólo les acarrearán problemas, su rajá es más poderoso que ese partido del Congreso y no tienen que reprocharle nada: siempre se ha mostrado justo y comprensivo.

—¿Justo vuestro rajá? Pero si la justicia es la que quiere que las tierras os pertenezcan— responden los forasteros. —Es eso lo que ha prometido el Congreso. Y la razón de que vuestro amo nos odie y apoye a los ingleses: no quiere la independencia de la India pues sabe que perdería todos sus bienes y que los campesinos, vosotros, lo heredaríais. Decid, ¿qué os parecería vivir en su palacio?

Ante la enormidad de tal suposición, los campesinos se echan a reír, aunque los argumentos comienzan a hacer efecto.

—La prueba de que vuestro rajá es contrario al movimiento de independencia es que se casó con una inglesa. ¿Cómo iba a querer expulsar a los ingleses de la India?

Murmuran, algunos asienten en voz alta.

—Los que acepten pagar el impuesto— añaden los forasteros, —no son patriotas, sino traidores a la causa. Desperdician no sólo sus oportunidades sino también las de sus hijos y de sus nietos. ¡Vamos, sed hombres! El partido del Congreso os ayudará: debéis seguir escrupulosamente sus instrucciones porque habla en interés vuestro.

—¡Después de los suyos!

Desde el fondo ha surgido una exclamación, sarcástica. Tres palabras y han bastado para romper el encanto. El extranjero que hablaba se ha desarmado, siente que los campesinos vuelven a desconfiar, su voz baja de tono.

—Naturalmente, sois libres. Pensadlo bien. Volveré.

Y así durante semanas. Los campesinos escuchan, discuten entre sí, a veces violentamente. Envían emisarios a las demás aldeas para saber lo que piensan, pero no logran tomar una decisión. Por poco no van a pedirle su opinión al rajá: siempre mostró ser muy buen consejero.

Amir está al tanto de lo que pasa debido a que en cada aldea tiene sus espías, llamados «hombres de confianza». ¿Disimulan el peligro para halagar o, por el contrario, lo exageran para darse importancia? Se ha acostumbrado a consultar a Selma quien, a través de las mujeres, tiene sin duda informaciones más seguras, por lo desinteresadas. La mayoría condena los titubeos de sus maridos. Ellas no quieren saber nada de ese partido del Congreso del que no han oído hablar nunca, ni de los ingleses que no conocen y cuya autoridad es, para ellas, completamente abstracta. Lo que, por el contrario, es muy real y afecta su vida cotidiana, es el poder del rajá y la bondad de la rani. Piensan seguirles siendo fieles, como han sido fieles a la familia sus madres y sus abuelas, y sus antepasados desde hace generaciones. ¿Cómo pueden sus cándidos maridos olvidar esto y dejarse encandilar por los bonitos discursos de esos desconocidos? ¡Ya sabrán ellas hacerlos entrar en razón!

El monzón ha llegado. El cielo finalmente se libra de aquel calor pesado que desde hace dos meses agotaba a hombres y animales. Trombas de agua caen sobre las aldeas, atraviesan las techumbres de paja, inundan el interior de las casas. Las mujeres colocan los cofres y los sacos de grano sobre andamios improvisados pero, pese a estas precauciones, vestidos y provisiones se enmohecen irremediablemente.

El campo está negro, desolado. A veces, entre dos tornados, el cielo se ilumina en un gran arco malva, oro y rosa, y los niños aplauden de alegría. El sol vuelve a aparecer, acariciante y benévolo. Hace brillar las hojas libres de polvo, la naturaleza recupera los colores y los hombres salen a respirar el aire cristalino y el buen olor a tierra mojada. El mundo parece en su primer día.

Aprovechando aquellas calmas, Selma hace el recorrido de las aldeas y distribuye mantas y vestidos secos. Como no se puede utilizar la calesa por aquellos caminos transformados en lodazales, se desplaza en dandi, especie de silla llevada por cuatro hombres que se hunden en el lodo hasta las rodillas. Hace seis meses que está en la India, y aún siente el mismo reparo de ver que seres humanos sirven de animales de carga; pero todo el mundo, ellos antes que nadie, parece pensar que es un trabajo como cualquier otro, y Amir le ha hecho observar que demasiados escrúpulos sólo servirían para dejarlos sin trabajo. A medias convencida, se resigna, intentando a la fuerza, mediante sonrisas y autoconsuelos, ahogar su sentimiento de culpa.

Con el monzón han aparecido en las aldeas reptiles y enormes ratas negras. Los campesinos los arrojan a pedradas pero no pasa un día sin que muerdan a un niño y, pese a las cataplasmas de plantas y las pociones del *hakim*,* no siempre se logra salvarlo.

Una tarde que Selma está descansando, ve entrar a Kaniz Fátima, con el rostro descompuesto.

—Rani Saheba, dos mujeres han muerto en la aldea. Desde hace días vomitaban negro. Que Alá nos guarde, creo que es la enfermedad.

—¿Qué enfermedad?

—La enfermedad, ésa que no se cura.

Inquieta, Selma se levanta. Hay que avisar urgentemente a Amir. Éste llega de inmediato, interroga a la campesina, pide detalles. A medida que le responde, su rostro se ensombrece.

—Hay que hacer venir inmediatamente a un médico de la ciudad— dice, —temo que sea la peste.

¿La peste...?

Selma se paraliza de horror. La peste... ¡pero si creía que era una enfermedad del pasado! Los terribles relatos de epidemias, de ciudades devastadas, de miles de cadáveres cubriendo las calles, le vuelven a la mente. Aterrorizada mira a Kaniz Fátima: huir, hay que huir lo antes posible. Advirtiendo su pánico, Amir intenta tranquilizarla.

—Es grave pero ya no estamos en la Edad Media. La peste es un azote que hemos aprendido a combatir; hacen falta medicamentos y estrictas medidas de higiene. ¿Queréis volver a Lucknow?

—¿Y vos?

—Primero debo prepararlo todo, no puedo abandonar a mis campesinos sin asistencia pues entonces no tendrían ninguna posibilidad de salvarse.

Huir.

Selma cierra los ojos, siente vergüenza, pero el miedo es más fuerte que ella.

—Creo que... creo que me quedo.

¿Qué le hizo pronunciar aquellas palabras? ¡Quería decir justamente lo contrario! ¡De nuevo una jugarreta de su maldito orgullo! ¿Fue el tono de condescendencia de Amir o la mirada de Kaniz Fátima?...

* *Hakim*: médico indígena que cura mediante plantas.

Selma recordará los días siguientes como una larga pesadilla. El médico de la ciudad es un jovencito; a sus colegas de más edad, que tienen práctica, no les interesa viajar al campo, sobre todo para combatir una epidemia tan peligrosa. No ven ninguna razón para arriesgar la vida. Pero el doctor Rezza es un original. Dos veces por semana cierra su consulta en la ciudad, toma su carricoche, apila en él algunos medicamentos y va a las aldeas. El rajá ha oído hablar de él y le ha rogado venir.

Tras administrar suero a Selma —«95% de fiabilidad»—, el doctor Rezza le ha pedido, como si fuera una cosa perfectamente natural, si quería ayudarle.

—De lo contrario, me costará mucho entrar en casa de las campesinas; la mayoría se dejaría morir antes de hacerse examinar por un hombre y no pude encontrar una colega para acompañarme...

Selma debe de haber puesto una expresión atónita. El médico sonríe y dice con voz suave:

—Después de todo, vois sois su rani y, como dicen los cristianos cuando se casan, «en lo bueno y en lo malo...».

Y pese a que todo su cuerpo se rebela ante aquella idea, Selma dice sí.

Durante días, como una autómata, con las manos enguantadas y la parte inferior del rostro protegida por una gasa, sigue al médico. Entran en las casas. Ya los más frágiles, viejos, mujeres y niños están contagiados. Con el rostro violáceo, se asfixian y vomitan un líquido negro. El olor es insoportable. Selma, horrorizada, contiene la respiración. Tranquilamente, el joven médico toma el pulso, examina la garganta, las axilas, la ingle, punza los ganglios de los que sale pus, limpia las llagas, enjuga el sudor, alienta, tranquiliza. Kaniz Fátima y otras dos mujeres se prestan a ayudarla. Selma las mira sostener las jofainas, hacer hervir agua, lavar los humores y los excrementos. Es incapaz del menor gesto. Se acuerda de Estambul, del hospital Haseki, donde su madre la llevaba a visitar a los soldados heridos, recuerda el asco y el miedo.

El doctor Rezza no tiene miramientos.

—Os necesito, pasadme esos apósitos.

Espera. A disgusto se acerca a la cama y le presenta el algodón y las gasas.

—Quedaos a mi lado y pasadme los medicamentos.

Subyugada, se apresura a obedecer. Durante minutos interminables, él se afana con delicadeza. Finalmente se incorpora y por primera vez sus ojos sonríen al mirar a Selma.

—...Gracias— dice.

Ella sacude la cabeza, a menudo trastornada por aquella bondad, por aquella inteligencia.

—No, soy yo quien debe agradecéroslo.

Los días siguientes, permanecerá a su lado. Nunca le pedirá que toque a los enfermos, sólo que permanezca allí, que les hable, que les sonría.

Al cabo de dos semanas, la epidemia se contiene. De dos mil aldeanos, sólo unos cincuenta han muerto: ¡un milagro! Amir decide entonces que es hora de volver a Lucknow. El doctor Rezza se quedará todavía algunos días en la aldea, para mayor seguridad.

La mañana de la partida, viene a despedirse de Selma.

—¿Me creeríais— dice ella, —si os digo que estoy casi triste de partir?

—¡Y yo también! Pierdo a mi mejor enfermera.

Bromean pero sus risas suenan a falso. Han estado muy próximos, como es infrecuente llegar a estarlo, pero ahora cada cual debe volver al mundo al que pertenece. Seguramente no se volverán a ver y tal vez sea mejor así. ¿Qué podrían decirse la rani y el doctorcillo?

La lluvia cae a cántaros cuando el coche abandona el palacio. A través de las cortinas, Selma mira, con el corazón en un puño, la delgada silueta inmóvil bajo las ráfagas.

VIII

—¡Estáis pálida, hijita!

Con ojos escrutadores, Rani Aziza escruta el rostro de Selma que ha venido a presentarle sus respetos a su vuelta de Badalpur.

—Espero que no habréis cogido la enfermedad. ¿O es que a lo mejor— su mirada observa la menuda silueta, —os encontráis en estado interesante?

Ante la expresión atónita de la joven, suspira.

—Ya veo que no es eso. ¡Qué fastidio después de seis meses de estar casada! Os aviso que comienzan a hablar...

¿Por qué se inmiscuye? Furiosa, vuelve a su habitación. Tras la semilibertad de Badalpur, ya no soporta la atmósfera opresiva del palacio de Lucknow y la malignidad de su cuñada. Y aquel apartamento sin puertas, separado del de la rani por una simple cortina. Ya es hora de terminar con eso. Llama a un eunuco que dormita a la entrada de la habitación.

—Ve a buscar un carpintero, ¡inmediatamente!

Horas más tarde, el eunuco reaparece: el carpintero espera fuera del palacio, no puede entrar en la zenana. En medio de su furor, Selma había olvidado aquel detalle. ¿Quién puede ayudarla? Amir está ocupado con sus consejeros y sólo se le ocurre pensar en Rashid Khan, el bueno de Rashid, siempre dispuesto a hacer un favor: la rani no debe saberlo antes de que la puerta esté instalada. A la carrera, Selma emborrona un mensaje.

—Llévaselo a Rashid Khan.

Impasible, el eunuco se inclina. Ni un solo momento se ha transparentado en su rostro el asombro ante aquel crimen incalificable: ¡su rani escribirle a un hombre! Nunca, desde que él entrara al servicio del difunto amo se había producido un escándalo parecido. Ante todo porque en aquella época, justamente para impedir aquel tipo de intimidades, se tenía la prudencia de no enseñarles a escribir a las mujeres.

—Querida, habéis desatado una verdadera revolución— anuncia Amir a su esposa cuando se ven por la noche. —Nunca ha habido puertas en este palacio, las cortinas siempre han parecido suficiente... Además, permiten que circule el aire fresco. Mi hermana mayor está indignada y repite a quien quiere oírla que no dejará a nadie que transforme el palacio en una mansión inglesa.

—¿Tendré la puerta?

—Si es tan importante para vos... ¿Pero creéis que ese detalle vale la pena de que os pongáis a todo el mundo en contra?

—¡Ese detalle! ¿No comprendéis que es nuestra vida privada?

Amir pareció conmovido aunque no convencido.

—Tal vez... Pero aquí la vida privada no existe, somos una gran familia. Bueno, ya veremos...

Pocos días después, Selma tendrá su puerta. Sabrá por Begum Yasmina, que ha venido a visitarla, que se ha debido a la intervención de Rashid Khan: él convenció al rajá de que cediera en esa fruslería para no tener que ceder después en cosas más importantes.

Sentada a su tocador, saborea las delicias de su recuperada tranquilidad. Necesitará sin embargo largas semanas para acostumbrar a los criados a golpear; muy a menudo, llenos de buena voluntad, golpean concienzudamente... pero después de haber entrado. En cuanto a Rani Aziza, que considera aquella puerta como una injuria personal, estará mucho tiempo sin dirigirle la palabra. Selma está encantada.

La joven ha reanudado sus visitas a la begum; comienza a encontrarla demasiado posesiva y preferiría salir con Zahra, pero ésta estudia durante todo el día: dentro de algunas semanas debe pasar el examen final. Zahra ha seguido todo el programa, desde dentro del palacio, con profesores privados; pasará los exámenes en el colegio, vestida con un burkah y acompañada por sus dueñas. El rajá quiere que su hermana posea una sólida educación, pues, si en los ambientes tradicionales todavía se la mira con recelo, en las familias aristocráticas evolucionadas constituye una señal de alto status social. Aunque a nadie se le ocurriría que esos conocimientos acumulados puedan servir para algo, ya que la noción misma de utilidad no puede ser más vulgar.

Amir está actualmente desbordado con la preparación de una reunión de rajás, nababs y grandes propietarios, perjudicados por las recientes leyes sobre los derechos del campesinado. Además, como miembro de la Asamblea Legislativa, debe hacer frente a una serie de problemas nuevos.

Con la euforia de la victoria, el gobierno del Congreso ha tomado algunas medidas inaceptables para una parte de la población: en las escuelas, donde estudian niños de todas las confesiones, ha sido impuesta la bandera del Congreso, y el *Bandé Mataram* ha sido elegido como himno nacional. Esto excita la cólera de los musulmanes, que consideran aquel canto como un insulto al Islam y a toda la comunidad. En efecto, la letra del *Bandé Mataram* fue sacada de una novela bengalí del siglo XVIII en la que los zamindares musulmanes están descritos como tiranos que explotan a los hindúes. El himno mismo es una plegaria a la tierra india, la diosa madre, lo que, desde el punto de vista del Islam, es pura idolatría.

De manera que, a través de toda la India, ha habido manifestaciones contra este abuso. En las escuelas y universidades se producen riñas entre estudiantes; en Madrás, los parlamentarios musulmanes abandonaron la sala de la Asamblea.

—¿Deberíamos hacer lo mismo?

Amir ha reunido en su salón a algunos amigos diputados. La discusión es animada. Ante la dureza de la actitud de algunos, otros objetan que nada les gustaría más a los del Congreso que encontrarse solos para así aprobar leyes sin enfrentarse a ninguna oposición. Los demás responden que de todas maneras los diputados del partido del Congreso son mayoría y harán lo que quieran y que la única presión posible es la presión moral: si los parlamentarios de los demás partidos se niegan a asistir y dicen públicamente por qué, los del Congreso, que quieren conservar su imagen de gran partido nacional que representa a todas las comunidades, deberán ceder.

Selma, sentada en un saloncito contiguo, escucha atentamente. Bendice los mucharabieh que le permiten escucharlo y observarlo todo sin ser vista. Si estuviera en medio de aquellos hombres, se creerían obligados a sostener una conversación superficial, adecuada a oídos femeninos. Comienza a comprender la opinión de la begum sobre las ventajas del purdah. ¿No era en parte la fuerza de las esposas del sultán que no salían del harén pero influían y a veces incluso controlaban la política del Imperio? Su educación beirutí con las monjas casi la había convertido en una europea, pero aquí, en la India, en esta sociedad musulmana tradicional, se sorprende recuperando los reflejos ancestrales.

De pronto se sobresalta al escuchar voces broncas. Sorprendida, pues incluso en lo más acalorado de las discusiones políticas la gente de Lucknow no se aparta jamás de una cortesía que la burguesía de Bombay y de Delhi llama indolencia, Selma se inclina para oír mejor. Escucha jirones de frases:

—Más rápido pero menos resistente... ¡Qué digo: es mucho más resistente! Un magnífico pedigree... El año pasado, tuvo el primer premio de belleza... No conocéis nada, querido, los más resistentes son los lebreles afganos de pelo largo pero los más rápidos son los lebreles rusos.

¿Qué tienen que ver los lebreles rusos con la política del Congreso? Selma se inclina un poco más y divisa tres nuevos rostros, el rajá de Jehanrabad y dos nababs amigos suyos. El rajá de Jehanrabad, uno de los príncipes más ricos de la provincia, es un gran aficionado a los perros de raza y uno de los organizadores de la 38ª competición canina que tendrá lugar dentro de unos días en Lucknow. Con sólo comenzar a hablar de *pedigree*, los problemas políticos han sido olvidados y las pasiones se desatan por el manto flamígero del cocker o los corvejones del labrador.

«Están locos», piensa Selma ovillada en su sillón, «tan inconscientes y frívolos como la sociedad otomana en vísperas de su caída. Todavía podrían, como tal vez pudimos hacerlo nosotros, enderezar el timón, evitar el desastre. Pero ¿lo harán? Más allá de las justas políticas, ¿comprenden algo de las fuerzas que agitan a la India? Y si es así, ¿serán capaces, y sobre todo, tendrán ganas, de cambiar sus modos de vida para hacer frente a la situación?»

Selma lloraría de rabia.

—Todo lo que se les diga— le respondió Amir cuando se encontraron por la noche, —no sirve de nada, no escuchan.

Frente a la inconsecuencia de sus pares, Amir se ha mostrado de un singular realismo. Pero es joven y posee poca influencia sobre sus mayores.

Selma tiene visiones de revuelta, de revolución...

—Lo perderán todo, como lo perdimos nosotros...

En los últimos días de agosto de 1937, el presidente del partido del Congreso, Jawaharlal Nehru, declaraba oficialmente que el objetivo de su partido era la abolición de las grandes propiedades y la distribución de la tierra entre los campesinos.

Tres semanas después, se reunieron tres mil delegados en el palacio rojo de Lal Baraderi. Desde los grandes maharajás hasta el hidalgo más pequeño, representaban a la aristocracia terrateniente de toda la provincia; de hecho, representaban a la provincia pues no había un acre de tierra que no les perteneciera.

«Si el fuego se declarara aquí», piensa Selma, que con otras mujeres asiste a la conferencia desde lo alto de la galería que domina la sala, «los campesinos no tendrían más problemas: los millones de acres contenidos en este salón les corresponderían directamente. En el caso de que el Congreso cumpliera sus promesas...»

En su calidad de anfitrión —es presidente de la Asociación anglo-británica—, el rajá de Jehanrabad abre la sesión. Es un hombre corpulento, de tez blanca, con una nariz que se dobla noblemente sobre la barbilla.

—Amigos— comienza, —nunca habíamos tenido que ocupar esta memorable sala para resolver un problema tan grave. No habíamos entendido que con la democracia y la autonomía de las provincias nuestra clase iba a encontrarse asfixiada. Nosotros somos los líderes naturales de millones de campesinos y esto se halla cuestionado por aquellos que declaran querer su bien. Contra este peligro deberíamos unirnos, dejar de lado las querellas que nos debilitan. Para recuperar la lealtad de los campesinos, espina dorsal de nuestro poder, debemos hacer reformas que les satisfagan.

En la asamblea se levanta una silueta revestida de un burkah negro. Es una rani cuyo marido ha muerto y que está allí, con todo derecho, representando a su estado.

—El socialismo, el comunismo y la revolución están a nuestras puertas— clama, —¡amenazan nuestra existencia! El único medio de preservar nuestra identidad es organizarnos como clase.

Todo el mundo asiente. Alguien propone la formación de una milicia de jóvenes propietarios para la defensa del país en aquellos tiempos de crisis. La idea es adoptada por unanimidad. Sugieren también que se adopte una bandera, símbolo de la nueva unión: será una carreta tirada por dos búfalos. Todo el mundo aplaude: una bandera era exactamente lo que necesitaban.

Pero ¿quién es ese joven energúmeno que juega al aguafiestas, que pretende que nos quedamos en puras palabras y que hay que decidir inmediatamente medidas concretas? ¿El rajá de qué? ¿Cómo? ¡Ah!, de Badalpur, ¡ese pequeño estado del norte! ¿Qué dice? ¿Que, so pena de perderlo todo, debemos desde ahora distribuir lotes de tierra a los campesinos? ¡Pero es un loco peligroso! ¡Un comunista! ¿No? ¡Ah!, estudió en Inglaterra... Parece que allá el socialismo está de moda entre los jóvenes, aunque esto no es una excusa para las ideas malsanas: es un rajá y no puede traicionar a su clase.

Amir no ha terminado de hablar cuando abucheos indignados lo hacen callar. Desalentado, se sienta. En aquella confusión, en aquella mascarada, ha intentado hacerlos entrar en razón pero, tal como se lo temía, sólo ha servido para que lo señalen como objeto de la indignación general. ¡Poco importa!, tenía que intentarlo.

Arriba, en la tribuna, Selma se siente agobiada. Comprende bruscamente que Amir se ha convertido en un extraño entre los suyos. Su sinceridad, su ardor al querer imponer ideas más modernas, más sociales, esas ideas desarrolladas en las discusiones con sus amigos aristócratas ingleses de Eton y Cambridge, son inaceptables en la sociedad de la que surgió y de la que, pese a todo, forma parte.

Por la noche, cuando vuelve, agotado, Selma le dirá tímidamente que no renuncie: es él el que tiene la razón, ella está a su lado. Amir la mira, sarcástico.

—Así pues, ¿cambiaremos el mundo entre nosotros dos solos? ¡Ay, querida! Si uno es el único que tiene la razón, quiere decir que está equivocado. Ésta es una de las reglas amargas de la vida social. Intenté convencerlos. Fracasé. Peor para mí, peor para todos nosotros. Pero la cosa que os ruego que me ahorréis— mira a Selma con expresión desesperada —es vuestra compasión.

Ha salido. *¿Por qué soy tan torpe con él? Está en carne viva, duro y vulnerable como un niño desdichado. En ningún momento se ha abandonado, como si desconfiara de mí...*

Al día siguiente, Rani Shahina ha venido a buscar a Selma para llevarla al cine. Es una de las raras distracciones de Lucknow. Las películas inglesas y americanas llegan al cine Action de Hazratganj, con sólo algunos meses de retraso. Greta Garbo y Marlene Dietrich están en la cima de su gloria, Tyrone Power y Clark Gable hacen soñar a todas las mujeres... A veces Selma piensa en la época en la que Hollywood le ofreció un contrato. ¿Lo lamenta? No quiere plantearse la cuestión.

Le ha propuesto a Zahra que las acompañe para que descanse de su trabajo. La joven no cabe en sí de alegría: es la primera vez que irá al cine. Las tres se introducen en la calesa que las deposita frente a la puerta trasera de la sala, exclusivamente reservada a las mujeres. Allí, suben por una escalerita al primer balcón y se sientan en un palco rodeado de cortinas que descorrerán sólo cuando la sala se encuentre sumida en la oscuridad y comience la película. Así, nadie podrá verlas.

Proyectan *La reina Cristina*; Zahra está entusiasmada, no deja de elogiar a Greta Garbo, a quien encuentra casi tan hermosa como Selma.

Cuando vuelven a palacio, la atmósfera es dramática. Rani Aziza ha sido informada de que Zahra ha acompañado a Selma y se ha precipitado hasta donde estaba Amir para quejarse de que su esposa pervierte a la joven.

—Pero si estábamos en un palco, ningún hombre la ha visto— protesta Selma.

—Pero ella vio hombres. Y me pregunto en qué situaciones estarían...— insinúa la rani venenosa.

—¿Hombres, dónde?

—¿Cómo dónde? ¡En la pantalla!— exclama la rani escandalizada de tanta mala fe.

Entre las dos mujeres, Amir calla, incómodo. Hace semanas

que su hermana le repite que no debe darle tanta libertad a Selma, que ya comienzan a burlarse de él y que no tiene sobre su esposa más autoridad que un inglés.

—Se pasea por doquier con el rostro descubierto, nunca se había visto semejante falta de modestia en nuestra familia. Ya sé que es extranjera, pero debe someterse a nuestras costumbres. Reaccionad, hermano, ¡os jugáis el honor de todos!

Pero cuando, convencido a medias, Amir intenta insinuar delante de Selma que es necesario llevar el burkah, ésta se encabrita como un pura sangre al que quieren ponerle el freno.

—¡Ni hablar! Yo respeto el purdah, sólo salgo en coche cerrado y paso todo el tiempo en compañía de unas mujeres que dan ganas de aullar de aburrimiento. No me pidáis, además, que me ridiculice con esa jaula innoble, ¡os advierto que no lo toleraré!

Trastornado por tanta vehemencia, Amir va a consultar a Rashid Khan.

—No es que yo le exija que se vele... Después de todo, en las mejores familias las mujeres van ahora con la cara descubierta; es el signo de una educación moderna, pero en Lucknow la gente es tan tradicional e ignorante...

—Alteza, creo que Rani Aziza hace mal en preocuparse. Todos saben aquí a qué ilustre familia pertenece vuestra esposa. Sus primas, las princesas de Hyderabad, se muestran por doquier y a nadie se le ocurriría censurarlas. Si forzáis a la rani a llevar el burkah, temo que...

Se detiene. El rajá lo fulmina con la mirada. Ambos saben lo que sucedería: si Amir se muestra demasiado estricto con la princesa, ella se irá, al menos mientras no tenga hijos que la retengan. Ser abandonado por su mujer sería una vergüenza que él se niega a imaginar. Pese a las reprimendas de Rani Aziza, el rajá cede.

Además, tiene muchas otras preocupaciones en la cabeza. En las regiones gobernadas por el partido del Congreso, la situación se ha degradado en tres meses, especialmente en las Provincias Unidas, donde los musulmanes representan el 14% de la población, pero son considerados como la cabeza y el corazón del Islam indio.

Lo que sobre todo provoca la tensión es la decisión de imponer la escritura hindi en las escuelas y en las administraciones, conjuntamente con el urdu,* empleado desde hace siglos. Además, se ha suspendido el reclutamiento de musulmanes en diversos servicios administrativos, especialmente en la policía, de la que muchos han sido despedidos con pretextos fútiles. El nuevo go-

* El urdu hablado es parecido al hindi, pero se escribe con caracteres árabes, mientras el hindi se escribe con caracteres sánscritos, lengua india muy antigua.

bierno ha creído justificado restablecer un equilibrio, de acuerdo a la proporción entre hindúes y musulmanes, sin tener en cuenta las tradiciones y los privilegios adquiridos desde hace siglos por estos últimos.

Pero la gota que ha colmado el vaso, especialmente en las aldeas, es el entusiasmo que ponen ciertas organizaciones hindúes de extrema derecha en convertir a los musulmanes al hinduismo. Según ella, los ochenta millones de musulmanes son en realidad hindúes convertidos a la fuerza. Deben volver a su religión original. Tal como lo explica el Mahasabah: «Los musulmanes de hoy sólo son un paréntesis. El porvenir de la India será el de un Estado nacional hindú, basado en instituciones hindúes».

Estas organizaciones no reflejan los puntos de vista del Congreso, que se proclama laico, pero el hecho de que no los condene y de que Gandhi, en su fervor por predicar la vuelta a los valores hindúes, califique de «patriotas» a ciertos líderes fanáticos,* basta para alimentar el temor de los musulmanes.

Los últimos acontecimientos les han probado que ya han esperado demasiado. Es hora de que se organicen.

Aquel viernes 13 de octubre de 1937, la apacible ciudad de Lucknow bulle de animación: Muhammad Alí Jinnah debe inaugurar la sesión extraordinaria de la Liga Musulmana. Ya han llegado cinco mil delegados. Los más importantes serán alojados en los palacios de los príncipes, los demás en tiendas multicolores levantadas en los jardines de Kaisarbagh.

El rajá de Mahdabad lo ha organizado y financiado todo. Selma lo ha visto a menudo. Es amigo de Amir, aunque no comparten las mismas ideas. El rajá es un hombre piadoso, un idealista. Vive como un asceta en una sola habitación de su inmenso palacio. El suelo está cubierto de montañas de libros: el Corán, la Biblia, los libros santos de la India, aunque también las obras de Dickens que lo hacen llorar, confiesa, cuando describen la miseria del pueblo inglés en el siglo XIX y las de Tolstoi, autor del que se siente muy cercano pues, tal como él, el rajá se rebela contra la clase feudal en la que nació. Se alimenta con pan de cebada, hecho por su mujer —el que comía el Profeta— y cuando viaja a su estado les ayuda a los campesinos a trabajar la tierra. Incluso ha montado un criadero de corderos al que le gustaría dedicarse: su ideal es volver a la vida pastoril. Pero Jinnah, que cuando murió su padre, el respetadísimo maharajá de Mahdabad, se convirtió en uno de sus tutores, se lo desaconsejó: «Trabajarás conmigo, tu deber es luchar por la emancipación de las masas musulmanas»;

* Como Malaviya.

y el joven, que soñaba con la naturaleza, las artes y la filosofía, se convirtió en uno de los pilares de la Liga.

Aquel día, va a recibir a Jinnah a la estación. Cuando el líder aparece, la guardia de honor —voluntarios con camisas verdes— se ve totalmente desbordada por una muchedumbre entusiasta. A los gritos de «¡Jinnah Zindabad! ¡Muslim *league* Zindabad! ¡Viva Jinnah! ¡Viva la Liga Musulmana!», el coche es literalmente llevado en andas hasta el gigantesco *pandal** levantado en la plaza de Lal Bagh, donde tiene lugar la conferencia.

El pandal está lleno a reventar: los delegados han acudido de toda la India. En especial, se observa la presencia de los primeros ministros de Bengala y del Punjab, estados con mayoría musulmana, que han venido, se dice, a dar su apoyo a la Liga. En las tribunas, disimuladas detrás de los mucharabieh, las mujeres de los notables se atropellan, curiosas por ver finalmente a ese abogado de Bombay que en dos años se ha convertido en el campeón de la causa musulmana.

Alto, delgado, de cabellos blancos y mirada penetrante, Muhammad Alí Jinnah es impresionante. Muy derecho, avanza hacia la tribuna y, de pie, sin un gesto, comienza a hablar con voz autoritaria y vibrante. La asistencia está cautivada. Sin perder tiempo en inútiles preámbulos, va derecho al asunto.

—Hermanos, al seguir una política exclusivamente hindú, el Congreso ha desdeñado a las masas musulmanas. Ha roto sus promesas electorales y se ha negado a reconocer la existencia de nuestra comunidad y a cooperar con nosotros. Los gobernadores no protegen a las minorías y sus acciones tienden a suscitar enfrentamientos entre comunidades y por lo tanto a reforzar el poder de los imperialistas. Los musulmanes deben recuperar la confianza en sí mismos y no buscar la salvación en la colaboración con los ingleses ni con el Congreso. Los que ingresen en ese partido son traidores.

La ruptura, que estaba latente desde hacía meses, se ha consumado.

Afuera, la multitud se opone con eslóganes contradictorios.

—¡Jai Hind! ¡Viva la India!— gritan unos.

—¡Taxim Hind! ¡División de la India!— responden otros.

Es la primera vez que Selma oye este grito que, años después, se convertirá en una consigna. La idea del poeta filósofo Muhammad Iqbal, de una reunión de los musulmanes de la India en una entidad geográfica autónoma, todavía no ha madurado. El mismo Jinnah estima que no es seria, pero que es un buen procedimiento de presión en contra de la intransigencia del Congreso.

Ahora avanza hacia la tribuna Fazl ul Haq, primer ministro de

* *Pandal*: inmensa tienda multicolor que se levanta para conferencias y bodas.

Bengala, estado que agrupa a un tercio de los musulmanes de la India. Anuncia que, ante el peligro, su partido ha decidido fusionarse con la Liga Musulmana. La reacción es delirante. Deciden que el emblema de la Liga será una bandera verde con una media luna blanca, y que el himno compuesto para la sesión se convierta en el himno del partido, el grito de unión de todos los musulmanes.

Finalmente se ha adoptado por unanimidad la decisión que desde hacía mucho tiempo esperaban: el objetivo de la Liga ya no es obtener un gobierno plenamente responsable sino la independencia. Para ello, Jinnah anuncia la reorganización del partido sobre bases más democráticas: mientras hasta ahora reunía sólo a una élite urbana, en adelante en cada aldea se abrirá una oficina de la Liga en la que cada cual podrá adherirse por cantidad nominal de dos *annas.** El rajá de Mahdabad será el responsable de la nueva organización popular. También las mujeres deben tener un papel importante: será creada una rama femenina bajo la presidencia de la vieja rani de Nampur.

Cuando, dos días después, se clausura la conferencia, todos tienen la impresión de haber asistido a un acontecimiento histórico: representa la transformación de la Liga en un partido de masas que pueda responder en el futuro a las aspiraciones de todos los musulmanes de la India. El nuevo programa electrizará al pueblo: en tres meses, sólo en las Provincias Unidas serán creadas noventa delegaciones y habrá más de cien mil adherentes. Sin embargo, Nehru sigue proclamando que la Liga Musulmana defiende intereses reaccionarios y la califica de histérica.

Tras la fiebre provocada por la conferencia, la vida en Lucknow recupera su ritmo sereno. Sin embargo, en las ciudades y aldeas de los alrededores se multiplican los incidentes. El más grave será la matanza, a manos de hindúes, de unos cuarenta carniceros musulmanes reunidos en una feria anual de comerciantes de ganado, en Ballia.

En la capital de las Provincias Unidas, este «acto de barbarie» suscita indignación, los periódicos lo destacan en grandes titulares. Pero muy pronto será olvidado en aras de la temporada de polo que este año promete ser brillante. Toda la aristocracia se apasiona. El gobierno aprovecha para decidir la cancelación de los pagos atrasados de los campesinos. Algunos propietarios, que piden una reacción inmediata, no son escuchados: ¡tampoco nos vamos a preocupar por sórdidos asuntos de dinero cuando nos hallamos lanzados a tan noble deporte!

En el cine, *Los lanceros de Bengala* —película basada en hechos

* *Anna*: un dieciseisavo de rupia.

de hace un siglo— hace llorar a las multitudes, y el asunto que está en el candelero es saber si la nueva estrella del cine, Shirley Temple, es de verdad una niña o una enana de cuarenta y cinco años.

IX

—El insigne honor que nos hacen Vuestra Excelencia y Su Gracia...

El gran comedor del palacio de Jehanrabad resplandece. Las llamas de las antorchas, llevadas por criados con turbantes de brocato compiten con los centenares de bujías de los candelabros de plata maciza que hacen centellear esmeraldas y diamantes.

La flor y nata de Udh está aquí. Rajás y nababs, soberanos de estados pequeños o grandes, han venido para honrar al gobernador inglés, sir Harry Waig y su esposa. Todos se mantienen muy derechos, con el mentón elevado, todos tienen esa expresión de altiva displicencia que aportan los siglos de poder y de tedio. Pero el poder ya no existe; a estos tigres reales les han limado las garras; les queda el tedio, y un orgullo inconmensurable.

—Nuestra familia siempre ha servido fielmente a la Corona...

Tras los floridos cumplidos y las protestas de fidelidad, el rajá de Jehanrabad ha comenzado a recordar la historia de sus ilustres antepasados. A duras penas, sir Harry contiene los bostezos: «¿Adónde quiere llegar? ¿No pueden pedir nada directamente? ¡Qué pelmazo!» A juzgar por lo suntuoso de la recepción —unos cincuenta invitados principescos que han venido a recibirlo a lomo de elefante, cuatro orquestas, un desfile de lanceros—, el rajá quiere pedir un favor importante. «Espero que pueda hacérselo: no quiero perder a uno de nuestros aliados más fieles.»

Lady Violet siente que su marido se impacienta. «Harry no parece divertirse. Yo encuentro esta cena muy agradable. Me gusta ser la única mujer en medio de todos estos hombres, sentir sus miradas respetuosas como un temblor... Harry cree que no debería desnudar mis hombros; de todos modos no voy a emperifollarme como la difunta reina Victoria so pretexto de que los indios mantienen a sus esposas encerradas. Tengo un bonito escote y me gusta que lo miren... Gacela entre fieras domadas... ¿Pero las habremos domado o simplemente las sujetamos por la traílla?»

—... Y por esto solicitamos de vuestra alta consideración la autorización, y las facilidades, para construir esa carretera, sólo unos diez kilómetros, que uniría el camino privado que va del palacio a la gran carretera Lucknow-Delhi. Cosa que sería para nuestros campesinos una ayuda inestimable.

Sir Harry sigue impasible. «¡Los campesinos! ¡Como si no supiera lo que soportan! Con sus carretelas, los caminos de tierra les bastan perfectamente. Vamos, confiésalo, quieres la carretera para tus hermosos coches, tu docena de Rolls, de Lincoln, de Bentley, para que no se ensucien con el polvo y el lodo... Yo lo sé y tú sabes que lo sé. Pero ése no es el problema: si no le concedo la carretera, el bribón es capaz de hacerle insinuaciones al partido del Congreso.»

Lady Violet mira a las «fieras»: «El joven rajá de Badalpur tiene ojos espléndidos; es una lástima que se haya casado con esa tontuela que tiene la audacia de menospreciarnos. ¡Como si fuéramos salvajes! Es realmente el mundo al revés. A propósito de salvajes, tengo que ir a visitar a esas pobres mujeres después de la cena; deben morirse de aburrimiento detrás de sus purdah; la rani se sentirá honrada de que no la haya olvidado». Se inclina hacia el rajá de Jehanrabad. Éste frunce el ceño que inmediatamente cambia por una amplia sonrisa.

—¡Cómo no! ¡Qué delicada atención! Voy inmediatamente a prevenir a la rani.

Con la cintura bien enfundada en su levita negra, suprema elegancia entre todos aquellos brocados, sir Harry Waig se levanta. Con la copa de champagne en la mano, hace un brindis silencioso, contemplando a la concurrencia con mirada afable, algo altanera, propia de todo funcionario británico destinado en la India, prueba palpable de superioridad, semejante al sello que les señala el oro verdadero a los miserables incapaces de reconocerlo.

—Alteza, Príncipes... Es una gran alegría... un honor insigne para mí... el Imperio... Su Majestad... Nuestra misión... Vuestra lealtad...

Lady Violet lo escucha distraídamente. «Harry exagera, siempre el mismo discurso. ¿Si se dieran cuenta? Esta gente de color es tan susceptible... Aunque el rajá de Jehanrabad sea perfectamente civilizado... Si no fuera por su físico, casi se le podría tomar por un inglés. Casi... Porque incluso entre esa pequeña élite educada en Eton y Oxford, siempre hay algo fuera de tono, un acento demasiado inglés, un desmesurado entusiasmo por el cricket...

Y sobre todo, en sus relaciones con nosotros, demasiado servilismo o demasiado orgullo. ¡Es increíble que nunca puedan ser naturales!»

El primer eunuco ha susurrado unas palabras al oído del rajá, que responde con un gesto exasperado. Apenas termina el discurso del gobernador, saludado por aplausos corteses, se levanta, poniendo fin así a la cena. Los señores pasan al salón de fumar, las damas...

—¿Vuestra Gracia puede esperar un momento? La rani está tan feliz de vuestra visita que solicita unos minutos para prepararse y recibiros dignamente...

Al otro extremo del palacio, en el salón de ojivas, la rani de Jehanrabad, tendida en un diván, charla con sus amigas. Contrastando con el rígido ceremonial que ha presidido la cena del rajá, aquí todo sucede en medio de la mayor sencillez. La etiqueta consiste en que no la hay, ya que las invitadas son todas de origen principesco, amigas o, con mucha frecuencia, parientes; siglos de matrimonios dentro de aquella aristocracia han creado una red de relaciones compleja y densa que cubre toda la provincia como una tela de araña. Que algunas familias sean más ricas o más ilustres que otras, eso lo saben todos y sería de mal gusto mencionarlo. Sólo los baniyas, esos comerciantes que se atreven a rivalizar en riqueza con los príncipes, pueden actuar tan groseramente, y también, evidentemente... los ingleses.

Un eunuco anuncia la llegada del rajá. Como pájaros asustados, las mujeres se dispersan por las habitaciones contiguas. Sólo permanecen la rani y sus dos hijas. Transpirando bajo su turbante, el príncipe parece muy agitado.

—¿Qué es lo que oigo, Rani Saheba? ¿Acaso estáis indispuesta para no recibir a lady Violet?

—Estoy perfectamente, Rajá Sahab, pero ver a esa... lady...—separa las sílabas con cara de repugnancia, —seguramente me pondrá enferma.

El rajá está acostumbrado a los caprichos de su esposa. Muy hermosa, esta última juega con la diferencia de edad entre ambos para comportarse como niña malcriada. La mayoría de las veces el soberano no puede negarle nada. Pero esa noche pasa de la raya.

—¡No podéis insultar a la esposa del gobernador! No nos lo perdonaría.

—¿Perdonar?

La palabra ha llegado al alma de la rani. Desde hace meses aguanta la cólera, sin permitir que explote; ¡pero esta vez es demasiado!

—¿Y qué necesidad tenemos de su perdón? Esos bandidos que nos han arrebatado el poder, han puesto nuestros estados bajo tutela y cada año nos desuellan vivos so pretexto de los impuestos; esos pervertidos, bebedores de vino, comedores de puercos, que seducen a nuestras mujeres y encima de todo nos desprecian.

Se contuvo a tiempo de decir «os desprecian, a vos, al rajá de Jehanrabad, tan ufano de ser, de todos los príncipes de Udh, su mejor amigo». ¡Oh!, cómo odia a los ingleses, no tanto porque ocupen el país —los movimientos de independencia que se desarrollan en ese momento le parecen fútiles; después de todo, la India ha sido muy pocas veces independiente y el reinado del Gran Mogol no era más suave que el del rey británico— como porque le transforman a su marido. Su príncipe, tan orgulloso de sus orígenes y de las hazañas de sus ancestros, respetado por sus súbditos y por sus pares, se convierte, delante de aquellos blancos llenos de arrogancia, en un niño respetuoso y dócil.

¿Por qué? No puede entenderlo, ni ninguna de sus amigas, esposas de príncipes musulmanes o hindúes, que ven con estupor y amargura a su «Amo y Señor» lisonjear al extranjero. Esos maridos que ellas han aprendido a venerar, en cuanto hombres y soberanos, incluso antes de conocerlos, ellos, cuyo honor garantiza el honor de ellas y el de sus familias, seguramente tienen sus razones... No quieren dudar de ellos, no pueden permitírselo. Pero no hay duda: ¡toda la culpa es de los ingleses!

—¡No recibiré a lady Violet!

—Vamos, Rani Saheba, sed razonable. La carretera...

En un abrir y cerrar de ojos, la rani comprende.

—¡Ah, Rajá Sahab! ¿por qué no lo dijisteis antes? ¡Si es para embaucarla, el honor queda intacto! Yo temía que fuera solamente para complacerla...

Algo atónito ante la moral de su esposa, el rajá se cuida mucho de contradecirla, feliz de haber ganado aquel tira y afloja. Si le explicara que no tiene ninguna intención de embaucar al gobernador, que sus relaciones están fundadas en un interés mutuo pero también en una amistad real y una estima que él cree recíprocas, la rani podría volver sobre su decisión.

Al entrar a los apartamentos de la rani, lady Violet se sorprende de verla rodeada sólo de mujeres de edad. Ella interpreta este hecho singular como una señal de respeto: si han elegido abuelas para la entrevista, es porque seguramente quieren honrarla. ¿Cómo podría imaginarse que la rani les ha exigido a las jóvenes que se retiren? La sombra de aquella criatura inmoral, medio desnuda, si cayera sobre ellas, les daría mala suerte.

La única excepción es la rani de Badalpur, porque, después de todo, «conoce mucho mundo» y también porque tienen necesidad de una intérprete. Selma comienza a hablar bastante bien el urdu y no desperdiciará aquella hermosa ocasión para divertirse.

—¡Qué delicada consideración, Vuestra Gracia, venir a visitar a vuestra humilde servidora en su modesta morada— susurra la rani. —¿Podrá excusar a mi pobre pierna que me impide levantarme para recibiros...?

«¿Les dolerá a todas la pierna?», se pregunta lady Violet advirtiendo que tal como la rani, las mujeres han permanecido sentadas. La rani le sonríe, afligida, y la mujer del gobernador, magnánima, se inclina para besarla. Ella nota un movimiento hacia atrás y sus labios sólo rozan el velo. «¡Qué tímidas son estas pobres mujeres; están tan poco acostumbradas a que nosotras, las inglesas, les manifestemos amistad... Siempre me precio de ponerme a su alcance, de demostrarles que las considero como mis iguales. Harry encuentra que exagero, que hay que hacerse respetar, pero es que me dan tanta lástima, encerradas, separadas de todo, ¡esclavas en un mundo de hombres!»

La conversación se inicia a propósito de los sorbetes de mango: el tiempo que ha hecho y el tiempo que hará; la belleza de los trajes de corte; la salud de los niños. Lady Violet se devana los sesos: ¿de qué se puede hablar con estas mujeres ignorantes?

—Me gustan mucho vuestros poetas— dice entonces la rani, —especialmente lord Byron.

—¡Cómo! ¿Sabéis inglés?— se alarma lady Violet.

—Lo leo, no lo hablo. Pero explicadme, ¿qué quiere decir Milton en *El paraíso perdido*?

—¡Oh!, es una teoría muy confusa sobre la vida y la muerte— farfulla lady Violet, que antes de confesar que nunca ha leído a Milton se dejaría hacer picadillo. —De todos modos, está completamente superada.

—¿De verdad?

La rani la mira con aire sorprendido en el que la mujer del gobernador cree descubrir una pizca de ironía. «¡Qué mujer tan pedante esta pequeña rani», piensa; «¡ya la pondré en su lugar!»

—Vuestro esposo el rajá es un hombre fascinante. Pasamos horas discutiendo juntos, tanto más cuanto que a mi marido no le interesa en absoluto la literatura y nos abandona para ir a jugar al golf.

—Ya lo sé, el rajá pasa más tiempo en vuestra casa que en la mía, incluso estoy algo celosa. No deja de hablarme de la bella...

—¡Oh, no, vamos!— protesta lady Violet, modesta.

—¡Sí, sí, la bella Sarah! ¿Ése es, no es cierto, el nombre de vuestra sobrina?

La mujer del gobernador palidece. Selma se muerde los labios, la rani sigue como la cosa más natural del mundo.

—El rajá piensa en una boda, ¿os ha hablado de ella?

—Bo... ¡una boda!

Con la impresión, lady Violet se pone a tartamudear. Se recobra:

—¿Vos lo permitiríais?

—¡Oh, sabéis, tengo un espíritu muy amplio! Pienso que sería bueno.

La idea le parece tan absurda a la mujer del gobernador que deja escapar una risita. ¡Su rubia Sarah casada con un indígena! Estos indios no comprenden nada entonces. Felizmente posee una excusa *ad hoc*.

—Me siento profundamente halagada de que el rajá haya pensado en mi sobrina, pero sólo tiene veintidós años, la diferencia de edad es demasiado grande.

—¿Cómo? ¡Mi hijo sólo tiene veinticinco!

—Vuestro hijo, pero...

—¿Dónde tengo yo la cabeza? Por cierto, no lo conocéis, ¡no podéis decidir sin haberlo visto! Mirad, hacedme saber cuando tengáis una tarde libre y organizaremos un encuentro. Estoy segura de que os gustará... ¡Qué bonita pareja harían! ¡Y qué encantadora conclusión a la amistad que une a nuestras dos familias! Una prueba más de que las personas de calidad saben superar los ridículos prejuicios del vulgo y...

Se interrumpe; con la mirada, Selma le advierte que va demasiado lejos y que lady Violet terminará por advertirlo.

Pero ésta está demasiado trastornada para advertir nada. Sólo tiene una idea: huir. Recogiendo su bolso y sus guantes, se deshace en agradecimientos, promete volver muy pronto para conocer al príncipe heredero, besa a la rani tres veces y, en su confusión, besa también a Selma, y se bate en retirada.

En el salón estallan las carcajadas.

—Al menos— declara la rani, —estamos seguras de que no volveremos a verla.

Luego, con expresión de asco, dice:

—¡Rápido, un paño con agua de rosa! ¡Qué manía tienen estas inglesas de besarte!

Viéndola frotarse con energía para hacer desaparecer la mancha, Selma piensa en su tía bisabuela, esposa del sultán Abd al-Aziz, que se hirió la mejilla de un cuchillazo para purificarse del beso de una «infiel». La «infiel», de visita en ese momento en Estambul, era la emperatriz Eugenia...

El Isota Fraschini enfila el camino polvoriento, evitando con bruscos virajes —¿quién se rebajaría a disminuir la velocidad?—, los rebaños de búfalos y los altivos camellos, las procesiones funerarias y las vacas sagradas, el alegre cortejo del novio que un caballo blanco lleva a casa de su prometida... Es un milagro permanente que aquel bólido se abra camino a cincuenta millas por hora por entre los apacibles estorbos que convierten los viajes por las carreteras de la India en verdaderas carreras de obstáculos.

—Jehanrabad tendrá que organizar una cacería de tigres para el gobernador. Si quiere su carretera, es lo menos que puede hacer— comenta Amir riendo. —Estos ingleses se creen todos grandes tiradores. ¡Si supieran cómo embrutecemos a esos pobres tigres! La víspera del gran día, soltamos, cerca de los arroyos donde van a beber, pequeños búfalos cebados de opio... En el caso de que esto no baste, siempre colocamos a un guardia escondido en los matorrales, que dispara al mismo tiempo que nuestro ilustre invitado. De manera que todo el mundo está contento: el gran cazador de fieras que se hace fotografiar con un pie conquistador sobre el tigre muerto— cuya cabeza embalsamada, colocada en un lugar destacado del salón, hará más tarde temblar a las damas, —y su anfitrión principesco, a quien, en medio de su júbilo, no podrá negarle un pequeño favor...

—¿Los despreciáis vos?

Amir se sobresalta. Mira a su esposa.

—¿A los ingleses? No los quiero, pero los admiro. Si tuviéramos la mitad de su energía, de su resistencia, de su lealtad...

—¿Su lealtad?

—¡Al Imperio! Por él están dispuestos a cualquier bajeza. Los favores que nos hacen no estarán nunca en contradicción con los intereses de la Corona. Aparte esto, pueden ser deshonestos sin ningún problema. Respecto del disimulo llamado oriental, no tenemos nada que enseñarles. Por lo demás, esto es lo que hace que las relaciones con ellos sean... excitantes.

«Cuando el gato juega con el ratón», se pregunta Selma, «¿en qué consiste la excitación para el ratón? ¿No se dan cuenta hasta qué punto los ingleses se burlan de ellos y los utilizan? Sus mujeres, confinadas detrás de los velos, son más lúcidas.»

—La rani de Jehanrabad odia a los ingleses que su marido admira tanto. Ella y sus amigas pretenden que son demasiado blancos para ser seres humanos. En su isla, aseguran que crecen árboles inmensos que tienen huevos: de esos huevos es de donde ellos nacen.

El rajá alza los ojos al cielo. ¡La estupidez de estas mujeres es inconmensurable!

—A propósito, querida, quería avisaros que recibí una carta de uno de mis viejos amigos de Cambridge, lord Stiltelton. Acaba de casarse con una vizcondesa, lady Grace, y han decidido pasar su viaje de bodas en la India. Pasarán algunos días en Lucknow y se alojarán en el palacio. Espero— añade irónicamente, —que vuestras convicciones nacionalistas no os impedirán recibirlos bien.

«¡Qué bonita pareja! ¡Cuán enamorados parecen!» Toda la velada, Selma los contempla con nostalgia, como un niño delante de una tienda llena de cosas maravillosas y prohibidas. Aquel color rubio, aquella indolencia, aquella complicidad risueña, la desesperan.

Sin embargo, la cena ha sido muy alegre. Han recordado Londres y París, han comentado las recientes obras de teatro, los restaurantes de moda, los grandes bailes de la temporada y, en voz baja, los últimos escándalos. Amir pide noticias de cada cual, se pasma, lanza carcajadas. Selma nunca lo había visto tan relajado y se sorprende al constatar que parece conocer a todo el mundo.

—Vuestro marido— le susurra lord Stiltelton, —era el animador de nuestro grupo, aun cuando había no pocos jaraneros. Pero Amir tenía una manera propia, poética y desenvuelta de transformar la velada más aburrida en una aventura. Todo el mundo se lo disputaba, por no hablar de las mujeres, que se volvían locas.

¿Amir, animador? Selma no cree a sus oídos. Se pone a fantasear: ¿si se hubieran conocido en Londres, habrían tal vez podido amarse? ¿Habrían podido?... ¿Cuál es entonces el sentimiento que los une en ese momento? ¡Ah, si él aceptara sacarse la coraza... pero Amir opina que el amor es una enfermedad del espíritu. La única vez que Selma se atrevió a preguntarle lo que sentía por ella, respondió: «Os admiro y os respeto». Nunca más volvió a hacerle la pregunta.

Lentamente se dirige hacia el piano, refugio bendito en el que puede aislarse sin parecer que huye. Aquel piano se debe a la intervención de Rashid Khan, pese al furor de Rani Aziza.

¡Querido Rashid Khan! Selma tuvo la agradable sorpresa de verlo esa noche, por primera vez desde su llegada a Lucknow. Pese a ser mayor, es también amigo de lord Stiltelton, que no habría comprendido su ausencia a la cena. Y en verdad, Amir no se sintió con valor de explicar a su antiguo camarada de juergas que él, el espíritu fuerte, racional, libre de prejuicios, mantenía a su mujer en purdah.*

Con la punta de los dedos acaricia el marfil y, pensativa, toca las primeras notas de un nocturno de Chopin. Melancolía, esperanza, pasión que se rompe y renace, temblorosa, fogosa; luego,

* Era frecuente que los indios educados en Europa exigieran que sus esposas observaran el purdah en presencia de hombres indios, pero no de extranjeros.

otra vez como un sollozo, expira un lamento delicado como el pétalo de una rosa, como una gota de rocío.

En sus manos, en su nuca, siente la mirada de Rashid, cálida, infinitamente tierna. Toda la velada sus ojos se han evitado, y sólo ahora, ahora que él la cree perdida en sus quimeras musicales, se atreve a mirarla. Contiene el aliento para captar cada detalle de aquella emoción, de aquella adoración que, como un rayo de sol sobre una flor campestre, la abre, le saca el aroma, la revive.

Sin embargo, no lo ama, lo sabe, está lejos de poseer la seducción de su hermoso marido. Pero en ese instante, sólo tiene un deseo, ovillarse en sus brazos, dejarse mecer. Ha bastado que la mire con sus ojos de comprensión y de amor, para que de pronto recupere a la Selma que era, hace apenas ocho meses, la joven dichosa a quien, en una mañana de primavera, recibió en el puerto de Bombay.

La voz de lord Stiltelton la saca de su ensoñación.

—Amir, ¿qué os parecería si fuéramos a terminar la velada al club de Chatter Manzil? Me han dicho que es un lugar suntuoso, el antiguo palacio de los reyes de Udh, ¿no es cierto?

Amir palidece.

—No pertenezco a ese club.

—No tiene ninguna importancia. El gobernador, a quien visité esta mañana, tuvo la bondad de dar mi nombre en la recepción.

Amir esboza una sonrisa.

—Sois recién llegado a este país, Edward, pero ya pasasteis por Calcuta, creo. ¿Fuisteis al Yacht-Club?

—Claro, es muy agradable.

—¿Sabéis cuál es la diferencia entre el Yacht-Club y el Chatter Manzil?

Amir habla lentamente, haciendo girar en la mano su copa de brandy, como absorto en su color ambarino.

—Pues bien, es ésta: en el Yacht-Club de Calcuta tienen prohibida la entrada los indios y los perros. En Lucknow son más tolerantes: aceptan a los perros.

Silencio de piedra. Todos los ojos se vuelven hacia lord Stiltelton, que está boquiabierto. En toda su vida no se había encontrado en una situación tan incómoda.

—¡Bromeáis! Seguramente es una regla para los indígenas, quiero decir para... mmmm, para el pueblo, no para gente como vos.

—¿Qué queréis decir? ¿Según vos, yo no soy indio?

—Vamos, Amir, pertenecéis a una de las familias más antiguas de la India. En Londres os llamaban «el Príncipe», las duquesas se disputaban el placer de recibiros...

—En Londres. Pero en mi país no es así.

Atónito, el joven lord se toma la cabeza entre las manos.

—¡Y se asombran de que la India pida su independencia!... Todos esos pequeños funcionarios, esos tenderos. Cuando pienso que se atreven a menospreciaros, ¡es increíble! Venid conmigo, forzaremos la entrada, ya veréis, no se atreverán a decir nada, o se toparán conmigo.

Amir mira a su amigo. Titubea. No tiene la menor intención de causar un escándalo, aunque pensándolo mejor, tal vez sea la oportunidad soñada para poner a las autoridades en dificultades. Stiltelton es conocido; pese a su juventud, es un miembro eminente de la Cámara de los Lores. ¿Por qué no intentarlo? De todas maneras, a él le conviene: o su amigo se impone y crea así un precedente que acabe con el dogma bien establecido de la superioridad británica, o los obligan a partir y es el escándalo. En este estadio de la lucha por la independencia, este tipo de escándalo podría ser conveniente.

Es noche de luna llena. El Rolls se desliza por la avenida principal, entre las palmeras de troncos plateados y los tricentenarios banians. La larga fachada del palacio Chatter Manzil está iluminada y las tres cupulitas de bronce dorado centellean.

—¡Qué bonito es!— se extasía la joven lady.

Amir se abstiene de precisar que en otro tiempo aquellas cúpulas eran de oro pero que sus compatriotas se las... —¿cómo se dice educadamente?— bueno, en pocas palabras, se las robaron.

El coche se inmoviliza bajo el imponente portal donde ya se hallan estacionados una veintena de coches. Una cortina de plantas y de flores llega hasta el suelo formando una cascada fresca y perfumada. Lord Stiltelton toma a su amigo por el brazo y se dirige resueltamente hacia la entrada, cuando el portero se interpone.

—Excúseme, sir, pero está prohibido...

Altanero, lord Stiltelton lo mira de arriba abajo sin siquiera detenerse.

—¿Sabes con quién hablas? ¡Yo no tengo nada prohibido!

Con un gesto de la mano, barre las leyes y a aquel microbio que pretende hacerlas respetar.

«Buen comienzo», piensa Selma, y se vuelve para sonreírle: es la primera vez que encuentra a un inglés simpático. Nada le gusta más que aquel tipo de desafíos. A su lado, siente que lady Grace se pone rígida: se acercan a los salones y la nube de mayordomos que pulula por allí representa a unos adversarios mucho más temibles que un portero aislado.

La gran sala de recepción del Chatter Manzil está aquella noche enteramente adornada de rosas. En un pequeño estrado, una orquesta toca en sordina. Silenciosos, los criados con turbante se deslizan llevando pesadas bandejas de plata llenas de botellas multicolores. Casi todas las mesas están ocupadas y, contrariamente a lo habitual, son numerosas las damas presentes. De las conversaciones sólo se escucha un leve murmullo, amortiguado por las gruesas alfombras y los paneles de madera que recubren los muros.

«Debe de haber una fiesta», piensa Selma, «no podíamos haber caído mejor: mañana toda la ciudad estará al corriente». Un escalofrío le recorre la nuca, tiene la impresión de entrar en la arena.

Su llegada interrumpe las conversaciones; en el silencio, la música cobra fuerza. Todas las miradas están fijas en ellos. Completamente relajado, lord Stiltelton pregunta por la mesa que ha hecho reservar. El primer mayordomo, un inglés de la vieja escuela, se adelanta. Como un pez que se ahoga, abre la boca varias veces, pero no consigue proferir el menor sonido. Dos colegas vienen en su ayuda.

—Su mesa está ahí, sir, un poco detrás de la orquesta, pero...

—¿Pero qué?— le corta lord Stiltelton altanero, —¿qué estáis esperando para conducirnos a ella? ¡Aquí tienen maneras bastante curiosas!

—Sir, es imposible... El señor que lo acompaña... Las reglas del club no permiten...

—¡Comenzáis a importunarme, muchacho! El rajá de Badalpur es mi invitado. Faltarle el respeto sería faltármelo a mí. ¿Por casualidad tenéis la intención de insultarme?

El mayordomo se pone pálido. Sin insistir más, se eclipsa.

Burlón, lord Stiltelton recorre a la concurrencia con los ojos. No encuentra ninguna mirada: todos han vuelto, con expresión concentrada, a su conversación.

—Pues bien, Amir, sentémonos, las damas deben de estar cansadas.

Al cabo de un momento, un criado indio viene a tomar el pedido. Después de pensarlo, han enviado al más joven. El lápiz le tiembla en la mano, evita mirar al rajá. Alrededor de ellos, los comensales han comenzado a abandonar las mesas, algunos en medio de un silencio glacial, otros manifestando en voz alta su reprobación. Pero nadie se atreve a afrontar directamente a aquel arrogante joven que parece —¡qué vergüenza!— divertirse mucho, mientras su esposa, escarlata, mantiene los ojos bajos.

No han pasado cinco minutos desde que se han sentado cuando se acerca un señor muy distinguido con smoking crema.

—Lord Stiltelton, me imagino. Bienvenido al Chatter Manzil, sir. Soy James Bailey, presidente del club.

—Encantado, señor Bailey. Dejadme presentaros a mi esposa, lady Grace, y a mis amigos el rajá y la rani de Badalpur.

Respetuosamente el director se inclina delante de las damas e ignora deliberadamente al rajá.

—Es un honor para nosotros recibiros, milord, así como a las damas. Pero nos es imposible recibir al señor, nuestro club está absolutamente prohibido a los... indígenas.

Ha pronunciado esta última palabra con una insolencia que hace saltar a Selma.

—¿Indígena? Pero yo también lo soy, señor, por mi matrimonio con el rajá. ¿Debo entender que me expulsáis también?

El director se muerde los labios.

—No, señora, podéis quedaros si queréis.

—Querido señor Bailey— interrumpe lord Edward glacial, —sabed que nos quedamos todos. A menos evidentemente que nos arrojéis a la calle. ¡Pero imaginaos el escándalo!

—Lo lamento muchísimo, milord, pero debo hacer respetar el reglamento.

Los dos hombres se enfrentan con la mirada. Ninguno tiene intención de ceder. Se ha convertido en una cuestión de honor. Como si no estuviera en absoluto implicado, el rajá degusta su brandy a pequeños sorbos. Todas las miradas están pendientes de la mesa. En un rincón, una media docena de mayordomos esperan.

Es el momento elegido por lady Grace para intervenir.

—Edward— gime, —estoy mareada... hace tanto calor aquí... Os lo ruego, salgamos, si no me voy a desmayar...

Reprimiendo un gesto de impaciencia, lord Stiltelton lanza una mirada a su esposa: parece realmente a punto de derrumbarse. Durante un instante se siente tentado de pedirle a Selma que la acompañe a la sala de descanso de las damas, pero se arrepiente: «Soy un granuja, la pobrecita no está acostumbrada a semejantes escenas. No tengo derecho a traerla aquí en viaje de bodas y hacerle sufrir todas estas historias».

—¿Os puedo ayudar?— se apresura a ofrecer el señor Bailey.

—No, o mejor sí, haced llamar el coche— responde lord Stiltelton.

—¡Qué cobarde!

Ahora que han vuelto, Selma deja estallar su cólera. No sabe qué la encoleriza más, si la amargura o el asco. El trayecto de vuelta se hace en un silencio incómodo. Lord Stiltelton jura por todos los dioses que llevará el asunto a Londres, pero nadie le contesta; todos saben que en Londres él juzgará que la queja está fuera de lugar, es fútil, si ya no ha olvidado lo que para él no habrá pasado de ser un incidente. Se separan deseándose «buenas noches», sabiendo perfectamente lo mala que será para todos.

Amir da vueltas por la habitación, con los dientes apretados. Desde que entraron en el club no ha pronunciado ni una palabra. Selma siente que en ese momento los detesta a los dos, a su amigo que lo embarcó en aquella aventura y lo traicionó al primer pretexto, y a ella, a su mujer, que sin querer también lo traicionó con aquella piel blanca que le da derecho a la ciudadanía al otro lado de la barrera.

Le gustaría hablarle, decirle que al desprecio hay que responder con un desprecio mayor. Selma no entiende cómo, después de tantas vejaciones, Amir y toda aquella aristocracia india siguen mezclándose con los ingleses, buscando su amistad. ¿De dónde les viene aquella extraña humildad a estos hombres tan fieros? ¿No se dan cuenta de que no recuperarán la fuerza más que si arrojan, no sólo a los británicos, sino todo el sistema de valores que éstos quieren imponer como un sistema universal?

Se calla. Sabe que en ese momento él sólo la soporta callada. Pero a lo mejor la va a considerar indiferente. Está tan herida... Se acerca, roza su brazo. Él se zafa brutalmente.

—¡Ah, no, dejadme tranquilo!

Esos ojos llenos de odio. La miran como si fuera una enemiga, o la rival en una competición absurda en la que cada cual quiere, de miedo a ser aplastado, probarle al otro su superioridad. Ella también es culpable de la comedia que comenzaron a representar desde el comienzo de su matrimonio —linaje contra fortuna—, por falta de confianza, porque ni uno ni otro se cree capaz de ser amado por sí mismo. ¿Habría esperado él, como Selma, otra cosa? ¿Que se les desprendieran las escamas y recuperaran la inocencia? Él la encerró en su papel de princesa, de mujer bonita y futura madre de sus hijos. Ella no quiere nada más, sobre todo no quiere una comprensión que podría romper el caparazón que se ha construido. Un caparazón que todavía debe reforzar. El incidente de esta noche lo prueba, pues sólo su fe ingenua en la amistad hizo posible esta humillación.

En el enorme lecho, Selma trata de conciliar el sueño. Ha comenzado a adormecerse cuando Amir se le acerca. Su aliento huele a alcohol. Sin una palabra, comienza a acariciarla, la mano sube, torpe, a lo largo de las piernas de la joven. Selma se pone rígida, le hace daño, intenta apartarlo.

Es más de lo que necesita para desatar su rabia. ¿Ella también lo rechaza? ¡Ya verá!

Con sus manos duras, le aprieta los brazos, la coloca de espaldas y la penetra violentamente, como si quisiera vengarse. Luego se vuelve y se queda dormido en el acto.

Con los ojos abiertos, Selma se sorprende de no llorar. Hace algunos meses aún habría gemido toda la noche. ¿Se ha endurecido hasta ese punto o esa noche comprende la cólera de Amir?

Esa noche... Jamás antes había sido tan agresivo, nunca la había querido herir deliberadamente... A su torpeza, a su precipitación, ha terminado por acostumbrarse. Sin embargo, no se ha resignado: cuando lo ve, tan bello, todavía se pone a soñar, tiembla imaginando suaves e interminables abrazos. Amir no sabe satisfacerla pero ha exacerbado su sensualidad. Cada noche espera y desespera. Su deseo es tan grande que le llena las piernas, las rodillas, el vientre.

Sola en la oscuridad, se contiene para no gritar.

X

Cuando Selma se despierta, el sol ya está alto en el cielo. Amir debe de haber salido hace rato. Pero ella no tiene ganas de levantarse. Se siente muy dolorida.

Oye un rasquido discreto en la puerta.

—¿Os importuno?

Es Zahra que, como todas las mañanas, viene a verla para desayunar. Selma le ha tomado mucho cariño a la jovencita, cuya inocencia la conmueve y la divierte. Entre ellas, aquel desayuno se ha vuelto un rito sin el cual no podrían comenzar el día.

Mientras una criada trae una gran bandeja con un servicio de plata y finas porcelanas, Zahra se instala familiarmente sobre la cama.

—¡Si supierais el extraño sueño que tuve!— comienza. —Íbamos paseando tomadas de la mano y de pronto vos os transformabais. Vuestro vestido se cubría de pedrerías, resplandecíais, estabais tan hermosa que me deslumbrabais, no os podía mirar. Me aferraba a vuestra mano, pero se había vuelto gélida. Tenía la impresión de que me rechazabais y yo estallaba en sollozos... Entonces me desperté. ¿Sabéis?, estaba llorando.

Selma sonríe, se despereza.

—¿Estaba en realidad tan hermosa?

Zahra le coge la mano, cubriéndosela de pequeños besos.

—Mucho menos que en la realidad. La otra brillaba como un astro muerto. Vos, vos sois la luz, cálida, dorada. Por lo demás— agrega mordiendo una tostada cubierta de mermelada de naranja, —ya lo sabéis: os he dicho mil veces que sois la más hermosa.

Ambas se echan a reír. La admiración incondicional de la joven se ha vuelto tema de broma; el mismo Amir declara que si él quiere obtener algo de su hermana, debe pasar ahora por su esposa.

—Soy tan feliz— suspira Zahra, —mi vida ha cambiado completamente desde que vos estáis aquí. Antes me sentía sola, no tenía nadie en quien confiar; mi hermano estaba muy poco aquí, o demasiado ocupado para que lo importunase con mis problemas.

Se quita las sandalias y se tiende en la cama, con la cabeza apoyada cariñosamente en la cadera de Selma. Maquinalmente, ésta le acaricia el pelo oscuro y la frente combada, como la de Amir. Con los ojos cerrados, Zahra emite un pequeño gruñido de placer y, levantándose ligeramente, desliza la cabeza en el hueco de la cadera. Selma tiembla, un escalofrío la alarma, un deseo loco de coger aquella cabeza sedosa y aplastarla violentamente contra su vientre.

Bruscamente se zafa.

—¡Basta de niñerías! ¡Dejadme ya! Debo vestirme para ir a casa de Rani Shahina.

Zahra se incorpora, desconcertada. Nunca le había hablado Selma en un tono tan severo. ¿Habrá dicho algo que la haya irritado?

Sola frente a su tocador, Selma se toma la cabeza entre las manos. Respira difícilmente, aún consternada por el vértigo que hace un momento ha estado a punto de ahogarla. Ha tenido que recurrir a toda su fuerza de voluntad para no dejarse llevar. Pero ahora, el cuerpo se venga: un calambre le tensa el vientre de forma tan dolorosa que las lágrimas acuden a sus ojos. Poco a poco intenta recuperar el aliento, controlar el dolor. Así, la garra se afloja, dejándola exangüe. Cuando levanta la cabeza, el espejo le devuelve la imagen de una desconocida. Con el rostro asolado por ojeras negras, la boca marcada por amargos pliegues.

A la entrada del palacio de Nampur, Selma es recibida por dos tigres. Con los ojos de vidrio y las pieles algo apolilladas, muestran sin embargo un aspecto muy fiero. La dama de compañía de la rani se deshace en excusas: Rani Saheba aún no está preparada, Su Alteza puede esperar un momento en el salón, le servirán refrescos... Selma asiente, feliz de permanecer un rato sola.

El silencio de la vasta habitación, con ventanas cubiertas por pesadas cortinas, es tranquilizador comparado con la agitación de gallinero que reina en el palacio de Badalpur. Selma le encuentra una tranquila tristeza que la apacigua. Dos criadas traen manjares suficientes para saciar a una docena de hambrientos, y se eclipsan discretamente. Selma se sorprende: es la primera vez que en la India le regalan un poco de soledad. Seguramente se debe a que la rani es medio inglesa; ha sabido imponer respeto a la vida privada, inimaginable en una casa completamente india.

Mientras saborea a pequeños sorbos un té perfumado, le parece oír un ruidito detrás del biombo de laca, al fondo del salón. Aguza el oído: nada. Debió de confundirse. Sin embargo... siente una presencia, juraría que la espían. «¡Vamos!», piensa burlándose de sí misma, «este salón parece tal vez un poco inglés pero de todos modos estamos en la India».

Bastaría con exclamar «¿Quién está ahí?» para que la indiscreta huyera, aunque en una casa amiga no sería muy delicado. Y después de todo, ¿cuál es la diferencia de que la observen desde detrás de un biombo o desde el suelo, a sus pies? Hay que resignarse: en este país uno no se sustrae nunca a la curiosidad.

El ruidito se ha hecho más fuerte, como si ya no intentaran ocultarse. Proviene con toda seguridad de la seda de una gharara, un pesado tejido que indica la presencia de una persona de calidad. No se trata del delgado tafetán con que se visten la criadas. Selma espera, intrigada. De repente aparece una mano muy delgada que se aferra al biombo, blanca sobre la laca negra. Fascinada, Selma no puede apartar la vista de esa mano inmóvil, que no parece unida a ningún brazo.

—¡Marchaos!

La voz ha sonado lastimera, una voz de anciana. Selma se sobresalta. No cree en fantasmas, pero esa presencia invisible y hostil, la atmósfera extraña de aquel salón... Aferrada a su sillón, mira el rincón sombrío de donde ha salido la voz, y esa mano que ahora le parece descarnada como la mano de un espectro.

—¡Huid, huid, rápido!

Aparece una delgada silueta, con los cabellos de nieve flotando sobre los hombros. Avanza con dificultad, como si el vestido de grueso brocato fuera demasiado pesado para su cuerpo agotado. Los ojos color pervinca miran a Selma insistentemente, los labios tiemblan.

—Escapad, hija mía... Después será demasiado tarde.

La mirada se opaca, como velada por una nube. Lentamente comienza a balancear la cabeza de un lado al otro.

—Demasiado tarde— repite, —demasiado tarde...

—¡Ah, ya veo que mamá ha venido a visitaros!

Entra Rani Shahina. Su voz clara, su rostro jovial, sacan a Selma de la fascinación mórbida por la que se había dejado llevar. De nuevo el sol pasa a través de las ventanas.

Afectuosamente, la rani toma la mano de la vieja dama.

—Vamos, mamá, estáis fatigada, debéis descansar.

Llama. De inmediato se presenta una mujer.

—Conducid a la Begum Sahab a sus apartamentos, y no la dejéis sola, os lo he dicho cien veces.

Y volviéndose hacia Selma, dice:

—Lo siento muchísimo, estáis lívida. ¿Qué os ha dicho mi madre para impresionaros así? Tiene perdida la cabeza, ¿lo sabíais?

—¿Estáis segura?— murmura Selma pensativa, —me recomendó que huyera de este país antes de que fuera demasiado tarde...

—¡Pobre mamá! Le habéis recordado su juventud, cuando, igual que vos, llegó como extranjera a la India. Quiso preveniros para que no corrierais la misma suerte. Pero la situación es completamente diferente. Era hace cuarenta años, las costumbres han cambiado desde entonces. Y además, vos sois medio oriental, comprendéis nuestra cultura.

Rani Shahina parece hacer esfuerzos para seguir:

—Mi madre era una joven inglesa, sencilla, de la burguesía londinense. Se enamoró locamente de mi padre que por entonces estudiaba en la universidad. Era bello, rico, encantador. Se casaron y, al cabo de un año, la trajo a Lucknow, al seno de una familia que no la aceptó nunca, considerando que el hijo mayor debía casarse con una india.

»Me imagino que al comienzo creyó que a fuerza de gentileza, de docilidad, lograría vencer su hostilidad. Pero rápidamente tuvo que rendirse a la evidencia de que era imposible, que siempre sería una intrusa. ¿Por qué se quedó, por qué aceptó esta vida de encierro muchísimo más rígida que ahora? ¿Porque amaba a mi padre? Durante los primeros tiempos, seguramente fue por eso, pero después, él la abandonó y ella se quedó a causa de nosotros, sus hijos. Mi padre, que la veía poco, la dejaba encinta todos los años, como si supiera que era el único medio de retenerla. Dio a luz diecisiete veces. Sólo sobrevivimos seis.

La voz de Rani Shahina se quiebra.

—Lo más terrible es que, en cuanto nacían, le quitaban a los bebés. Mi abuela se negaba a que sus nietos fueran educados por una inglesa. Nos encomendaron a mujeres de la casa que nos servían de nodrizas. Sólo teníamos derecho de ver a nuestra madre una vez al mes. Recuerdo mis llantos cuando, siendo una niña muy pequeña, al cabo de una visita de unas horas, me separaban de ella. Pataleaba, gritaba, sollozaba... y ella, con los ojos anegados de lágrimas, me suplicaba que fuera juiciosa.

Conmovidas, las dos mujeres se miran en silencio. ¿Han cambiado mucho las cosas? Selma no lo cree, pero no se dejará avasallar, sabrá hacerse respetar.

Para distraerse, Rani Shahina propone un paseo a Hazratganj, el centro elegante de Lucknow, para mirar las vitrinas de Navidad.

—Es muy bonito, los ingleses hacen esfuerzos increíbles para reconstruir la atmósfera de su país. Sólo falta la nieve.

La calle principal de Hazratganj está adornada con guirnaldas de luces. Se entrecruzan de una acera a la otra, formando bóvedas de colores. En cubas de madera, las palmeras enanas centellean como árboles de Navidad.

Tal como las mujeres indias, Selma viene poco a este barrio, frecuentado casi exclusivamente por británicos. La mayoría de las tiendas, de los restaurantes, de los cines, les pertenecen, y el personal, cuando no es inglés, es anglo-indio.

Hoy es víspera de fiesta y reina una animación intensa. Grandes automóviles están estacionados delante de las tiendas, así como algunas calesas. Pero no se ven ni palanquines ni *doli*, el modesto palanquín de dos porteadores, ni las carretillas de colores tiradas por un caballo que llaman *tonkas*. Estos medios de transportes, más tradicionales y más populares, que pululan por las estrechas calles de la ciudad vieja, aquí parecerían fuera de lugar.

—¿Por qué no vamos a White way?— sugiere la Rani Shahina, —quisiera comprar cintas y encajes. Parece que acaban de recibir de Londres.

White way es el mayor almacén de Hazratganj. En él se encuentran todas las mercancías importadas, desde los sombreritos que hacen furor ese año hasta los ingredientes necesarios para la confección del *pudding*.

La calesa las deja justo delante de la entrada principal. Selma se quita el burkah, que sólo había utilizado para salir del palacio de Nampur. Aquí, para ella, es Europa, se siente en libertad. En cambio, su compañera sólo se levanta cuidadosamente el velo.

Cuando entran en el vestíbulo, todas las miradas convergen en ellas. Pues si los ricos indios vienen a menudo a este templo de la elegancia a comprar camisas de Harrod's, trajes de Pope & Bradley o calzado de Loeb, es raro que sus mujeres vengan.

De hecho, sólo hay dos o tres hindúes con saris tornasolados. Ellas son las únicas musulmanas. A Selma le gustaría deambular, mirando trajes sastre o vestidos de noche, e incluso estolas de piel «imposibles de llevar aquí», piensa, opinión que no parecen compartir algunas damas que exhiben estolas de nutria o mantos de martas cebellinas. Pero la rani parece incómoda. Tomando a Selma de la mano, la lleva al departamento de lencería, al fondo de la tienda.

Detrás del mostrador se afanan tres vendedoras, jóvenes y rozagantes con sus vestidos de seda negra adornados con chalinas blancas. Su tez clara, realzada por el maquillaje, su acento impecable, les haría parecer inglesas, pero los ojos de cierva, los cabellos negro azabache revelan su mezcla de sangre.

Han terminado de atender a sus clientas y charlan, haciendo como que no ven a las dos mujeres que esperan.

—¿Señoritas?— las interrumpe suavemente Rani Shahina.

De mala gana, se acerca la más joven.

—¿Qué quiere?— pregunta con tono altanero, intentando que su acento sea del más puro estilo oxoniense.

Selma la mira atónita. ¿Quién se cree que es? Decide no intervenir: es la rani la que debe ponerla en su lugar. Pero esta última parece no haber notado nada.

—Me gustaría ver vuestras últimas remesas de cintas y encajes.

—¿De qué color?

—En los rosas y en los cremas. ¿Podéis mostrarme lo que tengáis?

La vendedora alza los ojos al cielo.

—Si usted cree que lo único que tengo que hacer es esto... Debe decirme el tono exacto. No es la única en la tienda.

Selma salta.

—¡Basta! ¡Excusaos con la rani! ¡Inmediatamente!

—Pero...

—¡Inmediatamente! ¡O iré a ver al director en este instante y os doy mi palabra de que os despedirán de inmediato!

De mala gana, la joven farfulla:

—Lo siento mucho...

—Y ahora— sigue Selma roja de cólera, —traed todos los encajes y todas las cintas, de todos los colores. ¡Y sonriendo, por favor! ¿Quién os habéis creído para comportaros de esa manera con las mujeres de vuestro país? ¿Pues sois anglo-india, no es cierto?

La vendedora se ha puesto lívida. La pregunta de Selma no es inocente. En la India, los que tienen mezcla de sangre, fruto a menudo de relaciones pasajeras entre cortesanas y soldados ingleses son menospreciados. Obsequiosos con los británicos, llenos de soberbia con los indios, son utilizados por los primeros y detestados por sus compatriotas, a quienes tratan desdeñosamente de «morenuchos».

—¡Pobre chica! No debisteis ser tan dura— le reprocha la rani a Selma cuando salen de la tienda. —Estos «anglo-indios» viven en una situación imposible. Se dicen «ingleses de la India» y desprecian a los indios. Cuando hablan de «nuestra tierra», quieren decir Inglaterra, adonde no tienen ninguna oportunidad de viajar. No entienden que nunca serán aceptados por los ingleses, que se mofan de su pretensión de ser «blancos». Son más dignos de lástima que de censura.

Selma sacude la cabeza. A lo mejor está equivocada, pero no siente la menor simpatía por la gente que reniega de sus orígenes. Se pregunta si la comprensión de Rani Shahina viene del hecho de que ella misma es medio inglesa. No «anglo-india», por supuesto, pues ese calificativo sólo es aplicado a una categoría despreciada. Los pocos matrimonios entre aristócratas indios e inglesas de buena familia son en cambio muy bien vistos. La joven es prueba de ello: procedente de este tipo de unión, fue elegida para convertirse en esposa del rajá de Nampur. Pero, en el fondo, ¿cómo lo soporta ella?

—Perdonadme si soy indiscreta, pero vos siempre decís: «Los ingleses de aquí, los ingleses de allá»... ¿Vos misma no os sentís un poco inglesa?

La rani se detiene. Mira a Selma con ojos tristes.

—Ni vos ni yo sentiremos nunca que pertenecemos a nada. Es un sufrimiento constante que deberemos intentar convertir en riqueza. ¡Si tenemos fuerzas!

Al pie de la calesa, el cochero espera. La rani se apresta a subir.

—Caminemos un poco, necesito tomar el aire— ruega Selma.

—¿Caminar por la calle? No preferís que vayamos al parque de la Residencia?* Es más tranquilo.

¿Cómo explicarle que justamente necesita la multitud, los rostros diferentes, el polvo, la fealdad, incluso si la empujan, qué importa? Se ahoga en la atmósfera protegida en la que está confinada, necesita sumergirse en la realidad. Con un vuelco del corazón, recuerda Beirut, la libertad de la que gozaba. Por entonces no hubiera podido imaginar que el hecho de pasear por la calle llegara a constituir para ella una aventura.

Pese a las protestas de las dos damas de compañía que, rezongando, acomodan en el cabello de Selma el velo que insiste en caerse, darán algunos pasos por la calle. A cada momento son detenidas por pequeños comerciantes que abarrotan las aceras y les proponen confites, incienso y guirnaldas de jazmín perfumado, pero, sobre todo, son requeridas por hordas de mendigos famélicos, en su mayoría mujeres con niños. Selma se sorprende de verlos tan limpios, con una expresión de dignidad nada habitual en los que tienen como profesión el vivir de la caridad pública.

—Son campesinos de los campos de los alrededores— explica

* La Residencia era el antiguo fuerte del ejército inglés, destruido en 1857 durante la rebelión de los cipayos. Su parque ha quedado como zona verde.

Rani Shahina. —La hambruna es terrible este año: tras una larguísima sequía ha habido lluvias diluvianas, y los cultivos que no se han quemado se han podrido en los campos. Esta gente es demasiado pobre para hacer economías de un año para otro. Con las mejores cosechas les alcanza justo para vivir. Y cuando, como sucede a menudo, la cosecha es mala, su única esperanza de vida es venir a la ciudad a implorar ayuda.

La rani le indica a su dueña que distribuya el dinero que ha sobrado de las compras. Selma se apresura a imitarla, avergonzada de sus ricos vestidos recamados de oro. Sintiendo su compasión, las mujeres se aglutinan alrededor de aquella hermosa dama blanca y empujan hacia ella a sus niños. Incluso una rechaza el dinero. Es joven y debió de ser bonita, pero el agotamiento, las privaciones, le han estragado el rostro. Con expresión desesperada, mira a Selma y le pone en la mano la mano de la niña.

—¿Por qué no coge el dinero? ¿Qué quiere de mí?— pregunta Selma.

—Quiere que cojáis a su hija, para que esté alimentada, cuidada, para que tenga un techo. En otros tiempos, durante las hambrunas, las familias ricas recogían así a los niños a cambio de una pequeña cantidad de dinero entregado a los padres, y los enseñaban a desempeñar las diversas tareas del hogar. En general eran bien tratados pero no eran libres de irse. Aunque, salvo casos excepcionales, no se les habría ocurrido hacerlo: llegaban a formar parte de la casa.

»Pero desde hace algunas décadas, los ingleses prohibieron este tipo de prácticas, que calificaron de esclavitud, y tal vez tuvieron razón... En todo caso, esas mujeres están desesperadas, no comprenden por qué nos negamos a lo que se ha convertido en una tradición, e incluso, desde su punto de vista, un derecho.

Con su voz suave y firme, intenta explicárselo, medio en urdu, medio en su dialecto. En varias ocasiones, Selma la oye pronunciar la palabra «ingrese» y ve cómo se cierran los rostros alrededor de ella.

—Partamos ahora, por el contrario no podremos librarnos de ellas, se aferrarán a vos, sienten que sois el eslabón débil.

Suben a la calesa y las acompañantes cierran las portezuelas. Tristemente, las mujeres miran partir a aquellas ricas begums que por unos momentos creyeron podrían arrancar a sus hijos de la muerte.

Una vez en su casa, Selma se encierra en su habitación. Tiene ganas de estar sola. No podría soportar el parloteo de las mujeres del palacio que pasan el tiempo cebándose con halva. Las aborrece. ¿Y ella, hace algo más que esas mujeres? Ella es desdichada. ¡Mira qué bien!, ante su puerta, mujeres y niños se mueren de hambre...

—Uno se acostumbra— dice Amir...

¡Nunca! Dios quiera que nunca sufra menos ante esa miseria, que nunca olvide la mirada de esas campesinas, mirada llena de esperanza, luego de reproches cuando las portezuelas se cierran. ¿Reproches? Ni eso, resignación, acusación mucho más terrible que la injuria o la sublevación. Una sublevación que ni se les ocurre, ni tienen fuerza de llevar a cabo. Además, ¿sabrán al menos que, igual que los demás, tienen derecho a la vida?

En Estambul, durante su infancia, Selma vio la miseria, seguramente tan atroz como en la India. Pero aquella miseria era debida a la guerra que desde hacía años asolaba el país. Era una «situación excepcional», que combatían y sabían que podían superar.

Aquí, cada día mueren de hambre miles de niños, es un hecho aceptado, previsto, al que se está habituado. Lo contrario sorprendería. ¿Quién sabe, se pregunta Selma, si los ricos no tendrán más apetito porque saben que comer es un privilegio y la obesidad un signo de status social? ¿Tendrían el mismo placer de ser ricos si no hubiera pobres que les recordaran a cada momento la suerte que han tenido?

Golpean a la puerta.

—Rani Saheba, hay afuera una mendiga con tres niños: insiste en veros. Le dijimos que era imposible pero dice que os conoce, se niega a irse.

—¡Hazla entrar!

Es la campesina de hace un rato, la que empujaba a su niña a los brazos de Selma. Intimidada, se detiene en el umbral de la habitación. Selma le sonríe, feliz de que haya venido. Podrá reparar lo que tal vez le había parecido a aquella mujer indiferencia o dureza. Se quedará con aquella espléndida niña, la dejará para su servicio personal. Amir no se lo puede negar.

La campesina ha comprendido. Se precipita a los pies de la rani, besa el ruedo de su vestido. Llora de alegría: ¡su hijita está salvada!

Advertido por los eunucos, llega el rajá. En pocas palabras, Selma le explica la situación:

—Sé que frente a este desastre no podemos hacer mucho. Pero al menos tomemos a esta niña. Una más en este palacio, nadie lo advertirá.

Amir sacude la cabeza con expresión fastidiada.

—Lo siento muchísimo. La ley inglesa lo prohíbe. Darían parte: no confío en absoluto en el personal del palacio. Evidentemente, no es la ley lo que me preocupa, sino las posibles consecuencias políticas, en un momento en que todos intentan coger a los príncipes en falta. ¡Imaginaos el uso que haría el partido del Congreso del hecho de que los rajás se sirvieran de niños como esclavos! Los ingleses se verían obligados a castigarlos con rigor para que no los acusen de favorecer a la aristocracia a costa del pueblo. Y una parte de la opinión pública británica tendría un nuevo motivo para decir que somos incapaces de acceder a la independencia... No, de verdad, me gustaría complaceros pero actualmente la situación es demasiado delicada...

Le hace una señal a la campesina, saca del bolsillo una moneda de oro. Trastornada, Selma baja la cabeza. No las mira partir.

Semanas más tarde, mientras Selma, seguida de su dueña, hace sus compras en el mercado de Aminabad, es abordada por una vieja mendiga que empuja hacia adelante a una niña vestida con un saco de yute, del que salen dos brazos terminados en muñones. «¡Pobre niña!», tiembla Selma volviéndose hacia la dueña para recomendarle que sea más generosa que de costumbre. Pero la niña no le da tiempo; se precipita sobre Selma lanzando chillidos inarticulados; la boca abierta muestra la lengua cortada. Selma hace un movimiento de retroceso, horrorizada por el dolor y el odio que salen de los ojos sombríos, pero de inmediato se recobra: «¡Qué cobarde soy, esta niña parece querer decirme algo!». Violentándose, mira el pequeño rostro y se le ocurre que tal vez lo había visto antes. ¿Pero dónde?

De repente, ahoga un grito. Con ambas manos, aparta los cabellos enmarañados, despeja la frente y se detiene, helada de horror: es ella, es la niña que el otro día no pudo recoger.

—¿Qué te ha sucedido? ¿Dónde está tu madre?— le grita a la niña que la mira.

Y volviéndose hacia la vieja, la toma del hombro y la sacude:

—¿Quién sois? ¿Qué le ha sucedido a esta niña?

Bruscamente la mendiga se aparta y, apoderándose de la niña que se debate, se pone a correr. Selma intenta seguirlas, pero se desvanecen en la muchedumbre. No sirve de nada insistir, nunca podrá encontrarlas. La única esperanza es la policía.

La comisaría de Aminabad está junto al mercado. El sargento indio que está de guardia examina con curiosidad a aquella mujer blanca vestida a la india. No logra captar el motivo de su agitación.

—Si os entiendo, *mem sahab*,* ¿la niña pertenece a vuestra familia?

—No, pero...

—Entonces, ¿por qué os ponéis así? ¿Dónde está el problema?

* *Mem sahab*: tratamiento dado a las mujeres blancas. Deformación de dama sahab, la dama del amo.

Si hubiera que preocuparse por todos los desventurados de este país no se podría vivir.

—No os pido vuestra opinión— le corta Selma escandalizada, —sólo os pido que cumpláis con vuestro deber de policía, de coger algunos hombres y registrar el mercado para encontrar a esa vieja y a la niña. Seréis bien recompensado.

El oficial sacude la cabeza.

—Está bien, lo intentaremos.

No se encontró ni rastro de la niña.

—Era de prever— comenta Amir, a quien Selma le ha contado el encuentro, —esos mendigos son profesionales, constituyen una red muy bien organizada. La policía recibe una cantidad regular para que los dejen tranquilos y no tienen ningún deseo de buscarse problemas al respecto.

—Pero...

Selma casi no se atreve a hacer la pregunta, aun cuando necesita saber.

—¿Pero qué le ha podido ocurrir a la niña? ¿Un accidente?

El rajá mira a su joven esposa con lástima.

—¿Por qué me lo preguntáis? Vos lo habéis adivinado... Hay demasiados mendigos en la India, una mano tendida no conmueve a nadie. Por eso, algunos compran niños a los padres demasiado pobres para conservarlos. Y, para provocar lástima, los mutilan... Es un fenómeno que se ha extendido considerablemente después de la prohibición de la esclavitud.

Lívida, Selma coge el brazo de su marido.

—Amir, hay que hacer algo.

Los ojos negros se oscurecen más aún; Amir parece profundamente cansado.

—¿Qué queréis que hagamos? ¿Restablecer la esclavitud? ¿Os imagináis el escándalo en el mundo «civilizado»? La gente vive de ideas preconcebidas, no quiere ver la realidad. Lo importante para el gobierno es que la India muestre hacia el exterior un rostro adecentado.

»Creedme, todo está viciado, no se puede hacer nada.

XI

—¿Tuvieron fiebre los ingleses anoche?

Con expresión inquieta, la dama de compañía interroga a Selma que la mira atónita: «¿Qué pretende esta loca? ¿Cómo puedo saber si tuvieron fiebre los ingleses? De todos modos creo que exagera. ¡Haría mejor preguntando por mi salud!»

Desde ayer está en cama. Las emociones de las últimas semanas han quebrantado sus nervios. Está bañada en sudor, siente la cabeza a punto de estallar.

—Los ingleses tienen las mejillas rojas— sigue la dama de compañía, —los he oído toser.

—¡Pero bueno! ¿Queréis dejarme tranquila con vuestros ingleses?— explota Selma. —¿Qué pueden importarme?

Zahra, sentada a su lado, se echa a reír.

—Tranquilizaos, Apa, esta pobre mujer no hace más que seguir la tradición. Creen que asociando una cosa mala al nombre de alguien querido le traerá mala suerte. De esta manera, no se dice nunca: «¿Estáis enferma?» sino «¿Están enfermos vuestros enemigos?» En Lucknow, las mujeres, que odian a los ingleses, se han acostumbrado a reemplazar la palabra «enemigo» por «inglés». Por eso, en lugar de preguntar: ¿habéis tenido fiebre?, os preguntan si los ingleses han tenido fiebre.

Llaman a la puerta: el hakim Sahab ha llegado. El hakim Sahab es el médico de la familia. Según Zahra, tiene al menos ochenta años. La víspera habían intentado encontrarlo, pero estaba ocupado descansando. Envió a sus ayudantes para que trajeran tres sellos envueltos en un trozo de papel de periódico y anunciaran su visita para el día siguiente.

Las criadas se agitan alrededor de Selma. Dos de ellas han cogido una manta en la cual han hecho cuidadosamente dos agujeros, de diámetros diferentes. Luego, colocándose a cada lado de la cama, la despliegan verticalmente, ocultando por completo a Selma, a Zahra y a ellas mismas.

—¿Qué están haciendo?— pregunta Selma alarmada.

—Pero bueno, Apa, hay que guardar el purdah.

—¿El purdah? ¿Con un médico de esa edad?

—¡Pero sigue siendo un hombre!— contesta Zahra, sorprendida del asombro de su cuñada.

—¿Y cómo va a examinarme?

—Es muy simple: por el agujero grande pasáis vuestro brazo para que os tome el pulso y verifique vuestros reflejos. Por el pequeño podrá examinar vuestra lengua y vuestra garganta.

Selma se deja caer en los almohadones.

—Pues bien, con esta clase de consultas espero no tener nada grave.

A través de la manta, ve entrar al hakim. Parece que le cuesta caminar; dos jovencitos lo sostienen y traen grandes cestos llenos de frascos, de tamaños y de colores diversos. Hakim Sahab sólo cura por el método védico, el arte de la medicina de la antigua India basado exclusivamente en la absorción de infusiones de hierbas, de cortezas y de hojas.

Delicadamente, palpa el brazo de Selma, mueve todos los dedos a través de él y apoya el índice en la arteria de la articulación del codo, operaciones todas subrayadas con sonoros «hum» y breves órdenes a sus asistentes que respetuosamente anotan en una hoja las observaciones del maestro. Luego, de uno de sus innumerables bolsillos, saca una rasqueta de plata.

—¿Querría Rani Sahab abrir la boca?

Con un gesto rápido, extrae un poco de la materia blanquecina que cubre la lengua de la enferma y, con el ceño fruncido, lo olfatea. Durante un momento, permanece silencioso, con los ojos semicerrados. Finalmente, con voz grave, da su diagnóstico.

—El hígado está obstruido como consecuencia de una calentura de los nervios, obstrucción que provoca una disminución de la circulación sanguínea, una mala eliminación de los humores y, consecuentemente, fiebre y dolor de cabeza. Rani Sahab deberá tomar un frasco de este líquido amarillo cada hora impar y un frasco de este líquido rosa cada hora par. Sobre todo, que no se equivoque. Por la noche deberá tomar una parte de polvo azul mezclado con dos partes de polvo blanco. Lo mismo por la mañana. Es un tratamiento simple para un pequeño malestar del que Su Señoría se repondrá del todo en cuanto la luna comience a menguar.

—¿Qué significan estas recetas de brujo?— se indigna Selma en cuanto el hakim da vuelta la espalda.

—No os engañéis, Apa, la medicina védica es muy segura. A menudo es mucho más eficaz que la medicina europea. El año pasado, me curó de una ictericia en quince días mientras otros que se hacen curar por médicos ingleses, apenas podían levantarse al cabo de dos meses.

—¿Y qué significa eso de la luna llena?

—Cuando la luna está menguante, los humores reposan, es muy sabido— declara Zahra con la mayor seriedad. —Vamos, Apa, tranquilizaos. Tenemos suerte, sabéis. En tiempos de mi abuela, el hakim no tenía derecho de ver ni el brazo ni la lengua de la paciente y aún menos tocarlos. Se pasaba un hilo por la muñeca de la paciente, cuya extremidad sostenía el médico sentado fuera de la puerta. A través del temblor de este hilo debía adivinar los grados de fiebre y dar su veredicto.

—Me imagino que pocas mujeres se libraban...

—En efecto, había muchas muertes— admite Zahra sin notar la ironía. —Felizmente hemos hecho enormes progresos desde entonces.

Las damas del palacio aprovechan la enfermedad de su rani para invadir la habitación. La puerta, que para gran indignación de esas mujeres, Selma acostumbraba mantener cerrada, ahora golpea con las corrientes de aire y constituye un inútil adorno del que se vengan dándole de paso discretos taconazos. Solícitamente, se afanan alrededor de la cama de la enferma: para aquellas mujeres ociosas el menor malestar de su ama es una verdadera suerte pues les permite la oportunidad de probar su abnegación y darse importancia. Una le traerá antes que las demás el medicamento, otra le arreglará los almohadones, le humedecerá las sienes con agua de rosas o le masajeará los pies recitándole poemas. Abejas zumbadoras, se mostrarán diligentes alrededor de su reina, demasiado débil para resistirse.

La llegada de Begum Yasmina salvará a Selma de aquel exceso de celo. Hace al menos dos meses que no la ha visto, prefiriendo la compañía de Zahra o de la rani de Nampur. Hubiera pensado que podría estar herida por su silencio, pero la begum se comporta como si se hubieran visto la víspera.

Aquella mujer enérgica pronto despide a todo el mundo.

—¡Una enferma necesita tranquilidad! ¿Queréis matar a vuestra rani con este incesante parloteo?

Sin miramientos, echa fuera de la habitación a las damas y le devuelve su dignidad a la puerta.

—Pobre niña, debéis estar agotada. ¡Ya!, descansad...

Se sienta junto al lecho. Presencia silenciosa, apaciguante. Selma cierra los ojos, siente como si un tornillo le apretara la nuca y la frente.

—Dejadme masajearos, dicen que tengo manos mágicas.

Mágicas, es verdad, fuertes y ligeras, frescas y cálidas a la vez.

Lentamente los dolores se desvanecen para dar lugar a una sensación de bienestar. Selma se siente flotar, la nuca, la espalda, los hombros, todo su cuerpo, tan dolorido un momento antes, se relaja.

Las manos bienhechoras se detienen, ay, demasiado pronto.

—Ahora, dormid. Os dejo, volveré mañana.

Un leve beso en la sien y la maga desaparece.

Volverá al día siguiente y todos los demás días. Bajo sus manos expertas, se desvanecen los dolores, incluso la fiebre sólo libra una postrera e inútil batalla. Con los ojos cerrados, Selma se abandona a aquella suavidad imperiosa que se apodera de todo su cuerpo y que, miembro a miembro, lo amasa, lo electriza, luego lo apacigua. Es como si un chorro de miel se derramara por sus venas. No sabe dónde está ni quién se encuentra a su lado, se siente deliciosamente bien.

Sabias, las manos se deslizan a lo largo de la espina dorsal, demorándose en las caderas como para tomar posesión de ellas; luego, rápidas, levantan un muslo y lo despiertan dándole pequeños golpecitos secos. Finalmente, se concentran sobre el plexus y el centro nervioso por encima del ombligo.

—Es aquí donde se acumula la angustia— explica la begum, —lo sentís cuando, bajo los efectos de una emoción, vuestro estómago se anuda y tenéis dificultad para respirar.

Ahora, con un gesto singular, las manos rozan el vientre con un movimiento rotatorio, luego insensiblemente más lento, más apoyado. La joven se siente recorrida por un escalofrío. Inquieta, lanza una mirada a la begum. Felizmente, ésta no ha advertido nada. Seria, metódica, prosigue su tarea.

Selma siente vergüenza: ¿qué es esto, reaccionar así a un simple masaje? Comienza a soñar que es Amir quien la acaricia, que aquellas manos son las del hombre amado... Manos sensibles, poderosas que, de su vientre, imperceptiblemente, bajan hacia la floresta profunda por donde transcurre el río de almizcle.

—Dame tus ojos, alma mía.

De un salto Selma se incorpora, despabilada por aquellas palabras que hacen volar en pedazos su sueño. ¿Qué hace semidesnuda en brazos de aquella mujer que cubre su cuerpo de besos?

Se zafa bruscamente.

—¡Deteneos! ¿Estáis loca?

Se ha arreglado el camisón y contempla con estupor el rostro deshecho que le implora.

—Te lo ruego, no juegues conmigo, sabes perfectamente que te amo.

En la criatura que le tiende los brazos, con los rasgos estragados por un dolor indecente, a Selma le cuesta reconocer a la orgullosa begum, habitualmente tan dueña de sí misma.

—Selma, ¿sabes al menos lo que es la pasión?

Sus manos tiemblan pero no se da por vencida. Ha callado durante demasiado tiempo; ahora hablará; esta hermosa niña pelirroja que la mira con asco, esta vez la escuchará.

—He pasado noches soñando contigo, y días enteros sufriendo al pensar en la imposibilidad de mis esperanzas. ¿Entiendes ahora por qué corría a ti cada vez que me llamabas? Con todo, no poseo una naturaleza servil. Y tú... ¡con qué indiferencia me recibías!...

»¿Recuerdas la fiesta de las cometas? Jugando te había cogido el talle y tú hiciste un movimiento de rechazo, peor que una bofetada. En aquel momento, decidí olvidarte. Como si se pudiera olvidar mediante un acto de voluntad... Los que creen eso no han amado nunca...

»Y luego, estos últimos días, de nuevo he vuelto a tener esperanzas. Parecías feliz de volver a verme y tu cuerpo me decía lo que tu espíritu me negaba... Te lo ruego, no lo niegues, no te rebajes a mentir. Tienes derecho a rechazar mi amor pero no a disminuir a la mujer que amo al rango de una pequeña burguesa hipócrita. ¿Crees que no he sentido tus senos bajo mis dedos, tu vientre temblar y luego, suavemente, entregarse? Rápidamente, todo tu cuerpo ha solicitado mis caricias, se tendía hacia mí hambriento...

«Es verdad», reconoce Selma para sí misma. Pero ¿por qué ha tenido que hablar la begum, por qué sacarla de aquel crepúsculo de tonos inciertos en el que ella se deslizaba? ¿Ha sido por orgullo, por la necesidad de tener más que un cuerpo? ¿O la pasión se niega a limitarse? Aunque toda pasión ¿no es un inconmensurable orgullo debido a su exigencia de totalidad? Si se hubiera callado... En lo desdibujado del sueño, todo se fundía sin violencia... Sus caricias no han sorprendido a Selma. Seguramente las esperaba desde hacía tiempo, incluso las ha provocado. ¿Por curiosidad, por desafío, por necesidad de franquear barreras, de explorar nuevos territorios? O simplemente porque sabía lo agradables que serían...

Ahora el encanto se ha roto. Ovillada en sí misma, Selma lanza con una voz seca:

—Deliráis, amo a mi marido.

—¿De verdad? ¿Y él te ama?

De suplicante, la voz de la begum se ha vuelto gélida.

—Mírate en el espejo: pareces una flor sedienta, ya tienes los labios marchitos. ¿Es éste el rostro, el cuerpo despejado de una mujer amada? Estoy bien situada para saber que Amir te abandona, que se ha casado contigo para asegurar su descendencia pero que su amor está en otra parte.

Miente para vengarse, pero no le preguntaré nada.

—¿No sientes curiosidad?

Los ojos de la begum se empequeñecen. Como una serpiente a punto de morder a su presa, mira fijamente a la joven. Sabe cómo vengarse de esta orgullosa. Instalará en su espíritu una duda de la que no podrá librarse nunca.

—¿Nunca te has preguntado si la profunda amistad que une a mi marido y al tuyo pudiera ser más que amistad? No temas, ese tipo de inclinaciones son frecuentes en nuestras sociedades, que sólo reconocen como placentero lo ambiguo, lo inútil, lo insólito. Nosotras, las mujeres, somos las gestadoras. Como enamoradas, como amantes, seríamos chocantes. ¿Tenemos otra opción que la de callar? Pertenecemos a nuestros esposos pero no se nos ocurre la locura de que ellos nos pertenezcan. Nos protegen, nos hacen hijos, toleran a nuestras hijas. Recién casada, yo también esperé interminables noches. Yo adoraba a mi esposo, habría envenenado sin escrúpulos al hombre que él hubiera preferido a mí. Si sólo hubiera sido uno. Pero eran muchos, cambiaban. Me acostumbré. Ahora sigo sus aventuras con ánimo divertido. Además, he notado— mira a Selma y ve con satisfacción que ésta ha dejado de respirar —sí, he notado que desde hace algún tiempo es fiel.

—¡Mentís!

Selma no ha podido dejar de gritar: ¡Amir en los brazos de un hombre! La idea la llena de asco. Esta mujer inventa para vengarse por haber sido rechazada. Puro despecho amoroso.

—Más bajo, querida, los criados podrían oíros. Aquí la regla de oro es que todo está permitido con tal de que permanezca en secreto. Es lo que quise explicaros un día al deciros que el burkah que nos oculta es el instrumento de nuestra libertad. Tal vez, después de haberlo rechazado, aprenderéis a apreciarlo...

Su voz se vuelve grave.

—Selma, sois desdichada y yo sufro de veros así porque conozco la felicidad que podríamos vivir juntas. No es un capricho: os amo. Pensad en ello.

La begum se levanta, una vez más perfectamente controlada; durante un segundo sus ojos han captado los de Selma; luego sale, muy digna.

El rostro de Zahra se acerca cada vez más. En sus pupilas salpicadas de oro que se agrandan hasta el infinito, Selma se refleja como una llama danzante alrededor de un arbolillo. Estira la mano, el rostro se aleja, los senos jóvenes vienen a rozar sus labios, tiernos y frescos; con la lengua intenta acariciar el pezón tenso, frágil, insolente, pero Zahra la esquiva riendo, ligera, y va a refugiarse sobre las rodillas de Amir a quien besa con éxtasis.

—¡Ven, Zahra!

¿Por qué juega la niña a hacerla sufrir?

—Ven, es a ti a quien amo, ahora lo sé.

Amir la contempla, burlón. No le importa, ya no tiene miedo, ha superado el estadio en el que pueden herirla los sarcasmos y las amenazas. Nunca había sentido este deseo. La hace invulnerable. Estrechar entre sus brazos a aquella niña, sólo un instante, fundirse en ella y morir de felicidad, no pide otra cosa. El paraíso, nada más.

Zahra titubea. Entre los dos seres que ama, ¿cómo elegir? Los contempla uno tras otro, trastornada. Lentamente su brazo se despega del fuerte pecho y su mano se tiende hacia la de la joven, pero los muslos se resisten a abandonar su lugar, resueltos a no ceder. La tensión es insoportable, el aire se enrarece, Selma se ahoga. En la espesa humedad, se agita, se debate, la garganta le quema...

Se despierta bañada en transpiración. ¡A Dios gracias sólo era un sueño! Seguramente debido a la fiebre, y a la penosa escena de la víspera con la begum. Su mente cansada lo ha confundido todo. ¿Confundido? De nuevo siente en sus labios la suavidad de los senos de Zahra y le llega como una bocanada tibia su turbación de la otra mañana cuando la adolescente colocó su sedosa cabeza en el hueco de su cadera.

Zahra, te amo, ahora lo sé...

La confesión hecha en sueños resuena en sus oídos como si acabara de pronunciarla en voz alta.

Todo esto es ridículo, ¡esa niña es como mi hermana!... Una hermana... seguro... pero ayer, ¿se habría resistido al contacto de las manos, de la boca de Zahra?

Furiosa, Selma tira el cordón de la campanilla y regaña a las criadas que acuden despavoridas.

—Preparad mi baño, de prisa, y que avisen al rajá que quiero verlo antes de que salga.

No sabe realmente por qué pero es indispensable que vea a Amir.

—Enhorabuena, querida, tenéis un aspecto excelente hoy. Veo que las hierbas de nuestro hakim y la visita de vuestras amigas han surtido efectos benéficos.

¿Selma imaginó un brillo burlón en sus ojos cuando habló de «sus amigas»? ¡Poco importa! Lo que tiene que decirle es mucho más grave. La idea se le ocurrió en el baño y se le impuso como la única solución para prevenir el desastre.

—Amir, esta noche tuve un sueño que me obliga a hablaros sin tardanza. Se trata de Zahra.

—¿De Zahra? ¿Qué habéis soñado?

Misteriosa, Selma sacude la cabeza.

—No se deben contar los malos sueños porque se corre el riesgo de que se hagan realidad, decían cuando era niña. Que os baste saber que está en peligro. Felizmente había allí un hombre dispuesto a salvarla.

—¿Un hombre? ¿Yo?

—No, un hombre mayor que vos, del que no pude ver el rostro.

Amir comienza a impacientarse. Odia las historias de sueños premonitorios, alucinaciones femeninas. Le sorprende en Selma, a quien había creído menos fútil...

—Aún estáis cansada, querida, creedme, Zahra no corre ningún peligro.

—Tal vez tengáis razón, pero sabéis cuánto amo a esa niña (*Si lo supierais...*), me preocupa su extrema sensibilidad, su fragilidad, su soledad. Pese al amor que le prodigamos, no podemos reemplazar a los padres o a un marido...

Amir se sobresalta.

—¿Un marido? ¡Vaya idea! ¡Es demasiado joven!

—¿Joven? Tiene dieciséis años. A esa edad, en la India, la mayoría de las jóvenes están casadas.

El rajá se levanta, recorre el salón con paso nervioso; sabe que un día deberá separarse de su maravillosa hermanita, pero odia la idea. Ella es el único ser que él quiere de verdad, al que está unido tanto por lazos de amor como de sangre —cosa que rara vez ocurre—. Los dramas familiares que trastornaron su vida se lo han probado. Y luego, lo reconoce, hay en su apego por Zahra una parte de egoísmo: la adolescente es la única persona en el mundo que lo ama sin restricciones. Para ella, Amir es un dios —la belleza, la inteligencia, la bondad suprema—. Cuando se siente desanimado, echa mano de esa adoración.

¿Y su esposa? La ama, por supuesto, pero no tiene con ella la intimidad, la complicidad profunda que se puede tener con una mujer que está hecha de tu misma carne.

—¿Casarla? ¿Cómo? ¿Y con quién? Conozco a todos los *rajkumars,** hijos de mis amigos: mozalbetes inexpertos, niños mimados y vanidosos. Nunca han salido de su provincia, se creen en el centro del mundo. ¡Ni uno le llega al tobillo a Zahra!

—¿Quién os habla de jóvenes? Zahra necesita ser cuidada, sería mucho más feliz con un hombre maduro.

* *Rajkumar:* primogénito de rajá.

—Pero los rajás están casi todos casados. ¡Y no es cosa de que mi hermana sea la segunda o la tercera esposa!

Frunce el ceño.

—Estaría, claro, el rajá de Larabad, pero tiene inclinación a la bebida; el rajá de Kotra es encantador, pero es casi un anciano; el nabab de Dalior tiene, creo, una cabeza de chorlito, como su padre. ¿Quién más? ¡Ah, sí! El rajá de Bilinir, pero ha vivido de manera tan extravagante que hoy está casi arruinado. No, decididamente, no hay nadie que convenga. Y además— sacude la cabeza irritado, —no veo la necesidad de separarnos de Zahra.

—¿Quién habla de separación?

—Pero bueno, princesa, conocéis nuestras costumbres: la esposa debe ir a vivir con su marido.

—¿Y si la residencia del marido fuera... este palacio?

El rajá mira atentamente a su esposa: ¿La fiebre le habrá trastornado la mente?

—Imaginaos que he pensado en Rashid Khan. ¡Oh!, ya lo sé, no es príncipe, pero es sobrino del maharajá de Bipal, uno de los mayores estados de la India. En cuanto a la pureza de la sangre no hay nada que reprocharle. Pero sobre todo es un hombre inteligente, moderno, de una extrema bondad y de una escrupulosa honradez. Vos lo sabéis perfectamente pues lo habéis elegido como vuestro primer consejero. La boda tendría todas las ventajas: nosotros no perderemos a Zahra y vos no corréis el riesgo de perder a Rashid.

Esto último era su jugada secreta, cuidadosamente guardada como argumento final. Selma sabe que Rashid Khan ha recibido ofrecimientos brillantes de estados mucho más poderosos que el estado de Badalpur; en la situación turbulenta en la que se halla el país, un hombre incorruptible y eficaz es un bien raro y precioso. Hasta ahora se ha negado, por su amistad con Amir, pero ¿por cuánto tiempo más? El rajá, que descansa completamente en él, tiembla ante la idea de perderlo.

Selma ha marcado un tanto. Amir se sienta, pensativo.

La princesa se cuida mucho de añadir que ella también quiere conservar a Rashid: él es el único aliado en aquel palacio. A menudo ha hablado en su favor ante Amir. Lo ve muy poco, pero sabe que vela por ella.

De hecho, la única vez que se habían encontrado después de la boda, fue durante la dramática velada en honor de lord Stiltelton. Ella había sentido su turbación y se había sorprendido de sentirse también turbada. Fue en aquel instante cuando advirtió cuánta sed de amor tenía y hasta qué punto se había vuelto vulnerable. Vulnerable, como con Zahra y con su indolente sensualidad.

Tuvo miedo. Ahora se le ha ocurrido unir a esos dos seres que ama. Conservarlos y alejarlos, todo a la vez. ¿Es un egoísmo monstruoso jugar con la vida de los demás para preservar la propia tranquilidad? ¡Claro que no! ¿Qué está diciendo? Mientras más piensa, más se convence del éxito de una boda semejante. La naturaleza generosa de Zahra sabrá florecer. Y Rashid, está segura, se enamorará locamente de su mujer-niña. En cuanto a ella, podrá verlo cuando quiera porque formará parte de la familia; por fin tendrá un amigo en quien confiar.

—¿Qué piensa Zahra?

Amir ha recuperado la sangre fría; Selma se da cuenta de que casi ha ganado la partida.

—¿Cómo podría haberle hablado sin consultaros?— protesta Selma jugando a la esposa modelo.

Amir debe reconocer que se siente tentado.

—Finalmente, tal vez no sea mala idea.

Selma reprime una sonrisa. Efectivamente, apropiarse de un solo golpe de los dos seres que más quiere...

—Por cierto— añade el rajá, —se me criticará por no haber elegido un príncipe para mi hermana, pero después de todo, la situación es tan inestable que nadie sabe dónde estaremos mañana... Hablaré con Rashid. ¿Queréis ocuparos de Zahra? Y...— con un gesto inesperado acaricia los cabellos de Selma, —gracias... Me encanta que os preocupéis de los asuntos de nuestra familia. ¡Os estáis convirtiendo en una verdadera mujer india!

Selma casi lo aborrece por ser tan confiado.

—¡No digáis nada más! Está claro: queréis libraros de mí.

La niña hace esfuerzos sobrehumanos porque la voz le salga firme, por contener las lágrimas. Siente que le tiemblan las piernas. Se pone rígida. Permanecer derecha, sobre todo no hundirse ante aquella mujer...

—Zahra, ¡mi niña!

La adolescente levanta la cabeza. En su mirada hay dolor, incomprensión: ¿qué ha hecho para merecer esta traición? ¿Qué falta ha cometido para ser rechazada por la que había adoptado como una hermana, como una madre? Tiene la sensación de estar lacerada. Vuelve a ser huérfana, por segunda vez.

Selma la contempla, trastornada. No había previsto una desesperación semejante, no había querido preverla.

—Zahra, nadie os impone nada, vos debéis elegir. Simplemente habíamos pensado...

Zahra no la escucha, mira fijamente el rostro de Selma, ese rostro que antes parecía tan dulce...

—Decidme... ¿Me habéis amado alguna vez o ha sido todo una mentira?

Pequeña, si supieras cuánto te amo, es porque te amo demasiado. Pero no podrías entenderlo. ¡Cuánto me duele hacerte sufrir!...

—Zahra, no seáis niña, sabéis la ternura que siento por vos.

La frase ha caído, pesada, ajena. La adolescente ni siquiera la advierte. Se calla, con una sonrisa amarga en los labios. Selma, en aquel instante, daría cualquier cosa por tomarla entre sus brazos, besarla, decirle que es un mal sueño, que la ama. En lugar de eso, se oye proponer:

—Tengo la fotografía de la persona, ¿queréis verla?

—¿Para qué? Vos lo habéis decidido y habéis convencido a mi hermano; no tengo nada que añadir.

Selma siente que la irritación comienza a dominarla. La jovencita juega a la mártir y la coloca, a ella, a la campeona de las libertades, en el intolerable papel de madrastra.

—¡No hay nada decidido! Sois libre de hacer lo que queráis.

Ha alzado la voz, ha aumentado su tono de indignación, se aferra a aquella cólera pues sabe que es la mejor defensa contra el enternecimiento.

Zahra continúa callada, pero en su mirada la amargura se ha convertido en desprecio.

Poco a poco, la cólera de Selma se deshace en aquel silencio. Se ha cumplido lo irremediable, ninguna palabra podrá componerlo. Darle a elegir habría sido mentirle. Diga lo que diga, la adolescente seguirá sintiéndose de más. La puerta se ha cerrado detrás de Zahra.

XII

La boda ha sido un éxito. Tendido sobre un diván del saloncito contiguo a la habitación, Amir respira finalmente tranquilo. Tras aquellas dos semanas agotadoras, en las que se han sucedido ceremonias y recepciones sin interrupción, de nuevo saborea la tranquilidad.

Se siente feliz. A su lado, su atenta esposa le prepara un pân; con los ojos semicerrados, el rajá la observa con satisfacción: ha estado perfecta durante estos días, que en realidad habían comenzado mal.

Tal como había previsto, el anuncio de la boda de su hermana menor con su hombre de confianza suscitó comentarios en toda la ciudad, pese a que se le reconoció al novio «buena sangre», como se dice de los que son de noble linaje. Pero después de ver a toda la familia real de Bipal trasladándose para la boda —incluido el maharajá, cosa que fue considerada un honor insigne—, y de poder admirar los suntuosos regalos que le han llevado a la joven esposa, se olvidó en parte la desigualdad de la boda. Después de todo, calculan, el novio es el primogénito de la rama menor, el maharajá sólo tiene dos hijos que no parecen muy vigorosos, tal vez una desgracia pueda darle algún día una oportunidad a la pareja.

Amir está al tanto de las habladurías, como también del rumor según el cual, antes de decidir aquella boda, él habría consultado a los adivinos. El rajá ríe y se cuida muy bien de desmentirlo.

Pero la batalla más difícil tuvo que ser librada dentro del mismo palacio: se trataba de calmar a Rani Aziza. Selma no creyó necesario contarle a su marido la escena en la que ésta la acusó ni más ni menos que de querer, por celos, eliminar a su cuñada. Cuando, para convencerla, Selma enumeró las cualidades de

Rashid Khan y habló de la felicidad que le daría a Zahra, creyó que la rani iba a ahogarse.

—¿Quién habla de felicidad? Nadie se casa para ser feliz. ¡Las mujeres se casan para perpetuar el nombre, para dar un heredero al estado! ¡Pobre Zahra, no tendrá que preocuparse de esto!

Perversamente, había mirado a Selma.

—Cuando pienso que las que tienen que transmitir un nombre ni siquiera son capaces de hacerlo...

Había salido antes de que la joven pudiera replicarle. Sin embargo, Selma esperaba esta reflexión; sabe que comienzan a murmurar, a inquietarse: ¿cómo?, ¿casada desde hace casi un año y no ha quedado embarazada?

El mismo Amir parece preocupado a veces. Selma ha sabido que Rani Aziza le había aconsejado tomar una segunda esposa y que él la había puesto violentamente en su lugar. Selma se lo agradece, pues imagina alrededor del rajá los juicios tácitos, los silencios, mucho más hirientes que las palabras.

Pero lo más penoso para ella ha sido la frialdad de Zahra durante esos dos meses. La jovencita sólo le manifestaba una indiferencia cortés. Selma se sorprendió de sufrir tanto, como si, sin las risas, la confianza, la ternura de Zahra, el mundo y aquel palacio, se hubieran vuelto gélidos.

Han partido en viaje de novios. Rashid quiere hacer conocer Europa a su mujer; estarán tres meses fuera. Selma se siente aliviada con su ausencia: mientras Zahra no esté allí, puede imaginar que la recuperará.

Sus pensamientos se ven interrumpidos por la aparición de un eunuco. Viene a avisar al amo que está afuera el comerciante de perfumes.

En la vida del rajá, los perfumes ocupan un lugar destacado, no debido a un capricho fútil y pasajero, sino a una verdadera pasión. Tiene el entusiasmo del investigador, el rigor del profesional y la emoción estética del coleccionista. Por ello, acoge con una amplia sonrisa al viejo mercader, seguido de un ayudante cargado con dos cofres de cuero. Lo conoce desde siempre pues ya servía a su padre.

—El amor por los perfumes es un rasgo de familia— explica Amir a su esposa, asombrada de lo que le parece un gusto algo afeminado. —Mi abuelo, el maharajá, un rudo cazador que apenas sabía leer, tenía locura por los perfumes; poseía una de las más hermosas colecciones de toda la India. Venían desde lejos para oler aquellos efluvios divinos, de los que algunos tenían doscientos años de antigüedad.

»¡Ay!, la colección desapareció durante un incendio, seguramente planeado para apoderarse del tesoro en medio del pavor general. Creo que la pena que sintió mi abuelo precipitó su muerte, él, que sin embargo se había mostrado admirablemente estoico cuando había muerto su esposa.

En un trozo de terciopelo negro, el mercader dispone unos veinte frascos pequeños, algunos minúsculos, todos obras de arte. Unos son de cristal cortado guarnecidos de oro, otros de jade o de coral finamente esculpidos.

—El frasco debe ser digno del contenido— dice Amir, —ni pasarse ni no llegar. Es necesario armonizar el interior y el exterior. Es lo que nos han enseñado los sabios; ellos, naturalmente, hablan del cuerpo y del alma, la esencia del hombre. Estos perfumes son la ésencia de la naturaleza: no pueden ser conservados en envases vulgares.

Con gestos de gran sacerdote, el mercader coge delicadamente cada frasco y con un delgado bastoncillo de marfil deposita una ínfima cantidad del contenido en la mano del rajá. Con los ojos cerrados, éste aspira largamente el aroma. «¡Oh!», murmura echando la cabeza hacia atrás como transportado por un placer demasiado intenso, «¡oh!» Con sus dedos adornados de anillos, acaricia los preciosos frascos. Largos minutos transcurren en este voluptuoso menester. Respetuosamente, el mercader espera, podría esperar todo el día: nada le gusta tanto como ver que sus tesoros son apreciados por un fino conocedor.

De mala gana, Amir baja a la tierra. Con gesto rápido designa una media docena de frascos. Sonriendo afectuosamente, el viejo se inclina.

—Vuestra Alteza no se equivoca jamás: se queda con mis mejores hijos.

—Viejo desalmado— se burla Amir, —seguramente me ocultas los extraordinarios. Los conservas para ti, lo comprendo pues comparto tu pasión, pero te advierto que si se los vendes a otros, no te lo perdonaré en toda mi vida.

Con curiosidad, Selma observa el otro cofre, más grande que el primero y en el que nadie parece interesarse.

—¿No veremos otras maravillas?— se atreve a preguntar.

—Eso, Hozur, no es digno de Vuestras Altezas. Se trata de perfumes mucho menos antiguos, que propongo a clientes menos exigentes que el rajá Sahab.

—No sabía que en la antigüedad de un perfume radicara su valor.

—Hasta cierto punto— explica el mercader encantado de poder hacer un nuevo adepto. —Por cierto, están las esencias que les dan su olor específico, esencias vegetales (lirio, jazmín, mirto, pachulí...) o animales (ámbar, algalia, almizcle...). Un perfume rara vez está compuesto de una u otra de estas esencias, en general es un sutil compuesto de varias. Pero estos aromas se desvanecen rápidamente si no se los fija, ¡sin traicionarlos!

»Fue Nur Jehan, la esposa adorada del emperador Jehangir, la que inventó el método para conservar estos aromas, con los que gustaba extasiarse. Los hacía macerar durante semanas en un aceite completamente puro. ¡Ay!, la fórmula exacta se ha perdido, pese a que algunos expertos han conseguido reconstituirla parcialmente.

»Lo cierto es que la gran tradición del perfume se vio arruinada en el siglo XVIII cuando, siguiendo el ejemplo de Occidente, se le comenzó a añadir alcohol. Este líquido agresivo que, al comienzo, exalta el aroma, en pocos meses lo transforma, y en algunos años lo arruina. Pero se lo sigue empleando ya que es bueno para el comercio; con alcohol se puede producir una cantidad mucho mayor.

—Pero— se interesa Selma —si al abrirlos el olor es casi el mismo, ¿cómo distinguirlos?

—Es muy sencillo, ved.

En las manos de Selma, el mercader coloca dos gotas, de dos frascos diferentes.

—Extendedlo sobre vuestra piel y oledlo. Ambos son de nardo. ¿No advertís la diferencia? Bien. Ahora soplad el perfume depositado en vuestra mano derecha; ¿está frío, no es cierto?, quiere decir que la esencia está mezclada con alcohol. Soplad sobre la otra mano, la temperatura sigue siendo la misma, esa esencia es pura, perfumará vuestra piel durante días y dentro del frasco conservará su aroma durante décadas, incluso siglos.

Selma se pone a reír: ¡ella no pide tanto! Pero al ver el tamaño de la bolsa que su esposo le da al mercader, comprende que el asunto es serio: allí hay fácilmente cincuenta monedas de oro.

Su asombro aumenta cuando, una vez solos, ve a Amir ordenar cuidadosamente los frascos, junto a otros centenares, en una caja fuerte disimulada en el muro.

—Algunas de estas esencias tienen tanto valor como un diamante— le explica, —y para mí son mucho más preciosas. En realidad, son mágicas: una gota basta para transformar en una verdadera fiesta un día que se anuncia triste, arduo o simplemente monótono. Me imagino que esa extrema sensibilidad viene de mi infancia, cuando los perfumes eran un componente esencial de una vida dulce y feliz.

—¿Feliz? Sin embargo, habéis perdido a vuestros padres a los seis años.

—Los conocía apenas. Fui educado por mi abuela y por mi hermana Aziza, y ambas me adoraban. Como mi madre había perdido a sus dos primeros hijos, se pensó que tenía mal de ojo. En cuanto a mi padre, estaba demasiado ocupado con los asuntos del estado para ocuparse de un niño. Además, entre nosotros, los muchachos permanecen hasta los siete años en el zenana; es sólo después cuando los hombres se hacen cargo de su educación.

Amir se tiende sobre los cojines junto a Selma. Pensativo, fuma su hookah contemplando los últimos rayos de sol que iluminan las puntas de los cipreses.

—Mi nodriza, a quien yo quería mucho, me llevaba todas las semanas a visitar a mis padres. Recuerdo esas entrevistas breves y formales. Debía llamarles *Abba Hozur,* Excelentísimo padre, y *Ami Hozur,* Excelentísima madre. Ellos jamás me decían Amir sino *Wali Ahed,* Príncipe Heredero, y entre ellos se llamaban *Sarkar,* Alteza. Toda esta etiqueta aburría al niño que yo era y lo único que quería era volver a mis juegos.

»Después, cuando mis padres murieron en un accidente, fueron las mujeres del palacio las que se ocuparon de mí. Hasta los quince años, jugué con las hijas de las criadas. Inventábamos mil historias. A menudo yo era el rey y ellas las bailarinas. Las quería con la más completa inocencia.

»Como era el único heredero varón, me mimaban con exceso. Recuerdo que me negaba a comer y hacían venir a una cortesana para que me cantara durante las comidas. Fue así como, a partir de los cinco años, me aficioné a la música.

Tampoco quería bañarme solo. Cuatro o cinco mujeres estaban encargadas de mi aseo. Me enjabonaban, me masajeaban, me perfumaban. Yo lo encontraba muy agradable. Esto duró toda mi infancia y mi adolescencia, hasta que partí a Inglaterra.

Sonríe al observar la cara estupefacta de Selma.

—Vamos, querida, no pongáis esa expresión de pasmo; os aseguro que todo aquello era muy casto.

—Hum... así que pasabais el tiempo acariciado por aquellas mujeres; ¿y vuestros estudios?

—A los siete años me pusieron un profesor para enseñarme los primeros rudimentos. Como no podía entrar en el zenana, yo pasaba algunas horas del día en el *Mardan Khana,* la parte del palacio reservada a los hombres. Pero yo sólo tenía una idea en la cabeza: volver para encontrar a mis compañeras de juego. Sólo ellas me gustaban.

»Cuando crecí, experimenté por aquellas niñas sentimientos románticos, pero incluso ignoraba lo que era un beso. Cuando cumplí ocho años, mi abuela decidió que además del inglés y las matemáticas, era hora de que aprendiera buenas maneras. Y como se hacía con todos los jóvenes de buena familia hasta hace muy poco tiempo, hicieron venir cortesanas para educarme.

»Las veía en el Mardán Khana pero nunca me quedaba a solas con ellas, siempre estaba allí mi nodriza o algún criado.

»Eran mujeres de cierta edad, muy hermosas y de una refinada cortesía. Con su conversación, sus maneras exquisitas, me enseñaban a hablar, a comportarme, en resumen, a convertirme en un hombre de mundo. Unas eran músicas, con ellas aprendí a apreciar la calidad de una *ghazal,** de un *tumri*** o incluso de un *raga,**** aunque de ninguna manera podía cantar ni tocar un instrumento: se consideraba que un príncipe debía saber apreciar una diversión, pero nunca divertir.

»Otras de esas cortesanas eran poetas de renombre; me iniciaron en la poesía, un arte en el que nuestra ciudad de Lucknow era muy prestigiosa y que las personas de calidad pueden ejercer sin desdoro.

»Mi vida era un sueño...

»Cuando cumplí doce años, mi abuela decidió que era necesario que estudiara seriamente, y me enviaron al Colegio de los Príncipes. Todas las mañanas, el preceptor, el profesor de inglés, el profesor de urdu, el criado que se encargaba de mis libros y, naturalmente, el chófer, me llevaban a la escuela. Y todas las tardes, iban a buscarme. No tenía ninguna oportunidad de mezclarme con otros muchachos. Pero tampoco tenía ganas. No estaba acostumbrado a la compañía masculina, me ponía incómodo. Sólo soñaba con volver a ver a mis compañeras. Pronto, ay, debería separarme de ellas. Iba a tener catorce años; mi abuela decidió que era hora de que mi preceptor me explicara las "cosas de la vida". A partir de ese día, no pude volver a ver a mis amigas.

»De todas maneras, meses más tarde, mi tío intentó envenenarme para apoderarse del estado y decidieron enviarme a continuar los estudios en Inglaterra...

Selma mira a Amir con lástima.

—¡La puritana Inglaterra! Eton, Cambridge. Tras la vida que habíais llevado, debe de haber sido una impresión terrible para vos.

—Terrible, no lo sé. Todo era tan nuevo, tan apasionante. Pero el hecho es que no sabía muy bien quién era, si un príncipe indio o un lord inglés.

«Pobre querido, piensa Selma, ¡todavía no lo sabéis!». Pero se cuida mucho de expresar su pensamiento. Se contenta con besar ligeramente la mano de Amir. Y él, sin darse cuenta de que es la primera vez que se abre a ella, que se confía, se conmueve por aquella desacostumbrada ternura. Lo ahoga una bocanada de pasión, tiene ganas de tomarla entre sus brazos, pero no se atreve: no quiere estropear aquel momento único de felicidad.

* *Ghazal*: poema clásico.
** *Tumri*: música clásica de estilo bastante ligero.
*** *Raga*: tema musical que varía según el momento del día.

Desde hace mucho tiempo, ha comprendido que para su esposa el amor es una carga que sólo acepta por complacerlo. Su decepción ha sido muy grande, porque todo en su joven esposa se presta a la voluptuosidad, su cuerpo ágil, sus labios gruesos, sus ojos profundos que a veces se nublan... Pero cuando la estrecha contra él, cuando la besa y las caricias se vuelven más precisas, siente que se pone rígida. Ha hecho todo lo posible por despertar su sensualidad, por forzarla al placer: se ha encontrado solo. Ha terminado por rendirse a la evidencia: su esplendorosa esposa es una estatua de mármol.

Nostálgico, deja deambular su mano por los bucles pelirrojos, enredándolos alrededor de los dedos. Selma coloca la cabeza sobre su hombro, la transparencia del cielo la hace temblar. Espera.

La mano sube por la nuca, juega con el lóbulo marfileño de la oreja, roza la mejilla, la comisura de los labios; temblorosa, se vuelve hacia y él y en la pálida oscuridad busca su rostro.

¿Creyó que se iba a escabullir? Bruscamente su mano se aparta. Amir se despereza.

—¡Qué hermosa noche!

—Una noche de invierno— contesta ella secamente echándose sobre los hombros el rupurtah de seda.

Selma contempla la mano llena de anillos que la luna hace brillar. Y de repente recuerda las insinuaciones de la begum, que ella consideró sólo como una reacción de despecho. ¿Y si fuera cierto? ¿Si su hermoso esposo prefiriera los abrazos de un hombre, si sólo compartiera su lecho por deber, por darle un heredero al estado? Esto explicaría esos altibajos de indiferencias y posesiones breves y violentas... No, no es posible. Sacude la cabeza para intentar expulsar las imágenes que la asaltan. Tiene vergüenza. Pero mientras más intenta rechazarlas, más violentamente se imponen.

Se levanta de un salto.

—Me ahogo aquí. Voy a tomar el aire.

En la noche luminosa, Selma camina de terraza en terraza, hasta llegar, al extremo oeste del palacio, al «pabellón de la puesta de sol», que domina la ciudad.

Apoyada en una columna de mármol, contempla Lucknow, extendida a sus pies, traspasada de sombras plateadas. A lo lejos, dominando los arcos festoneados y los pilares gráciles de las mezquitas, se levanta la silueta blanca coronada de oro del immambara de Husainabad. A su lado, como la fantasía de un arquitecto delirante, la Puerta Turca eleva hacia el cielo sus miles de flores de loto, flores de paz que en la noche parecen estandartes de guerra y de victoria.

Es una ciudad barroca y elegante, sorprendente mezcla de

suntuosidad mogola, efervescencia hindú, preciosismo francés y pesadez victoriana, elemento éste, totalmente sorprendido de verse en tan frívola compañía. Durante el día, bajo el sol despiadado, parece una cortesana vieja cuyos ricos atuendos no logran enmascarar su decrepitud, pero durante la noche recupera su esplendor, sus perfumes sutiles, su magia, la embriagadora dejadez de la que se sabe la más bella.

Lucknow, la musulmana, es la amante con la que todos sueñan, feroz, secreta, apasionada; Lucknow, la hindú, graciosa y erótica, Lucknow, cuya sensualidad se exacerba hasta el misticismo, y de la que el misticismo recela sus mayores placeres, Lucknow, la misteriosa...

Inclinada por encima de la balaustrada de piedra, Selma echa a volar más allá de aquella ciudad fabulosa, extravagante, hacia la suavidad de una ciudad mecida por el azul y el oro, Estambul.

XIII

—Degollaron a las mujeres y a los niños y los que estaban heridos fueron arrojados a los pozos. Luego, incendiaron las casas. Somos de los pocos que hemos escapado porque pudimos escondernos en un campo. Cuando llegó la noche, nos arrastramos hasta el bosque, y luego caminamos, caminamos durante días hasta que llegamos aquí.

El hombre se tambalea de fatiga. A su lado, la mujer y dos niños pequeños lloran en silencio.

—Hozur, ¿qué nos sucederá? Ya no hay paz para nosotros en ninguna parte...

El rajá los hace sentar, ordena que les traigan comida. Luego, pacientemente, los interroga.

Una vez más, es la patética historia de los disturbios entre comunidades que hasta entonces cohabitaban sin muchos problemas; disturbios originados en fruslerías que, con el clima de tensión creado y mantenido por los movimientos extremistas, degeneran en matanzas.

En la aldea de Lakhpur, la célula del Mahasabah, muy activa, aterroriza a la musulmana pretendiendo convertirla al hinduismo. Los musulmanes se habían quejado a los responsables locales del partido del Congreso, que se habían negado a escucharlos.

El drama estalló durante los funerales en la mezquita. Una boda hindú se había detenido delante de la entrada y manifestaba su júbilo, con apoyo de címbalos, tambores y trompetas. Salieron algunos campesinos que les pidieron que fueran a tocar a otra parte. Tras lo cual surgieron injurias y brotó la blasfemia contra el Profeta. Entonces volaron las piedras, salieron a relucir los cuchillos y de ambos lados corrieron a armarse de estacas, horquillas y guadañas. La batalla duró horas, comprometiendo a toda la aldea. La policía no llegó hasta que todo había terminado.

—No podemos más, Hozur— gime el hombre retorciéndose las manos, —somos pobres campesinos, sólo pedimos trabajar, ¿por qué no nos dejan tranquilos? Los hindúes dicen que los musulmanes son traidores, que nuestros rajás son amigos de los ingleses, que debemos inscribirnos en el partido del Congreso, luchar por la independencia.

»Pero la política no nos interesa, Hozur, eso es para la gente de la ciudad, la gente rica, instruida. Nosotros no estamos contra la independencia, sólo que ahora vemos que con los ingleses teníamos más seguridad. Nunca se habían atrevido los hindúes a atacarnos como hacen desde hace un año, desde que ganaron las elecciones y se creen los amos... Ellos son muchísimo más numerosos que nosotros. ¿Qué nos va a suceder?

En pocas palabras, el campesino ha explicado la situación mejor que todos los discursos de los políticos.

Amir no se hace ilusiones: si los musulmanes fueran la mayoría, seguramente se conducirían de la misma manera con una minoría hindú. Pero el problema, para él, no radica en juzgar los méritos respectivos de unas religiones que, a lo largo de la historia, han producido, tanto una como la otra, filósofos, místicos y dictadores. En aquel año de 1938, en todo el norte de la India se multiplican los disturbios y las matanzas. La aldea de Lakhpur, de donde viene aquel hombre, no depende del estado de Badalpur —el desdichado sólo ha buscado refugio en el palacio porque su hermano se desempeña allí como cocinero—, pero Lakhpur forma parte del estado vecino, Kalabagah, y ese tipo de noticias, propaladas y amplificadas de aldea en aldea, corre el peligro de comprometer en cualquier momento a los estados cercanos.

Amir está tan preocupado que, por una vez, se confía a Selma.

—Hay que tomar medidas sin falta para impedir que el fuego se extienda, y rápidamente, antes de que no se lo pueda controlar. Tal vez lo podríamos discutir esta noche en la recepción del rajá de Mahdabad. Estará toda la aristocracia terrateniente de la región, hindú y musulmana. ¡Oh! Ya sé que en esos *mushairas** es un crimen aludir a los problemas políticos. Pero no importa, yo hablaré. ¡Tendrán que despertar!

Esos grandiosos mushairas, en los que se reúne toda la nobleza de Udh, son la única concesión que se hace el rajá de Mahdabad a su nueva vida de pobreza. No sólo porque la hospitalidad es para él un deber sagrado, sino porque esas justas poéticas, a las que invita a los mejores artistas del país, representan una oportunidad para que se encuentren hindúes y musulmanes, para que se

* *Mushaira:* recital de poesía.

sienten lado a lado, sueñen, lloren, compartan las mismas emociones, para ser, final y solamente, hombres que comulgan en la belleza.

Desde hace dos siglos, Lucknow se precia de ser el centro de esa civilización indo-musulmana que ilumina toda la India del Norte, sincretismo entre dos culturas que todo parece oponer.

La extraordinaria apuesta fue inaugurada tres siglos antes por Akbar, el más grande de los emperadores mogoles. En su corte de Delhi reunía a filósofos, sabios y místicos, para intentar juntos la conquista última: encontrar en el corazón de las diversas creencias, hindú, parsi, musulmana, cristiana, el núcleo de cristal puro en el que todas se congregaran, y, a partir de él, fundar la *Din Ilahi*, la «Religión Divina».

Empresa grandiosa reducida a la nada cincuenta años después por el emperador Aurangzeb, que destruyó ese peligroso relajamiento doctrinal y restableció el Islam con todo su rigor. Fue entonces, cuando intelectuales y artistas huyeron de Delhi, donde se estableció el triste reino de las certidumbres, para refugiarse en Lucknow, la capital de los reyes de Udh, dinastía chiíta, famosa por su esplendor, su extravagancia y su generosidad.

Pero si sus soberanos poseen la tolerancia de Akbar, se debe menos a un prurito de búsqueda mística que a un eclecticismo ávido de todas las novedades, de todos los placeres, tanto de los sentidos como del pensamiento. Lucknow se convertiría así en el crisol del genio hindú y musulmán, donde se elaboran las joyas más delicadas de la música cortesana, de la danza y de la poesía. Es allí donde el urdu, la lengua de la India septentrional, adquirió su forma más perfeccionada, y allí donde el *ghazal*, esa forma poética llegada de Persia en el siglo XIII, ha alcanzado una perfección tal que los espíritus mezquinos dirán que su función es disimular la insuficiencia del pensamiento.

El ghazal, o conversación con el amado, es el rey de los mushairas. Selma ha aprendido a saborear estos poemas en los que el amado puede ser el Creador, un sueño de gloria, el tintineo de una pulsera de mujer o la reverberación irisada de un universo que se esconde.

Pero hoy parece insensato, criminal, embriagarse con palabras en un momento en que alrededor de ellos los disturbios ensangrientan las aldeas y las villas. La rani de Mahdabad, a quien Selma no ha podido dejar de confiar su inquietud, la recompensa con la sonrisa indulgente reservada a los niños emotivos que hay que tranquilizar.

—¿Qué hacer? Pero, niña mía, ni más ni menos que lo que hacemos actualmente: no entrar en discusiones estériles, que nuestro rango dé el ejemplo de armonía y tolerancia... Se diría que esto es eficaz puesto que Lucknow es la única ciudad de la región donde no ha habido incidentes.

A través de los mucharabieh de mármol, la rani le muestra a Selma a un hombre de gran estatura, rodeado de muchas personas.

—Ése es el rajá de Kalabagh, donde han sucedido los disturbios de los que me habláis. Está aquí, esta noche, entre sus amigos hindúes y musulmanes. Creedme, la familiarización con la mentalidad del otro conlleva el respeto por sus valores: es la única arma de paz, la única eficaz... Si nuestros príncipes no estuvieran convencidos de los méritos de las diferentes creencias y si, mediante una actitud imparcial, no se lo probaran cotidianamente a sus súbditos, no sólo tendríamos que lamentar algún disturbio sino que todo el país sería un infierno.

Selma no está convencida de la omnipotencia del ejemplo. Seguramente esta concepción aristocrática es válida en una época en la que las jerarquías no estaban cuestionadas. Pero hoy, ¿no es acaso pura ilusión que sirve para arrullar a una nobleza que no tiene ni gana ni energía para modificar sus convicciones y su manera de vivir?

Con la mirada, Selma sigue a Amir que se acerca al rajá de Kalabagh e intenta hablarle, pero este último sacude la cabeza con expresión molesta. Amir insiste. Riendo, el rajá de Kalabagh lo lleva hacia el anfitrión, al que parece rogarle que sirva de árbitro.

Con el rostro pegado al mucharabieh, Selma intenta leer inútilmente en los labios. En la actitud del rajá de Mahdabad adivina, sin embargo, que intenta calmar a aquel joven príncipe llegado recientemente de Inglaterra y que se toma las cosas demasiado en serio.

Tras algunas protestas, Amir termina por callarse. Se inclina y va a perderse entre la muchedumbre, delgada figura con sharwani de seda blanca, semejante a las demás y sin embargo tan ajena.

Selma tiembla, tiene la impresión de asistir al fin de un mundo. Les reprocha a todos aquellos personajes su ceguera, su cobardía, ese refinamiento decadente que los aparta de la realidad y los paraliza.

Alrededor de ellos, la lucha contra la ocupación británica, bajo la instigación del Congreso, reviste caracteres de revolución popular contra los grandes propietarios y los príncipes, considerados amigos de los ingleses. Y, como en la región de Udh la aristocracia es en su mayoría musulmana, el combate nacionalista, convertido en conflicto social, está reforzándose con una guerra de religiones que excita a las multitudes.

Pronto se produce el silencio. El mushaira va a empezar.

Descansando sobre cojines esparcidos sobre la gruesa alfombra de seda, los invitados miran atentos al maestro de ceremonia que camina hacia el estrado. Es un anciano de ojos vivarachos, reconocido en toda la región como la suprema autoridad en la materia.

Presidir un mushaira no es cualquier cosa. El maestro de ceremonia debe mantener la atención durante una noche entera, suscitar el entusiasmo de un público de conocedores particularmente exigentes. Entre la treintena de poetas que se suceden desde la puesta de sol hasta las primeras luces del alba, hay que saber intercalar a los mejores con los menos buenos, con el fin de renovar un interés que puede declinar; dar lo suficiente como para excitar la sensibilidad pero no demasiado para que se mantenga despierta. Debe ser capaz de encubrir, con una sonrisa de entendido, un verso más trivial que el resto, para que, arrastrada por el ritmo, la concurrencia no lo note y el ambiente de la velada no decaiga. Finalmente, debe destilar lentamente la miel, tener el auditorio en la palma de la mano y cuando éste, transportado, se abandone, golpearlo bruscamente en el corazón, petrificarlo de placer.

El ghazal se eleva, voluptuoso, mágico, discretamente sostenido por el plañido de un minúsculo armonio y los compases del tabla.* En Delhi, a menudo lo recitan. En Lucknow prefieren cantarlo: ¿por qué privarse de un suplemento de armonía, del placer procurado por la compenetración sutil entre el ritmo y el sonido?

Selma ha tenido intención de eclipsarse, pretextando un malestar, pero la mirada perspicaz de la rani la contiene:

—Quedaos, la poesía os relajará.

Se sienta, confundida por ser tan transparente. Poco a poco se abandona a la belleza de aquellos versos cuyo sentido comprende mal pero cuya música la apacigua. Allá abajo, una alfombra de shirwanis ondula al ritmo de los poemas como una serpiente de oro y plata. Se deleitan, se enternecen, se pasman. El éxtasis alcanza su punto culminante cuando una mujer, disimulada bajo un burkah negro, comienza a cantar, con una voz ronca, una melopea cuya dulzura le llega al alma. Es Shanaz Begum, una de las mejores artistas en el arte del ghazal; sólo aparece en público velada porque, le explican a Selma, es de familia respetable. Pero, a través del velo, el lamento vibra con tanta más intensidad cuanto que está rodeada de vetos, de misterios, que conmueven en lo más hondo la imaginación y los sentidos.

Ya está muy entrada la noche; en la galería de las mujeres, algunas viejas begums se han dormido. Con el alma anquilosada,

* Tabla: especie de tambor que se toca con ambas manos.

Selma oye el murmullo de un arroyo que corre sobre su lecho de piedras, atraviesa la espesura, se esparce sobre el musgo de un claro y luego rebota en cascadas cristalinas.

De repente, una voz clara la saca de su sueño.

»Soy el Yo que anida en el corazón de las criaturas. Soy el comienzo, y la mitad, y el fin de todos los seres.»

La música se calla y el maestro de mushaira ha desaparecido. En el estrado están enfrentados dos adolescentes vestidos con shirwanis de lino blanco, sin una joya.

Selma se incorpora. Esos versos los reconoce, son de un místico sufí, ¿pero cuál? Se lo pregunta a su vecina, que la mira asombrada:

—¡Pero, princesa, es el Bhagavad-Ghita, el gran libro sagrado de la religión hindú!

¡Hindú! Selma no puede creerlo. Aquellas palabras las conoce desde siempre... Se inclina un poco más detrás de los mucharabieh. Con los ojos perdidos en sí mismo, el adolescente sigue recitando las palabras divinas:

»Soy la soberanía y el poder de todos los que reinan, dominan y vencen, y la política de los que aciertan y conquistan. Soy el silencio de las cosas secretas y el saber del que sabe».

Sentado muy derecho, con las manos abiertas sobre las rodillas, su compañero sigue:

»Gloria a Alá, ante la unidad del cual no hay anterior si Él es ese primero, tras la singularidad del cual no hay ningún después, si es Él el siguiente. A propósito de Él no hay ni antes ni después, ni alto ni bajo, ni cerca ni lejos, ni cómo, ni qué, ni dónde, ni Estado, ni sucesión de instantes, ni tiempo ni espacio, ni ser mudable.

»Él es el Único, el Dominador.

»Él es el primero y el último, lo exterior y lo interior.

»Él aparece en su unidad y se disimula en su singularidad.»

Selma se tambalea... Es el «tratado de la unidad» de Ibn Arabi. Uno de los más grandes textos místicos del Islam.

Lentamente los dos adolescentes dicen las palabras sagradas que repiten como un eco, a través de los siglos y los continentes, las mismas profundas intuiciones, la misma Verdad.

«Algunos me adoran en Mi unidad, y en cada ser distinto,
y en cada una de mis millones de universales faces. Todo
ser de gloria y de belleza que veas en el mundo, todo ser
de poder y de fuerza, debes considerarlo como un esplendor,
una luz, una energía que proviene de Mí, nacida de una
parcela poderosa y de un poder intenso de Mi existencia.»

«Lo que pensamos diferente de Él no es Él. Pues pretender

que algo exista por sí mismo significa creer que eso se ha creado a sí mismo, que no debe su existencia a Alá, lo que es absurdo (puesto que lo es todo). Cuídate de darle cualquier compañero a Alá, pues entonces te envileces con la vergüenza de los idólatras.»

«Por Mí todo este universo ha sido extendido en el inefable misterio de Mi ser. El hombre que Me ve en todos los seres y todos los Seres en Mí, que se apoya en la unidad y Me ama en todos los sueños, no importa de qué manera viva o actúe, vive y actúa en Mí.»

«Pues lo que crees que es diferente de Alá no es diferente de Alá, pero tú no lo sabes. Tú lo ves y no sabes que lo ves. Cuando tomas conciencia de lo que es tu alma, te libras de tu dualismo y sabes que no eres otro que Alá. El Profeta dijo: "El que se conoce a sí mismo, conoce a su Señor"».

«Los sabios yoguis que se esfuerzan, ven en sí mismos al Señor.»

«Desde el momento en que el misterio fue desvelado ante tus ojos —de que no eres otro que Alá—, sabrás que eres el fin de ti mismo, que no necesitas aniquilarte, que nunca has dejado de existir. Todos los atributos de Alá son atributos tuyos. Por ello le es permitido decir al que llega a la Realidad: "Yo soy lo verdaderamente divino", o bien, "Gloria a mí porque mi certeza es grande".»

«Cuando un hombre consigue conocerme mediante la devoción, conocer quién soy y cuánto soy, habiéndome conocido así en la realidad entera y en todos los principios de Mi ser, entra en el Yo supremo. Y si realiza todas las acciones permaneciendo siempre alojado en Mí, alcanza mediante mi gracia la condición eterna e imperecedera.»

Las lágrimas corren por el rostro de Selma. No le importa que la vean, se siente en paz como hace mucho tiempo no se sentía.

Todo el día se había debatido en una pesadilla de violencia y odio. La matanza de campesinos inocentes por un grupo de fanáticos había suscitado en ella, por primera vez, tanto asco e incomprensión como deseo de venganza: si la justicia sólo podía ser respetada mediante el terror, había que ser el más fuerte: matar para no ser muerto. Se daba cuenta de que esta «solución a la desesperada» sólo podría acarrear aún más desgracias. ¿Pero qué hacer?

Había venido a aquel mushaira con la esperanza de que en esas circunstancias dramáticas el recital sería postergado y que, entre los presentes, iba a establecerse una estrategia de lucha, al menos de autodefensa. Vana esperanza: el anfitrión se había negado a toda discusión.

Y he aquí que al final de la velada éste aporta su respuesta luminosa: aquellas religiones, cuyos fieles se matan entre sí, hablan de la misma Realidad. Más allá de los ritos, de las formas recargadas para oscurecerlas y permitir que los hombres se enfrenten entre sí, todas llevan al Ser Supremo, Ese Absoluto del que están hechos todos los hombres. Ellas nos encarecen no olvidar, en medio de nuestra locura destructiva, que tenemos en nosotros el Infinito, que somos la Belleza y el Saber ilimitados, un grano de polvo pero que contiene el Universo, pues ese grano es una parcela de Dios. ¿Una parcela? ¡No! Somos Dios. El Infinito no se divide.

No olvidar esto: ¿cómo desesperar entonces del hombre, ver en el prójimo a un enemigo que hay que aplastar, ese prójimo que no es otro que Yo mismo tanto como yo soy Él?

—El pobre rajá de Mahdabad se está poniendo chocho— comenta Amir en el camino de vuelta. —Mira que ocurrírsele clausurar un mushaira con invocaciones religiosas...

Selma se sobresalta.

—¿No habéis comprendido?

—¿Comprendido qué?

—Nada... no tiene importancia.

Él vuelve la cabeza, exasperado por las reticencias de Selma, por ese tono de reina ofendida que toma a veces.

Ésta se arrincona en el fondo de su asiento. No siente tristeza, ni siquiera irritación, ante la incomprensión de Amir, sólo un gran cansancio. Intenta recordar lo que dice el Bhagavad-Ghita: «VerMe en todos los seres, en todos amarMe».

Cierra los ojos. ¿Lo logrará alguna vez?

XIV

—¿Dónde se ha metido Aysha?

Desde hace más de una semana no ve a la niña que todas las mañanas le trae flores para el cabello. Es una encantadora chiquilla de siete años que había llegado hacía un mes con sus padres que huían de los disturbios en su aldea de Lakhpur. Ahora la familia vive en el palacio; el padre ayuda a su hermano en las cocinas y la madre se encarga de trabajos de costura.

Selma ha oído decir a una de las damas de compañía que aquella orgullosa mujer se siente incómoda de estar mantenida y que anima a su marido a volver a la aldea donde se ha restablecido la calma. En efecto, el rajá de Kalabagh se ha desplazado personalmente para entrevistarse con los responsables locales del partido del Congreso. Ha obtenido seguridades de éstos y los musulmanes han comenzado a reintegrarse a sus casas y a reconstruir lo que había sido quemado. No tienen ninguna otra parte adonde ir. Desde hace generaciones, sus familias han cultivado aquellas tierras que pertenecen al príncipe pero que tienen derecho a trabajar: están en su casa.

Y además, ¿en dónde podrían estar más seguros? En la ciudad, en el campo, pueden estallar disturbios en cualquier momento; si no dependen de un amo, ¿quién se preocupará de defenderlos? No hay nada peor que convertirse en vagabundo, que no pertenecer a nadie, que no tener derecho a pedir protección.

—Tienen razón— había comentado la dama de compañía, —es como si yo pensase en irme. Mi familia ha comido la sal de esta casa desde hace cinco generaciones, ¿cómo podría abandonarla?... Pero la madre está preocupada por Aysha; cuando los hombres se vuelven locos, pueden suceder cosas atroces...

Selma la había escuchado distraídamente. No veía por qué aquella familia tenía que irse; estaban bien aquí, un poco estrechos quizás, compartían la habitación de la familia de su cuñado, en el ala reservada a los criados, cerca de los almacenes de provisiones. ¿Le habría dado a entender su cuñada que estaban de más?

«Tendré que ocuparme de ello», había pensado Selma, volviendo a los textos de Bhagavad-Ghita y a los escritos de Sri Aurobindo que se hizo traer al día siguiente del mushaira. Durante muchos días había permanecido encerrada. A través de aquel lenguaje tan diferente, intentaba comprender, remontarse a las fuentes, recuperar la misma intuición que la había trastornado cuando, en Estambul, había asistido al baile ritual de los derviches.

Pero hoy ha prometido visitar a la maharani de Karimpur. Antes del asfixiante calor del verano, el mes de abril es un mes de fiestas, y las recepciones a las que debe asistir se suceden una tras otra.

¿Qué gharara se pondrá? Para los cabellos necesitará una guirnalda de jazmines: ella pone toda su coquetería en una sencillez que asombra y conmueve.

—Bueno, ¿dónde está Aysha?— repite. —¿Está enferma?

—¡Oh, no, Hozur, al contrario!

La criada que la ayuda a vestirse sonríe y, con un tono de confidencia extasiada, le anuncia la buena nueva:

—La casaron.

—¿Casaron?

Selma la mira, estupefacta. Seguramente ha oído mal.

—¡Y muy bien casada además! Con un viudo de unos cuarenta años, un rico comerciante de Ahmedabad. La cuidará muy bien.

—¿La cuidará?

Selma parece que se ahoga.

—¡Pero es criminal! ¡Esa niña sólo tiene siete años!

—No os inquietéis, Hozur— la tranquiliza la criada. —Él la dejará jugar con sus muñecas. Es infrecuente que en este tipo de matrimonios nazca un bebé antes de que la niña cumpla diez u once años.

Selma la mira con horror... Aysha sólo era una niñita frágil y no una de esas criaturas precozmente maduras por el sol con las que sueñan los europeos en medio de sus fantasías sobre Oriente.

—Ve a buscarme a la madre, inmediatamente.

Bajo la lluvia de reconvenciones, la campesina no baja la cabeza. Mira a la rani obstinadamente. En su mirada hay resentimiento, casi desafío.

—Pero bueno— termina por decir Selma desconcertada, —¿por qué no me dijiste nada?

—Rani Saheba está demasiado ocupada en cosas importantes como para que la gente como nosotros se atreva a molestarla.

La acusación es clara: perdida en sus investigaciones místicas, Selma no ha cumplido con el deber de proteger a las mujeres y a los niños que dependen de ella. Por su egoísmo y su indiferencia, ella es responsable de la suerte de Aysha.

«El que no se vea afectado por nada, incluso si le ocurre un bien o un mal, y no odia ni se regocija, ése es un sabio.» ¿Qué piensas tú, pequeña Aysha, de la sabiduría de los brahmanes? ¿Y qué piensas de los millones de miserables que pueblan este país? Selma lanza una mirada de rencor a los libros santos que cubren su escritorio.

—Mete todo eso en un armario— le ordena a la criada.

Siente ganas de llorar de rabia. No, ella no ha alcanzado el desapego supremo que permite fundirse con lo divino, ella no ha conseguido alcanzar «esa vasta claridad del alma en la que no tienen lugar ni la pasión ni la congoja», y se alegra de ello. ¿Abstraerse de toda aquella desdicha para buscar su salvación personal? ¿Con qué derecho, Dios mío, con qué derecho?

Nerviosa, recorre la habitación: «Dirán que no entiendo nada, que aún no he alcanzado el nivel espiritual necesario. Se puede terminar por comprenderlo todo, ¡ya lo sé, todo! ¡Pero también tenemos derecho a negarnos a comprender!»

—¡Ve, Sikander, hijo mío, no lo perdones!

—¡Anda, bella mía, perla de mis ojos, hazle probar tu pico! ¡Fuerte! ¡Más fuerte!

Con la voz y el gesto, los entrenadores excitan a los combatientes, mientras alrededor de ellos se desata el entusiasmo y las apuestas suben. Selma nunca había visto a la alta sociedad de Lucknow, habitualmente tan aburrida, en medio de semejante desenfreno. Alrededor del paño blanco en el que dos codornices con las plumas erizadas y las garras iracundas se desafían, las exclamaciones suben de tono. Los ojos brillan, las manos recargadas de anillos se crispan, los labios se aprietan en una espera ansiosa; luego se entreabren para dejar escapar gritos de alegría o de despecho. Las cantidades que se juegan son enormes; algunos de esos hombres no podrán pagar sus deudas aquella noche: tendrán que dar como garantía las joyas de su mujer. ¡Poco importa! El momento no está para preocuparse de semejantes detalles.

Por el momento, lo único que cuenta es la lucha. Al contemplar cómo se matan enfrentados entre sí aquellos pájaros con una violencia y un ardor furiosos, aquella aristocracia que, desde hace un siglo no guerrea frenada y domesticada por la potencia británica, aquellos príncipes que, generación tras generación, han languidecido en una vida de placeres, de repente sienten bullir en sus venas la sangre heroica de sus antepasados mogoles. Intrépidos, se levantan, cargan contra el enemigo, se abalanzan sin preocuparse del peligro, dan golpes audaces, mortales... Necesitan vencer o morir, su valor no tiene límites, se cubren de gloria... Sobre el paño blanco brota la sangre. Agotado, el pájaro herido se debate bajo los golpes furiosos de su adversario que, con su pico aguzado como un puñal, intenta acabar con él.

Gritos de dolor, manchas rojas que crecen... ¡Aysha, pequeña Aysha!

Selma se muerde los labios para no gritar. Allí, sobre aquel paño blanco, ha visto sangrar a la niña que se debate contra los monstruosos asaltos, la niña que va a morir.

Alrededor de ella, en las tribunas reservadas a las mujeres, la excitación está al rojo vivo; las dulces esposas se deleitan con aquellos combates al menos tanto como sus dueños, y, a falta de dinero, apuestan sus pulseras de oro.

—¿Qué os parece este juego, princesa?— pregunta la maharani de Karimpur. —Lucknow es famosa por sus combates de codornices, mucho más infrecuentes que las peleas de gallos. Las codornices son animales pacíficos, es muy difícil volverlos agresivos; esto exige un entrenamiento y mucho talento. Alternativamente, hay que hacerlos padecer hambre, y mimarlos, hasta que estas rollizas avecillas se conviertan en animales fuertes y belicosos.

—¿Pero por qué?— se asombra Selma. —¿No hay suficientes animales que combaten por instinto?

La maharani frunce el ceño ante pregunta tan incongruente.

—Vamos, princesa, todo el arte consiste, no en seguir los dictados de la naturaleza, sino justamente en cambiarlos. Los combates de elefantes, en los que se complacían nuestros antepasados, sólo eran manifestaciones de fuerza bruta; igual que los tan apreciados combates entre tigres y rinocerontes. ¡No hay nada extraordinario en enfrentar a dos enemigos naturales! Nuestra sociedad tiene placeres más delicados: hacer que se peleen dos amigos, dos aliados, eso sí que es arduo y mucho más excitante.

Su sonrisa se ha vuelto sardónica. Selma tiene la impresión clarísima de que su anfitriona ya no habla de codornices sino de seres humanos. Se pregunta si es una advertencia o simplemente la confesión de las distracciones cotidianas de una sociedad que se aburre.

—La gente de Lucknow no se toma nada en serio— sigue la maharani —salvo sus diversiones. La razón es que somos una viejísima civilización, que lo hemos hecho todo y que no creemos en nada. ¿Pensáis que es una lástima? Yo no lo creo. Esto tiene la ventaja de ahorrarnos el ridículo y el mal gusto de pelearnos por ideas que se abandonan de un día para otro. Apreciamos la belleza de un combate; simplemente no intentamos encontrarle justificaciones: es un juego como cualquier otro. ¿Decadencia de una aristocracia agotada? ¡De ninguna manera! Esta mentalidad podéis encontrarla en el pueblo, incluso entre los indigentes. Aunque, como no tienen suficiente dinero para participar en peleas de gallos, han inventado las peleas de huevos.

—¿Peleas de huevos?

—Ponen dos huevos enfrentados y hacen apuestas. Luego los lanzan uno contra otro: el que se quiebra es, por supuesto, el vencido, y el dinero apostado a él va a los que apoyaron al huevo intacto.

»Los ingleses creen que están locos, que sería preferible que se comieran los huevos antes de "estropearlos" de esa manera. No comprenderán jamás a nuestro pueblo. ¡Qué desprecio por ellos querer reducirlos, so pretexto de que son pobres, a simples tubos digestivos! ¡Que los dejen distraerse y soñar a su gusto!

A los combates de codornices sigue ahora el desfile de palomas. Las mujeres, curiosas, se apretujan para admirar los últimos fenómenos del año. En todo el Oriente se apasionan por estos pájaros tan inteligentes como dulces y fieles. Selma recuerda múltiples y raras variedades criadas para el placer de los sultanes en las inmensas pajareras de los palacios de Yildiz y de Dolma Bahtché. Pero nunca había visto palomas tan extraordinarias como las que descubre ahora: unas tienen un ala verde y la otra rosa vivo, otras ostentan orgullosamente en sus cogotes motivos florales de colores delicados.

—No creáis que están pintadas— le explica la maharani, —sería un trabajo trivial que no duraría nada. Para producir estas maravillas, los especialistas arrancan una a una las plumas de la paloma y las insertan en su lugar, fijándolas sólidamente, plumas de color que pertenecen a otros pájaros o que han estado muchos días sumergidas en baños dc tinturas vegetales. Las palomas tratadas así conservan esos suntuosos atuendos durante años. Se venden muy caras.

Dos esclavos se adelantan sosteniendo una gran jaula dorada. Con infinitas precauciones, sacan de ella un animal extraño. Alrededor de Selma las mujeres exultan de admiración. El pájaro —¿o los pájaros?— vuela y va a posarse sobre el hombro de su amo, el viejo rajá de Dirghpur. Allí, inmóvil, arrulla largamente. En ese momento, Selma se da cuenta de que aquel fenómeno es una paloma de dos cabezas.

—¿No es prodigioso?— exclama su vecina, entusiasmada. —¿Visteis alguna vez en la corte otomana palomas dobles?

Los esclavos sacan de la jaula una media docena de aquellos

preciados monstruos. Se los pasan de mano en mano, delicadamente los palpan, extasiados:

—¡Qué habilidad! Nunca, desde el rey Nasir Ud Din Haidar, se habían llegado a producir tales fenómenos. En verdad, sólo en Lucknow somos capaces de tales refinamientos...

Y Selma, que había creído encontrarse ante un capricho de la naturaleza, comprende con estupor que esas palomas dobles son creadas por manos humanas. Servicial, su vecina le explica que la operación, desde el punto de vista teórico, es simple.

Basta con tomar dos pichones, cortarle a uno el ala derecha y al otro el ala izquierda, y coserlos sólidamente juntos. Después de esto, el asunto se pone delicado porque pocos sobreviven. Hay que rodearlos de los mayores cuidados. Cuando la herida está cicatrizada y los pichones se han hecho adultos, se les enseña a volar, cosa que exige enorme paciencia y habilidad.

—¡Qué crueldad!— exclama Selma indignada.

Asombradas, las mujeres la miran. Una de ellas, una hindú, se inclina hacia ella:

—¿Más cruel que matar animales para comérselos? ¿De verdad lo pensáis, Alteza?

¿Qué responder? ¿Que entre matar por el placer del paladar y mutilar por el placer de los ojos, la diferencia... la diferencia...? Ya no lo sabe y Selma opta por callarse.

Como en un sueño, oye a su alrededor a las mujeres discutiendo acerca de los precios que alcanzan esas maravillas: en nabab de Dalior ha ofrecido 10.000 rupias, ¡inútilmente! 10.000 rupias... «Aysha, ¿cuántas niñas como tú podrían ser salvadas con el valor de una sola de estas palomas?» Para distraerla de su melancolía, la maharani de Karimpur se le acerca.

—¿Sabíais que Bahadur Shah, el último sultán mogol de Delhi, poseía miles de palomas y que, cada vez que salía, volaban en formación apretada por encima de su cabeza para protegerlo de los ardores del sol? En cuanto al extravagante Wahid Alí Shah, el último rey de Udh, poseía más de veinticuatro mil, de las cuales una especie rarísima, con plumas de seda. Tuvo que renunciar a ellas cuando fue depuesto por los británicos y perdió toda su fortuna. Sus descendientes viven en la miseria. ¿Veis ese viejo señor, vestido a la antigua con una túnica de brocado plegada? Es su nieto, el príncipe Shaad, un irreductible. Se ha negado a que sus hijos aprendan inglés de miedo a que un día, apremiados por la necesidad, se sientan tentados a trabajar para el usurpador. De manera que, en lugar de tener un puesto respetable en la administración, se rompe los ojos bordando saris por la suma irrisoria de tres rupias diarias... Apenas lo necesario para alimentar a sus hijos y, en todo caso, no lo suficiente para curar a la princesa, la madre de sus hijos, que se muere de tuberculosis.

—Al menos podría vender su turquesa— se asombra Selma que ha visto la enorme piedra azul que casi cubre completamente el dedo anular del viejo príncipe.

—¡Nunca! Esa turquesa es su última renta, ella le permite subsistir.

Selma se imagina por un momento al príncipe alimentándose de polvo de turquesa como en el pasado absorbían, para fortificar la virilidad, perlas finas disueltas en vinagre.

—Tanto para los chiítas como para los tibetanos— sigue la maharani —la turquesa es la piedra de la suerte. Nuestros príncipes acostumbran llevar algunas muy hermosas. Nuestra pasión por el juego, de la que ya os he hablado hace un rato, da lugar a batallas de turquesas: en una asamblea, el que ostente la más hermosa es el vencedor y se apropia de todas las demás. Para ayudar al príncipe Shaad, sin herir su susceptibilidad, sus amigos lo visitan a veces llevando turquesas bastante ordinarias, que pierden con la mejor voluntad y sirven para que él pague las deudas más apremiantes.

¡Qué extraña concepción del honor! Dejar morir a su esposa por falta de cuidados, condenar a sus hijos a una vida miserable, vedarles el porvenir antes de adaptarse a la nueva realidad... De ambas actitudes —la extrema flexibilidad, a veces el servilismo, de los rajás respecto al ocupante británico, y la rigidez inflexible del viejo príncipe—, Selma no sabe cuál es la más justa. ¿No es posible una vía intermedia? Los que lo han creído así se han perdido en el inextricable dédalo de compromisos que entraña todo contacto con la potencia colonial para, finalmente, granjearse la desconfianza de los indios y los británicos.

¿No es éste el peligro que acecha a Amir? Él que, metódicamente, ha estado en contacto con los puntos fuertes y las debilidades del adversario, y que pacientemente se ha apropiado de sus armas con la esperanza de vencerlo algún día? Amir, aparentemente más inglés que un inglés, convencido de que es en su terreno donde es preciso combatirlos. Amir, que mañana por la mañana asistirá con todos los príncipes de Udh al gran *durbar,** durante el cual el gobernador si Harry Waig distribuirá como todos los años títulos y distinciones a los fieles servidores de la Corona...

Bajo la gran tienda con colores brillantes levantada en el parque de la residencia del gobernador, una asamblea muy distinguida —uniformes y shirwanis de brocado— conversa en voz baja mientras esperan a Su Excelencia.

* *Durbar:* gran recepción dada por un príncipe o, en la época colonial, por el gobernador inglés.

De repente, con un redoblar de tambores y címbalos que hacen que todos levanten la cabeza, la orquesta roja y oro acomete el *God save the king.* Son exactamente las nueve y media.

Puntual, como corresponde a un representante de Su Majestad, aparece el gobernador, pálido con su uniforme de gala negro en el que brillan sus condecoraciones, acompañado de lady Violet, con sombrero y guantes largos, seguidos por un cortejo de ayudas de campo y funcionarios lampiños y solemnes.

Todo el mundo se levanta mientras lentamente sir Harry y su esposa toman asiento bajo la cúpula dorada, la misma bajo la cual reinaban los reyes de Udh, hace menos de un siglo, en la época casi legendaria, tan lejana parece, en que la India no estaba administrada por un poder blanco.

Finalmente se declara abierto el durbar.

«Khan Bahadur... Rai Bahadur... Sardar Sahib...» Con voz sonora, el maestro de ceremonias proclama los títulos concedidos por buenos y leales servicios. Hinchados de su importancia, los elegidos avanzan por la alfombra roja, se inclinan respetuosamente delante del trono en el que, magnánimo, el representante del rey emperador les entregará el pergamino y la medalla que consagrará una vida de abnegación a la más noble de las causas, como es la de la alianza indestructible del Imperio de la India con la Corona británica.

Este año han sido otorgados una veintena de títulos, desde el más modesto, el de «Khan Sahib» —Señor— hasta el más prestigioso de «caballero, comendador de la Estrella de la India». Algunos rajás serán honrados con el título de maharajá, que significa «gran príncipe». Cada nombramiento es honrado con aplausos discretos. Sonríen, se felicitan.

Mientras se desarrollan estas ceremonias de homenaje, ¿serán capaces de imaginarse que en ese mismo momento, en toda la India, inmensas muchedumbres comandadas por el mahatma Gandhi se rebelan contra el ocupante, que los soldados británicos disparan contra los manifestantes, que decenas de millones de musulmanes reunidos alrededor de su líder, Muhammad Alí Jinnah, se unen a los hindúes para exigir la salida de los extranjeros y la independencia?

¿La independencia? Desde hace años, el país vibra con esta palabra, que ni los arrestos ni las balas logran ahogar y que la sangre vertida refuerza cada día más. ¡La independencia! Palabra mágica para un pueblo oprimido que la ve transformada, en el horizonte, en todas las promesas...

Y allí, sobre aquel césped cuidadosamente segado, juiciosamente sentadas entre los macizos de begonias, agredecidas y respetuosas, las élites... Uno cree soñar. ¿Es cobardía o inconsciencia? Selma siente de pronto el furioso deseo de insultar a aquellos monos bien amaestrados que sólo piensan en imitar a sus amos. «¡Cómo deben de despreciarnos los ingleses!» ¿Por qué ha aceptado participar en aquella mascarada? ¿Por qué ha insistido Amir?

Lo busca con la mirada al otro lado del césped. Discute en medio de un grupito de amigos que, como él, apoyan y, ella lo sabe, financian el movimiento independentista. ¿Por qué esta duplicidad? Nunca han aceptado ninguna distinción de la Corona británica, pero no por eso dejan de mantener relaciones cordiales con el ocupante. ¿Para que se duerma y apuñalarlo por la espalda? Es lo que pretende Amir, que está en buena posición para demostrar que los ingleses son demasiado poderosos para que puedan ser expulsados por la fuerza.

—Pero— había insistido ella por última vez antes de partir para el durbar, —¿es realmente necesario asistir a estas ceremonias degradantes?

Él se había contentado con sonreír.

—El espectáculo de la debilidad de algunos de nosotros y de la mirada despreciativa de nuestros amos es muy útil: alimenta el odio.

Y ella vio cómo sus nudillos se ponían blancos sobre la empuñadora de esmeraldas de su espada de gala.

Aquella noche, el gobernador da un gran baile al cual están invitadas todas las personalidades de las provincias. Habrá alrededor de dos mil invitados, entre ingleses e indios.

Selma pasa la tarde arreglándose, tan excitada como una joven debutante. Desde que llegara a la India, hace más de un año, es su primer baile. Quiere ser la más hermosa para hacer palidecer de celos a esas inglesas que afectan ignorarla.

Cuidadosamente elige un sari azul recamado de minúsculos diamantes, atavío oscuro que le realza la blancura de la piel. Alrededor del cuello, en las muñecas y salpicadas en el cabello, centellean las esmeraldas.

En el umbral del salón, Amir se detiene: nunca la ha visto tan hermosa. Con orgullo, contempla aquella gracia, aquella nobleza, aquel esplendor incomparable. Esta noche toda la ciudad lo envidiará. Ningún príncipe, ni por cierto ningún inglés, puede preciarse de poseer semejante alhaja.

El palacio del gobernador se alza como una majestuosa silueta blanca al fondo de una interminable avenida bordeada de palmeras. Bajo el portal brillantemente iluminado, la guardia —rostros impasibles bajo los turbantes negros y rojos con el monograma de la Corona británica— hace los honores. En lo alto de la escalera, los dos secretarios de Su Excelencia, con frac negro y cuello duro, pese al calor de aquella noche de abril, reciben a los invitados. Sólo cuando éstos están todos reunidos, sir Harry y lady Violet, representando personalmente a Sus Muy Graciosas Majestades, hacen su aparición. Decenas de servidores atienden a los invitados. A través del vestíbulo con columnas de capiteles corintios rosa pálido, se dirigen hacia el salón de honor.

Es un esplendor de turquesa y oro, que flota sobre delicados arcos realzados con guirnaldas de estuco. Más arriba, a diez metros de altura, una galería circular transcurre entre pequeños palcos rematados por cúpulas finamente esculpidas.

El lugar parece inmenso pese a la multitud reunida. Los fracs negros se mezclan con los shirwanis y con los prestigiosos uniformes del ejército de la India, casacas cortas escarlata para los oficiales de infantería, azul rey recamados de plata para los de caballería.

Pocos saris. Selma esperaba aquello. En efecto, son raros los indios que aceptan exponer a sus mujeres a las miradas extranjeras. En cambio, muchos trajes de noche de colores a veces sorprendentes. «Es extraño», piensa, «cómo las inglesas han copiado a este país sus colores más violentos, esos amarillos ácidos, rosados subidos, malvas enceguecedores. ¿Intentarán con ello remediar su naturaleza desabrida? ¡Pero qué estoy diciendo! Todo lo que es inglés ¿no es el "non plus ultra"? Lo que a nosotros, simples mortales, nos parece insípido, a ellos debe parecerles el colmo de la distinción. De allí su poder: no tienen estados de ánimo. Pase lo que pase, están convencidos de que sólo pueden ser los mejores.»

—¡Princesa!

Discretamente, Amir la empuja por el codo; perdida en sus pensamientos, Selma no ha visto llegar al gobernador y a su esposa, que ahora están de pie, en la tribuna de honor, mientras la orquesta entona el himno nacional. La ceremonia de las presentaciones, el momento más importante de la velada, va a comenzar.

En tono monocorde, el presentador recita nombres y títulos prestigiosos y, una tras otra, entre dos hileras de curiosos, las parejas se adelantan. Algunas se verán recompensadas con una frase, con una sonrisa, de inmediato observadas por toda la asistencia, y más tarde serán objeto de interminables comentarios. «Ni más ni menos que como en la corte otomana, aunque más provinciano», piensa Selma haciendo una mueca.

—Sus Altezas el rajá y la rani de Badalpur.

Se ha hecho el silencio mientras, lentamente, ellos atraviesan el inmenso salón. Impresiona su belleza. Todas las miradas están fijas en ellos; tanta majestad y altivez asombra.

Cuando se detienen delante de la tribuna y con natural gracia le sonríen al gobernador, la multitud tiene la sensación de que son ellos los anfitriones reales y que sir Harry y su esposa son sus súbditos. Amir adivina los murmullos. Si pudiera enderezarse aún más, lo haría. En aquel instante, él es emperador, y su sultana la corona suplementaria agregada a sus títulos y riquezas.

Al principio asombrado, el gobernador se recobra rápidamente.

—Mi querido Amir, imaginaos que le decía a lady Violet que vos y vuestra esposa no sólo erais bellos... ¡Sois la personificación de la belleza!

El rajá palidece. Hacer alusión al físico de su mujer es para un indio un insulto grave. Sir Harry no puede ignorarlo. Con una hipocresía totalmente británica, se venga de su insolencia.

Rápidamente Amir echa un vistazo a su alrededor: salvo el ayuda de campo, nadie parece haber oído. Respira. Pero la lección ha sido aprendida: nunca más llevará a la princesa adonde estén aquellos bárbaros.

Amir tiene la impresión de que todos los hombres la desvisten con la mirada. Aprieta los puños: quiere que todo el mundo la vea pero que nadie la mire. Iracundo, contempla su caminar ondulante, su cuerpo floreciente realzado por la tela del sari. ¿Dónde cree que está? Deberá decirle que debe comportarse más modestamente. De repente, se sorprende deseando que sea fea.

La ceremonia de presentación toca a su fin. La orquesta acomete un vals de Strauss. El gobernador se inclina delante de lady Violet para abrir el baile. En la pista, otras parejas lo imitan. Amir se marcha en busca de sus amigos y deja a Selma desamparada, sentada en compañía de las viudas. Ella esperaba que la invitara a bailar pero ni siquiera se le ha ocurrido. Desde los hermosos días de Oxford, ya no se presta a este tipo de ejercicios y, de todas maneras, aquí nunca se permitiría un hombre ofrecer a su mujer en espectáculo. Para los indios, el baile es un asunto que compete exclusivamente a los travestis y a las cortesanas.

Con ganas de bailar, Selma contempla los giros de los bailarines y la risa de las mujeres embriagadas por el ritmo, abandonadas en brazos de sus acompañantes. Las gordas, las delgadas, las feas, las que en sus países no tendrían ninguna posibilidad de ser invitadas, en la India son objetos raros, solicitadísimos. No se pierden un baile.

Selma las sigue con la mirada. ¡Qué injusticia! Allí está, condenada a permanecer con las viejas y las inválidas! ¿De qué le sirve ser la más atractiva? Todos se divierten, nadie le presta atención, fuera de algunas harpías que, aferradas a sus parejas, le lanzan miradas de compasión burlona o que, arrojándose agotadas y satisfechas en un sillón, fingen sorprenderse:

—¿Cómo, no bailáis? ¿Pero por qué?

Intenta adoptar una expresión indiferente pero no engaña a nadie. Aborrece a Amir por dejarla sola, víctima de aquel veneno, de aquella perfidia. Ha desaparecido. Seguramente se halla en la sala de fumar, discutiendo; es capaz de estar allí toda la noche, dejándola esperando en su rincón, soportando aquellos sarcasmos.

¿Y si se fuera? ¿Produciría un escándalo? ¿Y qué? ¿La indiferencia demostrada por el rajá para con ella no es en sí escandalosa? Está de acuerdo, ya lo sabe, con las costumbres de la India, donde el marido y la mujer no deben mostrarse en público juntos, pero Amir no puede jugar constantemente en los dos tableros: si la lleva hasta los ingleses, que al menos tenga la decencia de comportarse como un *gentleman.* Para todos aquellos extranjeros, la actitud con su esposa es una prueba de indiferencia, una injuria.

—¿Me permitiría, señora?

Selma se sobresalta. Un hombre joven, muy rubio, le sonríe. Ante su asombro, se turba.

—Perdone mi atrevimiento, no hemos sido presentados... Me llamo Roy Lindon, acabo de llegar a la India y mañana debo comenzar mi trabajo, como agregado de Su Excelencia. No conozco a nadie aquí y me preguntaba si aceptaría...

Selma está a punto de ponerlo en su lugar pero le parece tan tímido... Su torpeza la hace sonreír.

—No bailo, sir.

—¿De veras?

Se sonroja como un niño regañado. No dice que la ha estado observando desde hace largo rato y que ha visto cómo se moría de ganas de bailar. ¡Qué estúpido ha sido imaginándose que aquella encantadora dama...! Balbuceando una excusa, va a retirarse cuando Selma lo retiene con un gesto.

—Sentaos un momento.

Alrededor de ella, las damas no pueden creer lo que oyen. ¡Qué desvergüenza la de esa rani! Encantadas, se lanzan miradas entre sí. Huelen el escándalo.

¿Cómo reaccionaría Amir si aceptase?, piensa Selma dirigiendo su mirada hacia el joven; *¡haría un escándalo, es evidente!* Vuelve a verse en el Líbano, en la velada del *Jeanne d'Arc* y recuerda la ira de Wahid cuando se puso a bailar con un oficial francés. Después de todo, un poco de drama no estaría mal; remecería un poco la existencia convencional a la cual comienza a... acostumbrarse.

Y más que el deseo de bailar, es el miedo de dejarse engullir, el instinto de sobrevivir, el que de pronto la hace levantarse y decir: «¡Vamos a bailar!»

Roy Lindon es un bailarín excepcional. ¿O es aquel momento robado lo que es excepcional? ¡Poco importa! Con los ojos semicerrados, Selma se abandona al torbellino que la arrastra rápida, cada vez más rápidamente, aturdida por la música, por todos aquellos soles, esas volutas chispeantes que giran en el cielo turquesa.

¿Por qué deja de tocar la orquesta? La repentina inmovilidad la hace vacilar, crispa la mano en el brazo de su pareja que, en lugar de sostenerla, parece querer huir. Asombrada, abre los ojos: lívido, Amir está frente a ellos.

Con un gesto de la mano, la aparta, sin siquiera mirarla. Este tipo de asuntos se arregla entre hombres.

—Responderéis de esta afrenta, señor, mañana por la mañana. Os dejo la elección de las armas.

Atónito, el inglés mira al hombre que tiene enfrente. ¿Está loco? O quizás... Alrededor de ellos se junta un grupito de curiosos, pero nadie se atreve a intervenir. Comprenden la gravedad de la situación y simpatizan con el rajá. Las reglas deben ser respetadas: su honor está comprometido, el honor de todos.

—Mi querido rajá...

La voz del gobernador hace que se vuelvan todas las cabezas. Alertado, sir Harry ha creído que debía ir en persona. Y no se podía aceptar que aquel incidente ridículo —provocado como siempre por una mujer— degenere en muertes. Difícilmente se ve explicándole al padre del joven Lindon que su heredero ha muerto en un duelo por haberse atrevido a invitar a bailar a una mujer casada. Ni por un instante se le ha ocurrido que el rajá puede ser derrotado: sabe que es buen tirador y temible espadachín.

Por lo demás, si por casualidad, el rajá se hiciera matar, el asunto sería aún más grave. El movimiento independentista se apresuraría a convertirlo en un mártir, asesinado por el poder colonial por haber querido defender la virtud de su esposa. La pareja sería erigida en símbolo de la virtud de todas las esposas indias y del honor de todos los maridos. ¡Suficiente para que estallara una revolución!

Durante cerca de una hora, el gobernador trata de calmar al rajá. Despliega todos los resortes de la diplomacia: demostrar la buena fe del joven sin acusar a la rani requiere un talento poco común. La inocencia de Roy Lindon es evidente. Tal como explica con candor, le había llamado la atención una joven sola, que parecía aburrirse. En ningún caso pensó... Se deshace en excusas, que, lejos de calmar a Amir, lo irritan aún más, pues hay que encontrar un culpable: si aquel joven dice la verdad, está obligado a admitir que la rani es la única responsable y que, delante de las dos mil personalidades reunidas aquella noche, ella lo ha ultrajado. No tiene elección, debe matar a aquel inglés.

Sir Harry comienza a impacientarse: si el rajá insiste en «lavar la injuria con sangre», sería mucho más lógico y más eficaz que matara a su esposa. Se contenta con apuntar que están entre gente civilizada, de otro modo aquel incidente habría podido degenerar en drama. Por supuesto, no es culpa de la rani: su educación occidental no la ha preparado para vivir en la India. Sin embargo, si le explicara algunas cosas...

Herido en lo más hondo, Amir se levanta.

—¡Basta, Excelencia, esto es asunto mío! No habrá más problemas. Los cortaré de raíz.

Sir Harry se sobresalta. «¿Será capaz de matarla? Después de todo, no es mi problema. Con tal de que reine la calma por fuera, el resto me importa poco.»

—A partir de hoy, no saldréis de vuestra habitación. Os traerán la comida. Asimismo, no podréis pasearos por el parque del palacio ni recibir a vuestras amigas: les diréis que os dejen mensajes. En adelante, observaréis el purdah más estricto.

De pie junto a su hermano, como la encarnación viviente de la virtud, Rani Aziza se divierte: ya lo había dicho, siempre supo que aquello terminaría mal. Con voz cansada, Amir sigue:

—He sido demasiado bueno con vos. Os tenía confianza y me habéis traicionado, humillado. Puesto que sois incapaz de conduciros decentemente, no me queda más remedio que obligaros. No tengo la menor intención de dejarme deshonrar por mi mujer.

Los hermanos abandonan la habitación, la puerta se cierra. Selma oye cómo gira la llave.

¡Prisionera! ¿Cómo se atreven? Apelará a la justicia, al mismo virrey. Y si eso no fuera suficiente, a Beirut, ¡su madre podrá alertar a la opinión pública!

Se le aparece la visión horripilante de la anciana medio loca que le gritaba: «¡Huid, rápido, antes de que sea demasiado tarde!»

La sobrecoge el pánico. Se precipita contra la puerta. Golpea. Es inútil.

Por primera vez, Selma tiene miedo. ¿Quién la ayudará? Nadie sabe que está prisionera. El rajá y Rani Aziza sabrán encontrar mil razones para justificar su ausencia de las reuniones públicas. Nadie se extrañará: las mujeres salen tan poco en la India... E incluso si al comienzo se hacen algunas preguntas, ¿a quién se le ocurriría llevar adelante una investigación sobre lo que sucede en el fondo de un palacio? Rápidamente la olvidarán, como olvidaron a la madre de la rani de Nampur. Ante este pensamiento, se estremece. ¡Nunca! Morirá, sí, pero no dejará que la entierren viva.

XV

—No puedo, Hozur, el rajá Sahab me mataría.

La criada retrocede sacudiendo la cabeza, con las manos apretadas en la espalda: no, no cogerá el collar de oro, no, no llevará la carta. El amo se vengaría, lo adivinaría, es tan poderoso: lo sabe todo.

—No, Hozur, es imposible...

Cansada, Selma deja caer el collar. Desde que está encerrada, ya hace tres días, comienza a perder las esperanzas. En la mirada de la joven criada, recién llegada, había visto sin embargo una expresión compasiva. Pero el miedo es más fuerte. ¿Con qué castigos las habrá amenazado Amir para que incluso el cebo del oro resulte ineficaz?

¿Amir o Rani Aziza? Seguramente es ésta la que, sintiéndose autorizada por la cólera de su hermano, debe de haberse hecho cargo de todo, feliz de poderse vengar, de ser de nuevo la señora. Nunca se le hubiera ocurrido a Amir quitarle a sus criadas habituales. Y no habría hecho el ridículo colocando delante de la puerta de la habitación a aquel enorme eunuco negro, armado con un inmenso sable, ogro de comedia encargado de aterrorizar a la niña.

Desde la velada fatídica, no ha vuelto a ver a su marido. Amir ha hecho trasladar sus efectos personales y ha vuelto a sus apartamentos de soltero. Si pudiera hablarle, está convencida de que terminaría por ablandarlo, pues, a pesar de todo, la quiere. Pero sus únicos contactos pasan por Rani Aziza; la hermana del rajá controla todas las noticias que salen del zenana. Esto es lo malo: Selma podría dejarse morir y Amir no lo sabría.

El primer día, aulló de furia: no podía creer que la tuvieran encerrada como un animal dañino. Sólo ha conseguido cascarse la voz y desgarrarse las manos contra la puerta de madera que tanto le costó conseguir, esa puerta que había querido gruesa para preservar su intimidad y que hoy ahoga sus gritos. ¿Huir por una ventana? Son demasiado altas y además están custodiadas día y noche por un eunuco que se pasea por el balcón.

Selma se ha prohibido todo desaliento. Para luchar, debe conservar las fuerzas. Sin embargo, mientras más tiempo transcurre, más se da cuenta de que la situación, que al principio creyó pasajera, se impone con su implacable cotidianeidad.

«No saldréis más de vuestra habitación», había dicho Amir. ¿Qué significaba ese «más»? ¿Cuántos días, semanas, van a tenerla secuestrada? Ni por un momento se le pasa por la mente que aquello pueda ser definitivo; sobre todo no debe dejarse llevar por el pánico como la primera noche, cuando la puerta se cerró. Debe... debe... No lo sabe, ya no sabe lo que debe hacer.

Los días pasan. Selma se niega a alimentarse. No es que quiera hacer chantaje —con la rani sería inútil—, simplemente no tiene hambre. Sólo ver la comida le produce náuseas.

Cuando el rajá pregunta por su esposa, Rani Aziza le comunica que aquel retiro le es beneficioso, que la ayuda a pensar, que comienza a comprender. ¿Dejarla salir ahora? ¡Sería una locura! Saldría más rebelde que antes, como esos caballos que han probado el freno durante demasiado poco tiempo como para acostumbrarse a él y se vuelven totalmente incontrolables. Selma debe darse cuenta plenamente de la enormidad de su falta, arrepentirse; de lo contrario, el castigo no serviría de nada.

—¿Y si le hablara?— pregunta Amir. —¿Si le dijera que la perdono por esta vez pero que al próximo traspié la repudio?

Está lejos de imaginar la risa de Selma si lo escuchara. No sabe que en la familia otomana son las princesas las que repudian a sus maridos, si el sultán lo permite. Nunca habría sido autorizado un damad a separarse de una esposa de sangre real. Habría sido un insulto al mismo soberano.

Selma no es una de esas esposas indias para quien un matrimonio roto significa la muerte pues su familia no la recibiría nunca más. Una hija repudiada en la India es la vergüenza de toda la familia, la prueba de que no ha cumplido con las reglas que rigen la vida de la comunidad: no hay lugar para ellas en ninguna parte. Entonces, antes que volverse un paria, la joven acepta ser la esclava sumisa, no sólo de su marido sino de toda su familia política.

Rani Aziza es muy perspicaz. Ha advertido el inconmensurable orgullo de la extranjera. Ante todo, lo que desea es que aquella impúdica se vaya; incluso es incapaz de dar un heredero al trono. Pero ella sabe que el rajá, pese a sus amenazas, no la expulsará nunca. La única solución sería que Selma cayera enferma, irremediablemente enferma. No debería ser difícil de arreglar...

Con una mirada afectuosa, acaricia el rostro atormentado de su hermano.

—No temáis, yo me encargo perfectamente de ella. Si intervenís, habría que volver a empezar de cero. Tened paciencia: dentro de dos semanas, encontraréis a la esposa más amante y dócil con la que jamás soñasteis.

Día a día, Selma se debilita. Ha intentado obligarse a comer, pero su estómago lo rechaza todo. Incluso el té le da náuseas. Le duele la nuca y, cuando se levanta, se tambalea, presa de vértigos. Por eso la mayor parte del tiempo permanece tendida. A ella, que le gustaba leer, ni siquiera tiene ganas de hacerlo. No tiene ganas de nada. Espera. Al comienzo, ha intentado luchar contra aquel decaimiento, contra aquellos malestares que ella atribuía al encierro. Ahora se deja arrastrar, feliz de no sentirse presa de los vómitos que la agotan.

Fue Rassulán, la joven criada, la que un día en que Selma tuvo un ataque especialmente grave, le sugirió que tal vez la comida no estuviera buena. No había dicho más y Selma pensó que estaba loca imaginando... Pero durante dos días había devuelto todos los platos y los vómitos se habían detenido.

Ahora se contenta con agua del grifo y con algunas almendras que Rassulán le trae a escondidas. Se siente mejor pero no tiene fuerzas para levantarse ni para asearse. Hace tres semanas que no ha salido de su habitación. Pero ahora todo le es igual; tiene la impresión de flotar, ya nada la inquieta, nada la irrita. Sueña con su madre, con Estambul, con su infancia. Ante sus ojos aparece una película con los colores pastel de la felicidad. Se siente serena, sosegada. Por fin.

—¡Es un crimen! ¿Quién ha ordenado esto?

En la semiinconsciencia, Selma advierte agitación a su alrededor, voces que le horadan los tímpanos. ¿Por qué no la dejan dormir? Gime, se mueve levemente y vuelve a caer al fondo del silencio, al fondo del capullo tibio en el que se ovilla con deleite.

Frente a Rani Aziza, la tímida Zahra se alza, acusadora.

—¡Si no hubiéramos acortado nuestro viaje, la habríamos encontrado muerta!

En efecto, un médico joven, llamado con urgencia, ha confirmado que la situación es grave: unos días más sin alimentación y el corazón hubiera dejado de latir.

Muy pálido, el rajá mira a su hermana Aziza que, ante las preguntas de Zahra, guarda silencio desdeñosamente. ¿Es de ella o de él la culpa? Él sabía que Aziza odiaba a Selma y pese a eso, le ha dejado la completa responsabilidad de su custodia, creyendo en sus palabras tranquilizadoras sin tratar de verificarlas. ¿Por miedo a ceder a los ruegos de su esposa? ¿Por orgullo de marido ultrajado? ¿Por necesidad de venganza?

Incómodo, contempla el cuerpo delgado, la carita de pájaro, la imagina muerta e intenta representarse el dolor que lo embargaría. Pero, pese a sus esfuerzos, sólo siente indiferencia. Esa indiferencia lo impresiona: si nunca ha sufrido de esa enfermedad que llaman «amor», al menos ha sentido ternura por su esposa...

Él, habitualmente tan dueño de sus pensamientos, no logra controlarlos: se imagina los grandiosos funerales. Durante algunos meses, es un viudo inconsolable. Y luego se deja convencer por su familia, por sus amigos —hay que asegurar la descendencia— de que debe volver a casarse, con una india esta vez, una jovencita que lo adore como a un dios. Son felices, tienen numerosos hijos...

—¡Amir, *Bai*!*

Con aire de reproche, Zahra mira a su hermano, que sonríe cándidamente.

—El médico dice que Apa necesita una enfermera que permanezca a su lado día y noche y le enseñe a realimentarse. Dice que con cuidados apropiados, en dos semanas puede estar en pie... Pero necesitará un completo cambio de aire, una actividad que la saque de su melancolía. Piensa que ha querido dejarse morir, que hay que ayudarla a recuperar el gusto por la vida.

—¿Piensa?...

El rajá se ahoga de ira; ¿quién es ese mequetrefe para atreverse a pensar?

—Mi esposa está aquí perfectamente feliz. Pese a lo cual, creo que el aire del campo le sentaría muy bien. Partiremos para Badalpur lo antes posible.

Badalpur, ésa es la solución. Cuando vuelvan a Lucknow, el escándalo del baile del gobernador se habrá olvidado.

Cada instante es un paso hacia la muerte
Vivirlo vacuo para hacerlo durar
No moverse, no hacer nada
Para no borrar, no desordenar
El tiempo que aún queda
Sobre todo no matar la vida
Viviendo

* *Bai*: hermano mayor.

Selma ha dejado la pluma. Por la ventana mira despuntar el alba. En el horizonte, muy lejos, tiembla la bruma. Son los primeros contrafuertes del Himalaya, montaña sagrada donde se retiran los que buscan la Verdad. Los que no vacilan en poner su vida en la balanza, en arriesgarlo todo para no ganar nada, perder hasta la esperanza. Ella no tiene ese valor. O tal vez lo tendría si se sintiera segura...

Otra vez ese anhelo de seguridad, esa mentalidad de contable, en ella que se jacta de diez siglos de sangre imperial. Sin embargo, no tuvo miedo, incluso se sintió maravillosamente tranquila cuando creyó que iba a morir. Le gustaría pensar que era valor, pero se pregunta si no era más bien el cobarde alivio de alcanzar, al cabo de un camino fatigoso, una postura que ya no podía controlar. Muerta... La palabra suena deliciosamente redonda, sin fisuras, definitiva, para ella que nunca ha podido definirse, que toda la vida ha buscado un objetivo, una certeza. ¡Ah! ¡Qué no daría por ser como las heroínas de novela que siempre saben lo que quieren y luchan por obtenerlo! Se asombra y se maravilla de la fuerza con que expresan su ambición, de la violencia de sus deseos, tan diferentes de los suyos, a quien a veces todo le parece irrisorio.

Esta indiferencia ¿será la sabiduría, el desapego del mundo de la apariencia que enseñan los míticos? A ella le gustaría que fuera así, pero es demasiado lúcida para ser complaciente consigo misma. La facultad de creer, de apasionarse, la ha abandonado hace años, aquel día de primavera en que ella perdió su país y a su padre. Sólo el deseo de los demás la hace vivir, la necesidad que tienen de ella. Por eso Badalpur sigue siendo para Selma una razón de ser. Todos esos pobres que se reúnen alrededor de su rani, ¿saben que los necesita más de lo que ellos la necesitan a ella? Si les da algún dinero, ellos, con sus miradas confiadas, con su expectación, le dan vida.

Selma se sintió reconfortada ayer tarde cuando, al llegar, encontró que todas las campesinas estaban reunidas esperándola. Apartada, detrás de la reja, Sita, la pequeña viuda, le sonreía. Las demás mujeres habían querido expulsarla: una viuda da mala suerte, no debe acercarse a su rani. Pero por una vez Sita había resistido, se había aferrado a los barrotes gritando y, por miedo al mal de ojo, la habían dejado tranquila. Por un momento, Selma estuvo a punto de no reconocerla: el delgado rostro se había ajado y la niña de catorce años, tan fresca el año anterior, casi se había vuelto una viejecita. ¡Cuántos sufrimientos y malos tratos para llegar a eso...! Selma ha pensado llevarla con ella a Lucknow; pero sabe perfectamente que en Lucknow, como por doquier, Sita seguirá siendo una viuda, para todos objeto de repulsión...

—¿Dónde está Parvati?— le había preguntado algo decepcionada de que su amiga no hubiera venido a recibirla.

—Tengo un mensaje, Rani Saheba: Parvati os suplica que la perdonéis pero no puede dejar ni un momento a su marido. Está muy enfermo: desde la última luna escupe sangre y las hierbas del hakim no lo han curado.

—¡Qué triste!— había dicho Selma, al tiempo que se alegraba ante la idea del alivio de Parvati si el vejete de su marido muriera.

Y había decidido que no la dejaría en Badalpur, expuesta a la maliginidad de su familia política y de sus conocidos. La sacaría, lo mismo que a Sita, de aquella pesadilla. Encontraría un medio. No puede detenerse la vida a los catorce años.

El resto de la velada, Selma la había pasado distribuyendo los regalos apilados en los enormes baúles traídos de Lucknow. Esto había originado al comienzo un tumulto que había estado a punto de convertirse en pugilato si los criados, a fuerza de gritos y varillazos, no hubieran logrado disciplinar a las mujeres y a los niños haciéndoles comprender que habría para todos. Finalmente, todos habían vuelto a sus casas, apretando su regalo contra el pecho, dejando a Selma agotada pero reconciliada consigo misma.

Era de noche cuando oyó el ruido de un guijarro contra la persiana de bambú de su habitación. Al principio no prestó atención pero como el ruido persistía, salió al balcón.

—¡Rani Saheba!

Sorprendida, se había asomado, tratando de identificar en la oscuridad del parque la voz que la llamaba.

—Rani Saheba, soy yo, Parvati.

Confundida con la columna, justo debajo de su ventana, Selma había divisado la delgada silueta de su protegida.

—Parvati. ¿Qué haces aquí a esta hora? Es peligroso, los guardias podrían haberte disparado. Sube, voy a avisar para que te dejen pasar.

—¡Oh, no, Rani Saheba, nadie debe saber que he venido! Pero quería veros, tengo miedo...

—No temas, Parvati, te prometo que si le ocurre una desgracia a tu marido, yo me ocuparé de ti.

—Pero, Rani Saheba, ellos quieren...

Selma no pudo saber lo que «ellos quieren», porque la llegada de un centinela hizo huir a Parvati.

Esa mañana, al repasar la conversación, Selma no puede dejar de tener un sentimiento de malestar. Parvati parecía aterrorizada e incluso las promesas de su rani no habían logrado calmarla. Selma la recuerda, sin embargo, como una mujer reposada y juiciosa. Le sorprende haberla visto tan desquiciada. Le preguntará a Sita si sabe algo.

La tarde es calurosa. Selma la pasa junto a la abuela de Amir. Desde su última visita, Rani Saida se ha debilitado mucho, ya no se preocupa de los asuntos de Estado.

—Ahora debe hacerse cargo Amir, y tú, hija mía— sonríe.

Sus ojos azules brillan con un fulgor muy dulce. Tiene la belleza blanca y lisa de los ancianos que saben que el fin se aproxima y lo esperan apaciblemente. Sentada a los pies de la cama, Selma la contempla con ternura. La rani desprende un halo de serenidad; ese halo en el que se desvanecen los asuntos y problemas, escorias de un mundo que de repente parece fútil, irreal.

Selma permanece sentada así hasta el crepúsculo, respirando el leve perfume a glicina, hasta que se da cuenta de que la vieja dama se ha quedado dormida. Espera todavía unos momentos, impregnándose de aquel silencio, más elocuente que cualquier discurso.

El campo se ha puesto rojo bajo los últimos rayos del sol. Ante la pequeña mezquita, el almuédano llama a la oración y desde los caminos cercanos unas sombras se apresuran a venir a glorificar a Dios por el día transcurrido.

Al frente, sobre la terraza más alta del palacio, Selma, sumergida en el aire fresco y apacible, está sentada junto a Amir. Es la primera vez que se hallan solos desde la fiesta del gobernador. Ninguno de ellos ha aludido al drama de las pasadas semanas. Y no lo harán. Explicar, excusarse, perdonar, representaría un parloteo insoportable, indigno de ellos. Se han sentado juntos en este hermoso atardecer de verano, saboreando en silencio la calma recuperada.

A lo lejos, algo apartado de la aldea, se divisa el resplandor rojo de un fuego y un humo espeso cuyo olor acre el viento trae a bocanadas.

Selma se incorpora sobre un codo.

—Amir, ¿creéis que queman las malas hierbas o sería un incendio?

—Ni una cosa ni la otra, querida. Es el lugar de las cremaciones. Alguien acaba de morir. ¿No oís los cantos?

En efecto, le llegan trozos sueltos. ¿Será el viejo marido de Parvati? ¿Se habrá liberado ya la joven?

De repente, resuenan gritos en el parque, ruidos de una carrera a través de los árboles, los chillidos agudos de una mujer. De un salto, Amir se levanta. Llama a los guardias.

Segundos más tarde, éstos aparecen: cuatro colosos empujan

delante de ellos a su presa, una pequeña forma blanca que se debate y los injuria.

—¡Sita! ¿Qué pasa?— pregunta Selma viendo el sari roto y el rostro bañado en lágrimas.

—Parvati, Rani Saheba, Parvati— gime Sita, con los ojos desorbitados.

—¿Parvati? ¿Qué sucede?

Selma la toma de un brazo, la abruma con preguntas, pero la jovencita tiembla tanto que es incapaz de hablar. La sientan, una criada le humedece las sienes con agua helada, mientras Selma le sostiene dulcemente las manos.

—Cálmate, Sita, debes decirme dónde está Parvati.

En medio de los gemidos, más adivina que oye:

—¡Allá, sobre la pira...! Con el marido... Quemada...

Amir salta.

—¡El suttee! ¡Ah, los bárbaros! ¿Cómo se han atrevido? Guardias, id inmediatamente, ¡intentad salvarla!

Los guardias llegarán demasiado tarde: en el lugar de la cremación, sólo encontrarán dos formas negras que acaban de consumirse en medio de una muchedumbre en plegaria.

Al día siguiente, al alba, Selma se levanta con el rostro congestionado de tanto llorar.

—La obligaron, estoy segura. No se suicidó. Amaba demasiado la vida. Y la muerte de ese viejo cascarrabias era para ella una liberación.

—Puede ser, ¿pero cómo probarlo?

En tanto soberano musulmán, Amir aborrece intervenir en las costumbres de sus súbditos hindúes.

—Parvati vino a pedirme ayuda y yo no la entendí... Nunca me hubiera imaginado...

Selma no ha pegado un ojo en toda la noche, obsesionada por la visión de Parvati intentado escapar de sus verdugos que inexorablemente la empujan a la hoguera.

—Amir, hay que vengarla, imponer un castigo ejemplar, impedir que un horror así pueda volver a ocurrir. Convocad a las dos familias, interrogadlos, alguien terminará por hablar. ¡Os lo suplico!

—Temo que os llevéis una desilusión. Aunque por vos puedo intentarlo.

Todos están allí, delante del amo. Uno a uno se prosternan, rozando el suelo delante de sus pies. Y ahora, de pie, con los ojos bajos —mirar al soberano sería falta de respeto—, esperan.

Sentada al lado del rajá está la rani. Su presencia —infracción excepcional a las reglas— es señal inquietante de que aquel careo no es rutinario.

Selma mira atentamente a los miembros de la familia. Parvati le había hablado tanto de ellos que no necesita saber sus nombres para reconocerlos. Ésta es la suegra, una vieja delgadísima, que por las arrugas parece centenaria, con la boca sin dientes, enrojecida de betel. Y los dos cuñados, gordos, avergonzados de sus manos regordetas. No han traído a sus mujeres; ¿qué podrían decir ellas que no lo dijeran mejor sus maridos? Finalmente, con cara regocijada, el hijo único del difunto, un débil mental, un muchachote enorme del que Parvati se quejaba porque en ausencia del padre había intentado violarla varias veces.

Al frente, la familia de la muchacha, un grupito compacto de parientes, hermanos y hermanas. ¿Por qué parecen aterrorizados? ¡Es a ellos a quienes se va a hacer justicia!

El rajá les ha pedido que vengan todos: están bajo su protección, pueden hablar sin temor.

Durante más de una hora, Amir los interroga. Llorando, la vieja jura que hizo todo lo posible para disuadir a su nuera, pero que estaba tan desesperada por la muerte del esposo, a quien ella adoraba, que había aprovechado un momento de descuido para arrojarse a la hoguera. Con peligro de sus vidas, los hombres habían intentado sacarla. Fue inútil. Parvati había ardido como una antorcha. Después de recurrir a esta horrible imagen, la vieja se pone a gemir, a arrancarse los cabellos invocando a los dioses, hasta que el rajá, secamente, le ordena que se quede tranquila.

Selma admira la representación; no espera que los criminales se acusen. Es de la familia de la víctima de donde debe venir la verdad. Pero, para su estupor, la familia se calla, obstinada. Abrumada a preguntas, una hermana terminará confesando que Parvati le había confiado sus intenciones. Llorando, los demás asienten.

Mienten, Selma está convencida. Peor que eso, mienten sabiendo que ella sabe. Ha sorprendido las miradas cómplices cruzadas por los hermanos del difunto: se burlan de ella, se burlan de su amo.

Lívida, se inclina hacia Amir.

—¿Cómo hacerlos hablar?

—Sólo hablarían bajo tortura. Y eso me repugna. Mis pares afirman que el humanismo y el ejercicio del poder son incompatibles. Hace tiempo que rechacé este tipo de simplismos; pero comienzo a preguntarme si no tienen razón... Hoy, al negarme a utilizar la fuerza para obligarlos a confesar, me estoy desacreditando ante ellos.

El asunto terminó con un no ha lugar. Tras muchos saludos y protestas de fidelidad, los campesinos vuelven a sus casas.

Irritado, Amir se pasea jugando con su vara.

—Sabía que terminaría así, pero vos no me habríais creído. Por eso accedí a vuestro deseo. Hice mal.

—¿Por qué ha mentido su propia familia?

—¿De qué les habría servido hablar? Su hija ha muerto, las palabras no pueden devolverle la vida. Ahora su memoria es sagrada y su heroísmo purifica a los suyos a lo largo de siete generaciones ascendentes y siete descendentes. Negar que ella se ha lanzado voluntariamente al fuego significaba perder esa gloria e insinuar que era una mala esposa. Cosa que habría manchado la reputación de la familia y comprometido la boda de sus hermanas menores. Lo prudente era callarse. Además, si hubieran hablado, los otros se habrían vengado en cuanto yo hubiera vuelto la espalda. En nuestras aldeas no se contravienen impunemente las leyes de la comunidad, aunque el derecho esté de su parte.

—Pero entonces... ¿no podréis impedir que otras mujeres sufran la suerte de Parvati?

Amir se vuelve furioso.

—¡Así son las costumbres hindúes! ¿Quién soy yo para cambiarlas? ¿Tengo que torturar a mis campesinos para obligarlos a abandonar las tradiciones milenarias e imponerles una moral más «moderna»? ¿En nombre de quién?

—Vamos, Amir, es evidente...

—En este país nada es evidente. ¿Creéis que no he pensado en todo esto? Al principio, como vos, pensaba que era suficiente con ser honrado, que para todo problema existía una solución justa. Es falso, sería demasiado fácil si la elección fuera entre el bien y el mal.

Amir se toma la cabeza con las manos.

—¿Quién sabe dónde está el bien, dónde está el mal? Sólo los imbéciles... y Dios...

»Pero nosotros, príncipes y reyes, que estamos encargados de conducir a los pueblos, ¿tendremos ese conocimiento? Sólo somos impostores: en realidad no sabemos nada.

Durante los días posteriores al suttee y a aquella parodia de proceso, Amir se encierra en una melancolía iracunda.

Con tanta más violencia hará, pues, expulsar de la aldea a un grupo de agitadores pertenecientes al Mahasabah, una organización extremista que propicia la conversión de los musulmanes al hinduismo.

Inquietos, los viejos de la aldea habían venido a prevenir al rajá, que había montado en cólera.

—¿Militantes políticos? Criminales, sí, que intentan avivar el odio entre comunidades. ¡No permitiré guerras de religiones en mi casa!

Y había ordenado a los guardias detener a esos hombres y conducirlos encadenados como vulgares criminales hasta las fronteras del estado.

Selma nunca lo había visto tan fuera de sí.

—El partido del Congreso, que se proclama laico, los deja hacer. Juega con fuego. Sin darse cuenta, el mismo Gandhi, predicando la vuelta a los valores religiosos hindúes como arma suprema contra la ocupación británica, los alienta. En su fervor y su deseo de restablecer en la India el reino de *Rama*,* que para los hindúes es lo mismo que el reino de la virtud, olvida las inquietudes de ochenta y cinco millones de musulmanes que se sienten cada vez más amenazados en su identidad.

Suspira.

—¡Un verdadero atolladero! A comienzos de los años veinte, la mayoría de los musulmanes admiraba y seguía al mahatma; ahora ha llegado a considerarlo un hipócrita que habla de unidad pero que, en realidad, prepara el sometimiento de la minoría musulmana a la mayoría hindú.

Selma salta indignada.

—¡Es ridículo! El mahatma es un hombre santo. Todos los que lo han visto...

—Calmaos, querida. No se trata de un juicio moral. Poco importa saber si Gandhi se engaña o engaña a los demás. De todas maneras, las consecuencias de ambas posibilidades son igualmente terribles. El problema es que funda su acción en la generosidad, la tolerancia, el amor universal. Pero decidme: ¿dónde veis el amor, la tolerancia en este país? Cada día nos trae su acopio de disturbios, de violaciones y asesinatos. Los musulmanes tienen miedo de los hindúes y los desprecian; los hindúes sueñan con vengarse de seis siglos de dominación musulmana y con aplastar a sus antiguos amos... Incluso la minoría cristiana se inquieta: se queja de las conversiones forzosas y ha solicitado, como los musulmanes, un electorado separado, con el fin de que sus votos no se vean ahogados por la masa.

»Pero Nehru y Gandhi siguen negándose, diciendo que no existen problemas comunitarios. ¿Ceguera o mala fe? ¿De qué servirá la buena fe cuando en lugar de cientos sean cientos de miles los muertos?

Selma no quiere dejarse convencer.

—¿Por qué os quejáis de su obstinación? Jinnah es igualmente intransigente. La Liga comienza incluso a decir que si no obtiene

* *Rama*: el Dios-rey de la mitología brahmánica.

suficientes garantías, exigirá para los musulmanes un país independiente. ¿No es ir un poco lejos?

Irónico, Amir desarma la objeción.

—Para obtener algo hay que pedir mucho. Pero en ningún momento Jinnah ha pensado seriamente en la división de la India; se lo dijo recientemente a unos amigos. Sin embargo, agitará ese fantasma hasta que el Congreso garantice a los musulmanes que, cuando sean independientes, no serán ciudadanos de segunda clase. Es en buena lid.

La discusión se prolonga hasta tarde en la noche. Cuando Amir habla del mahatma, a Selma le parece oír a un amante despechado: no es el primero en quien advierte esa amargura. Y le sorprende: ¿han seguido a Gandhi porque creían que la religión era un medio para alcanzar fines políticos? ¿No han entendido que el mahatma apuntaba más alto, a lo esencial?

XVI

Es por la mañana, muy temprano. Selma está sentada sola en la terraza circular que prolonga su cuarto. Amir ha partido la antevíspera para hacer una visita a las aldeas más alejadas. Tomó esta decisión ante la sorpresa de los notables y a pesar de las reticencias de sus consejeros: ¡es indigno de un rajá! ¡Le perderán el respeto! Nunca se ha visto a un soberano trasladarse para visitar a sus súbditos. Son los campesinos, si necesitan algo, los que deben venir al palacio; cada mañana, lo saben, les son abiertas las puertas.

Pero los más pobres, los que de verdad necesitan ayuda, ¿de dónde van a sacar las pocas rupias que necesitan para el viaje? ¿Y el tiempo necesario, cuando deben trabajar todos los días en la tierra del vecino con el que se han endeudado? Por lo demás, este vecino, el usurero y el jefe de la aldea, serían muy tontos si les permitieran ir a quejarse.

Por ello, en sus audiencias públicas, el rajá ve sobre todo personalidades: maestros de escuela, comerciantes y representantes de los *panchayats,* consejeros de aldea; rara vez un simple labrador, nunca un jornalero. «No les gusta desplazarse, dicen los notables, ellos nos encargan exponeros sus problemas.»

Sí, sí, muy bien... Pero el rajá ha decidido finalmente hacer el viaje.

Todavía un poco dormida, Selma vuelve a ver la partida a caballo con las primeras luces del alba. Había llovido y, como hoy, la tierra exhalaba sus aromas. Amir estaba orgulloso de sí y contento de ella, que lo había animado a emprender aquel periplo. Contaba con estar ausente una semana y le había hecho prometer que no saldría del palacio.

—Temo que la gente del Mahasabah quiera vengarse. He hecho

doblar la guardia, pero os ruego que no traspaséis los límites del parque.

Ella lo había prometido y el rajá se había ido tranquilo, tras haber dado las últimas instrucciones al diwan, el viejo Rajiv Mitra.

Hace un fresco delicioso. Selma se despereza voluptuosamente sobre su diván. Al oriente, el cielo se tiñe lentamente de malva. Es el momento que ella prefiere, cuando el campo surge de la noche, purificado.

A lo lejos resuena el llamado del almuédano; al otro extremo de la aldea le responden las campanillas y el gong del templo consagrado a Durgah, la diosa de la fecundidad. De las chozas suben las primeras columnas de humo: las mujeres se afanan en preparar el té azucarado y las chapatís para sus hombres que parten a los campos; si la cosecha ha sido buena, le agregarán una cebolla y dos guindillas rojas, de las que abrasan la garganta y preservan contra las enfermedades.

Una criada le tiende una taza traslúcida llena de un líquido dorado. Selma lo paladea a pequeños sorbos, pensando que la única acción que hará merecedores a los ingleses del título de benefactores de la humanidad es haberle robado un día a los chinos aquella planta mágica que llaman «chai».*

No quiere moverse. Respira suavemente, atenta para no turbar el silencio. De repente un grito la sobresalta, seguido de exclamaciones guturales. Delante de la mezquita, se reúnen unos hombres y gesticulan levantando los brazos al cielo. Del otro extremo de la aldea, como un eco, llegan otros gritos, agudos, frenéticos, el gong del templo no deja de tañer.

—¿Qué sucede? ¿Un muerto? ¿Un asesinato? ¡Rápido! Hay que enviar hombres a informarse.

Seguida por el diwan, a quien han despertado, Selma sube a la terraza más alta. Desde allí se puede ver toda la aldea. La noticia —un drama terrible, seguramente—, ya se ha extendido. En pocos minutos las chozas adormecidas toman el aspecto de campos fortificados. En los patios los hombres se agitan, mientras las mujeres, aferradas a sus brazos, parecen suplicarles, y los niños, despavoridos por aquel extraño tumulto, gritando se aferran a las faldas de sus madres.

Los guardias enviados en busca de noticias, vuelven corriendo con los ojos desorbitados.

—La mezquita ha sido profanada: han encontrado dentro una cerda con cuatro cerdos... Fueron los hindúes los que dieron el golpe, incitados seguramente por la gente del Mahasabah... Los

* Chai: palabra china para decir té.

hombres se están armando, están locos de ira, quieren vengarse.

Apenas terminan de hablar cuando llegan otros guardias sin aliento.

—Los hindúes están en pie de guerra; han encontrado una vaca degollada en el templo... ¡Juran que van a matar a todos los musulmanes!

De hecho, en cada calle, Selma puede divisar grupos que se forman y que a cada momento aumentan de tamaño. Los hombres se concentran alrededor del templo y de la mezquita: jóvenes y viejos, todos los que son capaces de manejar una porra, una horquilla, han acudido al llamado.

—Diwan, hay que hacer algo inmediatamente o se matarán entre sí.

Selma se vuelve hacia el primer ministro. En ausencia del rajá, él es el responsable del orden, él debe encontrar el medio de detener aquella locura.

El anciano baja la cabeza.

—¿Qué hacer, Hozur? Al menos son quinientos y aquí no hay más de cincuenta guardias que deben permanecer en el palacio para defenderlo en caso de peligro.

Selma se indigna.

—¿El palacio? ¿Quién amenaza el palacio? Vamos, envíelos a la aldea, no hay que perder ni un minuto.

El diwan mira las puntas de sus babuchas doradas.

—Son muy pocos, Hozur, sería enviarlos a una muerte segura. Sólo el rajá podría tomar esa decisión.

—¿Y la muerte de centenares de campesinos, de mujeres, de niños, no es nada? ¿Vais a mirarlos tranquilamente cómo se matan? Pensadlo, Diwan. No me gustaría estar en vuestro lugar cuando el rajá sepa lo que está pasando...

Bajo la amenaza, el rostro del ministro se descompone.

—Voy a prevenir a las fuerzas de policía de Larimpur— balbucea, —sólo están a veinticinco kilómetros y...

—Y mientras llegan, sabéis perfectamente que será demasiado tarde. ¡Escuchad!

Las voces suben de tono. De los dos extremos de la aldea, grupos compactos han comenzado a ponerse en marcha. En pocos minutos estarán enfrentados.

—La única posibilidad...— masculla el ministro.

—Pues bien, iré yo— exclama Selma. Intentaré hacerlos razonar. A mí me quieren; tal vez me escuchen.

—¡No os atreveréis, Hozur! Esa gente está desatada, ¡son capaces de mataros!

—Yo os acompaño, alteza.

Un hombre sale del grupo, alto, con bigotes altivos. Es Said Ahmad, el coronel de la guardia.

—Gracias, coronel. Traed igualmente a uno de vuestros hombres, con tambor.

—A vuestras órdenes.

Titubea un instante y luego dice:

—Quería deciros que he tomado sobre mí la responsabilidad de despachar mensajes al rajá Sahab. Debería estar aquí en pocas horas con refuerzos.

Los ojos de esmeralda sonríen.

—Me acordaré de vos, coronel. Y de vos también, Diwan.

Los tres caballos galopan en el polvo. «¡Rápido, *Baghera*, más rápido!» Las espuelas arañan los flancos oscuros y el caballo se encabrita, poco acostumbrado a la violencia que manifiesta su ama.

Dejan atrás la mezquita sin encontrar a nadie. En las callejuelas, habitualmente hormigueantes de niños, sólo esperan los perros. Las puertas de las casas están cerradas. Se diría una aldea abandonada si no fuera por aquel rumor, allá, que crece.

—Alteza, hay que cortar por los campos, si no nos veremos encerrados por la muchedumbre, no nos dejarán pasar.

Por los barrancos alcanzan la calle principal, una larga lengua de tierra batida que une la zona musulmana de Ujpal con la zona hindú.

Justo a tiempo.

Frente a ellos dos hordas están cara a cara, blandiendo azadas y guadañas, chuzos y mazas. Ejércitos desharrapados, descalzos, con manos callosas, lanzan fuera su miseria, su odio, su desprecio. Elevados al rango de soldados de Dios, defensores de la Fe, de justicieros, se entregan a esa tarea, ellos que durante toda su vida han curvado la espalda, los destripaterrones, los miserables...

Sólo están a pocos pasos entre sí. Dentro de unos segundos volarán las primeras piedras: ¡sí!, hundir los cráneos: ¡sí!, las estacas romperán los pechos: ¡sí!, ¡van a morir! ¡Qué importa! Ya no son miserables, en aquel momento son príncipes.

¿Pero qué significa ese tambor que suena y perturba la fiesta de la venganza? Un demonio negro salta al espacio que los separa, montado por una forma blanca... Estupefactos, reconocen a su rani. Unos segundos... Ella sabe que sólo tiene unos segundos para ganárselos, para aprovecharse de su estupor, del silencio que de pronto los ha envuelto, dejándolos petrificados.

—¡Deteneos!— grita. —Os han engañado. Los políticos intentan enfrentaros a los unos contra los otros, han pagado a criminales para profanar vuestros lugares santos. ¡No os dejéis engañar!

Luego, con voz en la que intenta imprimir toda la persuasión de la que es capaz, dice:

—Habéis vivido juntos desde siempre, en armonía, como antes lo hicieron vuestros padres y vuestros abuelos. No hay ninguna razón para que os peleéis. Si sois muertos, ¿qué será de vuestras mujeres, vuestros hijos, solos, en la miseria? ¿Qué será de vuestros hijos?

Titubeantes, miran la silueta alzada sobre el animal oscuro. No entienden. ¿De qué habla? ¿Qué políticos? ¿Qué criminales? En cuanto a sus hijos, será problema de ellos...

—Por ellos combatimos, para que puedan vivir dignamente, sin miedo.

¿Quién ha hablado? ¿Hindú? ¿Musulmán? Asienten de ambos lados. Insensiblemente, la duda da paso a la desconfianza. Selma intenta retomar la palabra, pero el encanto se ha roto. Alrededor de ella sólo hay rostros hostiles, casi amenazantes.

—Amigos míos...

Las voces cubren sus palabras y, de repente, por encima de los demás, un grito:

—¡Fuera, extranjera! Déjanos arreglar nuestros asuntos.

¿Extranjera?...

Tiene la impresión de que la han golpeado, alcanzándola en el corazón, siente un vahído. Frente a ella, un anciano coge las bridas de su caballo.

—Partid, Alteza, no podéis hacer nada. Son capaces de haceros daño...

Hacerle daño... Tiene ganas de reír, con los ojos llenos de lágrimas.

Luego será incapaz de recordar cómo se libró de la muchedumbre y volvió al palacio. Sólo recuerda que alguien reventó el tambor y que esto asustó al coronel.

Desde hace horas prosigue la batalla. Postrada en su habitación, Selma sólo oye un rumor lejano, entrecortado a veces por un grito, por el aullido de un perro. Y después, aterrorizadores, insoportables, los momentos de silencio...

Primero, ella había creído en una tregua, esperando que finalmente hubieran despertado de su locura, que, fatigados de derramar sangre, se hubieran decidido a negociar. Pero los combates se habían reanudado, con más fuerza. Ahora, Selma teme los silencios. En ellos adivina los ruegos de las mujeres, el estertor de los heridos, los muertos que se llevan llorando, y los reagrupamientos lentos, inexorables, de los hombres que todavía quedan, para un nuevo ataque más violento que, esta vez, deberá destruir al adversario.

Ya no tiene conciencia del tiempo. Ha dejado de contar los

minutos y las millas que Amir debe recorrer al galope. Ya no lo espera: es demasiado tarde. Ni siquiera se entrega a la macabra aritmética de la esperanza, al cálculo obsesivo, impúdico, de los probables muertos por cada hora que pasa y de cuántos vivos quedan.

Todo está destruido, su aldea, su India. Han desaparecido los que amaba, los que creía que la amaban. No es más que un montón de piedras. Tiene frío. Extranjera...

Suenan disparos. ¿Qué sucede ahora? El diwan entra radiante.

—El amo ha llegado, Hozur.

—¿Dónde está? ¿Quién está disparando?

El anciano se endereza y la recompensa con una amplia sonrisa.

—Es el rajá Sahab. Ha salido para la aldea con un centenar de guardias. No tardará mucho.

Selma se levanta de un salto. Se ahoga.

—¿Cómo? ¿Pero por qué? ¿Por qué disparar? Bastaba con que él les hablara, lo habrían escuchado.

—Lo intentó, Hozur, pero los campesinos están como locos. Ya no escuchan. Hay que matar unos pocos. Es la única manera de hacerse obedecer.

Las salvas se suceden, secas, implacables. Ovillada en su cama, Selma se tapa los oídos. Es inútil. Cada detonación la sobresalta, cada bala la atraviesa. Amir, a quien ella esperaba para salvarlos, está consumando la matanza. ¡Qué crueldad! Habría podido calmarlos, está segura, pero escogió la violencia, más fácil, más expeditiva... Él, que siempre criticó la ferocidad de sus pares, pese a sus hermosos discursos humanistas, ¡es como ellos! Lo odia. Ha traicionado a los hombres de los que se creía el padre, ha traicionado la confianza y la ambición que ambos tenían de sacar al estado de Badalpur de la Edad Media, de edificar para sus súbditos una vida diferente.

Jamás podrá perdonárselo.

Esa mañana, en medio de un silencio melancólico, la aldea entierra a sus muertos. Las callejuelas están desiertas. A veces, una sombra gris se desliza de una casa a otra para preguntar por un herido o rendirle a un difunto el último homenaje.

Desde su balcón, inmóvil, Selma contempla aquel lugar que ella ha amado tanto, del que conoce cada choza y al que sabe que no volverá nunca más.

Debe partir esta noche. Rashid Khan ha venido de Lucknow para buscarla. Su llegada fue para ella un consuelo inesperado, y su hermosa sonrisa, un fulgor al cual se aferra en el pozo negro al que tiene la impresión de caer.

No ha vuelto a ver a Amir. La víspera se había encerrado en su cuarto. Pero ahora su cólera se ha desvanecido, sólo siente una gran fatiga y un punzante zumbido en la cabeza que martillea incansablemente: fuera, extranjera.

Ha dejado de llorar. Ya en Beirut, en el convento de las Hermanas de Besançon, las alumnas la mantenían a distancia porque era «la turca». Desde el exilio, por doquier ha sido... «la extranjera»: Pero aquí, en Badalpur, no era lo mismo. Había creído recuperar un país, los campesinos eran un poco su familia, creyó que la habían adoptado...

Una mano se posa en su hombro.

—No estéis triste, princesa, ya veréis, todo se arreglará.

—Gracias, Rashid Bai— dice Selma sin volverse. —En efecto, cuando estáis aquí parece que todo va mejor.

—Mirad, tenemos visita.

Un grupito de ancianos, vestidos con *dhotis** inmaculados, está atravesando el parque y se dirige hacia el palacio.

—Hindúes y musulmanes. Esto tiene todo el aspecto de una delegación. ¿Qué pueden querer?

Avisado por los guardias, Amir sale a la entrada del palacio. Los hombres se arrodillan y besan el polvo delante de los pies de su rajá que los toma de los brazos para levantarlos. Entonces, el de más edad comienza a hablar, solemne, apoyado por los murmullos de conformidad y los movimientos de cabeza de sus compañeros. Habla largamente y Selma, asombrada, observa que Amir está conmovido. Gravemente les agradece y hace servir el té, que comparten en silencio.

—Como si sellaran una nueva alianza— dice Selma volviéndose hacia Rashid.

—Es un poco eso.

Él también parece turbado, casi trastornado.

—Han venido a agradecer a su rajá que haya detenido los disturbios, que haya actuado como ellos esperaban que hiciera. Dicen que ahora están seguros de tener un amo capaz de proteger a las dos comunidades con equidad. Le han pedido perdón por haber dudado de él, por haber pensado que tenía ideas demasiado inglesas. Ahora se sienten felices. El estado de Badalpur tiene un jefe que sabrá ocuparse de sus hijos y de sus nietos, ellos pueden morir en paz.

Selma está pasmada.

—¡Pero! ¿Han venido a agradecerle que haya disparado contra ellos?

* *Dhotis*: taparrabos de algodón blanco.

—¡Princesa!— Rashid la mira con cara de reproche. —No seáis tan dura. Sé lo que debió costarle tomar esa decisión. Es contraria a todas sus convicciones, a todo lo que ha defendido siempre. Pero para detener la carnicería, salvar a las mujeres y a los niños, debía hacer morir a los instigadores. ¡Pobre Amir! Nada es más penoso que tener que actuar en contra de lo que uno cree que es justo. Admiro su valor, no creo que yo hubiera sido capaz.

XVII

Está sola frente a la esfinge que, con voz monótona, le plantea el enigma último: «¿Qué es mejor, estar muerto en un mundo vivo o vivo en un mundo muerto?» Ella no puede apartar la vista del rostro de piedra. Intenta calmar su espíritu trastornado en el vacío.

Selma se despierta sudando. La pregunta de la esfinge suena tan claramente en sus oídos que no puede tratarse de un sueño. O si lo fue, se trató de un sueño a la manera de los antiguos: un mensaje de los dioses.

Y de repente recuerda la última frase de Rani Saida, a quien había ido a confiar sus penas antes de abandonar Badalpur: «La felicidad es amar, mucho más que ser amada».

Ella no lo había comprendido, ella, que desde muy joven había conocido el sufrimiento de amar sin ser amada. A la indiferencia de su esposo podía sobrevivir, pero al fracaso de Badalpur...

Había creído poder cambiar la vida de los campesinos. La han rechazado.

—¿Pero qué crees?— le había regañado afectuosamente Rani Saida, —también nosotros, Amir y yo, somos extranjeros. Seguiremos siéndolo incluso si abandonamos nuestros palacios y vivimos como ellos para comprenderlos mejor, para ayudarlos. Por lo demás, eso sería para ellos una comedia, un insulto. Incluso si lo perdiéramos todo, nada podría borrar nuestro pasado: seguirían desconfiando ¡y tendrían razón!

»Comprende, hija mía: cambiar de piel es todavía un lujo. Nosotros creemos que nos corresponde y nos asombramos de que nos lo nieguen. Pero aunque se sea una princesa arruinada, se seguirá siendo princesa, y el campesino rico seguirá siendo un indigente. En el fondo saben que es así y, precisamente debido a este abismo infranqueable, nos aborrecen.

»Sólo podrían superarlo cuando nos mataran a todos, método

radical de suprimir la diferencia. El pueblo francés lo presintió, en los tiempos en que la Madama Guillotina funcionaba día y noche. No era a los aristócratas, a los ricos, a quienes querían aniquilar, querían aniquilar las miradas que expresaban esa diferencia. Desgraciadamente para ellos, cometieron el error de no suprimir también a la burguesía. Ella los durmió con sus hermosos discursos sobre la igualdad, la fraternidad, y se despertaron bajo el Imperio.

Selma se había sorprendido.

—Rani Saida, ¡no creía que fuerais revolucionaria!

—¡Ah!, pero sí soy decididamente conservadora. Creo que el Señor nos hizo nacer en un determinado lugar, para representar un cierto papel, y que intentar enmendarle la plana al designio divino está destinado al fracaso. Simplemente digo que si el pueblo quiere ocupar nuestro lugar, debe conseguir los medios para hacerlo y dejarse de discursos y alborotos. Si consigue adquirir las virtudes necesarias para apoderarse del poder y conservarlo, ese poder le pertenece de pleno derecho. Y el Todopoderoso, que también es el Muy Justo, no tendrá más que registrar esa ligera oscilación en la escala infinita de las variaciones del universo.

—Pero ¿cómo van a lograrlo a partir de nada?

La rani lanza una carcajada.

—¿A partir de nada?, ¡eso es condescendencia caritativa! Creo haberte oído decir que eran hombres, como nosotros. ¿Cómo lo logramos nosotros? Hace siglos, también éramos indigentes... Puede llevarles mucho tiempo, pero si lo logran, ésa será la prueba de que lo merecen, de que tienen derecho al poder. Y también la prueba de que nosotros hemos perdido las virtudes que nos permitían vencer y gobernar.

Había concluido la conversación haciendo votos por que nunca viera ese día; significaría que la degeneración de su clase, ya evidente, habría llegado a su último grado.

—Dios es justo. Sólo caen los frutos podridos.

Aquella tarde, las vendedoras debían traer sus mejores tejidos para que Selma eligiera; ésta acaba de recibir de París las últimas revistas de moda y ha decidido renovar completamente su guardarropa. Ella, que desde que llegó se complacía llevando los saris y las ghararas tradicionales, observando divertida cómo sus amigas indias intentaban agregar un toque «parisino» mediante un lazo, un engarce, se siente cansada. Tiene ganas de ser nuevamente ella misma. Al comienzo de su estancia, se ponía sus vestidos europeos cuando quería afirmar su independencia respecto de Amir. Hasta el día en que sorprendió al rajá diciendo a Rashid Khan que los atuendos de su esposa eran los mejores indicadores de su estado de ánimo. Se había sentido ridícula y, aquella misma noche, había vaciado sus armarios de cualquier huella de revuelta pueril.

Como en Beirut, en el momento en que su padre la abandonaba definitivamente, y después, cuando la traición de Wahid, Selma intenta encontrar la calma en la superficialidad. Todo lo que quiso llevar a cabo, en Lucknow, pero sobre todo en Badalpur, ha fracasado. Lo único que ha conseguido ha sido perturbar unas costumbres seculares, suscitar esperanzas que no ha podido convertir en realidad y, finalmente, provocar violencias, tensiones entre castas, disensiones en el seno de las familias, cuando las mujeres creyeron poder levantar la cabeza. Incluso en los disturbios que enfrentaron a hindúes y musulmanes, ¿no fue ella indirectamente responsable? Fue Selma la que animó a Amir a emprender una gira por las aldeas lejanas; si hubiera estado allí, habría podido impedir el drama. Ella quiso ayudarlos y lo único que logró fue sembrar la discordia. Luego se fue, dejándolos más desgraciados de lo que los había encontrado. Pero era menester que partiera. Incluso las mujeres, que la querían, lo comprendieron: ninguna intentó retenerla...

En el salón vecino escucha que Amir discute con su cuñado. Podría unírseles —ya no existen restricciones para que vea a Rashid—, pero no tiene ganas: hablan de política y, extrañamente, ese tipo de debates que la apasionaba, ahora comienza a aburrirla. Sin embargo, al oír el nombre de Gandhi, aguza el oído. El viejo sigue fascinándola. Pese a los fracasos, al mentís que le inflige cada día una realidad sangrienta, insiste en predicar la no violencia. Ayuna y, como por milagro, las multitudes terminan calmándose...

—Esta vez— dice Rashid Khan, —Gandhi se ha vuelto loco. ¿Sabéis lo que ha escrito en el último número de *Harijan** sobre las persecuciones de los judíos en Alemania? Les aconseja seguir el camino de la no violencia, ¡único medio de vencer a los nazis!

—¡Pobres judíos! Espero que luchen. ¡Imaginaos el resultado de una actitud a lo Gandhi frente a los hombres de Hitler! Sería ni más ni menos que la hecatombe.

—Lo inquietante es que aquí también tenemos nuestros nazis...

La voz de Rashid Khan se vuelve grave.

—¿Habéis oído la declaración del Mahasabah en su congreso de Nagrur? Dicen que los musulmanes de la India son, como los judíos en Alemania, una minoría sin ningún derecho. Gandhi no los ha condenado y tampoco ha protestado contra las manifes-

* *Harijan*: significa las hijas de Dios. Así llamaba Gandhi a las intocables, y era el nombre del periódico del movimiento gandhiano.

taciones que reclaman «la India para los hindúes». No sé lo que tiene en la cabeza, sólo sé que los musulmanes cada vez tienen más miedo, que somos ochenta y cinco millones, una masa que no se puede ignorar y que todo esto puede terminar mal.

«¿Puede?» En su tocador, Selma mueve la cabeza. «¡Terminará muy mal!» Ella no está dispuesta a olvidar la violencia, el odio que descubrió en Badalpur entre campesinos que habían vivido juntos pacíficamente durante siglos. Bastó una burda provocación para empujarlos a la matanza.

Habrá cada vez más provocaciones, para acelerar una decisión política o para obstaculizarla. Es más fácil hacer inclinar la balanza manipulando a esas ingenuas multitudes. ¡Y tan tentador!

¿Pero por qué se preocupa ella de eso? No puede hacer nada. Si al menos fuera india, podría actuar, pero —y se lo han dicho claramente— no es más que una extranjera... Y una extranjera, en el contexto explosivo que prevalece en la India, no debe mezclarse en política. Mucho menos intentar modificar costumbres ancestrales que se encuentran en la base del equilibrio social. Sólo la caridad es aceptable, lo demás es dinamita.

No quería admitirlo, ahora se rinde a la evidencia: no sólo fueron los campesinos los que la han rechazado. Ellos se limitaron a expresar crudamente lo que desde hacía mucho tiempo pensaban todos los indios que había conocido. Recuerda los ceños fruncidos, los labios mordidos, cuando se le ocurría —de forma muy prudente— expresar alguna reserva sobre ciertos rasgos de la sociedad india. Incluso un día había escuchado que alguien decía por lo bajo que si aquello no le gustaba no tenía más que volver a su país. Lo había tomado como la reacción de una mujer celosa. Ahora, haciendo calzar esos incidentes aislados, y recordando los consejos de moderación de Amir que ella confundía con pusilanimidad, se da cuenta de que la había querido proteger contra su entusiasmo y su franqueza. Cualidades éstas que en la India son faltas intolerables pues amenazan el orden del mundo establecido por los dioses.

—Rani Saheba, las vendedoras han llegado.

—¿Quién?

Selma necesita unos segundos para reaccionar.

—¡Ah, sí!, las vendedoras... ¡Que entren!

¡El reino de la mujer! Casi lo había olvidado... Pues bien, ya que todo lo demás le está prohibido, presiente que va a apasionarse por los... faralás.

En pocos minutos el suelo se encuentra cubierto de centenares de muestras de organdí, de raso, de terciopelo adamascado, lo mejor que hacen en Europa. En la India hace mucho tiempo que los talleres de tejidos, en otro tiempo tan reputados, han sido cerrados: las hilanderías inglesas no quieren competencia. La rani de Nampur, que acaba de volver de viaje, ha venido a ayudar a su amiga a elegir. ¿A elegir qué? Con los ojos brillantes, Selma muestra, retal tras retal, suficientes telas como para vestir a todas las damas del palacio. Nunca la rani la había visto tan ávida; ni siquiera titubea; encarga febrilmente y sobre los divanes se amontonan montañas de tisú, con gran placer de las vendedoras.

—¿Qué vais a hacer con todo esto?

—Vestidos. ¿Se puede hacer otra cosa en este país?

Rani Sahina no alcanza a contestar cuando anuncian la llegada de los joyeros. Son los tres mejores de la ciudad. La calidad de sus piedras y, sobre todo, la finura de sus trabajos son famosos en toda la India. Los elegantes vienen incluso de Delhi para comprarles a ellos.

La rani de Badalpur ha hecho saber que sólo quiere piezas de primera calidad. Sobre un tejido blanco, disponen cuidadosamente los joyeros de terciopelo. Las vendedoras se acercan, deslumbradas: nunca habían visto tantos aderezos suntuosos juntos. La mirada de Selma recorre con indiferencia aquellas maravillas. Señala algunos joyeros. Rani Sahina tiene la impresión de que ni siquiera los ha mirado. Discretamente, se inclina hacia la joven.

—Selma, ¿estáis enferma?

Una mirada triste se posa sobre ella en silencio.

Deshaciéndose en saludos, los joyeros se despiden de la princesa, seguidos por las escandalizadas vendedoras: comprar joyas es un asunto serio que no se despacha en unos minutos; incluso la maharani de Jehanrabad, con mucho la más rica de todas, consagra muchas horas a la elección de un nuevo aderezo.

Aquella noche, toda la ciudad conocerá, gracias a aquellas chismosas, las extravagancias de la pequeña rani. Lo que no sabrá es el estupor del rajá cuando los tres joyeros vengan a presentarles sus respetos... y la cuenta. Desde que el Congreso hizo aprobar las leyes sobre arrendamientos, las arcas del Estado están casi vacías pues los campesinos se resisten a pagar el arrendamiento de sus tierras. Algunos príncipes sobornan a la policía y emplean la fuerza para que les paguen. Amir se ha negado siempre a hacerlo.

Delante de los joyeros se repone rápidamente, pero éstos notan su apuro.

—¡No es urgente! Su Alteza cuenta con el plazo que quiera para pagar estas fruslerías, sabemos que tiene muchos otros problemas en la cabeza... Pero podría..., debe comprender que somos gentes vulgares y que para nosotros, incluso una cantidad pequeña, inmovilizada, es una pérdida...

Secamente el rajá corta el discurso.

—¿Cuánto queréis?

—¡Nada, Alteza!— exclaman. —Os hacemos un crédito ilimitado, es un honor. Simplemente, una pequeña compensación, digamos que un 10 %... al mes por supuesto.

«10 %, calcula el rajá. ¡Desalmados! En diez meses doblan el precio...»

—¡Perfecto!— dice. —Y ahora, señores, os dejo, debo solucionar cosas importantes.

Los despide con un gesto condescendiente, que no engaña a nadie: por primera vez, el rajá de Badalpur se encuentra a merced de los usureros.

Sentada delante del espejo, Selma canturrea. Se siente bien y no quiere preguntarse si la botella de champagne, medio vacía sobre el tocador, tiene algo que ver con su alegría. Desde hace semanas su vida ha cambiado completamente. Desde que Amir...

Fue —no está dispuesta a olvidarlo— la noche después de haber encargado todas aquellas joyas. Amir había llegado a su cuarto como loco. Entonces ella también había estallado. Había gritado que se quería divorciar, volver a Beirut inmediatamente, que si intentaba impedírselo se mataría, que ya no soportaba la vida que la obligaba a llevar. Él, atónito, se había quedado inmovilizado.

—¿Cómo? ¡Tenéis todo lo que podéis desear! Pero con las joyas, os lo ruego, sed razonable.

En aquel momento lo había odiado.

—¡Nunca comprenderéis nada! ¡Me importan un rábano las joyas, los vestidos y vuestro palacio! ¡Quiero vivir, vivir! He aceptado no salir, si no se trata de esas estúpidas reuniones de ranis que se pasan el tiempo comiendo y murmurando; he aceptado pasar el día comprando bagatelas y esperándoos. El único lugar donde respiraba, donde tenía la impresión de ser útil, era Badalpur, y eso también se me ha prohibido...

Se había puesto a llorar sin poder parar. Inútilmente él había intentado consolarla. No se le ocurría qué decir. Sabía que no eran penas de niña, que unas palabras pudieran borrar. Selma se había apegado a Badalpur tanto como él. Él había admirado su abnegación, su tenacidad, pero ella había querido ir demasiado de prisa. ¿Demasiado de prisa?... Seguramente la habrían rechazado igual.

—Es absolutamente necesario distraerla. Divertíos, salid— le había aconsejado Rashid Khan cuando Amir le había comunicado la desesperación de Selma.

El rajá había dado un salto de sorpresa.

—¿Salir? ¡Es imposible! Sólo las cortesanas...

—No os pido que la llevéis a casa de nuestros compatriotas, puesto que, ay, no sabemos mirar a las mujeres más que como presas sexuales... ¡Visitad a vuestros amigos ingleses! Algunos son encantadores y no ostensiblemente racistas. Estarán encantados de recibiros y la rani encontrará un poco el ambiente de Beirut. Eso la ayudará a ahuyentar las penas.

Desde entonces salen casi todos los días. No se trata de grandes recepciones sino de cenas en las que se reúnen entre amigos. Sobreponiéndose a sus prejuicios, Selma termina por admitir que esos ingleses pueden ser agradables, interesantes, a veces divertidos. Algunos amigos de su esposo han nacido en la India, aman apasionadamente este país que consideran como suyo y a menudo lo conocen mejor que los indios.

Es el caso del mayor Rawstick, a casa de quien están invitados esa noche. Su abuelo, explica Amir, había llegado a Calcuta en 1850, joven administrador de la todopoderosa Compañía de las Indias. Sus cualidades de resistencia y sangre fría, escrupulosamente cultivadas en los invernaderos de Eton y Cambridge, le hicieron escalar rápidamente los peldaños de la Compañía. En 1858, se casó con la hija de un coronel que, el año anterior, en Lucknow, se había lucido como represor durante los motines de los cipayos. Su hijo único, Geddeon, nacido en Bombay, educado como su padre en Eton y Cambridge, decidió seguir los pasos de su abuelo materno y volvió al país convertido en oficial del ejército de la India. Era una época tranquila. El poder musulmán había sido descabezado. La mayoría de las grandes familias, desposeídas en favor de los que se habían mostrado leales con los británicos, se encerraban en un rechazo adusto e inútil, mientras los hindúes, que después de todo, lo único que hacían era cambiar de amos, se adaptaban perfectamente a la situación, aprendían inglés y lograban un lugar en la nueva sociedad.

Geddeon no tuvo oportunidad de demostrar sus cualidades militares. En cambio, supo utilizar sus conocimientos del urdu, lengua de su nodriza y de los criados que lo habían rodeado durante su infancia: se convirtió en oficial de información, lo que le permitió tratar asiduamente los diversos ambientes hindúes y musulmanes, y convertirse en uno de los mejores conocedores de las corrientes de opinión que agitaban el país. No tuvo tiempo de transmitirle su ciencia a su hijo Edward, pues murió cuando éste sólo tenía ocho años. Pero le había transmitido su amor por la India y su convicción de que los ingleses tenían una responsabilidad moral con este país, rico de posibilidades, fascinante en su diversidad y que, sin embargo, había que pacificar, educar, para permitirle acceder a la civilización moderna.

Amir sospecha que su amigo Rawstick es también agente de

información. Cosa que no le importa demasiado, pues a fin de cuentas todos los ingleses lo son: ellos llaman a esto servir a su país y piensan incluso que lo hacen en beneficio de la India para prever e impedir las acciones impulsivas, acciones que podrían conllevar reacciones violentas.

El mayor y el rajá se comprenden, cada cual conoce las opiniones del otro y, dadas sus respectiva situaciones, las aceptan como naturales.

Esta noche hablarán sobre todo de la increíble noticia: por primera vez, y oficialmente, una rama de la Liga Musulmana, la de la provincia del Sind, ha pedido la división de la India en dos federaciones, es decir, la concesión de una tierra independiente para los musulmanes.

—No han podido hacerlo sin la aprobación de Jinnah— comenta el mayor. —¿Vos pensáis que es un tanteo o una amenaza?

—Creo que es simplemente el resultado de una exasperación popular que Jinnah se ve obligado a tomar en cuenta. Los musulmanes han perdido la confianza en sus hermanos hindúes. Cada vez son más numerosos los que piensan que la idea de «Pakistán», el «país de los puros», adelantada por el poeta Iqbal hace unos diez años, y que por entonces parecía extravagante, es tal vez la única solución.

—¡Y vosotros nos pedís la independencia! Pero mi querido Amir, ¡el día que nos vayamos habrá una guerra civil! Reconoced que vuestros compatriotas no están preparados. Primero poneos de acuerdo y luego podremos discutir.

Amir no le responde que esas divisiones fueron, si no creadas, al menos exacerbadas por los ingleses, con el fin de debilitar el movimiento independentista. Se contenta con encogerse de hombros.

—Dejad que arreglemos nuestros problemas solos. ¿Es en verdad pedir demasiado?

En su fuero interno, Selma está de acuerdo: esos europeos están siempre convencidos de saber, mejor que el interesado, lo que es bueno para él. No sólo les imponen sus leyes políticas, económicas, sociales, sino que también quieren imponer su manera de pensar. Los más peligrosos son los que aman a la India, como este mayor Rawstick; contrariamente a los realistas, que abandonan cuando la situación deja de ser favorable, éstos luchan hasta el final e incluso se sacrifican para imponer una virtud que nadie quiere.

En el fondo, es exactamente lo que he hecho en Badalpur... Yo también estaba convencida de que tenía razón, de que existían valores universales. Ahora, ya no lo sé... ¿Hay algún punto incuestionable desde el que se pueda rebatir todo? ¿Cuál? Incluso el respeto por la vida humana puede tener consecuencias nefastas...

—La pobrecilla está acongojada, incluso habría pensado en suicidarse...

Selma se sobresalta. Observa a las mujeres que, al frente, se divierten. No, no hablan de ella. El suicidio... En estos últimos tiempos, ha imaginado sus últimas horas, sus últimos minutos, con una dolorosa intensidad; muchas veces ha vivido esa agonía; ¿pero ha tenido alguna vez la intención real de matarse? La verdad, lo que le gusta es el sabor de la muerte, el hecho de enrollarse en ella, perderse, incluso sabiendo perfectamente que hace trampa.

—Propongo que pasemos al salón y dejemos a estos señores discutiendo de política.

Las damas asienten: finalmente vamos a poder contarnos cosas interesantes. A Selma le gusta mucho Lucie, la dueña de casa. Es una francesa pequeña y vivaracha. Con ella tiene libertad para decirlo todo: con ella no se aburre.

Familiarmente toma a Selma del brazo.

—Querida, debo confesarle que me siento celosa.

—¿...?

—No soy la única. Su esposo es uno de los hombres más atractivos que he conocido. Tiene mucha suerte: ¡debe hacer maravillas!

Y se ríen a carcajadas, encantadas con aquel lenguaje libertino. Durante la cena, el champagne ha corrido generosamente, las mujeres se sienten inclinadas a las confidencias. ¿Quién mejor que Lucie podría escucharlas? La francesa posee el arte de provocarlas. Personalmente, no oculta haber tenido varios amantes y pretende que desdeñar el amor es injuriar al Creador.

—¿Cristo mismo no tenía debilidad por María Magdalena?

Ante la cara de apuro de Selma, las invitadas sonríen: esta bonita rani es encantadora, tímida como una niña... Están lejos de imaginar que lo que ellas toman por timidez es pura ignorancia. ¿Los orientales no son conocidos como grandes amantes? Los musulmanes en particular. El Profeta les dio el ejemplo.

—¿Es verdad que para ustedes, entre esposos, todo está permitido, absolutamente todo?

Selma mira a la bonita morena que le hace aquella pregunta extraña. ¿Qué quiere decir?

—Vamos, Armande, deje a nuestra amiga tranquila— interviene la dueña de casa, —y háblenos mejor de ese famoso primo que me parece tiene ciertas intenciones con usted.

¿Intenciones? Ríen de nuevo. Lucie pide al mayordomo que deje la botella de champagne, ellas mismas se servirán y podrán hablar más cómodamente.

Se sienten algo embriagadas, y es muy agradable. La audacia les da la impresión de ser fuertes, independientes, cómplices frente a unos esposos que, lo saben, se cuentan sus aventuras galantes en cuanto ellas vuelven la espalda. Jamás imaginarían que sus mujeres, como ellos... ¿Por qué no se iban a desquitar? En ningún caso se les ocurriría abandonarlos, pero engañarlos, en actos o, al menos, en palabras, es... cómo decir... un asunto de dignidad. Satisfacción tanto más sutil cuanto que no lo sospecharán nunca. Los engañan, por lo tanto, dos veces.

Para disimular su azoramiento, Selma bebe champagne sin perderse una palabra de las confidencias vertidas. No sabía que las mujeres pudieran ser tan impúdicas. Recuerda, en el hammam del palacio de Ortakoy, las risas, las alusiones que excitaban su imaginación; pero nunca se dijo nada abiertamente. Nada parecido a lo que dicen estas damas encorsetadas, con guantes largos... De repente la sobrecoge un rencor: ¿va a envejecer sin conocer el placer del que hablan estas mujeres con los ojos brillantes, como si ninguna otra dicha en el mundo pudiera comparársele? Sería demasiado injusto, ella es hermosa, se sabe deseable, y desea a Amir, su hermoso marido que todas envidian. ¿Deberá hacérselo comprender? Jamás se atreverá...

Vuelve a servirse champagne.

Selma no necesitará hablar. Aquella noche, una criatura desconocida va a arrastrar a Amir más allá de sus más audaces sueños, una mujer ávida y generosa, unas veces esclava dócil, otras sacerdotisa sabia en sacrificios oscuros, en pacientes delirios; inventa mil caricias, ya no sabe dónde se pierden sus manos, sus labios, su sexo, no reconoce ese lamento extraño que sale desde el fondo de su garganta; juntos, se dejan fluir, vibran y vuelven a sumergirse en olas subterráneas, lejos, muy lejos, en el corazón de la tierra, llevados por un río ciego, que mata o da vida, según si se retienen o se abandonan. Uno en el otro, temblando, viajan a través de las ráfagas de la tempestad que los ahoga, hacia el sol que bruscamente ha surgido y los pulveriza en mil meteoros, en una lluvia de estrellas.

...Mi amante, tú, mi amante... Oculto bajo el feo nombre de marido, ¿por qué no te reconocí antes? Mis manos te adivinaban pero no me atrevía... Todo habría sido tan simple sin este respeto, este desprecio por nuestros cuerpos...

La luz entra a raudales en el cuarto. Con los ojos todavía cerrados, extiende el brazo, esperando su presencia. ¿Esta mañana no es diferente? Es su primera mañana. Sólo encuentra la frescura de la sábana. Vuelve a poner el brazo bajo la almohada. Sigue soñando.

Soñando con el oscuro rajá del que anoche se enamoró, con

el amo a cuyos deseos se adelantó, adivinando, como si fueran suyos, cada temblor, cada espera. Al recordar ciertas caricias, dadas, recibidas, siente que la invade el fuego y que le tiembla el vientre... Todo su cuerpo florece... Vuelve a dormirse.

Se despierta poco antes de mediodía y llama a las criadas: que preparen su baño, la peinen y la perfumen. ¡Rápido! Tiene la intuición de que Amir va a venir. Ha anulado una invitación de la rani de Jodbar. Quiere estar sola para pensar en él, en ellos dos. Selma lo esperará toda la tarde, pero, por primera vez, la espera es dulce, es ya un poco su presencia. Disfruta de esa sensación nueva de ser sumisa, pacífica, de la dicha de pertenecer.

A la hora de la cena, Amir no aparece. Selma comienza a inquietarse: siempre que se ausenta por la noche, hace que le avisen. Para entretener su nerviosismo, se sienta al piano y toca los primeros compases de *Miroirs*. El encanto triste de Ravel la sobrecoge. No son sólo sus manos, sus sueños, los que dan vida a la música, es todo su cuerpo, en el que cada nota resuena como una caricia, sortilegios cristalinos y graves que la acongojan.

—¡Y qué, hermosa!

Amir está en el umbral. La mira con ojos extraños, ojos en los que Selma, incrédula, cree descubrir odio.

—¿Cómo, no vienes a besar a tu amo?

La ha cogido por los hombros, buscando sus labios. Huele a alcohol, está borracho. Asqueada, Selma se debate, intenta escapar, pero él la sujeta enérgicamente.

—¡Ah, no! ¡Nada de melindres! ¡Dejad para otros vuestros aires de princesa ofendida!

Estupefacta, se inmoviliza. ¿Se ha vuelto loco?

—No seré yo quien me queje de vuestras habilidades. Me gustan las mujeres que se desmandan como lo hicisteis anoche. Debía de estar bastante bebido porque creí que había vuelto con otra, una de esas prostitutas expertas en dar placer. Cuál no sería mi estupefacción, princesa, cuando descubrí esta mañana que esa mujer era mi esposa.

Se inclina, sarcástico.

—Debo reconocer que habéis ocultado muy bien vuestro juego: cuando pienso que durante dos años me contuve por no herir vuestra inocencia. ¡Qué idiota fui!

Aterrada, lo mira, sin fuerzas, sin palabras... Las fuentes se han agotado; en pocos segundos, el viento del desierto ha asolado las praderas...

Y cuando furiosamente la tome, esmerándose por humillarla, Selma se dejará hacer, presa del estupor; no tendrá ni siquiera necesidad de forzarla: se plegará a todas sus exigencias con una aterradora docilidad.

XVIII

—¡Hozur, Hozur, os lo ruego, despertad!

Rassulán ha subido las persianas, ha tosido, ha cerrado a portazos todos los armarios, ha entrechocado jofainas y jarras en el suelo de mármol de la sala de baño. Inútil. En vano ha cantado con su voz aguda, inclinada sobre la cama de su ama. Ésta se contenta con gemir y hunde más aún la cabeza en los almohadones. Rassulán comienza a desesperarse; es más de mediodía y hace más de una hora que el rajá ha ordenado que llamaran a la princesa. Entre la cólera del amo y el mal humor de su señora, la criada no sabe qué la aterroriza más.

De rodillas al pie de la cama, contempla los bucles rojizos, compartida entre la irritación y la desesperación, cuando de repente se le ocurre una idea.

—Hozur, escuchad, una terrible noticia—. Separa una a una las sílabas:

—¡El rey de Turquía ha muerto!

El almohadón le cae de lleno en la cara y dos ojos verdes se fijan en los suyos.

—¿Qué estás diciendo? ¿Qué rey?

—El rey de Turquía, Hozur. ¿No escucháis el almuédano?

Desde el alba, todas las mezquitas de la ciudad llaman a la oración. ¿Abd al-Mayid? Pensativa, recuerda la barba de nieve y la mirada color violeta que la aterrorizaba cuando era niña. Hace catorce años no ha vuelto a verlo pues decidió instalar su corte del exilio en Francia, en Niza. No siente tristeza —lo quería apenas—, simplemente un poco de nostalgia, como si con la desaparición del último califa terminara por morir el Imperio... Blanquísimo, Dolma Bahtché se refleja en el Bósforo. A través de los salones en los que resuenan miles de lágrimas de cristal, una niña avanza en medio de un círculo de uniformes suntuosos y joyas centelleantes hacia el trono de oro en el que el Comendador de los Creyentes, la Sombra de Dios sobre la tierra...

—Estáis muy pensativa esta mañana...

Amir acaba de entrar, vestido con un estricto shirwani negro.

—¡Ah, veo que ya conocéis la noticia! La ceremonia comienza dentro de una hora, en la gran mezquita. ¿Vos vendréis?

—¡Qué pregunta! Naturalmente. ¿Por qué parecéis sorprendido?

—¡Oh!, nada, pensaba... Sabía que erais patriota pero no conocía vuestro respeto por el general.

—¿El general?

—Bueno, el presidente, Mustafá Kamal.

—¿Kamal muerto?

Selma lanza una carcajada nerviosa y se deja caer en los almohadones.

—«¡El rey de Turquía!...» Y yo que creía... ¡Es demasiado chistoso! ¡Por cierto que no, no iré a rezar por Kamal!

Lanza una mirada al shirwani negro.

—¡Y vos tampoco, espero!

La mirada del rajá se hace glacial.

—Olvidáis, Princesa, que para nosotros, los indios, el general Mustafá Kamal es un héroe; él hizo lo que nosotros soñamos con hacer: echó a los ingleses de su país. Hoy, en todas las ciudades de la India las mezquitas estarán repletas de fieles que lloran y rezan por el reposo de su alma.

Selma lo mira desdeñosa.

—Pero vos, señor, ¿cómo conciliáis vuestro ardor kamalista y vuestro amor por la familia otomana?

No puede ser más clara: ella lo acusa de jugar en dos tableros. La abofetearía con ganas, pero posee un arma más eficaz.

—Pensaba que como otomana estaríais al menos agradecida al general por haber salvado a vuestro país. No olvidéis que sin él Turquía no existiría.

—¡Es falso! Fue el sultán en persona el que se lo pidió.

¡Oh! Después de todo, de qué sirve... ¿Cómo explicar que el soberano le había confiado al general la organización de la resistencia en Anatolia, pues él debía permanecer en Estambul, rehén de los ingleses, que habían amenazado con entregar la ciudad a los griegos si no se mostraba «razonable»? ¿Cómo explicar que Kamal, que primero había sublevado a las multitudes en nombre del sultán, cuando vio la victoria a su alcance la había querido para sí solo? Le había costado poco callarse sobre el acuerdo secreto y acusar al padischah de haber capitulado ante el enemigo. Cada vez que Selma había intentado restablecer la verdad sobre este episodio de la historia de su país, no había recibido más que miradas de compasión, sonrisas incómodas. No la creían, pensaban que trataba de defender el honor de la familia. Con amargura, había comprendido que sólo el vencedor tiene medios para imponer su verdad.

¿Pero Amir? Nunca hubiera imaginado que incluso él, su marido, pensara que el sultán había traicionado y los considerara a ella y a los suyos, como traidores... Tiene ganas de vomitar, no soporta sus ojos irónicos, esa mentira que le atribuye con tanto desprecio. ¡Ah, Amir ha encontrado un medio de encerrarla! ¡A ella, la rebelde! ¿Qué son los muros del zenana al lado de aquella mirada que la aprisiona, de aquella fría certeza contra la cual se rompe toda protesta?

Selma se calla, abrumada. La imagen que tiene de ella, la vergüenza en la cual pretende ahogarla...

Y si... ¿si le negara el derecho de juzgarla?... ¿Si del fondo de su celda el criminal y el loco arrojaran las cadenas que testimonian la aceptación de su culpabilidad y de su arrepentimiento, si se atrevieran a acusar a sus virtuosos acusadores?... Los ojos de la medusa sólo petrifican a aquellos que creen en su poder.

Lentamente, Selma levanta la cabeza, mira a Amir. Un sentimiento de triunfo la invade poco a poco y, con una sonrisa apacible, anuncia:

—¡Muy bien. Mientras vos vais a rezar, invitaré a mis amigos a beber champagne para festejar el feliz acontecimiento!

Las finas manos se crispan y Amir se da la vuelta sin decir nada. Tal vez cree que bromea.

Despacha criados, portadores de mensajes para Lucie y su esposo el mayor, para la rani de Nampur y para Rashid Khan y Zahra. En su salón, Selma dispone una mesa florida presidida, en sus cubos de plata, por seis botellas de Roederer rosado, el champagne favorito de sus veladas beirutíes. Suficiente para festejar dignamente al muerto, de alguna manera, una señal de consideración...

¿Consideración por el que los traicionó? Sí, pero ¡con qué habilidad, con qué sangre fría! Selma detesta a ese Rosa de Oro, que la hizo soñar tanto; sin embargo, no puede dejar de admirar su audacia y su falta de escrúpulos, cualidades indispensables para vencer.

«No se puede tener un hijo y seguir siendo virgen.» La frase resuena en los oídos de Selma. Vuelve a ver a su madre, en el palacio de Ortakoy, el día de la muerte del sultán Abd al-Hamid: delante del consejo de familia, rendía homenaje de esta manera al que, empero, los había tenido secuestrados durante más de treinta años, y aconsejaba a sus sobrinos que tomaran ejemplo de él y no de su abuelo, el sultán Murad V, demasiado sensible, demasiado honrado para haber podido resistir el juego del poder.

—¿Princesa?

Rashid Khan está en el umbral. Perdida en sus ensoñaciones, no lo ha oído llegar. Mira, él también lleva un shirwani negro. Zalamera, le sonríe.

—Dejad esas formalidades, Rashid Bai; ¿acaso no somos ahora hermano y hermana? ¿Dónde está Zahra?

—En la mezquita... Yo mismo vengo de allí. Pasé a deciros que no asistiríamos a vuestra fiesta.

—¿Y por qué?

—Selma, os lo ruego, dejad este juego, no os conviene.

Rashid se sienta a su lado y la mira con inquietud.

—Desde hace un tiempo tenéis aire desdichado. ¿Qué es lo que no anda?

¡Oh!, acurrucarse en sus brazos, dejarse mecer, volver a ser la niña que consuelan... Aumenta su encanto.

—¡Qué imaginación! ¿No sabéis que soy la mujer más mimada del mundo, la más amada?

Rashid toma las manos de Selma, las aprieta con fuerza. Ella lo mira, asombrada. Nunca antes se ha atrevido, parece trastornado.

—¡Cómo habéis cambiado!... La joven entusiasta que recibí en Bombay hace dos años, ¿dónde está? Selma, debéis reaccionar: os estáis destruyendo...

—¡No se perderá mucho...!

—Os lo suplico, si me amáis un poco...

Se calla. Selma permanece silenciosa. Lo observa. Cree sinceramente que la ama como a una hermana. Con un solo gesto podría sacarlo del error y vengarse de una vez de Amir y de Zahra. ¿De Zahra?... Se extraña de esa vocecita que insiste: sí, sí, sobre todo de Zahra. Amir, en el fondo, sólo es un hombre y ningún hombre puede decepcionarla ya, ¡mientras Zahra!... En el dolor que la sobrecoge, comprende una vez más cuánto ha amado a la adolescente, su ardor, su inocencia, su mirada apasionada, y hasta qué punto la aborrece ahora por su calma, su seguridad imbécil de mujer casada, su felicidad boba centrada en un vientre que se hincha.

Apoya la mejilla en el gran hombro de Rashid Bai.

—Llevadme, Rashid Bai, no puedo más.

¿Lo dijo? ¿Lo pensó? Una mano roza sus cabellos, tranquilizadora, una mano que le recuerda otra mano, hace mucho tiempo. Con un sollozo, se estrecha contra él, lo rodea con sus brazos.

—¡No me abandonéis más, nunca más!

Oculta el rostro mojado en su cuello. Sólo quiere una cosa: que la lleve, sin preguntarle nada.

—Os amo— dice Selma, y de inmediato se arrepiente de esas palabras. En su confusión, se le han escapado.

Él le toma la barbilla y con un gran pañuelo le seca torpemente las lágrimas. Está muy pálido.

—Selma, yo también os amo, desde que os vi desembarcando de aquel gran barco, tan perdida, tan frágil; pero era imposible: veníais para casaros con mi amigo. Y ahora...

—¿Ahora?

—Quizás os amo mucho más, pero...

—¡Pero no me amáis lo suficiente!

Esboza una sonrisa amarga.

—Es la historia de mi vida: todos me aman, pero nadie lo suficiente como para quedarse conmigo... A despecho de todo... A despecho de mí...

—¿Y Amir?

Selma se separa ligeramente. De repente se siente muy cansada.

—Sabéis perfectamente que Amir se casó con mi familia.

Rashid se ha ido, desamparado. Se aborrece por haberlo hecho sentirse desgraciado, cuando él es el único aquí que sólo le ha hecho bien.

El espejo le devuelve un rostro enflaquecido, con ojeras. ¿Es verdad que ha cambiado, envejecido? Las mejillas redondas, que la desesperaban en Beirut cuando soñaba con hacer cine, se han hundido; se ha afinado, como esculpida, y sus labios, que encontraba demasiado delgados, parecen, por contraste, más gruesos; a ella le gusta esta nueva imagen, este aspecto de... mujer fatal... de hermoso animal, dice Amir.

Son las seis y ningún invitado ha llegado: ahora sabe que no vendrán. Seguramente han pensado que sería una provocación, un indecente desquite, ¡el cobarde desafío a un muerto! No han entendido nada: nunca un hombre está más vivo que cuando acaba de morir. ¿Acaso es alguna vez más grande que cuando las lágrimas exaltan hasta la menor de sus victorias, su más trivial gesto de humanidad, borrando sus fracasos, sus mezquindades y sus mentiras?

Debido a una extraña miopía de los que lo sobreviven, todo ser que muere parece excepcional durante algunas horas, algunos días, el tiempo necesario para agotar el llanto.

Es precisamente en ese momento, en que Mustafá Kamal se impone, gigantesco, cuando ella ha querido enfrentarlo, delante de testigos, con el fin de que pudieran juzgar aquel duelo, escandalosamente desigual. No han venido de miedo al sacrilegio.

El respeto que le tienen es bastante pequeño si para un hombre de su talla, temen que le propinen un cachete. Selma lo estima más, al menos no excluía la derrota. Pero librar aquel combate era en sí una victoria...

Enfrentar a aquel que había hecho estallar su destino hacia los cuatro puntos cardinales, él que, como un demiurgo, sin siquiera sospechar su existencia, cambió su vida, hasta en sus menores detalles, comenzando por su manera de sentir y de pensar. A veces ha considerado que le debería estar agradecida; después de todo, él destruyó el nido y la obligó a volar. Pero al mismo tiempo, al arrebatarle su trozo de cielo, le cortó las alas...

El exilio... ¿Tanto temía a aquella familia que tuvo que exiliarla? Sin embargo, era un hombre fuerte, con aquella fuerza que caracteriza a los que no tienen nada que perder, los que, por no tener un pasado, necesitan fabricarse un presente a cualquier precio. Ella le envidia aquella sed de poder: es ella, más que el valor y la inteligencia, la que permite vencer. Y es lo que les faltó a los últimos soberanos otomanos, lo que les falta a estos príncipes indios que, por negarse a luchar, se dejan despojar lentamente: a lo largo de los siglos, la sed ha tenido tiempo de apagarse.

Así se renuevan las sociedades y cambia de manos el poder. El poder no se arrebata más que si se deja arrebatar, por una especie de fatiga de los que ya no están suficientemente seguros de creer en él.

Kamal quería reinar más que el sultán. Pero para esto ¿era necesario expulsarlos? ¿Prohibirles para siempre pisar el suelo de su patria? ¿Desterrar incluso a los muertos, cuyos despojos no podrán ahora reposar junto a las apacibles orillas del Bósforo...?

Las transparentes mañanas de Estambul, sus calles estrechas, silenciosamente bordeadas por jardines cerrados y casitas de madera, sus mezquitas blancas, reflejándose temblorosas en el Cuerno de Oro... ¿Con qué derecho los ha excluido Kamal de todo eso?

El príncipe heredero había renunciado al trono, para él y para sus descendientes; confinado en su palacio, vigilado, espiado, hasta en sus menores palabras, sólo era la sombra de un califa. El gobierno, los funcionarios, el ejército, el país entero era, dicen, kamalista. ¿Entonces, de qué tenía tanto miedo el gran hombre? Él, que se hacía llamar «Ataturk», padre de los turcos, ¿temía que el pueblo le recusara aquella nueva paternidad?

Era esta sencilla pregunta la que Selma quería hacerle, convocar delante de testigos al general muerto como alguna vez el caballero invitó al comendador a su mesa. Ella le habría arrancado la verdad. Los muertos ya no tienen necesidad de mentir.

Una copa más de aquel maravilloso champagne. Selma destapa

la segunda botella. Con una especie de ternura mira caer el líquido rosado que le había ayudado a olvidar el fracaso de Badalpur y le permite sobreponerse al asco que a veces se apodera de ella cuando Amir...

Ya casi no se hablan. Ella tiene la impresión de que él quiere quebrantarla, aniquilarla. Cada vez que vuelven de esas cenas brillantes en las que ella se aturde siendo mujer, bella y deseable, él la castiga. Larga y silenciosamente, se ensaña con su cuerpo.

Insensiblemente, a ella le ha comenzado a gustar aquella servidumbre; con estupor se ha dado cuenta de que amaba la sumisión. Objeto dócil, se abandona a un gozo desconocido que la deja agotada. Se horroriza, no pudiendo aceptar que su cuerpo la traicione así. ¿Su cuerpo? No, no sólo su cuerpo, sino sus sueños, sus gemidos, sus gritos... ¿De dónde viene ella, esa mujer de la noche que goza con una esclavitud que por la mañana no puede recordar sin temblar, que ella desprecia con todo su ser?

Tal como había despreciado a las mujeres del harén, ocupadas únicamente en el placer que podían procurarle al amo... Ella no tiene nada en común con esas criaturas, ella es orgullosa, ambiciosa, no es como esas mujeres...

Selma se pone delante del espejo y, con grandilocuencia, levanta su copa: «¡Brindo por mi glorioso destino!», luego se echa a reír, a reír... ¡Ah! ¡Qué alegremente burbujea este champagne! ¡Qué suave siente la cabeza! Es un *gentleman.* Con él, acaban los problemas. Se burla de los dramas y ridiculiza lo serio. Es su aliado. La rodea de terciopelo, la protege y poco a poco le enseña que nada tiene importancia. Nada. Ni siquiera la muerte de su peor enemigo. ¡Qué estúpida fue hace un rato queriendo desafiar a Mustafá Kamal! Todavía siente necesidad de justificarse, de probarle a los demás... Ahora le importan un rábano los demás, lo que piensen, esos tontos que creen comprenderla cuando a ella misma le costaría... Mira atentamente el espejo: ¿princesa-cortesana? ¿Princesa-puta? ¿Y por qué no? Exceptuando a su madre, hija de sultán, ¿sus antepasadas no eran todas esclavas, las más bellas del harén, las más expertas en procurar voluptuosidad? ¿No era así como lograban conquistar al amo y convertirse en esposas? Hablan de su inteligencia, de su habilidad, de su capacidad de intriga, cualidades ciertamente necesarias para acceder al primer lugar y sobre todo para conservarlo. Pero primero había que seducir: en la corte otomana el erotismo era el arte más importante, en el que había que ser hábil. Por las venas de Selma corre sangre de treinta y ocho sultanes —seis siglos de poder absoluto—, pero también seis siglos de cortesanas. Ella es, por partes iguales, fruto de ambas castas: tanto reina como esclava.

Una mano abre la blusa de muselina y dos senos blancos se

tienden hacia el espejo; las caderas finas tiemblan bajo la caricia: un hilillo de champagne chorrea a lo largo del vientre y se derrama en gotas luminosas, mientras las manos nerviosas doblan la delgada cintura, suben hacia la garganta, los hombros, recorren aquella frescura, aquel calor, aquella embriagadora dulzura, manos que saben halagar, manos a las que, jadeante, se abandona...

¿Pero qué significan esos ojos tristes que la miran, esos rasgados ojos de esmeralda? Le gustaría borrarlos, no verlos —que sólo existiera aquel cuerpo tan deseable—, pero existen, ojos de amargura, ajenos a la fiesta, que sólo el filtro rosado hará desaparecer.

Con la cabeza echada hacia atrás, bebe, a largos tragos, lanzando furtivas miradas al espejo. Los ojos siguen ahí. Son tenaces, los conoce, para matarlos deberá seguir bebiendo. «Selma, os estáis destruyendo...» «Pero, Rashid Bai, si estoy viviendo. ¡Mirad cómo me río! No tengo miedo, no tengo vergüenza, soy una mujer, ¡mirad!».

En el espejo, los ojos se han opacado, una boca ha esbozado un beso, un cuerpo desnudo se ha desmayado.

...Qué bien me siento... ¿Habré muerto? Está oscuro, ¿me habrán enterrado ya? Amir parecía trastornado cuando me encontró, había sangre... Al caer debo de haber quebrado la copa de champagne y haberme herido... Después no supe más... Seguramente Amir ha llorado... Tal vez me amaba, pese a todo, lástima...

—Sacadle la venda, parece que se despierta.

Delicadamente, una mano le levanta la nuca y con infinitas precauciones le desenrolla la tela negra, volviendo a Selma a la luz. Qué pesados siente los párpados...

Con los ojos semicerrados, divisa a los pies de la cama a Rani Shahina que sonríe.

—¡Pero si estáis fresca como una rosa! Después de la noche que nos hicisteis pasar, es el colmo. ¡Ah!, querida, podéis jactaros de habernos preocupado. Amir estaba como loco. ¡Qué idea la de encerrarse en el cuarto con llave! Hubo que entrar por el balcón. Estabais en el suelo, desmayada... Vuestro pobre esposo creyó que habíais sufrido un ataque. A propósito de ataque, le hice notar que había tres botellas de champagne vacías. Os hicieron tomar un vomitivo y os acostaron con una bolsa de hielo y hierbas sobre la cabeza, remedio milagroso en este tipo de... malestares. ¿Cómo os sentís ahora?

—Liviana, lavada... Como nueva. ¡Oh, Rani Shahina, es extraordinario, me parece que todo vive a mi alrededor!

Se levanta, intenta dos pasos y, agotada, vuelve a caer sobre la cama.

La rani viene y se sienta a su lado.

—Selma, necesitáis cambiar de atmósfera; las largas trasnochadas y los días pasados en cama no os sientan nada bien. Habéis enflaquecido terriblemente: Amir dice que no coméis, que os contentáis con beber, os estáis...

—Destruyendo, ya lo sé, ya me lo dijeron.

—Selma, abandonad Lucknow por unas semanas, id a Beirut a ver a vuestra madre, intentad recobraros, debéis decidir lo que queréis realmente.

—¿Lo que quiero?... ¿Tengo elección?

Rani Shahina la coge suavemente por los hombros.

—Siempre hay elección. El asunto más bien es: ¿tenéis valor para tomar una decisión y mantenerla? En todo caso, no podéis seguir así. Aprovechad esta crisis y la energía que puede daros: alejaos por algún tiempo.

En el espejo, Selma recorre su rostro lívido. Suspira:

—Nunca podría presentarme así delante de mi madre, se daría cuenta enseguida...

—Comprenderá y os ayudará.

—No conocéis a mi madre. Ha vivido los peores momentos con la cabeza alta, desprecia la debilidad. No quiero imaginarme su mirada si me viera en este estado.

—Vamos, Selma, es vuestra madre, os quiere.

—Temo que sólo ame la imagen que tiene de su hija...

«Uno para todos, todos para uno.» Letras rojas sobre fondo blanco. Imponente, la pancarta atraviesa toda la gran avenida de Kaisarbagh, mientras por todos lados suenan las bandas de música. Autoritariamente, criados de librea empujan a los transeúntes y obligan a los pequeños comerciantes a cerrar sus mostradores: ¡la procesión llega, paso a los amos! Sólo las vacas siguen rumiando en medio de la calzada, indiferentes a las súplicas.

Intrigada por el ruido, Selma sale a la terraza: el horizonte está erizado de gallardetes, a lo lejos se oye el relincho de los caballos y los largos bramidos de los elefantes, mientras al sol ondulan sombrillas de oro y plata por encima de la ola que avanza lentamente. Se divisan los elefantes reales, engalanados de brocados: a la cabeza, el elefante blanco del rajá de Bampur, que domina desde su *howdah,** salpicado de amatistas. Alrededor de él, otras pancartas proflaman:

«Unidad contra los bolcheviques», «Rajás y maharajás, todos unidos para proteger al pueblo.»

Le siguen sus pares, príncipes y zamindars llegados de toda la provincia: desfilan con gran pompa para protestar contra las leyes

* *Howdah:* palanquín.

inicuas aprobadas por el partido del Congreso, esos comunistas que intentan incitar a la revuelta a sus abnegados súbditos. Es el «sindicato de rajás» el que ha tenido la idea de esta manifestación, una gran primicia destinada a estremecer la imaginación de una población agitada por propagandas insidiosas.

Organizado en Lucknow pocos meses antes durante una asamblea que reunió a varios centenares de pequeños soberanos, el «sindicato de rajás» ha decidido luchar. Su presidente, el rajá de Bampur, había pronunciado un discurso muy aplaudido, insistiendo en la necesidad de unirse frente al nuevo gobierno: «Debemos olvidar nuestras disensiones, estar dispuestos a todos los sacrificios para conservar nuestra posición tradicional y respetada de líderes». Y todos juntos han adoptado el eslogan cuya audacia revolucionaria les divierte y les choca: «Uno para todos y todos para uno». No lo creen en absoluto pero, después de todo, ¿qué es un eslogan? Tiene que sonar bien al oído.

—¡Están locos!

Detrás de Selma, Amir sale a la terraza. Con el rostro crispado, mira desfilar a sus pares.

—¿No se dan cuenta del ridículo de desplegar ese lujo para protestar porque el Estado los arruina? ¡Una provocación! Intenté explicárselo, pero no quisieron escuchar: «Nuestro pueblo, me respondieron, es un niño que sólo respeta el poder y la magnificencia. Si parecemos débiles, intentará pisotearnos. En cambio, si mostramos nuestra fuerza, temerá desobedecernos y no seguirá las consignas del Congreso». Por más que les dije que el pueblo estaba cambiando, que había tomado conciencia de sus derechos, sólo logré que me insultaran. Una vez más me trataron de inglés.

Hay en la voz de Amir tanta amargura que Selma se siente conmovida. Es la primera vez después de meses que él se confía a ella. Le gustaría decirle que comprende, pero no se atreve. Desde la noche en que ella se emborrachó, se ha establecido una especie de statu quo: viven juntos, cortésmente, pero ajenos. Él no le ha hecho ningún reproche, no le ha preguntado nada; se ha contentado con trasladarse a sus antiguos departamentos y nunca más ha intentado tocarla. Selma se siente aliviada, como si el frenesí sensual en el cual se habían sumido, magullado, ahogado, los hubiera abandonado de repente, como una fiebre extraña que recuerdan apenas.

Por un acuerdo tácito, no salen, ella no siente deseos de ver a nadie, tiene la sensación de estar convaleciente. ¿Y él? Desde hace un tiempo le sorprende verlo, a él, que antes se preocupaba tanto de su elegancia, deambulando por el palacio en kurtah pijama o pasar los días fumando el hookah y jugando interminables partidas de ajedrez con algunos de sus amigos nababs.

Ahora, ella comienza a comprender.

Amir sigue hablando, como si ya no pudiera contener el exceso de amargura.

—Algunos príncipes ya no me saludan, consideran que los he traicionado, que al querer hacer concesiones a los campesinos le he hecho el juego al Congreso. Incluso con viejos amigos no logro conversar. ¿Soy yo el que se equivoca cuando pienso que la democracia es el único medio para que la India progrese?

Apretando los puños, recorre la habitación.

—A veces me pregunto si los años pasados en Inglaterra no fueron una maldición. Al principio quería asimilar sus ideas para combatirlos mejor, y, sin darme cuenta, fui cambiando. Terminaron por convencerme de que sus valores eran universales, de que la moral era «blanca». Y ahora, ahora ya no lo sé... Los odio y al mismo tiempo tengo la intuición de que tienen razón, en contra de los míos... Ésa es su victoria. Seguramente partirán pronto aunque en realidad se quedarán —se golpea la frente—, aquí, en nuestras mentes, en nuestras mentes de blancos. Nosotros, que vamos a tomar la dirección de este país, pues hemos recibido una educación moderna, ¿qué somos? ¿Somos indios capaces de comprender y hacer realidad las aspiraciones de nuestro pueblo? ¿O tal vez somos malas copias de ingleses que regocijándonos por haber conquistado la independencia vamos a perpetuar la esclavitud?

...¿Tú también, entonces, tú también te sientes extranjero?

Aquella noche, Amir y Selma duermen juntos. Hacen el amor muy suavemente, como si intentaran consolarse...

XIX

—No, querida, no podéis salir. ¡Hay manifestaciones en todo el barrio de Aminabad!

Desde hace más de un mes el gobierno ha impuesto el «artículo 44», un semiestado de emergencia, para impedir que hindúes y musulmanes se vayan a las manos. Hasta entonces, Lucknow se había mantenido relativamente tranquila, pero las matanzas en las ciudades y aldeas de los alrededores han hecho subir peligrosamente la tensión. Pese a las medidas policiales, todo el mundo hace manifestaciones: los estudiantes musulmanes porque izan en las escuelas la bandera del Congreso y prohíben la de la Liga; los campesinos para que el gobierno obligue a los príncipes a respetar las leyes en su favor; los príncipes para expresar su negativa; los intocables para obtener permiso para ir a rezar al templo —derecho que les niegan los hindúes de casta—, los musulmanes porque quieren imponerles una educación «a la hindú» y los hindúes porque los musulmanes se obstinan en matar y comer vacas.

Hasta ahora se han evitado los enfrentamientos, pero ¿por cuánto tiempo aún? Devolviéndole al Congreso su propia estrategia de no violencia, tan eficaz contra el ocupante británico, los descontentos se limitan por ahora a desfilar. Día tras día, las prisiones se llenan. La policía está desbordada.

Selma se impacienta.

¡Tengo que salir! No olvidéis que parto para Beirut dentro de una semana. Debo ir a comprar los regalos para mi madre.

Es la primera vez desde su matrimonio que vuelve al Líbano, que visita a la sultana. No cabe en sí de alegría. Las pesadillas de estos últimos meses han sido olvidadas. Ha vuelto a alimentarse normalmente y no prueba el champagne. Poco a poco ha perdido su mirada ansiosa, su cara de gato apaleado.

Las relaciones con Amir han cambiado: ahora son sin pasión ni drama. «Como las de una antigua pareja», se dice Selma con ironía, extrañándose de que eso le procure cierto alivio. Saborea esa nueva indiferencia, tan cómoda, algo decepcionada empero de que su esposo la acepte con tanta facilidad.

Pero no tiene ganas de hacerse preguntas. Sólo piensa en Beirut, en la acogedora casa blanca, en la sonrisa de su madre, en los mimos de las kalfas, en la adoración de Zeynel, en sus amigos, ¡en toda su juventud que va a recuperar!

—Hozur, un mensaje para vos— anuncia la voz afilada del eunuco.

En la bandeja de plata hay un papelito azul. Un telegrama, de Beirut.

Indecisa, Selma mira a Amir.

—¡Bueno, princesa, abridlo! Seguramente la sultana os confirma que irán a recibiros a la llegada del barco.

¿Confirmar? ¿Para qué? Naturalmente que estarán allí. Incluso habrán organizado una fiesta de recepción, es la costumbre de allá. La hospitalidad es sagrada: abandonando cualquier quehacer, los amigos correrán al puerto, con los brazos llenos de flores.

Selma da vueltas el telegrama entre los dedos. Según el sello del correo, ha tardado once días en llegar a Lucknow, y hace apenas dos semanas que escribió anunciando su viaje.

Hace una inspiración profunda y con un gesto preciso, rompe el sobre azul.

«SULTANA FALLECIDA ESTA MAÑANA STOP TODOS DESESPERADOS STOP PENSAMOS EN VOS STOP FIELMENTE ZEYNEL».

Mucho después, Zahra le contará a Selma que había oído gritos. Había acudido y la había visto lacerándose la cara y golpeándose la frente contra el muro. Amir y una criada intentaban detenerla, pero ella los rechazaba a puntapiés. Zahra había creído que tenía un ataque de locura: el rostro de Selma estaba rojo de sangre y ya no escuchaba.

Entonces, ahogada, Zahra había visto a su hermano coger la Kodak que estaba sobre la mesa y ponerse a hacer fotos. En ese mismo instante, aquella mujer que se hubiera creído sorda y ciega a todo lo que no fuera su dolor, se había inmovilizado; y luego, como una leona, se había arrojado contra el hombre, aunque antes de poder alcanzarlo, Selma se había derrumbado, inconsciente.

Durante una semana, se temió por su razón. Los mejores hakims de la ciudad se habían sucedido a la cabecera de su cama. Con grandes cantidades de mixturas de opio y de hierbas sólo conocidas por ellos, la habían hecho dormir día tras día. «Un dolor demasiado grande no debe ser encarado de frente, si no el espíritu se rebela y huye.» Explicaban que para calmar los dolores del alma hay que aniquilar momentáneamente toda conciencia, mantener el cuerpo en estado de latencia, e incluso debilitarlo para que, cuando despierte, el dolor no encuentre ninguna energía de la cual alimentarse.

«¿Cómo pudo? Jamás se lo perdonaré.»

Lentamente, Selma emerge de la opresiva niebla en la que se debate desde hace días, y su primer movimiento es de indignación contra la actitud de aquel monstruo que ya no quiere llamar marido.

¿Cómo, en lugar de ayudarla, se ha atrevido a burlarse de ella? Él sabe, sin embargo, cuánto adoraba a su madre.

Con la muerte de Annedjim, Selma tiene la impresión de que es su infancia, su juventud lo que muere, ve todo su pasado amenazado de desaparición; ya ahora no hay nadie para recordar con ella, recordar en ella: una misma carne, una sola memoria, ojos que eran sus ojos, una respiración que se apropiaba del mundo y se lo restituía a ella, domesticado, caluroso... Los sollozos la ahogan. No acepta aquel abandono. ¿Qué importa si desde hace dos años no veía a la sultana?: saber que existía la reconfortaba. «¿Qué pensaría de mí? ¿Qué haría en mi lugar», se preguntaba; constantemente su madre estaba a su lado. Hasta estos últimos meses en los que había intentado olvidarla, pues no habría podido soportar su mirada. ¿O era su propia mirada la que no podía soportar? Ella no establecía diferencias, ya que si alguna vez se rebelaba, entre su madre y ella existía precisamente esa osmosis, ese acuerdo sobre lo esencial.

Ella la ha matado... Sí, ella, Selma, la ha matado. Durante esos meses de locura en los que se esmeraba por destruirse, estaba destruyendo a la sultana. Y ahora, el lazo que la unía a su madre, el lazo vital, más fuerte que el espacio, pero frágil ante la indiferencia, se ha roto. Su madre ha muerto...

Mucho antes incluso la había matado a golpecitos, más bien la había herido, como un árbol al que, poco a poco, se le podan las ramas que dan demasiada sombra. Eso había comenzado hace mucho... Ya en Estambul, lo recuerda: el resentimiento que había experimentado el día en que, jugando al sultán, había golpeado a Ahmad, que hacía de general griego; indignada, la sultana se había negado a escuchar sus explicaciones y la había encerrado en su cuarto. Un castigo sin importancia comparado con la desesperación de la niña ante la injusticia de aquella madre tan perfecta.

Y en el Líbano... las cartas de su padre, que la sultana había escondido «por su bien»; y luego, la exigencia, muda pero inflexible, de que su hija se casara con un príncipe. Selma siempre había obedecido. Pero pese a esa obediencia —o debido a ella—, en el fondo de sí, todo se rebelaba.

¿Acaso Amir había comprendido esto antes que ella? ¿Fue ésa la razón de su sorprendente comportamiento?... Ante el dolor ¿habrá adivinado que había un alivio que ella ocultaba gritando aún más fuerte que su desesperación? Con la clarividencia que sólo puede dar una larga experiencia de la simulación, o de la ambigüedad de los sentimientos, ¿habrá captado, en el frenesí de Selma por herirse, la necesidad de castigarse por no sufrir lo suficiente?

—Apa...

La voz de Zahra tiembla ligeramente.

—Apa, Amir Bai querría veros... Ayer os negasteis y yo le dije que estabais demasiado cansada. Pero hoy..., Apa, no me creerá... Parece tan desdichado, no deja de repetir que es culpa suya si vos estáis enferma... Os lo ruego, Apa, ¡os ama tanto!

—¿Me ama?... Pues bien, si me ama esperará a que tenga ganas de verlo.

Pone la cabeza en el almohadón, cierra los ojos: no debe ablandarse, no debe ceder. Si tiene que vivir aquí —¿adónde podría ir ahora?— debe imponer sus propias reglas. Toda su vida ha intentado complacer, ella quería ser la niña que todo el mundo adora, la esposa de la que se está enamorado, la rani a quien se respeta. De hoy en adelante, se acabó. Con la sultana ha desaparecido el único ser en el mundo que pudo imponerle su ley.

Un suspiro que viene desde muy lejos llena su pecho: ¡libre! Por primera vez se siente totalmente libre.

Ha pasado una semana. Las náuseas que la mantienen en cama no han desaparecido. Hakim Sabib ha prescrito un régimen muy estricto pues teme una ictericia: actualmente hay una epidemia en la ciudad.

—¡Una ictericia! ¡Qué tontería! ¡Nunca ha estado usted tan sonrosada!

Lucie ha venido a visitar a Selma, y cuando ésta le habla de sus malestares, pone cara de entendida.

—¿No será más bien... un feliz acontecimiento?

Selma da un brinco.

—¿Un...? ¡Evidentemente no, es imposible!

Ante la sorpresa de su amiga, se muerde los labios: no es cuestión de explicarle que desde hace meses, exactamente desde el día en que se emborrachó para celebrar la muerte de Kamal, Amir y ella no... Y sin embargo, sí... una vez. La noche de la manifestación de los príncipes, parecía tan triste, se habían encontrado... como dos niños perdidos, había pensado ella. ¿Puede ser que aquella noche... precisamente?

Ante la expresión perpleja de Selma, Lucie decide tomar la sartén por el mango.

—Le enviaré a mi doctora esta tarde, es una mujer notable. Y le ruego que no ponga esa cara de desesperada: esperar un bebé no es ninguna desgracia.

Estrecha a Selma entre sus brazos y sale lanzando una carcajada.

Apenas la doctora abandona la habitación, acuden a ella las mujeres. Como una colmena rumorosa, se apretujan alrededor de la cama de su rani. Desde hacía dos años, esperaban, espiaban la menor palidez, el menor signo de fatiga, casi habían perdido las esperanzas. «¡Qué desgracia!», se lamentaban, «una esposa tan hermosa y tan noble, incapaz de cumplir con su tarea!... ¿Qué otra cosa puede hacer el amo si no repudiarla?» Eran numerosas las candidatas seleccionadas para reemplazar a la princesa, todas jóvenes, sanas y de familias ilustres, todas indias, Rani Aziza no quería más extranjeras.

Pero ahora está allí, el heredero, el futuro amo, en fin... casi allí. Y de alegría, de agradecimiento, besan las manos de su princesa y pasan las cuentas de sus rosarios murmurando bendiciones y fórmulas rituales.

Sentada en la cama, Selma no las ve, no las oye, contempla al otro lado de la habitación la llama de una vela que se resiste a morir. Es el momento que ella prefiere, la valerosa lucha del fuego que no quiere desaparecer. Cuando era niña, retenía entonces el aliento y lo miraba intensamente para darle fuerzas; cuando finalmente moría, a veces lloraba.

La vela se ha apagado, Selma siente en sus mejillas una frescura húmeda. *Muerta... Annedjim ha muerto el día en que yo daba la vida, como si se desvaneciera para dejarme el lugar, o como si yo hubiera esperado que ella desapareciera para tomar el suyo.*

Ha contado y recontado. No hay duda: fue la noche misma de la muerte de su madre... El cuerpo tiene esas videncias... Mucho antes de que ella supiera, él supo... De repente le parece evidente que mientras su madre viviera, ella, Selma, sólo podía ser hija. «La madre» era la sultana. Nunca se habría atrevido a ocupar su lugar.

¿No se da cuenta de que vuelve a delirar? ¿Cree que su cuerpo se negaba a engendrar hasta el día en que percibió, a miles de millas de distancia, el signo que le permitía finalmente florecer? Y sin embargo, la realidad...

Vacilante, tímida, su mano se posa sobre su vientre. La realidad, ahora esta allí, y esta vez ella no puede, no quiere escapar a ella. Atenta, acecha un temblor bajo su palma, y le parece percibir un mundo que despierta. Cierra los ojos, feliz.

—¡Querida, es maravilloso!

Radiante, Amir se acerca a la cama. Parece trastornado. Selma lo mira, asombrada: lo había juzgado mal; nunca hubiera pensado que participara así de su felicidad.

—Sobre todo, tendréis que cuidaros mucho; quiero que mi hijo...

«¿Mi hijo...?» Selma no oye el final de la frase. Bruscamente se pone tensa. «¡Está loco! Él no tiene nada que ver en esto, nadie tiene que ver, ¡es mi hijo!» Se pone a temblar de espanto: ¡no le quitarán a su bebé! No porque este hombre haya compartido su cama puede creerse con derechos. Lo mira ahora con hostilidad: a lo más ha sido un marido pasable, un mal amante, ¿pero padre? ¿El padre de su hijo? Instintivamente coloca los brazos alrededor del vientre, ciudadela que aísla, se atrinchera, protege el precioso tesoro que codicia el extranjero.

De repente deja de ser «la extranjera», ya no se siente «de más», ella está allí, bien anclada en aquella tierra de la que tiene la impresión, de pronto, de ser parte integrante, atada por mil raíces; ella es la arcilla oscura y blanda y la hierba que se curva bajo el viento; ella es el bosque majestuoso y el calor apacible de este final de la tarde.

Poco a poco recupera la calma, se asombra de haber tenido tanto miedo: esa vida en el fondo de su vientre ¿quién podría arrebatársela? Pueden hablar, ella no los oye. No entiende la importancia que les concedía antes, como si su existencia dependiera de lo que decidieran, como si no fuera más que una concha vacía.

Su mirada se posa sobre el hombre sentado a su lado. Le sonríe, indiferente.

—Sobre todo no comáis pescado, produce en los bebés una piel horrible. No debéis perfumaros, ni maquillaros, ni adornar vuestros cabellos con flores, pues eso excita los deseos de los djinns: podrían lanzarle un maleficio al niño.

Con tono sentencioso, Begum Nimet enumera las recomendaciones y las prohibiciones —lo que toda mujer encinta debe saber— y alrededor de ella asienten sacudiendo la cabeza. ¿Quién mejor que la abuela podría aconsejar a la rani? Los nietos de sus nietos son incontables, todos son fuertes y hermosos, prueba de que sus madres se han ceñido escrupulosamente a sus recomendaciones.

A toda hora del día, en cualquier circunstancia, debe ser respetado un código sutil. Además basta con pensar un poco para comprender. Pero los jóvenes de hoy sólo confían en la medicina ingrese, se figuran que las viejas recetas están superadas: los abortos se multiplican, muchos niños nacen medio inválidos, como el niño de la Nishat, que tiene la mitad de la cara cubierta por una mancha violácea; sin embargo se le había dicho a la madre que a partir de la undécima semana no tenía que comer remolachas.

Doliente, Selma escucha y, para ser amable, hace algunas preguntas. La preocupación de aquellas mujeres la conmueve. Después de haberse difundido la noticia, se ha convertido en el punto de mira, en el centro de todas las conversaciones, de las esperanzas y de las inquietudes. El palacio vive al ritmo de sus deseos, todos se desviven por atenderla, incluso Rani Aziza que ha ordenado que cada plato, y no sólo los entremeses, sea recubierto de una película de oro; pues es bien conocido que el oro da vigor a la madre y fortifica los huesos del bebé.

Todas aquellas molestias que en tiempo normal la hubieran exasperado, hoy la tranquilizan. Sin ellas, no estaría segura de estar embarazada. Por más que cada noche delante del espejo se contemple el vientre, los senos, no siente nada. Incluso las náuseas se han espaciado. ¿No se habrá equivocado la doctora? Selma se inquieta y el menor malestar se convierte en objeto de arrobamiento.

Ahora pasa la mayor parte del día tendida en la cama mecedora de su salón convertido en tocador. Desde allí sólo ve la punta de los árboles y trozos de cielo a través del follaje. No tiene ganas de salir, aún menos de hacer visitas. Sueña.

Si es un niño, se llamará Sulaymán, como su antepasado, el sultán magnífico. Lo educará de manera que se convierta en un gran soberano. Hará reformas audaces, y el pueblo, que comprenderá que es por su bien, lo seguirá. Poco a poco, liberará a las mujeres, pues ella lo habrá hecho sensible a su desamparo. Todo lo que Amir —dudando entre sus reflejos feudales y sus convicciones liberales—, todo lo que ella, la extranjera, no pudieron hacer, lo hará su hijo. Ella estará a su lado para aconsejarlo. Entre los dos cambiarán Badalpur, edificarán un Estado moderno, que los demás estados envidiarán e intentarán imitar. Serán pioneros, demostrarán que sin perder el alma, sin forzosamente britanizarse, la India es capaz de convertirse en un gran país.

—¿Y si fuera una niña?

El pensamiento de Selma vacila... Una niña... La asaltan imágenes de reclusión, de negros burkahs, de matrimonios de niños. Una niña... violada, vendida... Tiembla.

Los días siguientes, la idea vuelve a atormentarla. ¿Cómo no lo había pensado antes? Todo el mundo en el palacio está tan seguro de que sólo puede ser un varón que ella misma se ha convencido. Pero si es una niña, ¿qué hará Amir?

Para hacerle la pregunta escoge una noche en la que parece particularmente de buen humor. Como si lo insultara pega un respingo, pero de inmediato se sobrepone.

—¿Una niña? Pues bien, le encontraría el marido más rico, más noble de toda la India.

—¿Y si no quiere casarse?

Él la mira atónito, y luego se echa a reír.

—¡Vaya idea! ¿Se ha visto alguna vez a una muchacha que no tenga ganas de casarse? El matrimonio es la meta de toda mujer, la condición de su dicha, ella está hecha para tener hijos. Vos misma, querida, sois la prueba viviente: desde que estáis encinta, resplandecéis.

Selma se abstiene de replicar. No es el momento de irritar a Amir. Necesita saber.

—Si es una niña— insiste, —¿deberá llevar velo y permanecer encerrada?

Amir sacude la cabeza, con cara apenada.

—Selma, ¿por qué me hacéis estas preguntas? Bien sabéis que es preciso. Si no, mi reputación y la suya se verían arruinadas. Nadie aceptaría recibirla, nuestra sociedad no bromea con la virtud de las mujeres. Pero tranquilizaos, no sufrirá, porque nunca habrá conocido, jamás tendrá la posibilidad de conocer otra cosa.

«Tranquilizaos»... La observación destinada a calmar a Selma la aterroriza: ¡su hija no será ni siquiera capaz de imaginar la libertad! Es imposible. No echará al mundo a una prisionera. Su hija no será una de esas tontas cuyo universo está restringido al bienestar de su familia. Ella será una mujer de acción, ayudará a sus congéneres a liberarse de las trabas que desde hace siglos intentan ahogar su inteligencia y su voluntad. Su hija luchará... No la podrán tratar de extranjera... ¡al menos tendrá el derecho de luchar!

¿Pero sentirá deseos de hacerlo? La rebelión que vive en Selma ¿será capaz de transmitírsela a su hija? ¿Se puede hacer comprender la injusticia a quien nunca conoció la justicia?

La inercia de la India la aterra. Suavemente, día tras día, embota los entusiasmos, las cóleras y, lentamente, sin drama, aniquila las voluntades porque aniquila el deseo.

«¿De dónde va a sacar fuerzas mi hija?», se pregunta. «Yo misma, que conocí la libertad, tengo a veces la impresión...» Selma titubea ante esa palabra que detesta y, sin embargo... es verdad, desde hace algún tiempo comienza a... ¡adaptarse! La joven impaciente, intransigente, ha llegado a apreciar la dulzura que la rodea; se siente protegida. Insensiblemente se ha deslizado en el bienestar tratando de adormecerse con la ilusión de ser siempre la misma...

Fue una reciente observación de una dama de compañía la que le dio la voz de alarma. Pensando que le gustaría, le dijo en voz alta a una amiga:

—Estamos tan contentas. Nuestra rani ha cambiado tanto. Ahora es una verdadera mujer india.

Se le apareció la imagen de la madre de Rani Sahina; visión de fracaso, de infortunio, la de esa mujer valiente y apasionada que, por permanecer junto a sus hijos, había elegido renunciar. Pero jamás había aceptado aquella traición a sí misma y finalmente había huido... hacia la locura.

«¡Partid! ¡Huid, aún es tiempo!» La voz ronca resuena en los oídos de Selma. Entonces no había tomado en serio la advertencia, creyéndose capaz de resistir cualquier presión.

Resistir a la fuerza, sí, ¿pero cómo resistir a la dulzura? De repente, Selma tiene miedo, sabe que no hay nada más peligroso que esta agradable tibieza, esta beatitud satisfecha, que la gente llama felicidad. Por cansancio, por cobardía o tal vez por falta de esperanza, está abandonándose. Por el niño, sin duda, pero también —¿sobre todo?— por ella misma. Debe huir, no porque sea desgraciada sino porque no quiere saber nada de aquella felicidad.

XX

—Bueno ¿qué ha elegido? ¿París o Lausanne?

Sobre el teclado, los dedos de Selma se inmovilizan; estupefacta, se vuelve hacia Lucie: ¿cómo lo ha adivinado ese demonio? Para disimular su turbación, finge estar abstraída en la contemplación de un cabujón de rubí que Amir acaba de regalarle y balbucea:

—¿Viajar? Ni pensarlo... ¡en mi estado!

—¡En su estado!

La francesa levanta los ojos al cielo, fingiendo una profunda exasperación.

—¡Se diría que usted es la primera mujer en el mundo que espera un bebé! ¡Precisamente en su estado; es ahora cuando hay que partir, más tarde sería arriesgado. En este punto, y por una vez, los médicos están de acuerdo: antes del tercer mes. ¿No se le habrá ocurrido dar a luz aquí?

—Claro que sí... ¿Por qué?

—¡Es deliciosa pero completamente loca! Vamos, querida, *¡nadie* da a luz en este agujero! Si hay complicaciones, ¿cree que su viejo hakim, que no sabe distinguir un embarazo de una ictericia, la sacará de apuro? Actualmente sólo hay dos lugares donde se puede tener un niño: París y Lausanne.

Selma reprime una sonrisa pensando en todas las inconscientes del mundo que se han atrevido a dar a luz en otros lugares; pero el esnobismo de Lucie tiene algo bueno, puesto que acaba de proporcionarle quizás, sin querer, la solución del problema...

Después de las noches sin dormir preguntándose ¿quedarse o partir...? Si es varón, no tiene derecho a privarlo del poder, pero ¿y si es una niña...? Salir del palacio de Lucknow no es difícil —basta con comprar algunos criados—, ¿pero salir de la India? Se ha imaginado toda clase de posibilidades —disfraces y papeles falsos—, pero sabe que Amir removerá cielo y tierra para encontrarla y que enviará sus señas a todos los puestos fronterizos.

Mientras que si partiera oficialmente para dar a luz en Francia y después se negara a volver, ¿quién podría obligarla? Francia es tierra de asilo, tierra de libertad. Allí el rajá no podría hacer nada contra ella.

—Las ranis de Badalpur siempre han dado a luz en el palacio. Lo que durante siglos fue bueno para nuestra familia, debería, pienso, ser también bueno para vos... ¡princesa!

En la boca de Rani Aziza, el título restalla como un latigazo: la audacia de esta extranjera no tiene límites. Felizmente una de sus acompañantes la previno de lo que se tramaba y ha llegado a tiempo, pues el bendito de su hermano iba a ceder una vez más.

El rajá, por su lado, desearía que se lo tragara la tierra. Le dé la razón a su esposa o a su hermana, tiene asegurados meses de quejas y de mal humor. Aunque, en el fondo, no está descontento con la intervención de su hermana: después de todo, son asuntos de mujeres. Él era contrario al viaje, pero seguramente se habría dejado convencer: Selma había conseguido preocuparlo...

Se le ocurre una idea brillante, que pondrá de acuerdo a todo el mundo:

—Hagamos venir al palacio a un médico inglés. Si no hay uno lo suficientemente bueno en Lucknow, llamaremos a uno de Bombay o de Calcuta. Así prevenimos cualquier eventualidad y respetamos las tradiciones. Confieso que yo también pienso que un soberano de Badalpur no debe nacer en el extranjero. En estos tiempos turbulentos, alguien podría aferrarse a ese pretexto para denegarle la legitimidad.

Encantado con esta solución que él cree acaba con el entredicho, Amir se eclipsa sin prestar atención a la cara desconcertada de su esposa, ni escuchar a su hermana protestando que un príncipe musulmán no debe ser traído al mundo por un infiel...

Se necesitarán acontecimientos graves para que el rajá cambie de parecer. En ese mes de marzo de 1939, mientras Hitler acaba de anexionar Checoslovaquia y las democracias europeas se interrogan sobre la situación, mientras el mahatma Gandhi les aconseja «un desarme simultáneo que, con toda seguridad, abrirá los ojos de Herr Hitler y lo desarmará»,* Lucknow ve subir la tensión entre sus comunidades musulmanas —sunita y chiíta—, ancestralmente rivales.

* Entrevista en el *New York Times* del 24 de marzo de 1939.

La manzana de la discordia es el Mad e Sahabah, una apología de los tres primeros califas, que los sunitas quieren recitar públicamente, cosa que los chiítas consideran una provocación: para ellos, esos califas fueron usurpadores, siendo el yerno del Profeta, Alí, el único habilitado para sucederlo.

En 1905, como consecuencia de los disturbios que habían provocado decenas de muertos, el gobernador inglés de Lucknow había prohibido recitar el Mad e Sahabah. Pero desde que el partido del Congreso está en el poder, los sunitas lo tienen sitiado para obtener la abolición de esa medida «inicua». Argumentan que los chiítas bien recitan el Tabarrah, que ellos consideran insultante para la memoria de sus califas.

Algunos políticos hindúes apoyan a los sunitas, tres veces más numerosos que los chiítas, esperando ganar votos para el Congreso. Que ello pueda acarrear disturbios es lo último que les preocupa: ¿toda batalla entre musulmanes no debilita acaso a la Liga y a su detestado jefe Jinnah? Viendo que el gobierno titubea, los sunitas han multiplicado las manifestaciones esas últimas semanas. Se dejan detener por centenares y la policía, enfrentada a aquellos descontentos que se suman a todos los demás, no logra controlarlos.

El 31 de marzo, ante la estupefacción general, el Gobierno termina por ceder: el Mad e Sahabah podrá ser recitado en cualquier lugar y momento, con la condición de que las autoridades sean advertidas. De inmediato se produce el pánico. En las calles de Lucknow, los chiítas se enfrentan a los sunitas con plegarias y piedras. Estallan alborotos particularmente violentos delante del gran immambara; la policía dispara con balas, causando muertos y heridos. El Gobierno decreta el toque de queda, pero no es obedecido. Las tiendas bajan sus cortinas de hierro y la mayoría de los habitantes se recluye en sus casas. Grupos armados recorren la ciudad. En pocos días, miles de musulmanes son detenidos, lo cual sólo causa nuevos desórdenes. Un grupo consigue invadir la sede del Consejo y apoderarse del primer ministro, que finalmente saldará todo con un susto. Las mujeres deciden que ha llegado la hora de apoyar a sus hombres y de manifestarse en las calles, veladas con sus burkah negros. Están en la cárcel siete mil chiítas más algunos centenares de sunitas; si los hindúes se mezclan —en esa atmósfera electrizada todo se convierte en pretexto—, cualquier cosa puede suceder, e incluso el ejército sería incapaz de impedir incendios y matanzas.

Kaisarbagh está situada muy cerca del mercado de Aminabad, uno de los puntos candentes de la batalla. Por mucho que el rajá haya reforzado la guardia, la muchedumbre excitada podría tomar el palacio y esos pocos hombres no podrían hacer nada.

En aquel comienzo de primavera, nadie en Lucknow puede saber en lo que pueden degenerar los disturbios. Amir no quiere correr ningún riesgo: él debe quedarse, pero su joven esposa partirá. Ella tiene los nervios frágiles y teme que su embarazo pueda ser perturbado. Y si la apacible Lucknow no es segura, entonces ningún lugar de la India lo es. En el fondo, enviar a Selma a Francia no es tan mala idea. La hará acompañar por Zeynel, el eunuco que, ahora que la sultana ha muerto, no tiene nada que hacer en Beirut.

Polvo y calor seco de mediados de abril. Es un día corriente en la estación de Lucknow, con las nubes de porteadores famélicos y los mendigos que, en el inmenso vestíbulo de arcilla roja, dan escolta a los viajeros adornados con collares de flores.

Delante de la imponente puerta victoriana, flanqueada de pabellones mogoles, se estaciona el Isotta Fraschini blanco y oro. Los guardias, con las armas del estado de Badalpur, lo rodean y lo protegen de la curiosidad de la muchedumbre que, a través del secreto de las cortinas de damasco, intenta divisar a la rani de cabellos de oro.

La noticia se ha difundido al alba, al llegar los criados del palacio para instalar el largo pasillo de brocato que permitirá a la princesa acceder discretamente al vagón real. En la ciudad, su belleza se ha vuelto legendaria; muy pocos la han visto, pero las descripciones de las criadas han excitado las imaginaciones. Igualmente notoria es su generosidad: quién sabe si su partida no dará lugar a algunas limosnas... En la multitud que se apretuja, suenan tantos vítores como bendiciones...

Sentada junto a Amir que se impacienta, Selma lucha contra la emoción. Ella ya no sabe por qué ha insistido tanto en marcharse. La salida del palacio fue una prueba que no habría podido imaginar, ella, que soñaba con abandonarlo desde hacía tanto tiempo. Todas las razones, que había creído evidentes, ahora le parecen irrisorias. El afecto con que la han rodeado estos últimos días, el amor que ha sentido en todas esas mujeres y esos niños aparecidos en todos los rincones del palacio, que se aferraban a su vestido llorando, eran sinceros. No querían que partiera, se lo suplicaban. Las viejas la llamaban «madre», apretándole las manos con sus dedos descarnados, y las más jóvenes la miraban con cara triste como reprochándole que las abandonara.

Cuando finalmente hubieron comprendido que no podrían hacerla flaquear, cuando con voz severa el rajá les hubo explicado que la princesa debía partir «por razones de salud», cada cual quiso hacerle un pequeño regalo, una parcela de sí mismas que su rani debía llevar consigo para que, en aquel mundo que no podían imaginar, la protegiera, puesto que ellas ya no estarían allí para hacerlo. Pese a los consejos de Amir de que aquellas bobadas la estorbarían, Selma se ha negado a separarse de ellas. Sería traicionar su confianza, le daría mala suerte. Mandó guardar los pañuelos bordados, los guijarros de colores extraños, los trozos de madera labrada en un baúl que llevará a París. Si alguna vez, allá, se siente sola, sólo tendrá que abrirlo para tocar y respirar aquellos testimonios de amor.

—Todo está dispuesto. Podemos salir.

Amir salta fuera del coche. «¡Qué impaciencia!», se extraña Selma, «se diría que tiene prisa de que me vaya...» Sabe que es falso, que está desamparado y hace lo imposible por ocultarlo, pero le reprocha que no se abandone, le reprocha aquella serenidad que él muestra tanto en su presencia como ante los extraños. Las raras veces en que se ha mostrado sin máscara, se lo ha hecho pagar después con una frialdad redoblada.

Con paso ligero, el rajá la precede por aquel pasillo de seda que ella había recorrido hacía dos años en sentido contrario. Selma llegaba, novia resplandeciente de esperanza, avanzaba con confianza a la conquista de su hermoso marido y de su nueva patria.

Y ahora... Sigue caminando hacia el vagón de metal y madera que la llevará lejos de todos los que la conocen y que a su manera la aman. Detrás viene Zahra, Zahra, la frágil niña a quien ella adoró y a quien no le perdona haberse convertido en esa matrona calmosa y gorda. Pero tal vez debería estarle agradecida, como advertencia de lo que la felicidad puede significar para las mujeres en este país... Detrás de Zahra, Rashid Khan, Rashid el fiel que, desde que llegó, ha seguido y comprendido todo. ¿Adivina que tal vez parta para siempre...?

Un fuerte olor a jazmín la saca de sus reflexiones. Han llegado al vagón azul índigo, con los colores del estado. Al pie del estribo, enormes ramilletes blancos perfuman el aire. ¿Quién pensó hacerla acompañar por sus flores preferidas? «Amir», sonríe Zahra en respuesta a su muda pregunta. Las lágrimas largo tiempo contenidas acuden a los ojos de Selma. ¿Amir...? ¿Por qué tan tarde? ¿Se siente él capaz, finalmente, de expresar un poco de amor sólo porque ella parte...?

Trastornada, entra en el compartimiento y avanza hacia él. En aquel momento, si le pidiera que se quedara, caería en sus brazos.

Él se contenta con mirarla, y retrocede imperceptiblemente.

Después él pensará a menudo en aquel momento, cuando, por más deseos que hubiera tenido, no habría podido superar el reflejo adquirido, la regla de oro que prohíbe a los esposos musulmanes demostrar el menor gesto de intimidad en público. Sin embargo, allí sólo está la familia, Zeynel, recién llegado de Beirut, algunas criadas... y su joven esposa que en silencio le suplica hacer algún gesto.

Selma coge temblando la copa de champagne que su atento esposo le alcanza. Ha recuperado su sangre fría y hace brindis por la salud de la princesa, por el buen decurso del viaje, por una agradable estancia en Francia. Ni una vez se referirá a la tristeza de su ausencia ni al encuentro próximo. En su rostro, no hay la menor emoción.

El silbato del jefe de estación anunciando la inminente partida acaba de interrumpir aquellos extraños adioses. Excepto Zeynel, todos han bajado al andén, Amir se ha quedado el último. ¿Va a besarla?

Galantemente, se inclina como si fuera a separarse por unos pocos días.

—Hasta pronto, mi princesa.

—¡Amir!

Al escuchar su nombre, el rajá se vuelve. Se miran larga y dolorosamente. De pronto Selma presiente que no se volverán a ver, que ella jamás regresará a la India.

Asomada a la ventana del tren que se pone en movimiento entre nubes de vapor y de humo, mira intensamente la delgada silueta blanca que, inmóvil sobre el andén, se aleja, se aleja y desaparece...

CUARTA PARTE

FRANCIA

I

2 de abril de 1939

«Te escribo desde París, mi Mahmud, donde estamos instalados hace ya dos semanas, la princesa Selma y yo. ¡Pues sí! No sueñas, es tu Zeynel, que tras quince años de silencio, se decide a escribirte...

»No me reproches el no haber contestado a las cariñosas cartas que me enviaste al comienzo de nuestra separación. No fue por indiferencia. Me parecía inútil remover los recuerdos de la felicidad perdida. Para ti sobre todo, que eras tan joven: debías olvidarme y forjarte una nueva vida.

»Por mi lado, no tenía el espíritu libre. Debía consagrar todo mi tiempo, mi energía y mis pensamietnos a la infortunada familia de cuyo destino era responsable, y sobre todo debía consagrarme a la sultana Hatidjé que, pese a su valor, no lograba superar el trauma del exilio...

»Mi sultana... No puedo recordarla sin que las lágrimas me nublen la vista. Hace muchos meses ya que nos dejó, que se apagó sin una queja, como la gran dama que siempre fue... ¡Creí que iba a volverme loco de dolor! Desde que enfermó, habíamos estado muy unidos. No sólo depositaba en mí su confianza sino que me hacía el inestimable regalo de su afecto.

»Su desaparición fue para mí, puedo confesártelo hoy, el fin de una larguísima historia de amor. Pero seguramente lo habías adivinado desde hacía mucho tiempo...

»Cuando entré a su servicio, en el palacio de Cheragán, donde estaba prisionera con su padre, me sentí inmediatamente conquistado. Yo sólo tenía quince años y ella podía haber sido mi madre. Empero sentí que era yo el que debía protegerla. ¡Estaba tan triste!

Durante años había esperado la libertad y finalmente había terminado por abandonarse. Sabía que los muros de aquel palacio serían su tumba. Pero no podía soportar su cautividad: era tal su sed de vivir que me di cuenta de que un día terminaría matándose...

»Le comuniqué esto al médico que una vez por semana enviaba el sultán Abd al-Hamid. Se asombró mucho de mi audacia, pero debió de hablarle a Su Majestad, pues unas semanas después decidieron casar a la sultana.

»Pasé entonces por todos los tormentos de la angustia pues temía que me separaran de ella; por fortuna me pusieron como parte de la dote. Desde entonces no me separé de su lado.

»¿Acaso era feliz? No. Me moría de celos. Estaba celoso de su marido, hasta que comprendí que lo odiaba mucho más que yo; también celoso de un hermoso bajá, esposo de Naimé Sultana, con quien ella coqueteaba, hasta que descubrí que con eso sólo trataba de vengarse del sultán Abd al-Hamid. Ahí, créeme, la ayudé con entusiasmo. Su venganza fue mi venganza, pues habíamos sido dos víctimas de aquel soberano que los cristianos llamaban "el sultán rojo".

»Pero al que no pude aceptar jamás fue a su segundo marido, el atractivo Hairi Rauf Bey. ¿Cómo una mujer tan fina, tan inteligente pudo enamorarse de ese fatuo que sólo se amaba a sí mismo?

»Sufrí como un condenado. Y sin embargo, ella, conmigo era más amable que nunca. La felicidad la volvía benevolente. Yo odiaba aquella bondad, aquellas familiaridades que se permitía, señales de confianza, pensaba ella, en realidad señales de indiferencia. Así, cuando su marido estaba ausente, se había acostumbrado a dejarme a su lado, con sus mujeres, en el vestidor. Se estiraba, se abría la blusa, se hacía peinar su espléndida cabellera y me pedía que le contara con detalle los chismes del palacio. Y reía, reía, con la cabeza echada hacia atrás, completamente abandonada... ¡Qué inconsciente! ¡Como si yo no fuera, a pesar de todo, un hombre, como si no tuviera deseos! Su actitud y la de sus damas de compañía, a medias desnudas por el calor, me gritaban hasta hacerme estallar la cabeza: "¡Castrado, sólo eres un castrado!"

»La odié entonces y le pedí a Alá que la castigara por su insolente felicidad. Y Él me escuchó... más allá de lo que podía imaginar. ¡Qué crueldad! En mi inconsciencia había rogado que maldijeran a la que amaba más que mi vida; y no había posibilidad de volver atrás.

»Sin embargo, en Beirut yo fui feliz: el exilio nos había convertido en una familia y mi sultana se apoyaba cada vez más en mí, pues era el único hombre de la casa.

»Veo tu sonrisa, pero, alma de Dios, ¿crees que ser hombre depende de esa miserable emisión de unas gotas de color opaco?... Y por lo demás, ¿cómo sabes que yo sea incapaz? Muchas veces ha ocurrido que al efectuar su siniestra tarea la mano del hakim ha temblado, que ha tenido lástima...

»Después de todo, yo era hermoso y sólo tenía trece años. Recuerdo aquella primavera y mis lánguidos pensamientos por una vecina rubia, fantasías y caricias inhábiles de esa parte de mí que comenzaba a vivir, irradiando en mi cuerpo deliciosos estremecimientos.

»Vivíamos en el campo. Mis padres eran pequeños campesinos. Además de mí, había seis hijos. Cuando llegaron los emisarios del sultán, como todos los años, mi padre —¡que nunca se lo perdone Dios!— me designó para que me fuera con ellos. Soñaba que su hijo mayor se convirtiera en gran visir, o al menos, en alto funcionario de la Sublime Puerta, de forma que la familia no pasara estrecheces. ¡Oh, no era el único en hacer aquello! Desde hacía siglos, los niños más hermosos, los más inteligentes, eran reclutados por el Imperio para ser educados en las diferentes escuelas del palacio, según sus diversas capacidades.

»¿Pensó que entre las gloriosas posiciones que ambicionaba para mí había una cuyo poder era tal vez el mayor, pues quien controla el gineceo controla el corazón y el espíritu del amo? ¡Pero claro, a qué precio! Mi padre no podía ignorarlo; aún oigo los gritos de mi madre como si presintiera la mutilación de su carne.

»¿Por qué te cuento todo esto hoy, cuando tan a menudo, tiernamente tendido a mi lado, me rogabas que te hablara de mí y te enfadabas porque me negaba y creías que lo hacía por falta de confianza? Tal vez porque me hago viejo y porque en esta gran ciudad no tengo a nadie con quien hablar. Mi princesa está muy bien relacionada y sale todos los días. Eso me hace feliz pues, cuando la encontré en la India después de dos años, me aterró su tristeza. Aunque yo, por primera vez desde mi salida de Estambul, me siento muy solo.

»La razón de que pueda confiarme a ti ahora es porque sé que nos separamos para siempre y que mi debilidad por ti ya no puede ser un pretexto... Pues sí, en cierta manera sentí miedo de ti, de tu juventud, de tu belleza, que me recordaba lo que yo había sido. Temía perderme en la fascinación de mi imagen recuperada. Conmoverme contigo habría sido conmoverme conmigo mismo. No podía permitírmelo. ¿Cómo crees que pude sobrevivir en aquella corte cruel? Eliminando despiadadamente los pesares y los sueños. Pues al comienzo, cuando me di cuenta de lo que habían hecho de mí, un objeto de burla, de desprecio, peor, de lástima, como muchos de nosotros, quise morir.

»La lástima... Siempre era como si me desollaran vivo, como si, al ver en mí al pobre castrado, me castraran de nuevo. A menudo me complacía hiriendo a la gente, para poder, a mi vez, sentir lástima, devolver el insulto... Odiaba a las personas felices, seguras de sí mismas, llenas de posibilidades... Por eso odiaba a los jóvenes, sólo tenía simpatía por los que se encaminaban hacia la muerte y, sabiéndolo, advertían en todo su cuerpo el beso glacial...

»¿Acaso te amé porque eras desdichado? Seguramente. ¿Habría podido amar a un adolescente triunfador?... Castrado en la infancia, no sabías nada del mundo del deseo. Ante tu apremiante solicitud, me esmeraba en explicártelo. Y mientras más te hablaba, más sombrío se volvía tu rostro, ya que comprendías que habías perdido un bien que ni siquiera podías imaginar. Me escuchabas con tristeza y envidia, como el ciego de nacimiento celoso del que llegó a serlo por accidente y puede, una vez superada la desesperación, representarse un mundo incomparablemente más hermoso que el que conoció.

»Con los colores más seductores, te describía la aparición del deseo, su fuerza, la sonrisa de la carne que presiente el clímax, la sangre que sube a la cabeza, enrojece las mejillas, hace brillar los ojos, el fluido secreto que humedece los labios, pone la piel suave, los músculos lánguidos, hasta el vértigo: la certeza de ser uno solo con el mundo en la epifanía de su belleza, de ser la vida, a la vez lo creado y el creador, Dios mismo... durante un instante.

»¡Dios! Creías que yo exageraba. Tal vez exageraba; nada de aquello lo había sentido yo, apenas vislumbrado en mis juegos de adolescente. Pero puesto que ahora estaba condenado a imaginármelo, inventaba hasta el último gozo, ése en el que me fundía, me confundía con el infinito. Quizá por eso sufrí mucho más. Si hubiera tenido la oportunidad de gozar, tal vez lo habría hecho trivialmente, mezquinamente, como comer el plato cotidiano, es decir, como lo hacen esos inconscientes.

»No saben. Yo sí sé. Debido a que me negaron el placer, lo conozco íntimamente, como a menudo se conoce mejor a la mujer que se desea que a la que se posee.

»Los que sólo pretenden el deseo ciego no comprenden nada: hablan del impulso pasajero, no del deseo profundo que, él sí, puede dar lugar a una posesión más completa que la posesión misma.

»Sin duda piensas que desvarío para consolarme de no poder poseer. Debes saber que ni siquiera tengo ganas. ¡He poseído! A la mujer más bella, más noble y más virtuosa; una reina por el espíritu y el corazón.

»Yo la poseía más que cualquier otro, percibía todos sus estremecimientos, vibraba con ella, mis humores estaban controlados por los suyos, como si fuera una parte suya, no un individuo autónomo sino como si estuviera en ella, como si habitara su cuerpo.

»Su muerte me enloqueció. Pero no temas, no me abandono: de ahora en adelante, debo proteger a mi princesa.

»Si supieras lo hermosa que está, mi Selma... A veces creo ver a la sultana, en tiempos de su esplendor, pese a que es muy diferente. Hay en ella una fragilidad que me emociona, algo inacabado que parece dudar entre la risa y el sollozo. Incluso cuando toma esos grandes aires de independencia, siento cuánto, en el fondo, necesita a su viejo Zeynel. Ahora soy el único que la une a su pasado. Sabe que le seré fiel hasta mi muerte.

»En cuanto a ti, mi Mahmud, debo pedirte algo: si recibes esta carta, te lo ruego, no me respondas y, sobre todo, no me envíes ninguna foto. Quiero conservar en mi corazón la frescura de tu cuerpo y de tu alma de adolescente. A lo mejor te parece el signo de un egoísmo monstruoso.... A no ser que comprendas que se trata de la prueba de que, a mi manera, todavía te amo.

Tu Zeynel.»

II

—¡La vendedora de la maharani, por favor!

En el salón blanco y oro de la casa Nina Ricci, en el que las damas se cuentan los últimos chismes, todas se han vuelto: una joven acaba de entrar, pálida en su sari turquesa, seguida de un hombre de edad con larga túnica negra. ¿Una maharani?* Esperaban a una belleza sombría, como las soberanas de Jodhpur o de Kapurtala, pero esta maharani casi podría pasar por una francesa, si no fuera por los pómulos altos y los ojos rasgados hacia las sienes. ¿Tal vez rusa?

—No, querida— murmura a su vecina una dama muy distinguida, —imaginaos, ¡es turca! La conocimos en la última cena de los Noailles. Su marido es el maharajá de Badalpur, un estado del norte de la India.

—¡Es un poco viejo para ella!

—Os equivocáis. Él... bueno, la persona que la acompaña no es su marido...

La dama baja la voz mientras las vecinas aguzan el oído.

—¡Es... su eunuco!

Murmullos incrédulos reciben esta revelación: «¡Qué barbarie!». Tiemblan de horror y, olvidando toda compostura, miran reprobatoriamente a la escandalosa pareja.

—Sin embargo, ella tiene una cara muy dulce. En cuanto a él, no parece muy infeliz. Seguramente no se da cuenta de su adversidad; estos orientales están acostumbrados a ella. Pero, en realidad, mostrarse con su eunuco aquí, ¡no le falta audacia!

Claro que bajo las críticas asoma una admiración envidiosa; no todos los días se ve un fenómeno tan extraordinario, ni siquiera

* Los franceses acostumbraban a llamar a los príncipes y princesas indios maharajá y maharani, incluso si eran rajás y ranis, incluso si eran nababs.

en París, donde se ve de todo... Y más de una elegante piensa en el éxito que alcanzaría si en una de sus recepciones pudiera exhibir a esa bonita maharani... ¡seguida por su eunuco, naturalmente!

Sentada algo aparte, Selma no parece advertir la curiosidad que suscita; de hecho se divierte muchísimo. Llegada a París hace sólo un mes, se ha acostumbrado a ser en todas partes el punto de mira, y debe reconocer que eso la halaga. Tiene la impresión de hallarse de nuevo en Beirut, aunque la vida mundana libanesa, que antes le parecía tan brillante, desde París se ve muy provinciana. Aquí, el refinamiento, la diversidad de las distracciones son tales que ella no sabe a dónde volver la cabeza. Tiene ganas de probarlo todo, de conocerlo todo. Y si a la gente le gusta encapricharse con sus saris y su eunuco ¿qué le importa? Ya no es la joven suspicaz que quería que la quisieran a toda costa; ahora es una mujer, una mujer rica. Y tras sus dos años de semirreclusión en la India, se siente con hambre de vivir.

Al llegar a París, tomó una suite en el Plaza-Athénée, tarjeta de visita útil pero insuficiente —rápidamente se dio cuenta— para quien quiera lanzarse a la conquista de la sociedad parisina.

«Hora azul», «Céfiro», «Rosa de arena»... El desfile ha comenzado. En el podio, las modelos se deslizan y giran, aéreas y felinas y, al tiempo de admirarlas, Selma piensa en Marie-Laure, su ex enemiga íntima del convento de las Hermanas de Besançon. Gracias a ella comenzó a ser recibida.

Sin embargo, en Beirut, las dos adolescentes se veían poco. Tras un enfrentamiento inicial muy duro, habían aprendido a respetarse, cada cual reconociendo en la otra orgullo y valor; pero fuera de la escuela, no mantenían ninguna relación; las separaban demasiadas cosas en aquel Líbano en el que los franceses eran, después de todo, los amos.

Marie-Laure se había ido primero. Tras una estancia en la Argentina, tuvo que volver a vivir a Francia, donde rápidamente se casó con el conde de Sierres, nobleza del Imperio y gran fortuna amasada gracias a prudentes alianzas contraídas por sus abuelos en los ambientes de las finanzas y de las hilanderías del Norte. Pero no se había olvidado de «la pequeña turca» y, regularmente, para año nuevo, le enviaba una tarjeta desde París. Así fue cómo de la manera más natural, al llegar a la capital donde no conocía a nadie, Selma le había telefoneado. No se habían visto desde hacía diez años y se reencontraron como las viejas amigas que nunca habían sido.

Con el orgullo de una parisina de pura cepa, Marie-Laure le hizo visitar a Selma «su ciudad» pero, sobre todo, la inició en esas naderías sin las cuales las puertas de la alta sociedad permanecen inexorablemente cerradas. Pues no basta con ser rico o célebre.

Hay que saber qué noche y en qué mesa hay que cenar en Maxim's para no toparse con los importunos sino con los amigos, como los Rothschild o los Windsor «que son la sencillez misma». También se puede ir después del espectáculo a cenar algo al Weber, un restaurante frecuentado por el romántico y solitario Charles Boyer. Y a menos que se esté en el lecho de muerte hay que hacerse ver necesariamente en las carreras de Chantilly, las últimas y las más elegantes de la temporada, y ostentar ese día el sombrero más excéntrico de Rose Valois o Suzy Reboux. Para salir de compras sólo hay dos lugares posibles: la rue de la Paix y la Place Vendôme. En cambio, por la noche no está prohibido ir a envilecerse un poco en grupo a la Boule Blanche, donde se baila el beguin con orquestas de negros; aunque incluso allí, allí sobre todo, hay que guardar la dignidad. Pero en realidad nada de eso serviría si, durante una recepción, no se supiera calcular la hora de llegada según la importancia de los demás invitados; por supuesto, no hay que felicitar a la anfitriona por su cena, que sólo puede estar perfecta, pero, al día siguiente, se deben enviar tres docenas de rosas de Lachaume. Mil convenciones no escritas que son otras tantas consignas y forman una puntillosa etiqueta a la que no se puede fallar so pena de ser catalogado de provinciano, o peor, de nuevo rico. De lo cual, pese a cualquier esfuerzo, no se recupera nadie, nunca.

Mucha gente habría dado la mitad de su fortuna porque le enseñaran lo que Marie-Laure, en pocas semanas, le enseñó a Selma. Sin embargo, estas enseñanzas hay que merecerlas. En realidad, para aprender hay que saber ya. Y si Marie-Laure se mostró tan generosa con Selma, es porque estaba segura de que su alumna estaría a la altura, ya que poseía lo que de ninguna manera puede ser transmitido, la amabilidad levemente distante, la infinita cortesía al tiempo que la desenvoltura, la inimitable reserva de las personas «bien nacidas». De esta manera llevaba por doquier a su «perla de Oriente», a su «maharani», como la presentaba. Lo de princesa otomana ni se mencionaba —¿quién recordaba ya los esplendores del Imperio?—. En cambio, la India hace soñar, con sus riquezas fabulosas y la extravagancia de sus príncipes, que no deslucían las extravagancias del hombrecillo medio desnudo que tenía una manera inimitable de hacer rabiar a los ingleses, detestados —pese a las recientes alianzas— por los buenos franceses.

Los vestidos se suceden, graciosos, «Hierba silvestre», «Sueño de luna», las modelos parecen bailar. ¡Qué bonitas son con sus faldas corola que muestran la enagua de encaje! En su libreta, Selma anota algunos modelos; después le costará mucho escoger... ¿Los comprará todos? Sería una locura pero tiene ganas de volverse loca. Estos últimos meses, en la India, ha creído asfixiarse; ahora quiere olvidar, dejarse embriagar por esta primavera parisina donde, pese a las noticias alarmistas llegadas del Este, en lo único que piensa todo el mundo es en divertirse.

La invasión de Albania por las tropas italianas, la huida a Grecia del rey Zogú y de la reina Geraldine le produjeron un pensamiento sarcástico: ¡por poco no es ella de nuevo la exiliada!... En cuanto a la guerra, algunos pesimistas anuncian que es inminente y que comprometerá a toda Europa, pero nadie les hace caso. ¡Ah, claro!, si el presidente Daladier no hubiera tenido el tino de firmar en Munich un pacto con Hitler, se hubiera podido temer... Pero felizmente, ahora todo está arreglado. Y se puede gozar, sin cortapisas, con los espectáculos que hacen de París la capital más brillante del mundo.

Marie-Laure lleva a Selma a todas partes. Por primera vez, la joven ha puesto los pies en un music-hall; ha admirado a Josephine Baker y Maurice Chevalier, las estrellas que en el Líbano formaban parte de su universo y cuyas canciones conocía de memoria. Pero ahora ella prefiere a una mujercita vestida de negro que llaman «la Niña Gorrión» y cuya voz vibrante la hace llorar, y también a un joven rubio, un poeta completamente loco, cuyo último éxito, *Y a d'la joie*, está en todos los labios.

Si Selma sale todas las noches, en cambio consagra las tardes a su antigua pasión, el cine. En Lucknow se sintió tan reprimida que ahora va casi cotidianamente como un ritual, acompañada por Zeynel, a una de las grandes salas rojo y oro del Biarritz o del Colisée. La víspera vieron *El muelle de las brumas* y se sintió subyugada por el encanto de Jean Gabin cuando con su voz ronca murmura: «Tienes bonitos ojos, ¿sabes?», a una muchachita, una nueva actriz de mirada penetrante.

Creyendo que la halagan, sus amigos parisinos pretenden que se parece a esa Michèle Morgan. Si supieran los recuerdos que remueven y cómo lamenta a veces no haber aceptado el contrato de Hollywood antes de querer ser reina. ¿Pero podía elegir? En esa época, ser reina le parecía una obligación, no podía negarse sin insultar la memoria de sus antepasados que lo habían sacrificado todo al deber del poder. ¿Deber o necesidad?... ¿Dónde está la frontera? Ella no lo sabe. ¿Acaso cada cual no elige su vía, su «deber», en función de sus necesidades más apremiantes? Durante mucho tiempo Selma creyó que había que superar las necesidades, pero luego, poco a poco, comprendió que, por el contrario, había que vivirlas. No porque fueran vitales sino porque son mortales. Hay que vivirlas para librarse de ellas.

—Pues bien, Alteza, ¿cómo encontráis nuestra colección?

La directora, mademoiselle Armande, se acerca a su ilustre cliente: desde hace un momento parece muy pensativa, es hora de tomar decisiones. Segura de sí misma, pondera la belleza de las incrustaciones y la finura de los bordados, pero sobre todo la audacia de la línea nueva que exalta la femineidad.

—Contrariamente a algunos modistos, madame Nina Ricci quiere a las mujeres, se niega a caricaturizarlas so pretexto de originalidad.

Selma no la oye. Mira a la novia que avanza en medio de un nevado capullo de encajes y tules, mientras estallan los aplausos. Fascinada, sigue con la mirada aquella radiante blancura, y llora en su interior una jovencita en gharara roja y oro, con el rostro disimulado detrás de un velo de rosas, a una pequeña novia que tiembla en medio de las risas y el estallido de los címbalos, esperando al desconocido que será su amo.

Esa tarde, Selma tiene cita con Marie-Laure en casa de madame Cadolle, la mejor corsetera de París. En su tienda de la rue Cambon, las elegantes se apresuran a que les dejen la cintura fina y el pecho alto. Pues madame Cadolle es la creadora del «canastillo Recamier», el primer sostén con armado, que hace que los senos sean firmes y redondos.

Pese a estar encinta de tres meses, Selma no necesita esos artificios; aún está muy delgada. Acompaña a su amiga por curiosidad y porque dentro de algún tiempo quiere volver sola... Nadie aquí sabe que espera un niño; sin saber por qué, no se lo ha dicho a Marie-Laure. De hecho, se siente tan bien, que casi lo ha olvidado; incluso las náuseas de las primeras semanas han desaparecido.

La India y Amir le parecen lejanos. A veces se imagina que ha soñado aquellos dos años. Tiene la impresión de tener veinte y de comenzar a vivir.

Después de las compras, las dos amigas van a tomar el té al Ritz. El lugar está, como de costumbre, repleto, pero para las personas asiduas, Antoine, el mayordomo, encuentra siempre una mesa.

Mientras saborean las tartaletas, Marie-Laure pregunta por el sari que Selma se pondrá esa noche. Será una recepción muy elegante, le dice, lady Fellows es una anfitriona refinada. Posee una hermosa mansión. Habrá una orquesta y después de la cena se bailará.

—Tengo ganas de estrenar mi vestido de Lanvin— dice Selma, —tiene una caída extraordinaria.

—¡Un vestido!— la interrumpe Marie-Laure escandalizada, —¡querida, estás loca! Lleva un Lanvin en Lucknow si quieres, pero aquí debes vestirte de maharani, de lo contrario todos se sentirán terriblemente decepcionados. ¿Y cómo quedaría yo?

Una maharani pelirroja con traje de noche... lady Fellows creerá que le gasto una pesada broma.

Selma, decepcionada, dice:

—Al menos en París esperaba poder ser como todo el mundo.

—¿Pero no comprendes que todas esas mujeres te envidian precisamente porque eres diferente? Harían lo que fuera para no ser «como todo el mundo». Vamos, Selma, estás en París desde hace apenas un mes y ya sólo se habla de ti; ¿crees que una europea, por muy bella que sea, puede acceder fácilmente a esa notoriedad? La sociedad parisina es cruel; para tener un lugar hay que haber nacido en ella, o bien divertir, o, como tú, hacer soñar.

Y levantándose, Marie-Laure le da un beso en la frente.

—Corro a casa de mi peluquero. ¡Hasta esta noche! Sobre todo, no olvides a tu eunuco, él sólo te acompañará hasta el vestíbulo, pero tienen que verlo.

Selma no responde, se arrincona en su sillón. «¡Pobre Zeynel! Felizmente entiende poco francés para darse cuenta del papel que le hacen hacer... Estos parisinos son verdaderamente increíbles!» Nunca hubiera pensado que iba a excitarse tanto con el eunuco. Se siente tan irritada como avergonzada, ¿pero qué hacer? A los sesenta años, Zeynel tiene prestancia. Al comienzo, Selma lo había presentado como su secretario y se había tropezado con sonrisas burlonas. Para «salvar la reputación» de su protegida, Marie-Laure se apresuró a restablecer la verdad.

Marie-Laure... Selma comienza a cansarse de su autoritaria solicitud. No ha abandonado la India y la atmósfera sofocante del palacio para someterse a las convenciones y a los caprichos del todo París. Lo siente mucho por su amiga y por lady Fellows pero esa noche no llevará a Zeynel.

«¡Qué granuja!»

Ostensiblemente, Selma vuelve la cabeza frente al hombre que, sentado frente a ella, la contempla. Inclinándose hacia su vecino de la derecha, el joven marqués de Bélard, finge interesarse en la última carrera de Longchamps, en el que su pura sangre *Rakkam* ha estado a punto de conseguir el premio. A su izquierda, el príncipe de Faucigny-Lucinge, gran caballero de la orden de Malta, recuerda las batallas libradas por sus antepasados contra los infieles. Ni por un minuto se le podría ocurrir que la espléndida maharani sentada a su lado es una princesa de ese Imperio otomano que los suyos combatieron tan ferozmente; si lo supiera, jamás se perdonaría la torpeza. ¡Es un verdadero *gentleman*!

Por el contrario, el hombre que desde el comienzo de la cena no deja de mirarla sin decir palabra no es ni por asomo un *gentleman.* Le gustaría creer que es tímido, pero no parece el tipo del admirador transido por los encantos de una bella. En medio de esta refinada concurrencia se ve completamente fuera de lugar. Cuadrado, con la mandíbula voluntariosa, está claramente menos preparado para las sutiles justas de las cenas parisinas que para las carreras de veleros o la cacería de jabalíes.

¡Un americano!, es lo que parece haber comprendido Selma en el momento de las presentaciones. Desdeñosa, hace una mueca con la nariz: ¡un *cowboy,* sí! El tipo de hombre al que no tiene nada que decirle. Sólo contradicen esta impresión tranquilizadora las manos largas y finas de aristócrata, y esos ojos grises, los ojos intensos e insolentes de un hombre que tiene costumbre de dominar. Las demás mujeres de la mesa parecen encontrarlo totalmente a su gusto; nunca había visto Selma a la enorme y desgarbada condesa de Neuville ponerse en evidencia de esa manera, ni a la tonta Emilie Vianney reír a carcajadas a la menor ocurrencia, lanzando chillidos de gaviota excitada por el aire del mar.

De repente Selma se siente cansada de aquella cena, sola, ajena a aquellos juegos, tiene ganas de irse... Vuelve a verse en Badalpur, a la luz del alba, sentada con las campesinas alrededor de un vaso de té; ellas hablan, no dejan de hablar, hay tantas cosas que decir, tantas inquietudes, de esperanzas, de afecto que darse... Badalpur... allá no se aburría nunca... «¿Pero qué estoy diciendo?» Selma se pasa la mano por la frente. Badalpur... estuvo a punto de morir.

—¡En un millón, es oficial, sus piernas están aseguradas en un millón!

—¿Y su pecho?

—En diez francos.

Risa burlona de las damas. Mistinguett —pues de ella se habla— ha conseguido en ese momento un éxito triunfal en el escenario del Moulin Rouge; nadie tiene cargos graves contra la *vedette,* pero lo importante es reír y con tal de decir algo gracioso traicionarían a su mejor amigo.

Selma permanece de mármol, no logra acostumbrarse a la libertad de lenguaje que caracteriza estas veladas parisinas y, sobre todo, se extraña de la facilidad con la que aquellas mujeres de mundo aceptan que se desnude y juzgue a sus semejantes.

Mientras mira hacia el mantel, siente otra vez la mirada gris fija en ella. La orquesta —frac y pechera dura— acaba de instalarse en el estrado improvisado en el gran salón circular. Lady Fellows había anunciado una velada íntima: en efecto, sólo hay un centenar de invitados que se conocen, por decirlo de alguna manera, desde la cuna. Podrán divertirse entre amigos.

Los músicos dan el tono acometiendo una «chamberlaine», por lord Chamberlain, primer ministro británico. Es la orquesta recién creada de Ray Ventura. Se baila con un paraguas, un «chamberlain», que se engancha en el brazo del que se quiere despojar de su pareja... Aunque la novedad que acapara todos los gustos es el «lambeth walk», llegado directamente de ultramar. En aquella primavera de 1939, se baila a la alemana: imitando el paso de la oca y moviéndose al ritmo: «Ein Volk, ein Reich, ein Führer, ein weg!»*

Selma y su pareja se han reído mucho. Un poco sin aliento se dejan caer en los sillones dispuestos alrededor de las mesitas adornadas con orquídeas; se sienten deliciosamente livianos, la vida es bella, y París una ciudad bendecida por los dioses.

—¿Me concedería el placer, señora?

¿El placer...? Selma no tiene necesidad de levantar la vista para saber quién le habla con esa desenvoltura. Le habría gustado negarse, pero por deferencia a los anfitriones no quiere provocar un escándalo. Además aquel hombre la intriga. Tiene ganas de saber lo que se oculta detrás de aquella mirada.

Es más alto de lo que había imaginado, se siente ridículamente frágil en sus brazos, una impresión de vulnerabilidad que la turba y la pone tensa. Si al menos no la apretara tan fuerte, es indecente esta manera de envolverla entera, como si quisiera absorberla. Inútilmente intenta alejar aquel cuerpo que se pega al suyo, aquel pecho poderoso cuyos contornos percibe a través del sari de muselina. Bailan en silencio. Selma siente calor por todo el cuerpo y al mismo tiempo se imagina todas las miradas fijas en ella. «Es una locura. También podría hacerme el amor en público.»

Con un golpe seco, despega el rostro apretado a él a la altura del hombro; debe hablar, decir cualquier cosa que lo obligue a mirarla, a soltar la presión del abrazo.

—¿Está en Francia por mucho tiempo?

Burlones, los ojos grises la miran.

—¿Por qué, noble dama, le gustaría que me quedara?

Furiosa, Selma intenta apartarlo, pero de nuevo él aprieta el abrazo; la joven tiene la impresión de asfixiarse, pero esta vez de cólera. Con todas sus fuerzas, le da un taconazo en el pie.

La suelta tan bruscamente que está a punto de caer. Ahora están cara a cara. Ella lo mira con aprensión: ¿qué va a hacer? Se contenta con sonreír, sarcástico.

—¡Qué temperamento!

* «Un pueblo, un país, un jefe, un paso».

Luego, con la expresión perpleja del investigador ante un problema que debe resolver a toda costa, pregunta:

—Permítame, señora, que un simple mortal le haga una pregunta que lo obsesiona desde hace algunas horas. La he observado a lo largo de la cena haciéndole gracias a los muñecos que la rodeaban: dígame, ¿de verdad le gusta jugar a la princesa?

Selma está a punto de decir «pero si soy...», y se contiene justo a tiempo, alertada por la expresión socarrona que el hombre ya no oculta. Roja, Selma intenta buscar la frase fustigante que lo ponga en su lugar.

—Señor, es usted un... un...

No encuentra la palabra. ¡Ridícula, es ridícula! Con toda la altivez de que es capaz lo deja plantado allí, aunque siente a su espalda la risa silenciosa que la sigue.

Toda la velada bailará y se esmerará por estar lo más atractiva posible, sin dejar de vigilar con el rabillo del ojo la alta silueta del extranjero. Parece que ya no hace caso de ella, pero está convencida de que la observa. Terminará por venir a sacarla a bailar y entonces, a su vez, podrá humillarlo.

No vuelve a acercarse a ella. Se va del brazo de una soberbia morena sin mirarla siquiera.

—¿Y quién era ese cowboy?— pregunta al día siguiente Selma a Marie-Laure, afectando un aire indiferente.

Desde hace una hora, ovilladas en el sillón, se divierten pasando revista hasta a los menores detalles de la velada, criticando el vestido de ésta, los aires pomposos de aquél; su amiga no tiene rival para ridiculizar a la gente, sus ojos como puñales descubren los fallos mejor disimulados.

Por eso, Selma, pese a morirse de ganas, no había llevado todavía la conversación hacia el americano.

—¿El cowboy? ¡Ah!, ¿el doctor Kerman, el que te apretaba entre sus brazos con tanta convicción? Parecías furiosa, era muy divertido. Sin embargo, no debe haber sido desagradable, es muy apuesto.

Selma respira: la astuta no ha advertido nada.

—Kerman era uno de los más brillantes cirujanos de Nueva York— sigue Marie-Laure, —ha venido a París a un congreso internacional. Pero ya hace dos años renunció a la fama para ir a curar a los indios en los rincones perdidos de México. Parece que su mujer está furiosa. Ella misma es hija de un gran cirujano y se casó con él en contra del parecer de su familia, pues él pertenece a un ambiente muy modesto: parece que ni siquiera conoce a su padre y que su madre era camarera de restaurante en una pequeña ciudad del Middle West.

—Pero— se asombra Selma, —¿cómo fue invitado a casa de lady Fellows que es tan puntillosa con los *pedigrees*?

—Lo conoció en Nueva York; allí, Kerman es un personaje. Debe de haber pensado que alegraría la velada, y no se equivocó: todas aquellas mujeres revoloteaban alrededor de él como moscas. El mundo cambia, querida. Con todo lo que ocurre, hay urgencia por divertirse. Quizás no tengamos mucho tiempo. Algunos dicen que la agitación de los sindicatos nos lleva hacia la revolución, otros predicen la guerra. Seguramente exageran, pero eso hace subir la fiebre. Todos quieren aprovechar el instante y no es malo terminar con algunos prejuicios. Yo encuentro que es sano: deberíamos vivir constantemente al borde de una catástrofe.

Esta mezcla de ardor y cinismo de Marie-Laure le ha gustado siempre a Selma. En otras circunstancias, en lugar de ser una mujer de mundo podría haber sido una gran aventurera.

Desperezándose en el diván, Marie-Laure levanta su copa de naranjada.

—Propongo que bebamos por la guerra, ya que sólo ella puede salvarnos del aburrimiento.

Hacen el brindis entre risas.

III

Zeynel le da cinco francos al botones que, sobre una bandeja de plata, le presenta el sobre con las armas de Badalpur. Finalmente una carta del rajá. Desde hace tres semanas están sin noticias, ya comenzaba a inquietarse. Su Alteza había prometido venir en junio. Seguramente en esta carta fija la fecha del viaje. Zeynel espera su llegada con impaciencia: al menos él podrá convencer a Selma. No para de salir, cuando, en su estado, debería descansar. Al comienzo de su estancia en París, él se había callado, feliz al verla reír de nuevo, pero no tiene límites, baila toda la noche y vuelve al alba... Y cuando, inquieto, le dice que se cuide, ella se burla amablemente:

—Mi buen Zeynel, ¡no entiendes nada! Para la salud del bebé lo importante es que yo sea feliz.

Y para convencerlo, le da un ligero beso. Entonces él se olvida de los argumentos que se ha repetido durante horas mientras la espera; cuando se encuentra solo se enfada consigo mismo al comprender que una vez más ha logrado dominarlo a su antojo. Siempre ha sido así: incluso cuando era una niña, en Estambul, conseguía obtener de él todo lo que quería...

Ella grita: «¡Entra!», pero Zeynel se detiene en el umbral del cuarto, atónito: delante de la ventana abierta de par en par, vestida con un pantalón ancho y una túnica rayada, Selma agita brazos y piernas.

—Cierra la puerta, Zeynel. ¿No ves que estoy haciendo mi gimnasia?

—¡Otra moda americana!— refunfuña él. —Ni la sultana vuestra madre, ni sus hermanas, hicieron nunca tales tonterías, y Alá es testigo de que eran hermosas. ¿En realidad queréis pareceros a un hombre?

Ella ríe y le saca la carta de las manos, mientras él se queda plantado en medio de la habitación, esperando que le pida que se quede. Pero ella lo mira enarcando las cejas, tal como hacía la sultana y, de mala gana, se retira.

Selma rompe el sobre. Por un momento echa una mirada al conjunto de la página, a la letra alta y sin vacilaciones.

2 de mayo de 1939.

Queridísima:

Contrariamente a lo que os había anunciado, tengo una mala noticia que daros: no puedo viajar el mes próximo como había previsto. Debéis de saber por los diarios que la India está en plena efervescencia, pues los británicos han ordenado la movilización sin tomar en cuenta al gobierno local. Por doquier se discute con pasión para saber si, en caso de guerra, debemos apoyar a Inglaterra o, por el contrario, aprovechar la situación para lograr esa independencia que pedimos sin éxito desde hace años. El Congreso está dividido, la Liga Musulmana considera, por el contrario, que hay que apoyar a las democracias contra el peligro nazi. En cuanto a nosotros, los príncipes, el virrey lord Linlithgow nos ha pedido personalmente que reclutemos un cierto número de hombres y que los tengamos listos para partir al frente en cualquier momento. Es un asunto delicado y no he tomado ninguna decisión. Pero el estado de Badalpur cuenta ya con cerca de tres mil voluntarios. Es increíble la prisa que tienen nuestros campesinos por hacerse matar, a menos que sea por el prestigio del uniforme o por la paga que para estos pobres hombres representa una fortuna.

Pero hablemos de vos, querida. Estoy preocupado. Dicen que Herr Hitler quiere rectificar «las fronteras injustas impuestas por el tratado de Versalles». En ese caso, Francia estaría en primera línca. Os aconsejo que urgentemente partáis para Suiza. Lausanne es una ciudad encantadora y allí estaréis tranquila.

En vuestra última carta, me pedíais que os enviara dinero. Confieso que no comprendo cómo habéis podido gastar en un mes lo que me cuesta el mantenimiento del palacio de Lucknow en seis meses, con sus doscientos habitantes. Haré lo necesario, pero os lo ruego, intentad ser prudente: no soy el nizam de Hyderabad que, como dice mi amigo el Agha Khan, puede llenar su piscina con piedras preciosas... Si mis antepasados, como los suyos, hubieran pactado con los ingleses, nosotros no habríamos perdido las tres cuartas partes del estado y vos podríais hoy compraros todas las casas de modas de París. Pero me siento orgulloso de que hayan combatido y pienso que vos deberíais sentiros igual.

Selma interrumpe la lectura: «¡Siempre con los discursos morales! ¡Qué aburridos son los hombres serios!» En realidad, sabe que no cree ni una palabra de lo que está leyendo; las nociones de honor y de valor le son demasiado preciosas como para que ella no entienda el orgullo de su esposo. Es incluso una de las cualidades que prefiere en él. De todos modos, no tiene la menor intención de irse a enterrar a Suiza.

De cualquier manera, no existe ningún peligro. Los especialistas afirman que Alemania, debilitada por la crisis económica, es incapaz de afrontar al ejército francés y que, si por casualidad se atreviera a hacerlo, en menos de veinticuatro horas se arreglaría el asunto.

Me contáis poco de lo que hacéis, excepto vuestras salidas al cine o de compras con vuestra amiga Marie-Laure. Sobre todo, no os fatiguéis: los médicos dicen que una mujer en vuestro estado debe permanecer acostada por lo menos la mitad del día. Begum Nimet os recomienda que no comáis melón, que es malo para los pulmones del niño.

Debéis sentiros muy sola, querida... Espero que no os aburráis demasiado. El palacio está vacío sin vos, os echamos de menos.

Os beso las manos

Vuestro Amir

Selma deposita la carta sobre la mesa: «¡Pobre Amir, ni siquiera se atreve a decirme simplemente que le hago falta, ¡cuánto se preocupa por mí! Se preocuparía mucho más si supiera cómo me divierto... Aunque después de todo no hago nada malo. A todos esos hombres que me hacen la corte, los mantengo a distancia. Por lo demás no me cuesta mucho, son... ¿Cómo dijo el americano? ¡Ah, sí!, ¡muñecos!»

No ha vuelto a ver al *cowboy* después del baile en casa de lady Fellows. Debe de haber vuelto a su país. ¡Tanto mejor! Selma se comportó de manera tan estúpida aquella noche que no tiene ninguna gana de encontrarse con él...

El pesado telón cae sobre el escenario del teatro de La Madeleine, mientras estallan los aplausos. Esa noche, todo París está allí: representan *Un par de bofetadas*, la última obra de Sacha Guitry.

En la sala, las arañas de cristal se encienden, iluminando a la elegante concurrencia de los grandes estrenos. En la platea, los señores ajustan sus binoculares y los dirigen a los palcos donde se ofrecen a la mirada las mujeres más bonitas de París.

—Sacha ha conseguido sin lugar a dudas una obra maestra— murmura un joven vivaracho a su vecino.

—Sí, la obra es divertida.

—¿Quién habla de la obra? ¡Mire! Ha logrado juntar a todas sus ex esposas: Yvonne Printemps, acompañada de su nuevo marido, Pierre Fresnay, y la hermosa Jacqueline Delubac, de la que acaba de divorciarse para casarse con Geneviève de Séréville. ¿Sabe cómo le dijo que la dejaba? Fue durante el tercer acto de una obra en que trabajaban juntos: «Señora», le dijo, «le haré un regalo inestimable: ¡le concedo... su libertad!»

—¡Muy ingenioso! Supongo que las mujeres lo adoran.

—Se enloquecen. En cambio, irrita mucho a los hombres. Tengo un amigo que pretende que incluso cuando sale a tomar el aire al balcón, si pasa un perro, se pone en pose.

En los palcos, las damas comienzan a levantarse. Está la Begum, ex miss Francia, hoy digna esposa del Agha Khan, jefe religioso de los ismaelitas, y Marcelle Margot Noblemaire, la encantadora esposa del director de los Wagon Lits, y también la joven maharani de ojos verdes, ¿de dónde? ¡Poco importa! Está exquisita con ese sari de encaje negro bordado de oro, que hace resaltar su tez de lirio.

—Dicen que es inabordable, un ejemplo de virtud— le dice el joven en voz baja a su compañero. —Incluso parece que con los chistes un poco verdes enrojece. ¿Encantadora, no? Reservé mesa en Maxim's porque ella cena allí esta noche con el príncipe y la princesa de Broglie. Son viejos amigos míos; Albert, el mayordomo, me ha asegurado que nuestras mesas estarán juntas. Tengo unas ganas locas de conocerla. ¿Por qué no me acompaña?

Pensativo, su interlocutor entrecierra los ojos.

—Ya la conozco y temo que no me quiere mucho...

—Tanto mejor, así podrá servirme de contraste.

Toma a su amigo del hombro y salen riendo.

A Selma le cuesta recordar los hechos de aquella velada. Sólo sabe que lo vio llegar y que de repente pasó por el salón una corriente de vida; se sintió contenta: «Ahora podré desquitarme», pensó, y no pudo dejar de lanzarle una mirada maliciosa. ¿Creyó que lo alentaba? Vino hacia ella.

Y luego... no entendió nada. Sin darse cuenta, se encontró en sus brazos. Bailaron largo rato. Ya no la apretaba contra él como si le perteneciera, sino con delicadeza; parecía que temiera quebrarla, sus ojos le sonreían con infinita dulzura. Selma sabía que los miraban, que alrededor de ellos murmuraban, pero le daba igual, no podía hacer nada. Si hubiera intentado besarla, allí, en medio de la pista, seguramente no hubiera podido resistirse. Su voluntad y sus principios habían desaparecido; sólo una cosa importaba: el calor de su mirada y sus brazos, entre los cuales se sentía derretir.

Y luego, de pronto, se hizo muy tarde. Él le propuso acompañarla a su hotel y, a pesar de la mueca reprobadora de la princesa de Broglie, en cuya mesa estaba invitada, Selma había aceptado, arruinando de un solo golpe la fama de seria que había adquirido a través de semanas de conducta irreprochable. ¿Murmurarían? ¡Una lástima! Ella se asombraba de lo lejos que se sentía del qué dirán.

De la rue Royal a la avenida Montaigne, París resplandecía. La Place de la Concorde se hallaba desierta. Él conducía lentamente, al mismo ritmo que el ruido del agua que caía como lluvia fina al borde de las fuentes; habían subido por los Campos Elíseos como quien remonta la nave de una catedral, él, sin decir una palabra, ella, sentada a su lado mirando su perfil aquilino recorrido por sombras y luces pensando que partían para un largo viaje. Delante del Place Athénée, detuvo el coche y se volvió hacia ella. Una vez más, Selma se había sentido trastornada por la fuerza y la suavidad que emanaban de él. En aquel momento, no habría podido negarle nada. Los juegos que conocía tan bien no le eran de ninguna ayuda y, por nada del mundo, hubiera querido que la ayudaran. Había tomado su rostro entre las manos y lo había contemplado como si quisiera apropiarse de cada temblor. Luego había depositado en la frente un leve beso.

—Hasta mañana— había murmurado.

Y se había ido, dejándola vacilante, con los ojos semicerrados por un sueño que ella temía dejar escapar.

H... Dos brazos que envuelven el cielo, dos piernas bien puestas en la tierra, un equilibrio tranquilizador, ninguna gordura sino una simetría perfecta, líneas claras y sobrias, poderosas en su rechazo de todo artificio, su tranquila simplicidad, su rigor algo severo... H de Harvey.

Selma aprieta entre sus dedos la tarjeta que, acompañando un ramo de flores de una belleza salvaje, ha traído la doncella. «Harvey Kerman.» Harvey... Silenciosamente repite ese nombre que nunca había oído y que empero le parece familiar, tan familiar como aquellas flores desconocidas, cuyos pétalos rojos jaspeados de azul índigo protegen orgullosamente largos pistilos violeta. Suena el teléfono y Selma se apresura a contestar.

—¿Te interrumpo?

Es sólo Marie-Laure, que quiere saber noticias.

—En absoluto, estaba levantándome.

—Bueno ¿y...?

La voz vibra de excitación.

—¿Cómo?

—¡Vamos, no te hagas la inocente! ¿Tu *cowboy* es tan extraordinario como parece?

—... Pero... No pienses mal, nos despedimos juiciosamente en la puerta del hotel.

Una risita incómoda al otro lado de la línea: seguramente Marie-Laure no lo cree y no le reconoce a Selma el derecho de andarse con tapujos; después de todo, si conoció a aquel americano, como conoció a todo el mundo desde que llegó, es gracias a ella.

—Si quieres guardar el secreto, es cosa tuya— declara con tono picado, —pero entonces sé un poco más discreta. Ayer, os habéis exhibido más de lo conveniente, ya recibí cuatro llamados al respecto.

—¿De verdad la gente no tiene nada mejor que hacer?

—Se puede hacer cualquier cosa en París con tal de guardar las apariencias... Bueno, cuando tu gran amor haya partido a los brazos de su mujer, dentro de una semana, por lo que parece, llámame. Pero te advierto que no tengo vocación de paño de lágrimas.

Cuelga. La alegría de Selma se viene abajo. No es que le preocupe el mal humor de Marie-Laure, sino que debe reconocer que en el fondo ésta tiene razón: está enamorándose de un hombre casado que se va a ir al fin del mundo y a quien seguramente no verá más en su vida.

Maquinalmente enciende un cigarrillo, ella, que aborrece fumar. Con asombro, se da cuenta de que le tiembla la mano. ¿Por qué se pone en este estado por un hombre que acaba de conocer? ¿Es acaso porque es muy diferente de los demás que no se atreven a hacerle la corte abiertamente? En cambio, él había arremetido sin más y ella había quedado atontada, como si su cuerpo hubiera reconocido al amo y, tras haber protestado inútilmente, se hubiese dejado acariciar... Ella soñó, le imaginó toda clase de cualidades, seguramente para justificar la atracción que la trastornaba. Pero ahora que, gracias a Marie-Laure, ha recuperado el juicio, debe admitir que estaba completamente extraviada: el americano es atractivo, naturalmente, pero no es su tipo; al cabo de veinticuatro horas no tendrían nada más que decirse. Resueltamente, se incorpora: debe terminar con aquella aventura.

El teléfono vuelve a sonar. Selma tiene la impresión de que su corazón deja de latir... Esta vez es él, lo sabe. Se precipita al aparato.

—¡Buenos días, diosa!— dice con voz jovial, —la paso a recoger dentro de una hora. Iremos a comer a un verdadero *bistrot* parisino, uno de esos lugares en los que usted seguramente no ha puesto nunca los pies.

—Pero yo no...

—¿No está lista? Dentro de una hora y media entonces. *So long.*

«La Fontaine de Mars», en la esquina de la rue Saint-Dominique, es un pequeño restaurante con manteles a cuadros rojos y blancos, cuyos menús están caligrafiados por el hijo de la casa que tiene doce años y muy buena ortografía —explica por el camino Harvey a Selma—. Imita con entusiasmo al patrón que se niega a servir otro vino que no sea el de Cahors o que recomienda un *cassoulet* «que ya me dirá usted».

La llegada de Selma con sari provoca un gran revuelo: venir a almorzar con traje de noche ¡nunca lo habían visto en el barrio! Una madre hace callar a su hijo que pregunta «¿por qué se ha disfrazado la señora?», mientras el patrón, un hombretón rubicundo, se apresura a servirlos. El «americano» es uno de sus buenos clientes. Para probar que conoce las costumbres mundanas, coge la mano de Selma y le descarga un sonoro beso; luego, liviano como una bailarina pese a sus carnes, los precede y con grandes sonrisas los instala en la mesa del fondo, la que reserva para los clientes de calidad. Así, los demás podrán constatar que, en casa Boulac, se ve gente fina, y no se atreverán a protestar si la cuenta les parece un poco abultada.

Selma tiene la impresión de encontrarse en medio de una película de Marcel Carné. Nunca hubiera inmaginado que los franceses fueran tan parecidos a su leyenda: esos señores gordos que con la servilleta anudada al cuello, comen con los ojos brillantes y los labios golosos; esos niños embutidos en sus trajes domingueros y esos enamorados que, entre bocado y bocado, se besan bajo la mirada de reproche de monsieur Boulac, quien, indignado de que dejen enfriar los platos de la patrona, no se priva de proclamar que «cuando se come, se come». A ella le gustaría entablar conversación, pero se da cuenta de que molestaría; la próxima vez se pondrá un vestido.

La próxima vez... ¡Pero si no habrá próxima vez! ¡Es lo que tiene que decirle a Harvey! Hasta aquí él no le ha dado tiempo, desborda alegría y no deja de bromear. Debe disipar el malentendido inmediatamente, después será más difícil. Sin embargo, titubea, parece tan feliz...

—Harvey, debo hablarle.

Se extraña del sonido de su voz, de su precipitación, y más todavía el haber llamado por su nombre a aquel hombre que es casi desconocido para ella. ¿Familiaridad para suavizar las palabras que van a herirlo?, ¿o simplemente ganas de pronunciar aquel nombre con el que ha soñado toda la mañana?

Él la mira atentamente, le hace un pequeño guiño que parece querer decir: «Ya sé, no tengas miedo, todo se arreglará», pero se contenta con decir:

—Muy bien, diosa, ¿pero no le gustaría primero que hiciéramos el pedido? Este lugar parece poca cosa, pero no se equivoque: es uno de los mejores restaurantes de París. Felizmente la moda no lo ha estropeado. Debe prometerme que no traerá a sus amigos. Ellos tienen el Laurent, la Tour d'Argent, el venerado Maxim's. Con eso basta. No quiero que vengan aquí a perturbar a esta buena gente para quien comer no es representar, sino un asunto completamente serio.

Selma se sume en el estudio del menú, como delante de un difícil problema de matemáticas; pero por más que se esfuerza, no entiende nada, entre *confits d'oie, poulardes truffées, terrines de foie aux cèpes,* las palabras bailan ante sus ojos: «Señor»... No, «querido señor»... No, tendría que desaparecer sin explicaciones. ¿Toda carta de ruptura no es un llamado? Ruptura... Va demasiado rápido. No puede haber ruptura donde no existe nada.

—¡Nada!— se oye decir.

—¿Cómo?

Enrojece, balbucea que estaba pensando en otra cosa. Para sacarla del apuro y sin preguntarle su parecer, Harvey hace el pedido.

—Y ahora, dígame: ¿qué era ese «nada» que afirmaba con tanta determinación?

Selma calla. ¿Puede decirle que no quiere saber nada de él, cuando él no le ha hecho ninguna proposición?

—Tiene razón— sigue él. —Aparentemente no tenemos nada en común. Eso es lo que piensa, ¿no es cierto?: «¿Qué estoy haciendo yo, la princesa Selma, con este yanqui?»

Él le toma las manos para impedirle protestar.

—En realidad, esto no es lo que *usted* piensa, sino lo que los demás piensan por usted. ¿No cree que es hora de que piense por sí misma?

—¿Cómo se atreve?

Alcanzada en lo más hondo, intenta zafarse, pero Harvey la sujeta.

—Efectivamente, soy injusto: usted comenzó. De lo contrario, no habría habido la velada de ayer y no estaríamos juntos hoy. Pero tiene tan poca costumbre de hacer lo que verdaderamente tiene ganas de hacer que en este momento sólo quiere una cosa: huir.

Le suelta las manos.

—Es libre, Selma. Pero piense: tal vez no tenga importancia que huya de mí, pero ¿se pasará toda la vida huyendo de usted misma?

Selma se inmoviliza. Este hombre es peligroso, ella apenas lo conoce y ya carga como un toro en sus jardines más secretos. Sin embargo, en lugar de levantarse y partir, se oye decir con una voz de niñita terca:

—Se equivoca, yo no le huyo. Al contrario, durante mucho tiempo traté de comprender quién era y lo que quería. Pero mientras más buscaba, más me perdía, por eso renuncié y decidí vivir.

—Querrá decir que renunció a vivir. A menos que usted considere que son vida los giros de la muñeca mecánica. Selma— se inclina hacia ella y la mira intensamente, —Selma, ¿de qué tiene miedo?

¿Por qué permite que la interroguen? Quisiera partir, pero no puede hacer ni un gesto. A pesar de ella misma, murmura:

—A menudo tengo la impresión de no ser nada y al mismo tiempo ser todo, y no sé qué posibilidad me horroriza más pues, en ambos casos, yo desaparezco.

¿Qué la ha impelido a confiarse a este extraño cuando desconfía de todos sus amigos parisinos? ¿Acaso es su calma la que se impone? Una calma que, más que un lago tranquilo, parece un cielo después de la tormenta.

—Nada y todo— repite él mirándola gravemente, —pero si eso es justamente lo que somos. Es horroroso para nuestro pequeño yo, estoy de acuerdo.

Y como ella lo mira asombrada de aquellas palabras algo grandilocuentes pero que resuenan en lo más profundo de sí, él la toma por los hombros.

—Salga de su sueño, Selma, usted es una mujer. ¿Tiene conciencia de lo que eso significa? Es el más hermoso título de nobleza, todo lo demás sólo son frivolidades ridículas que obstaculizan el flujo de la vida. ¿Nunca se preguntó por qué yo la llamaba «diosa» y no «princesa»? Porque quiero que se libere de ese título que la limita, pues usted es mucho más que una princesa, usted es un ser humano con sus infinitas posibilidades.

»Pero que esto no le quite el apetito— concluye con una carcajada depositando en su plato un magnífico trozo de *poularde*.

Él vive en un pequeño apartamento del número 20 de la rue Montpensier, que da sobre el jardín del Palais Royal, justo enfrente de la fuente. Tras el almuerzo, la lleva, sin preguntarle nada, como si lo que los une tuviera ya la fuerza de la evidencia. Toda la tarde se besan sobre el gran lecho, se acarician suavemente, pero no le ha hecho el amor, pese a que todo su cuerpo tenso se lo pedía.

Luego, cuando el sol poniente ilumina de rojo la habitación, se levantan y bajan a respirar el olor de la noche que sube del césped regado cuidadosamente por un viejo jardinero. Se detienen en un pequeño bar bajo las arcadas y se hacen servir una botella de vino de Sancerre y unos pistachos que les lanzan a las palomas.

La noche todavía es clara cuando la acompaña a su hotel. Selma tiembla, sus piernas no le obedecen y, cuando él se inclina para besarla, cierra los ojos para que no vea brillar las lágrimas.

—¡Selma, míreme!

La ola gris la ha envuelto con infinita ternura.

—Te amo— murmura.

Él la aparta y la mira con expresión dura; pero, viendo su cara trastornada, se suaviza.

—Selma, trata de comprender que eres libre de hacer lo que te plazca sin tener que darte la excusa de los grandes sentimientos. Estoy dispuesto a aceptar todo de ti, salvo que te mientas.

—Pero si no mentía...

—¡Tú *te* mentías! Y no le debes la verdad a nadie, salvo a ti misma. Ya sé, tienes ganas de amar, y tal vez de amarme, pero incluso en el momento en que crees abandonarte mantienes una mirada sobre ti para observar el efecto producido. No te lo reprocho; desde la infancia te han adiestrado para gustar, cepillando, puliendo, acondicionando todo lo que era espontáneo en ti, para que pudieras endosar sin esfuerzos tu traje de princesa. Pero mientras no te liberes de él no podrás amar.

Se acerca, la toma entre sus brazos y la mece tiernamente.

—Es difícil, pero no tengas miedo, yo haré lo posible por ayudarte— ríe, —por puro egoísmo pues yo sí te amo y espero que un día me ames, a mí, y no ya a la imagen de una Selma enamorada.

Al día siguiente, por la noche, Selma volvió a la rue Montpensier. No había telefoneado porque no habría sabido qué decir. En medio de una especie de sueño, subió las escaleras. En cada peldaño, le parecía que caían de sus hombros jirones de ropa usada. Mientras más subía, más liviana se sentía. En el momento de llamar a la puerta, sin embargo, la sobrecogió un acceso de pánico: ¿qué iba a pensar de una mujer que viene así... a ofrecerse? Pero cuando abrió la puerta, la recibió con una sonrisa tan tierna, tan llena de maravilla, que se dio cuenta de que era ésa su verdad, que ninguna otra cosa tenía importancia. Casi tímidamente, comenzó a desvestirla y ella tuvo la impresión de que por primera vez la miraba un hombre. Cuando le rozó los senos con sus labios e, hincado frente a ella con sus manos potentes, tomó posesión de sus caderas, de la curva de sus senos, comprendió como tocada por el rayo que nunca antes había pertenecido a nadie.

En medio de un sortilegio ardiente y silencioso, durante horas, se acariciaron, temblando, no de descubrirse sino de reconocerse, como si, en un mundo olvidado, ya se hubieran amado en el pasado. Y cuando finalmente sus cuerpos se unieron, ya no hubo espacio, ya no hubo tiempo, sólo la eternidad en cada momento.

Cuando despunta el alba, Selma se despierta con el piar de los pájaros y se queda largo rato inmóvil, filtrando entre las pestañas los pálidos rayos del sol, atenta a no perturbar el brazo desnudo colocado sobre su vientre. Goza con el sentimiento de pertenecerle, se lo agradece, y en voz baja le dice que lo ama.

Largo rato mira los labios gruesos y las conmovedoras arruguitas en las comisuras de los ojos. ¿Este hombre la amará, a ella, a Selma? Dice que la quiere desnuda, dice que la quiere mujer, le dice, ten confianza. Él le ha regalado lo que ya no esperaba, lo que desde hacía largo tiempo había relegado a las ilusiones de la infancia: le devuelve a la niñita ávida de comprender, para quien el mundo era una inagotable fuente de experiencias y a la cual nada le parecía imposible.

A partir de aquel momento, no se separan. Selma anula todas las invitaciones, pretextando que parte de viaje; al teléfono, Zeynel debe responder que la fecha de su regreso no está fijada. El eunuco ha intentado razonar con su princesa —aquel americano no le parece nada del otro mundo—, pero con una rudeza que no le había visto nunca, lo ha hecho callar. No permite que nadie se inmiscuya en su felicidad.

Durante días caminan por la ciudad tomados de la mano. Harvey ha hecho descubrir a Selma un París que no conocía. Pasean bajo los castaños de la isla de la Jatte, que se estira finísima entre los dos brazos del Sena, sueñan en el banco iluminado por el farol de cuatro luces de la plaza de Fürstenberg.

Una mañana, muy temprano, él la despierta para llevarla al mercado de las Flores, a la hora en que llegan los camiones con sus tesoros de ramos delicados y olorosos, a la sombra de Notre Dame. Luego, tras dar unos pocos pasos, llegan al mercado de los Pájaros, donde él le compra un paro en una jaula blanca.

Por las tardes, a la caída del sol, van a menudo al pequeño cementerio de Montmartre, y Selma recuerda con nostalgia el alegre cementerio de Eyub, dominando el Bósforo, donde iba a pasear cuando era niña. Entonces, para distraerla, Harvey la lleva al Lapin Agile, y allí, apretujados alrededor de una mesa, entre jóvenes delgados de ojos como brasas, que se imagina son músicos o poetas, escuchan las coplas de Frédé. Ella ha cambiado los saris por trajes sastre de faldas plisadas que han comprado juntos. Por fin, nadie la mira ya.

Un día, sentados en un banco al borde del Sena, Harvey le cuenta su infancia en una pequeña ciudad de Ohio, le describe el restaurante de camioneros en el que su madre era camarera, pues había que mantener a la familia. Su padre era artista. Cuando le venía la inspiración, echaba sobre la tela fulgores de color destinados, decía, a que estallaran los ojos y el corazón. «Eso es lo único importante», clamaba, «hay que despertar a estos rumiantes, llenarles el hocico, ¡que nunca más duerman tranquilos!» En efecto, sus telas parecían hechas para producir pesadillas; seguramente por eso nadie las compraba.

Harvey sentía por aquel padre una admiración sin límites; a menudo se peleaba con muchachos mayores que él que trataban al pintor de «haragán». Este orgullo le venía de su madre, para quien ningún campesino del lugar, ni siquiera el más rico, le llegaba al tobillo a su marido, y se hubiera sentido muy sorprendida de saber que le tenían lástima.

Una mañana, como todos los días, su padre lo había vestido para ir a la escuela, porque la madre partía a trabajar al alba. Lo había estrechado entre sus brazos. Harvey recuerda cada detalle, la chaqueta de tweed que le raspaba la cara, cuyo persistente olor a trementina le gustaba, asociado para él con el genio. Como si fuera ayer, todavía le oye murmurar con la voz ronca: «Prométeme que me sentiré orgulloso de ti».

El padre se había ido, sin que volviera a saberse nunca más de él. La madre removió cielo y tierra, convencida de que le había ocurrido una desgracia, pero no pudo encontrarse la menor huella suya. Aún hoy, treinta años después, Harvey no sabe si su padre está vivo o muerto.

—Me puse a trabajar como un loco para ser fiel a mi promesa. Tenía que ser el primero en todo. Estaba seguro de que él reaparecería un día para golpearme en el hombro, tal como lo hacía cuando estaba contento de mí.

»Pasaba todas las noches en la biblioteca municipal. Entraba a la salida de la escuela y cuando llegaba la hora de cerrar, me ocultaba detrás de una estantería y me dejaba encerrar. No puedes imaginar el vértigo que sentía al encontrarme solo en aquel antro del saber. Al comienzo devoraba cualquier cosa; empero, rápidamente, me deslumbraron los libros de filosofía y de medicina. En ellos creía que estaba la explicación de la vida. De mi padre había heredado la pasión por comprender y el rechazo a contentarme con las apariencias, de él, cuya pintura quisiera excitar el ojo y tocar el alma.

Harvey se queda un momento pensativo.

—Cuando me gradué de cirujano y no volvió, comprendí que no lo volvería a ver más... Sin embargo... hace unos años, organicé en Nueva York una exposición de sus telas. Los críticos lo tildaron de genio. «Padre del expresionismo», dijeron. Mi madre lloraba y yo me sentí muy feliz con aquel homenaje. Me dije que si estaba vivo, la exposición lo incitaría tal vez a volver. Nunca se pierde la esperanza de encontrar a su padre...

Selma vuelve la cabeza para ocultar su turbación. Una vez más, ve a Hairi Rauf Bey, tan hermoso con su levita gris perla, y piensa que no le ha perdonado nunca el haberlos abandonado, pero ella se encerró en su pena y toda su vida de mujer se vio condicionada por esa pena; en cambio, aquel niño convirtió en fuerza su carencia... ¿Por qué? ¿Puede decirse que uno elige ser feliz o desgraciado...? Selma trata de apartar esta idea. Es inútil. Su dicha actual está lastrada de nostalgia. Por poco le reprocha a Harvey el haberla hecho feliz, pues esta felicidad la hace consciente de todo el tiempo perdido. Pero después de todo, él también había estropeado una parte de su vida casándose con la hija del cirujano importante después del internado. Al día siguiente, después de titubear, decide hablarle.

Harvey la mira sorprendido.

—¿Qué quieres saber? Éramos muy jóvenes y estábamos muy enamorados. La gente decía que aquel matrimonio era para mí una suerte inesperada, aunque debido a mi simplicidad yo no comprendiera lo que en el fondo quería insinuar. Puede parecer increíble, pero yo estaba tan orgulloso, tan seguro de mí (piensa en el camino que había recorrido solo), que no me daba cuenta que a los ojos de la sociedad existía un abismo entre nosotros. Úrsula era hermosa, inteligente, entusiasta, eso bastaba para que yo la creyera generosa e idealista. Desgraciadamente.

De pronto se interrumpe:

—No sé por qué te cuento todo esto...

Selma insiste, le importa poco la discreción.

—Oí decir que ella no soporta tus constantes ausencias cuando te ocupas de los indios en las profundidades de México o de la Amazonia, que ella pide el divorcio y que tú te niegas a concedérselo.

Los ojos de Harvey brillan.

—Se dicen muchas cosas... ¿Y si fuera cierto y me hubiera negado por...? Me decepciona, princesa, se está rebajando. ¿Así que usted se interesa por un miserable que sigue con su esposa por dinero? ¿No cree que usted vale más que eso? Usted merece lo mejor, diosa, y tiene razón de haberme elegido... porque yo soy «lo mejor».

Vuelve a su sonrisa sardónica, aunque Selma está segura de que él piensa a pies juntillas lo que acaba de decir.

—Pero entonces...

—Pues bien, puesto que quieres saberlo, hace un año entablé una demanda de divorcio a pesar de que Úrsula se oponía. Dejé un poco abandonado el asunto porque no tenía ninguna intención de volverme a casar... Pero...

—Pero qué...

La mira con aire curioso.

—A veces me pregunto si alguna vez podrás abandonar tus títulos de princesa y de maharani para llamarte simplemente señora de Kerman...

El ligero sobresalto que trata de dominar no le pasa inadvertido. Adquiere una expresión irónica, algo triste.

—Tal como yo pensaba... Todavía tienes que crecer.

Selma se muerde los labios. ¿Por qué ha hecho ese movimiento de alarma si tiene tantas ganas de decir sí, de olvidarlo todo, de partir con él? Sabe que aquello representa su oportunidad, sabe que es la vida y que él tiene razón cuando se burla de «esa corona que le aprieta la cabeza y le impide pensar». Pero por más que se debata, esa corona le pesa desde hace veintiocho años y muchas generaciones, es como si la tuviera pegada a la cabeza.

Recuerda a Amir, que un día de desesperación le gritó: «¿De qué nos servirá la independencia? ¡No son sólo los ingleses a los que hay que expulsar, es este cerebro el que hay que sacar de nuestras cabezas, este cerebro construido por ellos, este cerebro de blanco!» Ahora comprende exactamente lo que quería decir. Ella también se encuentra prisionera de unas ideas en las que no cree, que cada día, con Harvey, comprueba que le han impedido vivir.

Él la toma en los brazos y tiernamente le acaricia los cabellos.

—Sí, mi amor, vivir, vivir de inmediato— murmura como si le hubiera adivinado el pensamiento. —Muchos advierten demasiado tarde que se han equivocado de existencia. Entonces se desesperan.

Sacude la cabeza.

—He conocido tantos pobres diablos que no querían morir porque sabían que no habían vivido... Pero nosotros, mi diosa, tenemos todas las puertas abiertas. Si quieres.

Han transcurrido tres semanas, de las que cada momento está grabado en ella. Nunca imaginó Selma que la dicha pudiera ser a un mismo tiempo tan fuerte y tan serena.

Esa noche han querido volver a La Fontaine de Mars. Es lunes y el restaurante está medio vacío. El patrón los instala en «su» mesa y Selma le estrecha la mano como a un viejo amigo. Luego, jubilosa, se vuelve hacia Harvey.

—Es un poco nuestro genio tutelar, ¿no crees?

Él asiente.

—Deberíais venir de vez en cuando a cenar aquí, Zeynel y tú...

—¿Zeynel y yo?

—Cuando yo me vaya...

Esboza una sonrisa que quiere ser reconfortante.

—Selma, es absolutamente necesario que vuelva a Nueva York para arreglar mis asuntos. Luego, debo dirigir una misión en México... Me comprometí hace más de seis meses... Pero estaré de vuelta, te lo prometo, a comienzos de septiembre. Me esperarás, ¿no es cierto?

La sobrecoge un escalofrío... Sin embargo, sabe perfectamente que debe partir, que por ella ha retrasado el viaje durante muchas semanas; sabe que la ama pero no puede dejar de sentir el pánico que la invade.

—¡Harvey, llévame contigo!

Casi ha gritado. Él la mira, sorprendido de aquel miedo infantil.

—¡Querida, es imposible! Por lo demás, tú necesitas estar sola para pensar. Yo te propongo una vida muy diferente de la que estás acostumbrada a llevar. Yo hago una vida de vagabundo, no siempre será fácil...

Y como ella permanece callada, agrega:

—Felizmente ninguno de los dos tenemos hijos... Lo que decidamos, sólo nos compromete a nosotros.

Selma se pone lívida. Desde que se conocen, quiere decírselo, pero siempre lo retrasa, día tras día. Ya casi no puede dormir. Harvey es seguramente diferente de los demás hombres, pero ¿hasta qué punto es diferente? ¿Aceptaría que la mujer que ama lleve en su seno al hijo de otro? Tiene miedo, no puede soportar la idea de perderlo. ¡Ah!, si pudiera comprender que aquel niño es sólo suyo, de Selma, que no tiene nada que ver, o muy poco, con Amir...

Para una pareja enamorada es diferente. Bajo la mirada del padre, al calor de la mano que acaricia el vientre, al sonido de su voz, el pequeño ser se desarrolla gracias al amor que hace florecer a la madre. Entonces se puede decir que es fruto del amor de aquellos dos seres. ¡Oh!, cuánto le gustaría que aquel niño fuera hijo de Harvey...

Selma se pone a llorar. Él la mira desconcertado. Nunca hubiera creído que sería tan sensible a la alusión de un hijo.

—Selma, ¿te gustaría tener un bebé?— le pregunta tiernamente.

Ella levanta la cabeza, lo mira a través de las lágrimas. Debe hablarle, ahora. Pero no tiene valor, se contenta con murmurar:

—¿Y a ti, Harvey?

—Con la vida que llevo, nunca me lo he planteado seriamente... ¡Pero cuando pienso que sería un hijo nuestro, tuyo y mío, podría ser una verdadera maravilla!

Su rostro se ilumina. ¿Por qué ha vuelto Selma a sollozar? La abruma a preguntas, ella dice que no es nada, la emoción... No hablará, no estropeará sus últimos días. Después, cuando esté en América, le escribirá, siempre ha sabido explicarse mejor por carta.

IV

Por encima de los Campos Elíseos adornados con miles de banderas, pasa una escuadrilla de cazas con un formidable zumbido, seguida de otra de Spitfire británicos, con un ala azul y la otra blanca. Luego, a decenas, Breguet 690, Marcel Block 151, Lioré-Olivier 45 invaden el cielo. Mirando hacia lo alto, la muchedumbre que se ha ido reuniendo desde la mañana se siente conmovida por un acceso de orgullo: se lo habían dicho, pero hasta ahora no se habían imaginado el temible poderío de la aviación francesa.

En la tribuna oficial, el presidente Lebrun está sentado rodeado de sus ministros vestidos de chaqués oscuros. Detrás de ellos, con chilabas recamadas de oro o largas túnicas estampadas, están reunidos los jefes indígenas que representan a las colonias y a los protectorados.

El desfile de ese 14 de julio de 1939, sesquicentenario de la toma de la Bastilla, puede comenzar.

De la compacta muchedumbre se levantan miles de prismáticos. Con retraso, Selma puede, gracias a las diligencias de Zeynel, alquilar por veinte francos una caja de jabón. Encaramada de puntillas, divisa los yelmos brillantes de la guardia republicana que encabeza el desfile, seguida por las blancas plumas de los cadetes de Saint-Cyr y los bicornios negros con ribetes rojos de los alumnos de la Escuela Politécnica. ¡Qué hermosos son! Siempre le han fascinado las paradas militares; el redoble del tambor, los himnos nacionales, sean los que sean, le producen un curioso temblor en el hueco del estómago y le inundan los ojos de lágrimas.

Ahora pasan los ingleses: salidos directamente de grabados de antaño, los rígidos granaderos bajo sus altos gorros de piel negra, avanzan con paso cadencioso, mientras los guardias escoceses con sus faldillas parecen bailar al son de las gaitas. «¡Viva Inglaterra!», grita la muchedumbre entusiasmada con aquellos nuevos aliados. Respiran un poco cuando ven desfilar a la infantería. En cambio, los marinos reciben aplausos y, dentro de un rato, por las calles les tocarán el pompón de la gorra porque da suerte.

Finalmente aparecen en lo alto de la avenida los franceses de ultramar: soldados con ametralladoras, indochinos y malgaches, cazadores argelinos, senegaleses majestuosos... Y para cerrar esta marcha exótica, los legionarios a paso lento, aureolados por el prestigio de los que han enfrentado el desierto y la muerte. Selma los mira con curiosidad: ha oído decir que Marlene Dietrich, desembarcada el día antes para participar en la fiesta cantando *Auprès de ma blonde,* se ha encaprichado con uno de ellos.

Tienen los ojos todavía llenos de aventura cuando aparece la caballería, aristocracia piafante y magnífica de húsares, de dragones y de espahís que hacen levantar la cabeza a todos aquellos individuos que no se atreverían a montar un asno. Detrás de ellos desfila «la caballería mecánica», base del invencible ejército francés. Amenazantes, los carros ruedan por los Campos Elíseos como si nada, jamás, pudiera detenerlos. «Son los carros de la línea Maginot, hay miles», murmuran, vagamente aterrorizados delante de los monstruos de acero, mientras un señor muy digno declara en voz alta lo que todos piensan por lo bajo: «Con esto, ya pueden correr los alemanes».

El desfile está a punto de terminar cuando la muchedumbre desborda los cordones policiales para ver de más cerca a los hermosos soldados que tanto los han envalentonado. Selma, encaramada aún en su caja de jabón, mira hacia la tribuna del cuerpo diplomático en la que tiene algunos amigos. ¡Ah!, ahí está Luka. Parece muy contento. Ahora ya debe de sentirse totalmente tranquilo. «Luka», para los íntimos, es Jules Lukasiewics, embajador de Polonia. Pocos días antes ha dado en su magnífico palacete de Sagan uno de los mayores bailes de la temporada. Rara vez se ha bailado con tanto entusiasmo. En él se hallaban las mujeres más elegantes de París; todas se habían lanzado a una «polonesa» endiablada, dirigida por Serge Lifar, que llevaba el ritmo. ¡Dios sabe cuánto se quería a Polonia y a ese embajador lleno de encanto eslavo y cuán ridículo era el ogrito alemán con bigote negro! Selma se había divertido mucho aquella noche y había mirado de arriba abajo a un importuno que le murmuró a su vecino: «¡Qué desfachatez! Es en verdad el baile de los ciegos».

Hace ya tres semanas que ha partido Harvey. Selma, que temía quedarse sola, se asombra de no sentirse triste. Naturalmente lo echa de menos y a menudo se sorprende buscando su alta silueta entre la muchedumbre que la rodea. Pero su ausencia es dulce, le permite medir cuánto lo ama. Por primera vez, aquel amor no le da miedo: tiene confianza en él porque él le dio confianza en sí misma; tiene la certeza de haber encontrado, finalmente, tras un largo rodeo, su lugar.

De esta manera, vive el instante con una serenidad completamente nueva y se maravilla que al mismo tiempo sea tan intenso y tan simple. ¿Intenso porque simple? Sin lugar a dudas.

En esos primeros días de verano, París se había superado en manifestaciones brillantes, como si, cuando sus más fieles sc aprestaban a abandonarla en el gran éxodo de las vacaciones, la Ciudad Luz hubiera querido que la echaran de menos. Selma asistió a todas las fiestas. Nadie le reprochó el haber desaparecido durante casi un mes; al contrario, la volvieron a ver con tanto más placer cuanto que no se había prodigado.

Uno de los acontecimientos de aquel mes de junio fueron las «Bodas de Oro de la Torre Eiffel». La «gran dama» festejaba su quincuagésimo aniversario el mismo día en que el duque de Windsor cumplía cuarenta y cinco años. El todo París celebró la feliz coincidencia en el primer piso de la Torre. Las damas, vestidas a la moda de 1889, con peinado *pouf* y polisón, bailaron alegremente la cuadrilla mientras el cielo resplandecía con los fuegos artificiales lanzados desde el palacio de Chaillot.

Luego, el 25 de junio, todos se habían encontrado en el «Grand Prix» de Longchamps y se había podido ver palidecer, perdidos entre los extravagantes sombreros con profusión de penachos y plumas de avestruz rosa y azul, al príncipe René de Borbón Parma, al Agha Khan y al sultán de Marruecos, reunidos en la tribuna oficial cuando, una vez más, *Pharis,* el *crack* de Marcel Boussac, montado por el jockey Elliot, se había escapado en la última recta y había ganado en medio del entusiasmo general.

Pero el gran momento de la temporada fue incuestionablemente el baile de disfraces dado por el conde Etienne de Beaumont en honor del tricentenario del nacimiento de Racine. Liviano y galante, el conde se había disfrazado de Lulli; y su gran amigo Maurice de Rothschild de Bajazet, magnífico con un turbante recamado de diamantes. Jean Marais, el último descubrimiento de Jean Cocteau, del que estaba locamente enamorado, había aparecido disfrazado de Hipólito, desnudo bajo una piel de tigre; madame Schiaparelli fue el príncipe de Condé, y Coco Chanel un bello indiferente; mientras el maharajá y la maharani de Kapurtala, con sus suntuosos trajes de terciopelo rojo, representaban al duque y a la duquesa de Lorena. Había una condesa de Sévigné, señoritas de Saint-Cyr, una gran embajada de Siam en medio de la cual mademoiselle Eve Curie y la princesa Poniatowska se ocultaban detrás de sus larguísimas uñas abarquilladas. Selma, conmovedora Berenice de velos negros, con la frente ceñida por una diadema, fue especialmente celebrada. Sólo mucho después se preguntó ella por qué había escogido el papel de aquella reina abandonada por el hombre que amaba.

Pero a mediados de julio, mientras París se quedaba huérfano de sus mejores pájaros, que habían emprendido el vuelo hacia las estaciones balnearias de la costa o hacia los baños termales, Selma está muy contenta de tener todo el tiempo para ella, como una turista que llega a una ciudad en la que no la conoce nadie y en la que puede planear sus días a la medida de sus gustos. Marie-Laure la había invitado a su propiedad de Eden Rock, pero ella no había aceptado. Tiene ganas de estar sola, sola con aquel peso extraño y cálido que desde hace algunas semanas siente en su vientre. Necesita profundizar en sí misma, escuchar su cuerpo, recogerse. Estos últimos tiempos, se había negado a advertir los cambios que poco a poco se operaban en ella, salvo para hacer correr los botones de las faldas cuando se dio cuenta de que su cintura comenzaba a crecer. Harvey no lo había notado; que estuviera algo rolliza lo había atribuido a los efectos de la cocina francesa.

Harvey... Ella se había prometido escribir, que le diría... Pero estaba tan ocupada... tan ocupada distrayéndose de una promesa que ahora vacila en mantener. ¿Comprenderá Harvey que se haya callado? Mientras más tiempo pasa, más difícil encuentra justificar su silencio. Cometió un error al echarse atrás cuando tuvo la posibilidad de hablarle: en los brazos de la mujer que ama, un hombre se deja convencer más fácilmente que por las frases sobre una hoja de papel, que no tienen ningún poder. Teme que Harvey atribuya su silencio a una duda amorosa entre Amir y él, y que, herido, quiera cortar por lo sano y haga cualquier cosa para olvidarla. Es capaz... No, no debe escribir. A su regreso, en septiembre, si la ama, comprenderá.

Ahora que ha tomado la decisión, Selma se siente más calmada y no le cuesta mucho ahogar la vocecita que le susurra: «Y si es un niño, qué decidirás? ¿El amor te autoriza a negarle a tu hijo su derecho hereditario a la sucesión de Badalpur?»

De nada sirve complicarse la cabeza con un «si». Harvey se lo decía siempre: «Hay que vivir en el presente».

Las primeras semanas de agosto pasan como un sueño. París está casi desierto: ha habido más de ciento veinte mil vacaciones pagadas. Radio Cité ha tranquilizado a todo el mundo: sus astrólogos han predicho que no habrá guerra este año.

En las calles, las porteras sacan sus sillas y miran bondadosamente a los pocos transeúntes, como si el hecho de haberse quedado los uniera en la comunidad de los verdaderos parisinos. En los pabellones de los jardines públicos, las orquestas municipales tocan trozos de Gounod y de Bizet, pero ninguna pieza alemana: incluso Beethoven ha sido puesto en el *Index*.

Ante la insistencia de Zeynel, preocupado de que sus recursos disminuyan —los giros desde la India se hacen esperar—, Selma ha abandonado la suite del hotel Plaza-Athénée. Advirtió en la recepción que salía de París por algún tiempo y pidió que le guardaran el correo.

Sólo tuvieron que atravesar el Sena para descubrir, en la avenida Rapp, un hotel algo provinciano pero confortable. Fue la proximidad de los Campos de Marte lo que decidió a Selma: resolvió pasear por allí todos los días, eso le haría bien al niño. Ahora se consagrará únicamente a él: se siente culpable de haberlo abandonado un poco, tal vez incluso de haber impedido que sus pequeños pulmones se desarrollaran apretándose tanto la cintura. ¿Pero tendrá ya pulmones? No tiene idea del aspecto que puede tener aquel niño de cinco meses y medio en su vientre.

En cuanto a Zeynel, está en la gloria: por primera vez, tiene a Selma enteramente para él. Había desaprobado severamente la aventura con el americano. Lo había aborrecido a la primera mirada, pese a que, sintiendo su hostilidad, Harvey se mostrara especialmente amable con él. Pero fue precisamente esto lo que al eunuco le gustó menos: la familiaridad de aquel extranjero hacia él. Estos americanos no conocen las maneras: «No es alguien de nuestro mundo, princesa», le repetía a Selma, «se ve perfectamente que nunca ha tenido quien le sirva». Cuando comprendió que la relación iba en serio, Zeynel incluso había amenazado con escribir al rajá, quien, después de todo, le había confiado la responsabilidad de su esposa. A la primera palabra, Selma lo había fulminado con la mirada y le había dado una pluma.

—Escribid y tendréis mi muerte sobre vuestra conciencia, pues sabéis que el rajá me matará. Además, seguramente os matará después por haberme cuidado tan mal.

Zeynel había bajado la cabeza, sospechando que no lograría impresionar a Selma. Cuando todavía era niña, sólo la sultana podía hacerla ceder. Ahora al menos se sentía en paz consigo mismo: lo había intentado. Pero entonces, su cólera se volvió contra el rajá, por la imprudencia de dejar a su mujer sola en París, tras haberla tenido dos años encerrada. Como si leyera sus pensamientos, Selma había agregado con frialdad que lo había consternado por la amargura que contenía.

—Lo importante para mi querido esposo no es mi felicidad, sino su reputación. Eso es lo que te pidió vigilar. Tu deber, pues, es ayudarme a que no se sepa nada. Te creía más fino, Zeynel.

Él había sacudido la cabeza como si estuviese convencido. En realidad, era de alivio: no había podido soportar que Selma lo tratara de vos; estaba dispuesto a aceptarlo todo de ella, excepto aquella actitud glacial que sabía adoptar cuando él se le resistía.

Por lo demás, no era la aventura lo que le reprochaba: después de todo, ya no era una niña y si el rajá no la hacía feliz... Lo que le inquietaba era que pareciera enamorada pues, dada la integridad de su carácter, sabía que era capaz de abandonarlo todo.

Claro que ahora que el americano se ha ido, todo está en orden. Zeynel está solo con su princesa, podrá mimarla, preocuparse de ella, su niña... En su estado, está tan frágil, necesita que estén pendientes de ella, que la quieran, sólo lo tiene a él. Él es a un tiempo su padre, su madre, su hermano y su marido. Casi desearía que ocurriera un cataclismo para salvarla, para que finalmente comprendiera hasta qué punto lo necesita, a él, el único fiel, el que la ha acompañado toda la vida y siempre permanecerá a su lado, pase lo que pase.

Todas las mañanas, con el desayuno, la doncella le trae *Le Figaro* y, mordisqueando sus *croissants*, Selma se informa de las noticias del mundo. Desde hace algunos días, sólo se habla de la misión militar enviada a Moscú. El diario, siempre muy bien informado, comunica que Stalin quiere firmar sin dilación un acuerdo con Gran Bretaña y Francia.

En aquel 22 de agosto de 1939, los ánimos son optimistas. Paul Claudel, poeta y diplomático eminente, declara en la primera página que el «Coco se desinflará», Hitler, por supuesto, que todo el mundo zahiere, desde los cantantes que imitándolo logran sus mayores éxitos, hasta los niños en las escuelas. ¡Los franceses son tan ocurrentes! Hace una semana el «Comité de las rosas de la línea Maginot» envió al presidente Lebrun sus primeros ramilletes; Selma preguntó en qué consistía aquel comité y se divirtió mucho cuando le dijeron que en medio de los cañones, a lo largo de la línea de defensa, habían plantado miles de rosas... ¡que nadie permitiría que fueran aplastadas!

En la sección de sociedad del periódico, Selma lee detenidamente un largo artículo que describe el «baile de las camitas blancas», que la víspera había hecho resplandecer el Palm Beach de Cannes: reuniendo a todos los grandes nombres del Gotha y a una profusión de millonarios. Había sido amadrinada por la mariscala Pétain, cuyo aire digno recordaba que se trataba de una fiesta de caridad.

¡Buenas noticias y un sol espléndido! Jubilosa, Selma se levanta y mientras se arregla, escucha la radio que difunde la canción de moda: *Tout va très bien, madame la marquise*. En efecto, todo va bien puesto que dentro de unos días llegará Harvey. Desde que se fue, sólo ha recibido dos pequeñas tarjetas, pero él había advertido que no podría escribirle desde las lejanías mexicanas. De todos modos, estará aquí a comienzos de septiembre; le prometió llevarla justamente a Cannes, donde tendrá lugar el primer festival internacional de cine. Estarán las mayores estrellas de Hollywood. Los americanos han anunciado que habían alquilado un transatlántico para enviar «un gran cargamento de luminarias».

Las luminarias sólo llegarían seis años después...

En efecto, al día siguiente, cuando Selma baja de su habitación, se impondrá de una noticia consternante que lo cambiará todo. Stalin había terminado por firmar, pero no con Francia e Inglaterra sino con Hitler. El golpe es violento: ¿podrán ahora evitar la guerra?

Mientras por la radio el presidente del gobierno, Edouard Daladier, proclama la voluntad pacífica de Francia, los muros de París se cubren de carteles llamando a la reserva. En veinticuatro horas se organizan centros de distribución de máscaras de gas: cada parisino debe proveerse de una y no abandonarla nunca. Aún se recuerdan los grandes gaseados de la guerra anterior. Radios y periódicos dan consejos para arreglar los sótanos, tapar los respiraderos, cubrir las entradas con mantas o trapos húmedos. Todas estas precauciones son seguramente inútiles pues el gobierno negociará para impedir la guerra. Aunque es mejor prepararse.

Para Selma es una semana extraña. No logra determinar si verdaderamente existe peligro pues, por doquier a su alrededor, la excitación y el miedo se mezclan con la incredulidad. Largas filas de coches traen a los veraneantes a París antes de lo previsto, mientras otros, por el contrario, dejan la capital. Hay obreros que han comenzado a embalar las pinturas del Louvre y a sacar los vitrales de la Sainte-Chapelle; quedarán guardados en las cámaras blindadas del Banco de Francia. Se evacúa a los pensionistas del zoológico de Vincennes y, días más tarde, a treinta mil niños. Las estaciones hormiguean de viajeros: los escolares, enviados a provincias, se cruzan con atemorizados grupos de refugiados judíos provenientes de Polonia y Alemania.

Finalmente, el 2 de septiembre, estalla la increíble noticia: Hitler ha invadido Polonia. ¿Francia entrará en guerra? Muchos piensan que debería hacerlo. En *Le Figaro*, Wladimir d'Ormesson escribe: «Nuestra conciencia está limpia, nuestro deber claro: venceremos».

Como millones de franceses aquella noche, Selma no dormirá. Da vueltas y vueltas en la cama preguntándose si debe partir. Desde hace una semana, Zeynel insiste: deben viajar a Lausanna lo antes posible; si no se preocupa de su propia seguridad, al menos que piense en el bebé. Pero Selma no logra decidirse: Harvey debe llegar de un día para otro, quiere esperarlo. Si las cosas se complican, partirán juntos.

Al día siguiente, domingo, desde muy temprano, los parisinos se quitan los periódicos de las manos. Inglaterra ha lanzado un ultimátum a Alemania. ¿Qué hará Francia? Casi con alivio, hacia mediodía, se sabe que, al alinearse con Inglaterra, Francia ha entrado en guerra. Tras largos días de aprensiones y dudas, finalmente la situación se ha aclarado.

El sol disipa la bruma matinal y los parisinos, con las máscaras de gas en bandolera, salen a las calles. Acompañada de un Zeynel estragado, Selma va a pie a los Campos Elíseos: necesita sentir la atmósfera, escuchar, intentar comprender qué sucederá. Las terrazas de los cafés están repletas; de mesa a mesa se entablan discusiones apasionadas, cada cual da su opinión y su predicción. Especialmente se discute la actitud de los Estados Unidos: ¿permanecerán neutrales o se pondrán de nuestro lado? Mirando la fila de espera delante del centro de reclutamiento especial para extranjeros, Selma piensa en Harvey. Aquel día soleado, ya debería estar allí, a su lado. ¿Llegará pronto? ¿Como militar? La sobrecoge un temblor: «¡No es posible! ¡Los demás pueden ir y dejarse matar pero no Harvey!» Con todas sus fuerzas se pone a desear que los Estados Unidos no entren en la guerra.

En pocos días cambia la fisonomía de París. Se rodean los monumentos con sacos de arena para protegerlos y se pintan de azul los vidrios de las casas. Por doquier, mujeres de gorra galoneada, llevando brazaletes y carteras de cuero han reemplazado a los hombres que han partido al frente.

Pero es sobre todo de noche cuando ya no se reconoce a la Ciudad Luz. A partir de las nueve, la oscuridad es total; por miedo a los bombardeos, las calles no se iluminan; incluso los coches tienen prohibido encender los faros y deben andar con la luz de linternas. Selma, que desde la partida de Harvey salía a veces a cenar con Zeynel, casi no se mueve. Los restaurantes sólo están abiertos hasta las once y los teatros y music-halls han cerrado sus puertas. En cada barrio, aparecen hombres con brazaletes amarillos. Demasiado mayores para estar en el frente, están encargados de la defensa civil; recorren las calles toda la noche, silbando para que los imprudentes apaguen las luces. Igualmente de día, hacen respetar la disciplina, vigilando especialmente que vuelvan a su casa cuando suenan las sirenas.

Selma nunca olvidará la primera alerta. Fue a la una de la madrugada. Despertados de repente, los clientes del hotel salieron de sus habitaciones gritando y atropellándose para bajar las estrechas escaleras que llevaban al sótano. En bata, todos se habían amontonado en el reducto, provisto someramente de viejas sillas. Los niños lloraban. Una mujer, de aspecto enérgico, decidió que había que rezar, y al tiempo que acechaban ansiosamente el ruido de los bombarderos, habían recitado padrenuestros y avemarías con un fervor que la mayoría había olvidado desde hacía mucho tiempo. Cuando finalmente sonó la señal que anunciaba el final de la alerta, cada cual había subido a su habitación con el sentimiento de haber escapado a la muerte.

Selma pasó el resto de la noche jugando a las cartas con Zeynel, como se había acostumbrado a hacer desde hacía un tiempo cuando no lograba conciliar el sueño. Incluso si lo despertaba, Zeynel estaba siempre feliz de pasar aquellos momentos a su lado. Eran como regalos que le hacía. Aquella noche habían discutido largamente. Por fin Selma tuvo que admitir que era más prudente partir para Suiza. Le había pedido a Zeynel que se ocupara de los billetes.

Pero al día siguiente, los diarios anunciaron que la alerta sólo había sido un ensayo y que la población había reaccionado satisfactoriamente, que, gracias a Dios, ni un avión alemán había sobrevolado el cielo de Francia. Por más que el eunuco suplicó y refunfuñó, Selma decidió quedarse. Zeynel no comprendía su empecinamiento: ya no veía a ninguno de sus amigos parisinos, so pretexto de que la aburrían. No había llamado a Marie-Laure, que sin embargo debía de haber vuelto hacía semanas. ¿Por qué entonces se negaba a dejar París? Por un momento pensó que estaba esperando a alguien... ¡tal vez a aquel americano! Pero rápidamente apartó la idea por absurda: esa historia había terminado. Él vigilaba el correo: no había habido carta de América desde hacía casi dos meses. Y él conocía lo suficiente a Selma como para saber que era imposible que estuviera enamorada de alguien ausente, que no escribía.

En los días siguientes, las sirenas sonaron a toda hora del día y de la noche y, pese a que al comienzo las calles se vaciaban, volviendo cada cual precipitadamente a su casa, terminaron por acostumbrarse, ante la desesperación de los jefes de patrulla, que no conseguían hacer respetar la disciplina. No iban a molestarse cuando los periódicos y las radios confirmaban que todo estaba en calma.

Las hostilidades se desarrollaban en el frente del Este. El 9 de septiembre comenzó la batalla de Varsovia. Sitiada, bombardeada, la capital se rindió tras dieciocho días de resistencia. Por quinta vez, se repartían Polonia, esta vez entre Alemania y la Unión Soviética.

Lloraron un poco por aquel desdichado país ahogado por el «abrazo del chacal y del cerdo», como titulaba *Le Matin*, felicitándose de que Francia, con sus ciento cincuenta kilómetros de línea Maginot, no tuviera nada que temer. ¿Acaso el ejército del III Reich no era inferior al ejército alemán de 1914? Se sabía que los soldados recibían una alimentación y un equipo muy insuficientes.

Los parisinos que habían abandonado la capital cuando se declaró la guerra han regresado y, en este soleado mes de octubre, la vida ha vuelto a ser como antes. La mayoría de los espectáculos se han reanudado y las casas de costura lanzan su colección de invierno. Aunque, para complacer a los que vienen con permiso desde el frente, se suprimen las frivolidades: hay que ser elegante con sencillez. Será la «moda de guerra», que pone en boga los trajes sastre azules RAF, los abrigos «camuflaje» manchados como leopardo, los estampados «tanques», «falsa alarma», «ofensiva», con, ahí y allá, casacas, forrajeras y galones. *Le Jardin des modes* declara: «Debéis seguir siendo hermosas, tal como a los que están en el frente les gustaría veros. Por lo demás, gastar es un deber patriótico. Vosotras deberéis llevar a cabo esta tarea esencial: ¡no dejar morir la industria del lujo!»

Selma no podrá apoyar este hermoso gesto de guerra: casi no le queda dinero. Pese a los telegramas enviados a Amir, no ha recibido nada desde hace un mes. A Zeynel, que se inquieta, le asegura que es normal —el correo está enloquecido—, pero pronto se arreglará. En realidad, se pregunta si su marido no habrá recibido un soplo de su aventura con Harvey.

Sea como fuere, no quiere pedirle dinero. No puede hacerle eso a un hombre a quien engaña y a quien ha decidido abandonar. Amir siempre ha sido leal con ella. Lo menos que le debe es ese respeto.

Poco importa, se las arreglará sola. Venderá sus joyas, como en el pasado tuvo que hacer su madre.

Selma vuelve a verse en el salón amarillo de Beirut, con la sultana y Suren Agha; vuelve a ver los suntuosos aderezos que uno tras otro desaparecían en la cartera de cuero del pequeño armenio. Entonces se había jurado que eso no le ocurriría a ella, que nunca le faltaría dinero.

Y ahora la historia se repite...

Al día siguiente por la mañana, Selma y Zeynel van a la rue Cadet, donde se halla el mercado de las joyas de ocasión. Entran a las tiendas sombrías en las que hombres con trajes lustrosos, con la lente pegada en el ojo, examinan las alhajas con expresión de sospecha. ¡Ah, qué lejos están los tiempos del amable Suren Agha! Aquellos toscos comerciantes dan a la joven la sensación de ser una ladrona que intenta reducir el fruto de sus rapiñas. Incluso dos o tres declaran que la mayoría de las piedras son falsas o de mala calidad. Felizmente Zeynel está allí. Monta en cólera, da un golpe sobre la mesa y amenaza con llamar a la policía. Entonces los hombres grises se vuelven más amables y uno de ellos, «para sacar de apuros a la dama», propone comprarlo todo por 50.000 francos. Al principio Selma cree que se burla de ella:

—¡No es ni la vigésima parte de su valor!

—Lo toma o lo deja— replica secamente, y vuelve a la trastienda.

Selma quiere partir pero comprende que no tiene elección. En pocas semanas nacerá el niño, necesita el dinero urgentemente. Hace un cálculo rápido: con la cantidad que le propone aquel bandido, podrán aguantar ocho meses, tal vez diez, poniendo cuidado. Para entonces, habrá vuelto Harvey. Con un gesto, le indica al comerciante que se quede con todo. Sólo conservará la vuelta de perlas que le dejó la sultana y el anillo de esmeralda que le gusta a Harvey porque tiene el color de sus ojos.

Harvey... No deja de esperarlo. Le ha escrito muchas cartas, que no han tenido respuesta, pero no se preocupa, sobre todo le escribe para pasar un momento con él, pues sabe que las comunicaciones entre París y las aldeas indias de México deben depender de un milagro. Mientras tanto, habla de su amante con el paro que ha instalado cerca de la ventana de su habitación y todas las noches se duerme apretando en la mano el encendedor de carey que él le dejó. Llegará pronto, está segura, tanto más cuanto ahora los Estados Unidos se han declarado neutrales. Sólo necesitará encontrar un barco, en verdad empresa bastante difícil: pocos se arriesgan a hacer el viaje después de que el 5 de septiembre, el *Athenia*, un barco inglés que transportaba civiles, fue hundido por un submarino alemán. Selma ha dudado toda su vida pero esta vez se niega a hacerlo. Harvey le pidió que tuviera confianza: poner en duda su amor sería traicionarlo.

Hasta entonces había enviado a Zeynel al Plaza Athénée en busca del correo. Pero le entró la sospecha de que si encontraba cartas de América, el eunuco fuera capaz de hacerlas desaparecer. Por eso decide ir ella misma, desafiando la sonrisa del portero que, bajo su aparente cortesía, se muestra cada vez más irónico. Sobre todo después de que sugirió que no se molestara, que le diera una dirección a la que enviaría el correo que llegara. Sorprendida, Selma había enrojecido balbuceando que constantemente estaba de viaje. Él había fruncido los labios y Selma sintió que lo había entendido todo y que las perlas y las pieles, que ella consideraba un deber ponerse cuando venía a verlo, ya no le impresionaban.

No hay peor cursi que el que sirve a los ricos, pero por Harvey, Selma está dispuesta a soportar incluso el desdén de un criado. Sin embargo, para vengarse, le da una propina colosal, que el hombre no se atreve a rechazar: era todo el dinero que Zeynel le había dado para comprar el ajuar del bebé.

No le queda un céntimo y no tiene más remedio que volver al hotel a pie. Lentamente atraviesa el puente de Alma, caminando con cuidado para no sacudir al niño que siente moverse en su seno. El primer puntapié —fue al día siguiente del desfile del 14 de julio— le había causado un terror inmenso; había corrido al médico, que la tranquilizó riéndose, explicándole que así les ocurría a todas las futuras mamás. Ella se lo había agradecido pero no le creyó: su bebé era sin lugar a dudas más vigoroso que los demás; bastaba que se quedara quieta para que la llamara al orden con un gran golpe, como si le impacientara la quietud de aquel vientre que lo llevaba y que, a falta de ver el mundo, al menos quería sentirlo mover. Así es que daba largos paseos por los jardines y los museos, convencida de que la emoción que sentía ante la belleza era necesaria para el niño tanto como el aire y el alimento que ella le transmitía mediante un proceso que no tenía ninguna gana de entender.

Y aquel día, al volver del hotel Plaza, se decía que su gesto de orgullo —que Zeynel consideraría como insensato— era más importante para el niño que todos los ajuares del mundo, ya que, encogido como estaba dentro de ella, dependiendo tan íntimamente de ella, no podía dejar de impregnarse de su rebeldía y de su orgullo.

—Señor, es papá de una hermosa niña.

Radiante, la comadrona sale de la habitación delante de la cual Zeynel, desde esa mañana, se pasea invocando los noventa y nueve nombres de Alá. El sol se ha puesto hace largo rato. Secándose la frente, la mujer suspira de alivio, agotada tanto como la joven mamá, cuyo corazón en muchas ocasiones creyó que iba a fallar. El parto ha sido especialmente difícil: ella es tan frágil y el bebé tan grande: «Tres kilos y medio, señor, puede sentirse orgulloso».

De puntillas, Zeynel entra a la habitación en la que descansa la madre, pálida como una muerta. A través de las lágrimas, de nuevo le parece que está en Estambul, que aquella forma inmóvil sobre la cama es su sultana y el bultito rojo que llora es la pequeña Selma, su niña...

—Bueno, Zeynel, ¿ni siquiera me felicitas?

La voz cansada, un poco burlona, lo saca de su sueño.

¡Selma! ¡Qué viejo tan imbécil parece repasando el pasado mientras su niña está allí y ha sufrido tanto! Presa de remordimientos, se precipita, le toma las manos y se las besa balbuceando agradecimientos que ella no entiende.

Discretamente, la comadrona anuncia que se marcha, que volverá por la mañana.

—Hasta entonces, piense en el nombre que quiere ponerle a la niña, pues tendré que inscribirla en el ayuntamiento.

—No se tome la molestia, Zeynel se encargará— responde Selma con una sonrisa indefinida.

La lámpara veladora ilumina la habitación con un resplandor rojizo. Hace rato que Zeynel se ha retirado, roto por las emociones de la jornada. Selma está sola con la niña que duerme a su lado.

Una niña: el destino lo decidió. Dios le muestra el camino. Ahora todo es sencillo, evidente: ¡su hija será libre! Aunque tenga que ocultarse, Selma jamás volverá a la India. Hace el juramento sobre la cuna del bebé.

V

1º de diciembre de 1939

Alteza:

Acabamos de salir de una larga pesadilla, razón por la cual no os hemos dado noticias desde hace algún tiempo. La rani ha estado muy enferma, tanto que hemos temido por su vida; pero —¡Alá sea loado!— ahora está sana y salva, aunque todavía muy débil. ¡Ay!, ha sucedido algo terrible, seguramente ya lo habéis adivinado... el 14 de noviembre la princesa ha dado a luz...

Zeynel se detiene, sujeta la pluma con la mano temblorosa: es imposible, no puede escribir esas palabras terribles, le acarrearán desgracias a la niña, ¡Dios los castigará! Un estremecimiento recorre todo su cuerpo, tiene miedo, miedo del crimen que se apresta a cometer. Pero si no lo hace, conoce a su Selma, nunca se lo perdonaría, pensará que la ha traicionado y, en lugar de confiarse a él como ha hecho desde que están solos en París, lo tratará como a un extraño. Y esta idea le es insoportable. Después de todo, tal vez tenga razón de querer abandonar al rajá si la hace desgraciada. ¿Acaso no la tuvo encerrada dos semanas porque había aceptado una invitación a bailar? ¿Y no estuvo por ello al borde de la muerte? La obligación de Zeynel era protegerla, tal como se lo prometió a la sultana en su lecho de muerte.

Aprieta los dientes y con mano algo más firme escribe estas palabras:

El 14 de noviembre la princesa dio a luz un niño muerto.

¡Ya, lo escribió! Con una especie de estupor, el eunuco mira los signos negros que de golpe cambian el destino de un ser. Para el rajá, la niña ya no existe: con una palabra, él, Zeynel, acaba de hacerla desaparecer.

Cuando, unos días antes, Selma le había hablado del proyecto, había creído primero que los sufrimientos del parto le habían perturbado la mente; luego había tenido que rendirse a la evidencia: no era un capricho pasajero como sucedía a veces, sino una decisión responsablemente pensada: temía que, amparándose en la niña, el rajá la obligara a volver a la India.

Él se había negado de plano, horrorizado por aquel proyecto que consideraba criminal. ¿Cómo podía una madre declarar que su bebé hacía nacido muerto? Aquello le parecía casi tan abominable como matarlo de verdad. Al ver que Selma se obstinaba, había intentado convencerla con argumentos prácticos: ella no tiene ninguna fortuna personal, ¿de qué iban a vivir los tres? Selma había respondido que con lo que les quedaba de las joyas podrían mantenerse al menos durante seis meses. Después tendrían el dinero del petróleo.

—¿Del petróleo?

—¡Vamos, si lo sabes! Los campos de petróleo de Mossul, en Iraq, que fueron comprados por el sultán Abd al-Hamid y son propiedad de la familia. Antes de salir de la India, recibí una carta de mi tío Selim, avisándome que el gobierno iraquí había aceptado indemnizarnos. Esta malhadada guerra lo ha retrasado todo, pero no va a durar eternamente. ¡Zeynel, pronto seremos ricos!

Selma le había cogido la mano riendo y el viejo eunuco no había tenido corazón para comunicarle sus dudas: después de todo, el gobierno iraquí podía limitarse a anexar los campos petrolíferos sin pagar la menor compensación. ¿Quién en el mundo iba a levantar la voz para defender a una familia que en el plano político ya no representaba nada?

—Bueno— había farfullado, —tal vez heredaréis, pero eso no hará que cambie de actitud: nunca seré cómplice de un acto tan monstruoso.

—¡No entiendes nada!— había exclamado Selma con lágrimas en los ojos, —¡Y yo que creía que me querías! Es decir, lo que quieres es que de nuevo me tengan prisionera. ¿Quieres que mi hija sólo conozca la vida del velo, los muros cerrados y el sojuzgamiento de un viejo rajá con el que la casarán a los doce años pretextando que es rico? ¡Nunca aceptaré esto! Si me abandonas, no me importa, me quedaré aquí, sola con mi hija... Pero— había agregado, —me duele constatar que eres más leal al rajá, que no es nadie para ti, que a nuestra familia.

Y le había dado la espalda. Durante días, no le había dirigido la palabra, llorando y rechazando la comida; él sabía que era para obligarlo a ceder, pero también que era capaz de ponerse enferma de verdad. ¿Qué haría entonces con la niña? Viendo los titubeos de Zeynel, Selma había cambiado de táctica, describiéndole la vida idílica que llevarían los tres en ese país en el que ningún prejuicio trasnochado podría coartarlos. Formarían como una familia.

No había precisado nada, pero era fácil comprender lo que quería dar a entender: le hacía vislumbrar una evasión con la que él había soñado a menudo pero que sabía que era imposible pues la prisión se hallaba dentro de su mismo cuerpo. Al menos lo creyó hasta que vino a Europa. Pero cuando se había dado cuenta de que aquí la gente lo tomaba por el padre o incluso por el marido de Selma, el mundo había cambiado de color. De repente ya no fue un eunuco, sino un hombre, de buena presencia, al que se le mostraba deferencia. Mientras que en la India, donde todos estaban al tanto de su estado, adivinaba perfectamente las risas que disimulaban con las manos las mujeres y los jóvenes. Allá, como por doquier, se había perdido la tradición de los grandes eunucos. No quedaban más que algunos, negros, por quienes Zeynel siente el mayor desprecio, sin refinamiento ni educación, apenas capaces de custodiar las puertas de los harenes. En Turquía era otra cosa. Los eunucos del palacio eran temidos por las mujeres pues tenían acceso a los oídos del amo, del que a menudo eran confidentes o incluso consejeros. El gran Kislar Agha, jefe de los eunucos negros del sultán, era uno de los personajes más importantes del reino, a veces más poderoso que los ministros. Esos tiempos, ay, ya no existen. De la gloria y del poder no queda nada, sólo la cruel mutilación que convierte al eunuco en un objeto de escarnio.

Tras haberlo pensado días y noches, Zeynel va finalmente a decir a Selma que no soporta el verla desdichada y que hará lo que le pide. Ignora que ella le ha escrito a Harvey y que en realidad la familia de tres que le ha propuesto es una familia de cuatro. Se cuida mucho de decírselo ya que es la manera más segura de que el eunuco se mantenga en sus trece.

Porque se le ha ocurrido una idea loca, que al comienzo rechazó, pero que poco a poco se le ha impuesto y ha terminado por apoderarse completametne de su espíritu. Fue al mecer a su hija y al mirarle los ojos oscuros que comienzan a mancharse de oro. Se había asombrado al constatar que se parecía extrañamente a Harvey, como si el deseo de que fuera suya se hubiera impreso en los rasgos de la niña.

¿Y si le dijera... que era *su* hija? Esta niña necesita un padre, ¿qué mejor padre que Harvey? ¿Y él, cómo podría saber que no lo era? En estos tiempos turbulentos —a comienzos de noviembre, se creyó que los alemanes invadirían Francia—,* Harvey seguramente no podrá venir antes de varios meses. A su llegada encontrará una bonita niña, tal como soñó tener, algo adelantada para su edad, nada más.

Selma se estremece. Es imposible, no podría mentirle al hombre que ama. ¿Aunque, es una mentira...? Esta niña ¿no es acaso más hija de Harvey que de Amir...? Amir, que le parece tan lejos, a quien casi ha olvidado... Cuando la niña estaba en su seno se había desarrollado bajo las caricias de Harvey; el calor que ella sentía y que le transmitía —sol que convertía a aquel pequeño brote en un arbolillo— le venía de su ternura. Está convencida de que si se hubiera quedado en la India, ansiosa, desesperada por aquel embarazo que la mantenía cautiva de un marido que no sabía amarla, la niña hubiera nacido débil, condicionada por la desdicha de su madre, y eso en el caso de que la criatura no se hubiera malogrado antes de nacer.

En cambio, esta hermosa niña es la imagen de la felicidad, la felicidad que le dio Harvey. ¿Decirle que es suya no es restituir una verdad más profunda que la que resulta del azar, de hechos en los que se ha estado mezclado sin haber tomado parte realmente? No sabe cómo explicarlo, sólo que está convencida de que la cronología y la lógica son medidas incapaces de dar cuenta de lo que en lo más profundo de sí ella considera como la Verdad. Una verdad liberada de un pasado que ella vivió como una extraña, una verdad fuertemente anclada en este presente que vive con todo su ser.

Con el espíritu en paz, Selma le escribe a Harvey que está esperando un hijo suyo.

—¿Tengo alguna correspondencia?

—No, señora, nada.

Estamos a fines de enero y Selma no ha recibido ninguna respuesta de Harvey. Sin embargo, desde que nació la niña, le ha enviado cuatro cartas a su domicilio de Nueva York cuidando de disimular la letra para no llamar la atención de la esposa celosa. No conoce su situación actual. ¿Habrá obtenido el divorcio? ¿Sigue viviendo con Úrsula? Los trastornos del correo pueden explicar que se pierda una carta, pero no todas.

Comienza a inquietarse. Ya hace cinco meses que no tiene noticias. ¿Estaría enfermo hasta el punto de no poder escribir? ¿Le habrá ocurrido alguna desgracia?

Felizmente, la niña acapara todo el tiempo de Selma y le impide consumirse con la espera. ¡Es tan bonita! Se ríe en cuanto escucha

* Las comunicaciones entre Francia y los Estados Unidos eran muy irregulares porque las compañías marítimas temían navegar con sus barcos por el Atlántico.

la voz de su madre; también llora un poco: tiene casi tres meses y le están saliendo los primeros dientes.

—¡Señora!

El director del hotel la detiene en el momento en que va a tomar el ascensor:

—Señora, ¿puede decirme cuánto tiempo piensa quedarse...?

—... Bueno, no lo sé... dos o tres meses, me imagino.

—Es que... Voy a necesitar sus habitaciones, tenemos clientes que...

Selma lo mira de arriba abajo, asombrada.

—Que yo sepa, el hotel no está lleno. Actualmente no hay muchos turistas en París.

—No, pero... Mire: su bebé despierta a los clientes. Muchos se han ido. Lo siento mucho, señora, pero va a tener que buscar otro hotel, una pensión familiar... Conozco una que sería perfecta, en la rue Scribe, cerca de la Ópera.

Selma está aterrada, se sentía tan bien aquí, con el jardín... Viendo su confusión, el director, que no es mala persona, intenta justificarse.

—Hemos hecho todo lo posible, pues nos daba pena negarle la hospitalidad a una dama. Para el parto, no dijimos nada, pero nunca nos imaginamos que tendría lugar aquí. Si la niña o usted misma hubiera perdido la vida (Dios no lo quiera), imagínese las complicaciones que nos hubiera causado...

Selma se endereza.

—En efecto, habríamos podido morir; créame, señor, que lo habría sentido muchísimo por usted. Pero no se preocupe, nos iremos esta misma tarde. Telefonee por favor al hotel de la rue Scribe para saber si tienen lugar.

—Es que... ya lo hice... tienen cuartos libres.

—Ya veo. Pues bien, prepare la cuenta.

Incómodo, el director se deshace en excusas.

—No tiene por qué ser hoy, si usted quiere...

—Para mí, señor, debe ser antes de una hora.

El hotel de la rue Scribe, pomposamente llamado hotel du Roy, es un establecimiento de tercera clase frecuentado por una pequeña burguesía de provincia que viaja a París, y por parejas que esperan vivienda y alquilan por mes. No hay salón, apenas un comedor en el que sirven menús a precio fijo. Al ver llegar a aquella dama elegante, el portero cree primero que se ha equivocado, pero luego ve al señor con el bebé y se da cuenta de que son los extranjeros que le habían anunciado.

—Por aquí, señora, les hemos reservado las dos mejores habitaciones, con sala de baño.

Por el tono como pronuncia «con sala de baño», Selma comprende que deben ser los únicos que se benefician de ese lujo. Se vuelve hacia Zeynel.

—Espero que estés contento— le dice maliciosamente, —este tipo de hotel no gravará mucho nuestro presupuesto.

Pero Zeynel no la oye: está en las nubes pues cuando pasaba por el corredor una camarera lo ha felicitado por «su bebé».

El cambio de hotel tiene otra ventaja: evitar la indiscreta solicitud de la comadrona que trajo a la niña al mundo. Selma todavía no la ha declarado y no tiene ninguna intención de hacerlo antes del 15 de febrero; esta fecha le quita al rajá, si los encuentra, todo derecho sobre la niña, ya que no ha podido llevarla doce meses en su seno, y hace plausible la paternidad de Harvey.

Selma se adapta fácilmente a su nuevo barrio, además más simpático que el distrito VII, aristocrático y amanerado. La vida en la capital ha recuperado un ritmo casi normal. Teatros y cines están abarrotados y las salas de baile, que habían cerrado durante tres meses por respeto a los combatientes, han vuelto a abrir sus puertas en diciembre ¡puesto que no hay combates! Casi se puede creer que viven en tiempos de paz, si no fuera por la escasez de taxis, de los que la mitad han sido requisados, y la instauración de días sin pasteles, sin alcohol y sin carne. Pero los parisinos lo toman a broma: pues bien, si no hay carne comeremos langosta. Incluso el gobierno ha dejado de hacer sonar las sirenas, salvo para los simulacros, que también se hacían durante la paz, los jueves a mediodía.

Es sólo por la noche, con las calles iluminadas con pálidas linternas azules, cuando recuerdan que están en guerra. Pero como a todo, terminan por acostumbrarse. Basta con no olvidar la linterna de bolsillo. Los modistos, además, han tenido una idea «luminosa»: han lanzado la moda de los sombreros con flores fosforescentes que, durante la noche, dan lugar a una suave señalización.

De hecho, nadie toma en serio aquella guerra que llaman: «*la drôle de guerre*». Los periódicos contribuyen a reforzar el optimismo ambiente. El 1º de enero de 1940, como regalo de año nuevo, *Le Matin* obsequia la victoria a los lectores: «Nuestros enemigos están moralmente condenados», lo titula. «Políticamente, la guerra está ganada. Falta conseguir la victoria militar: ¡la lograremos!»

Pero cada vez más dudan de que Alemania se arriesgue a atacar a una Francia cuyo poderío, visto todos los días en los noticiarios filmados, debe seguramente causar respeto. Y también está Inglaterra, y tras ella su Imperio, inagotable reserva de soldados. El dueño del hotel du Roy, que había visto el pasaporte británico de Selma, la considera una princesa inglesa* y no deja de asediarla preguntándole sobre las intenciones de Winston Churchill y de Su Majestad, que deben ser parientes de su cliente o al menos amigos. Selma se cuida mucho de sacarlo del error y aprovecha ese crédito para conseguir algunos privilegios como el arreglo de la habitación —que ha logrado hacer casi confortable— y el desayuno en la cama. Los demás parroquianos se han puesto algo celosos, pero el dueño les ha contestado con tono inapelable que era impensable negarle aquellas pequeñas comodidades a una persona tan distinguida.

Entre los huéspedes instalados permanentemente en el hotel du Roy, Selma conoce a una mujer morena, actriz profesional y, dice riendo, algo bruja. Al final de la tarde recibe en un rincón del comedor, en el que ha instalado su «consulta», con la aprobación del dueño que ve en ello un medio de atraer, para el té o el aperitivo, a la clientela del barrio.

Pero como ocurre a menudo con los que poseen un don natural, Josyane desprecia ese oficio y sólo aspira a la gloria de los escenarios. Lo sabe todo sobre teatro, las manías de los actores, sus intrigas amorosas, nunca le faltan historias. De esta manera ha conquistado a Selma que nunca dejó de sentir una curiosidad adolescente por el mundo del espectáculo y sus entretelones. Josyane le ha propuesto hacerle conocer jóvenes artistas. Por primera vez desde el parto, Selma deja al bebé al cuidado de Zeynel, pese a las invectivas del eunuco que no le gusta nada aquella «teatrera». Pero Selma está acostumbrada: a Zeynel no le gustan nunca sus nuevos amigos. Y durante toda una noche, Josyane la pasea por oscuros cabarets de Montparnasse y del Barrio Latino en los que las glorias de mañana recitan o rasgan guitarras. Selma no se siente muy impresionada pero se divierte en grande. Ese tipo de distracciones le conviene mucho, pues advierte que en alguna parte acecha la inquietud: el mes de febrero toca a su fin y aún no tiene ninguna noticia de Harvey.

Pasa horas sentada junto a su pequeña niña dormida, reviviendo las cuatro semanas que pasaron juntos. Recuerda cada momento, cada palabra, cada sonrisa, cada caricia, con una precisión que la deja estupefacta... Está segura de que Harvey tampoco puede olvidar. Y ella se asombra de esta certeza, ella que nunca tuvo confianza en nadie. Hoy en día, en que todas las apariencias están en contra de su amor —si una amiga le contara una historia parecida, la miraría con lástima, convencida de que su amante

* Por su matrimonio con un indio, Selma es súbdita británica, pues la India era colonia inglesa.

la había abandonado simplemente—, no duda ni un instante de Harvey. Sabe que lo que les sucedió es algo diferente: ellos no se eligieron. Fue una evidencia que los arrastró sin dejarles la menor oportunidad de resistirse. Experimenta una plenitud que no logra explicar. Piensa que quizás, cuando se ha vivido tan plenamente, aunque fuera unas semanas, se hace una experiencia de la eternidad y que por lo tanto la muerte ya carece de importancia.

En la cuna, la niña llora. Inquieta, Selma se inclina y acaricia tiernamente los cabellos sedosos. ¿Cómo se atreve a pensar en la muerte cuando su niña está allí y necesita tanto a su mamá? Su niña, que cada vez se parece más a Harvey... Es hora de inscribirla, ¿pero cómo hacerlo? ¿Cómo justificar delante de las autoridades un atraso de tres meses? Desde hace muchos días, Selma busca inútilmente una solución.

Al verla preocupada, Josyane se ofrece a ayudarla.

—No quiero ser indiscreta, pero si puedo hacer algo... Conozco París como la palma de la mano. Nací aquí.

Selma no ve otra alternativa y termina por confiarse a ella; pero no menciona a Harvey. Atribuye a la ignorancia de la ley francesa el hecho de no haber declarado al bebé cuando nació.

Josyane la mira socarrona.

—¡Bien! No la ha declarado. Las razones son asunto suyo, pero ahora hay que encontrar a una comadrona para atestiguar que la ha asistido. Es difícil, pese a que conozco a una que, tal vez... Pero corre un riesgo porque si la pillan le retiran el permiso de ejercer su profesión. Seguramente pedirá caro...

Viendo que Selma titubea, añade:

—En el fondo, sería mejor que fuera al ayuntamiento con su comadrona y que diga que no lo sabía, que se le había olvidado, ¡cualquier cosa!

—¡Es imposible!

Josyane mira el rostro rojo de Selma. Ahora sabe lo que quería saber: esta princesita de mirada inocente quiere hacer una falsa declaración. Por eso no puede pedirle nada a la mujer que la asistió.

—Vamos, no ponga esa cara, todo se arreglará. Sabe que haría cualquier cosa por sacarla de un apuro. Mañana mismo iré a ver a esa mujer.

Al día siguiente, Josyane entra con aire consternado.

—¡La mujer está loca! Sus exigencias son increíbles, ni siquiera vale la pena hablar...

—¿Cuánto?— pregunta Selma con tono glacial.

—No, ni hablar, es demasiado... ¡Pide veinte mil francos!

—¡Veinte mil! ¡Es muchísimo!

—Es insensato, y además dice que lo hace como favor, porque

me conoce. Creo que lo mejor es no declarar a la niña. Después de todo nadie le pide nada. Naturalmente, si un día hay un control (y de vez en cuando controlan a los extranjeros), puede tener problemas: pueden creer que se robó la niña y quitársela. He oído decir...

—¡Basta!— la interrumpe Selma. —Pagaré. ¿Podemos ir mañana por la tarde? Sólo necesito pasar por el banco.

—¿Podemos...?— se asombra Josyane. —¿No lo dirá en serio? Ella no querrá verla por nada del mundo. Desconfía y sólo me acepta como intermediaria porque me conoce hace mucho tiempo.

Selma asiente, un poco a regañadientes. Tiene la impresión de que Josyane no le dice toda la verdad y que redondea la cantidad para quedarse con una parte. Pero, de todas maneras, no ve otra solución.

Al día siguiente, le entrega a Josyane la cantidad convenida y, para calmarse los nervios, sale a pasear con Zeynel y el bebé. Cuando vuelve, le dicen que la mujer ha abandonado el hotel sin dejar ninguna dirección.

El anuncio de que los alemanes han iniciado la guerra submarina para impedir que los ingleses se armen y se abastezcan en Estados Unidos, ha sido para Selma la mejor noticia del año: ahora comprende mejor por qué no recibe cartas de Harvey. De nuevo se siente liviana, además porque la guerra va a terminar: es cuestión de meses, no es la guerra del 14-18. Selma era muy joven pero recuerda como si fuera ayer la tristeza que reinaba entonces en Estambul, los hospitales llenos de heridos, las familias de luto. Aquí nadie parece tomarse los acontecimientos en serio. Al contrario. Se burlan de la debilidad militar de la URSS que ha necesitado más de tres meses para reducir a la pequeña Finlandia y hablan de la miseria en la cual se encuentran los soldados alemanes, que combaten en harapos y con el estómago vacío. Sin embargo, ese ejército ha invadido Dinamarca, que no pudo oponer ninguna resistencia y, pese a los cuerpos expedicionarios francés y británico enviados para prestarles ayuda, acaban de vencer a Noruega...

Para tener una idea más precisa de la situación, Selma lee todos los días dos o tres periódicos y escucha la radio, pero sólo hablan de la hambruna que asola al Reich, del creciente descontento contra el régimen nazi y de la grave enfermedad que podría obligar a Hitler a retirarse. En cuanto a los políticos, no paran de declarar que no hay razones de inquietud.

Por lo tanto, nadie se preocupa. Es primavera y los vestidos claros y los sombreros floreados han hecho su aparición. En las carreras de Auteuil y de Longchamp, las mujeres no han perdido su elegancia y, tal como cantan, por la orilla del Marne «el merendero ha vuelto a abrir sus puertas...»

Un día, acompañada de Zeynel que lleva a la niña, Selma toma el sol en la terraza del Café de la Paix y siente dos manos que le tapan los ojos y un «cucú» sonoro que resuena en sus oídos. De un salto, se zafa...

—¡Orhan!

—¡Selma!

Caen uno en brazos del otro, dando gritos de sorpresa y de placer. No se han visto desde el Líbano.

—¿Qué haces aquí? Te creía reinando en tu palacio de oro en lo más profundo de la India.

—¿Y tú?

—¿Yo? Pues bien, seguí al rey Zogú al exilio. Comienzo a acostumbrarme. En realidad no echo de menos Albania, es un bonito país pero para mi gusto un poco primitivo. Entretanto me casé, me divorcié y ahora estoy libre. Además, también me divorcié del rey. Se instaló en el campo y a mí, sabes, el campo... De modo que volví a mi antiguo oficio, pero un poco más noble: llevo y traigo coches por toda Europa.

Ríen. ¡Qué agradable es volverse a ver!

Orhan se vuelve hacia Zeynel que los escucha muy ufano.

—¡Buenos días, Agha! Tiene un aspecto soberbio. Pero...— con aire asombrado, muestra al bebé, —¿qué es esto?

—¿Esto?, es mía— responde Selma orgullosamente.

—¿Y dónde está el papá?

—Ya te contaré, es un poco largo.

—Siempre con misterios, ¡en eso reconozco perfectamente a mi primita!

Mira el reloj.

—Perdóname pero estoy retrasado y tengo una cita con una mujer de la que estoy locamente enamorado.

—Como siempre— se burla Selma, —en eso reconozco perfectamente a mi primo.

—Dame tu número de teléfono, te llamaré dentro de algunos días. Ahora que te he encontrado no te dejaré escapar.

Le pasa la mano por los bucles como cuando eran adolescentes y murmura medio en serio y medio en broma:

—En el fondo, debí haberme casado contigo.

Luego la besa en la punta de la nariz y se marcha agitando el sombrero.

Dos días más tarde, el 10 de mayo, los franceses sabrán con estupor que los ejércitos alemanes han invadido Holanda, Luxemburgo y... Bélgica. Frustrando todas las previsiones, han rodeado la línea Maginot y, despreciando toda regla ética, han penetrado en un país que se había declarado neutral. Además, aprovecharon las fiestas de Pentecostés para atacar, los muy cobardes. Pero todos están tranquilos: el ejército francés, secundado por algunos batallones ingleses, ha partido en ayuda de sus vecinos belgas. ¡Les harán morder el polvo a esos teutones!

En los días siguientes, las noticias del frente son vagas, pero cuando el 13 de mayo capitula Holanda, los parisinos comienzan a preocuparse. Tanto más cuando, ante sus ojos asombrados, ven atravesar la capital a los primeros refugiados belgas en automóviles repletos de todo lo que han podido llevarse. El gobierno llama de Beirut al general Weygand para que se haga cargo de la comandancia en jefe del ejército y nombra al mariscal Pétain vicepresidente del gobierno. La población recibe al vencedor de Verdun con alivio y gratitud: ahora el país está en buenas manos. Lo que no impide que, por si acaso, se organicen rogativas en las iglesias: incluso sacan en procesión las reliquias de San Luis y de Santa Genoveva, que, en el siglo V, protegió Lutecia de las hordas de Atila.

El 26 de mayo, *Le Matin* titula en primera página: «Las tropas aliadas infligen al enemigo grandes pérdidas. La infantería francesa no ha perdido ninguna de sus cualidades». De manera que, cuando al día siguiente se sepa la rendición de Bélgica, será la gran indignación: el rey felón ha capitulado sin advertir siquiera a los mandos francés e inglés. El momento es grave. Las tropas aliadas se han replegado para defender las carreteras que llevan a la capital, contra un ejército alemán del que los parisinos, ahora, comienzan a dudar que esté tan agotado como le habían hecho creer.

En el hotel du Roy, algunas parejas hablan de acortar su estancia y volver a la provincia, pero el dueño los disuade con una risa campechana:

—Vamos, no hay nada que temer. Esos belgas no tienen sangre en las venas. ¡Pero el ejército francés es otra cosa!

Aburrida de tanta jactancia, Selma sube a su cuarto donde Zeynel se le reúne con la niña. Discuten toda la velada: todavía es tiempo de partir para Lausanne, ¿pero es prudente? Los nazis han violado el acuerdo de neutralidad con Bélgica. ¿Quién sabe si mañana no decidirán invadir Suiza que, contrariamente a Francia, no tiene capacidad de defensa? Selma titubea, no posee ningún elemento para juzgar el peligro: las únicas noticias son las de los periódicos y se da cuenta con indignación de que todas son falsas. Sin embargo, debe decidirse, y pronto.

Mira con rostro preocupado al anciano y a la niña, que se aferra a sus rodillas dando carcajadas. Ellos confían en ella. De su decisión depende tal vez su suerte. ¡Ah!, si Harvey estuviera allí. O incluso Orhan... No sabe dónde encontrarlo. No la ha llamado, cosa que no le sorprende: debe de estar absorbido por sus devaneos y en esos momentos el mundo puede caerse a su alrededor y él no darse cuenta.

Selma se toma la cabeza entre las manos. ¿A quién pedirle consejo? ¿A Marie-Laure? ¡Imposible! Hace diez meses que Selma desapareció sin dejar dirección. Su amiga debe de estar muy picada y se lo haría sentir. Además le hará todo tipo de preguntas sobre la niña... No, no acudirá a Marie-Laure.

De repente se acuerda de mademoiselle Rose. Su institutriz francesa le escribió varias veces al Líbano y luego a la India. Le decía que estaba instalada en París, donde daba clases particulares. Pero ninguno de los niños de los que se ocupaba había podido reemplazar a Selma en su corazón. Rogaba a Dios que ella pudiera alguna vez venir a París a verla. ¡Querida mademoiselle Rose! ¿Cómo no ha pensado en ella antes? La pobre no tendrá idea de lo que deba hacer —nunca tuvo los pies en la tierra—, pero las familias con las que trabaja sabrán tal vez lo que más conviene.

Al día siguiente por la mañana, Selma va a la rue des Abbesses, a la dirección que mademoiselle Rose le había dado en su última carta. Está encantada de volverla a ver, es un poco recuperar Estambul y su infancia... Sonríe recordando los sombreros de la gobernanta, que hacían sobresaltarse a las kalfas, y sus meteduras de pata, ya legendarias. Pero era tan buena, todos la querían. Selma se siente avergonzada de no haberla visitado en todo ese año que lleva viviendo en París. Se vio tan arrastrada por la vida parisina, luego por Harvey, finalmente por la niña, que se olvidó completamente. Para acallar sus remordimientos, va a la Marquise de Sévigné y compra la caja más grande de chocolates. Mademoiselle Rose siempre fue golosa.

Delante del número 12 de la rue des Abbesses, Selma se detiene, titubeante. ¿Es posible que mademoiselle Rose viva allí? La casa, llena de lagartijas, está a punto de derrumbarse y la pintura de la fachada se descascara en trozos grisáseos. Conteniendo la respiración, Selma atraviesa la entrada donde han sido depositados cubos de basura llenos hasta los bordes, cuyo olor la sigue hasta la caja de la escalera. Lentamente sube los peldaños grasientos: ¿cómo mademoiselle Rose, tan puntillosa con la limpieza, ha naufragado en esta covacha? Seguramente no tiene dinero. ¿Por qué no se lo dijo en ninguna de sus cartas?

En el segundo piso, Selma llama a una de las cuatro puertas del rellano. La mujer que le abre no es mademoiselle Rose, pero la conoce, o más bien la conocía bien:

—¡Ah!, ¿se ha mudado?— pregunta Selma.

—Si usted quiere... La pobre murió hace tres meses.

Selma cree que se va a caer redonda.

—¿Muerta?... ¿Y de qué murió?

—¡Oh!, de todo, de turberculosis, de miseria... Cuando supieron que estaba enferma, sus patrones la despidieron... Debido a los niños, ¿comprende? Entonces vino a instalarse aquí, hace apenas un año. Ya no tenía trabajo ni tampoco dinero para curarse, sólo algunas economías que le permitían sobrevivir. Era muy educada, muy amable... Algunos domingos la invitaban a comer. Pero ya sabe cómo es la vida, cada cual tiene sus problemas, no se puede hacer mucho...

Al tiempo que habla, la mujer examina a Selma con curiosidad. De repente se golpea la frente.

—¡La reconozco! Ella tenía una gran foto suya en la habitación. Entonces usted es la princesa. ¡Dios sabe que hablaba a menudo de usted! La pobre... puede decirse que la quería mucho...

Selma rompe a llorar, deposita la caja de chocolates en las manos de la mujer y huye. Baja la calle sollozando. Si al menos hubiera venido antes, habría podido salvarla, la habría llevado a los mejores especialistas, la habría puesto en tratamiento... Tal vez no habría muerto... E incluso, incluso si su caso era desesperado, habría podido darle un poco de calor humano, un poco de felicidad.

Selma no sabe cómo ha vuelto al hotel du Roy. Zeynel pasa la tarde secándole las lágrimas, diciéndole que no, que no es responsable, que en la vida todos cometen esos olvidos, esos egoísmos... Finalmente, como sigue acusándose, le pone en los brazos a la niña que, de ver llorar a su madre, se pone a gritar. Zeynel fuerza la voz para adoptar un tono áspero:

—Es de ella de quien debéis preocuparos ahora. ¿Qué haremos? ¿Qué habéis decidido?

—Zeynel— suspira, —estoy agotada. Esperemos aún algunos días. Después de todo, nadie parte.

Pero el 3 de junio, cuando la Luftwaffe bombardea París y con los demás huéspedes del hotel pasan la noche en el sótano, Selma lamenta la decisión.

Al día siguiente, los clientes de provincia hacen sus maletas y abandonan el hotel du Roy. Comienzan a ver pasar, provenientes de los barrios distinguidos, coches elegantes hundidos bajo el amontonamiento de baúles, que no van precisamente a pasar un *week-end* a Fontainebleau. Pero el gobierno, que teme que la ciudad quede vacía y se convierta así en una presa fácil para el enemigo, multiplica las declaraciones tranquilizadoras y magnifica el valor «del pueblo de París que no conoce el miedo». Radio-Cité describe la resistencia heroica de las fuerzas aliadas que en el Norte están haciendo retroceder al ejército alemán: la victoria es sólo cuestión de días.

—¡Os lo había dicho!— se pavonea el dueño del hotel du Roy.

—Cuando pienso en los miedosos que huyeron porque no tenían confianza en nuestro ejército...

Se contiene de añadir, aunque todos lo han comprendido, que considera a aquella gente no sólo como cobardes sino como traidores.

Al día siguiente, pierde mucho de su soberbia. En grandes titulares negros, los diarios anuncian la catástrofe: «Cae el frente del Somme».

—¿Es grave?— pregunta Selma, que no tiene idea de lo que es el Somme, aunque se inquieta ante la cara trastornada de la gente.

—¿Grave?— se burla un señor mayor mirándola con expresión hostil, —pero mi joven señora, eso quiere decir que tienen abierto el camino de París.

Selma palidece.

—¿Los alemanes en París? Pero decían que el ejército...

—Decían... Los políticos dicen lo que les conviene. Si lo sabré yo, que hice la guerra del 14, señora. Pues bien, oyéndoles, debía tratarse de un paseo.

En los días que siguen, periódicos y radios se esmeran por tranquilizar a los parisinos: «Nuestras tropas contienen al enemigo, decenas de miles de hombres levantan fortificaciones inexpugnables alrededor de la capital. París no tiene nada que temer, será defendida cueste lo que cueste». El general Weygand declara: «El enemigo ha sufrido pérdidas considerables. Estamos en el último momento: ¡aguantad!» Pero comienzan a llegar los primeros grupos de soldados en retirada. Extenuados, amargados, gritan que los han engañado, que la desigualdad de fuerzas es enorme, que todo está perdido.

En las estaciones, la SNCF multiplica los trenes para los que deseen partir, pero la mayoría titubea aún: partir es dejarle todo a los ladrones, que pululan en estos tiempos turbulentos. ¿Y adónde ir? Son raros los parisinos que tienen residencias secundarias o amigos en el campo que los reciban, y los hoteles son caros. Selma, ahora, tiene ganas de abandonar la capital, pero desde hace dos días Zeynel está con un violento ataque de reumatismo. Le suplica que se vaya, que él se reunirá con ellas lo antes posible.

La solución sería encontrar un coche. Sólo Marie-Laure puede ayudarla. Sobreponiéndose a su amor propio, Selma va a la avenida Henri Martin para saber por la portera que «la señora condesa se fue hace una semana». Al volver al hotel, y para tranquilizar a Zeynel, le dice que Marie-Laure se ha burlado de ella y le ha jurado que no había ningún peligro: los alemanes no pueden alcanzar París.

Esta vez lo ha pensado bien antes de tomar la decisión. Desde el tiempo que están solos, día tras día, Selma ha podido apreciar la abnegación del eunuco: no es cosa de abandonarlo ahora. Después de todo, si él está metido en esta aventura, en vez de vivir tranquilos días en la India o en el Líbano, es por ella. Aunque al quedarse en París pone en peligro a su hija... ¿Qué habría hecho su madre en su lugar? Jamás habría dejado a Zeynel solo. Pues bien, Selma tampoco. Si hay peligro le harán frente juntos.

El 10 de junio, a primeras horas de la mañana, Selma se despierta con un estruendo confuso que sube por la calle. Se precipita al balcón, divisa en la acera grupos de gente presa de la mayor agitación, que corren gritando. Selma no logra captar lo que dicen. En un abrir y cerrar de ojos se pone un vestido, deja a la niña en la habitación del eunuco y corre por las escaleras. Allí se topa con sus vecinos que arrastran maletas a punto de reventar.

—¡El gobierno ha huido durante la noche!— le gritan. —Dese prisa, llegan los alemanes.

En la calle, la gente se pregunta:

—¿Por dónde parte usted? ¿Por Austerlitz? ¡Rápido! ¡Los trenes estarán llenos!

—Yo me voy en bicicleta, dicen que van a bombardear las vías férreas.

—¡Bueno!, ¿vas a hacer esas maletas?— le grita un hombre a su mujer petrificada en el umbral de la puerta. —¡Te advierto que nos vamos dentro de media hora!

Automóviles y camiones repletos, con fardos y colchones amarrados al techo, comienzan a desfilar ante los ojos atónitos de Selma. Se dirigen hacia la rue Royale para atravesar el Sena y llegar, por el Barrio Latino, a las puertas de Orléans y de Italia. A medida que pasan las horas, el tráfico se vuelve más denso. Por la tarde, la ola es tal que se inmoviliza. Sobre todo porque, para huir, los parisinos han cogidos todos los vehículos que han podido encontrar, cacharros que al cabo de unos cientos de metros se averían, o carretillas cargadas con pobres tesoros que se han negado a abandonar y que hombres y mujeres se agotan tirando. Todo el día la policía difunde órdenes: «No vayan a las estaciones, están bloqueadas». «No tomen el bulevar Saint-Michel ni el bulevar Saint-Germain... El bulevar Henri IV está completamente copado.» Despavorida, la gente no escucha. Sólo tiene una idea: huir.

Desde su ventana, Selma mira a la muchedumbre presa de pánico. En los momentos dramáticos conserva siempre la cabeza fría, como si, cuando la situación es realmente grave, abandonarse al miedo fuera un lujo. ¿Qué podría hacer en medio de aquella marea humana, entre esa gente feroz, con su bebé de siete meses y Zeynel que apenas se puede arrastrar?

Los dos días que siguen son una verdadera pesadilla. El general Weygand ha declarado a París «ciudad abierta» y el pánico cunde entre los que todavía dudaban si huir o no. Ciudad abierta quiere decir que la capital no será defendida, que está abandonada a los vencedores. Los alemanes son conocidos: seguramente matarán a todos los que hayan sido lo suficientemente locos como para quedarse.

Pero Selma y la media docena de gente de edad que, por fatalismo o por miedo de morir de agotamiento en las carreteras han preferido permanecer en el hotel, deciden que se trata más bien de una buena noticia. Si París no se defiende, es igual que decir que París se rinde: ¿Por qué iban los alemanes a destruir esa magnífica ciudad que les ofrecen en bandeja de plata?

Se reúnen en el pequeño comedor, todos juntos, para darse ánimos, y el dueño —una vez no crea costumbre— destapa una botella de armagnac. Le agradecen que no haya cerrado el hotel, pero él explica que ha trabajado penosamente toda su vida para tenerlo: no va a dejárselo a los saqueadores.

—Defenderé lo que es mío— declara sacando el pecho, —incluso contra los alemanes. Por lo demás, no veo por qué van a atacar a pacíficos comerciantes.

Ahora París está extrañamente tranquila, vaciada de tres cuartas partes de sus habitantes. Selma pasó la tarde buscando leche para su niña, pero todas las tiendas estaban cerradas. Finalmente terminó por localizar una tienda donde compró, a precio de oro, galletas secas y dos tarros de leche condensada. Luego volvió al hotel por los bulevares desiertos, asombrándose del ruido insólito que producían sus tacones en el pavimento: todas las persianas estaban cerradas, parecía que la ciudad hubiera dejado de respirar. Los alemanes son esperados al día siguiente.

En la habitación iluminada por una vela pasa toda la noche despierta mirando dormir a su hija.

Un estruendo sordo la sobresalta. Debió de amodorrarse porque la vela se ha apagado y el sol se filtra por las persianas. De un salto llega a la ventana y mira por las rendijas... ¡Son ellos!

Una columna de tanques, brillando como enormes escarabajos en la luz de la mañana, acaba de dar vuelta a la plaza de la Ópera. Precedida por motoristas y seguida por vehículos provistos de ametralladoras, se dirige calmosamente hacia la Concorde.

Toda la mañana, Selma los mira desfilar, hipnotizada por aquella parsimonia, aquel poderío. Y poco a poco le vuelve la imagen de una niña aferrada a las faldas de su madre, que, a través de las ventanas del palacio de Ortakoy, mira los grandes barcos armados de cañones, cortando las tranquilas aguas del

Bósforo. Estrecha fuertemente a su hija y baja a reunirse con sus compañeros en el comedor.

Aglutinados junto a las ventanas, observan en silencio al enemigo que entra en la ciudad. Hacia mediodía, ven a un grupo de oficiales de la Luftwaffe, impecables con sus uniformes grises, posesionándose con la mirada del Gran Hotel, al otro lado de la plaza de la Ópera.

—Pues bien, no podría ser mejor— refunfuña el dueño, —si los ingleses quieren hacer un numerito, estaremos en primera fila.

Nadie responde: abrumados, miran la bandera roja con la cruz gamada negra que lentamente se iza hacia el cielo. Un ruido extraño hace volverse a Selma: el viejo combatiente de la Primera guerra está llorando.

VI

El 14 de junio, coches equipados con altavoces recorren las calles ordenando a los parisinos que permanezcan en sus casas: «No será tolerada ninguna manifestación. Todo atentado contra soldados alemanes será castigado con la muerte». Pero a partir del día siguiente, viendo que la población, golpeada por la derrota, no pensaba de ninguna manera en resistirse, fue revocada la prohibición de salir. Era menester, para que el ejército de ocupación pudiera instalarse, que la vida recuperara su ritmo y que los servicios públicos volvieran a funcionar. Panaderos, comerciantes y dueños de restaurants fueron requeridos para el trabajo, así como la administración. «Cada cual debe ocupar su puesto y cumplir con su deber», ordena el prefecto del Sena. De una u otra forma, todo volverá a funcionar: el metro, algunas oficinas de correos, los bancos, incluso los tribunales.

Selma ha dormido poco estas últimas noches; razón por la cual, el 17 por la mañana, cuando Zeynel irrumpe en su habitación para hablarle urgentemente, vuelve a meter la nariz en la almohada. Pero él insiste. Con aires de conspirador, le anuncia que los ayuntamientos están abiertos y, por cierto, en medio de un desorden monstruoso. Selma se incorpora sobre un codo y lo mira deslumbrada: ¡molestarla para contarle eso! Imperturbable, el eunuco explica que ése o nunca es el momento de declarar el bebé.

—La mitad de los empleados están ausentes y los demás despachan los asuntos para poder seguir discutiendo entre ellos sobre los acontecimientos. Esta mañana pasé por el ayuntamiento del distrito IX: hay que aprovechar la ocasión. Diré que la niña nació en la noche del 14 al 15 y que la comadrona estaba tan enloquecida que desapareció olvidando extender el certificado. Comprenderéis que en estos momentos no tienen ni ganas ni medios para verificarlo. Rápido, dadme vuestros papeles, os traeré un certificado de nacimiento.

Y todo ocurrió como Zeynel lo había previsto. Delante del viejo señor tan cortés que la mira con ojos suplicantes, como si ella fuera Dios todopoderoso, la empleada del ayuntamiento siente lástima. Además, habla tan mal francés que no entiende nada de sus explicaciones. Y no quiere perder la mañana. Tanto da, prescindiremos del certificado, ¡hoy no es un día como los demás!

—Bueno, veamos los documentos de identidad de la madre, puesto que no tiene nada más. Nombre: Selma. Esposa de: Amir, rajá de Badalpur.

Con hermosa caligrafía, inscribe Amir, tomando el nombre por el apellido. Zeynel contiene el aliento.

—¡Bien! Ahora: rajá de Badalpur. ¿Qué es esto? ¿La profesión del padre? ¿Qué quiere decir rajá?

Zeynel titubea. Si dice rey, seguramente ella lo tomará por un viejo loco.

—Vamos— se impacienta la empleada, —debe de tener un oficio, ¿no? ¿Comerciante?

—Eso es, comerciante— asiente el eunuco bajando la cabeza mientras la empleada escribe concienzudamente.

Tiene la impresión de traicionar al rajá mucho más que cuando le anunció que su hijo había nacido muerto. No se atreve ni a imaginar la reacción de su princesa.

Para su gran sorpresa, Selma lo encontrará muy divertido.

—Si Amir lo supiera te haría colgar— ríe. —Pero no te preocupes— añade viéndole palidecer, —con un certificado de nacimiento como éste, nunca se podrá imaginar que esta niña es suya. Es esto lo que importa.

Está de buen humor; después del miedo de estos últimos días, finalmente las cosas marchan mejor. Dejará a la niña al cuidado de Zeynel e irá a pasear un poco.

Toma las calles laterales para evitar la plaza de la Ópera, convertida en plaza alemana con sus nuevos rótulos que indican la «Capucine Strasse» y la «Concorde Platz». Pero advierte que a la mayoría de los parisinos no les preocupa mucho. Alrededor de los soldados alemanes, que toman el sol en las terrazas de los cafés, se forman grupos animados. Selma se acerca a ellos, curiosa por saber lo que pueden decir. Dos grandes muchachos rubios con uniforme, recién afeitados, sonríen a aquellos papanatas.

—No tenéis nada que temer, no os haremos ningún daño. Los ingleses os han engañado y os han arrastrado a una guerra perdida por adelantado. Pero todo terminará muy rápidamente. ¿Tenéis ganas de ver a vuestros maridos, señoras? Pues bien, nosotros también tenemos ganas de volver a casa y volver a ver a nuestras mujeres.

Es asombroso pero tranquilizador: estos alemanes son muy amables. Se esperaban bárbaros que iban a pasar sobre la ciudad a sangre y fuego y ahí están estos soldados disciplinados que, cuando no están de servicio, hacen turismo con aparatos de fotos en bandolera y desvalijan las tiendas de sus existencias de medias de seda y de perfumes, pagando con dinero sonante y contante.

Hace buen tiempo y Selma sigue caminando hasta el jardín de las Tullerías. Sentada al sol, la gente comenta, mientras a cincuenta metros de allí una orquesta militar ejecuta la *Quinta sinfonía* de Beethoven. Fingen no verla pero aguzan el oído: «No se puede negar que poseen sentido musical estos bribones». Hace un rato, por la radio, el mariscal Pétain ha declarado que debían terminar los combates, que iban a firmar el armisticio, y si al oírlo algunos se ponen a llorar, es más de alegría que de vergüenza.

—¡Gracias a Dios, la guerra ha terminado! En todo caso, nunca debimos declararla. Si llegamos a esto, es por culpa de este gobierno podrido y de su propaganda mendaz.

—Nos describían a las tropas alemanas andrajosas, que les faltaba de todo. ¡Miradlos! ¡Habíais visto un ejército más gallardo?

—Decían: no hay peligro, no temáis nada. Pero cuando las cosas se pusieron mal se fueron como ladrones dejándonos que nos las arregláramos solos.

La amargura de haber sido engañados por los suyos hace que miren al enemigo con menos hostilidad. Éste no deja de manejar el desencanto. Por doquier hay afiches pegados a los muros: «Poblaciones abandonadas: confiad en el ejército alemán», y la radio difunde informaciones tranquilizadoras. «A los parisinos no les faltará nada, de ello se encargan las autoridades alemanas.»

Pensativa, Selma recorre las avenidas. Recuerda imágenes de otra ciudad y de una población de luto, de aquellos hombres y mujeres burlando la vigilancia del ocupante para unirse al otro lado del país con un joven general que rechazaba el armisticio y llamaba al pueblo a la lucha. ¿Encontrará Francia su Mustafá Kamal?

Al volver al hotel, encuentra al dueño y a su esposa en animada discusión. Seguramente hablan de ella, pues al verla se callan y la mujer, encogiéndose de hombros, desaparece hacia la cocina.

Al día siguiente por la mañana, el dueño se acerca a Selma.

—Lo siento muchísimo, pero debo decirle... Mi mujer quiere que la declare a la Kommandantur.

—¿La Kommandantur?

—Anunciaron que todos los que tenían huéspedes extranjeros

debían declararlo so pena de sanciones graves. Además, usted es inglesa, por lo tanto...

Sí, comprende. Ayer era aliada pero hoy, que Francia se ha rendido mientras Inglaterra sigue combatiendo, se ha convertido... en enemiga.

—Le dije que podríamos dejarla quedarse, que si vinieran a verificar, era fácil esconderla. No quiere saber nada. La conozco, tiene tanto miedo que es capaz de ir a denunciarla.

El hombre suda la gota gorda. Desvía la mirada.

—Lo mejor es que se vaya.

Selma tiene la impresión de que toda la sangre se retira de sus venas. Tambaleándose, se apoya en el respaldo del sillón.

—¿Pero adónde ir?

El dueño respira, temía una escena. Tiene la solución a mano. Siempre se tiene la solución para los problemas de los demás.

—No se quede en el centro, esto hormiguea de alemanes. Vaya hacia el Norte, hacia Pigalle o plaza Clichy... Encontrará hotelitos donde no hacen preguntas.

En un mes, Selma se muda tres veces. No se siente segura en ninguna parte. Se estremece en cuanto la miran, por doquier ve gente dispuesta a denunciarla. Sin embargo, paga las habitaciones al doble del precio fijado —«es normal, nos arriesgamos, lo hacemos por la niña»—, pero quién sabe si una mujer de la limpieza, un vecino de rellano... En efecto, los alemanes han prometido una recompensa para quien denuncie a sospechosos y, como inglesa, ¿no es acaso la primera sospechosa?

Sus temores se convierten en pánico cuando se difunde la noticia de que detienen a todos los ciudadanos británicos y los envían a campos de concentración. Se imagina los alambres de púas, las familias separadas, los niños arrebatados a sus madres... Estrecha a su niña contra su corazón. Luchará, nunca se la quitarán.

En aquella atmósfera de desconfianza y delación, su belleza, su manera de actuar, su aire «diferente», que siempre constituyeron ventajas, ahora son inconvenientes. Haga lo que haga para ser «como todo el mundo», se le nota. Un día, un hombre demasiado audaz que ella ha puesto en su lugar, le lanza furioso:

—¡Ah!, no te hagas la soberbia. Y si fuera a decirles a los alemanes quién eres, no te harías tanto la creída, ¿no?

Selma no se arriesga. Envía a Zeynel a pagar la cuenta y, media hora más tarde, con la niña envuelta en un chal, abandonan el hotel.

Terminan por llegar a la rue des Martyrs, a una casa vetusta que les han indicado porque la patrona acepta a todos los extranjeros con tal de que paguen. Al ver la suciedad de las habitaciones desnudas, Selma lo ha entendido todo: ¿quién, que no se vea imperiosamente obligado, podría vivir en una covacha parecida? Sobre todo porque la propietaria, una matrona imponente, no tiene el menor escrúpulo para exigir la misma tarifa que en un hotel normal. ¿Por qué no iba a hacerlo? Pagan porque el lugar tiene reputación de ser seguro. La policía —¿por qué milagro contante y sonante?— no pone nunca los pies en él. Todavía menos los «verde y gris», a quienes no les gusta meterse en barrios ruidosos y fétidos. Sólo los atraviesan de noche, en coche, para ir a los sitios de diversión, por el lado de Pigalle y de la plaza Blanche. Pocas veces los music-halls y los cabarets habían tenido el éxito actual. Ya sea el Eve, el Tabarin o el Kabarett Mayol —con nueva propaganda pegada a la espalda de los hombres-bocadillo— están llenos a reventar, pero exclusivamente de oficiales alemanes y de chicas. Pues París, además de la importante administración civil y militar que se ha montado, se ha convertido en la capital de los soldados que vienen con permiso y se preocupa de hacerle honor a su fama de «capital del placer».

Los lugares más elegantes, como el cabaret Monseigneur, en la rue de Amsterdam, o L'aiglon en los Campos Elíseos, así como los elegantes restaurantes Maxim's, Le Fouquet's, donde antes se reunía el todo París, están reservados para los oficiales superiores. Pero también se ven allí muchas personalidades del mundo del espectáculo y de la prensa. La mayoría ha vuelto ese mismo mes de julio: hay que vivir y el arte no tiene fronteras. En la Ópera, Serge Lifar baila *Giselle* con Yvette Chauviré; en el Casino de París, Maurice Chevalier y Mistinguett obtienen enormes éxitos, y Sacha Guitry ha reabierto el teatro de la Madeleine.

Selma no va casi nunca a los barrios elegantes, porque teme que a algún policía se le ocurra pedirle la documentación. Pero a veces no resiste las ganas de hacer una escapada, nada más que por el placer de tomar un café en medio de personas refinadas y alegres y de olvidar, durante una hora o dos, la rue des Martyrs.

Sin embargo, un día tiene mucho miedo: la actriz Anabella, a quien Selma conoce por haber cenado varias veces juntas —en otra vida—, entra en el salón de té en el que se encuentra. Se miran durante un segundo y luego la actriz vuelve la cabeza. Pero un momento después, so pretexto de ir a peinarse, pasa cerca de la mesa de Selma y le susurra:

—¡Está loca, esto está lleno de espías! ¡Váyase!

Si Selma hubiera estado sola, tal vez no habría resistido la extraña excitación de desafiar el peligro. Pero no puede permitírselo: ¿qué le sucedería a su niña si la detuvieran?

La niña se está convirtiendo en una hermosa muchachita a la que los peregrinajes de hotel en hotel, hasta llegar a aquel reducto sombrío que les sirve de habitación, no han hecho perder nada de su alegría. Cada vez que Selma vuelve, la recibe con una carrera tambaleante y «¡mamás!» entrecortados de alegres gorjeos que le hacen olvidar todas las preocupaciones. Nunca se había imaginado poseedora de aquel instinto maternal, ni que fuera a sentirse tan unida a aquel pequeño ser. Forma parte de ella, un lazo físico las une tan fuertemente que, cuando la estrecha entre sus brazos, y cierra los ojos, es como si la niña se encogiera de nuevo dentro de su seno, como si sólo fueran una.

En aquellos momentos experimenta una paz total, un intenso sentimiento de pertenecer. Sobre los escombros de sus antiguas dudas siente crecer en ella una fuerza que le permitiría desafiar al mundo entero.

La vida —lo sabe— es esta niña aferrada al presente, que aún no ha construido un pasado para justificarse ni un porvenir para serenarse. ¿Podría ella ahorrarle sus errores, y enseñarle que el juego de la felicidad sólo se gana si se acepta perder?

—Se pondrá enferma nuestra princesita, la hora del biberón pasó hace mucho rato.

Zeynel es la imagen misma de la reprobación. Desde que nació la niña, el eunuco se ha transformado en un verdadero ayo, no tiene rival para cambiar los pañales y alimentar a la criatura, y Selma se ha dado cuenta, con un pequeño vuelco del corazón, de que a menudo se alegra más con él que con ella, su madre.

Si se ha retrasado se debe a que tuvo que pasar toda la tarde haciendo cola para obtener medio litro de leche, además de pagar cinco veces su valor. «Lo toma o lo deja», cortó la vendedora, ásperamente.

Los comerciantes se han convertido en los reyes de una población que agacha la cabeza y que por un trozo de mantequilla o un kilo de azúcar está dispuesta a sufrir cualquier humillación. Comienza a escasear casi todo. El ocupante hace incautaciones diarias en los Halles. Además, como Francia está partida en dos, París ya no se abastece normalmente. Dicen que preparan tarjetas de racionamiento. Como extranjera, Selma no tiene derecho a ella, y se pregunta con angustia cuánto tiempo podrá aguantar.

El dinero de las joyas se ha agotado y ha tenido que vender las perlas. Sólo le queda la esmeralda. Mañana enviará a Zeynel al joyero de la rue Cadet. Con eso tendrán por lo menos para vivir dos meses. Pero y después, ¿qué les sucederá? Si estuviera sola, podría privarse, y Zeynel no tiene mucho apetito. ¿Pero su niña? Selma no puede soportar la idea de que sufra.

Les hablaron del consulado de Suiza, que se ocupa de los extranjeros en dificultades, pero no se atreven a ir, temiendo que los alemanes vigilen a los que entren: podrían hacerse detener.

Desde que nació la niña —para su padre, muerta al nacer— Selma no ha tenido ninguna noticia de la India. A veces recuerda el palacio de Lucknow, poblado de mujeres que la abrumaban con su bulliciosa solicitud, y sobre todo la aldea de Ujpal y la cálida sonrisa de las campesinas. No lamenta nada, pero no puede dejar de sentir una cierta nostalgia, como la que se siente por la adolescencia, incluso si no ha sido muy feliz.

Se pregunta cómo estará Amir. Ahora que no debe defenderse de la Selma que él quería que fuera, piensa en él con cierta ternura. Durante aquellos dos años, intentaron inútilmente encontrarse. Ella quiso amar a aquel ser extraño que la fascinaba y sin embargo le chocaba en su ser más íntimo. También él, ahora se da cuenta, intentó comprenderla, acallar sus reacciones heredadas de un orden secular en el que la mujer sólo existía para secundar al hombre. A menudo se buscaron mutuamente, pero el abismo que los separaba era demasiado profundo. Los esfuerzos que hacía Amir para superarlo, las ramas que echaba para unir ambos márgenes, para Selma sólo constituían hojarascas. Ahora se da cuenta cuánto debió de herirlo. Por orgullo, por falta de confianza del uno en el otro —falta de confianza en ellos mismos—, no supieron reconocer las manos que se tendían. Sus mundos eran diferentes, pero sobre todo, ellos mismos se parecían demasiado...

Pocos días después, cuando Selma pasa delante de la recepción en la que reina todo el día madame Emilie, la patrona, ésta la detiene con mirada sospechosa.

—¿Usted es judía?

—No— responde atónita. —¿Por qué?

—¡Baaah!, tanto mejor para usted, porque me han dicho que van a pasar un mal rato. ¿No oyó hablar de los destrozos en los Campos Elíseos?

Y se pone a describir con los ojos brillantes —tal como hace la gente a quien nada le gusta tanto como la desgracia ajena, no porque los demás sean sus enemigos sino simplemente porque son los demás— al grupo de jóvenes que habían bajado la avenida, desde la Etoile al Rond-Point, gritando «muerte a los judíos de mierda» y habían quebrado todos los escaparates de las tiendas que pertenecían a judíos. Sus labios gruesos pronuncian con fruición los nombres prestigiosos: Cédric, Vanina, Brunswick, como si citara a peligrosos criminales.

—No les robaron— concluye con majestad, —¡con los años que lleva esa gente aprovechándose de la gente honrada!

Selma contiene una mueca de asco, no comprende ese odio. En Turquía, los judíos eran ciudadanos como los demás, se los apreciaba por su espíritu industrioso y su inteligencia. Pero a través de las palabras de la matrona, Selma reconoce el tono empleado en los últimos tiempos por algunos diarios.

En el París ocupado, la prensa ha vuelto a salir a la calle, poniéndose por interés o convicción al lado de los nuevos amos. Selma lee a veces el ejemplar de *Le Matin* que anda por el hotel pues, a pesar de dar pocas noticias políticas, anuncia al menos los días en que habrá huevos, patatas o café en el mercado, productos éstos que se han vuelto imposibles de encontrar.

Se ha dado cuenta de que ese periódico ha comenzado una feroz campaña antijudía, describiendo el barrio del Marais: «sus barbudos con largos sobretodos inmundos y los niños de frente pequeña, nariz larga y cabellos rizados que juegan en el arroyo con basura, los comerciantes que aumentan en un 80% el precio de sus productos...» «Ahí todo es judío», concluye el articulista asqueado. «¿Cómo se permite, cuando dicen luchar por la higiene, que en el centro de París haya esta mancha repugnante?»

Más político, otro periodista explica que todas las desgracias de Francia provienen de los judíos: «En 1936 fueron los instigadores de las llamadas leyes sociales que desbarataron las relaciones entre empresarios y trabajadores y llevaron a la ruina y al paro».

Ya había tiendas que ponían un cartel: «La casa no admite judíos», lo que era más injurioso que eficaz, pues ¿podían pedir identificación a todos los clientes? Aunque, el 27 de septiembre, se dio el primer paso serio al aparecer una ordenanza alemana que obligaba a todos los judíos a inscribirse en un registro especial.

—¡Ya pueden correr que yo no iré!— había dicho Charlotte con expresión resuelta.

Charlotte es costurera en la casa Maggy Rouff, y alquila una habitación en la rue des Martyrs. Siente una gran admiración por la elegancia de Selma. Las dos mujeres han hecho amistad desde el día en que, mirándola de la cabeza a los pies, Charlotte había exclamado: «¡Ese vestido lo hice yo!», y, volviendo el dobladillo, había confirmado: «Pues sí, es mío, ¡el jefe de taller dice que soy la única que puede hacer este trabajo!» Y resplandecía de orgullo.

Después, Selma le había dado sus trajes de noche para que los vendiera, de lo cual se había encargado con eficacia. Como rechazaba enérgicamente toda compensación, Selma la lleva a veces a cenar y la joven le cuenta, con todo el espíritu de un golfillo parisino, los chismes y los escándalos de un mundo que ella ya no frecuenta. Sobre todo le está agradecida, desde que pusieron las tarjetas de racionamiento, de que le hubiera dado los cupones de leche.

—A mí la leche me da náuseas— le había dicho.

Por lo tanto, Charlotte está decidida a no inscribirse. «¿Cómo podrían saberlo? Tengo un apellido francés. Respecto a lo demás, ¡felizmente soy mujer!», y había lanzado una carcajada, encantada de la broma.

Tres semanas después, el gobierno de Vichy promulga el «status de los judíos», que les prohíbe, por razones de «seguridad nacional», el ejercicio de las profesiones de funcionario, abogado, juez, profesor, oficial, periodista de prensa y radio, actor de cine o de teatro, farmacéutico e incluso dentista...

—¿Ve que tenía razón?— le dice Charlotte a Selma. —No es que pretenda ser ministro, pero, bueno, ¿estamos apestados?

Aquel día, desde lo alto de su recepción y en calidad de verdadera francesa, madame Emilie proclama:

—No le busquen tres pies al gato: ¡el mariscal es un gran hombre!

Y aprovecha para aumentarles el alquiler a dos familias israelitas que viven allí. A Charlotte no le pide nada. ¿Ignora que es judía? Parece extraño ya que la patrona lo sabe todo sobre sus protegidos. Aunque tal vez haya creído que era inútil intentarlo pues la joven sólo cuenta con un salario que le permite apenas subsistir.

«En el fondo, la había juzgado mal», se dice Selma.

En efecto, días después, dos policías vienen a detener a Charlotte. Delante de los huéspedes petrificados de horror, se debate gritando:

—Están equivocados. ¡Soy francesa!

—Ya nos lo explicarás en la comisaría— se burlan arrastrándola a la fuerza.

Pero antes de que la metan en el coche celular, la joven le susurra a Selma:

—¡Cuidado con la vieja!

Charlotte no volverá nunca más, pero al día siguiente, la propietaria, con expresión satisfecha, estrena un vestido nuevo.

En el tiempo en que todavía le quedaba algo de dinero, Selma iba, para despejarse la cabeza, a pasar la velada a Montmartre, al *Lapin Agile*. Allí escuchaba a Frédé tocar la guitarra cantando viejas coplas, y se divertía con la fauna alegre y bohemia que frecuenta el cabaret. Aunque sobre todo es la imagen de Harvey y el recuerdo de sus veladas lo que quería rescatar.

Hace poco ha conocido a un grupo de jóvenes que la han adoptado... Hay españoles huidos del franquismo, checos y algunos polacos, todos refugiados en Francia y sorprendidos en París por la llegada de los alemanes. Relajados, afectuosos, la única regla que tienen es la discreción. Nadie hace preguntas en ese ambiente algo clandestino en el que nuevos rostros surgen mientras otros desaparecen. Seguramente usan nombres falsos. ¿De qué viven? De pequeños tráficos. Selma ha podido constatar la capacidad que tienen para sobrevivir: cuando, al cabo de un tiempo, se dieron cuenta de que era una más entre ellos, le procuraron tarjetas de racionamiento falsas; también encontraron el medio de vender para ella, a un precio muy conveniente, su larga capa de visón blanco, así como algunos bolsos de Hermès y unos veinte pares de zapatos, artículos estos muy buscados ahora que el cuero casi no existe.

No hablan nunca de política, pero Selma advierte que saben muchas cosas antes que los demás. Como por ejemplo, la manifestación del 11 de noviembre frente al Arco del Triunfo en la que unos estudiantes fueron tiroteados por los soldados alemanes. Una o dos veces, Selma ha sorprendido extrañas conversaciones y se ha preguntado si aquellos despreocupados muchachos, que lo único que parece importarles es ganar algo de dinero y divertirse, no están en contacto con la resistencia que se dice comienza a organizarse.

A veces el grupo se reúne para bailar en un sótano especialmente arreglado, al que le han tapado el respiradero para disimular la luz y amortiguar el ruido. Corren peligro, ya que está prohibido. Y como el toque de queda comienza a medianoche, bailan hasta el alba, con tanto más ardor cuanto que no están seguros de estar en libertad al día siguiente.

La primera vez que Selma vuelve de madrugada, encuentra a Zeynel en una silla, completamente vestido. Preocupado, no ha dormido en toda la noche. La mira sin decir nada, que es la forma más elocuente de expresar su disgusto. Apenada, Selma se sienta junto a él.

—Agha, compréndeme. Me ahogo en este cuarto. Durante el día, la niña me da tanta alegría que olvido todas mis preocupaciones. Pero por la noche, cuando se duerme y me encuentro sola en esta covacha, comienzo a tener ideas negras y no consigo dormirme.

Zeynel lleva la mano de Selma a sus labios.

—Perdonadme, mi princesa. Soy un viejo egoísta. Sois tan joven, es verdad que esta existencia es demasiado dura para vos y que necesitáis distraeros... Sabéis que daría mi vida porque fuerais feliz, pero...— su voz tiembla, las lágrimas acuden a sus ojos, —tengo miedo... ¿Si os ocurriera algo, qué le sucedería a nuestra niña?

Para darle ánimos ella se echa a reír.

—No hay peligro. Pongo mucho cuidado.

Pero sabe que tiene razón. Ha comenzado a salir menos y le ha pedido que le ayude a tapizar los muros de la habitación y a tamizar la luz con sus saris. Parece un poco guarida de gitanos, con aquellas sedas de todos los colores, pero al menos es alegre y por lo mismo se siente mejor.

A la patrona, que desliza frases venenosas sobre «toda esa tela tirada, cuando hay gente que no tiene nada que ponerse» Zeynel responde que «la princesa no tiene que darle cuentas a nadie». Se obstina en llamarla «la princesa», pese a la prohibición de Selma que teme que aquel título haga que les suban el alquiler.

—No comprendéis— le explica, —yo conozco a esta gente: hay que impresionarla, de lo contrario intentan aplastaros.

Tiene razón: no sólo no ha aumentado los precios, pues la vieja se da cuenta de que Selma tiene poco dinero, sino que en lugar de molestarla como a los demás huéspedes, tiene miramientos con ella, sugiriendo con una gran sonrisa que cuando la situación vuelva a la normalidad, «la señora sabrá recordar todos los sacrificios que se han hecho por ella». Cansada, Selma asiente, le promete que será bien recompensada, absteniéndose de preguntar de qué sacrificios se trata. A menos que el hecho de no haberla insultado constituya para la mujer un sacrificio enorme...

Pese a los cupones falsos, el abastecimiento se vuelve cada vez más difícil. No se encuentra casi nada, salvo en el mercado negro y a precios inabordables. Selma compra allí lo indispensable para la niña, mientras Zeynel y ella misma se contentan con cotufas y nabos hervidos. Incluso las patatas se han vuelto un lujo, hasta el punto de que los periódicos anuncian su llegada con tres semanas de antelación. Hay derecho a veintiocho gramos de carne y a cincuenta gramos diarios de pan negro y duro. El azúcar: una libra al mes. En cuanto al café, constituye un lejano recuerdo. No es grave, los periódicos dan recetas para preparar un «delicioso» café con cebada tostada o bellotas. Para el tabaco, del que Zeynel consume mucho, deberá contentarse con pelo de maíz.

El eunuco se ha empeñado en encargarse de las compras, pues para obtener esas raciones ínfimas hay que hacer colas todo el día. Dice que ése es su papel, no el de la princesa. En medio de la miseria, insiste en estos detalles de otra época, y Selma termina por ceder, sintiendo que se aferra a valores que le son tan necesarios como el aire. Lo que no dice es que está preocupado por ella. Selma nunca ha sido gorda, pero ahora parece que un soplo de viento puede derribarla. En varias ocasiones, en la calle, se ha sentido mal, y alrededor de ella la gente se asombra, no pudiendo imaginar que una dama tan bien vestida pueda tener simplemente hambre. Pero no sufre: a fuerza de comer poco, el estómago se acostumbra. Lo que le cuesta soportar es el frío. Y aquel invierno del año 1940 es terrible. Afuera se tirita, pero igualmente se tirita dentro de las casas: no hay carbón para calentarse. Selma no puede ni siquiera abrir las ventanas de las habitaciones para ventilarlas pues están pegadas desde fuera por una gran capa de hielo. Una mañana encuentra al pájaro muerto de frío en su jaula. Y ella, que hasta ese momento lo había soportado todo, se deshace en lágrimas. Era algo más de Harvey que se iba... No quiere pensar que se trata de un presagio, aunque no puede dejar de hacerlo: en Oriente están siempre muy pendientes de este tipo de señales...

Zeynel no entiende su pena por el pájaro. En cambio, se preocupa por la niña. ¡Es tan frágil a esa edad! Razón por la cual Selma ha tomado la costumbre de meterse en la cama completamente vestida abrazada a la niña. Se enloquece ante la idea de que el pequeño ser enferme. Pues si privándose llega a alimentarla convenientemente, ¿qué puede hacer contra aquel frío húmedo y penetrante?

Tanto más cuanto que el ataque de los ingleses en Mers-al Kaber le había costado su último abrigo de pieles...

La cosa fue así: cuando en julio de 1940 la aviación británica había hundido la mitad de la flota francesa, con base en Argelia, para evitar que fuera capturada por los alemanes, la indignación había sido grande entre los petainistas, y en esa época la mayoría de los parisinos lo eran.

Desde entonces, madame Emilie no dejaba de lanzar imprecaciones contra «los traidores ingleses» y le echaba a Selma miradas furiosas. Por esta razón, Selma le había recomendado a Zeynel que la adulara haciéndole pequeños regalos, un chal tejido a mano, un collar de perlas de colores, todos los recuerdos que, con amor, habían confeccionado para su rani las mujeres de Badalpur, y que ella había llevado en un baúl, como si fuera un poco de tierra india. A veces, cuando la patrona se ponía lo que ella llama sus «baratijas exóticas», Selma siente el corazón oprimido, pero sabe que sus amigas, allá, comprenderían.

Aquella fría mañana de octubre Selma, aprestándose para salir, se había arrebujado en su abrigo de nutria... Madame Emilie la detuvo para felicitarla, observando con risa falsa:

—No sabía que las inglesas fueran tan elegantes.

Era la primera vez que hacía alusión a la nacionalidad de Selma: alusión clarísima como una navaja. Sin decir nada, se quitó la piel, se la tendió y subió rápidamente a su cuarto para no escuchar los agradecimientos hipócritas.

Ahora sale vestida con su abrigo de lana, apropiado más para el entretiempo que para temperaturas que alcanzan los quince grados bajo cero. La solución es caminar rápidamente e incluso correr, pero no lo consigue. Desde hace algún tiempo, se siente muy cansada... A veces la acomete un dolor que le toma el lado derecho; dura sólo unos segundos, aunque en las últimas semanas los espasmos son más frecuentes. No le ha dicho nada a Zeynel:

¿qué podría hacer, como no fuera preocuparse más todavía? Él mismo, pobre, no está en buena forma, ha perdido su hermosa corpulencia y ya es una sombra de lo que era. Selma sabe que ella debería consultar un buen médico, tomar los medicamentos necesarios, pero eso cuesta caro y casi no les queda dinero. En realidad, está convencida de que todo se arreglaría si sólo comiera un poco mejor. Debe de ser el aceite adulterado con el que cocina, siempre tuvo el hígado delicado.

«No es grave, ¿no es cierto, tesoro?» Con un impulso de ternura estrecha a la niña contra su pecho. «Al menos, tú estás bien que es un encanto. Eres la niña más bonita del mundo. Es tu mamá quien lo dice y ella no miente, casi nunca... Sólo algunas veces. Ya verás cuando termine la guerra, qué bien estaremos juntas.» La coloca sobre sus rodillas y la hace saltar rítmicamente. La niña, encantada, lanza gritos de alegría y se enfada cuando su caballo, sin aliento, comienza a disminuir la cadencia «¡Ah, la señorita tiene su carácter! Tienes razón: no intentaré pulirte ni abrillantarte, no te convertiré en una muchacha de mundo, tienes derecho a ser lo que eres, no debes justificarte por vivir. Cuando pienso que tu madre ha sido lo bastante estúpida como para tardar veintinueve años en comprenderlo...»

¿Acaso ella misma lo hubiera comprendido sin Harvey?... Harvey...

Dios sabe que al comienzo lo aborrecía porque la empujaba a ser libre y por responderle, cuando le pedía consejo, que todos los objetivos eran similares, con la condición de vivirlos a fondo, que lo importante no es llegar sino caminar y sobre todo tropezar, pues eso nos obliga a cuestionarnos. También decía que los ideales eran ataúdes que nos inmovilizan, nos impiden ver y oír, que únicamente los imbéciles y los débiles actúan por ideales —que han tomado prestados o que se les han ocurrido—, pues no tienen valor para mantenerse de pie sin tutor. También hablaba de que la felicidad no es el resultado de tal o cual acontecimiento sino de nuestra capacidad de vivir el instante tal como es, pues somos nosotros los que les damos a las cosas su color triste o alegre.

Y pensar que sólo ahora comprendo lo que quería decir, que haya sido necesaria la guerra, la pobreza, la soledad para encontrar en mí la felicidad. Porque soy feliz. ¡Nunca amé tanto la vida; nunca, pese a las privaciones y al miedo, el mundo me ha parecido tan luminoso!

Sin embargo, desde que murió el paro, Selma tiene el presentimiento de que no volverá a ver a Harvey. Algo está sucediendo, independiente de su voluntad, que puede separarlos para siempre. Hasta hace pocas semanas se habría desesperado ante esta idea. Hoy siente una especie de calma. Pase lo que pase, sabe que es capaz de hacerle frente. Ya no es la Selma frágil y torturada, es una mujer a la cual Harvey le hizo el más hermoso regalo del mundo: le enseñó a olvidarse y a amar.

«¡Oh! ¡tesoro mío, tesoro mío!» Selma se pone a dar vueltas teniendo a la niña en brazos al ritmo de un vals de Strauss que toca la radio. «¡Ya verás cuán hermosa es la vida! Ahora conozco el secreto y te prometo que nunca más seremos desgraciadas!»

La niña pasa los brazos alrededor de su cuello, ríe a carcajadas mientras Selma gira, gira, lentamente, luego cada vez más rápido, y las flores rojas de la tapicería corren unas tras las otras en una alegre zarabanda.

De repente, siente un dolor, como una puñalada en el vientre, que la hace tambalearse. Se ahoga, quiere gritar... La niña, sobre todo no soltar a la niña... Con todas sus fuerzas intenta agarrarse a una tabla, allí, tan cerca, no puede... Siente que una quemazón la desgarra... Una hoguera, una cortina oscura. No puede ver... Tiene la sensación de caer, no deja de caer...

El vals continúa, alegre, arrebatador, mientras la niña chilla junto a la madre sin conocimiento.

Zeynel no la encontrará hasta más tarde, al volver de las compras. Selma yace en el suelo, lívida, pero en su caída ha protegido a la niña, que llora de terror.

VII

En el Hôtel Dieu, el cirujano recorre su despacho de un lado al otro. Se mira con amargura las poderosas manos, que tienen fama de milagrosas: pero que esta vez no han podido salvar una vida.

Sin embargo, cuando llegó, ya en estado comatoso, la envió al quirófano. Se trataba de una peritonitis aguda. La abrió, cortó, ató, cosió, durante dos horas. Rodeado de enfermeras silenciosas, se empeñó en salvarla. Era tan joven, había que salvarla, a cualquier precio. Cuando finalmente cerró el vientre delicado y se secó la frente, había lanzado un suspiro de alivio: su vieja adversaria no se saldría con la suya.

Pero por la noche le había subido la fiebre y comprendió que se había declarado una septicemia. Sólo una cosa habría podido salvarla, esos nuevos medicamentos, los «antibióticos», que fabrican en Norteamérica. Pero en Francia todavía no existían.

Había asistido impotente al agravamiento del mal que, inexorablemente, tomaba posesión de aquel cuerpo tan blanco, que él había creído haberle arrebatado a la muerte.

Ahora, todo ha terminado. No alcanzó a durar veinticuatro horas. La infección se extendió rápidamente. El organismo, seguramente debilitado por las privaciones, no resistió. El profesor aprieta los puños: hace veinte años que opera y cada vez que pierde el combate por la vida sigue sintiendo el mismo desgarrón. Y más aún —pese a que se lo reprocha—, cuando el que se va es un ser joven, como esta mujer, en la plenitud de su belleza, pues a todo lo demás se agrega una intolerable sensación de desorden.

Ahora tiene que hablarle al padre que desde la víspera sigue inmóvil en el corredor. A la salida de la operación, le dijo sonriendo: «Todo irá bien». El rostro arrugado se iluminó de gratitud y, antes de que el profesor comprendiera lo que pasaba, el viejo cayó de rodillas y le besó las manos, llorando de alegría. Bruscamente, el médico lo había levantado y lo había dejado entrar unos minutos a la habitación. La operada dormía todavía; se había sentido impresionado por la expresión de adoración que tenía aquel hombre, del que emanaban vibraciones de amor que parecían volver cálida la fría habitación del hospital. Y no pudo dejar de pensar que si los seres humanos eran capaces de sentir aunque sólo fuera una partícula de un amor como aquél, nunca existirían las guerras. Con pesar terminó por arrancar al padre de la contemplación de su amada y le aconsejó que se fuera a descansar. Después supo por las enfermeras que se había quedado toda la noche, sentado en el suelo del pasillo.

Al día siguiente, la puerta de la habitación estaba clausurada. Dentro, se afanaban médicos y enfermeras. El mismo cirujano vino dos o tres veces entre operaciones. Siempre se topaba con la mirada suplicante del hombre y se esforzaba por sonreír: «Hacemos todo lo que podemos».

¿Y ahora qué le va a decir?

No necesita decir nada. Zeynel ya lo sabía. Lo supo en el momento mismo en que su niña lanzaba el último suspiro. Sintió una sacudida en todo su cuerpo, como una mutilación, se cayó al suelo y su frente golpeó la puerta de la habitación.

Una enfermera lo encontró allí medio inconsciente. Lo hizo sentarse y le humedeció las sienes para que se recobrara. Porque ahora hay que actuar, tomar decisiones. ¿Qué hay que hacer con el cuerpo? Ellos son extranjeros y naturalmente no tienen mausoleo familiar. ¿Dónde la enterrarán?

Todo eso no es competencia del profesor, la administración del hospital se encargará. Sin embargo, tiene pena del dolor de aquel padre, ha preparado unas palabras de consuelo. Pero ante la mirada vacía que parece mirar a otra parte, muy lejos, se siente de más. Estrecha la mano del anciano y sale sin decir palabra.

Zeynel no recuerda lo que sucedió durante las horas que siguieron, salvo que una mujer de blanco le hacía preguntas que no entendía. Terminó por sacar la cartera diciendo simplemente que quería que su niña fuera enterrada en tierra musulmana.

Por la tarde, ve llegar un coche funerario tirado por un caballo extenuado en el cual unos hombres cargan un ataúd de madera natural. Le indican que los siga.

¿Cuánto tiempo caminó detrás de su Selma? La helada lluvia de enero le atraviesa las ropas, pero no se da cuenta, sólo recuerda los largos paseos que en otro tiempo daban juntos, y su sonrisa zalamera cuando le hacía prometer que la seguiría hasta el fin del mundo.

Finalmente llegan a una especie de sitio baldío, cercado por muros desconchados; hasta donde llega la vista, hileras de lápidas salen de la maleza: es el cementerio musulmán de Bobigny. Zeynel no puede contener un sollozo al recordar los hermosos cementerios que dominan el Bósforo, por los que a Selma le gustaba tanto pasearse.

Pero el imán responsable del lugar se impacienta: ya es tarde, hay que rezar rápidamente la plegaria fúnebre. Tanto más cuanto que aquel pobre hombre no debe de tener dinero para pagar una ceremonia más costosa. No tiene lo suficiente para comprar una lápida donde grabar el nombre de la difunta. Bueno, lo escribirán en un trozo de madera para que, cuando crezca la hierba, no se confundan las tumbas. A las familias no les gusta. ¡Qué miseria!

Zeynel mira el hoyo negro que dos hombres cavan en el cuadrado reservado a las mujeres, y el ataúd que bajan por medio de cuerdas. ¿Por qué encierran a su niña en aquella caja? En el Islam, se envuelve el cuerpo en un paño blanco que se pone sobre la tierra misma. Pero dicen que en Francia está prohibido.

Cuando los sepultureros terminan su trabajo, es casi de noche. El coche mortuorio ha partido hace mucho rato. Zeynel está solo en el cementerio, entre miles de tumbas, solo con su Selma. Delante de aquel cuadrado de tierra batida, piensa en los orgullosos monumentos de mármol que, en Estambul, siglo tras siglo, siguen cantando la gloria de los grandes sultanes. Tiembla... ¿Quién sabrá que en aquella pobre tumba reposa su princesa? ¿Quién lo recordará?...

Se tiende sobre la tierra recientemente removida. Con su cuerpo cubre a su niña, intenta transmitirle algo de su calor, de su amor. Ahora sólo lo tiene a él, no la abandonará, se lo prometió a la sultana.

—¡Agha!

Desde el fondo del jardín, Selma corre hacia él, tan bonita con su vetido de seda azul y sus bucles rojos al viento.

—Agha, llévame, quiero ver los fuegos artificiales sobre el Bósforo.

Se aferra a su cuello y se divierte tirándole los cabellos.

—Ven rápido, Agha, es preciso. ¡Yo lo quiero!

—Pero está prohibido salir del parque, princesita.

—¡Oh, Agha!; ¡ya no quieres a tu Selma! ¿Qué quiere decir prohibido? Agha, ¿no ves lo desdichada que soy?

Cede una vez más, no podrá resistirse nunca... cogidos de la mano, bajan a través de los senderos embalsamados por las mimosas y el jazmín, hacia la orilla donde espera el caique blanco y oro.

Ligera, la niña salta, con los fuegos artificiales iluminándole la cabellera. Y mientras él se instala, con los ojos brillantes, ella murmura:

—Y ahora, Agha, partiremos juntos, para un largo viaje.

Un golpe en el hombro despierta a Zeynel. El día comienza a despuntar. Sobre él, un hombre lo mira con curiosidad.

—No hay que quedarse aquí. Puede enfermarse.

Lo ayuda a levantarse, a sacudir la tierra que le mancha la ropa, y lo lleva, tiritando, a la casucha donde tiene las herramientas, a la entrada del cementerio. Allí, le sirve un gran bol de café caliente. Se llama Alí, es el guarda. Con simpatía se sienta junto a Zeynel.

—Entonces, bueno... ¿es tu mujer la que ha muerto, hermano?

—Mi hija— tartamudea Zeynel castañeteando los dientes.

—¿Y no le has colocado ni siquiera una piedra con su nombre... a tu hija?

Zeynel sacude la cabeza; de pronto se siente débil, no ha comido nada desde hace tres días, desde el momento en que encontró a Selma...

Con gesto resuelto, Alí le corta una rebanada de pan.

—Toma, come. Y además, para la lápida, el marmolista de al lado es amigo mío, él podrá hacerte una pequeña, no muy cara.

Con los dedos entumecidos, Zeynel saca penosamente su reloj del bolsillo del chaleco. Es todo lo que le queda de su esplendor de Ortakoy, lo guardaba para el día en que ya no tuviera nada. Pero ahora...

—Sólo tengo esto. ¿Lo aceptaría?

—Guarda tu reloj, lo necesitarás. No te preocupes, yo me encargo de la piedra. Entre musulmanes, hay que ayudarse.

Pese a las protestas de Zeynel, Alí sale de la casucha. Momentos más tarde vuelve llevando una pequeña piedra blanca, tallada en ojiva, sobre la cual, por indicación del eunuco, ha escrito con letras torpes:

SELMA
13.4.1911 - 13.1.1941

Pero algo sigue atormentando a Zeynel.

—No la enterraron como musulmana. La pusieron en una caja. ¿Crees que podríamos?...

El rostro de Alí se ilumina: le gustan los verdaderos creyentes. De un salto va en busca de azadas y de un almacén saca una sábana blanca. Ambos vuelven a la tumba. No necesitan más de un cuarto de hora para remover la tierra blanda, subir el ataúd y hacer saltar los clavos.

—Bueno, te dejo— dice Alí evitando discretamente el momento en que Zeynel levante la tapa, —llámame para volver a poner la tierra.

Lentamente Zeynel abre el ataúd. Es la primera vez que la ve desde... ¡Qué hermosa está con su largo camisón blanco; sus bucles dorados están esparcidos sobre los hombros, parece una niña... Temblando se inclina y deposita un beso tierno en la mejilla.

Cuando se levanta, tiene los ojos secos. De golpe lo ha abandonado la emoción. Esta muerta glacial le es ajena. Su niña ya no está allí... Ella se fue con sus risas y caprichos, su entusiasmo, su generosidad, todo lo que hacía que ella «fuera» Selma. Y ésta ha huido...

Delicadamente envuelve el cuerpo en la sábana blanca y, con múltiples precauciones para no dañarla, la vuelve a bajar a la tumba. Aquella tierra que a Selma le gustaba oler y que ahora recibe su belleza, la reconoce como suya. Sus brazos, sus labios, sus senos, su cuerpo perfecto van a fundirse en ella y a resurgir en miles de flores y de frutos.

Zeynel tiene la impresión de que, detrás de él, Selma lo observa y sonríe. Era precisamente eso lo que quería. En poco tiempo se reunirá con ella, estarán de nuevo los tres, su niña y su sultana, reunidos para siempre en un palacio de encaje, igual al de Ortakoy, bañado por las olas transparentes de un río que se parecerá al Bósforo...

De repente se le corta el aliento, sus ojos se enarcan de horror.

¡La niña! ¡Ha olvidado a la niña! Desde hace tres días está sola, sin nadie que la alimente, nadie que se ocupe de ella... muerta quizás...

—¡Alá! ¡Alá!— grita, —¡protégela...!

No sabe cómo vuelve al hotel, cree que Alí detuvo un coche funerario que iba a París y que lo pusieron en el lugar del ataúd; luego había corrido como el viejo loco que era, suplicando al cielo que se apiadara.

Cuando entra en la habitación, la niña está en el lecho, exangüe. Tiene los ojos cerrados, la cabeza echada hacia atrás, la boca abierta. Respira con dificultad.

Grita tan fuerte que acude una vecina de rellano. Le dice que no debe mover a la niña, sólo levantarle la cabeza para hacerle beber un poco de agua. Pero la niña lo vomita todo...

Entonces Zeynel la toma en brazos. Está helada. La envuelve en una manta, baja la escalera y pasa como una exhalación delante de madame Emilie que intenta interponerse.

—¡Eh, usted! Me debe dos semanas de alquiler.

Corriendo, baja la rue des Martyrs, sus piernas lo sostienen apenas. En el camino encuentra varias consultas médicas. Llama, golpea las puertas, nadie responde. Es domingo. Finalmente, desesperado, se dirige a un agente de policía que le da la dirección del consulado suizo donde atienden permanentemente a los extranjeros.

El eunuco se arrastra hasta la rue de Grenelle. Siente que su corazón va a reventar. Debe aguantar: no puede morir antes de haber salvado a la niña de Selma.

Pero cuando entra en el consulado y una rubia secretaria le pregunta lo que desea, sólo tiene tiempo de depositar a la niña en sus brazos y se derrumba, incapaz de pronunciar palabra.

Aquella tarde, madame Naville, la esposa del cónsul, pasó a buscar una lista de direcciones para una próxima venta de caridad de la Cruz Roja. Apenas ve a la niña, descuelga el teléfono y llama a su médico personal. Luego le hace servir un vaso de vodka al viejo musulmán. Zeynel está a punto de ahogarse, quiere devolverlo, pero ella lo tranquiliza.

—No es alcohol, es un medicamento.

Rápidamente se siente mejor. Y a esa dama benévola, le cuenta toda la historia. Su princesa muerta y la niña abandonada en el hotel desde hace tres días. Al cabo de unos minutos, llega el médico.

—¡Justo a tiempo!— farfulla viendo el estado de la niña.

Saca del maletín una larga jeringa, le pone una inyección de suero y, luego, delicadamente, la examina.

—Está muy débil. Tiene comprometidos los pulmones... parece que no ha comido ni bebido desde hace muchos días.

Un gemido le hace volver la cabeza. Con simpatía, mira al anciano derrumbado en la silla.

—No se preocupe, buen hombre, la salvaremos. Pero necesita cuidados intensivos— murmura dirigiéndose a madame Naville —y la asistencia pública está tan sobrecargada, con todos esos huérfanos de guerra... Esta niña necesita tener constantemente a alguien a su lado, de lo contrario mucho me temo que...

La esposa del cónsul lo interrumpe:

—La tendré en mi casa, doctor, el tiempo que haga falta. Esta pequeña me ha caído del cielo, no puedo dejarla morir.

Durante muchas semanas, todos los días, Zeynel viene a ver a la niña. Gracias a los cuidados y a la alimentación sana del consulado de Suiza, islote de abundancia en aquel París ocupado, se repone muy rápidamente. Ahora es una niña rozagante que recibe al eunuco con gritos de alegría llamándole «Zezel».

Éste se lo ha contado todo a la mujer del cónsul, omitiendo, claro está, el episodio americano y la carta al rajá. Espera que éste no la haya recibido, puesto que no ha contestado nunca. Cuando la guerra termine, podrá recuperar a su hija. Es la única solución ahora que Selma ya no está... La princesita crecerá en el zenana, se casará, tendrá la vida confortable y sin problemas de las mujeres de allá.

¿No fue lo que intentó decirle Selma en su lecho de muerte? El eunuco recuerda a la joven enfermera que corrió detrás de él en el momento en que salía del hospital.

—¡Señor!, ¡espere! Yo estaba junto a su hija cuando... bueno, justo antes... Cogió mi mano y murmuró: «Perdón, Amir... la niña... mentí...» Fueron sus últimas palabras.

Zeynel se estremece. Piensa en la angustia que debió de sobrecoger a la joven cuando se vio morir, dejando a su niña sin padre... Ella que lo había hecho todo para que su hija fuera libre no se había imaginado ni un momento que ella iba a morir, y que, entonces, su hija se encontraría sola.

...Mi hermosa princesa, mi pobre niña... Zeynel está muy cansado. En el extremo del cuarto, la niña juega con sus muñecas. Ahora está segura, ya no lo necesita. En la medida de sus fuerzas, ha hecho lo que debía. Ahora tiene ganas, también él, de ir a descansar.

Besa a la niña en la frente, suavemente, para no incomodarla, y a paso lento, sale de la habitación.

No se le volvió a ver nunca más.

EPÍLOGO

Así termina la historia de mi madre.

Poco tiempo después de su muerte, un visitante se presentó en el consulado de Suiza. Era Orhan, el primo de Selma. En su tarjeta de visita había escrito simplemente: «De parte de la princesa muerta».

Avisado por vía diplomática, el rajá supo que tenía una hija. Como las comunicaciones entre la India, colonia inglesa, y la Francia ocupada, estaban interrumpidas, no pudo hacerla volver a Badalpur. Fue mucho después de la guerra cuando se encontraron. Pero ésa es otra historia.

De Zeynel se perdió el rastro. ¿Murió de pena, de miseria, o tal vez, extranjero entre los extranjeros, fue embarcado en un vagón precintado?

En cuanto a Harvey, no había olvidado. Pero sólo conoció las cartas de Selma después de la muerte de su esposa. Durante tres años ésta las había escondido.

Una vez liberada Francia, viajó rápidamente a París. Cuando supo que había muerto Selma, quiso ocuparse de la niña. Pero acababa de iniciar los trámites cuando murió de un ataque al corazón.

Después, mucho después, quise comprender a mi madre. Preguntándole a los que la conocieron, consultando libros de historia, periódicos de la época y los archivos dispersos de la familia; demorándome allí donde ella había vivido, intenté reconstruir los diversos marcos de su existencia, hoy en día irremediablemente trastornados, y de volver a vivir lo que ella vivió.

Finalmente, para acercarme a ella todavía más, para reencontrarla, confié en mi intuición y en mi imaginación.